世界传世藏书

世界禁书文库

马松源 ⊙ 主编

线装書局

目　　录

世界禁书文库

南回归线

【美】亨利·米勒⊙著

王　茵⊙译

線裝書局

一

　　人死原本万事空，一切混乱便就此终结。人生伊始，就除了混乱还是混乱：一种液体围绕着我，经我嘴而被吸入体内。在我下面，不断有黯淡的月光照射，那里风平浪静，生机盎然；在此之上却是嘈杂与不和谐。在一切事物中，我都迅速地看到其相反的一面，看到矛盾，看到真实与非真实之间的反讽，看到悖论。我是我自己最坏的敌人。没有什么事情我想做却又不能做的。甚至当我还是个孩子，什么也不缺的时候，我就想死：我要放弃，因为我看到斗争是没有意义的。我感到，使一种我并不要求的存在继续下去，这证明不了什么，实现不了什么，增加不了什么，也减少不了什么。我周围的每一个人都是失败者，即使不是失败者，也都滑稽可笑。特别是那些成功者，令我厌烦不已，直想哭。我对缺点抱同情态度，但使我如此的却不是同情心。这完全是一种否定的品质，一种一看到人类的不幸便膨胀的弱点。我助人时并不指望对人有任何好处；我助人是因为我不这样做便不能自助。要改变事情的状况，对我来说是没有意义的；我相信，除非是内心的改变，不然便什么也改变不了，而谁又能改变人的内心呢？时常有一个朋友皈依宗教：这是令我作呕的事情。我不需要上帝，上帝却需要我。我常对自己说，如果有一个上帝的话，我要镇静自若地去见他，啐他的脸。

　　最令人不能接受的是，初次见面时，人们往往认为我善良、仁慈、慷慨、忠实可靠。或许我真的具有这些德行，但即使如此，也是因为我什么都不在乎：我称得起善良、仁慈、慷慨、忠实等等，是因为我没有妒忌心。我唯独从未充当妒忌的牺牲品。我从不妒忌任何人，任何事。相反，我对每一个人、每一件事只感到同情。

　　从一开始起，我就肯定是要把自己训练得不去过分的需求任何东西。从一开始起，我就是独立的，但却是以一种谬误的方式。我不需要任何人，因为我要自由，要随兴之所至自由地作为，自由地给予。一旦有什么事期待我或有求于我，我就退避三舍。我的独立便是采取这样的形式。我是腐败的，换句话说，从一开始就是腐败的。好像母亲喂给我的是一种毒药，虽然我早就断奶，但毒药从未离开过我的身体。甚至当她给我断奶时，我也好像是毫不在乎的；大多数孩子要造反，或做出造反的样子，但我

3

却根本不在乎。尚在襁褓中，我便是一位哲学家。我原则上是反生命的。什么原则？无用的原则。我周围的每个人都在争取。我自己却丝毫不努力。如果我表面上做出些努力，那也只是要取悦于某个他人，实质上我什么也没做。假如你能告诉我，这为什么会是这样的，我就会否认，因为我天生有一些别扭的倾向，这是无法消除的。后来我长大了，听说他们让我从子宫里钻出来的时候就遇到了不小的麻烦。对此我十分理解。为何要动弹？为何要离开一个暖洋洋的好所在？在这个舒适的福地一切都是免费向你提供的。我最早的记忆就是关于寒冷，关于沟里的冰雪，窗玻璃上的冻霜，以及厨房湿漉漉绿墙上的寒气。人们误称为温带的地方，为什么人们要生活在那里的怪气候中呢？因为人们天然就是白痴，天然就是懒鬼，天然就是懦夫。直到十岁左右，我都从不知道有"暖和的"国家，有你不必为生计发愁的地方，在那里你不必哆哆嗦嗦却又强装这能令人精神振奋。在有寒冷的地方，就有拼命操劳的人们。当他们繁衍后代的时候，他们就向年轻人宣讲关于劳作的福音——事实上，这什么也不是，只是关于惰性的教条。我的民族是地地道道的北欧日耳曼人，也就是说，是白痴。每一种曾被说明过的错误想法都是他们的。在他们中间，喋喋不休地讲究清洁，更不用说什么正直公正了。他们清洁至极，但骨子里却散发着臭气。他们从不开启通向心灵的门户；从未梦想过盲目地跃入黑暗中。饭吃完后，盘子被迅速洗干净，放入碗橱；报纸读完后，被整整齐齐叠好，放到一边的一个架子上；衣服洗完后，被熨好、叠好，塞进抽屉里。一切都为了明天，但明天从不到来。现在只是一座桥梁。在这座桥上，他们仍在呻吟，如同世界的呻吟一般，然而没有一个白痴想到过要炸掉这座桥。

　　我经常苦苦地搜寻谴责他们、更谴责我自己的理由。因为我在许多方面也像他们一样。在很长时间内，我认为我已经解脱，但随着时间的推移，我明白我一无长进，甚至还更糟了一点儿，因为我比他们看得更清楚，然而却一直无法改变我的生活。回顾我的一生，我似乎觉得我从未按我自己的意志行事，总是处于他人的压力之下。人们常把我看作一个爱冒险的家伙，这真是太离谱了。我的冒险都是外因造成，落到我头上，不得已而为之。我有着傲慢而洋洋自得的北欧人的真正秉性，他们从没有丝毫的冒险意识，但是却踏遍大地，将世界翻了个个，到处留下了遗迹与废墟。不安的灵魂，但并不是爱冒险的灵魂。这些灵魂痛苦地挣扎，不能在现在之中生活。他们都是可耻的懦夫，包括我自己在内。唯一伟大的冒险是内向的，向着自我，对此，无论时间、空间，甚或行为，都是无关紧要的。

　　每隔几年，我都会有一次处于做出这种发现的边缘，但是我总是以特有的方式，

设法避开了这问题。如果我试着想起一个好的借口，我便只能想到环境，想到我所知道的街道和住在这些街上的人。我想不起美国的哪条街道，或者住在这样一条街上的哪个人，能引导一个人走向对自我的发现。我在全世界许多国家的街上走过，没有一处使我像在美国那样感到堕落与卑下。我想，美国的所有街道都合起来形成了一个巨大的藏污纳垢之地，一个精神的污水池，在其中，一切都被吮毕排尽，只剩下一堆永久的臭屎巴巴。在这个污水池之上，劳作的精灵挥舞着魔杖；宫殿与工厂鳞次栉比地涌现，什么火药厂、化工厂、钢铁厂、疗养院、监狱、疯人院，等等，等等。整个大陆便是一场梦魇，正产生着最大多数人的最大不幸。我是处于财富与幸福（统计学上的财富，统计学上的幸福）的最大汇集地之中的一个人，一个个别的实体，但是我尚未遇到过一个真正富有或真正幸福的人。至少我知道，我不富有，不幸福，生活不正常、不合拍。这是我唯一的安慰，唯一的欢乐，但这还不够。假如我公开表示我的反叛，假如我为此而蹲班房，假如我烂死在监狱里，倒或许更能使我的心情平静下来。假如我像疯狂的莱佐尔戈斯兹那样，射杀了某个好总统麦金利，射杀了某个像他一样从未对人有一点点伤害的微不足道的好人，这对我来说也许会更好。因为我从心底里想杀人：我要看到美国被摧毁，从上到下，被彻底铲除。我要目睹这一切的发生，完全是出于报复，作为对施于我和像我一样的其他人的罪行的一种补偿。那些像我一样的人从未能扯大嗓门，表达他们的仇恨，他们的反叛，他们的合理的杀戮欲。

我是一块邪恶土地上的邪恶产物。如果自我不是不朽的，那么，我写的这个"我"早就被毁掉了。对某些人来说，这也许就像一种发明，但无论我想像发生了什么，都确实真的发生了，至少对我来说是这样。历史会否认这个，因为我在我们民族历史上没起什么作用，但是即使我说的一切都是错误的、偏狭的、恶意的、恶毒的，即使我是一个谎言编造者，一个下毒者，真理终究是真理，不得不被整个咽下。

至于发生的事情吗……

一切发生的事情，在其有意义的时候，都具有矛盾的性质。直至我为其写下这一切的那个人出现之前，我都想象，在外面某个地方，在生活中，正如他们所说，存在着对一切事物的解释。当我遇见她的时候，我想，我正在抓住生活，抓住我能够咬住的某个事物，然而我完全失去了对生活的把握。我伸手去抓我要依附的东西——却一无所获，然而在伸出手去的当口，在努力去抓、去依附的时候，尽管孤立无援，我却发现了我并未寻找的东西——我自己。我明白了，我终生的愿望并不是活着——如果

别人在进行着的事被称作活着的话——而是自我表白。我理解到，我对活着从来没有一点点兴趣，只是对我现在正做的事才有兴趣，这是与生活平行，拥有生活而又超越生活的事情。我对真实的东西几乎没有丝毫兴趣，甚至对现实的东西亦无兴趣；只有我想象中存在的东西，我为了活着而每天窒息了的东西，才引起我的兴趣。我今天死还是明天死，对我而言并不要紧，也从来没有重要过，但是甚至在今天，在经过多年努力之后，我仍然不能说出我思考和感觉的东西——这使我烦恼，使我怨恨。自从儿童时代起，我就可以看到自己追踪着这个幽灵。除了这种力量、这种能力外，我别无所好，别无所求。其他的一切都是谎言——我所做所说的一切都与此无关。这是我一生的绝大部分。

我本质上是矛盾，正如他们所说。人们认为我严肃、高尚，或者快活、鲁莽，或者真诚、认真，或者粗心大意、无所顾忌。我便是这一切的混合物——除此之外，我还是什么别的东西，一种没有人怀疑的东西，我自己就更不怀疑这种东西了。当我还是六七岁的男孩时，我常常坐在我祖父的工作台旁，他一边做着缝纫活，我就一边读书给他听。他在那些时候的样子我还历历在目，他将滚烫的熨斗压在大衣接缝上，一只手放在另一只手上面，站在那里，神思恍惚地望着窗外。我记得他站在那里时脸上梦一般的表情，这比我所读的书的内容、我们进行的谈话，或者我在街上玩的游戏要记得清楚得多。我常常奇怪，他梦见了什么，又是什么使他神不守舍呢？我还没有学会如何来做白日梦。在当时以及任何时候，我都是很清楚的。他的白日梦使我着迷。我知道，他同他正在做着的事没有关系，连想也没有想过我们当中的任何人，他很孤独，正因为孤独，他是自由的。我从不孤独，尤其当我一人独处时，更不孤独。我总是好像有人陪伴着：就像一块大奶酪上的一小点儿，我想，大奶酪就是世界，就算我从未静下心来好好思考这个问题，然而我知道，我从来不单独存在，从来没想到自己好像是大奶酪。以至于就算我有理由说自己很不幸，有理由抱怨和哭泣，我都总是幻想自己加入了一种共同的、普遍的不幸。当我哭泣时，全世界都在哭泣——我是这样想像的。我难得哭泣。通常我很快活，放声大笑，过得很愉快。我过得很愉快是因为，如我以前所说，我真的不在乎任何事情。如果事情在我这儿出了什么毛病，那么它们在哪儿都要出毛病，这一点我深信不疑。事情通常只是在人们过分关心时才出毛病，这在老早以前就给我留下深刻印象。例如，我还记得我的小朋友杰克·劳森的情况。整整一年，他卧床受病痛折磨。他是我最好的朋友，至少人们是这样说的。哎，最初我或许还为他感到遗憾，时不时到他家去打听他的情况；但是过了一两个月以后，我对他的痛苦变得漠不关心。我对自己说，他应该死去，越快越好。我这样想，也就这样做，就是说，我很快忘记他，将他撇给他的命运。那时我大约只有十二岁，我记得我还很为我的决定感到骄傲。我也记得那次葬礼——这是多么不光彩的一件事。他们在那里，亲戚朋友们都聚集在棺材周围，全都像有病的猴子一般大哭大叫。特别是那位母亲，她打疼了我的屁股。她是这样一个虔信宗教的少有人物，我相信，一个基督教科学派，虽然她不相信疾病，也不相信死亡，但是她如此大哭大嚷，吵得耶稣本人都会从坟墓里爬出来，但却不是她的可爱的杰克！不，杰克冷冰冰直挺挺地躺在那里，是叫也叫不应了。他死了，这是无可怀疑的。我知道这一点，对此感到高兴。我不浪费任何眼泪在这上面。我不能说他过得更好，因为这个"他"毕竟消失了。他走了，也带走了他忍受的痛苦，以及他无意中加于别人的痛苦。阿门！我对自己说，随之，稍微有点儿歇斯底里，我放了一个响屁——就在棺材旁边。

这种过分郑重其事——我记得它在我身上只是在我初恋的日子里才有所发展。即使在那时候，我也还是不够郑重其事。要是我真的郑重其事，我就不会现在在这里写这件事了：我会因一颗破碎的心而死去，或者为此而被绞死。这是一种不太妙的经验，因为它教我如何为人虚伪。它教我在不想笑时笑，在不相信工作时工作，在没有理由活下去时活着。甚至在我已经忘却了她时，我还保留着那种做违心之事的伎俩。

正如我说过的，我自人生伊始便一派混乱，但有时候，我离中心，离混乱的中心已如此之近，以至于我周围的事物没有发生爆炸倒是一件很令人吃惊的事情。

人们习惯于把一切怪罪于战争。我说，战争同我，同我的生活没有关联。当别人都在为自己谋取舒适位置的时候，我却接受了一个又一个糟糕透顶的工作，靠它们我从来不够维持最起码的生活。我被解雇几乎同我被雇佣一样快。我才华横溢，却引起人们的不信任。我去任何地方，都煽动了不和——不是因为我是理想主义者，而是因为我像探照灯一样暴露了一切事物的愚蠢与无用。此外，我不善于拍马屁。这无疑是我的特点。当我谋职时，人们可以马上识别出，我实际上并不在乎是否得到工作。当然，我往往得不到工作，但是久而久之，寻找工作本身成了一项运动，也就是说，一种消遣。我会上门提出几乎任何要求。这是一种消磨时间的方法——就我所见，不比单纯的工作更坏。我给自己当老板，我有我自己的钟点，但是不像其他老板，我只导致我自己的毁灭，我自己的破产。我不是一家公司，一个托拉斯，一个州，一个联邦政府，一项国际政策——要说的话，只能说我更类似于上帝。

二

　　这种状况一直持续着，大约从那场战争的中途直到……嗯，直到有一天我陷入困境。我真正绝望地想要一个工作的那一天终于来临了。我需要工作，刻不容缓。我马上决定，哪怕是世界上最差的工作，比如送信人之类的工作，我也要。快下班时，我走进了电报公司——北美宇宙精灵电报公司——的人事部，做好了应付一切的准备。我刚从公共图书馆来，腋下夹着一摞有关经济与形而上学的书。令我十分吃惊的是，我被拒绝了做这项工作。

　　拒绝我的那个家伙是一个管电话交换机的小矮人。他八成把我当成了大学生，尽管从我的申请表上可以看得很清楚，我早就离开了学校。在申请表上我甚至填上了哥伦比亚大学的博士学位，给自己增添几分光彩。很显然，这一点并未被留意，要不然，就是这个拒绝我的小矮人对这一点表示怀疑。我愤怒了，因为我一生中就认真了这一次，我格外感到愤怒。不仅认真，我还忍气吞声，压下了我的傲气，这种傲气在以特有方式表现出来时是很盛气凌人的。我妻子当然像往常一样，斜眼看人，冷嘲热讽。她说，我这是做做样子的。我上床睡觉时一直懊恼这件事，整夜不能入眠，愤恨不已。我有妻小要养活，这个事实并不怎么使我心烦；人们并不因为你有一个家庭要养活，就给你工作，这些我都再清楚不过了。不，使我恼火的是他们拒绝了我亨利·米勒，一个有能力的优秀个人，他只是请求得到世界上最下等的工作。这使我怒火中烧，无法自制。第二天一大早我就起床，刮好胡子，穿上最好的衣服，急匆匆去赶地铁。我直接去了电报公司的总部办公室……直奔二十五层或总裁、副总裁有他们小办公室的某个什么地方。我要求见总裁。当然，总裁不是不在城里，就是太忙而不能见我，但是我并不介意见副总裁或者他的秘书。我见到了副总裁的秘书，一个聪明而替人着想的小伙子。我给他耳朵里灌了一大堆话，表现得很机灵，不过分激烈，但是始终让他明白，我不是那么容易像皮球一样被踢出去的。

　　当他拿起电话要总经理的时候，我想，他只是在哄我，还是以老一套来把我从这里踢到那里，直到我自己受不了自动离开为止。不过，我一听到他谈话，便改变了看法。当我来到设在非商业区另一幢楼内的总经理办公室时，他们正在等我。我坐到舒适的皮椅子里，接受了递过来的一支大雪茄。这个人似乎马上就对事情十分关心。他要我把一切都告诉他，直至最琐碎的细节。他竖起毛茸茸的大耳朵，来抓住一点一滴信息，以便有助于他在头脑里形成对这事那事的看法。我明白，我已经有点偶然地真正成为一种工具，在为他服务。我让他哄得按他的设想来为他服务，随时都在窥测风向。随着谈话的进行，我注意到他对我越来越兴奋。终于有人对我流露出一点儿信任啦！这便是我开始干我最喜爱的行当之一时所要求的一切。因为，在寻找了多年工作以后，我自然变得很老练；我不仅知道不该说什么，而且也知道影射什么，暗示什么。一会儿，总经理助理便被叫进来，让他听听我的故事。直到这时候，我才知道这故事是什么。我明白了，海迈——总经理称他为"那个小犹太"——没有权力假装他是人事部经理。显然，海迈篡夺了特权。还有一点也很清楚，海迈是个犹太人，犹太人在总经理那里声名狼藉，而且在同总经理作对的副总裁忒利格先生那里也名声不佳。

也许"小脏犹太"海迈应该为送信人员中犹太人所占的高百分比负责。也许海迈实际上就是在人事部——他们称之为"落日处"——负责雇人的那个人。我猜想，现在对于总经理克兰西先生来说，是把某个彭斯先生拿下来的大好机会。他告诉我，彭斯先生现在已当了大约三十年的人事部经理，显然正在变得懒于干这项工作。

会议开了好几个小时。结束前，克兰西先生把我拽到一边，告诉我，他打算让我当劳动部门的头，但是在就职以前，他打算请我先当一名特别信使，这既是一种特殊的帮忙，又是一种学徒期，这对我是有好处的。我将领取人事部经理的薪水，但是是从一个单立的账户上付钱给我。总之，是要我从这个办公室游荡到那个办公室，来看看所有人进行的事情在如何运转。关于这个问题我得经常打一个小报告。他还提议，过上一子阵就私下到他家里去一次，聊一聊宇宙精灵电报公司在纽约市的许多分支机构的状况。也不是说，就是要我先当几个月密探，然后我才可以到任。也许有一天他们还会让我当总经理，或者副总裁。这是一个诱人的机会，尽管它被裹在大量马粪中间。我说行。

几个月以后，我坐在"落日处"，像恶魔一样把人雇来，又把人开除。老天爷作证，这是一个屠场。这玩艺儿从根本上讲是没有意义的，是对人力、物力、精力的浪费，是汗臭与不幸的背景之下的一部丑陋的滑稽戏。但是，正像我接受密探工作一样，我也接受了雇用人、解雇人的工作，以及与之有关的一切。我对一切都说行。如果副总裁规定，不许雇瘸子，我就不雇瘸子。如果副总裁说，四十五岁以上的送信人不必

9

预先通知，统统解雇，我就不预先通知，把他们解雇掉。他们指示我做什么，我就做什么，但是是以一种他们必须为之而付钱的方式。什么时候出现罢工，我就袖手旁观，等着这阵风刮过去，但是我首先要保证他们为此而付出一大笔钱。整个体制都腐烂了，它违背人性，卑鄙下流，腐败到了极点，也烦琐到了极点，没有一个天才，便不可能使它变得合理而有秩序，更不用说使它具有仁爱与体贴之人情了。我面临着整个腐朽的美国劳动制度，它已经从头烂到脚了。我是多余的人，两边都不需要我，除非是利用我。事实上，在整个机构的周围，里里外外，上上下下，每个人都在被利用——总裁及其一伙被无形的强权所利用，雇员被高级职员所利用，等等，等等。从我在"落日处"的小小位置上，可以鸟瞰整个美国社会。这就像电话簿里的一页纸。按字母顺序、号码、统计资料看，它是有意义的，但是当你进一步细看时，当你单独研究各页、各个部分时；当你研究一个单独个人以及构成他的那些东西，研究他呼吸的空气、他过的生活、他冒险抓住的机会时，你就看到了如此肮脏、如此卑劣、如此下贱、如此可悲、如此绝望、如此愚蠢的东西，甚至比在一座火山里看到的东西还要可怕。你可以看到全部美国生活——经济、政治、道德、宗教、艺术、统计、病理学等各个方面。这看上去就像一只蔫鸡巴上长着杨梅大疮，说真的，看上去比这还糟糕，因为你再也看不到任何像鸡巴的东西了。也许过去这玩艺儿有生命，产生过什么东西，至少给人以片刻的快感，片刻的震颤，但是从我坐的地方来看它，简直比虫子四处爬的奶酪还要腐烂不堪。令人称奇的是，它的恶臭竟然没有把人熏死过去……我一直用的是过去时，当然现在也一样，也许还更糟一点儿。至少我们现在正闻到它臭气冲天。

到瓦莱丝佳出现的时候，我已经雇了好几个军团的送信人了。我在"落日处"的办公室像一条没有遮盖的污水沟，臭烘烘的。我刚往里探了一下身子，就立即从四面八方闻到了这种味道。首先，我撵走的那个人在我到来的几周之后，便伤心而死。他硬挺的时间也够长了，正好等到我闯进来，他便呜呼哀哉了。事情来得如此神速，我都没有来得及感到内疚。从我到达办公室那一刻起，漫长的大混乱便开始了，从不间断。在我到达前一小时——我总是迟到——这地方就早已经挤满了申请者。我得用胳膊肘开路，夺路走上楼梯，严格讲，是拼了命挤到那里去的。海迈的情况不如我，因为他被束缚在隔墙那儿。我还没来得及取下帽子，就得回答十几个电话。我桌上有三部电话机，都同时响起来。甚至在我坐下来办公以前，它们就吵得我尿都憋不住了。连上厕所的时间都没有——得一直等到下午五六点钟。海迈的情况不如我，因为他被束缚在电话交换机那里。他从早上八点，一直坐到下午六点，指使"名单"们跑来跑去。"名单"就是从一个营业所借到另一个营业所去干一天或一天里干几个小时的送信人。许许多多营业所当中，没有一个的人员是满的；海迈只好和"名单"们下棋玩，而我却忙得像个疯子一样，来堵缺口。如果我在一天里奇迹般地填满了所有的空缺，第二天早上，会发现一切还是老样子——甚至更糟。也许只有百分之二十的人手是稳定的，其余都是临时的。稳定的人手将新来的人手赶跑了。稳定的人手一星期挣四五十美元，有时候六十至七十五，有时候一星期挣一百美元之多，也就是说，他们远比职员挣得多，往往也比他们自己的经理挣得多。至于新来的人，他们发现一星期挣十美元都很难。有些人干了一小时就退出了，往往将一捆电报扔进垃圾箱或阴沟里。无论他们什么时候退出，都会要求立即付给他们报酬，而这是不可能的，因为复杂的会计制度规定，少说也得过十天以后，人们才能说出一个送信人挣了多少钱。开始，我请申请者坐在我旁边，详细地向他解释一切，直说到我嗓子沙哑。不久我就学会节省力气来用于必要的盘问。首先，每两个小伙子中就有一个是天生的说谎家，如果除此之外不是一个无赖的话。他们当中许多人都被雇用又被开除了多次。有些人认为这是寻找另一份工作的绝妙方法，因为工作关系，他们有机会来到他们本不可能涉足的成百上千个办公室。幸好有个可靠的考麦克戈文，他看门、分发申请表格，并有照相机一般的眼力。还有我身后的那些大本子，里面有经受了考验的每一个申请者的履历。这些大本子很像一种警察局档案，画满了红色的墨迹，表明这样或那样的失职。从证明材料来判断，我的处境很麻烦。每两个名字中就有一个同偷窃、诈骗、吵架或痴呆、性反常、弱智等有关。"当心——某某人是癫痫病患者！""不要此人——他是黑鬼！""小心——某人在丹纳摩罗呆过——要不就在新新监狱。"

假如我是一个循规蹈矩的人，那就谁也休想被雇用了。我必须迅速根据经验，而不是根据档案或我周围那些人的话来了解情况。要鉴别一个申请者，有许许多多细节要考虑：我不得不一下子把他们全接受下来，而且要快，因为在短短一天中，即使你是杰克·鲁滨逊那样的快手，你也只能雇这些，不可能再多。而无论我雇多少，怎么也是不够的。第二天一切又从头开始。我知道，有些人只干一天，但我不得不照样雇他们。这个体制从头到尾都是错的，但我无权抨击它。我的职责就是雇用和开除。我处于一个飞速旋转的转盘中心，没有东西能停下来不动。我们需要的是一个技师，但是按照上级的逻辑是，机械部分没有毛病，一切都好极了，只是具体事情上暂时出了点儿问题。事情暂时出了问题，就造成癫痫、偷窃、破坏、痴呆、黑鬼、犹太人、妓女，等等——有时候还有罢工与封闭工厂，因此，根据这种逻辑，你就拿一把大扫帚，去把马厩打扫干净，要不就拿大棒与枪炮，打得那些可怜的白痴明白，再不要为那种认为事情从根本上出了毛病的幻想而痛苦。时常谈论一下上帝是件好事，或者让一个小团体唱唱歌——也许甚至时常发点儿奖金也是无可非议的，这是在事情正可怕的恶化，说好话已不奏效的时候。但是总体上来说，重要的事情是不断雇用与开除；只要有兵，有弹药，我们就要冲锋，就要不断扫荡各条战壕。这期间，海迈不停地吃泻药灵丸——足以把他的屁股撑破，假如他曾经有过屁股的话，但是他不再有一个屁股了，他只是想象他在上厕所，他只是想象他在坐着拉屎。实际上这个废物蛋是在发呆。有许多营业所要照料，每一个营业所都有一帮送信人，他们如果不是假设的也是虚幻的，但无论他们是真是假，确切还是不确切，海迈都得从早到晚把他们差来差去，而我则堵窟窿。其实这也是凭空想象的，因此当一名新手被派到一个营业所去，谁又能说他会今天到那里，还是明天到那里，或是永远也到不了。其中有些人在地铁里或摩天大楼底下的迷宫迷了路；有些人整天就在高架铁路线上乘来乘去，因为穿着制服是可以免费乘车的，也许他们还从未享受过整天在高架铁路线上乘来乘去的乐趣呢。其中有些人出发去斯塔滕岛，却到了卡纳尔西，要不就是在昏迷中由一个警察带回来。有些人忘记了他们住在哪里，彻底消失了。有些人我们雇用在纽约工作，却在一个月后出现在费城，好像这没什么不对，而且是天经地义的。有些人出发去目的地，却在中途决定，还是卖报纸更容易些，然后他们就会穿着我们发给他们的制服去卖报纸，直到被发现。有些人则受某种古怪的自我保护本能的驱使而径直去了观察病房。

　　海迈早晨一到办公室，先是削铅笔；不管有多少电话打来，他都一丝不苟地削，他后来解释给我听，这是因为，如果他不是一下子马上把铅笔削好，那么就再也没有机会削了。其次是看一下窗外，了解天气如何，然后，用一支刚削好的铅笔，在他放在身边的用人名单的最上面，画一个小方框，在方框内写上天气预报。他还告诉我，这往往会成为不在犯罪现场的有用证明。假使雪有一尺深，或者地面被雨雪覆盖，即使魔鬼本人也会被原谅，没有更快地把"名单"们差来差去，而人事部经理亦会被原谅，没有人在这样的天气里填补空缺。不是吗？但是，他削完铅笔后，为什么不先去上厕所，却马上埋头于电话交换机，这对我来说是个谜。这一点，他后来也向我解释了。总之，一天以混乱、抱怨、便秘、空缺开始。它也是以响亮的臭屁、污浊的气味、错位的神经、癫痫病、脑膜炎、低收入、拖欠工资、破鞋、鸡眼与脚病、扁平足、失窃的袖珍书与钢笔、飘撒在阴沟中的电报纸、副总裁的威胁与经理们的忠告、口角与争论、大风暴冲击下的电报线、新的有效方法与被抛弃的旧方法、对好时光希望与口惠而实不至的奖金等等而开始的。新的送信人跳出战壕，便被机枪扫射而死；老手越挖越深，像奶酪中的耗子。没有人满意，尤其是公众不满意。打电报十分钟就可以打到旧金山，但是也许要过一年，电报才能送到收报人手中——也许永远也送不到。

基督教青年会迫切希望改善美国各地劳动青年的精神面貌，在中午的时间里举行会议，我何不派一些潇洒的年轻人去听听威廉·卡内吉·小亚斯台比尔特谈五分钟关于服务的问题呢？福利会的马洛礼先生很想知道，我是否在某个时候能拨冗听他谈谈被假释的模范囚犯，他们很愿意做任何工作，甚至当送信人。犹太慈善组织的古根霍弗尔夫人会非常感谢我，假如我帮助她维持几个破碎家庭的话。这些家庭之所以破碎，是因为家庭中的每一个人不是意志薄弱，就是瘸子或残废。逃亡男孩之家的哈吉尔蒂先生肯定，他完全有棒小伙给我，只要我给他们一次机会；他们全都受到过后爹后妈的虐待。纽约市长则很希望我能对持信人专门关照一下，他可以以一切作担保——可是究竟为什么他自己不给那位持信人一个工作，这倒是个谜。有人凑近我肩膀，递给我一张他刚写好的纸条——"我什么都明白，但我耳朵不太好。"路德·维尼弗莱德站在他旁边，穿着的破烂上衣是用安全别针系在一起的。路德是七分之二的纯印第安人，七分之五的美籍德国人，他是这样说的。在印第安人方面，他是一个克劳人，来自蒙大拿州的克劳人之一。他上一个工作是安装遮光帘，但是他的裤衩里没有屁股，太瘦，他羞于当着一位女士的面爬到梯子上去。他前两天刚出医院，仍然有点儿虚弱，但是他认为还不至于弱到不能送电报。

然后是费迪南·米什——我怎么会忘记他呢？他整个上午都排队等候着同我说句话。我从未回过他寄给我的信。这公正吗？他温和地问我。当然不。我模糊记得他从街心广场的宠物医院寄给我的最后一封信。他在医院里当护理员。他说他后悔辞去了他的工作，但是这是由于他的父亲，他对他太严格，不给他任何娱乐或户外的乐趣。他写道，"我现在二十五岁，我认为我不应该再同父亲睡在一起，你说呢？我知道，人们说你是一个大好人，我现在自立了，所以我希望……"可靠的老家伙麦克戈文站在费迪南旁边，等我对他做出示意。他要把费迪南赶走——他五年前就记得他，当时他穿着制服躺在公司总部门前的人行道上，癫痫病发作。不，他妈的，我不能这样做！我要给他一个机会，这可怜的家伙。也许我会送他去中国城，那里的工作十分地清闲。这时，费迪南到里屋去换制服，我又听一个孤儿给我唠唠叨叨地说他要"帮助公司成就大业"。他说，假如我给他一个机会，他就每个星期天都去教堂为我祈祷，当然另外有些星期天他还得向负责他假释的官员报告近况。他似乎没做什么坏事。他只是把人

推了一下，这人头撞在地上，死了。下一个：直布罗陀的前领事。写一笔好字——太好了。我请他傍晚来见我——他不太可靠。这时，费迪南在更衣室里旧病发作。好运气！如果此事发生在地铁里，让人看到他帽子上的号码等等，那我就得吃不了兜着走了。下一个：一个独臂的家伙，因为麦克戈文正请他出去，他气得发疯。"见他妈的鬼！我身强力壮，不是吗？"他大叫，为了加以证实，他用好胳膊抓起一把椅子，把它摔成碎片。我回到办公桌那里，看到一封给我的电报。我拆开一看，是乔治·布拉西尼打来的，他是Ｓ·Ｗ·营业所2459号前送信人。"我很遗憾我不得不这么快退出，但是这工作不适合我的懒散性格，我真的很爱好劳动与节俭，但是我们很多次都不能控制或克制我们个人的自尊。"

开始，我热情很高，尽管上下都有压力。我有想法，就付诸实施，不管副总裁满意不满意。每隔十天左右，我就要受一通训斥，说我太"菩萨心肠"。我口袋里从来没有钱，可是我花别人的钱很大方。只要我是老板，我就有信用。我逢人便给钱；我给外衣、内衣、书，什么多余了，我就给什么。要是我有权，我会把公司都给那些可怜的废物蛋的，省得他们来打扰我。要是有人问我要一角钱，我就给他半个美元；要是有人问我要一个美元，我就给他五个。我才不管给出去多少呢，因为借花献佛比拒绝那些可怜家伙要容易。我一生中从来没有见过有这么多不幸集中在一起，我希望再也不要看见这些了。所有的人都很穷——他们一直穷，而且将永远穷。在可怕的贫穷底下，有一团火焰，通常很小，几乎看不见。但是它在那里，如果有人胆敢朝它吹口气，它就会蔓延成一场大火。我经常被敲打，让我不要太宽厚，不要太动感情，不要太慈悲。心要狠！不要讲情面！他们告诫我。我对我不能给他工作的人，我就给他钱，如果我没有钱，我就给他香烟，或者给他勇气。但是我给！其效果是令人眼花缭乱的。没有人可以估量一件好事、一句好话的结果。我淹没在感激、良好祝愿、邀请及令人柔肠寸断的小礼品之中。如果我真正有权，而不是多余的人，天知道我会做出什么样的事情来呢！我可以把北美宇宙精灵电报公司作为基地，来把一切人道带给上帝；我可以同样改变南北美洲，还有加拿大自治领。我手中掌握这个秘密：要慷慨，仁慈，耐心。我做五个人的工作，三年中几乎不睡觉。我没有一件完整的衬衣，我往往羞于向老婆借钱，或者挪用孩子的积蓄。为了早上能有车费去上班，只能在地铁站诈骗瞎眼的卖报人。我各处欠了这么多的钱，就是工作二十年也还不清。我掏富人的腰包补给穷人，这是天经地义的事。如果我今后处在同样的位置上，我还要这样做。

我甚至创造了奇迹，阻止了雇用人员的流动，没有人敢奢望过这样的事。可是，他们不但不支持我的努力，反而拆我的台。按照上级的逻辑，是工资太高了，人员才不流动。所以他们就削减工资。这就好比将桶底踢穿。整座大厦在我手上坍塌了，倾覆了。他们却好像什么也没发生过一样，坚持要立即将缺口补上。为了将这打击缓和一点，他们明确表示，我甚至可以增加犹太人的百分比，可以不时雇用一个瘸子，只要他还行。我可以做这，可以做那，而所有这一切，他们以前告诉我，都是违反法规的。我怒不可遏，干脆照单全收。我还会雇用野马和大猩猩呢！只要我能唤起他们一点点必要的智能，足以送送电报就行。几天前，下班时只有五六个空缺。现在有三百、四百、五百个——他们像沙子一样流走。妙极了。我坐在那里，什么也不问，就大批雇用他们——黑鬼、犹太人、瘫子、瘸子、刑满释放分子、婊子、疯子、流氓、白痴，只要有两条腿，手里拿着电报，什么样的操蛋玩艺儿都行。各个营业所的经理吓坏了，我却高兴异常。想着我正在制造什么样一个臭气冲天的大杂烩，我整天乐呵呵的。投诉者从全市各地蜂拥而来。业务瘫痪了，阻塞了，窒息了。一头毛驴也会比某些被我套在制服里的白痴更早到达目的地。

新的一天里有了最好的事情，这便是招收了女送信人。这改变了这儿的整个气氛。对海迈来说，这更是天赐良缘。他把他的交换台搬来搬去，为的是能够一边把那些"名单"们支使过来，支使过去，一边可以看着我。尽管工作增加，但他永远兴致勃勃。他笑眯眯地来上班，整天都笑眯眯的，如同在天堂里一般。一天结束时，我总有一张五六人的名单，值得一试。我们耍的花招就是让她们上钩，答应她们有工作，但是先要免费干一次。通常请她们吃顿饭是完全必要的，以便要她们夜里回到办公室来，让她们躺在更衣室的包锌桌面上。有时候，如果碰到她们有舒适的寓所，我们就把她们送回家，在床上干。如果她们喜欢喝点什么，海迈就带瓶酒来。如果她们很好，而且真的需要钱，海迈有时候就会亮出他的钞票，扔下一张五元或十元的票子。我想到他身上带的钱就垂涎欲滴。我从来不知道他从哪儿弄来的钱，因为他是这里收入最低的人。但他总是有钱，无论我要多少，我总能拿到手。有一次我们偶尔发了一次奖金，我就一分钱也不差地统统还清海迈的钱——他很惊喜，那天晚上就领我到戴尔莫尼哥去，在我身上花了一大笔钱。不止这些，第二天他还坚持要给我买礼帽、衬衣和手套。他甚至暗示，只要我愿意，我还可以到他家去搞他老婆，但是他又警告我，她眼下卵巢有点儿问题。

除了海迈和麦克戈文以外，我有两个漂亮的金发女郎做助理。她们经常晚上陪我们去吃饭。还有奥马拉，是我的一位老朋友，刚从菲律宾回来，我让他当了总助理。

还有斯蒂夫·罗美洛，一头大公牛，我把他留在身边，以防遇到麻烦。还有奥洛克，他是公司的侦探，每天结束时他来向我报到，然后开始工作。最后，我增加了另一个人员——克伦斯基，一位年轻的医科大学生，他对我们所拥有的大量病理学病例十分感兴趣。我们是一班快乐的人马，结合在一起，都不惜一切代价来操公司。一边操公司，一边操我们可以看见的一切，只有奥洛克除外，因为他要维护某种尊严，而且他前列腺有毛病，对下身运动已兴味索然。但是奥洛克是个好人，慷慨大方，无法用语言来形容。他经常邀请我们晚上去吃饭，我们遇到麻烦，首先就想到找他帮助。

三

　　这就是几年以后"落日处"的状况。我富于人性，富于这样那样的经验。在我清醒的时刻，我就做笔记，预计着以后一旦有机会来记录我的经历时派上用场。我等待着喘口气的时间。然后碰巧有一天，因为某种胡乱的疏忽，我受到训斥，副总裁无意中甩出一句话来，令我耿耿于怀。他说，他想见到某个人来写一本关于送信人的霍拉修·阿尔杰式的书，他暗示，也许我可以来做这件工作。我愤愤不平地想，他真是个傻瓜，但同时又很高兴，因为我暗中渴望要把想说的话痛痛快快写出来。我暗想——你这可怜的傻瓜，你就等着吧！我头脑里一片混乱地走出了他的办公室。我看见从我手上经过的大队人马，那些男女老少，看见他们哭泣，恳求，哀求，乞求，诅咒，啐人，骂娘，威胁。我看见他们留在公路上的足迹，看见躺着不动的货运列车，看见衣衫褴褛的父母，空空的煤箱，污水横溢的阴沟，渗着水珠的墙壁，以及在冰冷的水珠之间发疯似的飞蹿的蟑螂。我看见他们跌跌撞撞走路，就像缩成一团的侏儒，或者仰面倒地，癫痫大发作，嘴巴歪扭，唾沫飞溅，手舞足蹈。我看见墙壁倒塌，害虫像长了翅膀的液体一般奔涌出来，而那些高高在上的人，却坚持他们铁一般的逻辑，等待着这一阵风刮过去，等待着一切都被弥补好，等待着，心满意足地、舒舒服服地等待着，嘴上叼着大雪茄，两腿翘在桌子上，说事情暂时出了问题。我看见霍拉修·阿尔杰式的英雄，一个有病的美国人之梦，他越爬越高，先是送信人，然后是经纪人，然后是经理，然后是主任，然后是总管，然后是副总裁，然后是总裁，然后是托拉斯巨头，然后是啤酒大王，然后是南北美洲的大亨，财神爷，神中之神，泥土中的泥土，天堂的虚妄，前前后后有着九万七千位小数的零。你妈的，我对自己说，我要给你一幅十二个小人的图画，给你没有小数、没有任何进位数的零，给你十二条踩不死的蛀虫，正在蛀空你这座腐朽大厦的基础。我会让你看看，在世界末日后的第二天，当所有的臭气都已清除掉的时候，霍拉修·阿尔杰是怎么一副尊容。

　　他们从世界各地来到我这里，得到救助。除原始人以外，几乎没有一个种族没有代表加入我的劳动大军阵营。除了阿依努人、毛利人、巴布亚人、维达人、拉普人、

17

祖鲁人、巴塔哥尼亚人、伊戈罗特人、霍屯督人、图瓦莱格人，除了已绝种的塔斯马尼亚人、格里马尔迪人、亚特兰蒂斯人，我有天底下几乎每一种人种的代表。有兄弟俩，现在还热衷于太阳崇拜，还有两个聂斯脱利派教徒，来自古老的亚述世界；有一对来自马耳他的马耳他孪生兄弟和一个来自尤卡坦的玛雅人后代；有一些来自菲律宾的小黑兄弟和一些来自阿比西尼亚的埃塞俄比亚人；有来自阿根廷大草原的人，有从蒙大拿来的流浪牛仔；有希腊人、拉脱维亚人、波兰人、克罗地亚人、斯洛文尼亚人、罗塞尼亚人、捷克人、西班牙人、威尔士人、芬兰人、瑞典人、俄国人、丹麦人、墨西哥人、波多黎各人、古巴人、乌拉圭人、巴西人、澳大利亚人、波斯人、小日本人、中国人、爪哇人、埃及人、黄金海岸和象牙海岸的非洲人、印度人、亚美尼亚人、土耳其人、阿拉伯人、德国人、爱尔兰人、英国人、加拿大人——以及大批意大利人和大批犹太人。我只有过一个我可以想得起来的法国人，他只坚持了大约三个小时。我有过一些美洲印第安人，主要是切罗基人，但是没有过西藏人，没有过爱斯基摩人；我见过我决然想象不出来的名字，我见过书写有楔形文字，直至中国人那种老练而漂亮得出奇的书法。来向我求职的人中，有的曾经是埃及学学者、植物学家、外科医生、金矿工人、东方语言教授、音乐家、工程师、内科医生、天文学家、文化人类学家、化学家、数学家、市长、州长、监狱长、牛仔、伐木工人、水手、偷采牡蛎者、搬运工人、铆工、牙科医生、外科医生、画家、雕塑家、管子工、建筑师、毒品贩子、为人堕胎者、白奴、潜水员、烟囱修建工、农场主、服装推销员、捕猎手、灯塔管理员、拉皮条的、市参议员、上议员，总之是天下之大，无奇不有，他们全都穷困潦倒，来乞求一份工作，挣些烟钱、车钱，争取一个机会，万能的基督呀，仅仅是一个机会！我见识到并认识了一些圣徒，如果这个世界真的有圣徒的话；我见到并同放纵和不放纵的学者谈过话；我听那些肠子里燃着神圣之火的人说过话，他们可以说服万能的上帝再给他们一次机会，却说服不了宇宙精灵电报公司的副总裁。我牢牢地钉在办公桌旁，我也以闪电般的速度周游世界，我知道天下乌鸦一般黑——到处是饥饿、羞辱、无知、邪恶、贪婪、敲诈、诈骗、折磨、专制，人对人的不人道：枷锁、挽具、笼头、缰绳、鞭子、踢马刺。感觉越敏锐，人就越倒霉。人们穿着那些讨厌的廉价服装，让人看不起的、等而下之的服装，走在纽约街头，像海雀，像企鹅，像牛，像驯养的海豹，像有耐力的骡子，像大公驴，像蠢笨的大猩猩，像正在咬上悬空诱饵的驯顺的疯子，像跳华尔兹舞的耗子，像豚鼠，像松鼠，像兔子一般在街上闲逛，许多人都适合统治世界，适合写世界上最伟大的书。当我想起我认识的一些波斯人、印度人、阿拉

伯人，当我想起他们显示的性格、他们的优雅、他们的温存、他们的智慧、他们的神圣，我就要朝世界上的白人征服者啐唾沫：那些堕落的英国佬，体面的沾沾自喜的法国佬。地球是一种了不起的有感觉的存在，一个彻头彻尾充满着人的星球，一个语无伦次、吞吞吐吐地自我表白的活的星球；这不是白种人的家，也不是黑种人、黄种人或已经绝种的青种人的家，而是人的家，所有人在上帝面前都是平等的，都会有自己的机会，如果现在没有，那么一百万年以后会有的。菲律宾的小黑弟兄们有朝一日会再次兴盛，南北美洲被杀害的印第安人有朝一日也会活过来，在现在矗立着城市、喷着火焰、传播着瘟疫的平原上驰骋。谁说了算？人！地球是人的，因为人就是地球，地球的火、水、空气、矿产、物质、精神，是宇宙性的，是不灭的，也是一切行星的精神，其自身的改变正是通过人，通过无穷无尽的标记和象象征，通过无限的表现形式。等一下，你这堆宇宙电报屎巴巴，你这等着人来修理抽水马桶的天堂精灵；等一下，你们这些肮脏的白人征服者，你们用魔爪、用工具、用武器、用病菌玷污了地球，一个人才说了算。正义必须行使到有感觉的最后一个细胞上——一定要行使！没有人在侥幸做成任何事，尤其是北美宇宙屎巴巴。

当我休假的时间到来时——我已经三年没有休假了，一直在渴望着使公司成功——我休了三周而不是两周，我写了关于十二个小人物的书。我一口气写下去，每天写五千字，七千字，有时候八千字。我认为，一个人要当一个作家，就必须每天至少写五千字。我想，他必须同时说出一切——在一本书中——然后倒下。关于写作我是一个外行。我被吓得屎都憋回去了，但是我决心要把霍拉修·阿尔杰从北美意识中排除。我猜想，这是任何人写的书中最糟糕的一本。这是一个大卷本，从头到尾都是缺陷。可是这是我的第一本书，我爱上了它。如果我像纪德那样有钱，我会自费将它出版的。如果我有惠特曼的勇气，我会挨家挨户去兜售它。每一个看到它的人都说它可怕。我被力劝放弃写作的念头。我不得不像巴尔扎克那样认识到，一个人必须先写出几卷书来，然后才签他自己的名字。我不得不认识到，而且我不久也确实认识到，一个人必须放弃一切，除了写作什么也不干，他必须写呀，写呀，即使世界上每一个人都劝他不要写，即使没有人相信他，他也得写。也许一个人写作，恰恰因为没有人相信；也许真正的秘密在于使人相信。人们说一本书不适当，有缺陷、恶劣、可怕，这是再自然不过的事了。我试图在开头做一个天才人物只会在结尾才做的事。我要在开头说最后一句话。这是荒唐而可悲的。真是一败涂地，但是却使我坚强起来。我至少懂得了失败是怎么回事，懂得了试图做大事情是怎么回事。今天，当我想起我写这本书时的环境，当我想起我设法赋予形式的大量素材，当我想起我当时希望包容的一切，我便鼓励自己，给了自己一个双 A。我为这样的事实感到骄傲：我失败得够惨的，但我一旦成功，我便会成为庞然大物。有时候，我翻阅我的笔记本，一个人看着那些我想写的人的名字，我就晕头转向。每一个人都带着一个他自己的世界来到我跟前；他来了就把这世界卸在我的写字台上；他期待我拾起这个世界，把它扛在自己肩上。我没有时间来建造一个我自己的世界：我不得不像阿特拉斯那样一动不动地定在那里，脚踩在大象背上，而大象又踩在乌龟的背上。要打听乌龟站在什么上面，那就发疯去吧！

我当时除了"事实"以外，什么也不敢多想。要深入挖掘事实底下的东西，我就得成为一个艺术家，而一个人一夜之间是成不了艺术家的。首先你必须被压倒，让你的有冲突的观点被消灭掉。为了作为一个个体而再生，你必须作为人类而被消灭。你必须炭化，矿物化，从自我的最起码的一般特征做起。你必须超越怜悯，为的是从你的存在的根本上来感觉。一个人不可能以"事实"来造就一个新天地。没有"事实"——只有这个事实：人，世界上每个地方的每一个人，都在走向分类。有些人走了远道，有些人走了捷径。每个人都以他自己的方式设定他的命运，没有谁能帮助他，只能表示出仁慈、慷慨、耐心。在我的热情中，有些现在已经清楚的事情，在当时我是无法解释的。例如，我想起卡纳汉，我要写的十二个小人物之一。他是一个所谓模范送信人，他是一所名牌大学的毕业生，有着健全的理智和模范的性格。他一天工作十八至二十个小时，比任何一个送信人员挣得都多。他服务的顾客们写信把他捧上了天；有人向他提供好的职位，他都以这样那样的理由谢绝了。他生活很节俭，把大部分工资都寄给他住在另一个城市的妻子和孩子们。他有两个毛病——贪杯与一心发迹。他可以一年不喝酒，但只要他喝上一滴，那就完了。他两次在华尔街发了财，然而，在他来我这儿找工作以前，最多不过在某个小镇上当了个教堂司事。他干这份差事被人解雇，就因为他突然喝起他的圣餐用葡萄酒，整夜不停地敲钟。他诚实，真挚，认真。我绝对相信他，而我对他的信任，是为他没有一点瑕疵的工作档案所证实了的。然而，他却冷酷地枪击了妻儿，然后，枪击了自己。幸好没有一个人死去；他们都一起躺在医院里，而且都复了原。在他们把他转送到监狱去以后，我去看他妻子，为的是请她来帮助他。她断然拒绝。她说他是世界上用两条腿走路的最卑鄙、最残酷的婊子养的——她要看着他被绞死。我恳求了她两天，可她仍然无动于衷。我到监狱去，透过铁丝网同他谈话。我发现他已经讨得监狱当局的喜欢，已被允许享受一些特权，他一点儿也没有情绪低落。相反，他指望尽量利用他在监狱里的时间来对推销术进行"仔细研究"。他打算在释放后成为美国的最佳推销员。我几乎要说，他似乎很快活。他说不要为他担忧，他会过得很好的。他说每个人都对他好极了，他没有什么好抱怨的。我有点儿茫然地离开了他。我来到附近的海滩上，决定去游个泳。我用新的眼光来看待一切。我几乎忘记回家了，一心专注于关于这个家伙的思考之中。谁能说他不是塞翁失马，焉知非福呢？也许他离开监狱后会是一个地道的福音传教士而不是一个推销员。没有人能预言他会做什么。没有人能帮助他，因为他正在以他自己隐蔽的方式设定自己的命运。

还有另一个家伙，一个名叫古普塔尔的印度人。他不仅仅是一个为人规规矩矩的模范——他是一位圣徒。他十分爱好长笛，总是一个人在他那间可怜的小房间里吹笛。有一天他被发现光着身子，脖子被切到了耳朵根，在床上，他的身边放着他的长笛。在葬礼上，有十几个妇女掉下了动情的眼泪，包括杀死他的那个看门人的老婆。我可以写一本关于这小伙子的书，他是我遇到过的最好心、最圣洁的人，他从不得罪任何人，从不从任何人那里拿任何东西，但是他犯了一个基本的错误，就是到美国来传播和平与爱。

还有一个戴夫·奥林斯基，又一个忠诚而勤奋的送信人，他想到的只有工作。他有一个致命的弱点——他说得太多。当他来找我的时候，已经环绕地球好几圈了，为了谋生，他几乎干遍了所有的行业。他懂十二种语言，很为他的语言能力感到自豪。他属于这样一种人：他们的乐善好施和热情却成了他们的祸根。他要帮助每一个人，要告诉每一个人如何获得成功。我们给他的工作他总嫌不够——他是一个工作狂。也许，当我派他去纽约东区的营业所时，我应该警告他，他将要在一个棘手的地区工作，可是他假装什么都知道，并且坚持要在那个地区工作（由于他的语言能力），我就不好再说什么了。我暗想——你很快就会受不了的。显然，他在那里工作不久就遇到了麻烦。一个粗鲁的犹太小伙子有一天从附近走进来，问他要一张空白表格。送信人戴夫当时坐在办公桌后面。他不喜欢这小伙子要空白表格的方式，就告诉他应该礼貌些。为此他挨了一个大嘴巴。他又唠叨了几句，接着就挨了重重的一下，打下的牙齿被他咽下肚子里，牙床骨被打断了三处，但他仍然不知道闭上他的嘴。这个该死的傻瓜，竟跑到警察分局去投诉。一星期以后，他正坐在一张长凳上打瞌睡，一帮无赖闯进来，把他打得很惨。他的头被打破，脑袋看上去就像一个煎蛋卷。不仅如此，他们还将保险柜洗劫一空，把它来了个底朝天。戴夫死在送往医院的半道上。他们在他袜子里找

到了他藏起来的五百美元……然后是克劳森和他的老婆莱娜。他申请工作时，他们是一起来的。莱娜手上抱着一个小孩，他手上牵着两个。是某个救济机构让他们来找我的。我让他当了夜间送信人，这样他便可以有固定的薪水。几天后，我收到他的一封来信，这封信有点儿不对劲，他在信中请求我原谅他擅离职守，因为他要向他的假释主管人做汇报。然后又来一封信说，他老婆拒绝同他睡觉，因为她不想再要孩子。他请我去看他们，设法说服她同他睡觉。我到他家去——意大利居民区中的一间地下室，看上去就像一个疯人院。莱娜又怀孕了，大约已经七个月了，她快要发疯了。她喜欢睡在屋顶上，因为地下室里太热，也因为她不愿意让他再碰她。我说现在碰不碰也无所谓了，她只是看着我，咧开嘴笑。克劳森参加过战争，也许毒气把他搞得有点儿精神失常——不管怎么说，他嘴上正吐着白沫。他说，如果她不离那屋顶远远的，他就打碎她的脑袋。他暗示，她睡在那里是为了同住在顶楼的送煤工调情。听到这话，莱娜又一次不快地咧开青蛙般的嘴笑了笑。克劳森被激怒了，飞起一脚，踢在她屁股上。她怒冲冲地跑出去，把小家伙们也带上了。他让她永远别回来，然后他打开抽屉，操起一把柯尔特手枪。他说，他留着这把枪以防万一。他还给我看几把刀子和一根他自己做的铅头棍棒，然后他哭了起来。他说他老婆把他当傻瓜。他说他为她干的活感到恶心，因为她同附近的每个人睡觉，那些小孩都不是他的，因为他想要小孩也要不了。第二天，莱娜出去买东西，他把小孩们领到屋顶上，用那根他给我看过的棍棒，把他们的脑浆都打了出来。然后他头朝下从屋顶跳下来。莱娜回来，看到了发生的一切，当时就疯了。他们不得不让她穿上拘束衣，叫来了救护车……还有讨厌鬼舒尔迪希，他因为一项他从未犯过的罪而在监狱里蹲了二十年。他差点儿被打死，所以才认了罪；然后便是单独监禁，饥饿，拷打，性反常，毒品。当他被最终释放时，他已经不再是一个人类了。有一天夜里他给我描述了他在监狱里的最后三十天，描述了那种释放前的痛苦等待。我对这样的事闻所未闻；我认为人类不可能经得住这样的痛苦而活下来。他虽然取得了自由，但却被一种恐惧纠缠着，害怕他会不得不去犯罪，又被送回到监狱。他抱怨他被跟踪、盯梢，一再地跟踪。他说"他们"正在诱惑他做他不愿意做的事情。"他们"是一些密探，盯他的梢，被人收买来把他送回监狱去。夜里趁他睡着的时候，他们在他耳朵边轻轻低语。他无力反抗他们，因为他们先已对他施了催眠术。有时候，他们把毒品放在他的枕头底下，还同时放上一把左轮手枪或刀子。他们想让他杀死某个无辜的人，接下来他们就可以有确凿的证据来起诉他。他变得越来越糟糕。有一天夜里，他口袋里装着一大把电报，四处奔走了几个小时之后，来到一个警察跟

前，请求把他关起来。他记不清自己的姓名、地址，也记不起他在为哪一家营业所工作。他完全忘记了自己的身份。他反反复复说——"我是无辜的……我是无辜的。"他们又一次拷问他。突然他蹦起来，像疯子一般喊叫——"我坦白……我坦白。"——接着就滔滔不绝地讲起一桩又一桩罪行。他连续讲了三小时。突然，在令人痛苦的交代中，他一下子停住，迅速地环顾一下四周，就像一个人突然醒过来一样，然后，用只有疯子才能有的凶猛劲头，一下子窜到房间另一头，将自己的脑袋撞在石墙上……我简要地、仓促地叙述这些事情，因为它们从我脑海里闪过；我的记忆中充满着成千上万个这样的细节，有无数张脸，无数个姿势，无数个故事，无数次坦白交代，都交错叠合在一起，就像某个不是用石头而是用人的肉体建起的印度寺庙，它的惊人外观在旋转着。这是一座梦中的巨大建筑，完全是由现实建造的，然而又不是现实本身，而只是人类之谜被包容其中的一种容器。我的思绪又转到了诊所，我无知而又好心地把一些年轻的人送到那里去接受治疗。我想不起用任何富有灵感的形象来比喻这个地方的气氛，只能用希洛尼姆斯·博斯的一幅油画来说明。画中描绘的魔术师，像牙医抽神经那样，在医治着神经错乱。我们的开业医生所有的那些骗人玩艺儿都在那位温和的性虐待狂身上神化了。他依据法律上的充分有效性和法律的默许管理着这家诊所。他很像卡里加利，只是他没有那顶圆锥形帽子。他自以为懂得腺的神秘调节机制，自以为拥有中世纪君主般的权力，却忘记了他加于别人的痛苦。除了他的医疗知识外，他简直是一无所知。他着手于人体的工作，就像一个管子工着手于地下排水管的工作一般。除了他抛入人体内的毒药外，他往往诉诸他的拳脚。一切都取决于"反应"。如果病人木呆呆的，他就冲他大喊大叫，扇他的脸，掐他的胳膊，将他铐起来，踢他。如果相反，病人精力太旺盛，他还是用同样的方法，只是变得加倍狂热。他的病人有什么感觉，对他并不重要；他成功地获得的任何反应，都只是调节内分泌腺作用的法则的表现或例证。他的治疗目的是使病人适应社会，但是无论他工作有多快，无论他成功与否，社会却正在造就着越来越多不适应环境的人。其中有些人十分不适应，以至于当他使劲打他们嘴巴，以便获得大家都知道的反应时，他们做出的反应是来个海底捞月或朝下三路飞去一脚。的确，他的大多数病人诚如他所描述的，是早期罪犯。整个大陆崩塌了——现在仍在崩塌。不仅腺需要调节，而且滚珠轴承、盔甲、骨骼结构、大脑、小脑、尾骨、喉、胰、肝、大肠、小肠、心脏、肾、睾丸、子宫、输卵管，所有该死的部件都需要调节。整个国家无法无天，暴力、炸弹、恶魔。它弥漫在空中，气候中，茫茫无际的风景中，横卧着的石林中，侵蚀着岩石峡谷的泛滥河水中，十分遥远的距离中，非常干旱的荒漠中，过于茂盛的庄稼中，硕大的水果中，堂吉诃德式气质的混合物中，乱七八糟的迷信、宗派、信仰中，法律、语言的对立中，气质、原则、需求、规格的矛盾中。这个大陆充满着被掩埋的暴力，大洪水以前的怪兽尸骸，绝种的人种，被裹在厄运中的神秘。气氛有时候十分紧张，以至于灵魂出窍，像疯了一样。有如雨水一般，一切都倾盆而至——要不就根本不来。整个大陆是一座巨大的火山，火山口暂时被活动画景所掩盖，这活动画景一部分是梦幻，一部分是恐惧，一部分是绝望。从阿拉斯加到尤卡坦都是一回事。本性支配一切，本性战胜一切。到处都是同一个基本冲动，要杀戮，要践踏，要掠夺。从外表看，他们似乎是优秀强健的种族——健康、乐观、勇敢，可他们已金絮其外败絮其中了。只要有个小火花，他们就能爆炸。

就像经常在俄国发生的那样，一个人怒气冲冲地跑来，突然好像被季风吹了一下清醒过来。十有八九，他是一个好人，一个人人喜爱的人。但是一旦发起火来，就什么也阻挡不了他。他就像一匹有蹒跚病的马，你能为他做的最好的事情，便是当场将他杀死。和平放出他们的能量，他们的杀戮欲。欧洲定期通过战争来放血。美国则既是和平主义的，又是有吃人习性的。外表上它似乎是一个漂亮的蜜蜂窝，所有的雄蜂都忙忙碌碌地在相互的身子上爬过来爬过去；从内部看，它是一个屠场，每一个人都在杀死他的邻居，并吮吸他的骨髓。表面上看，它像一个勇敢的男性世界，实际上它是女人经营的一个妓院，本地人拉皮条，血淋淋的外国人出卖他们的肉体。没有人知道逆境是怎么回事，大家都心满意足。这只有在电影里才有，那里面一切都是仿造的，连地狱之火也是假的。整个大陆睡死了，在这睡眠中，一场大恶梦正在发生。

没有人会比我在这恶梦中睡得更死。战争到来的时候，只是在我耳朵里灌入了模模糊糊的隆隆声。像我的同胞一样，我是和平主义的，又是吃人肉的。成百上千万人在屠杀中惨遭杀戮，就像过眼烟云般消失了，很像阿兹台克人、印加人、红种印第安人、野牛等的消失。人们假装被深深感动了，但是他们没有。他们只不过在睡梦中一阵一阵地翻来覆去。没有人倒胃口，没有人爬起来，按响火警。我第一次认识到曾有过战争的那一天，大约是在停战六个月以后。这是在第十四街一趟横穿城市的市内有轨电车上。我们的英雄之一，一个得克萨斯小伙，胸前佩着一排奖章，碰巧看见一个军官在人行道上走过。一看到这个军官他便怒发冲冠。他本人是中士，也许他完全有理由感到刺痛。不管怎么说，他一看到这军官，便怒不可遏，从座位上蹦起来，大声叫骂，政府、军队、老百姓、车上的乘客，一切的一切，都让他骂得屁滚尿流。他说如果再有一场战争，就是用二十匹驴子来拉他，也不可能把他拉到战争中去。他说，他妈的才不在乎他们用来装饰他的那些奖章哩。为了表白他的这个意思，他把奖章都扯下来，扔出车窗外。他说，如果他再和一个军官在一条战壕里，他就会朝他背上开枪，就像开枪打一条脏狗一样。他说就是潘兴将军来了也一样，任何将军都一样。他还说了许多，使用了一些他在战场上学会的特别难听的骂人话。车上竟没有一个人开口来反驳他。他住口的时候，我第一次感到，真的曾经有过一场战争，我听他说话的那个人曾参加这场战争，尽管他很勇敢，但战争却把他变成了一个懦夫。如果他再杀人的话，他是完全清醒的，完全是冷血动物。没有人因为他对同类行使了职责，即否认他自己的神圣本能，而竟敢送他上电椅，因而一切都是正义的、公平的，因为一种罪过以上帝、国家、人道的名义洗刷了另一种罪过，愿大家都心安理得。我第二次体验到战争的现实，是有一天，前中士格里斯沃尔德，我们的夜间送信人之一，勃然大怒，把一个火车站附近的营业所砸个稀巴烂。他们把他送到我这儿来，让我解雇他，但我的良心告诉我不可以这么做。他的破坏干得漂亮，我更想紧紧拥抱他；我只希望，天哪，他能上到二十五层楼去，或者不管哪里，只要是总裁和副总裁的办公室所在地，把那该死的一帮统统干掉；但是以纪律的名义，也为了要把这该死的滑稽戏维持下去，我不得不做点儿什么来惩罚他，要不我就得为此受到惩罚。因此，我也不知道如何来把大事化小，就取消了他的佣金收入，让他仍然靠薪水收入。他完全误解了我的意思，搞不清楚我的立场是什么，是为他好呢，还是反对他，于是我很快就收到一封他的来信，说他准备一两天内来拜访我，让我最好当心些，因为他打算叫我皮肉受苦。他说他下了班来，如果我害怕，最好让几个彪形大汉在我身边照料我。我明白他的意思，当我把信放下的时候，我感到他妈的很有点儿发抖。可是，我还是一个人恭候他，感到要是请求保护的话，就更胆小了。这的确是一种奇怪的经验。在他定睛看我的那一刻，他一定也明白，如果我像他在信中称呼我的那样，是一个婊子养的，一个骗人的臭伪君子，那也只是因为他就是他那死样子，他也好不到哪儿去的原因。他一定立刻就认识到，我们是同舟共济，而这条该死的船已经漏得很厉害了。当他大步走过来时，我看得出来，他正在转着这一类的念头。表面上仍然怒气冲天，仍然嘴角吐着白沫，但内心里，一切都已枯竭，一切都软绵绵、轻飘飘了。至于我自己，在我看见他进来的那一刻，我所怀的任何恐惧都消失了。独自一个人平静地呆在那里，不够强壮，不能保护自己，但这却已足够使我胜过他。倒不是我要胜过他，但结果就是那样，我当然也利用了这一点。他刚一坐下，就变得像腻子一样软了。他不再是一个男人，而只

是一个大孩子。他们当中一定有几百万像他这样的人，一些端着机关枪的大孩子，他们可以眼睛都不眨一下地把整团整团的人消灭掉；可是回到做工的战壕里，没有武器，没有明确的、有形的敌人，他们便像蚂蚁一般无用。一切都围绕着吃的问题。食物和房租——这就是要为之战斗的一切——然而却没有办法，没有明确的、有形的办法，去为之战斗。这就犹如看见一支装备精良的军队，能够战胜它所见到的一切，却每天都被命令退却，退却，退却，因为这便是要执行的战略任务，尽管这意味着丧失地盘，丧失武器，丧失弹药，丧失食品，丧失睡眠，丧失勇气，最终丧失生命本身。无论哪里有人在为食物和房租而战，哪里就有这样的退却在进行，在雾中，在夜间，不为任何世俗的原因，仅仅是出于战略考虑。他心力交瘁。战斗很容易，但是为食物和租金而战，就像同一支鬼魂部队作战。你所能做的一切便是退却，而且一边退却，一边还要看着你自己的弟兄们一个接一个在雾中，在黑暗里，被悄悄地、神秘地杀死，你却无能为力。他慌作一团，不知所措，绝望得一塌糊涂，竟在我桌上抱头痛哭起来。就在他这样痛哭的时候，电话铃突然响了，是副总裁办公室打来的——从来不是副总裁本人，而总是他的办公室——他们让把这个叫格里斯沃尔德的人马上开除掉，我说：是，先生！就挂掉了电话。我什么也没跟格里斯沃尔德说，只是把他送回家，同他和他老婆小孩子一起吃了顿饭。当我离开他的时候，我对自己说，如果我不得不开除这家伙的话，有人得为此付出代价——不管怎么说，我首先要知道，命令是从哪里来的，为什么。早晨我激动地、怒冲冲地直奔副总裁办公室，我要求见副总裁本人，是你下达的命令吗，我问——为什么？还没等他有机会否认，或解释他的理由，我就把一些战争用品挂到他肩上，他不喜欢它们挂在那儿，不让挂——如果你不喜欢，威尔·退尔第利格先生，你就拿走工作，我的工作和他的工作，你可以把它们塞进你的屁眼——我就那样从他办公室走出去。我回到屠场，像往常一样做我的工作。当然，我估计我在这一天内会被炒鱿鱼，但是没有这样的事情。不，我很惊奇地接到总经理一个电话，让我放宽心，冷静一点儿，是的，只当没这回事，不要做任何匆忙的事情，我们会调查这件事的，等等。我猜想他们是仍在调查这件事，因为格里斯沃尔德仍像往常一样继续工作着——事实上，他们甚至把他提升去做营业员，这又是一桩肮脏的买卖，因为他当营业员要比当送信人钱挣得少，不过，他算保住了体面，但无疑也更多地丧失了一点儿生气。当一个家伙只是睡梦中的英雄时，这样的事情就会发生在他身上。除非恶梦可怕到足以把你惊醒，不然你就继续退却。要么以你当法官告终，要么以你当副总裁告终。完全都是一回事，从头到尾都是一堆乱七八糟的操蛋玩艺儿，一场滑稽戏，一场大失败。我知道我是在睡梦中，因为我已经醒来。当我醒来时，我就离开。我从我进来的那扇门走出去——甚至没有说：请原谅，先生！

事情都是瞬间发生的，但是首先有一个漫长的过程要经历。当事情发生的时候，你见到的只是爆炸，而一秒钟前你见到的是火花，然而一切都是按照法则发生的——有着整个宇宙的充分肯定与合作。在我能够爬上去、发生爆炸以前，这枚炸弹必须要适当加以准备，妥当地安好雷管。在为上面的那些杂种把事情安排好以后，我就得被人从高位上拿下来，像足球一样被踢来踢去，被践踏，被压制，被羞辱，被戴上手铐脚镣，被弄得像一个软蛋那样无能。我的一生从来不缺少朋友，但是在这个特定的时期，他们就好像蘑菇一样从我周围冒出来。我一刻也不能一个人独处。如果我晚上回家，想休息，有人就会在那里等着见我。有时候他们一帮人呆在那里，好像我来不来都没什么区别。我交的朋友，都是这一伙瞧不起那一伙。例如斯坦利，他就瞧不起所有的人。乌尔利克也是瞧不起别人。他在欧洲呆了几年以后刚回来。我们自从童年时代以来就不常见面，然后有一天，完全是碰巧，我们在街上遇到了。那在我一生中是重要的一天，因为它为我打开了一个新世界，一个我经常梦想但从来没有希望见到的世界。我清楚地记得，黄昏时分，我们站在第六大道和四十九街的拐角上。我记得这事，是因为，站在曼哈顿的第六大道和四十九街的拐角上听一个人大谈伊特纳山、维苏威火山、卡普里岛、庞贝、摩洛哥、巴黎，似乎是完全没有道理的。我记得他一边谈话，一边环顾四周的样子，就像一个人还没有完全明白他必定会遭遇到什么，但模糊地意识到，他回来完全是一个可怕的错误。他的眼睛似乎在说——这没有价值，没有任何价值。但是他没有那样说，却一遍又一遍说着："我确信你喜欢它！我确信这正是适合你的地方。"当他离开我的时候，我感到茫然。我不能很快捉住他。我要从头到尾详详细细地再听一遍。关于欧洲，我所读到的一切，同我朋友亲口说出来的辉煌描述相去甚远。它使我格外有奇迹感，这是因为我们都出自同一环境。他能实现这些，因为他有阔朋友——因为他知道如何攒钱。我从不认识任何一个有钱人，一个旅行过的人，一个在银行里有存款的人。我所有的朋友都像我一样，一天天飘忽不定，从不为将来打算。奥马拉，是的，他旅行过，几乎周游过世界——但只是一个游民，要不就在军队里，可当兵还不如当游民哩。我的朋友乌尔利克是我所碰到的第一个可以真正说自己旅行过的人。他也明白该如何来谈论他的经验。

四

那次街上偶然相遇的结果是，我们在此后的好几个月的时间经常见面。他常常在晚饭后来看我，我们就一块儿漫步穿过附近的公园。我有着怎样的渴望啊！关于那另一个世界的每一个最细微的细节都使我着迷。甚至现在，好多好多年以后，我已对巴黎颇为熟悉了，但他关于巴黎的描述仍历历在目，仍然生动、逼真。有时候，在雨后，坐着出租汽车迅速穿过城市，他所描述的巴黎从我眼幕中飞驰而过；只是走马观花，也许是从土伊勒里宫经过，或者看一眼蒙玛特高地，圣心教堂，穿过拉菲特路，在黄昏的最后一道霞光里。不过是一个布鲁克林男孩！这是他有时候使用的用语，在他为无法更恰当地表达自己而感到羞愧的时候。我也不过是一个布鲁克林男孩，也就是说，是一个最微不足道、最没份量的人。但是当我走来走去，同世界交往的时候，我难得会遇到一个人能把他见到、感受到的一切描绘得如此可爱，如此逼真。同我的老朋友乌尔利克在前景公园度过的那些夜晚，比任何其他的事都更是造成我今天在这里的原因。他给我描述的大多数地方，我还得去看，其中有一些也许我永远也看不见了；但是它们温暖着我的心，栩栩如生地活在我心里，跟当时我们漫步穿过花园时他所塑造的形象一模一样。

同这关于另一个世界的谈话交织的是劳伦斯作品的主体结构。经常在公园里早已空无游人的时候，我们仍然坐在长凳上讨论劳伦斯思想的性质。现在来回顾这些讨论，我能发现我当初是如何糊涂，如何对劳伦斯的话的真正含义无知得十分可怜。假如我真的理解了，我的生活道路就有可能改变。我们中间大多数人过的大部分生活都是被淹没的。当然，我自己的情况，我可以说，直到我离开美国，我都没有冒出水面。也许美国与此无关，然而事实始终是，在我到达巴黎以前，我没有睁大眼睛看清楚。也许这只是因为我抛弃了美国，抛弃了我的过去。

我的朋友克伦斯基经常挖苦我的"欣快症"。这是在我非常快活时他使用的一种狡猾方法，是预示，明天我就会变得沮丧。这是实话。我总是波动很大。忧郁过一阵之后，就是一阵阵过分的欢快，一阵阵恍惚的奇想。在哪个层次上我都不是我自己。这样说似乎很怪，但我从来不是我自己。我要么没有名字，要么就是一个被无限拔高的叫作亨利·米勒的人。例如，在欢快的情绪中，我会坐在有轨电车上把整本书滔滔不绝地讲给海迈听。海迈只知道我是个优秀的人事部经理，从不想别的。我现在还能看到有一天夜里，当我处在我那种"欣快症"状态中，他看着我时所用的眼光。我们在布鲁克林桥上了电车，到格林普恩特的某个公寓去，那里有几个妓女正等着接待我们。海迈和往常一样，开始同我谈起他老婆的卵巢。首先，他并不确切知道卵巢是什么意思，所以我就用赤裸裸的简单方式向他解释。解释了半天，海迈竟然似乎还不知道卵巢是什么，这使我突然觉得啼笑皆非，感觉就像喝醉了酒似的，我说喝醉了酒，意思是好像有一夸脱威士忌在我肚子里一般。从关于有病的卵巢的念头，有如闪电一般，萌生出一种热带生长物，它是由最异质的各种各样残剩物构成的，在这生长物中间，心安理得地、固执地住着但丁和莎士比亚。在这同一时刻，我又突然回想起我私下的全部思想流，这是在布鲁克林桥的中间开始的，突然被"卵巢"这个词所打断。我认识到，海迈在说"卵巢"一词之前说的一切，都像砂子一样从我身上筛过。我在布鲁克林大桥中间开始的事，是我过去一而再、再而三地开始的事，通常是在步行去我父亲的店铺时，是一种仿佛在恍惚之中天天重复的行为。简单说，我开始的，是一本时间之书，是一本关于我在凶猛活动中的生活之沉闷与单调的书。有好多年我没有想到我每天从德兰西街到墨累山一路上写的这本书，但是在过桥的时候，太阳正在下山，摩天大楼像发磷光的尸体一样闪烁着亮光，关于过去的回忆登场了……想起在桥上来回过，到死神那里去上班，回到太平间的家，熟记《浮士德》，从高架铁路上俯视公墓，朝公墓吐口水，每天早晨站在站台上的同一警卫，一个低能儿，其他正读报纸的低能儿，新起来的摩天大楼，人们在里面工作，在里面死去的坟墓，桥下经过的船只，福尔里弗航线，奥尔巴尼航线，为什么我要去工作，我今晚干什么，我身边那只热烘烘的眼儿，我可以把手伸到她的裤裆里，逃走成为牛仔，试一试阿拉斯加，金矿，下车转一转，还不要死，再等一天，走运，河，结束它，往下，往下，像一把开塞钻，头和肩埋在泥里，腿露在外面，鱼会来咬，明天一种新生活，在哪里，任何地方，为什么又开始，哪儿都一样，死，死就是答案，但是还不要死，再等一天，走运，操，管它呢，如此等等。过桥进玻璃棚，每个人都粘在一起，蛆、蚂蚁从枯树中爬出来，他们的思想以同样的方法爬出来……也许，高高凌空于两岸之间，悬在交通之上，生死之上，每一边都是高高的坟墓，燃烧着落日回光的坟墓，悄悄流淌的河流，像时间一样流动，也许我每次经过那里，总有什么东西在使劲拽我，逼我接受它，让我自己

来告诉人们；不管怎么说，每次我从高高的桥上经过，我都真正是独自一人，无论什么时候遇到这样的情况，这本书就开始自动写作，尖叫着说出我从未吐露的事情，我从未说出的思想，我从未做出的谈话，我向来拒绝承认的希望、梦想、幻觉。如果这就是真正的自我，那么它是奇异的，而且它似乎从不改变，总是从上一次停顿中重新开始，以同样的情绪继续着，这种情绪我小时候就曾经碰到过。当时我第一次一个人上街，在阴沟里污水结的冰中冻住了一只死猫，这是我第一次看到死亡，明白死亡是怎么一回事。从那一时刻起，我懂得了什么是孤独：每一样事物、每一样活的东西、每一样死的东西，都有其独立的存在。我的思想也有着一种独立的存在。突然，看着海迈，想起那个陌生的词"卵巢"——现在它比我全部词汇中的任何一个词都陌生——这种冰冷的孤独感支配了我，坐在我旁边的海迈是一只牛蛙，绝对是一只牛蛙而不是什么别的东西。我正头朝下从桥上跳下去，钻进原始沼泽的淤泥中，腿露在外面，等着被鱼咬上一口；就像那位撒旦一样，冲过九重天，冲过坚固的地心，头朝下，冲撞到地球的最深处，地狱的最黑暗、最厚实、最炎热的深窝里。我正走过莫哈维沙漠，我旁边的那个人正等着夜幕降临，以便扑到我身上，将我杀死。我又走在梦幻世界里，一个人在我头顶上的绷索上走，在他头顶上，又有一个人坐在飞机上，飞机在空中用烟雾拼写字母。吊在我膀子上的那个女人怀孕了，过六七年以后，她肚子里装着的这个小家伙将能够读出空中的字母，他或她会知道，这是一支香烟，再后来可能会学会抽烟，也许一天一盒。在子宫里，每一个手指上，每一个脚趾上，都长出了指甲、趾甲；你可以就此打住，停留在一个脚指甲上，可以想象的最小的脚指甲上，为了要想象出它的样子，你会撞破你的脑袋。在分类账的一边，是人类写的书，包含着这样一种智慧与愚蠢、真与伪的大杂烩，以至于即使一个人活得像玛土撒拉一样长寿，也不可能将这种杂烩清理妥当；在分类账的另一边，是脚指甲、头发、牙齿、血、卵巢一类的东西，只要你愿意，是所有数不清的，用另一种墨水、另一种文字——一种不可理解、不可破译的文字写的东西。牛蛙眼瞄准着我，就像嵌在冷冰冰的脂肪里的两颗领扣；它们嵌在原始沼泽淤泥的冰冷潮气中。每一个领扣都是一个卵巢，在眼球的冰冷的黄色脂肪中毫无光泽，产生了一种地下的寒冷，地狱的滑冰场，人们都颠倒着站在冰里，腿露在外面，只等着被咬一口。在这里，但丁独自一人走着，被他的梦幻压弯了腰，在走了无数圈以后，在他的作品中渐渐走向天堂，登上天使宝座。在这里，莎士比亚以和蔼的表情陷入了无尽的狂热沉思，然后以精致的四开本和影射的方式出现。迷惑中的朦胧白雾被阵阵笑声一扫而光。从牛蛙眼的中心放射出纯粹洞察力的整

齐的白色辐条，不可诠释和归类，不可计算和界定，只是盲目地在千变万化中旋转。牛蛙海迈是在高悬于两岸之间的通道上产生的一个卵巢蛋：为他，摩天大楼建造起来，荒野被开垦，印第安人遭屠杀，野牛遭灭绝；为他，孪生城市由布鲁克林大桥所联结，沉箱下沉，电缆架在一座座高塔上；为他，人们倒坐在空中，用烟与火写字；为他，发明了麻醉药、麻醉钳，以及能摧毁肉眼看不见的东西的贝尔塔巨炮；为他，分子被打破，揭示出原子是不以物质为转移的存在；为他，每天晚上星星被用望远镜扫视，正在诞生的世界在妊娠中就被拍下照来；为他，时空的屏障遭蔑视，无论是鸟的飞行还是行星的旋转，一切运动都由自由的宇宙的严正教士做出无可辩驳的解释，然后，在桥中间，在散步中间，始终在什么中间，谈话中间，做爱中间，我一再告诉自己，我从未做过我想要做的事情，由于没有做我要做的事情，我心中便滋生出这种创造，它不过是一种纠缠的植物，一种珊瑚般的生长物。它剥夺了一切，包括生命本身，直至生命变成了这种被否定但又不断维护自己权利的东西，同时制造生命，杀死生命。我能看到，死后一切还在进行，就像毛发长在尸体上，人们说"死"，但是毛发仍然证明着生。归根结底没有死，只有这种毛发与指甲的生。肉体死亡了，精神熄灭了，然而在死亡中，有些东西仍然活着，剥夺空间，产生时间，创造无尽的运动。通过爱，或者通过悲痛，或者通过天生一只畸形脚，都会产生这一切；原因算不了什么，事件才是一切。从一开始就是这个词……无论这个词是什么，是疾病还是创造，它都仍在蔓延；它将不断蔓延、蔓延，超越时空，比天使活得更长久，使上帝退位，使宇宙没有支撑。任何一个词都包含了所有词——为他，这个通过爱、通过悲痛，或通过无论什么原因而变得超然的人。每一个词都要溯源，而这源头已经迷失，永远不会找到，因为既无始也无终，只有在始与终当中自我表现的东西。所以，在卵巢的电车上，有着由同一材料构成的人与牛蛙的旅行，他们不比但丁更好，也不更坏，但是却无限不同，一个不很明了任何一件事物的意义，另一个太确切知道一切事物的意义，因此在始与终当中两者都迷失与混乱，最终卵子在格林普恩特的嘉娃街或印度街产下来，被几个扭动着著名软体动物一类的卵巢的无实质的妓女带回到那所谓的生活流中。

　　现在被我视为我适应时势或不适应时势的最佳证明是这一事实：我对人们正在写或谈论的事情，没有一件有真正的兴趣。只有那种物体纠缠着我，那种独立的、超然的、无意义的事物。它也许是人体的一部分，或者是歌舞剧院的一截楼梯；它也许是一个大烟囱，或者是我在阴沟里发现的一个纽扣。不管它为何物，它使我能够开火、投降，然后签字。我周围的生命，构成我所了解的那个世界的人，我是不能给他们签

字的。我肯定在他们的世界之外，就像食人者在文明社会范围之外一样。我充满着对自体的违反常情的爱——不是一种哲学爱好，而是一种强烈的，绝对强烈的饥饿，好像在每一个无视其价值的被丢弃的事物中，都包含着我自己再生的秘密。

生活在一个新事物层出不穷的世界上，我却依恋于旧事物。在每一个事物中，都有一个细小的分子，特别值得我注意。我有显微镜一般的眼力，可以看到缺隐，看到我认为是构成事物自身美的丑的颗粒。无论什么东西将这事物搁置一边，或者使它不适用，或者给它一个年代，都使它对我有吸引力，使我对它感到亲切。如果说这违反常情，那么这也是健康的，因为我并不注定属于这个在我周围冒出来的世界。很快我也会变得像这些我所崇拜的事物一样，成为一件被搁置一边的事物，一个无用的社会成员，然而我能够给人娱乐，给人教导，给人养分。当我有愿望的时候，当我渴望的时候，我可以从任何一个社会阶层，找出任何一个人来，让他听我说话。只要我愿意，我可以使他着迷，但是，像一个魔术师，或者巫师，只有在鬼魂附在我身上的时候才行。从本质上讲，我在别人那里感觉到一种不信任，一种不安，一种敌意，因为这种敌意是本能的，因而也是不可逆转的。我应该当一个小丑；它可以提供给我最广泛的表达范围，然而我低估了这个职业。假如我成为一个小丑，或者甚至一个歌舞杂耍演员，我就会成名。人们会欣赏我，正是因为他们不理解：但是他们会理解，我不需要被理解。这起码也会是一种宽慰。

我始终对此感到很惊诧：只是听我说说话，人们竟然就会轻易激怒起来。也许我的话有点儿放肆，虽然我经常全力以赴地抑制自己的感情。一个句子的措辞，一个不幸的形容词的选择，脱口而出的话语，有忌讳的话题的提及——一切都联合起来使我成为不受法律保护的人，成为社会的敌人。无论事情开头如何好，迟早他们会发现我的毛病。如果，比方说，我是谦虚而恭顺的，那么我就是太谦虚，太恭顺了。如果我是快乐而一时冲动的，大胆而鲁莽的，那么我就是太自由，太快乐了。我从来不能和我碰巧与之谈话的人完全合拍。如果这是一个生死问题——那时候对我来说，一切都是生与死——或者这只是在某个熟人家度过一个愉快夜晚的问题，全都是一回事。有我发出的震撼，有暗示和潜台词，这一切令人不快地冲击着气氛。也许，整个晚上他们都被我的故事逗乐，也许他们经常会被我逗得捧腹大笑，一切都似乎是好兆头，然而像命中注定一样，在晚会结束以前，必然会生出事来，某种震撼发出来后，使枝形吊灯都丁零作响，或者使某个敏感的家伙想起床底下的尿壶。甚至在笑声还在的时候，你就已经开始感受到恶意了。"希望什么时候再见到你。"他们会说，但是伸出的湿漉漉的、没有生气的手，却与口中的话不相一致。

不受欢迎的人！天啊，现在我才明白了呀！没有挑选的可能：我只好接受到了手的东西，学着喜欢它。我只好学着同渣滓生活在一起，像褐鼠一样游水，要不就得淹死。如果你选择加入这一伙，你就有了免疫力。你被接受，受到欣赏，你也就必然废弃了你自己，使你自己同这一伙没什么区别。如果你同时在梦想，你可以做你的梦，但是如果你梦见什么不一样的东西，你就不是一个在美国、属于美国的美国人，而是一个非洲的霍屯督人，或者一个卡尔梅克人，或者一只黑猩猩。一旦你有"不同的"想法，你就不再是一个美国人。一旦你成为某种不同的东西，你就会发现自己身处阿拉斯加，或者复活节岛，或者冰岛。

我说这话是带着愤恨、带着嫉妒、带着恶意的吗？也许。也许我遗憾我未能成为一个美国人。也许。我现在的热情，这又是美国的了，我带着这种热情，正要产生一座巨大无比的大厦，一座摩天大楼，它无疑会在其他摩天大楼消失之后仍然长久存在，但当产生它的那个事物消失时，它也会消失。一切美国事物有一天都会消失，比希腊、罗马、埃及的事物更完全地消失。这便是将我推出温暖舒适的血流之外的想法之一，在血流中，所有的野牛，我们都曾和平地放牧。这是一种引起我无限悲痛的想法，因为不属于某一持久的事物是极端痛苦的；但是我不是一只野牛，也不想成为一只野牛。我甚至不是一只精神的野牛。我溜出去重新加入一种更古老的意识流，一种先于野牛的种类，一种将比野牛更长久存在的种类。

所有事物，所有不同的生物与非生物，都像脉络般布满着不可改变的特点。我是什么东西，这东西便是根深蒂固的，因为它与众不同。我说了，这是一座摩天大楼，但是它不同于通常的美国式摩天大楼。在这座摩天大楼里，没有电梯，没有可以往外跳的第七十三层楼的窗户。如果你懒得往上爬，你就是倒霉的臭屎。在大厅里没有写着姓名房号的小格子。如果你要寻找某个人，你就得自己寻找。如果你要一杯饮料，你得到外面去买；在这幢建筑物中没有苏打水饮水槽，没有雪茄商店，没有电话亭。所有其他摩天大楼都有你要的东西！这一座摩天大楼只含有我要的东西，我喜欢的东西。在这座摩天大楼的某个地方，瓦莱丝佳有着她的存在，我鬼使神差，正要去她那里。她暂时一切都好，瓦莱丝佳，因为她就这样躺在六英尺深的地下，现在也许已经被蛆虫吃干净了。在她有肉体的时候，她是被人蛆吃干净的，这些人蛆从不尊重任何有着不同色彩、不同味道的东西。

令瓦莱丝佳伤心的，是她血管里流着的黑人血液。这使她周围的每个人都感到不

快。她使你意识到这一点，无论你是否愿意。我说的是黑鬼的血，以及这样一个事实：她母亲是一个妓女。当然，她母亲是白人。父亲是谁，没人知道，连瓦莱丝佳本人也不知道。

开始，一切事情都没遇到什么障碍，直到有一天，一个来自副总裁办公室的好管闲事的小犹太人碰巧发现了她。他很诚心地告诉我，说他想到我雇了一个有色人种的人当秘书，就不寒而栗。他说起来就好像她会给送信人传染瘟疫。第二天我就受到训斥，就好像我犯了续圣罪。当然，我假装说，除了她极其聪明能干以外，在她身上我没有发现任何异常的东西。最后，总裁亲自插手。他找瓦莱丝佳面谈了一会儿，用了很多外交辞令，建议在哈瓦那给她一个更好的职位。一句话没提肤色的事，只是说，她的工作很出色，他们想提升她——让她去哈瓦那。瓦莱丝佳怒气冲天地回到办公室。她在发怒时是极其动人的。她说她寸步不让。斯蒂夫·罗美洛和海迈当时都在场，我们一块儿出去吃饭。在吃饭当中，我们有点儿喝醉了。瓦莱丝佳的嘴不停地在那儿讲话。在回家的路上，她告诉我，她要抗争；她想知道这是否会对我的工作不利。我平静地告诉她，如果她被开除，我也退出。她假装一开始不相信我的话。我说我是说话算数的，我不管发生什么事。她似乎被彻底打动了；她抓住我的两只手，轻轻握住它们，热泪滚滚而下。

这就是事情的开始。我想，正是在第二天，我悄悄塞给她一张纸条，说我对她着了迷。她坐在我对面读纸条，读完时，她正视着我的眼睛，说她不相信纸条上的话。但是，那天晚上我们又一起去吃饭，我们喝得更多，还一起跳舞。跳舞时她挑逗地紧贴着我。碰巧这个时候，我老婆正准备再堕一次胎。跳舞时我把这事告诉了瓦莱丝佳。在回家的路上她突然说——"为什么你不让我借给你一百美元呢？"第二天晚上我带她回家吃饭，我让她把那一百美元递给我老婆。我很吃惊，这两个人竟会相处得这么好。那天晚上就这样决定了：堕胎那天瓦莱丝佳到家里来，帮忙照顾小孩子。那一天来到了，我给了瓦莱丝佳一个下午的假。她离开一小时左右，我突然决定那天下午我也得请假。我就前往十四街看歌舞表演。在距离剧院还剩一个街区时，我忽然又换了想法。这是因为我想，如果发生什么事——如果老婆一命归西——我却看了一下午歌舞表演，我是要他妈的感到不舒服的。我在附近转了几圈，在便宜的拱廊商店进进出出，然后便打道回府。

事情的结果往往不可思议。为了想办法逗小孩子玩，我突然想起我祖父在我小时候给我玩的一种把戏。你用多米诺骨牌搭起高高的军舰；然后你轻轻拽桌布，上面的军舰就滑动起来，一直滑到桌子边缘，那时候你猛地一拽，多米诺骨牌就统统掉到地板上。我们三个人试着一次又一次地这样做，后来孩子困了，她就踉跄地走到隔壁房间，睡着了。多米诺骨牌撒了一地，桌布也在地上。突然，瓦莱丝佳倚着桌子，舌头深深地伸入我的嘴里，我的手夹在她两腿中间。我把她按倒在桌上，她的两腿缠绕着我。我感觉到一块多米诺骨牌就在我脚下——我们一而再、再而三地摧毁的舰队的一部分。我想起我祖父有一天坐在长凳上，如何警告我母亲，说我太小，不要读太多的书，他眼睛里露出忧郁的神情，一边用滚烫的熨斗熨着一件上衣湿漉漉的衣缝；我想起第一义勇骑兵团对圣胡安山的进攻；想起我经常在工作凳旁读的那本大书中特迪率领他的义勇军冲锋的图片；我想起缅因号战舰从我在那间有着带铁栏杆窗户的小房间中的床上漂浮过去；想起海军上将杜威；想起施莱和桑普森；我想起我那次没有去成海军造船厂，因为在半路上我父亲突然记起那天下午要去看医生，当我离开医生的诊室时，我就此失去扁桃体，也不再相信人类……我们还没有完事，就听得门铃响，是我老婆从屠宰场回来了。我一边扣上裤子上的纽扣，一边穿过门厅去开门。她脸色煞白，看上去好像她再不能经历另一次流产了。我们让她在床上躺好，然后收起多米诺骨牌，把桌布放回桌上。就在第二天夜里，我在一个酒吧间里要去上厕所，刚好走过两个正在玩多米诺骨牌的老家伙身边。我只好停下片刻，拾起一张骨牌。一摸到骨牌，就立即回想起战舰，及其掉在地板上发出的哗啦声。随着军舰，我的扁桃体和对人类的信念全消失了。所以每次我走过布鲁克林大桥，向下俯瞰海军造船厂，我都感到好像我的肠子在掉出来。在桥上，高高悬在两岸之间，我总是感到我好像挂在一片空白之上；在那上面，一切发生过的事都使我觉得好像是不真实的，而且比不真实的更糟——不必要的。这座大桥不是把我同生活、同人们、同人们的活动联结起来，却似乎把一切联系都搅乱了。我走向此岸还是彼岸，并无什么区别：两边都通向地狱。不知怎的，我竟会割断了我同人类之手和人类之心正在创造着的那个世界的联系。或许，我的祖父是对的，也许我在萌芽状态中就被我读的那些书搞糟了；但是我受书支配的时代早已过去，实际上我早就不读书了，然而痕迹仍在。现在对我来说，人们就是书，我从头到尾读完它们，就将其抛到一边。我一本接一本地将内容吞下去。读得越多，我越变得不满足，没有限度，没完没了，直到在我心中开始形成一座桥，将我又同我从小被隔开的生活流联结起来。

五

　　一种可怕的孤寂感。它多年来一直包围着我。如果我要相信星座的话，我真该相信我完全受土星控制。我碰到的事都发生得太晚，对我来说已没有什么意义了。甚至我的出生亦如此。预定圣诞节出生，却晚生了半小时。我总是认为，我原本应成为一个人由于生在 12 月 25 日而命中注定要成为的那种人。海军上将杜威出生在那一天，因而就是耶稣基督……就我所知，也许还有克利希那穆尔提。不管怎么说，这就是我本该成为的那种人。但是由于我母亲子宫紧闭，就像章鱼一样把我缠在其掌握之中。我是变了形生出来的——换句话说，体格很不好。他们说——我指的是星相学家——我慢慢会好起来的；实际上，未来应该是相当辉煌的，但是未来和我有何关系？ 12 月 25 日早晨，如果我母亲在楼梯上绊一跟头，倒也许会更好；也许会使我有一个良好的开端！因此，当我尽量思索毛病出在哪里的时候，我就不断往前追溯，直至无法说明其原因，只能用出生过了时辰来加以解释。就是我母亲，虽然说话刻薄，似乎也有点儿理解这一点。"总是落在后面，就像一条牛尾巴。"——她就是这样来形容我的。可是，她将我硬留在体内，结果过了时辰，难道这是我的错吗？命运准备好让我成为如此这般的一个人；星宿都在其应有的位置上，我遵照星宿的指引，挣扎着要生出来，但是我对要生我出来的母亲无法选择。也许，在周围的环境下我没有生成一个白痴算是幸运，然而，有一件事似乎很清楚——这是 25 日遗留给我的——我天生有着耶稣殉难的情结。更确切地说，我天生是个盲信者。盲信者！我记得这个我从小就被人用来指责的词，尤其是父母的指责。盲信者是什么？是一个热烈地相信并拼命按其信条行事的人。我总是相信些什么，于是就遇上了麻烦。我的手心挨揍越多，我就越坚定地相信。我相信——而其余的世界则不相信！如果只是一个忍受惩罚的问题，人们会继续相信，直至最后；然而世界上的事情要难办得多。你不是受到惩罚，而是被暗算，被掏空，你的立足之地没有了。我想要表达的甚至不是背叛的意思。背叛尚可理解，尚可与之斗争。不，这是一种更恶劣的东西，连背叛也比不上的东西。这是一种使你弄巧成拙的怀疑主义。你永远将能量消耗在使自己取得平衡上。你被一种精神上的眩晕所支配，

36

你站在深渊边缘摇摇欲坠，头发根根直立，简直不能相信，你脚下就是万丈深渊。这是由于过分热情，由于热望要拥抱人们，向他们表示你的爱而造成的。你越向世界伸出你的手，世界就越往后退缩。没有人需要真正的爱，真正的恨。没有人要你将手伸到他神圣的内脏中去——这只适合于献祭时的教士。在你活着的时候，在血还热着的时候，你就要故作成没有血这一类东西，在肉体之下没有骨骼这一类东西。莫踏草地！这便是人们借以存在的座右铭。

如果你足够长久地在这深渊的边缘不断保持平衡，你就会变得十分内行；无论怎么推你，你总能恢复平衡。处于不断的平衡中，我发展了一种极度的快乐，可以说，一种不自然的快乐。今天世界上只有两个民族懂得这一句话的意义——犹太人与中国人。如果你碰巧两者都不是，那你就处于陌生的困境之中。你总是嘲笑不合时宜；当你实际上只是倔强与坚韧时，你却被认为残酷，没有心肝，但是如果你人笑亦笑，人哭亦哭，那么你就得准备好人死亦死，人活亦活了。这意味着你既是健全的，又是最糟糕的。也就是说，你既活着又已死去，只有当你死去的时候，你才活着。在这家公司里，世界总是呈现正常的模样，即使在最不正常的情况下也是这样。没有什么是正确的还是错误的，只是思想使然。你不再相信现实而相信思想。当你被推下深渊的时候，你的思想伴随着你，它对你没有任何帮助。

在某种意义上，在某种深刻的意义上讲，基督从未被推下深渊。正当他摇摇欲坠的时候，好像有一股巨大的反弹力，这股抗拒的回流出现了，阻止了他的死亡。人性的整个抗拒冲动好像盘绕成一块巨大的惰性体，从而创造出人的整数，数字一，一个不可分割的整体。有着无法解释的复活，要解释除非我们接受这一事实：人们总愿意并准备否定他们自己的命运。大地在运行，星球在运行，但不是人在运行：构成世界的一大批人是以唯一的一个整体形象出现的。

如果一个人不像基督那样死去，如果一个人能够活下去，超越绝望感和无用感，那么另一桩让人费解的事就发生了。好像一个人实际上死了，又实际上复活了；一个人像中国人一样，过一种超常态的生活。也就是说，一个人的快乐、健康、无动于衷，均不合乎自然。悲剧意识消失了：一个人像一朵花、一块岩石、一棵树一样活着，既服从自然，又反对自然。如果你最要好的朋友死了，你甚至不费心去参加一下葬礼；如果一个人就在你眼前被有轨电车撞倒，你却安然无恙，继续走你的路：如果战争爆发，你让你的朋友们上前线，而你自己却对这场战争毫无兴趣，等等，等等。生活成了一种公开的展示，如果你碰巧是一位艺术家，你就记录下这转瞬即逝的场面。孤独

消除了，因为一切价值，包括你自己的价值，都遭到摧毁。只有同情泛滥，然而这不是一种人的同情，一种有限的同情——这是一种洪水猛兽，一种邪恶之物。你无所顾忌，因而你可以为任何人、任何事牺牲你自己。同时，你的兴趣，你的好奇心，却以令人讨厌的速度发展着。这也是可疑的，因为它能够使你喜爱一个领扣，也能使你喜爱一个事业。事物之间没有根本的、不可改变的区别：一切都是流变，一切都不长久。你的存在的表面在不断瓦解；但是在内部，你却变得像金刚石一样坚硬。也许正是你这个坚硬的、磁性的内核，不管人家愿不愿意，把他们都吸引到你这边来。有一件事是确定的，就是当你死而复活的时候，你属于大地，而任何属于大地的东西，都不可分割地属于你。你成了一种畸形的自然，一个没有影子的人；你将永远不会再死，而只是像你周围的现象一样消失。

　　我现在正在记述的东西，在我经历巨大变化的时候，是不为我所知的。我忍受的一切，从性质上讲，是为这样一个时刻做好了准备：有一天傍晚，我戴上帽子，走出办公室，走出我迄今为止的私人生活，去寻找将要把我从活着的死亡中解放出来的女人。按照这个思路，我回顾了夜间漫步纽约街头的情景，在那些白夜里，我在睡梦中散步，看着我出生的城市，就像一个人看着海市蜃楼中的东西。和我一块儿走过静悄悄的街道的，经常是公司的侦探奥洛克。往往地面上铺满白雪，空气中寒风凛冽。奥洛克没完没了地谈论着偷窃、谋杀、爱情、人性、黄金时代。他有一个习惯，当他谈起一个话题时，他会突然停在街中间，把他笨重的脚插在我的脚之间，使我动弹不得，然后，他会抓住我的上衣领子，把脸凑近我，盯着我的眼睛说话，字字句句就像手钻钻孔一般，给我留下深刻印象。我们两人凌晨四点钟站在街中间的情景，我仍历历在目，风咆哮着，雪花纷飞，奥洛克忘记了一切，只有他的故事滔滔不绝。我记得，在他讲的时候，我总是用眼角观察周围的事物，不是注意他在说的话，而是意识到我们俩正站在约克维尔，或亚伦街，或百老汇大街上。他站在人类所创造的最杂乱无章的建筑群中，一本正经地描述他那老调重弹的凶杀故事，我总感觉他有点儿疯狂。在他谈论指印的时候，我也许正在观察他黑帽子背后一栋红砖小楼的墙帽或上楣柱；我会想到上楣柱修建的那一天，想着谁会是这个上楣柱的设计者，为什么他把它弄得这么糟糕。我们从东区走到哈莱姆区，再走出哈莱姆区，如果我们愿意继续往前，再走出纽约，走过密西西比河，走过大峡谷，走过莫哈韦沙漠，走过美国每一个拥有住着男人与女人的建筑物的地方，我们所看到的每一个劣等的、蹩脚的楣柱，都跟这一个差不多。我生活中的每一天都得坐着听别人的故事，那些翻来覆去的贫穷与不幸的悲剧，爱与死的悲剧，渴望与幻灭的悲剧，这使我感觉绝对疯狂。如果像发生过的那样，每天至少有五十人到我这儿来，每一个人都没完没了地讲他的悲哀故事，对每个人我都得默默地"接受"，那么在这一漫长过程中的某一点，我不得不堵住耳朵，狠下心肠，这也是再自然不过的事情了。我吃上最小的一口，就足够我咀嚼消化好几天、好几周的了，可我却不得不坐在那里被淹没，不得不夜里出来听取更多的东西，不得不睡着听，梦中听。他们从全世界各地，从社会各阶层蜂拥而来，说着难以计数的不同的语言，朝拜不同的神祇，遵守不同的法律与习俗。他们当中最穷的人都有着长长大篇的故事，但是如果每一个故事都详详细细写出来，也都可以压缩成十诫的篇幅，都可以像主祷文一样记录在邮票背面。我每天都被拉长，弄得我的皮似乎可以把全世界覆盖住；当我一个人的时候，当我不必再听人说的时候，我就缩成了针尖大小。最大的快乐，然而又是少有的快乐，是一个人漫步街头……在夜深人静时漫步街头，思考着我周围的寂静。几百万人都躺在那里，对世界一无所知，只是张开大嘴，鼾声如雷。漫步在人们发明的最疯狂的建筑群中，思索着，如果每天从这些可怜的陋室或辉煌的宫殿中涌出一大批人来，渴望说出他们的不幸故事，这是为什么，有什么目的。一年中，我少说也要听取两万五千个故事；两年中，五万；四年中，十万；十年后我就彻底疯了。我认识的人已经相当于一个大城市的人口。要是他们聚在一起，这会是一个什么样的城市！他们会需要摩天大楼吗？他们会需要博物馆吗？他们会需要图书馆吗？他们也会建造阴沟、桥梁、轨道、工厂吗？他们会从炮台公园到金色海湾无限地建设一个又一个同样的包锡铁皮做的楣柱吗？我怀疑。只有饥饿能推动他们。饥肠辘辘，眼神疯狂，恐惧，对生活恶化的恐惧驱使着他们。一个接一个，全都一样，全都被逼到绝境。由于饥饿的驱使和鞭策，建造最高的摩天大楼，最可怕的无畏战舰，制造最锋利的钢，最轻最薄的精细网织品，最精致的玻璃制品。同奥洛克走在一起，只听他谈话偷窃、纵火、强奸、杀人，就像听一部宏大交响乐中的一首小小的主题曲。就像一个人可以用口哨吹着巴赫的曲子，同时想着他要同她睡觉的女人，听着奥洛克的故事，我同时会想着他结束谈话，说"你有什么东西吃"的那一刻。在最可怕的谋杀中间，我会想起我们肯定要在电车沿线再过去一点儿的某个地方饱餐一顿的猪肉里脊，还想知道他们要配什么样的蔬菜，我随后是否要点儿馅饼或牛奶蛋糊布丁。我有时同我老婆睡觉的时候也是这种情况；她在呻吟嘟哝的时候，我却也许在想着她是否把咖啡壶的底子倒掉了，因为她有着放任事情自流的坏习惯——我指的是重要事情。新鲜咖啡是重要事情——以及新鲜火腿鸡蛋。如果她再怀孕就不好了，问题有点儿严重，但是

相比之下，更重要的是早上有新鲜咖啡，以及香喷喷的火腿鸡蛋。我忍受得了心碎、流产、失败的罗曼史，但是我必须肚子里有点儿东西，我需要有营养的东西，开胃的东西。我的感觉就同耶稣基督从十字架上被放下来、不允许他的肉体死亡时，他可能会有的感觉一样。我相信，他钉在十字架上所受到的震惊会如此之大，以致他对于人性会患上一种完完全全的健忘症。我敢打赌，在他伤口治愈后，他就不会对人类的苦难发出诅咒，而会津津有味地喝起一杯新鲜咖啡，吃起一片烤面包，假定条件许可的话。

不管是谁，通过过于伟大的爱，这种归根结底荒谬的爱，而死于苦难，他再生后便不知道爱也不知道恨，只知道享受。这种生活的快乐由于是不合乎自然地获得的，因而是一种败坏整个世界的毒药。任何东西创造出来后超出了人类正常的忍受限度，便会自食其果，造成毁灭。纽约的街道在夜间反映出耶稣的受难与死亡。地上白雪皑皑，周围死气沉沉，从纽约的可怕建筑物里传出一种绝望与惨败的音乐，如此阴沉，令肉体缩成一团。石头一块块垒起来，都不是带着爱和尊敬；没有一条街道是为跳舞和欢乐铺设的。一样东西被加到另一样东西上，都是为了疯狂的争夺，以便填饱肚子。街上散发着空肚皮、饱肚皮、半饱肚皮的味道。街上散发着同爱没有关系的饥饿的味道；街上散发着贪得无厌的肚皮的味道，散发着空肚皮的无用的创造物的味道。

在这无用之中，在这零的空白之中，我学着欣赏三明治，或一粒领扣。我可以带着极大的好奇心去研究一个上楣柱或墙帽，同时却假装在听一个关于人类不幸的故事。我能记得某些建筑物上刻的日期和设计这些建筑物的建筑师的名字；我还没忘气温和某一拐角的风速，而站在拐角上听的故事却忘记了。我能记得我甚至在那时候记得的其他事情，我可以告诉你我当时记得的是什么东西，但是有什么用处呢？我身上有一个死去了的人，留下的一切都是他的记忆；还有一个活着的人，这人应该是我，是我自己，但是他活着，只是像一棵树活着一样，或者像一块岩石，或者像一只野兽。这个城市本身成了一座巨大的坟墓，人们拼命要在里面挣得一个体面的死，我自己的生活就像这个城市一样，也成了一座坟墓，我正以自己的死亡来建造这座坟墓。我漫步在石林中，石林的中心是混乱；有时候在这死亡中心，在混乱的真正中心，我跳舞或喝得酩酊大醉，或做爱，或同某个人交朋友，或计划一种新生活，可这全是混乱，全是石头，全都没有未来，令人难堪。直到我碰到一种力量，强大到足以将我从这疯狂的石林中卷走以前，没有一种生活对我来说是可能的，也不可能写出一页有意义的书。也许读到这里，人们仍然有混乱的印象，但这是从一个活的中心写下来的，混乱的只是外表，就好像是一个不再同我有关系的世界的延伸。仅仅几个月之前，我还站在纽约的街道上环顾四周，就像几年前我环顾四周一样；我再次发现自己在研究建筑，在研究只有不正常的眼睛才能抓住的细节，但是这一次就像是从火星上下来的一样。我自问，这是什么人种？这是什么意思？没有关于痛苦或关于在阴沟里被扼杀的生命的记忆，不过是在袖手旁观一个陌生的、不可捉摸的世界，这个世界离我如此遥远，以致我感觉自己像是来自另一个行星。有一天夜里，我从帝国大厦顶上向下观看我在底下所知道的这个城市：他们在那里，只是远景上的一些小点点，这些我与之一起爬行的人蚁，这些我与之斗争的人虱。他们都以蜗牛的速度前进，每一个人无疑都在实现自己微观世界的命运。他们徒劳地拼命建造起这座巨厦，这是他们的骄傲与自豪。在巨厦最高一层的顶篷上，他们悬挂了一串笼子，关在里面的金丝雀啭鸣着无意义的歌声。在他们雄心壮志的顶点，有这些小东西的一席之地，它们不断地拼命啭鸣。我暗想，一百年后，他们也许会把活人关在笼子里，一些快活得发疯的人，将歌唱未来世界。也许他们会培养一个啭鸣族，别人劳动时，它们啭鸣。也许在每一只笼子里都有一个诗人或一个音乐家，致使楼底下的生活不受石林的阻碍，继续流动，一种由无用构成的波动着的吱嘎作响的混乱。一千年以后，他们全都会发狂，工人和诗人都一样，一切又开始毁灭，就像一而再、再而三地发生过的那样。再过一千年，或五千年，或一万年，就在我现在站着观光的地方，一个小男孩会打开一本用一种从未听说过的语言写的书，写的是这种现在正逝去的生活，一种写这本书的人从未经历过的生活，一种有着打了折扣的形式和节奏的生活，一种有始有终的生活。小男孩合上书的时候会暗想，美国人是多么伟大的一个民族，在这块他现在居住的大陆上，曾经有过怎样奇异的生活啊！没有一个未来的种族，也许除了盲诗人族以外，将能够想象这段未来历史用以构成的极大混乱。

混乱！咆哮的混乱！不需要选择专门的一天。我生活中的任何一天——在那里的那个世界里——都适合。我的生活，我的小小的微观世界的生活，每一天都是外部混乱的反映。让我回想……七点半闹钟响。我没有从床上跳起来。我一直躺到八点半，尽量争取再多睡一会儿。睡觉——我怎么能睡？在我脑海的背景上是我已经被任命主管的那个办公室的形象。我能见到海迈八点钟准时到达，交换机已经发出求援的嗡嗡声，申请者们正爬上宽宽的木制楼梯，更衣室里散发着强烈的樟脑味。为什么要起床来重复昨日的废话？我雇他们雇得快，他们退出得也快。工作挤掉了我寻欢作乐的时间，而我却没有一件干净衬衫穿。星期一我从老婆那里拿津贴——车费与中午饭钱。

我总是欠她的钱，她则欠杂货商的钱，欠屠夫、房东等的钱。我都没有想到要刮一刮胡子——没有足够的时间。我穿上撕破的衬衣，吞下早餐，借了一个镍币坐地铁。如果她心情很差，我就从地铁口卖报人那里骗钱。我上气不接下气地来到办公室，晚了一个小时，我得先打十几个电话，然后才同申请者谈话。在我打一个电话的工夫，就有另外三个电话等着我去接。我同时使用两部电话机。交换机嗡嗡作响。海迈在两次电话的间歇中间削着他的铅笔。门房麦克戈文站在我身边，给我一句忠告，说其中一个申请者也许是一个骗子，想用假名再偷偷溜回来。在我身后是卡片和分类记录本，其中有经过测谎仪测试过的每一位申请者的姓名。坏人用红色星号标出；其中有些人竟有六个化名。这期间，房间里就像蜂窝似的，人们七手八脚，到处散发着汗臭、脚臭，还有旧制服、樟脑、来苏水的气味及口臭。他们当中有一半人要被拒绝——不是因为我们不需要他们，而是因为即使按最差的条件，他们也不行。我办公桌前面的这个人，站在栏杆旁边，双手麻痹，视力模糊，是纽约市的前市长。他现在已七十岁，很愿意接受任何工作。他有极好的推荐信，但是我们不能接受超过四十五岁的人。四十五岁在纽约是一个极限。电话铃响，这是基督教青年会一个圆滑的书记打来的。我能不能为一个刚走进他办公室的小男孩开一个先例呢？这是一个在少年犯教养所里呆了一年多的小男孩。他干了些什么？他想强奸他的妹妹。当然，他是意大利人。我的助手奥马拉正在对一个申请者进行疲劳讯问。他疑心他是癫痫病患者。最终他成功了，取得了额外收获，小伙子就在办公室里癫痫发作。女人当中有一个昏倒了。一个漂亮女人脖子上围着阔气的毛皮，正在说服我录用她。她整个儿是个婊子，我知道，要是我录用了她，就要付出可怕的代价。她要求在住宅区的某个楼里做事——她说，因为那儿离家近。临近午饭时间，一些老朋友开始到我这儿来。他们坐在周围看我工作，好像这是歌舞杂耍表演。医科大学生克伦斯基来了；他说我刚请来的男孩中有一个有帕金森氏疾病。我忙得连上厕所的工夫都没有。奥洛克告诉我，所有的报务员，所有的送信人，都有痔疮。近两年来他一直在做电按摩，但什么效果也没有。午饭时间到了，我们六个人坐在桌子旁边吃饭。像通常一样，某一个人要为我付饭钱。我们狼吞虎咽，然后跑回来。有更多的电话要打，更多的申请人要接见。副总裁正在大发雷霆，因为我们不能使人员保持正常。纽约以及纽约周围二十里以内的每一张报纸都登着求援的广告。所有的学校都被游说为我们提供业余送信人。所有的慈善机构、救济团体都被动员起来。他们像苍蝇一样飞得无影无踪。他们中间有的甚至一小时都没有干满。这真是折腾人。最令人伤心的是这种事情完全没有必要，但是这不关我的事。正如吉

卜林所说，我的事情是干，不然就死。我继续苦干，见了一个又一个受害者，电话铃疯了一般响，这地方的味道越来越难闻，漏洞越来越大。每一个人都是一个要求一片干面包的人；我知道他的身高、体重、肤色、宗教、教育、经验等等。所有的材料都将登记到分类记录本里，按字母顺序，然后按年代顺序归档。姓名与日期，还有指纹，如果我们有时间来登记的话。结果怎么样？结果美国人享有人类所知道的最快的通讯形式，他们可以更快地出售他们的商品，一旦你倒毙在街头，立即就会有人对你最近的亲属加以鉴定，也就是说，在一个小时之内，除非送电报的人私自决定扔掉工作，把整捆电报抛进垃圾桶。两千万份圣诞节的空白电报纸上都有宇宙精灵电报公司董事、总裁、副总裁祝你圣诞节与新年快乐的字样，也许电报内容都是"母病危、速回"，而办事人员则太忙，以至于注意不到电报内容，如果你起诉，要求赔偿损失，赔偿精神损失，那么就有一个受过专门训练的法律部门来处理这样的事件，让你相信，你的母亲病危，而你同样可以圣诞节与新年快乐。当然，办事人员将被开除，而一个月以后，他又会回来要求做送信人的工作，他会被接受，安排在没有人会认出他来的码头附近做夜班，他老婆会带着小鬼们来感谢总经理，或者也许副总裁本人所给予他们的帮助与照顾。然后有一天，每一个人都会感到震惊，这个送信人抢劫了账台的钱柜，奥洛克就被要求乘夜车赶往克利夫兰或底特律，去追踪他，即使花一万美元也在所不惜。然后副总裁会发布命令，不许再雇犹太人，但是三四天后，他又会放宽一点儿，因为除犹太人以外，没有人来找工作。因为情况变得非常不妙，人员素质又他妈的如此差劲，弄得我都差不多要雇一个马戏团的侏儒，要不是他情不自禁地痛哭起来，说他自己是女的，我也许就已经雇了"它"了。更糟糕的是，瓦莱丝佳将"它"庇护起来，那天晚上把"它"带回家，在同情的借口之下，给"它"作了彻底检查，包括用右手食指对生殖器进行探测。这个侏儒变得十分色眯眯的，最后又十分提防。这是令人难堪的一天，在回家路上我撞见了我的一个朋友的妹妹，她坚持要带我去吃饭。饭后我们去看电影，在黑暗中我们互相调情，最后发展到离开电影院，回到办公室，我把她放倒在更衣室的锌面桌子上。当我午夜之后回到家的时候，瓦莱丝佳打来电话，要我立即跳进地铁，到她家去，十万火急。这得坐一小时的车，我已经疲惫不堪，可她说十万火急，我就只好上路了。我到她家的时候，见到了她的表妹，一个相当迷人的小妞。按照她自己的说法，她刚跟一个陌生人干完事，因为她厌倦了当一个处女。那么瓦莱丝佳所有那些大惊小怪到底是怎么回事呢？嘿，是这样的，在心急火燎中，她忘记采取通常应采取的预防措施，也许现在她已经怀孕了，那么怎么办呢？她们想知道

43

我认为应该做什么。我说："什么也别做。"当时瓦莱丝佳把我领到一边，问我是否愿意同她表妹睡觉，说是可以让她适应一下，以便不会再重复那种事情。

整个事情是很荒诞的，我们都歇斯底里大笑，然后开始喝酒——她们家里有的唯一一种酒是居默尔香酒，没用多久就把我们放倒了；然后事情更荒诞了，因为她们两人开始乱抓我，谁也不愿让另一个做什么事。结果，我给她们两人都脱去衣服，把她们放在床上，而她们两人却互相搂抱着睡着了。当我在大约清晨五点钟的时候走出去时，我发现口袋里分文全无，我就试着向一个出租车司机讨五分钱，但是不行，于是我最后就脱下我的皮里子大衣给他——换了五分钱。我到家时老婆已经醒了，她怒火冲天，就因为我在外面呆了这么长时间。我们激烈争辩了一会儿，最后我发火了，猛打她，她跌倒在地，开始哭泣鸣咽，然后孩子醒了，听到我老婆高声叫喊，她吓坏了，开始使出吃奶的劲头尖叫。楼上的女孩跑下来，看看发生了什么事情。她穿着和服，披头散发。她激动地走近我，我们俩本没有打算要发生什么事，但是事情却发生了。我们把我老婆放到床上，给她额头上捂了一条湿毛巾，在楼上的女孩俯身对着她的时候，我站在她身后，脱掉了她的和服。我把那玩艺儿放进她那里，好长时间地站在那里，说着许多安慰人的愚蠢废话。最后我爬到老婆床上，使我十分吃惊的是，她开始紧紧贴着我，一句话也没说，我们难分难解地干着，一直干到天亮。我本该毫无气力的，可是我却十分清醒，我躺在她旁边，计划着过休息日，期待见到那个穿漂亮毛皮的婊子，那天早些时候我同她谈过话。在那之后我开始想另一个女人，我的一个朋友的老婆，她总是挖苦我的无动于衷。然后我开始想一个又一个——所有那些我因这样那样的理由放过去的女人——直到最后我死死地睡过去了，梦中还遗了一回精。七点半时，闹钟按老规矩响起来，我按老规矩看了看我那件挂在椅子上的破衬衣，我自言自语说，有什么用。我翻了一个身。八点钟，电话铃响了，是海迈。他说，最好快点来，因为正在进行罢工。这就是一天一天发生的事情，怎么会是这个样子，除非说整个国家都是荒诞的，我所说的事到处都在进行，或大或小，但到处都是一回事，因为一切都是混乱与无意义。

事情就这样一天天地进行，几乎有整整五年时间。永远受到旋风、龙卷风、海啸、洪水、干旱、暴风雪、热浪、害虫、罢工、抢劫、暗杀、自杀……破坏的大陆本身就是一种连续的热病与痛苦，一种火山爆发，一种漩涡。我像一个坐在灯塔里的人：脚下是惊涛骇浪、岩石、暗礁、沉船的碎片。我可以发出危险信号，但是我无力抵挡灾难。我呼吸着危险与灾难。这种感觉往往如此强烈，以致它就像火一般从我鼻孔中猛烈喷射出来。我渴望完全摆脱它，然而又不可抗拒地受到吸引。我既暴烈又冷淡。我就像灯塔本身——屹立在惊涛骇浪之中。我脚下是坚固的岩石，在同样的岩石构架上人们建起了高耸入云的摩天大楼。我的基础深入到地下，我身体的防护盔甲是用铆了铁钉的钢铁制成。尤其我是一只眼睛，一只纵横搜索的巨型探照灯，它无情地不停旋转。这只如此清醒的眼睛似乎使我的所有其他官能都处于休眠状态中；我的所有本领都被耗竭，用以努力观看、领会世界的戏剧性。

如果我渴望毁灭，这只是因为这只眼睛会被消灭。我渴望地震，渴望某种会将灯塔投入海中的自然灾变。我想要变形，变成鱼，变成海中怪兽，变成驱逐舰。我想要大地裂开，一口把一切都吞没。我想要看这座城市被深深埋在海底。我想要坐在洞穴中，在烛光下读书。我想要那只眼睛消灭，以便我可以变换一下，了解我自己的身体，我自己的愿望。我想要单独呆一千年，为了沉思我的耳闻目睹——也为了忘却。我想要地球上某种非人为的东西，某种绝对脱离了人的东西，我对人已经厌倦了。我想要某种纯世俗、绝对无理念的东西。我想要感到血液奔流回我的静脉，哪怕以消灭来换取。我想要把石头和光从我的体系中抖搂出去。我想要黑暗的自然生殖力，深深的子宫之泉眼，寂静，要不就贪婪地啜饮黑色的死亡之水。我想要成为那只无情的眼睛照亮的那个黑夜，一个以星辰和长长的彗星点缀的黑夜。成为寂静得如此可怕，如此全然不可理解，同时又十分雄辩的夜晚。绝不再说话、倾听和思考。既被包容而又包容。不再有怜悯，不再有温柔。完全世俗地做人，像一棵植物、一条虫或一条小溪。被分解，被剥夺光线与石头，像分子一样易变，像原子一样持久，像大地本身一样残酷。

六

　　我遇见玛拉大约是在瓦莱丝佳自杀前一周。那事件之前一两个星期是一场真正的恶梦。有一系列的突然死亡与同女人的奇怪遭遇。首先是保林娜·雅诺夫斯基，一个十六七岁的犹太小女孩，没有家，也没有亲戚朋友。她到办公室来找工作。已接近下班时间，我不忍心冷冰冰地拒绝她。因为某种理由，我心血来潮地想带她回家吃饭，如果可能的话，设法说服老婆同意她住上一阵。她吸引我的地方是她对巴尔扎克的热情。回家路上她一直在同我谈论《幻灭》。电车挤得满满的，我们被紧紧地挤在一起，以至于我们谈论什么都没有区别了，因为我们两人都只想着一件事。我老婆见到我带着一个漂亮小姐站在门口，当然呆若木鸡。她以她那种冷冰冰的方式表现出礼貌和殷勤，但是我立即看出来，请求她把女孩留下来是没有用的。也许她能做的一切也就是坐着陪我们吃完饭。我们一吃完，她说了声"请原谅"，就看电影去了。女孩开始哭泣。我们仍然坐在桌子旁，盘子堆在我们面前。我走到她跟前，双臂搂住她。我真为她感到抱歉，不知对她如何是好。突然她双手搂住我的脖子，热烈地吻我。我们长时间站在那里，互相拥抱着，然后我对自己说绝对不可以，这是一种犯罪，而且，也许老婆根本就没有去看电影，也许她任何时候都会悄悄溜进来。我让那女孩振作起来，并说我们还是乘电车到什么地方去吧！我看到我孩子的存钱罐在壁炉架上，就把它拿到卫生间，悄悄把钱全掏出来。里面只有七角五分。我们坐上电车，来到海滨。最后我们找到一个没人的地方，一起躺在沙滩上。她歇斯底里般激情奔放，除了做那种事以外没有什么事好做。我想她事后会责备我，但是她没有。我们在那里躺了一会儿，她又开始谈论巴尔扎克。似乎她有抱负自己也当个作家。我问她打算干什么。她说她一点儿也不知道。当我们起身离开时，她请求我把她送到公路上，说她想去克利夫兰或去某个地方。当我离开她，让她站在一个加油站前时，已过了午夜时分。她的钱包里大约有三角五分钱。当我出发往家走时，我开始诅咒我老婆，骂她是个卑鄙的婊子养的。我但愿我留在公路上无处可去的那个人是她。我知道，我回到家后，她连那个女孩的名字也不提一下的。

　　我回到家，她没有睡，正等着我。我以为她又要大闹一场。但是没有，她等我是因为有奥洛克的重要口信，要我一回家就给他打电话，但是，我决定不打电话。我决定脱衣服睡觉。正当我舒舒服服躺下时，电话铃响了。是奥洛克。办公室有我一份电报——他想要知道，他是否该拆开念给我听。我说当然。电报的署名是莫妮卡。是从布法罗打来的。说她将在早晨带着她母亲的遗体到达中心车站。我谢过他，回到床上。老婆没问任何问题。我躺在那里苦苦思索该怎么办。如果我去车站接她，就意味着一切都要重新来一遍。我刚谢过我的星宿保佑我摆脱了莫妮卡，而现在她又要带着她母亲的遗体回来。眼泪与和解。不，我一定也不希望看到这个前景。假如我不露面呢？那会怎么样？周围总会有人来照料一具尸体。尤其是如果失去亲人的人是一位迷人的金发女郎，蓝眼睛里闪着火花。我很想知道，她是否会回去做她在餐馆的工作。要是她不懂希腊文和拉丁文，我就不会同她缠到一块儿去了，但是我的好奇心占了我的上风。而那时候她又那么一贫如洗，这也打动了我。要是她的手不发出油腻腻的味道，事情也许不会这么糟糕。那是美中不足之处——那双油腻腻的手。我记得我遇见她的第一个晚上，我们在公园里散步。她看上去令人陶醉，一副聪明伶俐的样子。这正是妇女开始穿短裙的时候，而她穿短裙更显优美。我经常一晚上又一晚上地去餐馆，就是为了看她走来走去，看她弯腰上菜或俯身拾起一把叉子。漂亮的大腿和迷人的眼睛加上一行关于荷马的奇妙的诗句，猪肉酸菜加上一首萨福的诗文、拉丁文变位、品达的颂歌，饭后甜食加上，大概，《鲁拜集》或《西纳拉》，但是油腻腻的手和市场对面寄宿公寓里那张邂逅的床——哟！我受不了。我越躲开她，她就越是缠绵。写十页的情书，再加上《查拉图斯特拉如是说》的脚注，然后突然安静了，我由衷地暗自庆幸。不，我早晨不能去中心车站。我翻个身，沉睡过去。早晨我会让老婆给办公室打电话，说我病了。一个星期来我还没有生过病——它正在接近我。

　　中午我发现克伦斯基在办公室外面等我。他想让我同他一起吃午饭……他要我去见一个埃及姑娘。结果这个姑娘原来是个犹太人，但是她来自埃及，看上去像埃及人。她是一把好手，我们俩同时向她进攻。由于别人以为我病了，我就决定不回办公室，而去东区随便走走。克伦斯基回去掩护我。我们同姑娘握手，各走各的路。我直奔凉快的河边，几乎立刻忘记了这个女孩。我坐在一个码头边上，大腿悬在纵梁外边。一条驳船经过，装满了红砖。突然莫妮卡出现在我脑海中。正带着一具尸体到达中心车站的莫妮卡。一具离岸价的尸体。纽约！显得多么不和谐，多么滑稽，我放声大笑起来。她怎么处理这尸体呢？她是将它寄存起来了呢，还是把它留在货场里了？她无疑

在狠狠地大声诅咒我。我很想知道，如果她能想象我这样坐在码头边上，大腿悬在纵梁外边，她真的会有什么想法。尽管有微风从河上吹来，天气还是很闷热。我开始打瞌睡。当我迷糊过去时，保林娜出现在我脑海中。我想像她正举着手沿公路步行。她是一个勇敢的孩子，这是无疑的。有意思的是，她似乎不怕被人搞大肚子。也许她这样绝望，已经不在乎了。还有巴尔扎克！这也是十分不谐调的。为什么是巴尔扎克？嗨，那是她的事。无论如何她已有了足够的钱来买东西吃，直到她遇到另一个家伙。但是那样的一个孩子却在考虑成为一个作家！嘿，为什么不呢？每个人都有这样那样的幻想。莫妮卡也想要成为一个作家。每个人都在成为一个作家。一个作家！天哪，多么蠢的职业！

我打了个盹……当我醒来时，下身正勃起着。太阳好像热辣辣地晒进了我的裤裆。我站起来，在饮水泉那里洗了我的脸。天气还是那样闷热。沥青像沼泽地一样软，飞蝇在叮人，垃圾在阴沟里腐烂。我在运料车之间来回走，对周围的事物视而不见。这段时间里我一直勃起着，老也下不去，但是心中又没有明确目标。只是在我回到第二大道的时候，我才突然记起一同吃午饭的那个埃及犹太女孩。我记得，她说过住在第十二街附近的俄国餐馆对面。但是我仍然不确切知道我想干什么。只是四处溜达溜达，消磨时间。然而我的双脚却把我拖向北面，走向第十四街。当我来到俄国餐馆对面时，我停了片刻，然后三级一跨地跑上楼梯。过道门开着。我爬上了几段楼梯，仔细察看门上的名字。她住在顶楼，她的名字底下还有一个男人的名字。我轻轻敲门，没人答应。我又敲得更响一点。这次我听到有人走动。然后有一个靠近门边的声音问是谁，同时门把转动起来。我把门推开，跌跌绊绊地进了漆黑一团的房间。我正好扒进她的怀抱，摸到她半敞开的和服底下光着身子。她一定是刚从熟睡中起来，还不太明白谁把她抱在怀里。当她明白是我的时候，她试着挣开，但是我紧紧抱住她，开始热烈地亲吻她，同时把她按倒在靠窗的躺椅上。她咕哝着什么，意思是说门没关，但是我不打算冒任何危险，让她溜出我的怀抱。于是我做了一个小小的迂回，使她一点儿一点儿地慢慢移向门边，让她用屁股把门推上。我用空着的一只手锁上门，然后把她挪到房间中央，用空着的那只手解开我的裤扣。她睡得迷迷糊糊，干这事就像一架自动机器。我也看得出来，她很喜欢在半睡半醒中干这事。唯一的问题是，要想知道如何让她再睡过去而不失去好好操一下的机会，这是很难的。我设法让她倒在躺椅上，她没有退缩，却更加欲火中烧起来，像鳝鱼一样扭来扭去。从我开始搞她的时候起，我想她一次也没有睁开过眼睛。我不断对自己说——"一次埃及式操法……一次埃及式操法"——为了不马上射精，我故意开始想莫妮卡拉到中心车站的那具尸体，想我在公路上留给保林娜的三角五分钱。那时候，砰！一声响亮的敲门声，她立即睁开眼睛，十分恐惧地望着我。我开始迅速抽身，可使我吃惊的是，她紧紧抓住我。"不要动，"她在我耳边小声说。"等等！"又一声响亮的敲门声，然后我听到克伦斯基的声音说："是我，台尔玛……是我伊西。"当时我差点儿大笑起来。我们又倒下，回到一种自然姿势中，她轻轻闭着眼睛，不想再醒过来。这是我一生中操得最出色的一次。我想它会永远进行下去。无论什么时候我感到有射精危险，我就停下不动，想事情——例如想如果我有假期，我喜欢在哪里度假，或者想放在衣柜抽屉里的那些衬衫，想就在卧室床脚边的地毯上的补丁。克伦斯基还站在门口——我可以听见他来回变换姿势。每次我意识到他站在那里，我就额外地给她多来几下子，她在半睡状态中发出响应，很有意思，好像她懂我用这种动作语言表达的意思。我不敢想她会在考虑些什么，要不然我就马上要射了。有时候我差点儿射精，但是我总有救险的妙方，这就是想莫妮卡和那具在中心火车站的尸体。一想到这些，我的意思是说，想到这些事的滑稽可笑，我就像冲了一次凉水澡一般。

完事之后，她睁大眼睛望着我，好像她是第一次看到我。我没有话要对她说；我脑子里的唯一想法是尽快地离开。在我们梳洗时，我注意到门边地板上的一张纸条。这是克伦斯基留下的。他想要她在医院见他——他老婆刚被送去医院。我感到松了口气！这意味着我不用费什么事就可以离开了。

第二天我接到克伦斯基一个电话。他老婆死在手术台上。那天晚上我回家吃饭；我们还坐在饭桌上吃饭时，门铃响了。克伦斯基站在大门那里，看上去绝对情绪消沉。我总是难以说出吊唁的话，对他说就绝对不可能了。我听我老婆说些同情的陈词滥调，我感到比往常更讨厌她。"让我们离开这里。"我说。

我们在绝对的沉默中走了一会儿。到了公园那里，我们就走进去，直奔草地而去。雾气很重，连前面一码远的地方都看不清。当我们摸索着前行的时候，他突然呜咽起来。我停下来，把脸转开去。我认为他哭完时，才回头看他，他正带着一种古怪的微笑瞪着我。"真有趣，"他说，"接受死亡有多难哪！"我也微笑了，把我的手放到他肩膀上。"请继续，"我说，"一直说下去，不要郁积在胸中。"我们又开始散步，在草地上来来回回地走，就好像走在海底一般。雾气变得如此浓密，我几乎分辨不出他的容貌。他平静而又疯狂地谈论着。"我就知道事情会发生，"他说，"太美好了就不会长久。"她病倒前的夜里，他做了个梦，梦见自己失去了身份。"我在黑暗中跟跟跄跄，

叫着我自己的名字。我记得来到一座桥那里，朝水中看的时候，我看到我自己正在溺死。我一头扎到桥底下，当我浮出水面时，我看到叶塔漂浮在桥下。她死了。"然后他突然又说："昨天我敲门的时候，你在那里，是吗？我知道你在那里，我没法走开。我也知道叶塔快死了，我想要同她在一起，但是我害怕一个人去。"我一句话没说，他继续说下去。"我爱过的第一个女孩也是这样死的。我当时还是个小孩，无法摆脱痛苦。每天晚上我都到公墓去，坐在她墓边。人们以为我疯了。我猜想我也是疯了。昨天，当我站在门口的时候，这一切又回到我眼前。我又在特伦顿，在墓边，我爱的那个女孩子的妹妹站在我旁边。她说不能再这样下去了，我会发疯的。我暗想，我确实疯了，为了向我自己证明我的想法，我决定做出疯狂的事情来，于是我对她说，我爱的不是她，是你，我把她拉到我身边，我们躺在那里互相亲吻，最后我操了她，就在墓边。我想，这件事把我治好了，因为我再也没有回到那里去过，再也没有想她——直到昨天我站在门口的时候。如果我昨天抓住你，我会把你掐死。我不知道我为什么会有那种感觉，但是我好像觉得你打开了一座坟墓，你正在糟蹋我所爱的女孩的尸体。那是疯了，不是吗？为什么今晚我要来见你呢？也许是因为你对我绝对无所谓……因为你不是犹太人，我可以对你说……因为你不在乎，而你是对的……你读过《天使的反叛》吗？"

我们刚走到环绕公园的自行车道。大街上的灯火在雾中晃动。我好好看了他一眼，发现他已经神经错乱。我很想知道是否能让他笑。我也害怕，一旦他笑起来会收不住。于是我开始随便聊，先聊阿那托尔·法朗士，然后聊其他作家，最后，当我觉得我抓不住他时，就突然把话题转到伊沃尔金将军，听到这话他笑了起来，这也不是一种笑，而是一种咯咯咯的声音，一种可怕的咯咯声，就像一只脑袋被放在案板上的公鸡发出来的。他笑得这样厉害，以致他不得不停住脚步，捂着肚子；眼泪从眼睛里流出来，在咯咯声之间，他发出撕碎心一般的可怕呜咽。"我知道你会为我好，"当最后的感情爆发过去之后，他说："我总是说你是一个婊子养的好人……你就是一个犹太杂种，只是你不知道而已……现在告诉我，你这个杂种，昨天怎么回事？你捅了她没有？我不是告诉过你，她是一把好手吗？你知道她跟谁同居吗？天哪，你没被抓住算是幸运。她正和一个俄国诗人同居——你也认识那小子。有一次在皇家咖啡馆我把你介绍给他过。最好不要让他听到风声。他会把你的脑浆打出来的……然后他会为此事写一首漂亮的诗，把它和一束玫瑰一起送给她。肯定的，我在斯台尔顿就认识他，那里是一个无政府主义者的聚居地。他老爷子是一个虚无主义者。全家都疯了。顺便说一下，你

最好当心你自己。那一天我就想告诉你，可我没想到你动作这么快。你知道她也许有梅毒。我不是在吓唬你。我也是出于好意才告诉你的……"

这一场感情迸发似乎真的使他安静下来。他设法以他那种犹太人的拐弯抹角方式告诉我，他喜欢我。为此他必须首先破坏我周围的一切——老婆、工作、朋友、那个"黑婊子"（他这样称呼瓦莱丝佳），等等。"我想，有一天你会成为一个伟大的作家，"他说，"不过，"他恶毒地补充说，"你必须首先吃点儿苦头。我的意思是真正的吃苦，因为你还不知道这个词的含义。你只认为你已经吃了苦。你必须首先恋爱。现在说那个黑婊子……你并不真的认为你爱她，是吗？你曾经好好看过她的屁股吗？我的意思是说，它是如何在扩展。五年后她看上去就会像珍妮大婶那样。你们俩将会是一对大胖子，身后领着一串黑小鬼在大街上走。天哪，我宁愿看见你娶一个犹太女孩。当然，你不会喜欢她，但是她会适合于你。你需要东西来稳住你。你正在分散你的精力。听着，你为什么带着所有这些你捡来的笨蛋杂种到处跑？你似乎有一种专捡不正常人的天才。你为什么不做点儿有用的事情呢？你不适合那个工作——在某个地方你会成为大人物的，也许是一位劳工领袖……我不知道究竟是什么，但是你首先得摆脱你那个尖嘴猴腮的老婆。咄！我看她的时候，会啐她的脸。我不明白，像你这样一个人怎么会娶那样一条母狗？那是什么——是一对淌水的卵巢？听着，那就是你的毛病——你脑袋瓜里装的只有性……不，我也不是那个意思。你有脑子，你有激情，你很热心……但是你不在乎你做的事或你碰到的事。如果你不是这样一个浪漫的杂种，我几乎会发誓你是犹太人。我就不同了——我从来没有什么东西可以指望，但是你身上有——只是你太他妈的懒了，不把它表现出来。听着，有时候我听你说话时，我暗想——要是那家伙把它在纸上写下来就好了！嗨，你可以写一本书，让德莱塞那样的家伙抬不起头来。你不同于我认识的美国人；在某种程度上你不属于他们，这是一件他妈的好事。你也有儿点疯癫——我猜想你知道这一点。不过是一种好的疯癫。听着，十分钟以前，如果是换了别人，我会杀了他。我想我更喜欢你，因为你不试着给我任何同情。我很了解这一点，所以不会期待你的同情。如果你今晚说了一句假话，我真的会发疯。我知道这一点。我已经在边缘上了。当你开始谈伊沃尔金将军时，我差点儿认为我一切都完了。这就使我想到你身上有种东西……那是真正的狡猾！现在让我来告诉你一些事……如果你不马上振作起来，你一定会发疯。你内心里有东西正在吞噬你。我不知道这是什么，但你不可能把它转移到我身上。我彻底了解你。我知道有东西在折磨你——不只是你老婆，也不是你的工作，甚至不是你认为你爱的那个黑婊

子。有时候我认为你生错了时代。听着，我不想要你认为我崇拜你，但是你有我说的某种东西……如果你对自己自信一些，你就会成为当今世界上最伟大的人物。你甚至不必当一个作家。就我所知，你可以成为一个耶稣基督。不要笑——我就是这个意思。你一点儿也不知道你自己的潜力……除了你自己的欲望，你对一切都是绝对盲目的。你不知道你要什么。你之所以不知道，是因为你从来没有停下来想一想。你正在让人们把你耗尽。你是一个他妈的傻瓜，白痴。如果我有十分之一你的能耐，我就会把世界翻个个儿。你认为那是疯了？嗯？那么，听我说……我一生中从来没有这样清醒过。我今晚来见你的时候，我想我已经准备好要自杀了。我是否自杀没有多大区别。但是不管怎么说，我看不出现在自杀有什么意义。那不会让她起死回生。我生而不幸，无论我去哪里，似乎总要把灾难带去。不过我还不想就此罢休……我要先在世上做些好事。也许你听起来觉得这很傻，但这是真的。我愿意为别人做点儿事……"

他突然默不作声了，又用那种古怪的惨淡笑容看着我。这是一个绝望的犹太人的样子，在他身上，像他的整个民族一样，生命本能是如此强大，以致即使绝对没有什么东西可以指望，他也无力自杀。那种绝望对我相当陌生。我暗想——要是我们能换张皮就好了！嘿，我会为了无足轻重的理由杀死自己！我老是在想，他甚至会不喜欢葬礼——他自己老婆的葬礼！天知道，我们参加过的葬礼都是够令人悲伤的事情，但是事后总是有一些食物和饮料，一些善意的下流玩笑，一些衷心的捧腹大笑。也许我太小，不懂得那些悲伤方面，虽然我十分清楚地看到他们如何嚎叫和哭泣。对我来说，那从来没有多大意义，因为葬礼之后，大家坐在公墓旁边的啤酒花园里，总是有一种美好的欢乐气氛，尽管大家穿着黑衣服，戴着黑纱和花环。当时作为一个小孩子，我似乎觉得他们确实在设法同死者建立某种交流。某种像是埃及式的东西，在我回想起它来的时候就有这种感觉。从前我认为他们只是一帮伪君子，但他们不是。他们只是些愚蠢、健康的德国人，渴望生活。说来也怪，死亡是他们知识范围之外的东西，因为如果你只是按照他们所说的来判断，你会想象死亡占据了他们的大量思想，但是实际上他们对它一无所知，甚至还没有，例如，犹太人知道得多。他们谈论来世的生活，但是他们从内心相信。如果一个人因失去亲人而憔悴，他们便怀疑地看待那个人，就像你看待一个疯子那样。正如欢乐有界限一样，悲伤也有界限，这就是他们给我的印象，而在极限上，总有必须喂饱的肚皮——用林堡奶酪三明治、啤酒、居默尔香酒，如果手头有的话，还用火鸡腿。他们的眼泪流到他们的啤酒里，像小孩子一样。一分钟以后他们又喜笑颜开，笑死者性格中的某个怪癖。甚至他们使用过去时的方法都对我有一种稀奇古怪的效果。死者才被埋下去一个小时，他们说起死者来——"他总是这样好脾气"——就好像心中的那个人死了已有千年，好像他是一个历史人物，或者是一个《尼伯龙根之歌》中的人物。事实是他死了，确确实实地永远死去了，而他们，那些活着的人，现在，而且永远离开了他，他们有今天还有明天要过，有衣服要洗，有饭要做，当下一个人倒下时，还有棺材要挑选，还要为遗嘱争吵，但是一切循着日常生活的常规，专门挤出时间来悲伤哀悯是有罪的，因为上帝（如果有上帝的话）注定生活是那个样子，我们世上的人就没有什么好说的了。越过注定的苦乐界限是邪恶的。想要发疯更是大的罪孽。他们有可怕的动物性调节官能。如果真是动物性的，倒是看上去很令人惊奇，可是目击这一切又很可怕。你终于会明白，这不过是德国人的麻木不仁，感觉迟钝，可是，比起犹太人的九头鸟式的悲哀来，我倒更喜欢德国人那种富有生气的胃。我实际上不可能为克伦斯基感到遗憾——我不得不为他的整个种族感到遗憾。他老婆的死只是他的灾难史中的一项，小事一桩。就如他自己说的那样，他生而不幸。他天生要看到事情出问题——因为五千年来事情一直在那个种族的血液中出问题。他们带着脸上那种深陷的绝望眼神来到世上，又将以同样的方式离开世界。他身后留下一股臭气——一种毒药，一种悲痛的呕吐。他们要设法带出这个世界的臭气正是他们自己带到这个世界上来的臭气。当我听他说话时，我思考了所有这一切。我内心感觉这样良好，这样纯洁，以至于我们分手时，在我走上一条旁街之后，我开始吹口哨并哼起歌来。接下去，我感到渴了，渴得要命，我用我最好的爱尔兰土腔对自己说——不用说，你现在应该喝上一点儿，我的小伙儿——我一边说着，一边跌跌撞撞地进到一个酒吧里，要了一大杯冒泡的啤酒，一个厚厚的汉堡包，里面夹了许多洋葱。我又喝了一杯啤酒，接下去喝了一口白兰地。我用我那种无动于衷的方式暗想——如果这可怜的杂种头脑不够正常，不喜欢他自己老婆的葬礼，那么我来为他参加。我越是考虑这事，就越变得快活。如果说有一点点悲伤或羡慕的话，那只是因为这样一个事实：我不可能和她调换位置，这个可怜的犹太死鬼，因为死亡是像我这样一个流浪汉绝对理解不了的东西，而把它浪费在那些十分了解它，无论如何不需要它的人身上又太可惜。我变得他妈的如此沉迷于死的念头，以至于在我醉得不省人事时，我向上帝咕哝着，请他今夜杀死我。杀死我，上帝，让我知道那是怎么回事。我拼命想象那是什么样子的，拼命忘记那死鬼，连屁都挤出来了，可还是不成。我最多只能模仿临终时的痰声，但是这一来，我差点噎过气去，那时候我他妈的吓坏了，险些把屎屙在裤子里。不管怎么说，那不是死，那只是噎住了。死更像是我们在公园

里经历的事情：两个人肩并肩地在雾中走，擦过树和灌木，一言不发。它是比姓氏本身更空洞的东西，然而却正常、宁静，如果你喜欢的话，还很高贵。它不是生活的继续，而是跃入黑暗中，绝无归来的可能，甚至作为一粒灰尘归来都不可能。而那是正常、美好的，我对自己说，因为，为什么一个人要回来呢？尝一次滋味就是永远尝了滋味——生或是死。只要你不下赌注，抛硬币的结果是正面向上，还是向下，都是没关系的。当然，被自己的唾沫噎住是很难堪的——这比任何其他事都讨厌。此外，人们不总是噎死的。有时候人们在睡眠中死去，平静得像一只小羊羔。他们说，上帝来把你们召集到他的怀抱里，然而，你停止了呼吸。究竟为什么人们想要永远不停地呼吸？任何必须没完没了做的事情都会是一种折磨。我们都是可怜的人类杂种，我们应该高兴某人想出了一条出路。对于去睡觉，我们不挑什么毛病。我们生命的三分之一是让我们像喝醉酒的大耗子一样打呼噜打掉的。那又怎么样呢？那是悲剧吗？那么好吧，就说是三分之三的醉酒大耗子般的睡眠吧！天哪，如果我们有辨别能力，我们会因为想到这个问题而兴奋得手舞足蹈。我们都可能明天死在床上，没有疼痛，没有痛苦——如果我们有意识利用我们的医药的话。我们不想死，这就是我们的麻烦。这就是为什么在我们头脑里的疯狂垃圾箱中有上帝和整个射击比赛。伊沃尔金将军！那引出了他的咯咯声……以及一些干巴巴的呜咽。我不如说林堡奶酪好，但是伊沃尔金将军对他来说意味着某种东西……某种疯狂的东西。林堡奶酪会显得过于清醒，过于陈腐，然而，一切全都是从林堡奶酪中演变出来，打着他私人的牌号。这就是说，有某种风味，某种标签。所以当人们闻到它、尝到它时，就能认出它来。是什么东西使这个伊沃尔金将军成为林堡奶酪的呢？嘿，无论什么东西构成林堡奶酪，它就是 X，因而是不可知的。那么因而呢？因而什么也不是……根本什么也不是。打住——否则，就是跃入黑暗中，一去不返。

当我脱掉我裤衩的时候，突然想起来那杂种告诉我的话。我看着它，它的样子一如既往，纯洁无瑕。"不要告诉我你得了梅毒。"我说，把它握在手里，挤了一下，像是要看看是否有脓喷出。不，我想不会有多大危险染上梅毒的。我不是那类星宿的命。是的，淋病倒是有可能的。每个人在某个时候都会有淋病。但不是梅毒！我知道，他要是能做到的话，他就会想让我患上梅毒，只是为了让我明白什么是痛苦。但是我不可能费心去使他满足。我天生是一个沉默的幸运家伙。我张大嘴巴。这么多讨厌的林堡奶酪。我暗想，管它有没有梅毒哩，只要她想干，我就会再扯一块奶酪，然后才罢休。可是她显然不想干了，背对着我。于是我就躺在那里，竖起那硬邦邦的玩艺儿顶

着她，用心灵感应来干她。天哪，尽管她睡得很沉像死了一般，可她一定得到了感应，因为我进去时并没遇到什么麻烦，而且我不必看她那张一脸轻松的面孔。当我给她来了最后一下子的时候，我暗想——"好小伙儿，这便是林堡奶酪，现在你可以转过身去打呼噜了……"

性与死亡的赞美诗好像要永远唱下去。第二天下午，我在办公室接到老婆一个电话，说她的朋友阿琳刚被送到疯人院去。她们在加拿大的修道院上学时就是朋友，她们在那里学习音乐和手淫的艺术。她们那帮人我都一个个见过了，包括戴疝带的安托丽娜嬷嬷。她们都时常同安托丽娜嬷嬷做爱。而有着巧克力奶油蛋糕脸蛋的阿琳并非这一帮人当中第一个去疯人院的。我不是说，这是手淫把她们送到那里去的，可以肯定，修道院的环境与此有关。她们还未成熟的时候就都已经搞得乱七八糟了。

七

　　下午还没过完，我的老朋友麦克格利高尔就来了。他同往常一样，看上去郁郁寡欢，抱怨着年纪不饶人，虽然他才刚过三十。在我讲给他听阿琳的事情时，他似乎有了一点儿生气。他说他早就知道她有点儿问题。为什么呢？因为有一天晚上他想强暴她，她就歇斯底里地哭了起来，可是她的哭还没有她说的话惊人。她说，她亵渎了圣灵，为此她不得不过节制的生活。想起这件事，他便以他那种不快的方式笑起来。"我对她说——如果你不想要，那么你就不必做……你就把它握在手里吧！天哪，我说那话的时候，我以为她会马上发疯的。她说我是在设法玷污她的清白——她就是那样说的。同时她将它拿在手里，拼命抓紧，我他妈的都差点儿昏过去。她还是一直哭着，弹着圣灵啦，'清白'啦的老调。我记得你有一次告诉我的话，就给她扎扎实实来了一个嘴巴子。这就像施了魔法一般，她一会儿就安静下来了，足以让我溜进去，然后真正的乐趣开始了。听着，你搞过一个疯女人吗？这是一种经验。从我进去的那一刻起，她就开始连珠炮似的说话。我无法精确向你描述，但这就好像她不知道我正在干什么。听着，我不知道你做那种事的时候是否让一个女人吃苹果……嘿，你可以想象那会如何影响你。这一个要更糟糕一千倍。我感到心烦，都开始以为我自己也神经不正常了……现在我要说的事你几乎不会相信，但是这确是实情。你知道我们干完那事以后她做什么？她搂着我说谢谢我……等一下，这还不是全部，然后她下床跪在地上，为我的灵魂祈祷。天哪，我记得清清楚楚。'请把麦克变成一个更好的基督徒。'她说。我光着身子躺在那里，听她祈祷。我不知道我是在做梦还是怎么的。'请把麦克变成一个更好的基督徒！'你能相信吗？"

　　"你今晚打算做什么？"他又快活地问了一句。

　　"没什么特别的事。"我说。

　　"那你跟我来。我有一个妞儿要让你见一下……波拉。几天前的一个晚上，我在罗斯兰碰上她的。她不疯——只是有点淫狂。我想要看你同她跳舞。这将是一件难得的乐事……就只是看你们跳舞。听着，当她扭动起腰肢来的时候，你要不在裤衩里打炮，那我就是婊子养的。来吧，关上这地方。在这地方满处放屁管什么用？"

　　去罗斯兰以前还有许多时间要消遣，于是我们就到靠近第七大道的一家小酒店去。战前这是一个法国人开的店，现在是一家几个意大利人经营的非法酒店。靠门的地方有一个小酒吧，后边有一间铺锯末地板的小房间，以及一个放音乐的投币机器。我们想要喝几杯饮料，然后吃饭。就是这个意思。只是我很了解他，我根本不相信我们会一起去罗斯兰。如果有一个招他喜欢的女人来到跟前——她不必长得漂亮或身体健康——我知道，他在这时候连我火烧眉毛都不会管我的，一个人滚他妈的了。我和他在一起的时候，唯一令我关心的事情是，我得事先吃准了他有足够的钱来付我们要的饮料。当然，我绝不让他离开我的视线，直到饮料的账付清才算完。

　　最初一两杯饮料总是使他陷入回忆。当然是回忆窟窿。他的回忆使我想起他曾经讲给我听的一个故事，这故事给我留下了不会忘却的印象。它讲的是一个临死的苏格兰人。正当他死过去的时候，他老婆见他挣扎着想说点儿什么，就体贴地弯腰对他说——"什么？乔克，你想说什么？"而乔克，做了最后的努力，吃力地抬起身子说："就是窟窿……窟窿……窟窿。"

　　这就是麦克格利高尔从头到尾的话题。他的说话方式便是如此——全是废话，但他想说的是关于病的问题，因为在做爱的间歇，似乎他担心得要命，更确切地说，他对他的鸡巴担心得要命。在他看来，半夜三更说"你上楼来一下，我要让你看一看我的鸡巴"，这是世界上再自然不过的事情。由于一天十好几次把它掏出来，又是察看，又是洗，又是擦，他的鸡巴当然就老是红肿发炎。他不时去看医生，让医生检查。有时医生为了使他宽慰，就给他一小瓶药膏，还让他不要喝那么多酒。这会引起没完没了的争辩，因为他会对我说："如果药膏有用，为什么不让我喝酒呢？"或者"如果我根本就不喝酒，你想我还需要用药膏吗？"当然，无论我说什么，他总是这耳朵进去，那耳朵出来。他总得担心点儿什么，而鸡巴当然就是他担心的主要对象。有时候他担心他的头皮。他有头皮屑，这几乎每人都有，可当他的鸡巴情况良好时，他就忘了鸡巴，而担心起他的头皮来。再不就是他的胸。一想到他的胸，他就会咳嗽起来。咳得好厉害啊！就好像他已经是肺结核晚期病人了。而当他追逐女人时，他就像一只猫一样神经质，一样容易激动。他不能很快得到她。一旦他拥有她，他就已在发愁如何甩掉她了。她们都有些毛病，通常是一些微不足道的小毛病，可是却使他倒了胃口。

　　我们坐在黑洞洞的小房间里，他就对我赘述着所有这一切。几杯老酒下肚以后，他像往常一样站起来去洗手间，半路上他扔了一个硬币在投币机器里，跳舞的人翩翩

起舞，他也随之活跃起来，指着玻璃杯说："再来一巡！"他从洗手间回来，看上去格外自鸣得意，究竟是因为他的膀胱减轻了负担呢，还是因为在过道里碰上了一个姑娘，我不得而知。总之，在他坐下来以后，他便开始变换手法——现在十分镇静，十分安详，几乎就像一位哲学家。"你知道，亨利，我们这些年里正在变老，你和我不应该像这样浪费我们的时间。如果我们想要有点儿作为，我们就该开始……"这样的话我已经听了好几年了，我知道结局会是什么。这不过是个小插曲。这时候他平静地在房间里四处张望，看看哪个婊子的模样不那么烂醉如泥。他一边谈论我们生活中的悲惨失败，一边脚下踩着舞步，眼睛里越来越放出光芒。事情总是按老一套的程序发生。正当他说——"例如，你拿伍德拉夫来说。他绝不会有长进，因为他只是一个天生的操蛋货，卑鄙无耻，只会小偷小摸……"正在这时候，碰巧会有某个喝醉的胖女人从桌子旁走过，让他看见了，他就会马上把话停下来，说："嗨，小家伙，坐下来同我们一起喝一杯怎样？"由于像那样的醉鬼婊子从来不是独自行动的，总是成双成对的，于是她就会回答："当然可以，我能把我的朋友也带过来吗？"麦克格利高尔装得好像是世界上最殷勤的男子，他会说："没问题，为什么不带过来呢？她叫什么名字？"然后，他会扯着我的袖子，俯身过来小声说："别不高兴，听见吗？我们给她们来上一杯，然后就甩掉她们，明白了吗？"

一如既往，大家喝了一杯又一杯，账单上的数目越来越大，他不明白为什么要把钱浪费在两个婊子身上，所以，你先出去，亨利，假装你要去买药，几分钟后我也走……但是等我，你这婊子养的，不要像上次那样把我丢下不管了。而我也一如既往，我来到外面以后，就尽可能快地走开，暗自好笑，并感谢我的幸运星宿让我这么容易地摆脱了他。我肚子里装了这么些酒，我的腿拖着我走到哪里都无所谓了。百老汇灯火通明，像往常一样疯狂，人群稠密得就像糖浆一般。你一下子投身其中，就像一只蚂蚁，被簇拥着往前走。每个人都在走着，有些人有正当理由，有些人根本没有理由。所有这些推推搡搡，所有这些运动，都代表着行动，代表着成功，在不断进行。我停下来看看鞋，看看花哨的衬衣，新式的秋季大衣，九角八分一枚的结婚戒指等。过不多远就有一个食品商场。

每次我在吃饭时间走在这川流不息的人群中时，总有一种期望的狂热控制着我。从时报广场到第五街不过几个街区，有人说百老汇就是真正有意义的一切，可它什么也不是，不过是一个养鸡场，而且还是一个糟糕的养鸡场。但是晚上七点钟，当每一个人都在冲向饭桌的时候，空中有一种电火花噼啪作响，你的头发就会像天线一般竖

起来，如果你有接收性能，你不仅能接收到每一次电击和闪烁，你还会有统计的渴望，算算像构成银河的星星一样拥挤在空间里的躯体总量大概有多少，这些相互作用着、紧挨着的有细胞外质的躯体。不过这不是银河，而是不夜的百老汇大街，世界之巅，头顶没有天篷，脚下甚至没有裂缝或窟窿让你掉下去，让你说这是一个谎言。绝对的非个性化把你带到人们的一派胡言乱语之中，这就使你像一匹瞎眼的马一样往前跑，并在你神志不清的耳朵里喋喋不休。每一个人都莫名其妙地完全不是他自己，于是你便自动成为全人类的化身，同一千个人握手，用一千种不同的人类语言嘀嘀咕咕地说话、诅咒、喝彩、吹口哨、哼唱、说独白、演说、做手势、撒尿、生育、哄骗、勾引、啜泣、物物交换、拉皮条、闹春，等等诸如此类。你是摩西以来的所有男人，再就是一个正在买帽子、买鸟笼、买老鼠夹子的女人。你可以躺在橱窗里等候，就像一枚十四克拉的金戒指，或者像一只人蝇顺建筑物的一边往上爬，但是没有任何东西会阻止事情进程，甚至以闪电速度飞行的火力发射，或者安静地爬向牡蛎集中的浅海区域的双料海象，都阻止不了。百老汇我到现在已经看了它二十五年了，它是一种蔓延，这种蔓延，圣托马斯·阿奎那斯还在娘肚子里的时候就已经想象过了。它原本只是给蛇和蜥蜴，给角蟾和红鹭鸟使用的，但是，伟大的西班牙无敌舰队被击沉之后，人类便从双桨船里爬出，蜂拥而来，以一种肮脏下流的蠕动进行创造，摆动着穴一样的裂缝，这裂缝从南面的炮台，经过曼哈顿岛满是蛆虫的死亡中心，直至北面的高尔夫球场。从时报广场到第五街，圣托马斯·阿奎那斯忘记包括在他杰作中的一切，这里都包括在内了，即，汉堡包、领扣、长卷毛狗、投币机器、灰色圆顶硬礼帽、打字机色带、橙木手杖、免费厕所、卫生餐巾、薄荷泡泡糖、台球、洋葱末、波纹垫布、进入孔、口香糖、摩托车与三味水果糖、玻璃纸、橡皮带胎、磁电机、马用涂油、咳嗽糖，以及两腿夹着枪管锯短的滑膛枪走向冷饮柜的宦官，他那种天生歇斯底里的阴险狡诈。饭前的气氛，广藿香、热沥青铀矿、冰冻的电、加糖的汗以及粉末状的尿，这一切的混合物驱使人狂热地怀有神志不清的期待。基督绝不会再降人世，也不会有什么法典的制定者，凶杀、偷盗、强奸也不会停止，然而……然而人们还是期待着什么，期待着极其奇异而荒诞的东西，也许是免费供应的沙拉浇汁冷盘大虾，也许是一种发明，像电灯，像电视那样，只是更加压倒一切，更加排山倒海。一种不可想象的发明，将带来横扫一切的宁静与空白，不是死的宁静与空白，而是生的宁静与空白，就像僧人做梦，像在喜马拉雅山区，在西藏，在拉合尔，在阿申群岛，在波利尼西亚群岛，在复活节岛，人们仍然梦见的那样，这是人们在大洪水以前，在有文字记载以前做的梦，是穴居人和食人生番的梦,是那些长着短尾巴的两性人的梦,是那些据说发了疯的人的梦,他们无法自卫,就因为那些不疯的人在数量上超过他们。狡猾的畜生抓住常态下的能量,然后像火箭炮、轮子那样释放能量,复杂的轮子组合引起力与速度的幻觉,有些是光,有些是力,有些是运动,狂人打电报的用语,像假牙一样安上,完美的、像麻风病人一样令人讨厌的、迎合的、软绵绵的、滑溜溜的、无意义的运动,垂直的、水平的、圆形的,在围墙里面,穿过围墙,娱乐、物物交换、犯罪;性;一切非个人孕育产生的光、运动、力量,被分送到整个窒息了的、穴一样的裂缝中,这个裂缝是要用来蒙唬野蛮人、老土、老外的,但是没有人被蒙住、唬住,这个人饿了,那个人性饥渴,大家都差不多,同野蛮人、老土、老外没什么两样,除了一些琐碎的东西,什么小摆设啦,肥皂泡一般的思想啦,空洞的心灵啦,等等。在这同一个穴一般的裂缝里,成千上万陷进去但未被唬住的人从我面前走过。他们中间的一个,布莱泽·桑德拉尔,后来飞往月球,又从那里回到地球,到奥利诺科河上,模仿野人,而实际上却十分正常,只是不再容易受伤害,不再是凡人,而是一首献给失眠群岛的诗构成的巨大船体。这些狂热者当中,很少有充分孵化好的,其中,我自己也还没有充分孵化好,但是我在潜移默化,已经不纯,我平静然而强烈地了解到不断漂泊运动的无聊。在吃饭前,从天窗的一条条横木中间透过来的苍穹犹如安上了一副骨头架子,漂泊不定的半球点缀着臭鸡蛋一般的核子,它们合成一体,形成网状,一只篮子里是大虾,另一只篮子里是不掺杂个人情感的个人独裁世界的萌芽。未来世界的人一身臭屎地从进入孔出来,地下生活使他们变得面如土色,冰冻的电像耗子一样咬瘦了他们。白天结束了,夜幕像下水道的阴冷而又令人清醒的阴影般降临了。我这个还未充分孵化好的蛋,就像从过热的窟窿眼里滑脱出来的软鸡巴,作了几下半途而废的扭动,但是,不是蔫得不够,软得不够,就是没有精子,滑到不着边际的地方去,因为这还不是正餐,一阵肠子的疯狂蠕动支配了上结肠、下腹部、脐带、松果体。活生生地下锅煮,大虾在冰中游泳,不给两角五分硬币,也不要求两角五分硬币,在冰水中对死亡的厌倦,干脆一动不动,没有动机,生活从笼罩在孤寂中的橱窗边飘过,被尸毒蚕食的令人伤心的坏血病,结了冰的窗玻璃像刀一样锋利刺骨、干净,没有剩余物。

生活从橱窗边飘过……我像大虾、14克拉的戒指、马用涂油一样,也是生活的一部分,但是很难确立这个事实,事实是,生活是商品,附带一张提货单,我想要吃的东西比我这个吃者更重要,一个吃一个,因而吃这个动词当家做了主人。在吃的行为中,主人的地位暂时受侵扰,正义暂时被击败。盘子与盘中物,通过肠部器官的巨大作用，控制了人们的注意力，统一了精神，先是催眠，然后慢慢吞入，然后咀嚼，然后吸收。精神方面的存在像泡沫一般消失了，绝对未留下它经过的证据或痕迹，它消失了，用数学的语言说，它甚至比空间的一点消失得更彻底。那种明天也许会回来的狂热同生活的关系，就像温度计里的水银同热的关系一样。狂热不会使生活转化为热量，这应该是已经证明了的，因而狂热便奉献了肉丸和意大利面条。成千上万人咀嚼时你也咀嚼，每一次咀嚼都是一个凶杀行为，造成了一种必然的社会趋势，你带着这种倾向往窗外看，看到甚至人类也会被正当地屠杀、致残、饿死，受折磨之苦，因为一边咀嚼的时候，你穿着衣服坐在椅子上，用餐巾擦嘴，仅仅这样的优势，就使你能够理解最聪明的人从来未能理解的事情，即：不可能有任何其他的生活方式，而那些聪明人却往往不屑于使用椅子、衣服或餐巾。于是人们每天在规定时间匆匆忙忙走过一条叫作百老汇的街道，这道穴一样的裂缝，寻求这，寻求那，确立这，确立那，这正是数学家、逻辑学家、物理学家、天文学家等等的方法。证据是事实，而除了那些确立事实的人所赋予事实的东西之外，事实没有任何价值。

吞下肉丸，小心翼翼地把纸巾扔在地板上，打了几个饱嗝，不知道原因和去处，我来到外面街上二十四克拉钻石般的照人光彩中，同一帮去看戏的人在一起。这一次，我跟随一个拿着手风琴的盲人，走过了几条旁街。我不时坐在门前的台阶上听一曲咏叹调。听歌剧的时候，音乐没有意义；在这条街上，它却有着真正的疯狂性，强烈地震撼人心。陪伴盲人的那个女人手里拿着一只锡杯；他像这只锡杯，像这威尔第的音乐，像大都会歌剧院一般，也是生活的一部分。每个人、每件事都是生活的一部分，但当他们被加到一块儿的时候，却莫名其妙地不是生活了。我自问，什么时候是生活，为什么现在不是？盲人继续往前走，我坐在台阶上不动弹。肉丸是坏了的，咖啡是劣质的，黄油臭了。我看到的一切都是腐烂、劣质、发臭的。这条街就像一股臭味；下一条街，再下一条街，再下下一条街，全都一样。在拐角处，盲人又停下来，演奏了"回山区老家"。我在口袋里发现一块口香糖——我嚼起来。我为嚼而嚼。绝对没有比做些什么事更好的了，除非是做决定，而这是不现实的。台阶上很舒服，没有人来烦我。我是世界的一部分，生活的一部分，就像他们所说的那样，我有所属，我无所属。

我出神地在台阶上坐了将近一个小时。我得出了一个结论，每当我有一会儿时间来独自思考时，总是得出同样的结论。我不是必须马上回家，开始写作，就是必须出走，开始一种全新的生活。着手写一本书的想法吓坏了我：有这么多东西要讲，我都无从入手。出走，一切从头再来的想法也同样吓人：这意味着像一个黑鬼一样工作，从而能勉强维持生活。对一个像我这样脾气的人来说，世界就是这副样子，绝对没有希望，没有出路。即使我能写我想要写的书，也没有人会接受它——我太了解我的国人了。即使我能重新开始也没有用，因为我根本不想工作，不想成为一个有用的社会成员。我坐在那里呆望着马路对面的房子。像街上所有其他房子一样，它不显得丑陋而无意义，而且由于这样专心致志的凝视，它突然变得荒诞不经。用那种特别方式来建立一个藏身之地的想法，我感到是绝对疯了。我感到这城市本身就是一种最大的疯狂，它周围的一切：阴沟、高架铁路、投币机器、报纸、电话、警察、球形门把、低档旅馆、电影、手纸、一切。这一切没有也行，地球照转不误。我看着从我身边擦身而过怯懦的人们，想了解是否碰巧他们当中会有一个人会同意我的看法。假如我拦住其中一位，就问他一个简单的问题；假如我突然对他说："你为什么继续像你现在这样生活？"他也许会叫警察。我自问——任何人都像我这样同自己说话吗？我自问自己是否出了什么毛病。我唯一能得出的结论是：我与众不同。这是一个非常严重的问题，不管你怎么来看。亨利，我自言自语，慢慢从台阶上起来，伸个懒腰，掸一掸裤子，吐掉了口香糖，亨利，我自言自语，你还年轻，你只是一只童子鸡，如果你让他们用丸子把你打倒，那你就是一个笨蛋，因为你比他们任何人都好，只不过你需要摆脱你对人性的错误看法。你必须明白，亨利，我的小伙子，你是在同凶手，同食人生番打交道，他们只不过稍微修饰了一下，剃了胡子，喷了香水，可他们还是凶手，还是食人生番。你现在最好去做的事，亨利，是去弄一块巧克力，当你坐在冷饮柜旁边的时候，你要小心谨慎，忘记人类命运的事情，因为你还会给自己找到一个好行当的，而一个好行当就能使你轻装上阵，在你嘴里留下一股好味道，要不然就会引起消化不良、头皮屑、口臭、脑炎。当我一面在自我安慰的时候，一个家伙走到我跟前来讨一个一角钱硬币，我却给了他一个两角五分硬币，暗想，如果我想的周全一点儿的话，我会要浇汁猪排而不要那劣质肉丸的，但是现在无所谓了，反正都是食物，食物产生能量，能量使世界运转。我没有去弄巧克力，不停地走啊，走啊，很快我就来到了我一直打算要去的地方，这就是去罗斯兰的票房窗口前。现在，亨利，我自言自语，如果你运气好，你的老伙伴麦克格利高尔会在这里，因为你溜掉，他会骂你个体无完肤，然后他会借给你五块钱。如果你爬楼梯时不出声，也许你也会看见那个淫狂女子，你就可以干了。轻轻进去，亨利，小心谨慎！我按着指点，非常警觉地走进去，整一下帽子，当然还撒了一泡尿，然后慢慢地重新下楼，打量一下那些坐出租汽车的女孩，她们都穿着透明的衣服，涂脂抹粉，搽着香水，显得放肆而机灵，但也许已烦得要命，腿也迈不开了。我来回走动的时候，在想象中操了她们每一个人。这地方到处是专有生理名词和动词，所以我才完全有理由肯定在这里能找到我的老朋友麦克格利高尔。我不再考虑世界是什么情形，这有多好！我之所以提到这一点，是因为，正当我在研究一个好水灵的屁股时，我的老毛病又犯了。我几乎又出了神。我在想，天啊，也许我应该打道回府，开始写书。一个可怕的想法！有一次我整个晚上坐在椅子上，一无所见，一无所闻。在我醒来以前，我一定已经写了厚厚的一本书。最好不要坐下。最好不停地盘算。亨利，你应该做的是什么时候带许多钱到这里来，看看你能尽兴到什么程度。我意思是带一两百美元来，像流水一般挥霍掉，对一切都说"行"。那个线条清晰、样子很高傲的妞儿，只要多给她两个钱，我敢打赌，她会像鳝鱼一样蠕动。假如她说——二十块！你就可以说没问题！假如你说——嘿，我有一辆车在楼下……让我们去大西洋城玩两天。亨利，你没有车也没有二十块钱。不要坐下……别停下。

我站在舞池的栏杆旁，看他们翩翩起舞。这是无害的娱乐……是严肃的事。在舞池的每一端都有一块牌子，写着"禁止不合礼仪的舞姿"。也好。在场地的每一端竖这样一块牌子没有害处。在庞培他们也许挂起一个男性生殖器。我们这是美国方式，但都是同一个意思。我绝不能再考虑庞培了，不然我又要坐在这里写一本书了。别停下，亨利。心里想着音乐。我不断拼命想象，如果我有钱买一叠舞票，我会过得多痛快，但是我越拼命，越往后溜。最后，我站在齐漆深的熔岩里，毒气窒息着我。杀死庞培人的不是熔岩，而是促使火山喷发的毒气。所以岩浆淹没他们时，他们的姿势都这样奇怪，好像没穿裤衩一般。如果纽约像这样突然被淹没——这将造就一个怎样的博物馆啊！我的朋友麦克格利高尔站在水斗旁擦他的那玩艺儿……东区专门为人堕胎的家

伙被当场抓获……修女们躺在床上互相手淫……拍卖商手里拿着一只闹钟……女接线生在电话交换台旁说脏话……J．P．摩根之流坐在马桶上平静地擦屁股……穿橡皮裤子的家伙正在搞逼供……脱衣舞女郎正在上演最后一场脱衣舞……

站在齐膝深的熔岩中，我的眼睛被精子糊住了：J．P．摩根之流在平静地擦屁股，而女接线生们则在交换台上接线，穿橡皮裤子的家伙在进行拷问，我的朋友麦克格利高尔在擦掉那玩艺儿上的细菌，把它弄干净，放在显微镜下检查。每个人都没穿裤子，包括那些不穿裤子、没有胡须、没有唇须的脱衣舞演员，只有一小块东西遮住了她们光彩耀人的小眼儿。安托丽娜嬷嬷躺在修道院的床上，肚子扎得紧紧的，手臂交叉着，正等待着复活，等待着，等待着没有疝气、没有性交、没有罪孽、没有邪恶的生活，同时一点一点地啃着一些动物饼干、一只辣椒、一些特级橄榄、一些猪杂碎肉冻。在东区，哈莱姆、布朗克斯、卡纳西、布朗维尔的犹太小孩把活动小门打开又关上，手脚荒乱，转动香肠灌填机，堵住下水道，为挣现金而拼命干活，你要是稍不专心就得滚蛋。我口袋里要是有一千一百张票子，还有一辆劳斯莱斯在楼下等着我，我就会像神仙一般，分别去操每一个人，不论年龄、性别、种族、宗教、国籍、出身、教养。像我这样一个人没治了，我就是我，世界就是世界。世界分成三个部分，其中两个部分是肉丸和意大利面条，另一个部分是巨大的杨梅大疮。那个线条清晰、样子高傲的妞也许是一只冷冰冰的雌火鸡，一个金玉其外、败絮其中的臭窟窿眼儿。超越了绝望和幻灭，就不会有比这更糟糕的事，你的无聊会得到补偿。没有什么比机械时代的机械眼睛咔嗒咔嗒照下的明快欢乐更讨厌、更空虚了，生活在一只黑匣子里成熟，一张负片在酸的作用下，产生出一个瞬息间的虚无影像。在这瞬息间的虚无的最靠外的边缘上，我的朋友麦克格利高尔来了，他站在我旁边，同他在一起的是他讲的那个叫作波拉的淫狂女子。她走起路来摇摇摆摆，站住时亭亭玉立，放荡而潇洒，集男女两性之优点于一身。她的所有动作都从腰部发出，总是保持平衡，总是准备好流动，飘逸，缠绕，搂抱，眼睛滴溜溜乱转，脚尖来回晃动，身上的肉就像微风吹过湖面，微微起着涟漪。这是性幻觉的具体体现，这个海上女妖在那个疯子怀抱里蠕动。我看着他们俩在舞池里抽风似的一寸一寸扭动：他们就像发情的章鱼一般扭动。在晃动的触须之间，音乐闪闪发光，现在闯进来一股精液与玫瑰香水的瀑布，形成一个粘乎乎的喷管，一根没有腿而直立的柱子，重又像粉笔一样倒下，使腿的上部晶莹发亮，一匹斑马站在金色果汁软糖化成的池子里，一条腿上有条纹，另一条腿已熔化。一条金色的果汁软糖章鱼，有橡皮铰链和熔化的蹄子，它的性已被取消，拧成了一个结。在海底，牡蛎正患着舞蹈症，有一些牙关紧闭，有一些有双重关节的膝盖。音乐被洒上了耗子药，洒上了响尾蛇的毒汁，洒上了栀子的恶臭、神圣的牦牛唾液、麝鼠的臭汗、麻风病人的甜蜜怀念。这音乐是腹泻，是一滩汽油，和蟑螂、臭狗屎合在一起，污浊的不堪入眼。喋喋不休的调子是麻风病人的泡沫与流涎，是私通的黑鬼被犹太人操出来的虚汗。整个美国都处在长号的嘈杂声中，处在派驻洛马角、波特基特、哈特拉斯角、拉布拉多半岛、卡纳西以及中途一些地方的臭河马的那种破碎嘶叫声中。章鱼像一个橡皮玩艺儿似的在跳着舞——不知名的斯普伊顿·杜依维尔的伦巴。小妖精劳拉正在跳伦巴，她的性感像鱼鳞般一片片撒下，像牛尾般纠缠不休。在长号的肚子里躺着美国的灵魂，心满意足地放着响屁。没有东西白白浪费掉——哪怕是最轻的一声屁。在金色甜蜜的幸福梦中，在浸透了尿与汽油的舞蹈中，美洲大陆的伟大灵魂像章鱼一般游得飞快，所有的帆都张开，舱盖关闭，马达像大型发电机般轰鸣。照相机咔嚓一声拍下来的伟大而生气勃勃的灵魂，在热烈的发情期中，像鱼一样冷血，像粘液一样滑腻，混杂在海底的人们的灵魂，眼睁睁地巴望，在欲火中煎熬。星期六晚上的舞蹈，在垃圾桶里腐烂的罗马甜瓜的舞蹈，刚擤的浓鼻涕和搽在痛处的粘药膏的舞蹈，投币机器和发明这些机器的怪兽们的舞蹈，左轮手枪和使用左轮手枪的软蛋们的舞蹈，铁头棍棒与把脑浆打得稀烂的利器的舞蹈。磁力世界、不发火花的火花、完好机械的轻声震颤、转盘上的快速赛跑、与票面价值相当的美元，以及枯死、残缺的森林等等的舞蹈。灵魂跳着空虚舞蹈的星期六晚上，每一个跳舞者都是金钱（癣）梦舞蹈症中的一个功能单位。小妖精劳拉舞动着她的窟窿；她的玫瑰花瓣般甜蜜的嘴唇，牙齿是滚珠轴承离合器；她的圆滚滚的带插座的屁股。他们一寸一寸地，一毫米一毫米地，把那具正在交媾的尸体推来操去。然后砰的一声！像拉开关一样，音乐戛然停止，跳舞的人随之分开，手脚一动不动，就像沉到杯子底部的茶叶。现在空气中弥漫着说话声，慢吞吞地咝咝作响，就像鱼在铁板上烤的声音。这些空虚灵魂的废渣满处飞扬，就像在高高的树枝上的猴子一般，没完没了。充斥着说话声的空气从排气孔排出去，又在睡梦中经过带波纹的烟囱转回来，像羚羊一般跑得飞快，像斑马一样花纹斑斑，一会儿如软体动物似的静静躺着，一会儿吐出火焰。小妖精劳拉像塑像一般冰凉，她的阴部已经腐蚀，她的头发音乐般地狂喜。劳拉快要睡着了，她默不作声地站着，她的话就像花粉从雾中飘过。彼特拉克的劳拉坐在出租汽车里，每一个词都从计程器里回响出来，然后不起作用，然后麻木不仁。蛇怪劳拉完全是由石棉制成的，一嘴泡泡糖，走到火刑柱那里。"棒极了"，是她挂在嘴上的话语。海贝笨重的、带凹槽的唇状物，劳拉的嘴唇，失去了天国之爱的嘴唇。在偏向运动的雾气中隐隐约约飘然而过。游离拉布拉多海岸的贝壳状嘴唇，释放出最后一堆喃喃作响的残渣，往东翻滚着泥浆潮，朝星空散发着碘的迷雾。迷人的劳拉，最后一位彼特拉克，在朦胧中睡去。世界不是灰色的，而是缺乏欲望的光泽，那种断断续续的睡眠，像竹子一般一截一截，带着背对着你睡觉的那种清白。

这在一团漆黑当中，在狂乱的子虚乌有的虚无的一无所有中，留下了一种十足沮丧的无望感，就像绝望到了极点，那只是快乐的死亡幼蛆同生命之间极其微小的差距。物极必反，绝望到极点，狂喜重又开始，而且越来越发展，生命重新兴旺发达，成为平庸的摩天大楼，高高耸立，拽着我的头发和牙齿，令人讨厌地发出空洞的快乐的嚎叫，尚未出生的活泼的死亡之蛆正等候着腐烂变质。

星期天早上电话把我吵醒。这是我的朋友马克西·施纳策格，他告诉我，我们的朋友卢克·拉尔斯顿死了。马克西用一种真正悲伤的声调说话，这把我惹恼了。他说卢克是这样一个了不起的家伙，这也使我听着不顺耳，因为虽然卢克还可以，但不过如此，恰恰不是所谓的那种了不起的家伙。卢克是一个天生女里女气的男人，最后，在我同他熟了以后，我发现他是一个讨厌的家伙。我在电话里把这话告诉了马克西；我可以从他答应的方式上分辨出，他不十分喜欢我说的话。他说卢克始终是我的朋友。这是够正确的，但还不够。真情实况是，我真的很高兴卢克及时蹬了腿：也就是说，我可以忘记我还该他的一百五十美元了。事实上，在我挂上电话听筒的时候，我实在感到很高兴。不必偿还那笔债务，这是卸掉了一副沉重的担子。至于卢克的死，那一点儿也没有使我不安。相反，这会使我能有机会去拜访他的妹妹绿蒂，我总想要把她放倒，但因为这样那样的理由，还从来未能做到。现在我可以看到自己在大白天到那里，向她表示我的吊唁。她的丈夫会在办公室里，不会有什么阻碍。我看见自己用胳膊搂住她，安慰她；同一个悲哀中的女人玩玩真是妙不可言。我可以看见她在我把她往睡榻那边移动时，睁大了眼睛——她有美丽的大眼睛，灰颜色的。她是那种一边假装在谈论音乐或诸如此类的东西，一边同你干的女人。她不喜欢赤裸裸的现实，也就是说，赤裸裸的事实。同时，她又会存有足够的心眼，塞一条毛巾在身子底下，免得把睡榻弄脏了。我彻底了解她。我知道，在她身上得手的最佳时机是现在，在她正对亲爱的死者卢克流露强烈情感的时候——顺便说一下，她并不以为他了不起。很不幸，今天是星期天，她丈夫肯定在家。我回到床上，躺在那里，先是想卢克，以及他为我所做的一切，然后想她，绿蒂。她名字叫绿蒂——索默斯——我总觉得这是一个漂亮的名字。它完全适合于她。卢克很生硬，有一张骷髅般的脸。他无可挑剔，很少说话，她却正好相反——温柔，圆滑，说话有条不紊，一字一句，动作慢悠悠的，会有效使用她的眼睛。人们从来不把他们当成兄妹。由于想她，我来了情绪，就想跟老婆玩玩。可这杂种，拿出她那清教徒的面孔，装作吓坏了。她喜欢卢克。她不会说，他是个了不起的家伙，因为这不是她的方式，但她坚持说，他真诚可靠，是一个真正的朋友，等等。我有这么多真诚可靠的真正的朋友，所以这话对我来说狗屁不如。最后，我们关于卢克争论得不可开交，她遭到了一阵歇斯底里的攻击，就呜呜咽咽地哭了起来——请注意，是在床上。这使我感到肚子饿。想到在早饭前哭泣，就叫我觉得可笑。我下楼去，给自己准备了一顿丰富的早餐，我一边吃，一边暗自好笑，笑卢克，笑他突然死去便一笔勾销了的那一百五十块钱，笑绿蒂以及那时刻到来时她会望着我的那种样子……最后，最最荒唐的是，我想到了马克西，马克西·施纳第格，卢克忠实的朋友，拿着一只大花圈站在墓边，也许在棺材往墓穴里放的时候，他还抓了一把土撒在上面。不知怎么的，这用话说出来似乎太蠢了。我不知道为什么这显得如此可笑，但它确实可笑。马克西是一个笨蛋。我容忍他，只是因为他偶尔还可以接触一下，然后就是他的妹妹丽塔。我曾偶尔让他请我去他家，我假装对他精神错乱的弟弟感兴趣。我总能吃上一顿好饭，而那位智力低下的弟弟确实很好玩，他看上去像一只黑猩猩，说起话来也像。马克西头脑太简单，一点儿也不怀疑我另怀鬼胎；他以为我真的对他弟弟有兴趣哩。

这是一个美丽的星期日，我像往常一样，口袋里大约有一个两角五分钱的硬币。我一路往前走，不知道该到哪里借点儿钱。弄点儿钱倒并不难，但事情是要弄到钱就走，不要被人烦死。我可以想到就在附近的十几个家伙，他们会一声不吭地把钱给你，可这却意味着接下去聊个没完——聊艺术、宗教、政治。我还有另一个办法可以用，这办法我在紧急关头已用过多次，这就是到电报营业所去，假装做一番友好的视察，然后，在最后关头，暗示他们在抽屉里好好找一找，看有没有一两块钱，第二天就归还。这也得搭上时间，甚至要寒暄一番。冷静而精心地再三考虑之后，我决定，最好博一下我在哈莱姆区的小朋友柯里。如果柯里没有钱，他会从他母亲的钱包里偷到。我知道我可以依靠他。当然，他会要陪我，但我在傍晚过去之前总可以找到甩掉他的办法。他只是一个孩子，我不必太顾及他的情绪。

我喜欢柯里的地方在于，他虽只是一个十七岁的孩子，但他根本没有道德感，没有顾忌，没有羞耻。他十四岁的时候到我这儿来找工作当送信人。他的父母当时在南

美洲，他们用船把他送到纽约，由一个姨妈照看，这个姨妈几乎立刻就勾引了他。他从来没上过学，因为父母老是在旅行；他们是流浪艺人，干的是"杂交与苦力"的活，他是这么说的。父亲进过好几次监狱。顺便说一下，他不是他真正的父亲。总之，柯里来找我时，纯粹是个孩子，他需要帮助，需要一个朋友，而不是什么别的东西。起初，我以为能为他做点儿什么。每个人都马上喜欢上了他，尤其是女人们。他成为办公室的宠儿，但是，不久我就明白，他没法挽救，起码他也有着一个聪明罪犯的内在素质。然而我喜欢他，我继续为他做事，但他不在我眼跟前时，我从不信任他。我想，我喜欢他，尤其是因为他绝对没有荣誉感。他会为我做世界上的任何事情，而同时又会出卖我。我不能为此而责备他……这使我感到好玩。由于他对此直言不讳，因而就更使我感到好玩。他只是忍不住要这样做。例如，他的索菲姨妈。他说她诱奸了他。这倒很有可能，但奇怪的是，他竟在他们俩一起读圣经的时候让自己被勾引。他虽然年纪小，但他似乎很明白，他的索菲姨妈在那种方面需要他。所以他让自己被勾引，他是这么说的。然后，在我认识他一段时间以后，他提议帮我去接近他的索菲姨妈。他竟甚至敲诈她。在他急需钱花时，他就到姨妈那儿去，将她的钱骗到手——狡猾地威胁说要把事情揭露出去。当然，一脸天真无邪的样子。他看上去十分像一个天使，水汪汪的大眼睛，显得如此坦率真诚。如此乐于为你做事——几乎像一条忠实的狗，然而够狡猾的。一旦他得到你的好感，他就会让你满足他各种各样异想天开的要求。此外，他极其聪明。一只狐狸的狡诈的聪明和———一只豺狼的完全的冷漠残酷。

因此，当我那天下午知道，他一直在泡瓦莱丝佳，我一点儿也不惊讶。在瓦莱丝佳之后，他又玩她表妹，这女孩已经被糟蹋过，她需要一个她可以依靠的男性。而从她那里，最后又转到那个在瓦莱丝佳家筑起自己美好小巢的矮小女孩那里。这小矮人使他感兴趣是因为她有一只完全正常的眼儿。他原本没有想同她干什么事，因为，据他说，她是一个令人反感的同性恋者，可是有一天，他碰巧赶上她在洗澡，于是事情就开始了。他承认，他越来越受不了了，因为三个人都对他穷追不放。他最喜欢那个表妹，因为她有些钱，很乐意与他分享。瓦莱丝佳太谨慎小心，而且她身上味道太大。事实上，他越来越讨厌女人。他说这是他索菲姨妈的过错。她给了他一个不好的开端。他一边这么说着，一边忙着翻衣柜抽屉。老爷子是个下流的婊子养的，应该绞死，他说着，手上没有马上找到任何东西。他给我看一把带蓝灰色枪把的左轮手枪……他想把他毙掉。我想要弄清楚为什么他这么恨那老人，结果我明白了，这孩子迷恋他的母亲，他一想到那个老家伙到她床上去就受不了。你的意思不是说你吃你老爷子的醋吧？

我问他。是的，他是吃醋。如果我要知道实情的话，那就是，他不会介意同他母亲睡觉的。为什么不呢？这就是他允许他的索菲姨妈勾引他的原因……他一直都在想他的母亲。但是你翻她钱包的时候，不感觉很别扭吗？我问。他笑了。这不是她的钱，他说，是他的。他们对我干了些什么？他们总是把我寄养出去。他们教我的第一件事就是如何骗人。这种养孩子的方法简直难以容忍……

　　家里一分钱也没有。柯里想到的办法是和我一起到他工作的那个营业所去，我缠住经理说话，他就翻遍衣柜，把零散的零钱全部清理出来。或者，如果我胆大的话，他将洗劫现金抽屉。他们绝不会怀疑我们，他说。我问他以前是否干过这个。当然……十好几次，就在经理的鼻子底下。对此有何反应？无疑……他们开除了几个职员。你为什么不向你索菲姨妈借呢？我提议。那太容易了，只是那意味着用肉体来哄她，他不想再哄她了。她臭烘烘的，索菲姨妈。你这是什么意思，她臭烘烘的？就是……她不按时洗澡。嘿，她有什么毛病？没有，只是宗教上的原因。而且变得越来越胖，越来越油腻腻的。但她不还是喜欢被哄吗？不是吗？她比以往更迷狂。这令人讨厌。就像同一只大母猪一块儿上床。你母亲对她有什么想法？她？她对她恼火得要命。她认为索菲正在勾引那老头。嘿，也许她会呢！不过，老头吃了别的野食。有一天夜里我在电影院当场抓住他，他正和一个小妞粘乎在一块儿。她是亚斯托旅馆的指甲修剪师。他也许想从她那儿搜刮点儿钱花花。这是他搞女人的唯一理由。他是一个肮脏下流的婊子养的，我要看他有朝一日被送上电椅！如果你不当心的话，有一天你自己也会被送上电椅。谁？我？不会是我！我太聪明了。你是够聪明的，但是你嘴巴不严。要我是你的话，我的嘴巴就会更严一点儿的。你知道，我加上一句，为的是让他额外吃惊一下，奥洛克了解你；如果你同奥洛克闹翻，你就全完了……如果他这么了解的话，那他为什么不说出点儿什么来呢？我不信你的话。

　　我耐心地向他解释，世界上尽可能不给别人制造麻烦的人没几个，而奥洛克便是其中之一。我说，奥洛克有着侦探的本能，只是因为他喜欢去探知周围的事情；人们的性格在他脑袋里分好类，永久性存了档，就像敌人的地形存放在军事领导人的头脑里一样。人们认为，奥洛克到处探听，因为为公司做这种肮脏的勾当而得到特别的乐趣。不是这样的。奥洛克是一个有天份的人性研究者。无疑，由于他看待世界的独特方式，他毫不费力地了解事物。现在来谈你……我不怀疑他知道有关你的一切。我承认，我从未问过他，但是我根据他不时提出的问题，猜想情况是这样的。也许他只是放任你去干。有一天夜里他会碰巧遇上你，也许他会让你在什么地方中途下车，同他

一块吃点儿东西。他会晴空霹雳似的对你说——你记得，柯里，你在 SA 营业所工作时，那次有个犹太职员因为盗用现金而被开除吗？我想，那天夜里你在加班，不是吗？一桩有趣的案子。你知道，他们从来没有发现那个职员究竟是否偷了钱。当然，他们没办法不开除他，因为他失职，但是我们不能绝对肯定……然后他也许会眯起眼睛端详你，突然改变话题。他也许会告诉你一个小故事，讲他认识的一个贼，自以为很聪明，可以逃之夭夭。他会用那故事来暗示你，直到你如坐针毡。到那时候，你就会想溜，但是正当你拔腿要走的时候，他会突然想起另一桩十分有趣的小案子，他会请你再稍等一小会儿，同时又要了另一份饭后甜食。他会连续三四个小时这样子进行下去，绝不做出一点点明白的暗示，但是一直在仔细研究你，最后，当你认为你自由了，正当你同他握手，并轻松地舒了一口气的时候，他会一步跨到你面前，把他方方正正的大脚插在你两腿之间，揪着你的衣领，一直看到你心里，他会用一种轻柔的迷人声音说——现在看着这里，年轻人，你不认为你最好还是全盘招供吗？如果你认为他只是在设法吓唬你，你可以假装无辜，然后走开，那你就错了。因为在那时刻，在他要求你全盘招供的时候，他是当真的，世上没有什么东西可以阻止他。当事情到了那种时候，我建议你还是全部招供，一分钱也不要差。他不会要求我开除你，他不会用监狱来威胁你——他只会平静地建议你每星期留出一点儿钱来交给他。没有人会比他更聪明。他也许甚至不会告诉我。不，他应付这些事情非常巧妙，你明白。

"假定，"柯里突然说，"我告诉他，我偷钱是为了帮助你摆脱困境，那会怎么样呢？"他疯了一样地笑起来。

"我认为奥洛克不会相信，"我镇静地说。"当然，你可以试一试，如果你认为这会帮助你证明自己清白的话。不过我宁肯认为，这不会有什么好结果。奥洛克了解我……他知道我不会让你去做那样的事情。"

"但是你确实让我做了！"

"我没有让你去做。你做了，我并不知道。这是很不一样的。而且，你能证明我从你那里接受钱吗？你控告我这个以朋友态度待人的人唆使你去做那样的事，不是显得有点儿可笑吗？谁会相信你呢？奥洛克不会。此外，他还没有抓住你。为什么事先担心呢？也许你在他盯上你以前就可以一点一点地把钱还回去哩。还的时候不要留下姓名。"

到这时候，柯里完全精疲力竭了。柜子里有一点儿他老爷子留着的烧酒，我提议我们喝上几口，振作振作。我们喝烧酒时，我突然想起来，马克西说过，他要去卢克家吊唁。现在去正好能碰上马克西。他会充满伤感，我可以给他编个老一套的荒诞故事，我可以说，我之所以在电话上像吃了生米饭一般，是因为我很烦，因为我不知道到哪里去弄我迫切需要的十美元。同时，我也许能同绿蒂约会。想到这个，我便笑了起来。但愿卢克能看到，他同我交的是什么样的朋友！最难办的事情是到棺材跟前，看一眼卢克，表示为之伤心。不能笑啊！

我把想法告诉了柯里。他笑得那么开心，笑得眼泪都从他脸上滚下来了。顺便说一下，这使我相信，在我借钱的时候，把柯里留在楼下更为安全。不管怎么说，这事就这样定下了。

我进门的时候，他们正坐下吃饭，看上去很悲伤，就像我能尽量让自己显示出来的那样。马克西在那里，我的突然出现简直让他大吃一惊。绿蒂已经走了。这倒帮了我的忙，让我能保持那副伤心的样子。我请求同卢克单独呆几分钟，但是马克西坚持要陪我。我想，其他人就免了，因为他们一下午都在领吊唁者到棺材跟前去。他们是德国人，真正的德国人是不喜欢有人来打断他们吃饭的。当我望着卢克，脸上仍然带着那种我尽量做出来的悲伤表情的时候，我意识到马克西的眼睛好奇地盯着我。我抬起眼睛，以我通常的方式冲他微笑。他对此显得很窘。"听着，马克西，"我说，"你肯定他们不会听到我们说话吗？"他显得更加窘困，更加悲痛，但还是肯定地点了点头。"事情是这样的，马克西……我到这里来的目的是要见你……借几块钱花。我知道这不太好，但你可以想象，我绝望到何等地步才会做这样的事情。"我把这些话吐出来的时候，他庄重地摇着脑袋，他的嘴形成了一个大"O"，好像他正在设法把鬼吓唬走似的。"听着，马克西，"我很快接下去说，尽量把声音压低，显得悲伤而又低沉，"这不是给我讲大道理的时候。如果你想要为我做点儿事，那你现在就借给我十块钱，马上……在我望着卢克的时候，你就悄悄把它塞到我这儿来。你知道，我确实喜欢卢克。我在电话上说的一切并不是我的真实意图。你碰得不巧。老婆正在大吵大闹。我们搞得一团糟，马克西，我指望你能为我做点儿事。如果你能够，你就跟我一块儿走，我会把更多的事告诉你……"正像我料想的那样，马克西不能跟我一块儿走。他不想在这样的时刻抛开他们……"那么，现在就把钱给我，"我近乎粗暴无礼地说。"明天我会把全部事情都解释给你听。我跟你一起在市中心吃饭。"

"听着，亨利，"马克西说，一边在口袋里摸索着，想到在那样的时刻竟让人看到他手里有一沓钞票，他感到很窘迫，"听着，"他说，"我并不介意给你钱，但是你不能用另一种方式来找到我吗？这不是因为卢克……这是……"他哼啊哈啊起来，实在不

知道他要说什么。

"看在基督的分上,"我轻声低语,俯身更贴近卢克,以便有人走进来看到我们,也绝不会怀疑我在干什么……"看在基督的份上,现在不要争论……把钱递给我,就什么事也没有了……我绝望了,你听到我的话吗?"马克西手忙脚乱,慌里慌张,要是他不把那整迭钞票从口袋里掏出来,就不可能把其中一张抽出来。我尊敬地俯身挨近棺材,在那迭从他口袋里露出一小角的钞票最上面摸了一张。我无法分辨这是一张一美元的票子,还是一张十美元面值的票子。我没有停下来察看,而是尽可能快地把它藏好,然后便直起腰来。我抓住马克西的手臂,回到全家人正在庄严而胃口大开地吃饭的厨房。他们让我留下来吃点儿东西,我不便拒绝,但是我还是尽可能找到最好的理由来婉言谢绝,然后逃之夭夭,脸上因为歇斯底里的大笑而变了形。

在拐角的灯柱旁,柯里正等着我。到这时候,我再也忍不住了。我抓住柯里的手臂,拽着他在街上狂奔。我开始大笑。我一生中很少这样笑过。我都以为它再停不下来了呢。每次我张开嘴,开始解释这事情,就引发一场大笑。最后我吓坏了。我以为也许我会笑死。在我设法安静下来一点儿之后,在一阵长长的沉默当中,柯里突然说:"你弄到手了吗?"这引发了又一阵大笑,比以前更为凶猛。我只得靠着一根栏杆,捧住我的肚皮。我肚皮里很痛,不过是一种叫人痛快的疼痛。

看到我从马克西那沓钞票里摸来的这张票子,比什么都让我感到欣慰。这是一张二十美元面值的票子!它立刻使我有了自制力。同时,它也使我有点儿不悦。一想到马克西这白痴的口袋里有更多的钞票,也许更多二十块、十块、五块一张的票子,我就恼火。如果他像建议的那样和我一块儿出来,如果我好好看一看那沓钞票,我就不会后悔狠敲他这一笔了。我不知道为什么我会有这些感觉,但我感到恼火。我立即就想尽可能快地甩掉柯里——五块钱就可以把他打发了——然后就狂欢纵乐一场。我特别想要的是一只下流透顶的窑窿眼儿,连一点点体面都不要的臭窑窿眼儿。到哪里去找这样的臭窑窿眼儿呢?……就要那个样子的。行,先甩掉柯里。当然,这要伤柯里的感情。他是想跟着我的。他装作不要那五块钱,但是当他看到我想要把它收回时,他迅速地把它藏好了。

九

又到夜里了，纽约城极其荒芜、冷漠、呆板的夜晚，在这里没有和平，没有藏身之地，没有亲密关系。千军万马似的乌合之众处于冷冰冰的巨大孤独中，霓虹灯广告发出凛冽的无用火光，完美得毫无意义的女性通过完美而越过了性的边境，变成了负号，变成了红色，像电，像男性的中性能量，像没有方位的天体，像和平纲领，像广播上的爱。在白色的中性能量当中，口袋里有钱；无意义、无生殖力地走过刷了墙粉的街道，穿过那灯红酒绿；在濒临疯狂的十足孤独中大声思考；拥有一座城市，一座大城市；拥有世界上最大城市的最后时刻而感觉不到它的存在，这就使你自己也变成一座城市，一个无生命的石头世界，无用的灯光世界，没有理智的动作世界，无法估量、难以计算的物的世界，一切负的东西的暗中完美的世界。穿过夜间的人群，在钱中行走，由钱来保护，由钱来唱催眠曲，被钱搞得迟钝，人群本身是钱，呼吸是钱，任何地方任何最细小的东西，没有一样不是钱，钱，到处是钱，但还是不够，然后是没有钱，或一点点钱，或钱少钱多，但终究是钱，总是钱，如果你有钱或没钱，是钱在数钱，钱在制造钱，但是是什么使钱制造钱呢？

又是舞厅，钱的节奏，广播上传来的爱，人群的那种非个人化的、世俗的接触。一种一直凉到脚底心的绝望，一种厌倦，一种自暴自弃。在最高度的机械完美当中跳没有欢乐的舞蹈，如此绝望地孑然一身，因为你是人类而近乎非人。如果月球上有生命，就会有比这更加接近完美、更加没有欢乐的证据。如果离开太阳就是到月球的冷漠无知中去，那么我们就已经达到了目的，生命不过是太阳发出的寒冷的月光。这就是空洞的原子中的冰冷生命的舞蹈，我们越跳舞越冷。

所以我们跳舞，按照冰冷的狂乱节奏，按照短波和长波，在一无所有的杯子里面跳舞，每一厘米的欲望都汇集到美元和美分。我们坐出租汽车从一个完美女性驶向另一个完美女性，寻找易遭攻击的弱点，但她们以月亮的始终如一而无可挑剔，没有缺陷，不受侵蚀。这是爱的逻辑的冷冰冰、白乎乎的处女膜，一连串的退潮，加在绝对空虚上的装饰品。在这处女的完美逻辑的装饰品上，我跳着白色绝望的灵魂之舞，最后的白人发射出最后的情感，绝望的大猩猩用戴着手套的爪子捶打胸膛。我就是感觉自己的翅膀在长大的大猩猩，一只在缎子般空白中央的轻浮猩猩；夜晚也像电动植物一样生长，将白热的花蕾吐入黑天鹅绒般的空间。我就是夜晚的黑色空间，花蕾在其中痛苦地绽开，一只海星在月亮的冰冻露水上游泳。我是一种新的疯病的细菌，一种穿着理智语言外衣的奇想，一声像灵魂的肉中刺一样埋藏起来的抽泣。我跳着天使般大猩猩的十分清醒、可爱的舞蹈。他们是我的兄弟姐妹，他们精神错乱，他们不是天仙。我们在一无所有的杯子的空空如也中跳舞。我们属于同一块肉，但是像星星一样分开。

这时候，我对一切都洞悉无漏，我明白，按照这个逻辑，世界没有救了，这城市本身就是最高的疯狂形式。每一个部分，无论是有机的还是无机的，都是这同一种疯狂的表现。我感到荒唐的谦卑的伟大，不是作为夸大狂，而是作为人类的孢子，作为膨胀到饱和程度的不再吸水的生命海绵。我不再看我搂在怀里的女人的眼睛，我头、胳膊、腿并用，从眼睛里闪过去，我看到在眼窝后面有一片未被勘察过的区域，未来的世界，在这里没有任何一种逻辑，只有安静的事件萌芽，日、夜、昨日、明天都打不断它的萌芽。习惯于将注意力集中在空间点上的眼光，现在集中在时间点上；眼睛随意地前顾后盼。眼睛是自己的"我"，这种眼睛已不复存在；这种无私的眼睛既不揭露也不启发。它沿地平线旅行，一个无休止的、无知的旅行家。为了设法保留失去的肉体，我像这城市一样，长了逻辑，完美的解剖学中的一个小数点数字。我长得超越了我自己的死亡，精神上欢快而强硬。我被分成无数个昨天，无数个明天，只停留在事情的高潮中，一堵有许多窗户的墙，但是房子已经没有了。如果我要重返现在，我就必须砸碎墙和窗户，失去的肉体的最后外壳。这就是我不再注视眼睛或透视眼睛的原因，但是由于意志能变戏法，我头、胳膊、腿并用，从眼睛里游过去，去勘察视觉的曲线。我看我的周围，就像生养我的母亲曾经绕过时间之角看到的东西一般。我打碎了诞生所造成的墙壁，而航线是圆形的，破坏不了的，即使作为肚脐，也破坏不了。没有形式，没有形象，没有建筑，只有纯粹疯狂的同一中心的飞行。我是梦的实在性之箭。我以飞行来检验这种实在性。我由于跌落地上而消失。

就这样，当我知道一切的时候，时间在消逝，没有空间的真正时间，由于我知道了一切，我在无私的梦的拱顶之下崩溃了。

在这些时间当中，在梦的间隙当中，生命徒然试图扩张，但是这城市的疯狂逻辑的支架靠不住。作为一个有血有肉的个人，我每天都在建造这座没有血肉的城市，累得趴下。这座城市的完美是梦的一切逻辑与死亡的总和。我正在拼命抗拒海洋一般的死亡，在其中，我自己的死亡只不过是一滴蒸发的水。要提高我自己的个人生活，哪怕只超出这个下沉的死亡之海一英寸的几分之一，我都必须拥有比耶稣更伟大的信仰，比最伟大的先知更精明的智慧。我必须有能力、有耐心来归纳不包含在我们时代语言中的东西，因为现在可以理解的东西是没有任何意义的。我的眼睛是无用的，因为它们只反映已知事物的形象。我的整个身体必须变成一道永恒的光线，以越来越长的速度移动，绝不停下，绝不回头看，绝不退却。这城市像癌一样成长；我必须像太阳一样成长。这个城市越来越深地蛀入到红色中去；这是一只贪得无厌的老白虱，最终必然死于食物不足。我要将这只正在吃掉我的老白虱饿死。我要作为一座城市而死去，为的是重新成为一个人，因此我闭上耳朵、眼睛、嘴巴。

在我真正重新成为一个人以前，我也许将要作为一个公园而存在，一种自然公园，人们到这里来休息，来打发时光。他们说什么，做什么，无关紧要，因为他们只带来他们的疲劳、烦恼、无望。我将成为白虱和红血球之间的缓冲地带。我将成为一个排气孔，排出因努力使不完美的东西完美而积累起来的毒气。我将成为存在于自然界也出现于梦境中的法则与秩序。我将成为完美的梦魇当中的自然公园，狂乱活动当中的平静而无法挣脱的梦，逻辑的白色台球桌上的胡乱击球。我既不知道如何哭泣，也不知道如何抗议，但是我将始终在那里，在绝对的沉默中接受与恢复。我将一言不发，直至成为人的时刻重新到来。我将不做任何努力来保留，不做任何努力来摧毁。我将不做判断，不做批评。那些丰衣足食的人将到我这里来反省，来沉思；那些缺吃少穿的人将像他们活着的时候一样，死在混乱中，绝望中，对救赎真理的无知中。如果有人对我说，你必须有宗教虔诚，我将不作回答。如果有人对我说，我现在没有时间，因为有只窟窿眼儿在等着我，我将不作回答。或者，即使有一场革命的酝酿，我也不会做回答的。在拐角处总会有一只窟窿眼儿或一场革命，但是生养我的母亲转过了许多拐角，不做任何回答，最后她把自己里面的东西倒出来：我就是回答。

由于这样一种疯狂的完美癖，自然没有人会向往一种向野生动物公园的演变，甚至我自己也不曾期待过，但是，一边陪伴着死亡，一边生活在天赐的恩典和自然的困惑当中，真是善莫大焉！当生命走向死的完美，就是成为一点点呼吸空间，一片绿草地，一些新鲜空气，一潭水池，也是善莫大焉。最后还要默默地接待人们，拥抱人们，因为当他们还在发疯似的冲过去，转过拐角的时候，是没有什么回答可以向他们做出的。

我现在想的是很久很久以前一个夏日下午的一场石头大战。当时我同卡罗琳姨妈一起住在鬼门关附近。我和表弟勒内在公园里玩的时候，被一伙男孩围在中间。我们不知道为哪一方而战，但我们在河边的石堆中是打得十分认真的。我们必须比其他男孩显示出更多的勇气，因为我们被怀疑是胆小鬼。于是，我们就这样打死了我们那伙对手中的一个。正当他们朝我们冲过来时，我的表弟勒内用好大一块石头朝为首的家伙扔过去，击中了他的肚子。我几乎同时扔出我的石头，击中他的太阳穴，他倒了下去，就永远躺下了，双目紧闭。几分钟以后，警察来了，发现男孩已经咽气。他只有八九岁，和我们同样年纪。如果他们抓住我们，会拿我们怎么处置，就不得而知了。不管怎么样，为了不引起怀疑，我们就急忙回家；半路上把身上弄弄整洁，梳理了一下头发。我们进家门时的样子就像我们离开时一样无可挑剔。卡罗琳姨妈像往常一样，给我们两大片酸酸的黑面包，上面抹着新鲜黄油和一些糖，我们就坐在厨房的餐桌旁，像天使一般笑眯眯地听她说话。这在天又闷又热，她认为我们最好呆在家里，呆在前面的大屋子里，那里百叶窗全放下了，我们可以和我们的小朋友乔依·凯塞尔鲍姆一起玩弹子游戏。乔依有智力较差的名声，通常都是我们赢他，但那天下午，勒内和我达成某种默契，让他赢走了我们所有的一切。乔依高兴极了，以致他后来带我们到他的地下室去，让她妹妹撩起裙子，给我们看那底下是什么玩艺儿。他们叫她威茜，我记得，她马上迷恋上我了。我来自城市的另一个地区，对他们来说这么遥远，简直就像来自另一个国家。他们似乎还认为我的说话方式都跟他们不一样。其他顽皮小孩子往往付钱来让威茜撩起裙子，而她为我们这样做，则是由于爱。不久以后，我们说服她不再为其他男孩这样做——我们爱她，她要规规矩矩。

那年夏天结束时，我离开了表弟，此后二十多年我们没有再见过。到了真正见面时，他给我印象最深的是他那副天真无邪的样子——跟石头大战那天一样的表情。当我同他讲起那场大战的时候，我更加吃惊地发现，他竟然忘记是我们打死了那个男孩；他还记得那个男孩的死，但他讲起它来就好像他和我在此事中都没有份。当我提到威茜的名字时，他已经记不清她了。你不记得隔壁的地下室吗？……乔依·凯塞尔鲍姆？听到这话，他脸上掠过一丝微笑。他认为我记得这样的事情真是不简单。他已经结婚了，当了父亲，在一家制造高档管乐器箱的工厂工作。他认为能记得那么遥远的过去发生的事真是不一般。

那天晚上离开他时，我感到十分沮丧。就好像他试图抹去我一生中的一个宝贵部分，因而也抹去了他自己。他似乎更喜欢他收集的热带鱼，而不是平凡的过去。至于我，我记得一切，那个夏天发生的一切，尤其是石头大战的那一天。事实上，有时候我感到，他母亲那天下午递给我的那一大片酸酸的黑面包的味道，在我嘴里比我实际上正吃着的食物味道更强烈。看到威茜的小花蕾，几乎比我手上直接触摸的感觉更强烈。那男孩在我们把他打倒以后躺在那里的样子，比世界大战的历史更远为印象深刻得多。事实上，那整个漫长的夏天就好像亚瑟王传奇中的一段叙事诗。我常常想知道，这个特别的夏天有什么东西使它在我的记忆中如此活灵活现。我只要闭上一会儿眼睛，就可以使它的每一天都历历在目。那个男孩的死当然没有引起我的痛苦——过了还不到一个礼拜它就给遗忘了。威茜撩起裙子，站在黑幽幽的地下室里的情景，也很容易就消失了。说来奇怪，他母亲每天递给我的那一厚片黑面包，却比那时期的任何其他形象具有更大的神通。我对此惊奇不已……惊奇不已。也许是因为，每次她递给我那片面包的时候，总是带着一种我以前从不了解的温柔和同情。我的卡罗琳姨妈是一个相貌十分平平的女人。她脸上有麻子，但这是一张慈祥的、讨人喜欢的脸，即使有麻子也无妨。她身材魁梧强壮，声音却非常细小动听。她跟我讲话时，似乎比跟她自己的儿子讲话时更关心体贴。我愿意老和她呆在一起：如果允许的话，我宁愿挑选她来当我自己的母亲。我清楚地记得，我母亲来看我时，如何感到很气恼，因为我如此满意我的新生活。她甚至说我忘恩负义，这句话我从来没有忘记，因为那时候我第一次明白，忘恩负义也许对一个人来说是必要的，有好处的。如果我现在闭上眼睛想，想那面包片，我几乎马上就会想到，在那座房子里，我从来不知道什么叫被责骂。我想，如果我告诉我的卡罗琳姨妈，我在那块地里打死一个男孩，告诉她事情发生的经过，她会用胳膊搂着我，原谅我的——而且是马上原谅。这也许就是那个夏天对我来说如此宝贵的原因。那是一个包含着心照不宣的、完完全全的赦罪的夏天。这也是始终记着念着威茜的原因。她充满着自然的善，这个同我相爱，而且不责骂人的小孩。她是异性中第一个崇拜我的与众不同的人。在威茜之后，情况就完全不一样了。就因为我是我，我既被爱也被恨，而威茜却做出努力来理解我。在她看来，我来自一个陌生的国家，说的是另一种语言，就这些事实，使她更加接近我。当她把我介绍给她的小朋友时，她那眼睛放光的样子是我永远也不会忘记的。她的眼睛看上去充满着爱与赞美。有时候，我们三个人会在傍晚走到河边，坐在河岸上，我们就谈论起一些小孩子们不在大人眼跟前时谈论的话。我现在知道得很清楚，我们那时候谈的话，比我们父母谈的更清醒，更深刻。为了每天给我们一厚片面包，父母不得不受到重罚。最坏的处罚，是他们变得同我们有间隙了。因为随着他们喂我们的每一片面包，我们不仅变得对他

们更加冷漠，而且越来越凌驾于他们之上。在我们的忘恩负义中，是我们的力量与美。我们不忠诚，但我们是清白的。那个我看见他倒在那里咽气的男孩，一动不动地躺着，没有发出一丝一毫的声响或啜泣，杀死那个男孩几乎就像一场干干净净的健康演出。另一方面，为食物而进行的斗争是肮脏下流的，当我们站在父母面前时，我们感到他们脏兮兮地来到我们跟前，为此我们绝不会原谅他们。下午时那片厚厚的面包，正因为它不是挣来的，所以我们吃起来很香。面包再也不会有这样的味道，也再不会有人这样给你面包。打死人的那一天，面包格外好吃。其中有一点点此后从未再体验过的恐怖味道。我们把它接到手中，也接过了卡罗琳姨妈心照不宣然而完完全全的赦罪。

在黑面包的问题上，有某种东西我一直在设法弄清楚——某种使人模模糊糊感到好吃、害怕、解放的东西，某种同最初的发现相联系的东西。我想起另一片酸酸的黑面包，那是在更早的一个时期，当时我和小朋友斯坦利经常洗劫冰箱。那是偷来的面包，因而比以爱心递给你的面包更加有吸引力。但是正当我吃着黑面包、边走边聊的时候，带有启示性质的事情发生了。这就像一种皈依上帝的状态，一种完全无知的状态，一种自我克制的状态。这些时刻传递给我的任何东西，我都原封不动地保留着，不用畏惧我会失去已获得的知识。这也许就是这样一个事实：这不是我们平常所认为的那种事实。它几乎是像接受一条真理，虽然真理一词对它来说似乎太精确了一点。津津有味地吃酸黑面包，其中很重要的一条是，这种事总是发生在家以外的地方，不在父母的眼皮底下。我们害怕父母，但从不尊敬他们。我们自己单独在一起时，我们的想象就无拘无束。事实对我们来说没有什么重要性；我们要求于一个题目的东西，就是它得给我们驰骋的机会。我现在回想起来，使我惊奇不已的是，我们相互间的理解有多好，我们多么尖锐地看透了每一个人的基本性格，无论大人小孩。例如，我们在七岁的年纪就十分确切地知道，这个家伙最后会蹲监狱，那个家伙会成为一个苦力，还有一个家伙会成为饭桶，等等。我们的判断是绝对正确的，例如，比我们父母的判断正确得多，比所谓心理学家的判断更正确。阿尔菲·贝查结果成为一个彻底的叫花子；乔尼·盖哈特去了监狱；鲍勃·昆斯特成了一个干重活的人。正确无误的预言。我们接受的知识只会阻挡我们的视野。从我们上学那天起，我们就什么也没学会；相反，我们被搞得迟钝不堪，裹在语言与抽象的云里雾中。

有酸黑面包的时候，世界是它本质上的样子，一个由魔法统治的原始世界，一个恐惧在其中起着最重要作用的世界。能激起最大恐惧的男孩就是头儿，只要他能维持他的权力，他就受到尊敬。还有一些其他的孩子是造反派，他们受到赞美，但从来没有成为头儿。大多数人都是那些无畏者手中的粘土；有一些可以依靠，多数靠不住。气氛十分紧张——无法预言明天会有什么事。这种松散的、原始的社会核心，产生出强烈的胃口，强烈的情绪，强烈的好奇心。没有什么是想当然的；每一天都要求有一种新的力量检验，一种新的力量感，或失败感。因此，直到九十岁的年纪，我们都有着真正的生活趣味——我们就是我们自己。也就是说，我们够幸运的，未被父母宠坏，夜里我们可以自由地在街上游逛，亲自去发现事物。

我现在带着某些遗憾和渴望想念着的事情是，早先童年时代这种极有限的生活却好像无限的宇宙，而随后的生活，成年人的生活，则是一个不断缩小的王国。从一个人被放到学校里去那一刻开始，这个人便迷失了，人们会有脖子上套着绞索的感觉。面包的味道没有了，生活的趣味也没有了。得到面包变得比吃面包更重要。一切都要盘算，一切都有一个价码。

我的表弟勒内成了一个绝对微不足道的人；斯坦利成了一个一流的失败者。除了这两个我十分喜爱的孩子以外，还有一个乔依，他后来成了一个邮递员。当我想起生活把他们变成了什么样的人时，我就会哭泣。作为男孩，他们是完美的。斯坦利最不完美，因为他更冲动。斯坦利时常暴跳如雷，不知道你如何能同他一天天相处，而乔依和勒内则是善的本身；他们是朋友，是按这个词的古老意义来理解的朋友。在我外出到乡下去的时候，我经常想起乔依，因为他是一个所谓的乡下小孩。这首先就意味着他比我们认识的男孩子更忠实，更真诚，更体贴。我现在可以看到乔依来见我；他总是张开双臂跑过来，准备拥抱我，总是被他为我的参与而设计的冒险搞得气喘吁吁，总是装满了他为我的到来而攒起来的各种礼物。乔依招待我就像古代的君主招待他们的宾客一般。我看一眼任何一样东西，这样东西便是我的了。我们有无数事情要相互告知，没有一件事情是沉闷乏味的。我们各自世界的差异是巨大的。虽然我也属于这个城市，但当我拜访我的表弟勒内时，我才了解到一个更大的城市，一个严格意义上的纽约城，在其中，我的世故是微不足道的。斯坦利从来没有离开他的居住区去远足过，但是斯坦利来自大洋彼岸的一个陌生国度波兰，我们之间远隔千山万水。他说另一种语言，这个事实也增加了我们对他的崇拜。每个人都被一个很特别的光环所环绕，被一种完好无损地保留下来的明确身份所环绕。由于进入生活，这些不同的特征消失了，我们大家都变得多少有点儿相似，当然，最不像我们自己。正是这种独特自我的丧失，这种也许并不重要的个性的丧失，使我黯然神伤，使黑面包鲜明突出。奇妙的酸黑面包形成了我们的个别自我；就像圣餐面包人人有份，但是每个人只是按照他独特的皈依上帝的状态来接受圣餐的。现在我们吃着同样的面包，却没有圣餐的恩惠，没有皈依上帝。我们吃面包来填饱肚子，而我们的心却是冰冷的，空虚的。我们是分开的，但不是个别的。

关于酸黑面包还有一件事，这就是，我们经常一边吃面包，一边吃生葱。我记得在傍晚前，手里拿着三明治，同斯坦利一起站在我家正对面的兽医诊所门前。似乎麦基尼医生总是爱在傍晚前来阉割一匹公马，这是在大庭广众面前进行的手术，总是聚集了一小群人。我记得烙铁的气味和马腿的颤抖、麦基尼医生的山羊胡子、生葱的味道以及阴沟里的气味，因为就在我们身后，他们正在铺设煤气管道。这完全是一场嗅觉表演，而正如阿伯拉尔描绘得惟妙惟肖的那样，手术实际上不痛。我们不知道手术的理由，常常在手术后进行长时间的讨论，往往以争吵告终。我们俩都不喜欢麦基尼医生；他身上有一股碘仿味和臭马尿味。有时候他诊室前面的街沟里淌满了血，冬天时血结成冰，使他那边的人行道有一种古怪的样子。时常有一辆两轮大车驶过来，一辆没有遮掩的车，散发着可怕的臭味，他们把死马扔到车上。更准确地说，尸体是用一根长链子吊到车上去的，链子发出吱吱咯咯咯的声音，就像抛锚一般。患气胀病的死马的气味很难闻，我们那条街上满是臭味。然后还有酸味从我家房子后面的锡工厂传来——像现代进步的味道一样。几乎令人不能忍受的死马味，比起燃烧的化学品的味道来，还要好上不知多少倍。看到太阳穴上有个枪眼的死马，看到它的脑袋躺在血泊中，它的屁股眼里满是痉挛地排泄出来的最后排泄物，也比看到一群穿着蓝围裙的人从锡工厂的拱形大门里走出来，看到他们推着一辆装着一捆捆新制成的锡的手推车强。对我们来说，幸好锡工厂对面有一个面包房。面包房的后门，其实这只是一个铁栅栏，我们可以从那里看面包师傅工作，闻一闻那甜蜜的、不可抗拒的面包、蛋糕的香味。我说，要是那煤气管道铺在那里，那就会是另一种味道的大杂烩——翻起来的泥土味、烂铁管味、阴沟气味，以及意大利劳工靠在翻起的土堆上吃的洋葱三明治的味道。当然，也还有其他味道，只不过不太明显；例如，西尔弗斯坦裁缝铺的味道，那里总有大量熨烫工作在进行。这是一种热烘烘的恶臭，你要理解这种味道，最好想象一下，西尔弗斯坦，他本人就是臭烘烘的干巴犹太人，正在把他的顾客们留在裤子里的臭屁抖搂出去。隔壁是两个信教的笨蛋老处女开的糖果与文具店；那里有太妃糖、西班牙花生、枣味胶糖、"甜烟丝"香烟等等几乎令人作呕的甜味。文具店就像一个美丽的洞穴，总是冷冷的，总是摆满各种有趣的物品；

冷饮柜就在那里，它发出另一种迥然相异的味道。一块厚实的大理石板横放着，在夏季时节，石板变得酸溜溜的，而它又令人愉快地把酸味同碳酸水嘶嘶地倒进冰淇淋杯里时发出的那种叫人心里痒痒的、干巴巴的味道混合在一起。

+

　　长大以后，各方面都有了长足的改进，原来那些味道没有了，只是有另一种显然难忘的、显然令人愉快的味道——窟窿眼儿的味道——代替了它们的位置。尤其是同女人玩过之后留在手指上的那种味道，因为也许以前没有注意到，可这种味道甚至比窟窿眼儿本身的味道更可爱，因为它带着已成为过去时的香水味，但是，这种表明你已长大的味道，同童年时代的那些味道相比，只是一种微弱的味道。这种味道在你大脑的想象中几乎同在现实中消失得一样快。对于所爱过的女人，人们会记得她们的许多事情，但是却很难记得她们那眼儿的味道——全然不会。另一方面，湿头发的味道，一个女人的湿头发味道，却更加强烈持久得多——为什么呢？我不知道。甚至现在，在差不多四十年之后，我还能记得我蒂丽姑妈洗头以后的头发味道。她总是在热得要命的厨房里洗头。通常是在星期六傍晚前，为参加舞会做准备，而舞会又意味着另一件怪事——会出现一个佩带十分漂亮的黄色条纹装饰的骑兵中士，一个非常英俊的中士，甚至在我眼里，也是太彬彬有礼，太有男子气概，太聪明伶俐了，像我蒂丽姑妈这样的低能儿根本不能和他匹配。但不管怎么说，她坐在厨房餐桌旁的小凳上用一条毛巾擦干头发。她旁边放着一盏罩着熏黑的玻璃罩的油灯，灯旁边是两把烫发钳。我一看到这些就充满莫名其妙的厌恶。她总是使用一面支在桌上的小镜子；我现在可以看到她一边挤鼻子上的黑头粉刺，一边对自己做怪脸。她是一个难看的女人，没什么本事，粘粘乎乎，呲着两颗大獠牙，只要她一笑，嘴唇往后一掀，就露出一副马脸。她就是洗完澡以后，也散发着一股汗味，但是她头发的味道——那种味道我永远不会忘记，因为不知怎么的，这味道同我对她的恨和轻蔑联系在一起。这种味道，在头发干起来的时候，就像从沼泽地底下发出来的味道一样。有两种味道——一种是湿头发的味道，另一种是她扔到炉子里，燃烧成火焰的同一种头发的味道。她总是梳下来一些打了结的头发卷，它们还带着她油腻肮脏的头皮上的汗与头皮屑。我常站在旁边看她，特别想知道舞会会是什么样子，很想知道她在舞会上做些什么。在她全部打扮完毕的时候，她会问我她看上去是否漂亮，我是否爱她，当然，我会告诉她：是的。但是然后在厕所里，它在厨房旁边的门厅里，我会坐在窗台上燃烧的蜡烛发出的摇曳烛光中，自语道，她看上去疯了。在她走了以后，我会拿起烫发钳，闻它们的味道，把它们捏紧。它们令人讨厌而又使人着迷——像蜘蛛。这厨房里的一切都使我着迷。我虽然对它很熟，但我从来没有征服它。它既如此公开，又如此秘密。我在这里洗澡，在大铁皮盆里，在星期六。在这里，三姐妹洗澡并打扮自己。在这里，我祖父站在水斗边洗上半身，然后把他的鞋递给我，让我把它们擦亮。在这里，我冬天里站在窗前，凝望着窗外纷飞的大雪，我阴郁地、茫然地注视着，就好像我在子宫里一般，听着水的奔流，而我母亲则坐在马桶上。秘密的谈话都在厨房里进行，他们从这里吓人的、令人憎恶的集会出来，总是脸拉得长长的，一副庄严的面孔，要不就是眼睛哭得红红的。他们为什么跑到厨房去，我不清楚，但是常常有这样的情况：正当他们站着开秘密会议，为一个遗嘱争吵不休，或决定如何打发某个穷亲戚的时候，门突然被打开，来了一个客人，于是气氛立即就改变了。我的意思是说，极大地改变了，就好像他们如释重负，因为在某种外力的干预下，他们不用再继续一个没完没了的秘密会议，免去了这种令人讨厌的事情。我现在记得，看到门打开，一个不速之客的脸探进来，我的心会高兴得蹦起来。马上会有人给我一只玻璃大罐，让我到街角的酒馆去打酒。我跑到那里，在通往住家的入口旁有一个小窗子，我从小窗子把玻璃罐递进去，然后等着，直到装满冒泡啤酒的玻璃罐递回到我手中。像这样跑到街角去打一罐啤酒，是一场绝对大规模的远征。首先是就在我们楼底下的理发店，斯坦利的父亲在那里开业。经常有这样的情况：正当我冲出去买什么东西的时候，我会看到斯坦利的父亲正用磨剃头刀的皮带啪啪地抽他。一看到这情况，我就热血沸腾。斯坦利是我最好的朋友，而他父亲不过是一个波兰酒鬼。然而，有一天傍晚，正当我拿着玻璃罐冲出去的时候，我十分高兴地看到另一个波兰人用一把剃刀攻击斯坦利的老爹。我看到他老爹脖子上淌着血，面无颜色，正倒退着往门边来。他倒在店铺门前的人行道上，一边挣扎，一边呻吟。我记得我看了他一两分钟，对此感到心满意足，高高兴兴地走开了。斯坦利在父亲打架时溜出来，陪我走到酒馆门口。他也很高兴，尽管他有点儿害怕。我们回来时，救护车已经停在门前，他们把他放在担架上抬着他，他的脸和脖子上盖着一块床单。有时候，碰巧卡洛尔神父最得意的唱诗班男童在我一个人舞拳弄脚的时候从家门前走过，这是一件头等重要的事情。这男孩比我们任何一个都大。他是一个同性恋，一个酝酿中的同性恋者。就是他从我们面前走过，也常常把我们惹火。他刚一被玷污，消息就从四面八方传开，在他到达拐角以前，就被一帮男孩围了起来，这些男孩都比他小得多，他们嘲笑他，模仿他，直至把他气哭了。然后我们会像一群狼一样扑到他身上，把他拽倒在地，把衣服从他背上扯掉。这是不光彩的行为，但是它使我们感觉良好。还没有人知道同性恋者是什么玩艺儿，但是不管是什么玩艺儿，我们反对它。我们以同样方法反对中国佬。有一个中国佬经常从街那头的洗衣店经过这里，他也像卡洛尔神父教堂里的那个同性恋一样，不得不受到围攻。他的模样跟教科书上看到的苦力图片十分相像。他穿着一件黑色羊驼毛盘扣上衣，一双没有后跟的拖鞋，留着一根长辫子。通常他都是手插在袖筒里走路。最难以令我忘怀的是他走路的样子，一种偷偷摸摸、装腔作势、女里女气的走路样子，我们感到十分陌生，而且感受到威胁。我们怕他怕得要命，我们也恨他，因为他对我们的嘲弄完全无动于衷。我们认为他太无知了，不可能注意到我们的侮辱。然后有一天，我们去洗衣店，他让我们吃了一惊。开始他递给我们那包洗好的衣服，然后他伸手到柜台底下，从大袋子里抓出一把荔枝。他笑着从柜台后面出来开门。他还是笑着抓住阿尔菲·贝查，扯他的耳朵；他依次抓住我们每一个人，扯我们的耳朵，仍然笑着，然后他做了一个恶狠狠的鬼脸，像猫一样飞快地跑到柜台后面，操起一把长长的、样子难看的刀子，冲我们挥舞。我们拼命逃离这个地方。当我们到达街角回头看时，我们见他手里拿着一把熨斗站在门口，样子十分镇静，十分心平气和。这次事情之后，再没有任何人愿到洗衣店去了；我们不得不每星期给小路易斯·庞罗沙一个硬币，让他为我们取洗好的衣服。路易斯的父亲在街角有一个水果摊。他常常递给我们一些烂香蕉，作为他喜欢我们的标志。斯坦利尤其喜欢烂香蕉，因为他姑妈常做油炸香蕉给他吃。炸香蕉在斯坦利家被看作精美食品。有一次斯坦利过生日，家人为他举行了一次聚会，所有邻居都受到邀请。一切都进行得很顺利，直到后来端来了一盘炸香蕉。不知为什么，没有人要吃那香蕉，因为这是只有斯坦利父母那样的波兰人才知道的菜。人们讨厌吃炸香蕉。在窘困之中，某个最小的聪明小孩建议把炸香蕉给疯维利·曼。维利比我们谁都年龄大，但不能说话。他只会说"别要！别要！"他对什么都说"别要！别要！"所以给他香蕉的时候，他也说"别要！"他伸出双手去取香蕉，但是他的弟弟乔治在场，他们拿烂香蕉来骗他的疯哥哥，使他感到受了侮辱。于是乔治跟人打了起来，而维利看到弟弟遭到攻击，也尖叫着"别要！别要！"打了起来。他不仅打其他男孩，也打女孩，搞成了一场大混战。最后，斯坦利的老爷子听到吵闹声，手里拿着一根磨刀皮带，从理发店上楼来。他抓住维利·曼的颈背，开始抽打他。这当口，他弟弟乔治溜出去叫曼老先生。这曼老先生也是个酒鬼，穿着衬衣就来了，看到可怜的维利挨醉鬼剃头师傅的打，就用一副老拳去揍他，而且打得很凶。维利这时候被放开，在地上爬来爬去，吞吃着掉在地上的炸香蕉。他一看到香蕉，就像一只雌山羊一样迅速把它们吃掉。老先生看到他趴在地上像山羊一般嚼香蕉，怒不可遏，就拾起皮带，拼命去追维利。现在维利开始嚎叫——不要！别要！——突然，每个人都笑了起来。这使曼先生消了气，变得温和起来了。最后他坐下来，斯坦利的姑妈给他拿来一杯葡萄酒。听到吵闹声，其他一些邻居也来了，于是拿来了更多的葡萄酒，然后是啤酒，然后是烧酒，大家很快就高高兴兴，又是喝又是吹口哨，甚至小孩们都喝醉了，然后疯维利也喝醉了，他又像雌山羊一样趴在地上，大叫："别要！别要！"阿尔菲·贝查虽然只有八岁，却喝得烂醉如泥，他咬了维利的屁股，维利也咬他，然后我们大家都互相咬起来，父母们站在一边快活地又笑又叫，大家非常非常高兴，于是拿来了更多的炸香蕉，这一次每个人都吃起来，然后大家谈天说地，喝干了一杯又一杯。疯维利·曼想要为我们唱歌，但是他只能唱"别要！别要"！生日聚会是一次巨大的成功，有一星期多的时间，大家不谈别的，只谈这次聚会，谈斯坦利的家人是多么好的波兰人。炸香蕉也是一大成功，有一段时间，很难再从路易斯·庞罗沙的父亲那里得到任何烂香蕉，因为香蕉供不应求。然后发生了另外一件事，它在整个近邻地区投下了阴影——乔·盖哈特败于乔依·西尔弗斯坦之手。乔依·西尔弗斯坦是裁缝的儿子；他是一个十五六岁的小伙，样子很文静，很勤奋，其他大小孩都躲开他，因为他是犹太人。有一天他去菲尔莫尔街送一条裤子，同样年纪的乔·盖哈特朝他打招呼。乔·盖哈特自以为了不起。他们说了几句话以后，乔·盖哈特就把裤子从小西尔弗斯坦手里抢走，扔在水沟里。谁也没料到小西尔弗斯坦会用拳头来回答这样一个侮辱，所以当他打乔·盖哈特，并且在他下巴上打个正着的时候，每个人都大吃一惊，特别是乔·盖哈特本人。打架打了大约二十分钟，最后乔·盖哈特躺在人行道上爬不起来了。于是，小西尔弗斯坦捡起那条裤子，平静而自豪地走回到他父亲的铺子去。谁也没同他说一句话。这件事被视为一场灾祸。有谁听说过犹太人打非犹太人的？这是不可想象的事情，然而它却发生了，而且当着每一个人的眼睛。我们一夜又一夜地坐在人行道边上，从每一个角度来讨论这件事，但是没有任何解决办法，直到……直到乔·盖哈特的弟弟乔尼被激怒起来，决定自己来解决这个问题。乔尼虽然比他哥哥年纪小，个子也小，但他像一只小美洲狮一般健壮，一般不可战胜。他是住在周围棚屋里的爱尔兰人典型。他找小西尔弗斯坦算账的办法是在有一天晚上等他从铺子里出来，把他绊倒。到了那天晚上他绊倒他的时候，他手里藏着两块事先准备好的大石块，可怜的西尔弗斯坦跌倒在地，他就扑到他身上，用两

块大石块砸西尔弗斯坦的太阳穴。他吃惊地发现，西尔弗斯坦没有反抗；甚至当他爬起来，给西尔弗斯坦机会站起来的时候，他也纹丝没动。这时乔尼吓坏了，逃之夭夭。他一定是被彻底吓坏了，因为他再也没有回来过；唯一有关他的消息便是他在西部的某个地方被人找到，送到少年犯教养所去了。他母亲是个拖拉而没有头脑的爱尔兰婊子，她说他罪有应得，希望上帝不要再让她看到他。小西尔弗斯坦恢复过来以后，再也不是原来的样子了；人们说他的大脑被打出了毛病，他傻了，而乔·盖哈特却出了名。好像是他去看望了躺在床上的小西尔弗斯坦，对他深表歉意。这又是一件前所未闻的事情。这是如此奇怪，如此非同寻常的事情，以致乔·盖哈特被视为一个游侠骑士。没有人赞成乔尼的行为方式，然而也没有人会想到去向小西尔弗斯坦道歉。这是这样一种高贵典雅的行为，以致乔·盖哈特被看作是一个真正的绅士——左邻右舍中第一个，也是唯一的一个绅士。这一个我们中间从来未被使用过的词，现在挂在每个人的嘴上，当一个绅士被视为一种荣誉。我记得，这个被打败的乔·盖哈特像这样突然变成了绅士，给我留下了深刻印象。几年以后，当我搬到另一个地段居住，遇到了法国小孩克罗德·德·洛兰的时候，我已经准备好理解并接受"一个绅士"。这个克罗德，我以前从未见到过这样的男孩。在以前那个地段，他没准儿会被看作一个软蛋；因为首先他说话太好听，太正确，太有礼貌了，其次他太体贴人，太文雅，太殷勤。然后，在同他一块儿玩的时候，他母亲或父亲走过，他会突然说起法语来，使我们吃惊不小。我们听到过德语，让德语侵入到我们当中还马马虎虎，但是法语！嘿！说法语，甚至就是听懂法语，都是彻底老外，彻底贵族化，彻底腐朽，彻底高不可攀，而克罗德是我们当中的一员，哪方面都像我们一样好，甚至还更好一点，我们不得不私下承认，但是有一个污点——他的法语！它使我们反感。他没有权利住在我们的地段，没有权利像他现在这样有本事，有男子风度。经常有这样的情况：他母亲把他叫回家，我们同他说了再见，这时候我们就聚集在一块儿，来来回回地讨论洛兰一家。我们很想知道，例如，他们吃什么，因为他们是法国人，他们一定和我们的习惯不一样。还从来没有人踏进过克罗德·德·洛兰的家门——这是另一件可疑的、令人反感的事实。为什么？他们在隐藏什么？然而，当他们在街上从我们身边经过时，他们又总是十分真诚，总是微笑，总是说英语，而且是最棒的英语。他们往往使我们感到十分自我羞愧——他们更优越，那是事实，而且还有另一件令人费解的事情——别的男孩都是你直截了当地问他什么，他就直截了当地回答什么，而克罗德·德·洛兰却从来不是直截了当地回答问题。他在回答前总是十分迷人地笑笑，十分沉着镇静，使用我们望尘莫及的讽刺和嘲笑。他是我们的眼中钉，肉中刺，这个克罗德·德·洛兰，当他终于从这个地段搬走的时候，我们都松了一口气。至于我自己，也许过了十年或十五年以后，我才考虑这个男孩和他古怪的典雅举止。到那时候，我才感到自己犯了一个大错误。因为突然有一天，我记起，克罗德·德·洛兰曾在某一场合来到我跟前，显然是要博得我的友谊，而我却对他很傲慢。在我想起这件事的时候，我突然明白了克罗德·德·洛兰一定在我身上看到了不同一般的东西，他向我伸出友谊之手是看得起我。但是在那些日子里，我有那样一种行为准则，就是要合群。如果我成为克罗德·德·洛兰的知心朋友，我就是背叛了其他男孩。随这样一种友谊而来的，无论是什么样的好处，都同我无缘；我是大伙儿中的一员，疏远克罗德·德·洛兰这样的人是我的责任。我必须说，在隔了更长一段时间之后——在我在法国呆了几个月之后，我又一次想起了这件事。法语中"raisonnable（懂道理的）"一词，对我来说获得了全新的意义。有一天，我偶然听到这个词，我就想起克罗德·德·洛兰在他家门前街上的主动表示。我清晰记得他用了"reasonable（英语中与 raisonnable 相应的词）"一词。他也许是要求我"懂道理"，当时这个词从来没有从我口中吐出来过，因为我的词汇中不需要它。这个词像"绅士"一样，很少有人说，即使说也都十分谨慎小心。这是一个会使别人嘲笑你的词。有许多那样的词——例如，"really（真的）"。我认识的人当中没有使用过"really"这个词——直到来了杰克·劳森。他使用这个词是因为他父母是英国人，虽然我们拿他开玩笑，但我们原谅他说这个词。"Really"这个词使我立即想起住在原来那个地段的小卡尔·拉格纳。卡尔·拉格纳是一个政治家的独生子，他们住在相当豪华的菲尔莫尔小街上。他们住的一幢红砖小楼靠近那条街的末端，总是收拾得漂漂亮亮的。我记得这幢房子是因为我上学路上经过它的时候，常常注意到门上的铜把手擦得有多漂亮。事实上，别人家没有在门上有铜把手的。总之，小卡尔·拉格纳是家长不许他们同其他小孩交往的那些孩子之一。事实上，他很少露面。我们看到他同他父亲走在一起，通常是在星期天。如果他父亲不是周围地区的一个强有力的人物，卡尔会被人用石头砸死。他的星期日装束真叫人受不了。他不仅穿长裤和漆皮鞋，而且炫耀着一顶圆顶礼帽和一根手杖。一个男孩在六岁的年纪会让人这样来打扮他，一定是个笨蛋——那是一致的看法。有人说他有病，好像那是他穿古怪服装的理由。奇怪的是，我竟然一次也没听到过他说话。他如此高雅，如此讲究，以至于他也许想象，在大庭广众面前说话是欠缺风度的。无论如何，我常在星期天上午等着他，就为了看他同他父亲一起经过。我注视他时带着那样一种强烈的好奇心，就跟我注视消防队员清洗消防站里的消防车时一样。有时候，在回家路上他会拿着一小盒冰淇淋，是最小的那种包装，也许刚够他吃，作为饭后甜食。"饭后甜食"是又一个我们莫名其妙地熟悉起来的词，我们贬义地使用它来谈论小卡尔·拉格纳及其家人之流。我们可以花几个小时来琢磨这些人吃的"dessert（饭后甜食）"究竟是什么玩艺儿，我们的乐趣主要在于反复使用这个新发现的词"dessert"。这个词也许是从拉格纳家私运出来的。一定也是在这个时候，桑托斯·杜蒙特名声大振。在我们听起来，桑托斯·杜蒙特那时候听起来，有点儿令人愉快的外国味儿，与通常的外国人或外国东西，如中国洗衣店、克罗德·德·洛兰高傲的法国家庭等，截然不同。桑托斯·杜蒙特是一个魔术般的词，暗示着两撇线条平滑的漂亮的小胡子，一顶墨西哥阔边帽，踢马刺，某种快活、精美、幽默的东西，充满着狂热的幻想。有时候它带来咖啡豆和草帽的香味，或者，因为它这样带有完全的异国情调，这样充满幻想，就会扯得很远，竟在意起霍屯督人的生活。因为我们当中有一些年纪大的孩子正在开始读书，他们会按钟点给我们讲幻想故事，这是他们从《阿以莎》、韦达的《在两面旗帜下》之类的书中捡来的一些材料。真正的知识趣味，在我心中十分明确地同我十岁左右搬去的那个新地段拐角处的空地相联系。在这里，当秋天来临时，我们站在烤着土豆片和我们带来的几小罐生土豆的篝火前面，随后就有一种新型的讨论，和我以前所知道的不一样的是其总是来自书本的讨论。有人刚读了一本冒险书，或者一本科学书，马上整条街就因为引入了一个至今无人知晓的主题而活跃起来。也许是这些孩子之一刚发现有日本潮流这样的事情，他就会设法向我们解释日本潮流是怎样产生的，它的目的是什么。这是我们学习事物的唯一方法——好像是靠着栅栏，一边烤着土豆片和生土豆。这些知识沉积得很深——事实上如此之深，以致后来同一种更精确的知识冲突时，很难把较早的知识排除出去。就是以这样的方式，有一天一个较大的男孩向我们解释说，埃及人知道血液循环，于是我们就以为这是理所当然的事情，以致后来很难一下子接受关于英国人哈维发现了血液循环的故事。现在我也并不感到奇怪，当时我们的谈话大多是关于遥远的地方，例如中国、秘鲁、埃及、非洲、冰岛、格陵兰。我们谈论鬼，谈论上帝，谈论灵魂的轮回，谈论地狱，谈论天文学，谈论不熟悉的鸟和鱼，谈论宝石的形成，谈论橡胶园，谈论拷问方法，谈论阿兹台克人和印加人，谈论海上生活，谈论火山和地震，谈论全球各地的葬礼和婚礼，谈论语言，谈论美洲印第安人的起源，谈论正在绝种的野牛，谈论怪病，谈论吃人肉，谈论巫术，谈论月球旅行以及月球上是什么样子，谈论杀人凶手和拦路强盗，谈论圣经里的奇迹，谈论陶器的制造，谈论各种各样

家里和学校里从未提起过的话题，这些话题对我们很重要，因为我们渴望得到这些知识。世界充满着奇迹与神秘，只有当我们颤抖着站在那块空地里的时候，我们才开始严肃地谈论，并感到需要进行既愉快又吓人的交流。

生活的奇迹与神秘——这在我们成为负责任的社会成员时被扼杀了！直到我们被推出去工作以前，世界对我们来说都是很小的，我们生活在它的边缘上，好像是在未知世界的边界上。一个小小的希腊世界就深刻到足以提供一切变异、一切冒险、一切思考。它也不是那么十分小，因为它保留着最无限的潜力。我扩大我的世界，却一无所获；相反，我失去了许多。我想要变得越来越孩子气，向相反的方向超越童年。我要同正常的发展路线完全背道而驰，进入一个超婴儿的存在王国，一个绝对疯狂混乱的王国，但却不同于身边的这个世界那种疯狂混乱。我是一个成年人，一个父亲，一个负责任的社会成员。我挣我每天的面包。我使自己适应了一个从来不属于我的世界。我要冲破这个扩大的世界，重新站到一个未知世界的边界上。这个未知世界将使这个苍白、片面的世界光彩大褪。我要超越父亲的责任，而走向无政府主义者的不负责任，这种人不可能被强迫，被哄骗，被收买，被背叛。我要让蒙面夜骑奥伯龙当我的向导，他张开他的黑翅膀，同时消灭了过去的美与恐怖，我要迅速而坚韧不拔地逃向永久的黎明，不给后悔、遗憾、悔改留下余地。我要胜过有害于世界的创造发明者，为的是要重新站在一个无法通过的深渊面前，即使最强有力的翅膀也无法使我飞越这个深渊。甚至我必须变成一个只居住着痴心妄想者的野生自然公园，我也绝不停下来，呆在这负责任的成年生活的有条不紊的昏庸之中。我必须这样做，来纪念上帝赐给我的那种生活完全无法比拟的另一种生活，纪念一个被屈服者的相互同意所扼杀和窒息了的小孩子的生活。父母亲创造的一切我都不认为是我自己的。我要回到一个比古希腊更小的世界，回到一个我伸手总能触摸到的世界，我时时刻刻所知道、所看见、所认识的世界。对我来说，任何其他世界都是无意义的、陌生的、敌对的。在重新越过我小时候认识的第一个光明世界时，我希望不要呆在那里，而要使劲回到一个更光明的世界，我一定是从那里逃出来的。这个世界什么样，我不知道，我也不相信我会找到它，然而这是我的世界，别的东西没有一样引起我的兴趣。

我第一眼看到这个光明的新世界，对它的最初理解，是由于碰见了罗依·汉密尔顿。当时我二十一岁，也许是我一生中最不堪回首的一年。我十分绝望，因而决定离家谋生。我想的是加利福尼亚，说的是加利福尼亚，我计划去那里开始一种新生活。我如此强烈地梦想着这个新的希望之乡，以至于后来，当我从加利福尼亚回来的时候，我几乎不记得我见到的加利福尼亚，我想起的、谈起的，只有我在梦中认识的那个加利福尼亚。就在告别前，我遇到了汉密尔顿。他是我老朋友麦克格利高尔的说不清的同父异母兄弟；他们只是在最近才互相认识，因为罗依一生中的大部分时间生活在加利福尼亚，他的印象一直是，他的真正父亲是汉密尔顿先生，而不是麦克格利高尔先生。事实上，正是为了弄明白他的父亲身份之谜，他才到东海岸来的。同麦克格利高尔住在一起，显然并没有使他更接近于谜的解开。在认识了他曾断定为他的生父的那个人之后，他似乎比以往更加为难了。他后来向我承认，他为难是因为在两个人身上都跟他自己的想象没有一点儿相似之处。也许正是这个决定应该把谁看作父亲的恼人问题促进了他自己性格的发展。我这样说，是因为刚一被介绍给他认识，我就立刻感到，我在一个从来不了解的那类人面前。由于麦克格利高尔对他的描述，我已经准备好去见一个相当"古怪的"人，"古怪的"在麦克格利高尔嘴里，意思是有点儿疯癫。他确实有些怪异，但是十分清醒，立即就使我感到很兴奋。我第一次同一个来到词意背后、抓住事物本质的人谈话。我感到我在同一个哲学家谈话，不是一个我在书本上遇到的那类哲学家，而是一个不断进行哲理探讨的人——而且是体验了他解释的这种哲理的人。那就是说，他根本没有理论，除非是深入到事物的本质中去，并且，按照每一个新的启示，来如此这般地过他的生活，以便在揭示给他的真理和这些真理在实践中的例证之间，只有最小限度的不一致。当然，他的言行在他周围那些人眼里是古怪的，然而，他的言行在西海岸那些了解他的人眼里并不古怪，在那里，按他自己的说法，他如鱼得水。他在那里显然被视为上等人，人们毕恭毕敬，甚至带着畏惧聆听他的说话。

我发现他正身处一场斗争之中，我只是在多年以后才懂得这种斗争。那时候，我不明白他为什么如此重视找到他真正的父亲；事实上，我还常常以此来开玩笑，因为在我看来，有没有父亲是无所谓的，母亲也是一样。在罗依·汉密尔顿身上，我看到了一个人具有讽刺意味的斗争，他已经解放了自己，却还在寻求确立一种可靠的身世关系。这种关系是他绝对不需要的。关于真假父亲的这种冲突，悖论式地使他成为一个超父亲。他是一个教师，为人师表；他只要一张开嘴，我就明白我在倾听一种学问，它截然不同于我至今同这个词相联系的任何东西。把他看成一个神秘主义者而不予理睬，这是很容易的，他无疑是一个神秘主义者，但他是我碰到的第一个也知道如何脚踏实地的神秘主义者。他是一个知道如何发明实用物品的神秘主义者，在这些实用物品中有石油工业极其需要的钻机，他后来还为此发了大财，但是，由于他那古怪的形而上学谈话，当时没有人十分注意到他那实用的发明。这被看作他的又一个疯狂想法。

他不断谈论他自己，谈论他同周围世界的关系，他的这种品质给人造成一种不好的印象，好像他只是一个自吹自擂的自我中心主义者。甚至有人说，似乎他更关心的是麦克格利高尔先生作为父亲的真实身份，而不是父亲麦克格利高尔先生。这话就其涉及的范围而言，是够真实的。它的意思是说，他对他新发现的父亲没有真正的爱，只是从他发现的真情实况中得到一种强烈的个人满足；他是在以他通常的自我夸张方式利用这种发现。当然，这是非常真实的，因为麦克格利高尔先生本人无限小于作为失散父亲象征的麦克格利高尔先生，但是麦克格利高尔们对象征一无所知，就是对他们解释，他们也绝不会明白的。他们正在做出一种矛盾的努力，既要拥抱长期失散的儿子，同时又把他降到一个可以理解的水平上，他们在这个水平上要以不是把他理解为"长期失散的"，而是仅仅理解为儿子；而稍有一点点理智的人都明白，他的儿子根本就不是儿子，而是一种精神上的父亲，类似于基督，我可以说，他正在最英勇地努力把他已经十分明确摆脱的东西作为有血有肉的东西来接受。

因此，这个我最热烈崇拜的怪人会挑我作为他的知己，使我感到吃惊和荣幸。对比之下，我的方式就不对头了：书卷气、知识分子气、世俗气，但是我几乎立即就抛弃了我性格的这一方面，让自己沐浴在温暖、直接的灵光中，这灵光是深刻的，是创造物的天然直觉。来到他的面前，给我一种脱去衣服，或者说得更确切一些，剥去皮的感觉，因为他所要求于谈话对方的远远不止是单纯的赤裸。在同我谈话的时候，他是在向一个我只是隐隐约约怀疑其存在的我说话，这个我，例如，在我正读着一本书，突然明白我一直在做梦时，就会冒出来。很少的书有这种能力，能使我陷入神思恍惚中，在这种完全神志清醒的神思恍惚中，人们不知不觉地做出了最深刻的决定。罗依·汉密尔顿的谈话就带有这种性质。它使我空前警觉，超自然地警觉，同时又不破坏梦的结构。换句话说，他是在诉诸自我的萌芽，诉诸最终会发展的超过赤裸裸个性的那种存在，这存在会超过综合的个性，让我真正成为孤身一人，为的是设计出我自己特有的命运。

我们的谈话就像一种秘密的语言，在谈话当中，别人都睡着了，或者像鬼魂一样消失了。对我的朋友麦克格利高尔来说，这种谈话莫名其妙，令人生气；他比任何其他人都了解我，但是他在我身上从来没有发现任何同我现在呈现给他的性格相一致的东西。他把罗依·汉密尔顿说成一种坏影响，这又说得十分正确，因为我同他同父异母兄弟的这次意外相遇，比任何其他事情都更加造成了我们的疏远。汉密尔顿打开了

我的视野，给了我新的价值观，虽然我后来将失去他传给我的视觉，但是我绝不会再像他到来以前那样来看世界，看我的朋友。汉密尔顿深刻地改变了我，只有一本稀有的书，一种稀有的个性，一种稀有的经验，才能这样来改变一个人。我一生中第一次懂得了经历一种必不可少的友谊是怎么回事，却又不会因为这种经历而感到被奴役或者有依附感。在我们分手之后，我从来没有感到需要他实际上在我跟前；他完全献出自己，我拥有他而不被他拥有。这是第一次对友谊的纯洁完美体验，从来未被任何其他朋友重复过。汉密尔顿是友谊本身，而不是一个朋友。他是人格化的象征，因而也是十分令人满意且今后对我来说却不再必要的象征。他本人彻底了解这一点。也许，正是没有父亲这一事实，推动他沿着自我发现的道路前进，这是投身到世界当中去的最后过程，因而也就实现了纽带的无用性。当然，他当时处于完全的自我实现当中，不需要任何人，尤其是他在麦克格利高尔先生身上徒然寻找的肉体父亲。他到东部来，找出他真正的父亲，这一定有点儿对他进行最后考验的性质，因为当他说再见，当他拒绝承认麦克格利高尔，也拒绝承认汉密尔顿先生的时候，他就像一个清除了一切杂质的人。我从未看见过一个人像罗依·汉密尔顿说再见时那样，看上去如此孤单，如此完全孑然一身，如此生气勃勃，如此相信未来。我也从未看见过他给麦克格利高尔家留下的那种混乱与误解。就好像他在他们当中死去，复活，正在作为一个全新的、不认识的人向他们告别。我现在可以看见他们站在通道上，两手空空，有点儿愚蠢、无助的样子，他们哭着，但不知道是为了什么，除非是因为他们被剥夺了他们从未拥有的东西。我就喜欢像这样想起这件事。他们都不知所措，若有所失，模糊地、十分模糊地意识到，一次了不起的机会莫名其妙地提供给他们，而他们却没有力量或想象力来抓住它。这就是那愚蠢、空洞的手的颤抖暗示给我的东西；这是一种目睹着比我可以想象的任何东西都更痛苦的姿态。它给我一种感觉，感到在真理面前，这个世界有着可怕的不足。它使我感到血缘关系的愚蠢，感到非精神的爱的愚蠢。

十一

　　我迅速地回顾，看见自己又处于加利福尼亚。我孤身一人，像楚拉·维斯塔橙子林中的奴隶一样工作。我得到自己名分应得的东西了吗？我想没有。我是一个非常可怜、非常孤独、非常不幸的人。我似乎丧失了一切。事实上，我几乎不是一个人——我更接近于一只动物。我整天就站在或走在拴在我的雪橇上的两匹公驴后面。我没有思想，没有梦想，没有欲望。我彻底健康，彻底空虚。我是一种非实体。我是如此彻底生气勃勃，彻底健康，以至于我就像挂在加利福尼亚树上甘美而又带欺骗性的水果。再多一线阳光，我就会腐烂。"Pourri avantd' etre muri（法文：成熟以前就已腐烂）!"

　　正在这明亮的加利福尼亚阳光中腐烂的真是我吗？我的一切，我至今所有的一切都没留下吗？让我想一下……有亚利桑那。我现在记得，当我踏上亚利桑那的土地时，已经是夜里了。只有足够的光线来看最后一眼正消失的方山。我走过一个小镇的主要街道，这个镇的名字我记不清了。我在这个镇上，在这条街上干什么？嘿，我爱上了亚利桑那，我徒然用两只肉眼寻找的一个心灵中的亚利桑那。在火车上，仍然是我从纽约带来的亚利桑那同我在一起——甚至在我们越过了州界以后。不是有一座横跨峡谷的桥把我从沉思冥想中惊醒过来吗？我以前从未见过这样一座桥，一座几千年前由地壳激变时的岩浆喷发天然形成的桥。我看见有一个人从桥上走过，一个样子像印第安人的人，他正骑着一匹马，有一只长长的鞍囊悬挂在马镫子旁边。一座天然的千年之桥，在落日时的大气中，看上去就像可以想象的年龄上最崭新的桥。在那座如此结实、如此耐久的桥上，天哪，只有一人一马经过，再没有别的东西，那么，这就是亚利桑那，亚利桑那不是一种想象的虚构，而是装扮成一人骑马的想象本身。这甚至超过了想象本身，因为没有一点点模棱两可的味道，只有生与死将物自体隔离开，这物自体就是梦和骑在马背上的梦者本人。当火车停下时，我放下脚，我的脚在梦中踩了一个窟窿；我到了时间表上有名字的那个亚利桑那小镇，它只是任何有钱人都可以访问的地理上的亚利桑那。我提着旅行袋沿主要街道行走，我看到汉堡包和不动产办公室。我感到受了可怕的欺骗，竟哭了起来。现在天黑了，我站在一条街的尽头，那

里是沙漠开始的地方，我像傻瓜一样哭泣。这个哭着的是哪一个我？为什么这是那个新的我，那个在布鲁克林开始萌芽，现在在无边无际的沙漠中注定要死的我呢？喂，罗依·汉密尔顿，我需要你！我需要你一会儿工夫，只是一小片刻，在我崩溃的时候，我需要你，因为我不十分乐意做我现在已做了的事情。我记得，你不是告诉我不必做这次旅行，但如果我必须去，那就去的吗？为什么你没有说服我不去呢？啊，说服从来不是他的方法，而请求忠告从来不是我的方法。所以我到了这里，垮在沙漠里，那座现实的桥在我身后，不现实的东西在我面前，只有基督知道我如此为难，如此不知所措，以致如果我可以遁入大地消失的话，我就会这样做的。

我迅速地回顾，看到另一个同家人生活一起、平静地等死的人——我的父亲。如果我追溯到很远很远，想起莫杰、康塞尔依、洪堡……等街道，特别是洪堡街，我就会更好地理解发生在他身上的事。这些街所在的地段离我们居住的地段不远，但是它不一样，它更富有魅力，更神秘。我小时候只去过一次洪堡街，我已不记得那次去的理由，除非是去看望卧病在一所德国医院里的某个亲戚。但是这条街本身给我留下了一个最持久的印象，我一点儿也不知道为什么。它在我记忆中仍然是我看见过的最神秘、最有希望的街。也许我们准备要去的时候，我母亲像往常一样，许诺给我一件很了不起的东西，作为对我陪她去的报答。我总是被许诺一些东西，但从来没有实现过。也许那时候，当我到达洪堡街、惊奇地看着这个新世界时，我完全忘记了许诺给我的东西，这条街本身成了给我的报答。我记得它很宽，在街的两边，有高高的门前台阶，那样的台阶我以前从未见过。我还记得，这些怪房子当中有一幢一层楼，是一个裁缝铺，窗户里有一个半身像，脖子上挂着一根皮尺，我知道，我在这景象面前大受感动。地上有雪，但是阳光很好，我清晰地记得，被冻成冰的垃圾桶底部如何有一小滩融雪留下的水。整条街似乎都在明媚的冬天阳光下融化。高高台阶的栏杆扶手上，积雪形成了如此漂亮的白色软垫，现在开始下滑、溶解，露出当时很时兴的褐色沙石，像打了一块块黑色的补丁。牙医和内科医生的玻璃小招牌藏在窗户的角角上，在中午的阳光里闪闪发亮，使我生平头一次觉得，这些诊室也许不像我知道的那样，是折磨人的拷问室。我以小孩子的方式想象，在这个地段，尤其在这条街上，人们更友好，更豪爽，当然也极其有钱。我自己一定也大大舒展了一番，虽然我只是一个小孩子，因为我第一次看到一条似乎没有恐怖的街道。这是这样一条街：宽敞，豪华，光明，柔和，后来当我开始读陀思妥耶夫斯基的作品时，我就同圣彼得堡的融雪联系在一起。甚至这里的教堂也有着不同的建筑风格；它们有着半东方的色彩，既壮观又温暖，这使我既惊恐又着迷。在这条宽敞的街道上，我看到房子都盖在人行道上很靠后的地方，宁静而高贵，没有夹杂商店、工厂、兽医的马厩等来破坏气氛。我看到一条只有住宅的街道，我充满畏惧和赞美。我记得这一切，很明显我大受其影响，但这一切中没有一样足以说明，只要一提起洪堡街，就会在我心中唤起那种奇怪的力量和吸引力。几年以后，我又在夜间回去看这条街，我甚至比第一次看到它的时候更加激动。这条街的外观当然变了，但这是夜间，夜间总是比白天较少残酷。我再次体验到那种宽敞感、那种豪华感所带来的奇妙愉悦，那条街上的豪华感现在有点儿消退了，但仍然给人以回味，仍然以隐隐约约的方式显示出来，就像那次褐色沙石栏杆从融雪中显示出来一样；然而，最与众不同的，是那种正要有所发现的近乎激起情欲的感觉。我再次强烈意识到我母亲的存在，意识到她的皮大衣的鼓鼓囊囊的大袖子，想到她多年前如何残酷地拽着我飞快地走过那条街，想到我如何固执地要看那一切陌生的新事物，以饱眼福。在第二次去那条街的时候，我似乎隐约地想起我童年时代的另一个人物，那个老管家，他们管她叫一个外国名字：基金太太。我记不起她得了什么病，但我似乎确实记得我们到医院去看她，她在那里奄奄一息，这个医院一定是在洪堡街附近，这条不是奄奄一息，而是在冬天中午的融雪中容光焕发的街。那么我母亲许诺给我，而我后来再也没能回想起来的东西究竟是什么呢？像她那样能许诺任何东西，也许那天，在一阵心不在焉当中，她承诺了十分荒谬的东西，尽管我是一个小孩子，十分容易轻信别人，但我也不会完全轻信她的这种许诺；然而，如果她许诺给我月亮，虽然我知道这是不可能的，我还是会拼命给予她的许诺一点点信任。我拼命需要许诺给我一切，如果在反思之后我明白了这是不可能的，那我还是要以我自己的方式，设法摸索一种使这些许诺可以实现的方法。人们没有一点点兑现许诺的意图，竟然就做出许诺，这在我看来是不可想象的事情。甚至在我十分残酷地受了欺骗的时候，我仍然相信；我认为许诺之所以没有兑现是因为非同寻常的、完全超出了另一个人的能力的事情参与进来，才把许诺化为乌有。

这个信念问题，这种从来未被兑现的许诺，使我想起我的父亲，他在最需要帮助时遭到抛弃。到他生病的时候为止，我的父母亲都没有表示出任何宗教倾向。虽然总是向别人提倡教会，但他们自己却在结婚以后从来没有踏入过教堂。那些过于严格地定期上教堂的人，在他们眼里似乎有点儿傻。他们说"如此这般地笃信宗教"，那种样子足以流露出他们对这样的人所感到的嘲笑、轻蔑，甚至怜悯。如果有时候，因为我们孩子们，教区牧师意外地到家里来，他们对他就像对一个出于礼貌不得不尊重，然

而却没有一点儿共同之处的人那样，事实上，他们有点儿怀疑他是介于傻瓜和江湖郎中之间的那类人的代表。例如，对我们，他们会说他是"一个可爱的人"，但是他们的老朋友来了，一聊就不着边际起来，这时候，人们会听到一种截然不同的评语，通常还伴随着一阵阵响亮的嘲笑声和捣蛋的模仿。

我父亲由于过于突然戒酒而病得很严重。整个一生，他都是一个快活的老好人：他的肚皮不大不小，他的脸颊圆润，像胡萝卜一样红彤彤的，他的举止从容不迫，懒懒散散，他似乎命中注定要健健康康地活到高龄，但是在这种平稳、快活的外表之下，事情十分不妙。他的情况很糟糕，债台高筑，他的一些老朋友们已经开始在抛弃他了。我母亲的态度最使他担忧。她把事情看得一团漆黑，而且一点儿也不隐瞒自己的看法。她时常歇斯底里大发作，扑到他身上又打又掐，用最恶毒的语言骂他，砸碎盘子，威胁我将要永远离家出走。结果，他有一天早晨爬起来，决心绝不再沾一滴酒。没有人相信他是当真的；家里其他人也发誓戒过酒，他们管戒酒叫上水车，但他们很快就从水车上下来了。家里人在各种时候都试过，但没有一个成功地彻底戒了酒的，而我父亲则不然。他从哪里，又是如何获得力量来坚持他的决定，只有上帝知道。我似乎觉得这是不可思议的，因为如果我处于他的地位，我自己也会喝死的。可是，老人却没有。这是他一生中第一次对任何事情显示出决心。我的母亲感到十分吃惊，她就是这么一个白痴，竟然拿他开玩笑，讥讽他至今一直如此薄弱的意志力。他仍坚持不懈。他的酒肉朋友很快就不见踪影了。总之，他不久就发现自己几乎完全孤立了。这一定触到了他的痛处，因为没过几个星期，他就病得死去活来，于是举行了一次会诊。他恢复了一点儿，可以起床，来回走走，但仍然是个重病号。他被怀疑是患了胃溃疡，虽然没有人十分有把握他到底哪里不舒服，但是，大家都知道，他这样突然发誓戒酒，是犯了一个错误。要回到一种有节制的生活方式中去，无论如何已为时太晚。他的胃如此虚弱，竟连一盘汤也盛不下。几个月后，他就剩下了一把骨头，而且十分苍老。他看上去就像从坟墓里爬出来的拉撒路。

有一天，母亲把我拉到一边，眼泪汪汪地求我到家庭医生那里去，了解我父亲的真实病情。劳施大夫多年来一直是家庭内科医生。他是一个典型的老派"德国佬"，在多年开业以后已相当疲惫，有许多怪癖，然而还是不能完全忍痛舍去他的病人。以他愚蠢的条顿方式，他试图吓退不太严重的病人，好像要证明他们是健康的。当你走进他诊室的时候，他甚至不费神看你一眼，不断地写，或者不断地做他正在做的任何事情，同时敷衍了事地以侮辱人的方式，向你开火似的提出任意的问题。他的行为如此莽撞，如此挑剔，以至于尽管听起来可笑，却好像他期待他的病人不仅随身带来他们患的病，也带来他们患病的证据。他使人感到自己不仅肉体上有毛病，而且精神上也有毛病。"你就想象一下吧！"这是他最喜欢说的一句话，他说这话时斜眼看人，带着恶狠狠的嘲弄。我很了解他，也打心底里讨厌他，于是我有备而来，也就是说，准备好了我父亲的实验室大便分析。如果大夫要求进一步的证据，我在大衣口袋里还有父亲的小便分析。

我小时候，劳施大夫有点儿喜欢我，但是自从我那天到他那儿去看淋病，他就丢弃了对我的信赖，当我把脑袋探到他门里的时候，他总是露出一副愠怒的面孔。有其父必有其子，这是他的座右铭，因此，当他不但没有给我想要的信息，反而因为我们的生活方式而同时教训起我和我父亲时，我一点儿也不感到惊奇。"你们不能违背自然，"他扭歪着脸，庄严地说。他说话时眼睛不看我，只管在他的大本子里做些无用的记号。我悄悄走到他桌子旁，不出声地在他旁边站了一会儿，然后，当他带着他平常那种愤愤不平的怒容抬头往上看时，我说——"我不是到这里来听道德教诲的……我想知道我父亲有什么问题。"听到这话，他跳了起来，显出他最严厉的样子，说："你父亲没有机会康复了，不到六个月他就会死掉。"他说话的样子跟他那类愚蠢、蛮横的德国佬一模一样。我说："谢谢了，这就是我要知道的一切。"说着就朝门口走去。这时候，似乎他感到自己犯了一个大错误，就迈着沉重的大步赶上我。他把手放到我肩上，试图哼啊哈地改变刚才的说法。他说："我的意思不是说他绝对肯定会死。"如此等等。我打开房门，打断他的话，以最大的音量冲他吼叫，以便让在他接待室里的病人都能听到——"我想你是他妈的狗臭屁，我希望你早点儿死掉，再见！"

到家以后，我稍微修改了一下医生的结论，说我父亲的情况十分严重，但是如果他好好注意，他会好起来的。看来这使老人振作了许多。他主动开始吃牛奶加烤面包片的饮食，无论这是不是最好的东西，肯定对他没有害处。他保护一种半伤病员的状态大约有一年时间，随着时间的推移，他内心越来越平静，在表面上他也决心不让任何东西来打扰他心灵的宁静，不让任何东西，哪怕天塌下来也罢。由于他更加有力气了，他就开始每天到附近的公墓去散步。在那里，他会坐在阳光下的一张长凳上，看老人们在坟墓周围闲逛。接近坟墓不但没有使他精神萎靡不振，反而使他显得很高兴。他似乎已经同最终死亡的念头妥协了，无疑，这是他至今为止一直拒绝正视的一个事实。他经常拿着他在公墓里摘的鲜花回家，脸上流露出宁静、清澈的欢乐，他会坐在扶手椅里描述那天早晨他同一个人的谈话，这个人是其他那些常去公墓、为自己健康状况而忧虑的人当中的一员。一段时间以后，他显然真正喜欢上了他的与世隔绝，或者更确切地说，不仅喜欢，而且深深得益于这种经验，这是我母亲的智力无法理解的。他变懒了，这是她的看法。有时候她甚至说得更加极端，一讲起他来就用食指敲脑袋，但她不公开说任何事情，因为我的妹妹显然是脑袋有点儿毛病。

后来有一天，有一个每天给儿子上坟的老寡妇，照我母亲的说法是"她笃信宗教"，她殷勤地介绍我父亲认识了属于附近一所教堂的一位牧师。这是老人一生中的一件大事。他突然容光焕发，由于缺乏滋养而几乎萎缩的心灵海绵般惊人地膨胀起来，以至于他变得都认不出了。使老人发生这样巨大变化的人自己一点儿也没有什么特别；他是一个公理会牧师，属于我们毗邻地区一个不起眼的小教区。他的一个优点是把他的宗教留在不显眼的地位上。老人很快就陷入了一种孩子气的偶像崇拜；他谈论的只有这位他视为朋友的牧师。因为他一生中从未看过一眼圣经，至于其他书，他也从未看过一本，所以就是听他在吃饭前作一段祷告也会令人惊诧不已的。他用一种奇怪的方式来进行这个小小的仪式，很像一个吃补药的人那样。如果他建议我读圣经的某一章，他会非常严肃地加上一句——"这对你有好处。"这是他发现的一种新药，一种骗人的药，它承诺包治百病，人们没病也可以吃，因为无论什么情况下，它肯定不会有害处。他参加教堂举行的所有礼拜和集会，有时候，例如在外出散步的时候，他会在牧师家歇歇脚，同他小叙一阵。如果牧师说，总统是个好人，应该再当选，老头就会对每个人精确重复牧师说过的话，催促他们为总统的再次当选投票。牧师说的一切都是正确的，公正的，没有人可以反驳他。这对老人来说无疑是一种教育。如果牧师在布道中提到金字塔，老人立即会开始了解什么是金字塔。他会谈起金字塔来就好像每个人都是由于他才开始接触这件东西的。牧师说，金字塔是人类最高的荣耀之一，因此，不了解金字塔就是可耻的无知，近乎有罪。幸好牧师没有细说罪恶的问题；他是现代型的布道者，他靠唤起他的羔羊们的好奇心来使他们信服，而不是靠诉诸他们的良心。他的布道更像夜校的业余课程，所以对老人来说，就十分有趣，十分有刺激性。教区全体男性教徒时常被邀请去参加一个小型宴会，宴会的目的是要表明，这位好牧师像他们大家一样，只是一个普通人，偶尔也会香喷喷的美餐上一顿，甚至还会喝上一杯啤酒；而且，人们还注意到，他甚至唱的不是宗教赞美诗，而是欢快的通俗小调。根据这种快乐的举动推断，他有时也会喜欢操屁股玩玩——当然，总是适可而止。这就是使老人支离破碎的灵魂感到滋润的词——"适可而止"。这就如同在黄道圈中发现了一个新宫。虽然他已经病得不可能再过以前的生活，但这仍然对他的心灵有好处。

因此，有一天晚上，当不断戒酒又不断喝酒的耐德叔叔到家里来的时候，老人给他上了一课关于适可而止的好处。那段时间，耐德叔叔正在戒酒，所以当老人被他自己的话所感动，突然走到餐具柜跟前，拿起一只盛酒的细颈玻璃瓶来时，每个人都大吃一惊。耐德叔叔发誓戒酒的时候，没有人再敢请他喝酒；冒险做这样的事情，就是严重违背了相互间的忠诚。但是老人以这样一种信念来做这件事，没有人敢出来冒犯他。结果耐德叔叔喝了一小杯酒回家去了，那天晚上没有再跑到酒馆去喝酒。这是一个非常事件，几天之后还在被人议论纷纷。事实上，耐德叔叔从那天起，行为就有点儿古怪。他第二天似乎去了酒店，买了一瓶雪利酒灌到一个盛酒的细颈玻璃瓶里。他把玻璃瓶放在餐具柜上，就像他看见老人做的那样。他不是一口气把它干光，而是满足于一次喝一满杯——"就一点点儿"，他是这么说的。他的行为如此引人注目，我的姊姊都不敢相信她的眼睛了，有一天她到我们家来，同老人做了一番长谈。她尤其请他邀请牧师哪天晚上到家做客，以便耐德叔叔有机会直接受他仁慈的感化。总之，耐德不久便浪子回头，像老人一样，似乎在这种经验之下越活越兴旺了。情况一直很好，直到出去野餐的那一天。很不幸，那一天非常热，随着娱乐、兴奋、狂欢，耐德叔叔口渴得要命。直到他已经喝得酩酊大醉，才有人注意到他不断地、一次又一次地往啤酒桶那儿跑。那时候已经太晚了。一旦出现那种状况，他便无法控制了，甚至牧师也无济于事。耐德突然悄悄离开野餐聚会，横冲直撞了三天三夜。要不是他在沙滩上跟人动拳头，也许他还要这样走下去。夜间的巡警发现他不省人事地躺在沙滩上。他被送到医院，发现是脑震荡，从此再也没有恢复过来。老人从葬礼上回来时，眼中没有眼泪，他说——"耐德不知道什么是节制。这是他自己的过错。不管怎么说，他现在过得更好……"

就像是为了向牧师证明，他不是像耐德叔叔那样的材料做成的，他更加勤奋地尽他的教会义务。他让自己被提升到"长者"的地位，他对"长者"要尽的职责极其自豪，因为有这个地位，他被允许星期天做礼拜时帮着收集募捐款。想到我的老爷子手里捧着募捐箱在一所公理会教堂的过道上行走；想到他拿着这只募捐箱肃然起敬地站在圣坛跟前，而牧师则在为捐款者祝福，这对我来说，简直是无法相信的事，我都不知道该如何开口。对比之下，我喜欢想我小时候的他，我会在一个星期六的中午，在渡口遇见他。在渡口入口附近，当时有三个酒馆，一到星期六中午就挤满了人，他们在免费午餐柜台上歇一下，吃点儿东西，喝上一大杯啤酒。我现在对三十岁的他仍历历在目，一个健康和蔼的家伙，对每个人都笑眯眯的，说些俏皮话来打发时光。我看

见他胳膊支撑在柜台上，草帽歪到了后脑勺上，他举起左手，把冒泡的啤酒吞下肚子。我的眼光当时大约和他沉重的金链子在同一水平线上，它横跨在他的背心上；我记得他在仲夏时节穿的黑白格子西装，这使他在酒吧的其他人当中显得与众不同，那些人都不够幸运，不是天生的裁缝。我记得他如何把手伸到免费午餐柜台上的玻璃大碗里，递给我几个椒盐卷饼，同时还说，我应该到附近的布鲁克林时报的橱窗里看一眼记分牌。也许，当我跑出酒馆去看看谁在赢钱的时候，有一帮骑自行车的人紧挨着人行道经过，他们严格遵守规定，在特别留给他们用的狭长地带或沥青路面上骑着。也许渡船正进入码头，我会停下一会儿来看那些穿制服的人拽那些挂着链条的大木轮。当大门打开，木板放下的时候，一大群乌合之众就会冲过棚子，朝装点着最近街角的酒馆跑去。那是些老人知道"适可而止"意义的日子，当时他喝酒是因为他真的渴了，而在渡口喝下一大杯啤酒是男人的特权。麦尔维尔说得好："用适合于各种事物的食物来喂各种事物——也就是说，如果食物可以弄到手的话。你灵魂的食物是光和空间，那就用光和空间来喂它；但是肉体的食物是香槟和牡蛎，那就用香槟和牡蛎来喂它；因此，如果快乐的复活是值得的，那就应该有一次复活。"是的，我似乎觉得，老人的心灵还没有衰竭，它受到光和空间的无限限制，而他的肉体，不问有没有复活，正以一切方便的、可以搞到手的东西为食——如果没有香槟和牡蛎，起码也有上好的淡啤酒和椒盐卷饼。那时候他的身体还没有被宣布患了不治之症，他的生活方式，他的没有信仰，也没有受到谴责。他也还没有被秃鹫所包围，包围他的只是他的好伙伴，像他一样的普通凡人，他们既不向上也不向下看，而是一直往前看，眼睛始终盯着地平线，满足于看那里的景象。

现在，他成了一条破船，却使自己成为教堂的长者，他弯腰驼背，白发苍苍的站在圣坛跟前，而牧师则在为那些无足轻重的募捐祈神赐福。这些募捐来的钱将用于建一条新的保龄球道。也许他必须体验灵魂的诞生，用公理会教堂提供的那些光与空间来喂养这海绵般的生长物，但是这对于一个知道肉体渴望的那种食物滋味的人来说，是多么可怜的替代物啊！那种食物没有良心上的极度痛苦，甚至使他海绵般的灵魂也充满着光与空间。这光与空间是荒唐的，但是光芒四射，是世俗的人生。我再次想起他那匀称的小"肚皮"，那条粗粗的金链子就横跨在肚皮上，我想，随着他肚子的死亡，幸存下来的便只有那灵魂的海绵了——他自己死亡肉体的一种附属品。我想起那个牧师，他像一种非人类的食海绵动物，像挂有人的精神头皮的棚屋的主人一样，把我父亲吞掉。我想起随之而来的东西，一种海绵中的悲剧，因为虽然他许诺光与空间，

但他刚一离开我父亲的生活，整个空中楼阁就立刻倒塌。

　　这一切都是以最普通的生活方式发生的。一天晚上，在人们的例行集会之后，老爷子带着一副伤心的面容回到家。那天晚上他们知道，牧师要向他们告别。他在新罗歇尔区接受了一个更有利的位置。尽管他很不愿意割舍他的羊群，但他还是决定接受这个位置。他当然是在再三考虑之后才接受的——换句话说，作为一种职责。无疑，这意味着更好的收入，但是这无法同他将要承担的重大责任相比。他们在新罗歇尔需要他，他顺从了他良心的声音。老爷子叙述这一切的时候，用的是牧师使用的那种动听语言，但是十分明显，老爷子受到了伤害。他不明白为什么新罗歇尔找不到另一个牧师。他说，用高薪来诱惑牧师是不公平的。我们这里需要他，他沮丧地说。他如此悲伤，使我几乎想哭出来。他补充说，他打算找牧师谈心；如果有人能劝他留下，那么这个人就是他。在随后几天里，他当然尽了最大努力，无疑这使牧师十分狼狈。看到他从这些谈话后回来时脸上茫然若失的样子，是很令人痛苦的。他的表情，就跟一个试图抓住一根救命稻草的溺水者的表情一样。当然，牧师已拿定主意。甚至老人在他面前情不自禁地哭起来，他也没有被打动，从而改变主意。这便是转折点。从那个时刻起，老人经历了急剧的变化。他似乎变得很痛苦，并且爱发牢骚。他不仅忘记在餐桌上做感恩祷告，而且再也不去教堂了。他恢复了去公墓，坐在长凳上晒太阳的老习惯。他变得难以相处，然后变得很忧郁，最后在他脸上渐渐出现了一种永恒的悲伤表情，一种包含着幻灭、绝望、无用的悲伤。他再也不提那人的名字，不提教堂，不提他曾经结交的那些长者。如果他碰巧在街上遇见他们，他就问他们一声好，也不停下来同他们握手。他勤奋地读报纸，从背面读到正面，不做评论。甚至广告他也读，每一个都读，好像要设法填满一个始终在他眼前的窟窿。我再也没有听到他笑过。最多他只会给我们一种疲惫而没有希望的微笑，一种转瞬即逝的微笑，留给我们一种生命之火已经熄灭的景象。他像死火山一样，已经死了，没有任何复活的希望。就是给他一个新的胃，或是给他一个强健的新肠道，也不可能使他恢复生气。他已经超越了香槟酒和牡蛎的诱惑，超越了对光和空间的需要。他就像把脑袋埋在沙子里，屁眼里发出嘘嘘声的渡渡鸟一样。他在莫里斯安乐椅里睡着时，下巴掉下来，就像一个松开的合页；他一向鼾声如雷，但他现在打呼噜比什么时候都响，像一个真正全无知觉的人。他的鼾声事实上非常像死亡前的喉鸣，只是不断被有间歇的、拖长的嘘嘘声所打断，就像在花生摊上吹的那种哨子声。他打呼噜的时候就好像在把整个宇宙砍成碎片，以便我们继承他的人好有足够的引火木材来维持一生。这是我听到过的最可怕、最迷

人的打鼾：鼾声如雷，可怕而怪诞；有些时候，它就像手风琴掉到地上，有些时候又像青蛙在沼泽地里呱呱地叫；在拖长的嘘嘘之声后，有时候是一声可怕的喘息，好像他正在断气，然后打鼾又恢复到正常的一起一落，就像在不断地砍啊劈的，如同他光着膀子，手中拿着斧子，站在这个世界像疯了一般大量积累起来的所有小摆设面前。他脸上的那种木乃伊般的表情，使这些行为带有一点儿疯狂的色彩。脸上只有突出的大嘴唇活了过来，它们就像在安静的大洋面上小睡的一条鲨鱼的鳃。他极乐地在大海的怀抱中打鼾，从不受一场梦或一杯酒的干扰，从不是一阵一阵，从不为一种不满足的欲望所折磨；当他闭上眼睛倒下的时候，世界之光熄灭了，他孤孤零零，就像在出生前一样，一个正在把自己咬成碎片的宇宙。他坐在莫里斯安乐椅里，就像约拿坐在鲸鱼的肚子里一样，安全可靠地呆在一个黑窟窿的最后避难所里，无所期待，无所想望，没有死亡，但却被活埋，被囫囵吞下，那突出的大嘴唇随着那虚无的白色呼吸的涨落而轻轻掀动。他在睡乡寻找该隐和亚伯，但是没有遇着一个活人，听到一句话，见到一块招牌。他和鲸鱼一块潜水，擦过冰冷黑暗的海底；他高速游过好几弗隆，仅仅以海底动物的柔软触须作为向导。他是烟囱顶上冉冉升起的烟，是遮蔽月亮的大量云层，是构成海洋深处光滑溜溜地毡的厚粘质。他比死人还死，因为他虽然活着，但他空虚，没有任何复活的指望，因为他超越了光与空间的界限，安全可靠地蛰居于一无所有的黑窟窿之中。他更应该被妒忌而不是被怜悯，因为他的睡眠不是一种暂停或间歇，而是睡眠本身。因为睡眠是深海，因此，睡着就是加深，在睡着的睡眠中越来越深，在最深的睡眠中的深海的睡眠，在最深的深度中的充分睡眠，睡眠的甜蜜睡眠的最深最睡眠的睡眠。他曾睡着了，他正睡着了，他将睡着。睡觉。睡觉。父亲，睡吧，我求你了，因为我们醒着的人正在恐怖中挣扎……

随着世界在空洞鼾声的最后的翅膀拍击中消逝，我看到房门打开，进来了格鲁弗·瓦特勒斯。"基督与你同在!"他一边说，一边拖着他的畸形脚往前走。他现在完全是个年轻人了，他找到了上帝。上帝只有一个，而格鲁弗·瓦特勒斯找到了他，所以，再没有什么东西好说，只是一切都必须用格鲁弗·瓦特勒斯新的上帝语言重新说过。这种上帝尤其以格鲁弗·瓦特勒斯发明的智慧新语言而大大吸引了我，首先因为我一直把格鲁弗看成一个无望的笨蛋，其次因为我注意到，在他灵巧的手指上不再有抽烟留下的斑痕。我们小时候，格鲁弗和我们住隔壁。他经常来找我练习二重奏。他虽然只有十四五岁，却抽烟抽得很凶。他母亲对此没有办法，因为格鲁弗是一个天才，天才就得有一点儿自由，尤其是他还十分不幸，天生有一只畸形脚。格鲁弗是那种在污

世界传世藏书

世界禁书文库

南回归线

泥里茁壮成长的天才。他不仅手指上有尼古丁斑痕，而且他还有肮脏的黑指甲，在练了几小时琴以后，指甲就会劈开，格鲁弗不得不用牙齿强行把劈开的指甲撕下来。格鲁弗常常把指甲和留在牙齿上的烟草末一块儿吐出来。这令人感到痛快而带有刺激性。香烟在钢琴上烧出了几个窟窿，我母亲还挑剔地说，香烟把琴键弄得黑不溜秋。当格鲁弗告别时，客厅里就像殡仪馆的里屋一样臭烘烘的。它散发着熄灭的烟味，汗味，脏衬衣味，格鲁弗骂起人来的那种肮脏的味儿，韦伯、柏辽兹、李斯特等人的曲调余音留下的那种燥热味。它还散发着格鲁弗流脓的耳朵与蛀牙的味儿。它散发着他母亲溺爱儿子而使他身上出现的种种臭味，以及他母亲哭哭啼啼的味道。他自己的家是一个马厩，非凡地适合于他的天才，但是我们家的客厅却像殡仪馆老板办公室的等候室一样。格鲁弗是个蠢蛋，甚至不知道还要用脚垫子擦脚。冬天的时候，他的鼻子就像阴沟一样淌着鼻涕。格鲁弗太全神贯注于音乐了，都没有想过要擦一下鼻子。凉凉的鼻涕淌下来，一直淌到嘴唇上，一条长长的白舌头把鼻涕吸了进去。在韦伯、柏辽兹、李斯特等人令人肠胃不舒服的音乐上，它加入了一种辣酱油，使那些虚无的菜肴美味可口。格鲁弗嘴里吐出来的话，两句当中就有一句是骂人话，他最喜欢说的一句话是——"我就弄不好这鸡巴操的玩艺儿！"有时候他恼火极了，会举起拳头，疯子般地拼命敲打钢琴。这就是他的歪路子天才。事实上，他母亲往往十分重视这些发作；这些发作使她相信他身上有些了不起的东西。其他人只是说，格鲁弗叫人受不了，但是，由于他的畸形脚，他的许多事都得到人们的原谅。格鲁弗也够狡猾的，知道如何利用这只有毛病的脚；在任何时候，他无论迫切需要哪一样东西，他都会显示出脚上的疼痛。只有这只钢琴似乎不理会这只残废脚，所以钢琴就成了被诅咒、挨踢、挨捶的对象，他要把它捣成碎片。反过来讲，如果他竞技状态好，他就会连着好几个小时呆在钢琴旁，事实上，你甭想把他拽走。在这样的时候，他母亲会站在屋前的草地上，拦住邻居，想从他们嘴里挤出几句称赞的话来。她会如此出神地听她儿子的"神圣"演奏，以致忘记去做晚饭。在下水道里工作的父亲常常饥肠辘辘回到家里，脾气很差。有时候，他会直接上楼来到客厅，把格鲁弗猛地从琴凳上拉下来。他自己也是脏话连篇，当他用脏话骂起他天才儿子的时候，就没有格鲁弗说话的份了。按老头的看法，格鲁弗只是发现一堆噪音的婊子养的懒货。他时常威胁要把这鸡巴操的钢琴扔出窗外——连同格鲁弗一起。在这种大吵大闹当中，如果母亲敢于插手干预，他就会给她一拳，让她去把尿撒撒干净。当然，他也有吃瘪的时候，他会这样问格鲁弗：你究竟叮叮咚咚弹些什么？如果格鲁弗说，例如，"嗨，the Sonata Pathetique（伤心奏鸣曲）。"

老家伙就会说——"那究竟是什么意思？嘿，以基督的名义，他们就不能用明明白白的英语来表示吗？"老头的无知比他的野蛮更让格鲁弗无法忍受。他打心眼儿里为他父亲感到羞愧，他父亲不在他跟前的时候，他就会无情地讥讽他。他长大一点儿以后，他常常暗示，要不是那老家伙是这样一个卑鄙的杂种，他便不会天生是畸形脚的。他说，老头一定是在母亲怀孕时踢了她的肚子。这所谓的踢肚子，一定以多种方法影响了格鲁弗，因为当他完全长成一个年轻人的时候，就像我刚才所说的那样，他突然如此热衷于上帝，以至于你在他面前擤鼻子都首先要征得上帝的同意。

格鲁弗皈依宗教就在我父亲泄气之后，这就是我想起格鲁弗的原因。人们有好些年没有见到瓦特勒斯一家了，然后，就在可怕的鼾声中，格鲁弗昂首阔步地出现了，他一边准备要把我们从邪恶中拯救出来，一边到处向人们祝福，并请上帝作证。我首先在他身上注意到的，是他个人外表的变化；他已经在耶稣的血中洗干净了。确实，他洁白无瑕，几乎有一股香气从他身上散发出来。他的语言也净化了，不再说粗话，只有祝福和祈祷的话。他同我们进行的不是一种谈话，而是一种独白，独白中即使有问题，也都是他自己来回答。当你请他坐下，他坐到椅子上的时候，他就以长耳大野兔的那种机智说上帝献出了他所爱的唯一儿子，为的是我们能享有永恒的生命。我们真的需要这种永恒的生命——还是我们仅仅沉溺于肉欲的欢乐，不知道拯救地死去呢？无疑，他从来没有想到过，向一对老年人——其中一个在醋睡，在打鼾——提起"肉欲的欢乐"有多么不合适。他如此活跃，如此兴高采烈地沐浴在最初的神恩中，以至于一定忘记了我的妹妹是个疯子。因为他甚至没有打听她怎么样，就开始以这种新发现的宗教废话，向她高谈阔论起来。她对此全然无动于衷，因为，我要说，她的神经不很正常，如果他同她谈论菠菜末，对她来说也是同样意思。像"肉欲的欢乐"这样的话，她觉得意思就像是打着红阳伞的美丽的一天。我看她坐在椅子边上，敲她脑袋的样子，就知道，她只是在等待他喘口气的时机，来告诉他，教区牧师——她的教区牧师，是个圣公会会员——刚从欧洲回来，他们准备在教堂的地下室举办一次义卖集市，她将在那里摆个摊，卖从五分一角商店弄来的小垫布。事实上，他刚停下一会儿，她就滔滔不绝起来——什么威尼斯的水道啦，阿尔卑斯山上的雪啦，布鲁塞尔的狗拉拖车啦，慕尼黑漂亮的肝肠啦。我的妹妹不仅笃信宗教，而且根本就是个疯子。格鲁弗悄悄插进来，谈起他看到了新的天堂，新的人间……因为第一个天堂和第一个人间已经消失，他说，用一种歇斯底里的滑音咕哝着，为的是要卸掉精神包袱似的说出神谕般的信息：上帝在人间建立了新的耶路撒冷，他，曾经满口脏话，被畸形脚毁了的

格鲁弗·瓦特勒斯，在那里找到了好人的宁静与沉着。"再也不会有死亡……"他开始喊叫，当时我妹妹侧身向前，非常天真地问他是否喜欢玩保龄球，因为牧师刚在教堂的地下室安装了一个非常漂亮的新保龄球道，她知道他会很高兴见到格鲁弗的，因为他是一个谦和的人，对穷人那么好。格鲁弗说，玩保龄球是一种罪孽，而且他也不属于任何教堂，因为教堂都是不信神的；他甚至放弃了弹钢琴，因为上帝需要他做更高尚的事情。"胜者将继承一切，"他补充说，"我将成为他的上帝，而他将成为我的儿子。"他又顿了下来，在一块漂亮的白手绢里擤鼻子，我妹妹抓住这机会提醒他，他以前总是淌鼻涕，从来不擦。格鲁弗非常庄严地听着她的话，然后说，他已经被治好了许多坏毛病。这时候，老人醒过来，看见格鲁弗活生生地坐在他旁边，十分吃惊，有好一会儿他似乎拿不准，格鲁弗是疾病造成的梦中现象呢，还是幻觉，但是一看到干净的手绢，他便立刻清醒起来。"哦，是你啊！"他喊道。"瓦特勒斯家的男孩，是吧？那么，你到底在这做什么？"

"我以上苍的名义而来，"格鲁弗泰然自若地说。"我已被十字架上的蒙难所净化，我以基督的名义来到这里，使你们得到拯救，走在灵光中，得到力量和荣耀。"

老人一副茫然的样子。"哟，你是怎么回事？"他说，给了格鲁弗一个虚弱而又带安慰的微笑。我母亲刚从厨房进来，站在格鲁弗的椅子后面。她用嘴做了个鬼脸，尽力让老人知道，格鲁弗疯了。甚至我的妹妹似乎也明白，他有点儿毛病，尤其是因为他拒绝到保龄球场去。她可爱的牧师专门为格鲁弗之类的年轻人安装了这个球场。

格鲁弗有什么毛病？什么也没有，只是他的脚牢牢地扎根在圣城耶路撒冷的大墙的第五基础上，完全由缠丝玛瑙构成的第五基础，他从那里俯瞰一条从上帝的宝座流出来的生命之水的洁河。看到这条生命之河，格鲁弗就像有上千只跳蚤在咬他的下结肠。直到他至少绕地球跑了七圈以后，他还是不能平静地坐下来，多少安之若素地观察人们的盲目与冷漠。他活生生的，已得到净化，虽然在迟钝、懒惰的清醒者眼里，他"疯"了，在我眼里，他这样生活似乎比起以前来好得多。他是一个讨厌的家伙，但是于你无害。如果你长时间听他谈话，你自己也多少会得到净化，尽管你也许不相信他的话。格鲁弗欢快的新语言总是使我想笑，通过放纵的大笑，清除掉我周围迟钝的清醒在我身上积累起来的杂质。他像庞塞·德莱昂曾经希望的那样活生生的；只有为数不多的人这样活生生过。由于他异常活生生的，因此，如果你当着他的面大笑，他一点儿也不介意。甚至你偷走他仅有的一点点财物，他也不会在乎。他活生生而又无实在意义，这是多么接近神性啊！因而这就是疯狂。

由于他的脚牢牢地扎根于新耶路撒冷的城墙，格鲁弗知道一种无比的欢乐。大概，如果他不天生一只畸形脚，他便不会知道这难以置信的欢乐。也许格鲁弗还在娘肚子里的时候，他父亲踢他母亲的肚子反倒踢好了。也许，正是踢在肚子上的这一脚，使格鲁弗翱翔，使他彻底地活生生，彻底地清醒，甚至在睡梦中，他也在传递上帝的信息。他劳动得越艰苦，就越少疲惫。他不再有担忧，不再有遗憾，不再有恼人的回忆。除了对上帝以外，他不知道有任何职责，任何义务，而上帝指望他什么呢？什么也没有，什么也没有……除非是对上帝的赞美。上帝只要求格鲁弗·瓦特勒斯活生生地在肉体中显现。上帝只要求他越来越活生生。在充分活生生的时候，格鲁弗就是一个声音，而这声音则是一股洪水，使一切死亡的东西都进入混乱状态，而这混乱状态又反过来成为世界之嘴，在嘴的正中央是动词"to be（存在）"。一开始就有这个词，这个词与上帝同在，这个词就是上帝。所以上帝就是这个奇怪的不定式，这就是存在的一切——难道还不够吗？对格鲁弗来说，这已经绰绰有余了：这就是全部。从这个动词出发，他走哪条路，有什么区别呢？离开这个动词，就是离开中心，就是要建一个通天塔。也许上帝故意让格鲁弗·瓦特勒斯残废，为的是让他留在中央，同这个动词在一起。上帝用一根看不见的绳子把格鲁弗·瓦特勒斯拴在他扎透世界心脏的柱子上，格鲁弗成为每天下金蛋的肥鹅

我为什么要写格鲁弗·瓦特勒斯呢？因为我遇见成千上万的人，没有人像格鲁弗那样活生生。他们大多数更加理智，他们当中许多人光辉灿烂，其中有些人甚至很有名气，但是没有人像格鲁弗那样活生生，那样没有实在意义。格鲁弗是永不耗竭的。他就像一小点儿镭，即使埋在山底下，也不会失去释放能量的能力。我以前见过许多所谓精力充沛的人——美国不是充斥着这种人吗？——但是，凡以人类形象出现的，却没有一个储存着大量能量。是什么东西造成了这不可穷尽的大量能量的储存呢？是一种启发。是的，它就发生在一眨眼之间，这是任何重要事物发生的唯一途径。一夜之间，格鲁弗预想的一切价值都被抛弃了。就像那样，他突然在别人运动的时候停止运动。他踩住刹车，却让马达不停转动。如果说，他曾经像其他人一样，认为有必要到某个地方去，那么他现在知道了，某个地方就是任何地方，所以就在这里，为什么还要挪动呢？为什么不停好车，让马达不停转动呢？同时，地球本身在转动，格鲁弗知道地球在转动，也知道他在同它一起转动。地球正在去任何地方吗？格鲁弗无疑问了自己这个问题，而且一定很满意地知道，地球不去任何地方。那么谁说过我们要到某个地方去呢？格鲁弗会向这人那人询问，他们要去哪儿，怪事情是，虽然他们都在

走向他们各自的目的地，但是他们没有一个人停下来反思一下，所有人必然走向的唯一目的地都同样是坟墓。这使格鲁弗困惑，因为没有人能使他相信，死亡不是一种必然，而任何人都能使任何其他人相信，任何其他目的地都是一种非必然。相信了死亡的绝对必然性之后，格鲁弗豁然开朗，空前生气勃勃起来。他在一生中第一次开始生活，同时，畸形脚完全从他的意识中消失了。这件事想起来也怪，因为畸形脚就像死亡一样，是另一个不可回避的事实。然而畸形脚从思想中消失了，更重要的是，同畸形脚相关联的一切都消失了。同样，由于接受了死亡，死亡也从格鲁弗的思想中消失了。抓住死亡这一种必然之后，所有的非必然都不见了。世界的其余部分现在正拖着畸形脚的非必然向前跛行，只有格鲁弗无拘无束，不受任何阻碍。格鲁弗·瓦特勒斯是必然性的人格化。他也许会有错，但是他是必然的。如果一个人不得不拖着一只畸形脚跛行，正确又有什么益处呢？

十 二

〔插　曲〕只有很少的一部分人懂得这条真理，他们的名字成为十分伟大的名字。格鲁弗·瓦特勒斯也许绝不会为人所知，但他同样十分伟大。这也许就是我写到他的原因——即这样一个事实：我有充分的辨别力，能明白格鲁弗已经达到了伟大的程度，尽管没有其他人会承认这一点。那时，我只认为格鲁弗是一个无害的狂热者，是的，有一点儿"发疯"，就像我母亲暗示的那样，但是每一个抓住关于必然性的真理的人都有一点儿发疯，只有这些人才为世界有所建树。其他人，其他伟人，在这里那里摧毁一点东西，但是我说起的这些少数人，其中包括格鲁弗·瓦特勒斯，能够摧毁一切，为的是真理能够生存。通常这些人都天生有障碍，也就是说，天生有畸形脚，而奇怪地具有讽刺意味的是，人们记得的只有这畸形脚。如果格鲁弗这样的人没有了他的畸形脚，世人就说他"发疯了"。这就是有关非必然性的逻辑，它的结果是不幸。格鲁弗是我一生中遇到的唯一真正快乐的存在，因此这是我正在建立的一座小小纪念碑，为了纪念他，纪念他快乐的必然性。可惜的是，他不得不用基督来作为支柱，但是只要一个人抓住真理，靠真理生活，那么，他如何得到真理，又怎么样呢?

插　曲

"混乱"是一个我们发明出来表示一种无法理解的秩序的词。我喜欢细想事物成形的这个时期，因为这种秩序，如果被理解的话，一定是令人眼花缭乱的。首先是海迈，牛蛙海迈，还有他老婆的卵巢，它已烂掉了好长时间了。海迈被完全裹在他老婆腐烂的卵巢里。这是日常话题；它现在优先于泻药丸和长舌苔的舌头。海迈贩卖"性谚语"，他就是这样说的。他说的一切不是从卵巢开始，就是导向卵巢。他不顾一切地仍然和老婆做爱——长时间像蛇一般的交媾，交媾中他还会在完事前抽上一两支香烟。他会努力向我解释，烂卵巢流出来的脓如何使她热烈。她始终是一把好手，而现在她比任何时候都好。一旦卵巢摘除，就说不清她会是什么样子。她似乎也明白这一点，因此，去他妈的！每天晚上，盘子收走以后，他们就在他们的小公寓里把衣服脱得光光的，像两条蛇一样躺在一起。他多次尝试向我描述——她做爱的方式。里面就像一只牡蛎，有时候感觉好像他就在她的子宫里，子宫是这么柔软酥松，这使他极度兴奋。他们常常剪刀式地躺着，向上看着天花板。为了憋住不射精，他就想办公室，想令他烦恼的事情，想大便不通畅对他的折磨。在高潮之间，他会让他的心思集中在另一个人身上，以便让她重新开始跟他做爱。他常常设法在一边做爱时一边还能望出窗外。他变得如此精于此道，以至于他能在他窗户底下的大街上脱下一个女人的衣服，然后把她弄到床上；不仅如此，实际上还能让她同他老婆调换位子，连续作业。有时候他会那样一直操下去，操两三个小时，都不带射精的。为什么要浪费呢？他会说。

而斯蒂夫·罗美洛则不同，要他控制住这个，可叫他受不了。斯蒂夫壮得像头牛，他随便地到处散布他的种子。我们时常坐在离办公室不远的街角上一个炒杂碎店里交换看法。这里有一种古怪的气氛。也许是因为没有酒。也许是由于他们菜里那种滑稽的小黑蘑菇，总之，很容易就扯到这个话题上了。到斯蒂夫来见我们的时候，他已经做完体育锻炼，洗完澡，用力擦过身子。他里里外外都干干净净。几乎是一个男人的完美标本。当然，他不十分聪明，但却是个好人，一个伙伴。海迈却相反，他就像一只癞蛤蟆。他似乎是直接从他在泥巴里混了一天的沼泽地里来到餐桌上。脏话从他嘴里甜丝丝地滚滚而来。事实上，在他的看来，你不能称之为脏话，因为还没有任何其他成分你可以用来与它相比。这完全是一种液体，一种粘乎乎东西，完全由性构成。当他看他的食物时，他视之为潜在的精子；如果天气暖和，他就会说这很适合于寻欢作乐；如果他乘电车，他事先就知道，电车有节奏的运动会刺激他的胃口，会让他慢慢地"亲自"硬起来，他就是这么说的。为什么是"亲自"，我从来也不明白，但是那就是他的表达方式。他喜欢和我们一块儿出去，因为我们总是很有把握碰到一些像样的事情。如果他一个人的话，他就不会总是一帆风顺。和我们在一起，他可以换一种肉吃吃——按他的说法，是非犹太窟窿眼儿。他喜欢非犹太窟窿眼儿。他说，味道更加香甜，也更容易发笑……有时候就在事情进行当中。他唯一不能忍受的东西是黑肉。看到我同瓦莱丝佳一起走来走去，他感到吃惊和厌恶。有一次，他问我是否她没有那种格外强烈的味道。我告诉他我喜欢那样——强烈而有味，周围还带许多肉汁。他听到这话几乎脸都红了。令人吃惊的是，他对某些事物是那么敏感，例如，对食物。他对食物过分讲究，也许这是一种民族特征。他个人也是干干净净的。看到他干净的袖口上有一个小污点就叫他受不了。他不断地刷去身上的尘土，不断拿出小镜子来照照，看有没有食物夹在他的牙缝里。如果他发现一点儿碎渣子，他就会把脸藏在餐巾后面，用他带珍珠把的牙签把它剔出来。当然他看不到卵巢。他也闻不到卵巢的味，因为他老婆也是个干干净净的婊子。她整天冲洗身子，准备着晚上的房事。她那么看重她的卵巢，真是悲惨。

直到她被送到医院去那天止，她都是一架定期做爱的机器。一想到再也不能做爱了，吓得她丧失了理智。海迈当然告诉她，不管发生什么，对他来说没有区别。像蛇一样缠着她，嘴里叼着烟，又有女孩子在下面大街上经过，他很难想象一个不能再做爱的女人。他相信手术会成功。成功！也就是说，她会操起来比以前更好。他常常那样告诉她，一边躺着仰望天花板。"你知道我会永远爱你，"他会说，"请你挪过来一点儿，就一点点……对，就这样……行。我刚才说什么来着？噢，对了……嘿，怎么啦，你为什么担心那样的事呢？我当然会忠实于你的。听着，就往外一点点……对，行了……棒极了。"他常常在炒杂碎店里给我们讲这些。斯蒂夫会拼命大笑。斯蒂夫不可能做那样的事。他太老实了——尤其是对女人。这就是他从来没有运气的原因。例如小柯里——斯蒂夫恨柯里——总是得到他想要的东西……他天生是个说谎家，一个天生的骗子。海迈也不十分喜欢柯里。他说他不老实，当然是说他在钱财方面不老实。在钱财方面海迈很谨慎。他尤其不喜欢柯里谈论他姨妈的方式。按海迈的看法，他竟然捅他亲生母亲的妹妹，真是糟糕透顶，最后还把她说得一无是处，这太让海迈受不了了。如果一个女人不是婊子，人们就应该对她有一点儿尊敬。如果她是婊子，那就不一样了。婊子不是女人。婊子是婊子。这是海迈的观点。

然而，他不喜欢柯里的本质原因，是无论什么时候他们一块儿出去，柯里总是得到最佳选择，而且不仅如此，柯里得到最佳选择通常都是由海迈花钱。甚至柯里要钱的方式也令海迈生气——就像是勒索，他说。他认为这部分是由于我的过错，因为我对这小子太宽厚了。"他没有道德品质，"海迈会说。"那么你呢？你的道德品质呢？"我会问。"哦，我！妈拉巴子，我太老了，不需要什么道德品质，而柯里只是一个小孩。"

"你妒忌他，这就是原因。"斯蒂夫会说。

"我？我妒忌他？"他会设法用一声讥笑把这种想法压下去。像这样一种刺激，使他感到不快。"听着，"他转向我说，"我曾经对你妒忌吗？我不是总把女孩子让给你吗？只要你要求我这样做。S·U·营业所的那个红头发小妞怎么样？……你记得……就是那个大奶头的小妞？这不是把一只漂亮的屁股让给一个朋友吗？我让了，不是吗？

我让给你，就因为你说你喜欢大奶头，但是我不会让给柯里的。他是个小骗子。"

事实上，柯里非常勤奋地搬弄着女人的屁股。根据我的推测，他一次就操纵五六个。比如说，有瓦莱丝佳——他和她搞得很紧。她他妈的很高兴有人毫不害臊地和她玩，如果和她表妹，然后又和那矮小女孩一块儿分享他，她也没有一点儿异议。她最喜欢的是在浴缸里干，这样妙极了，可是后来让矮小女孩知道了这件事。于是就闹得不可开交，最后总算在客厅的地板上摆平了。听柯里说，除了爬到吊灯上去，他什么样的事都干过了。除此之外，他总能得到大量的零花钱。瓦莱丝佳很慷慨大方，而那表妹是个柔弱女子。如果她挨近一个硬家伙，她就像面团一样随你捏。解开的裤裆就足以使她神不守舍。柯里让她做的事几乎是带羞辱性的。他羞辱她，感到津津有味。我几乎不能为此责备他，她穿着上街穿的服装，是那样一个一本正经、自命清高的婊子。她在街上的举止，几乎会使你发誓她没有窟窿眼儿。当然，在他同她单独在一起时，他就让她为她的傲慢方式付出代价。他无情地干那事。他恨这一伙女人，有时候，他会让她手脚趴在地上，像推手推车一样，把她满房间推着爬来爬去。要不他就用狗的姿势跟她干那事，她一边哼哼，一边蠕动，他却面无表情地点燃一支香烟，把烟吹到她屁股上去。有一次他跟她那样干的时候，玩了一个下流的小把戏。他把她搞得已经忘乎所以了，然后，他脱出身来，套上裤子。阿贝尔克伦比表妹一着急，放了一个大屁。至少，这是柯里这样讲给我听的。他无疑是个无耻的说谎家，也许在他的奇谈中没有一句真话，但是不能否认，他玩这样的把戏很有天才。至于阿贝尔克伦比小姐和她那种自由自在的纳拉甘西特方式，嗯，同那样一只窟窿眼儿在一起，人们总是可以怎么糟糕怎么想象。相比之下，海迈就是一个纯粹主义者了。在某种程度上，海迈和他施过割礼的胖老二是两回事。当他所谓亲自硬起来的时候，他确实意味着他是不负责任的。他是在说，自然在顽强表现自己——通过他的，海迈·劳布舍尔的，施过割礼的胖老二。他老婆的窟窿眼儿也是同样情况。这是她夹在两腿之间的玩艺儿，像一件装饰品。这是劳布舍尔太太的一部分，但不是劳布舍尔太太本人。你大概明白我的意思。

好，所有这一切都是为了渐渐引出关于当时流行的普遍性混乱的话题。这就如同住在做爱乡。例如，楼上的女孩……她时常下楼来，在我老婆举行朗诵会的时候，帮着照看小孩。她显然是个傻瓜，所以我开始一点儿都没有注意她，但是像所有其他女人一样，她也有一个窟窿眼儿，一种非个人的个人窟窿眼儿，她无意识地意识到的窟窿。她越经常下来，就越以她那种无意识的方式变得有意识。有一天晚上，她在浴室

里呆了很长很长时间以后，我开始怀疑出了什么问题。我决定从钥匙孔里看一眼，亲眼看看是怎么回事。嘿，看哪，她要不是站在镜子面前抚摸、爱抚她的下身才怪哩！她几乎是在同它说话。我激动得不得了，一开始就不知道干什么好了。我回到大房间，关掉电灯，躺在睡榻上等她出来。我解开裤裆，设法从睡榻上给她施催眠术。"来吧，你这婊子。"我不断地自言自语，她一定立即捕捉到信息，因为她马上就打开门，在黑暗中摸索着寻找睡榻。我一言不发，一动不动。她终于站在我的睡榻旁。她也一言不发。她只是悄悄站着，当我的手顺着她的大腿轻轻往上摸的时候，她把一只脚移动了一下，让她的下半身再张开一点儿。正如我所说，两个人一言不发。只有一对安静的疯子，就像掘墓人一样，在黑暗中拼命干活。这是一个做爱的天堂，我知道，如果需要，我会欣然地、心甘情愿地操得发起疯来。她也许是我见过的最出色的妞儿。她从不开口说话——那一天夜里没有，第二天夜里也没有，任何夜里都没有。她就那样在黑暗中悄悄溜下来，一闻到我一个人在那里，就会把她的那玩艺儿糊到我身上。我现在回想起来，这还是一座黑幽幽的水下迷宫，那里有长沙发、安乐角、橡皮牙、丁香花、软卧榻、鸭绒、桑叶等等。我常常像一条小虫般小心翼翼地钻进去，将自己埋在一条绝对安静的小缝里，这样柔软，这样悠闲，我躺着就像牡蛎养殖场里的海豚。稍一颤动，我就会在普尔门式火车卧车里看报，要不就在一条死胡同里，那里有布满苔藓的鹅卵石，有自动开关的柳条小门。有时候就像玩滑雪冲浪游戏，一个波涛把你一下子冲到底下，接着是一片喷雾状的海洋里的阴虱，咬得你隐隐作痛，海草疯狂摇摆，小鱼的鱼鳃拍打着我，就像口琴上的音栓。在这巨大的黑窟窿里，有一架柔和伤感的风琴，演奏着凶残的黑色音乐。在她给自己定成高调，在她把汁液的龙头拧到最大流量的时候，形成一种青紫色，一种像暮色般的深深的桑葚颜色，侏儒和呆小病患者在月经来潮时就喜欢这种暮色。这使我想起咀嚼鲜花的食人者，想起乱砍乱杀的班图人，想起在杜鹃花坛上发情的独角野兽。一切都是无名的，未经系统阐明的，约翰·多厄和他的老婆爱米·多厄：在我们上面是煤气罐，在我们底下是海洋世界。我说，她明明白白是疯了。是的，绝对疯了，虽然她还到处游荡。也许就是这，使她的窟窿眼儿如此令人惊异地具有普遍特点。这一百万窟窿眼儿中的一个，一颗规则的安的列斯之珠，就像迪克·奥斯本读约瑟夫·康拉德作品时发现的那样。她躺在广袤的性的太平洋中，一座闪着银光的礁石，周围由人海葵、人星鱼、人石珊瑚包围着。白天见到她，看她慢慢发疯，就像是夜晚来到时诱捕一只鼬鼠。我不得不做的一切，就是裤裆敞开着等在黑暗之中。她就像在卡菲尔人中间突然复活的奥菲利亚。她记不得任何一种语

112

言的任何一个词，尤其记不得英语。她是一个失去了记忆的聋哑人，而随着记忆的丧失，她也丧失了她的电冰箱，她的烫发钳，她的镊子和手提包。她甚至比一条鱼更加赤条条，除了她两腿之间的那一簇毛。她甚至比一条鱼还要滑，因为鱼毕竟有鳞，而她没有。有时候都不知道究竟是我在她里面，还是她在我里面。这是公开的交战，一种最新式的古代摔跤比赛，由每一个人咬他自己的屁股。蝾螈之间的爱情，大开着的排气阀。没有性，没有杂酚皂液的爱情。潜伏的爱情，就像林木线以上的狼獾所进行的那样。一边是北冰洋，另一边是墨西哥湾。虽然我们没有公开提到，但金刚总是和我们在一起，睡在提坦号残骸上的金刚，这艘在闪着磷光的百万富翁和七鳃鳗的尸骨之间的巨轮。没有一种逻辑可以把金刚赶走。它是支撑灵魂的短暂痛苦的巨大支架。他是长着一里长的毛腿毛胳膊的结婚蛋糕。他是不再有新闻的旋转银幕。他是从不发射的左轮手枪的枪口，以截断的淋病双球菌武装起来的麻风病患者。

就是在这疝的真空中，我借助生殖器进行了我所有平心静气的思考。首先有二项式定理，这个术语总是使我迷惑不解：我把它放在放大镜下，研究它，从 X 到 Y，还有逻各斯，在某种程度上，我原来总把它等同于呼吸新鲜空气：我发现正相反，它是一种纠缠不休的郁积，是一架在谷仓早就装满、犹太人早就被赶出埃及以后，仍在不停地磨玉米的机器。还有布塞弗勒斯，它也许比我整个词汇中的任何一个词都令我着迷：只要在我左右为难的时候，我就会把它踩掉，当然，同它一起踩掉的还有亚历山大和他的所有皇家扈从。什么样的一匹马啊！生在印度洋，是它的血统中的最后一匹马，从来没有交配过，除了在美索不达米亚的冒险中同亚马孙女王，还有苏格兰开局让棋法！一个同下棋无关的令人惊异的词组。它总是以一个踩高跷的人的外形来到我跟前，芬克与瓦格纳尔的未节略版词典 2498 页。开局让棋法是以机械腿向黑暗中的一种跃进。一种无目的的跃进——因此是开局让棋法！一旦你掌握了它，就变得十分简单了。然后还有安德洛墨达和蛇发女怪美杜莎，以及有着主神血统的卡斯托尔与波吕克斯，这一对神话中的双生子，永远固定在昙花一现的星尘团中。还有冥思苦想，一个明显同性有关的词，然而它暗示的思想内涵却使我不安。老是"午夜冥思苦想"，午夜有着不祥的意味，然后是花挂毯。某人在某个时候"在花挂毯后面"被刺。我看到一块以石棉板制成的圣坛布，上面有一条令人伤心的裂缝，诸如恺撒本人可能会撕裂的那种裂缝。

这是非常从容的思考，可以说，是旧石器时代人们所一味从事的那种思考。事物即不是荒诞的，也不是可以解释的。这是一种拼板玩具，在你感到厌倦的时候，你就

可以用双脚把它蹬开。任何东西都可以心安理得地搁置一边，哪怕昌喜马拉雅山。这正好是同穆罕默德的思考截然相反的那一种。它绝对没有任何目的，因而是愉快的。你在长时间做爱过程中建起的大厦，一眨眼之间便会倾覆。作数的是做爱，而不是建筑物。这就像大洪水期间生活在方舟上一般，一切都提供给你了，小到一把螺丝刀。当要求于你的一切便是打发时间的时候，有什么必要去杀人、强奸，或乱伦呢？大雨下啊，下啊，但是在方舟里面，一切都干燥温暖，一切都成双配对，在藏食品的地方有精制的威斯特伐利亚熏腿、新鲜鸡蛋、橄榄、腌葱头、辣酱油，及其他精美食品。上帝选择了我，挪亚，来建立一个新的天和新的地。他给了我一条结实的船，缝隙全无，船上很干燥。他还教给我在狂风暴雨的海上航行的知识。也许雨停了以后还会有其他种类的知识要获得，但是眼下只要有一种航海知识便足够了。剩下的是第二大道皇家咖啡馆的象棋，只是我不得不想象一个对手，一个聪明的犹太人，他能跟我一块儿下棋下到雨停。但是，正如我以前所说，我没有时间厌烦；我有我的老朋友逻各斯，布塞弗勒斯，花挂毯，冥思苦想，等等。为什么还要下棋？

像那样连着几天几夜被锁起来，我开始发现，思考目的不在于手淫的时候是能缓和疼痛的，有治疗作用，并令人愉快。无目的的思考把你带到一切地方；所有其他的思考都是在轨道上进行的，无论一段路有多长，最终总是有车站或机车库。最终总是有一盏让你"停下"的红灯。但是在生殖器开始思考的时候，就没有"停下"，没有障碍：这是一个永久的假日，新鲜的鱼饵和总是咬鱼线的鱼。这使我想起另一只窟窿眼儿，大约叫维罗尼卡，她总是让我想入非非。同维罗尼卡在一起，总有一场门厅里的搏斗。在舞池里你会以为她要把她的卵巢给你作为永久的礼物，但是她一拿出一副自信的样子，她就会开始忖度，想她的帽子，想她的钱包，想她的不睡觉等着她的姨妈，想她忘记寄出的信，想她将要失去的工作——各种各样疯狂的、同手头做着的事情毫无关系的思考。就好像她突然把大脑同窟窿眼儿接通了电流——可以想象到的最机警最精明的窟窿眼儿。也就是说，这几乎可以说是一只形而上学的窟窿眼儿。这是一只发现问题的窟窿眼儿，不仅如此，而且它也是一种特殊的思考，有一只节拍器在打着拍子。对于这种被置换的有节奏的冥思苦想来说，一种特殊的朦胧之光是必要的。它必须刚好暗到适合于蝙蝠的程度，然而又亮到这样的程度：如果你碰巧掉了一个纽扣，纽扣滚到了门厅的地板上，这时，光线要足以使你找到纽扣。你能明白我的意思。一种模糊然而过细的精确，一种看上去像心不在焉的钢铁般的意识。同时又飘忽不定，变化无常，以致你确定不了这是鱼还是家禽。我抓在手里的是什么？是好还是特好？

回答总是很容易做出。如果你抓住她的奶子，她就会像鹦鹉一样发出粗粝的叫声；如果你触摸她裙子底下，她会像鳝鱼一样蠕动；如果你抓她抓得太紧，她会像白鼬一样咬人。她仍依不舍，拖延又拖延。为什么？她想要什么？一两个小时以后她会罢休吗？没有百万分之一的可能。她就像想飞但腿被夹在钢铁夹子里的鸽子一般。她假装她没有腿，但是如果你着手去放开她，就会有弄你一身毛的危险。

因为她有这样一只神奇的屁股，因为这屁股他妈的如此难以接近，我常常把她看作"笨人难过的桥"。每一个小学生都知道，"笨人难过的桥"只有两只由一个盲人领着的白毛驴才可以过。我不知道为什么是这样子，但这就是欧儿里得定下的规则。他的知识如此渊博，这家伙，以致有一天——我猜想他纯粹为了寻开心——他修建了一座没有一个活着的凡人可能通过的桥。他称之为"笨人难过的桥"，因为他是一对漂亮的白毛驴的主人。他如此依恋于这些毛驴，以致他不会允许任何人占有它们。因而他呼唤出一场梦幻，在其中，作为盲人的他，有一天将领着毛驴走过那座桥，进入毛驴的快乐猎场。嘿，维罗尼卡有着十分相同的处境。她很看重她漂亮的白屁股，因而她无论如何不愿意同它分开。当升入天堂的那一天到来的时候，她还要带上它一起去哩。至于她的窟窿眼儿，顺便说一下，她从来没有提到过它——至于她的窟窿眼儿，我说，嘿，那是要随身携带的附件。在门厅的朦胧光线中，她没有公开提到她的两个问题，却又在某种程度上使你很不舒服地意识到它们。也就是说，她以魔术师的方式使你意识到。你将看一眼或摸一下，结果反而被欺骗，反而搞清楚了你原本没有看见，没有摸着。这是一种非常微妙的性代数，午夜的冥思苦想，它将在第二天给你赢来一个优或个一良，但是再没有别的东西了。你通过考试，得到文凭，然后你就无拘无束。同时，你用屁股坐下，用窟窿眼儿小便。在教科书和实验室之间有一个中间地带，你永远也不可以进入，因为它被称为做爱。你可以闲荡鬼混，但绝不可以做爱。光线从来不被完全隔断，阳光却也从来不涌进来。明暗程度总是足以区分一只蝙蝠。正是这种忽隐忽现的可怕光线使精神集中，好像要注意寻找钱包、铅笔、纽扣、钥匙等等。你不可能真正进行思考，因为你的精神已经很集中。它处于准备就绪的状态中，就像剧院里的一只空座位，坐这只座位的人已经在上面留下了他的夜礼帽。

维罗尼卡有一只会说话的窟窿眼儿，我说，这是很糟糕的事情，因为它的唯一功能似乎就是说话说得一个人不想再操了。而伊芙林则有一只笑嘻嘻的窟窿眼儿。她也住在楼上，只是住在另一所房子里。她总是在吃饭的时候匆匆而来，讲给我们听一个新的笑话。第一流的喜剧女演员，我一生中遇到的唯一真正有趣的女人。一切都是玩笑，包括做爱在内。我能够描述它的唯一方法是说，当她，伊芙林，激动起来，变得烦躁不安时，她就用她的窟窿眼儿进行一段口技表演。你正要让那玩艺儿溜进去的时候，夹在她两腿之间的木偶会突然发出一阵狂笑。同时，它会伸出手来抓你，顽皮地使劲拉你一下，按你一下。它也会唱歌，这只窟窿眼儿木偶。事实上，它的举止就像一只训练有素的海豹。

没有什么事情比在马戏场里做爱更困难的了。一直进行训练有素的海豹表演，使她更难接近，如果用铁条把她捆起来，还不至于如此。她可以压倒世界上最"亲自"硬起来的鸡巴。用笑来压倒它。同时，它并不像人们可能会想象的那样有失体面。这窟窿眼儿的笑有某种惹人喜爱的东西。整个世界似乎像一部色情电影一般展现，这电影的悲剧主题是阳痿。你可以把自己想象为一条狗，或一只鼬鼠，或一只白兔。爱情是某种附带拥有的东西，比方说，一盘鱼子酱，或天芥菜蜡模。你可以在你身上看到那位口技艺人正谈论着鱼子酱或天芥菜，但是真正的角色始终是一只鼬鼠或白兔。伊芙林一直躺在白菜地里，向先到者奉献上一片鲜绿的叶子，但是如果你活动一下去啃吃它的话，白菜地会哄然大笑，一种欢快、水淋淋的阴道里的笑声，这是耶稣·H·基督和伊曼纽尔·普西福特·康德绝梦想不到的那种笑声，因为如果他们梦想到的话，世界就不会是今天的模样，而且，也不会有康德，不会有全能的基督。女性很少笑，但是当她们笑的时候，这就是火山爆发。当女性笑的时候，男性最好还是赶快躲到防龙卷风的掩体中去。什么东西也经受不住那种从窟窿眼儿里发出的笑声，就是钢筋水泥也经受不住。女性的笑神经一旦被触动，就会笑倒鬣狗、豺狼，或野猫。例如，人们时常在暴民的私刑聚会上听到这声音。它意味着真相已经暴露，一切都在进行。它意味着她将亲自搜寻——留神你的蛋子不要被人割掉！它意味着，如果害虫到来，她将先到，带着有刺的皮带，这皮带将活剥你的皮。它意味着她不仅和张三李四睡觉，而且和霍乱、脑膜炎、麻风睡觉。它意味着她将像一匹发情的母马一般躺在圣坛上，来者不拒，包括圣灵。它意味着拥有对数知识的可怜男性花费五千年、一万年、两万年建立起来的东西，她一夜之间就将它摧毁。她把它摧毁，还要在上面撒泡尿，一旦她真的笑起来，谁也阻止不了。当我说维罗尼卡的笑可以压倒能想象到的最"亲自"硬起来的鸡巴时，我是故意这么说的；她将压倒亲自的勃起，还你一个像烧红的枪管通条一般的非亲自的勃起。你也许不会同维罗尼卡走得很远，但是带着她不得不给你的东西，你却能走遍天下，这是不会有错的。一旦你来到可以听得见她的范围之内，就好像你吃了过量的斑蝥。地球上没有任何东西能平息它，除非你用大锤砸它。

事情一直就这样继续着，尽管我说的每一句话都是假话。这是个人周游非个人世界，一个手里拿着把小泥铲的男人正挖一条穿过地球的隧道，以便到达地球的另一面。他想要从隧道里过去，最终找到肉的蜜月的极顶。当然，挖掘是没完没了的。我可以希望的最好事情，是呆在地球的正中心，那里周围压力最强，最均匀。我希望永远呆在那里。这给我一种绑在地狱车轮上受旋转之苦的感觉，这是一种拯救，不可完全忽视。另一方面，我是崇尚本能的那一类形而上学家：我不可能固定呆在任何地方，就是在地球正中心也不可能。找到并享受形而上学的做爱是绝对必要的，为此我将不得不登上一个全新的高原，一种由甜苜蓿和精细琢磨过的独石柱组成的平顶山，那里有老鹰和秃鹫自由地飞翔。

有时候傍晚坐在公园里，尤其是满地废纸、食品的公园，我会看见一个人经过，一个似乎要去西藏的人，我会睁圆了眼睛注视她，希望她会突然开始飞行，因为如果她那样做，如果她开始飞行，我知道我也将能飞行，这意味着挖掘与打滚的结束。有时候，也许因为黄昏或其他原因，她好像真的绕着一个拐角不断飞行。这就意味着，她会突然从地面上被提升到几尺高的空间里，就像一架负荷过重的飞机；正是这种不自觉的突然提升，无论它是真的还是想象出来的，都无所谓，但它却给我以希望，给我以勇气，让我圆睁着眼睛盯着这个地方。

有一些麦克风里面在呼唤"继续下去，不要停，坚持到底"，以及类似的废话，但是为什么？为了达到什么目的？往哪儿去？从哪儿来？我会上闹钟，为的是在某一时刻起床走动，但是为什么起床走动呢？为什么竟然要起床？我用我手中的小泥铲像苦工船上的奴隶一般干活，不怀有任何得到报酬的希望。我将继续前进，挖出人类曾挖掘过的最深的窟窿。另一方面，如果我真的要到地球另一面去，扔掉泥铲，登上飞往中国的飞机，不是简单得多吗？但是身体服从思想。对身体来说最简单的事情，对于思想来说总不是那么简单。尤其困难，尤其麻烦的时刻，是在这两者开始背道而驰的时候。

用泥铲干活是至福：它使思想完全自由，而且这两者又绝无丝毫分开的危险。如果那只雌性动物突然快乐地呻吟起来，如果那只雌性动物突然快活地歇斯底里大发作起来，嘴巴像旧鞋带那样乱动，胸口呼哧呼哧，肋骨吱嘎作响，如果那个女鸡奸者突然因快乐和过度激愤而垮倒在地，恰在此时，一秒钟也不差，期望中的高原将在眼前起伏，就像一条船从雾中出现。可以做的事情就只是将星条旗插到上面去，并以山姆大叔以及一切神圣者的名义要求它的主权。这些不幸事件如此经常发生，以致不可能

不相信一个被称之为做爱的王国的存在，因为这是可以给这个王国的唯一名称，然而它又不仅仅是做爱，通过做爱，人们只是开始接近它。每个人都在此时彼时将旗子插在这块领土上，然而没有人能永远拥有它的主权。它一夜之间便消失——有时候是一眨眼的工夫。这是非人之国，它散发着乱七八糟的无形死亡的臭气。如果宣布停战，你们就会在这一地带相遇，握手或交换烟草，但是停战从来不会维持很久。唯一似乎有永久性的东西是"介于"思想间的"地带"。在这里，子弹横飞，尸体堆积，然后就会下雨，最终除了恶臭以外什么也留不下。

完全是用一种比喻的方法来谈论说难以启齿的东西。说不出口的东西就是纯粹的做爱与纯粹的窟窿眼儿：它只许在精装版中提到，否则世界就会崩溃。我从痛苦的经验中懂得，把世界凝聚在一起的东西是性交。但是，做爱，这真实的事情，窟窿眼儿，这真实的事物，似乎包含着某种性质不明的因素，这因素远比硝化甘油危险。为了搞清楚什么是真实的事物，你必须查看一下英国圣公会批准的西尔斯-娄巴克公司的产品目录。在第23页上你会发现一张普里阿普斯的画像，他正在他的牛肉熏香肠的一端耍弄一把开塞钻；他错站在巴特农神庙的阴影中；他赤身裸体，只戴着下体弹力护身，上面有一排排小孔，这是俄勒冈和萨斯喀彻温的"摇喊"教派成员借来用在这儿的。长途电话正在打着，要求知道他们是该卖空还是买空。他说操你的鸡巴蛋去吧，挂断了电话。在背景上，伦勃朗正在研究我主耶稣基督的人体解剖，如果你记得的话，耶稣是被犹太人钉在十字架上的，然后被送到阿比西尼亚用铁圈和其他物品捣碎。天气看上去如同像往常一样晴朗，比较温暖，只有一缕轻雾从爱奥尼亚人那里升起；这是被早期僧人阉割掉的海神睾丸出的汗，要不也许是五旬节瘟疫时期的摩尼教徒阉割了这睾丸。长条的马肉正挂在外面晾干，到处都是苍蝇，就像荷马在古时候描述的那样。近旁有一架麦克康米克打谷机，一架收割和捆扎的机器，带有三十六匹马力的引擎，却没有排气阀。收割已完成，工人们正在远处田野里数工钱。这是古希腊世界中第一天性交时的曙光，现在由于蔡司兄弟和其他有耐心的工业狂人而被忠实地用彩照为我们复制下来，但是这已不再是当时在场的荷马时代的人们所看到的样子。谁也不知道普里阿普斯神被降到下三烂的地步，在他的牛肉熏香肠的一端耍弄开塞钻的时候是什么样子。像那样站在巴特农神庙的阴影里，他一定梦想起遥远的窟窿眼儿；他一定不再意识到开塞钻和打谷、收割机；他内心一定变得十分沉默，最终一定连做梦的愿望都没有了。这是我的想法，当然，如果我错了，我很不介意甚至乐于被纠正。我发现他这样站在升起的雾中，他突然听到奉告祈祷钟声隆隆地响，嗨，瞧哪，他眼前出现美丽的绿色沼泽地，在那里，乔克托人和纳瓦霍人正尽情欢乐，头顶上的天空中有白色的秃鹰，它们的翎颔上有金盏花的花饰。他还看见一块巨大的石板，上面写着基督的身子、押沙龙的身子，以及邪恶，也就是淫欲。他看见浸透蛙血的海绵，奥古斯丁缝进自己皮肤的眼睛，以及不足以遮掩邪恶的小背心。他在从前的时刻看见过这些东西，当时纳瓦霍人正和乔克托人尽情欢乐。他如此惊奇，以致突然从他两腿之间，从他在睡梦中失去的长长的会思考的芦苇。这是从深渊中发出的最有灵感、最刺耳、最尖锐、最兴高采烈、最凶猛的一种狂笑声。他用这样一种神圣的典雅风度，通过他胯下的东西唱起歌来，以致白色的秃鹰从天空中飞下来，将巨大的紫色屎蛋拉遍了绿色沼泽地。我主基督从他的石床上爬起来，虽然身上留有铁圈的痕迹，但他却像一只山羊一般起舞。农夫们戴着铁链从埃及走出来，紧随其后的是尚武的伊哥洛人和吃蜗牛的桑给巴尔人。

　　这就是古希腊世界中第一天性交时各种事情的模样。从此，事情起了翻天覆地的变化。通过你的香肠来唱歌不再是有礼貌的了，甚至也不允许秃鹰到处拉紫色的屎蛋。这一切都属于粪便学、末世学，属于全世界范围。这是禁止的。Verboten（德文：禁止的）。因此做爱乡就变得越来越往后退缩：它变得像神话一般，所以我只有像神话一般地说话。我说得极其津津有味，也十分圆滑。我将叮当作响的铙钹、大号、白色金盏花、夹竹桃、杜鹃花放到一边，举起荆棘和手铐！基督死了，他被铁圈打死。农夫们在埃及的沙子中变白，手腕松松地戴着手铐。秃鹫已经吃掉了每一块腐肉。一切都很宁静，一百万只金色的耗子正在啃吃着看不见的奶酪。月亮升起，尼罗河对着她河边的残迹沉思。大地默默地打着嗝，星星颤动着，哀诉着，河水在岸边匆匆流过。就像这样……有发笑的窟窿眼儿，有说话的窟窿眼儿，有形状像小鹅笛的疯狂而歇斯底里的窟窿眼儿，有记录坑道深浅的能测震的窟窿眼儿；有吃人肉的窟窿眼儿，像鲸鱼般张开血盆大口，生吞人肉；还有性受虐狂的窟窿眼儿，像牡蛎般闭合起来，里面藏着坚硬的贝壳，也许还有一两颗珍珠；有激情洋溢的窟窿眼儿，男人一接近时便翩翩起舞，狂喜得从里到外全湿透；有豪猪的窟窿眼儿，在圣诞节时松开它们身上的刺，挥舞小旗；有电报的窟窿眼儿，使用摩尔斯电码，让思想中充满了点和划；有政治的窟窿眼儿，浸透着意识形态，甚至否认有经绝期；有植物的窟窿眼儿，没有反应，除非你将它们连根拔起；有宗教的窟窿眼儿，气味就像基督复临安息日会教友，满是珠子、虫子、蛤壳、羊屎，有时还有干面包屑；有哺乳动物的窟窿眼儿，用水獭皮做衬里，在漫长的冬季里长眠；有巡航的窟窿眼儿，装备得像游艇，适合于隐居者和癫痫病人；

有冰河时期的窟窿眼儿，你就是在里面扔下几颗流星也不会引起火花；有蔑视范畴或种类的具有各种特点的窟窿眼儿，你一生只会碰到一次，但使你烧灼，给你留下烙印；有纯粹由欢乐构成的窟窿眼儿，既无名称也无先例，这些是最好的窟窿眼儿，但是它们已飞向何处？

然后有一只独一无二的窟窿眼儿，我们将称之为超窟窿眼儿，因为它根本不属于这块国土，而属于我们很久以前就被邀请飞往的那个光明之国。在那里，露水晶莹，高高的芦苇随风摇摆。正是在那里，居住着伟大的私通之父，父亲埃皮斯，用牛角冲开他的天国之路的神牛，他把被阉割了的是非之神赶下台。从埃皮斯产生了独角兽类，古书上写到的那种可笑野兽，它们的有学问的额头被加长，加长，变成一只亮晶晶的鸡巴，从独角兽以后，经过几个渐进阶段，便产生了奥斯瓦尔德·施本格勒谈到的晚期城市人。从这种可悲的怪人的死鸡巴上，产生了有高速电梯和观赏塔的巨大摩天大楼。我们是性计算的最后一个小数点；世界像一只草窝里的臭鸡蛋一般旋转。现在来讲用铝翅膀飞到那遥远的地方，私通之父埃皮斯居住的那光明之国。一切都像加了油的钟一般往前走；世界上有上百万只钟滴滴答答地走过钟面上的每一分钟，从外观上表示时间的流逝。我们比闪电式计算器，比星光，比魔术师所能想象的跑得更快。每一秒钟都是一个时间宇宙，而每一个时间宇宙都不过是在高速宇宙进化中打了一小会儿盹。当速度停下来时，我们都已到达那里，一如既往地准时，幸福得无以名状。我们将抛弃我们的翅膀，我们的钟，以及我们倚靠的壁炉架。我们将轻松愉快地升起，像一根血柱，将不会有任何记忆把我们再拉下来。这次我呼唤超窟窿眼儿的王国，因为它蔑视速度、计算或形象。鸡巴本身也没有一种已知的尺寸或重量。只有持久不变地操的感觉，只有飞快地逃亡者，安静地抽雪茄的梦魇。小尼莫带着硬了七天的鸡巴和慷慨夫人遗传下的一对神奇的、因无处发泄而胀得疼痛的睾丸到处走。这是星期天早晨在常青公墓附近的拐角。

这是星期天早晨，我幸福地躺在我的钢筋水泥床上，对世界不管不顾。拐角那边就是公墓，也就是说——性交的世界。我的睾丸因为正在进行的做爱而疼痛，但是这完全是在我的窗下进行的，在海迈筑起他交媾之巢的林荫大道上。我正在想着一个女人，其余的都烂醉如泥。我说我正在想她，但是事实是我正经历一颗星星的死亡。我像一颗有病的星星一般躺在那里，等待星光熄灭。多年以前，我躺在这同一张床上，我等待着，等待着出生。什么事也没有发生。只是我母亲，有着路德派教友的那种狂热，浇了一桶水在我身上。我母亲是个可怜的低能儿，她以为我懒。她不知道我陷入了星星的漫游，不知道我正在宇宙最远一端的边缘上被碾熄成为漆黑一团的粉末。她以为我纯粹是因为懒才赖在床上不起来的。她给我当头一桶凉水：我蠕动颤抖了一下，但继续躺在我的钢筋水泥床上。我不能动了。我是一颗燃烧尽的流星，漂流在织女星附近的某个地方。

现在我在同一张床上，我身上的光不识趣地亮着。许多男男女女正在墓地里寻欢作乐。他们正在性交，上帝保佑他们，而我却独自一人在做爱乡。我似乎觉得我听到一架大机器当啷作响，整行铸排机的小支柱正从性榨干机里通过。海迈和他的淫狂老婆正和我躺在同一水平线上，只不过他们是在河对面。这河叫作死亡之河，它有一种苦味。我多次蹚水过河，河水没到我的臀部，但是不知怎么的，我既没有失去生机，也没有变得不朽。我仍然在内部熊熊燃烧，虽然从外部看，我像一颗行星一般暗淡。我从这张床上爬起来跳舞，不是一次，而是上百次，上千次。每次我离开时，我都相信我在地形不明的地方跳了骷髅舞。也许我把我的物质太多地浪费在痛苦上；也许我有着疯狂的想法，认为我会成为人类的第一朵冶金之花；也许我渗透着这样的想法：我既是一只准猩猩，又是一位超神。在这张钢筋水泥床上，我记得一切，一切都像水晶一样清澈。绝没有任何动物，只有成千上万的人类，同时都在说话，对他们说出的每一句话，我都立即产生一个回答，有时候他们的话还未说出口，我的回答已经有了。有大量杀戮，但是没有血。凶杀干得干净利索，而且总是在沉默中干的，但是，即使每个人都被杀死，也还是会有谈话，这谈话将既是错综复杂的，又很容易理解。因为是我创造了它！我了解它，这就是为什么它从来不使我发疯的原因。我进行只会在二十年以后举行的谈话，那时候我将遇到合适的人，让我们说，当合适的时间来到时，我将创造出那样一种人。所有这些谈话都是在像床垫一样附属于我的床的空地里进行的。有一次我给它起了个名字，这块地形不明的地方：我称之为乌比古奇，但是不知为什么，乌比古奇从来没有使我满意过，它太理智，太充满意义了。最好还是仍旧叫它"地形不明的地方"，这就是我打算要做的事情。人们认为空白就等于一无所有，但实际上并非如此。空白是一种不和谐的满，这是灵魂在其中进行勘察的拥挤的幽灵世界。我记得我小时候站在空地上，好像我是一个非常活泼的灵魂，赤条条地穿着一双鞋。我的身体被人偷走了，因为我并不特别需要它。那时候我可以有肉体而存在，也可以无肉体而存在。如果我杀死一只小鸟，把它放在火上烤了吃掉，这不是因为我饿，而是因为我要了解廷巴克图或火地岛。我不得不站在空地上，吃死鸟，为的是要创造一个愿望，向往我后来将单独居住的光明之国，向往怀旧的人们。我期待着这个地方

的最终事物，但是我不幸受到欺骗。我在一种完全的死亡状态中，尽可能走得很远很远，然后遵循一种法则，我估计一定是创造法则，我突然燃烧起来，开始无穷无尽的生活，就像一颗星光不会熄灭的星星。从这里开始了真正的吃人肉的远游，这对我意义非常重大：不再有死的土豆片从篝火中捡起，只有活的人肉，又鲜又嫩的人肉，像新鲜的血淋淋的肝脏一样的秘密，像在冰上保存的肿瘤一样的知心话。我学会了不等我的牺牲品死亡，在他还在同我谈话时就吃掉他。经常在我一顿饭没有吃完就走开去的时候，我发现这不过是一个老朋友减去一条胳膊或一条腿。我有时候把他留在那里站着——一个满是臭烘烘肠子的躯干。

十三

在这个城市里，在这个世界上的唯一城市里，百老汇是最不好过的地方，我常常来来回回地走，注视着泛光灯照亮的火腿和其他美味。我是一个彻头彻尾的鸟类。我独一无二地生活在动形词当中，这种词我只有在拉丁文中才理解。在我从《黑色的书》中读到她以前很久，我一直和希尔达同居，她是我梦中的巨大菜花。我们一起反对婚姻上有贵贱之分的弊病，反对一些有权威性的东西。我们居住在本能的躯壳中，为神经节的记忆所滋养。绝不是只有一个宇宙，而是有百万、亿万个宇宙，把它们全放在一起，不过针头大小。这是在心灵的荒野中带植物性质的睡眠。单单是过去，就包含了永恒。在我梦中的动植物群当中，我会听到长途电话响。面目丑陋的人，癫痫病患者，把电文擦在我桌上。汉斯·卡斯托普有时候会打电话来，我们一起犯一些无辜的罪。或者，如果这是一个晴朗而寒冷的日子，我会骑上我那来自波希米亚地区克姆尼茨的普列斯托牌自行车，在室内赛车场跑上一圈。

最好的是那骷髅舞。我将首先在水池那边把我的所有部位都洗了，换好衬衣，刮胡子，扑粉，梳头，穿上我的舞鞋。感到里里外外异常轻松，我会在人群里钻进钻出一会儿，来获得合适的人类节奏、肉体的重量和本体，然后我就径直朝舞池走去，抓住一大块令人眼花缭乱的肉，开始进行秋天般的快速旋转。这就像我有一天夜里走进多毛的希腊人的家里，猛然撞到她身上。她似乎是深蓝色的，却又像白垩一样白，她是亘古不变的。不是只有来往的流动，而是有无尽的急流，刺激情欲的体内动荡。她像水银一般，同时有着令人愉快的体重。她有埋在熔岩之中的农牧之神的那种大理石般的凝视。我想，从外围漫游回来的时间已经到来。我朝中心动了一下，却发现我脚下的地面在移动。大地迅速地在我不知所措的脚下滑动。我再次离开大地的束缚，看哪，我手里尽是流星花。我伸出熊熊燃烧的双手去抓她，但她却比沙子还要容易流失。我想起我最喜欢的梦魇，但她不像使我盗汗、使我语无伦次的任何东西。我在狂乱中开始像马一样腾跃、嘶叫。我买来青蛙，使它们同癞蛤蟆相配。我想到最容易做的事情，就是死，但是我什么也没做。我站着，四肢僵硬起来。这是如此神奇，如此有疗

效，如此特别实用，以致我大笑起来，震动了五脏六腑，就像一只疯狂发情的鬣狗。也许我会变成一块罗塞达碑！我只是站着等待。春天来了，秋天来了，然后冬天来了。我自动更新了我的保险契约。我吃草，吃落叶树的树根。我连着好几天坐着看同一部电影。我时常刷牙。如果你用自动武器朝我开枪，子弹就会掠过，在墙上跳飞，发出一种奇怪的嗒嗒声。有一次在一条黑暗的街上，我被暴徒打倒，感到有一把刀刺穿了我。我感觉就好像沐浴在针尖中。说来奇怪，刀子没有在我皮肤上留下任何痕迹。这种体验是如此新奇，以致我回到家，把刀子插入我身体的所有部位。更多的针尖浴。我坐下，拔出所有的刀子，我又惊奇地发现，没有血的痕迹，没有窟窿，没有痛苦。我正要咬我胳膊的时候，电话铃响了。这是长途电话。我从来不知道是谁打来的电话，因为没有人到电话跟前去，然而，骷髅舞……

生活在橱窗边飘过。我躺在那里，就像一只泛光灯照亮的火腿，等着斧子砍在身上。事实上，没有什么东西好怕，因为一切都整整齐齐地切成一小片一小片的，包在玻璃纸里面。突然，城市里所有的灯光全熄灭了，汽笛发出警报。城市被裹在毒气中，炸弹正在爆炸，残缺的尸体在空中乱飞。到处都有电，有血、碎片和高音喇叭。空中的人充满快乐；那些底下的人在尖声吼叫。当毒气和火焰吞掉了所有的肉体以后，骷髅舞开始了。我从现在已经黑洞洞的橱窗往外看。这比罗马之劫还要好一点儿，因为还有更多的东西可以摧毁。

我很想知道，为什么骷髅跳舞跳得这样销魂？这是世界的末日吗？这就是人们这样经常预示要来临的死亡之舞吗？看到上百万具骷髅在雪中跳舞，而城市却在坍倒，这是一幅可怕的景象，还会有任何东西再长出来吗？婴儿还会从子宫里生出来吗？还会有食品和酒吗？显然，有空中人。他们会下来掠夺，但是还有霍乱和痢疾，天上那些胜利者会像其余的人一样死亡。我有可靠的感觉，我将是地球上最后一个人。在一切都过去之后，我将从橱窗里出来，镇定自若地走在废墟中间。我自己将拥有整个地球。

长途电话！它要告诉我，我不是孑然一身孤苦伶仃的。那么毁灭还没有完成？这是令人沮丧的。人甚至不能够摧毁自己；他只能摧毁别人。我感到厌恶。多么恶毒的残疾人！多么残酷的欺骗！所以，周围还有更多的人类，他们将收拾残局，重新开始。上帝会再次下凡，承担罪责。他们将演奏音乐，建造石头建筑物，把一切都写到书里。呸！多么盲目的固执，多么笨拙的野心！

我又躺在床上了。古希腊世界，性交的黎明——海迈！总是在同一水平上的海迈

·劳布舍尔，向下望着河那边的大街。婚筵停了一会儿，蛤肉油煎饼被端上来。请你挪过来一点儿，就一点点，他说。对，就这样，行！我听到青蛙在我窗户外边的沼泽地里呱呱地叫着。靠死人的营养滋养的墓地大青蛙。它们都堆在一起性交；它们带着性的欢乐呱呱地叫。

我现在明白海迈是怎样被怀上的，又是怎样生出来的。牛蛙海迈！他母亲在那一堆青蛙底下，海迈那时只是一个胚胎，藏在她的液囊里。那是在性交的早期年代，那时候没有昆斯伯里侯爵规则来妨碍行动。只有操和被操——争先恐后。自古希腊人以来便一直如此——在泥里瞎操，然后很快地下仔，然后死亡。人们在不同层次上操，但总是在沼泽地里，而生下来的小仔总是注定有相同的结局。房屋会倒塌，床却坚如磐石：天地间的性的圣坛。

我用梦幻玷污了床。直挺挺地躺在钢筋混凝土床上，我的灵魂出窍，在小小的空中滑车上到处漫游，就像百货公司里用来找钱的那种玩艺儿。我做了思想上的改变和远游；我是一个大脑之乡的流浪汉。我对一切都看得明明白白，因为一切都是用水晶做成；在每一个出口都用大写字母写着 ANNIHILATION（消灭）。对被消灭感到的恐惧使我凝固；身体本身变成了一块钢筋混凝土。它由一次最得体的永久性勃起所装饰。某些秘密祭礼虔诚信徒热切向往的真空状态，我已经达到。我不存在了。我甚至不是一种个人的勃起。

大约就在此时，我用萨姆森·拉卡瓦纳的假名，开始了我的破坏。我的犯罪本能占了上风。我至今只是一个游魂，一个外邦人，而现在我成了一个凭附肉体的鬼。我取了这个自己喜欢的名字，只需按本能行事。例如，在香港，我登记为书商。我带着一只装满墨西哥币的皮钱包，虔诚地造访所有那些需要进一步教育的中国人。在旅馆里，我打电话召唤女郎，就像你打电话要威士忌加苏打水一样。早晨我研究藏文，为的是准备去拉萨旅行。我已经说意第绪语说得狼流利，还有希伯来语。我能同时数两行数字。骗中国人太简单了，于是我厌恶地回到马尼拉。在那里我照料一位利柯先生，我教他卖书不交管理费的艺术。所有利润都来自海上运费，但是只要这样维持下去，就足以保证我过奢侈生活了。

呼吸已经成了像呼吸作用一样的一种把戏。事物不仅是二元的，而且是多元的。我已经成了一只由反映空白的镜子组成的笼子。但是空白一旦真正被断定，我就无拘无束了，所谓创作，只是一种填补窟窿的工作。滑车便利地带着我从这里来到那里，在大真空的每一边口袋里，我都扔进去一吨诗歌，去消灭关于消灭的念头。我前面有

125

无垠的远景。我开始生活在远景中，像在巨大望远镜镜头上看到的一个微小的斑点。没有可以休息的夜晚。这是照在无生命行星的干旱表面上的永恒星光。不时可以看到像大理石一样黑黝黝的一个湖，我在其中看到自己走在光辉的星光中。星星悬挂得如此之低，如此令人眼花缭乱，好像宇宙正要诞生。使这种印象更强烈的，是我独自一人；不仅没有动物，没有树木，没有其他生物，甚至也没有一片草叶，没有一根枯草根。在那紫色的炽光中连一点儿影子也没有，运动本身好像也不存在了。这就像纯意识的光焰，思想变成了上帝。而上帝，据我所知，第一次脸刮得光光的。我也脸刮得光光的，连一根毛须根都不剩。我看见自己的形象在大理石般黑黝黝的湖中，由星星装点着。星星，星星……像一拳击在鼻梁正中，一切记忆全迅速消失了。我是萨姆森，我是拉卡瓦纳，我像一个在全意识的狂喜中的人一样奄奄待毙。

现在我在这里，坐在我的小独木舟里在河上顺流而下。你想让我做的任何事情，我都会为你去做——免费。这就是做爱乡，这里没有动物，没有树木，没有星星，没有问题。这里精子占最高统治地位。没有任何事情是事先决定的，未来绝对是不确定的，过去不存在。每出生一百万人，999，999人注定要死亡，绝不再生，但是使一个家运转起来的那一个人却有把握拥有永恒的生命。生命被挤入一颗种子，这就是一颗灵魂。一切都有灵魂，包括矿物、植物、湖泊、山峦、岩石；一切都有感觉能力，甚至处于意识的最低阶段。

一旦明白了这个事实，就不可能再有绝望。在梯阶的最下部，在精子那里，有着和在顶部、在上帝那里同样的极乐状态。上帝是走向全意识的所有精子的总和。在底部和顶部之间，没有停顿，没有中途站。在山里的某个地方发源的河流，一直奔流到大海。在这条通向上帝的河上，独木舟像无畏战舰一样有威力。从一开始起，就是一路回家。

顺河流而下……像钩虫一样缓慢地，但是小得足以通过每一个弯道，而且像鳝鱼一样滑。你叫什么名字？某个人喊道。我的名字？嘿，就叫我上帝——胚胎上帝；我继续航行。有人想要我给买顶帽子。你戴多大号的？低能儿！他喊道。多大号？嘿，X号！（为什么他们总对我喊叫？我不会是聋了吧？）帽子在另一个大瀑布的地方丢失了。丢失就丢失了吧——那帽子。上帝需要一顶帽子吗？上帝只需要成为上帝，越来越上帝。所有这一切航行，所有这些隐藏的危险，消逝的时间、风景，风景衬托下的人，亿万叫做人的东西，像芥末籽一般。甚至在胚胎中，上帝也没有记忆。意识的背景由无限细小的神经节构成，一层毛发，像羊毛一样柔软。山羊孤零零站在喜马拉雅山中间；他不问他是如何到达顶峰的。他静静地在美丽的假象中间吃草；时间一到，他就下来。他把嘴贴近地面，搜寻山峰提供的稀少营养。在这种奇怪的、山羊形状的胚胎状态中，公山羊上帝在山峰当中的极乐世界里感觉迟钝地反刍。高高的山顶滋养了分离的萌芽，有一天会使他完全疏远人的灵魂，使他成为一位永远独自隐居在不可想象的真空中的父亲，孤寂，如岩石一般，但是首先来了门不当、户不对结合的弊病，现在我们必须来谈谈这些弊病……。

有一种无可救药的悲惨状态——因为它的起源迷失在朦胧之中。例如，布鲁明代尔公司能造成这种状态。所有百货公司都是疾病与一无所有的象征，但布鲁明代尔公司是我特殊的疾病，是我不可治愈的不可言状的病痛。在布鲁明代尔公司的混乱中有一种秩序，但是我认为这种秩序是绝对的发疯；如果我把根针放在显微镜下面，那么这就是我会在针头上发现的秩序。这是偶然孕育的一系列偶然事件的秩序。这种秩序尤其有一种气味——这就是布鲁明代尔公司的气味，它使我心中充满恐惧。在布鲁明代尔公司，我完全垮了：我一滴一滴地滴到地上，一大堆乱七八糟、不可收拾的内脏，骨头，软骨。有一种味道，不是腐败的味道，而是门不当、户不对结合的味道。人类，这位不幸的炼金术士，以上百万的形式，把毫无共同之处的物质焊接到一起。因为在他的心思中，有一只肿瘤，正在贪得无厌地一点点吃掉他；小独木舟正在极乐中载他顺流而下，为的是要建造一条更大、更安全的船，上面可以为每一个人留下地方，而他却离开了独木舟。他辛辛苦苦，走得这么远，以致都忘记了他要离开小独木舟的原因。大平底船上装满了小摆饰，船变成了一座静止的大楼，建在地铁的上面，里面弥漫着油毡的味道。把掩饰在布鲁明代尔公司有间隙的混合物中的所有意义收集到一块儿，放到针头上，那你就是放下了一个巨大星座在其中运行而没有丝毫碰撞危险的宇宙。正是这显微镜底下的混乱，导致我的门不当、户不对结合的毛病。在街上，我开始随意把马刺伤，或者在这里那里提起衣服下摆，寻找一只信箱，或者把邮票贴在嘴上、眼睛上、窟窿眼儿上。要不我突然决定爬上一座高楼，像一只苍蝇，一旦爬到屋顶，我就用真的翅膀飞起来，我飞啊飞，一眨眼工夫飞过威豪肯、霍博肯、哈肯萨克、卡纳西、贝尔根海滨这类城镇。一旦你真正生有一只鸟鼻子，飞行就是世上最容易的事；诀窍是，要以轻飘的身子飞行，把你那一堆骨头、内脏、血液、软骨留在布鲁明代尔公司；只以你永远不变的自我飞行，这自我，如果你停下片刻来思考的话，总是配备着翅膀。这样的大白天飞行，比每一个人一味爱好的普通夜间飞行有优势。你可以不时停下来，像踩刹车一样迅速果断；不难找到你的另一个自我，因为你一停下，你就是你的另一个自我，也就是说，所谓整个自我。只不过，布鲁明代尔经验将证明，这大吹大擂的整个自我很容易土崩瓦解。因为某种奇怪的理由，油毡的味道总会使我土崩瓦解，倒在地上。这是所有在我身上粘在一起的不自然事物的味道，也就是说，这些事物是消极地装配在一起的。

只是在第三顿饭以后，祖先的假联姻传下的新婚礼物才开始一个一个地散落，真正的自我之石，快乐之石，从灵魂的污泥中挺然而出。随夜幕降临，针头的宇宙开始扩展。它从无限小的核子，以矿物或星团形成的方式，有机地扩展。它吃掉周围的混乱，就像耗子打洞，钻进干酪一般。一切混乱都可以集中在一个针头上，但是一开始极小极小的自我，可以从空间的任何一点，逐步扩展成一个宇宙。这不是书本谈论的自我，而是千生辰年月的人的永恒自我，始于蛆虫终于蛆虫的自我，这就是在被唤作世界的干酪中的蛆虫。正像最轻的一阵微风可以吹动一大片森林，由于来自内心的难以理解的冲动，岩石般的自我会开始长大，在这种成长中，没有任何东西可以压倒它。这就像杰克·弗洛斯特在工作，整个世界就是一块窗玻璃。没有一点儿辛劳，没有声音，没有斗争，没有休息；自我的成长无情地、无悔地、不懈地进行着。菜单上只有两项：自我与非自我，还有一种与之相抵偿的永恒。在这与时间空间无关的永恒中，有一些诸如暖流到来之类的插曲。自我的形式瓦解了，但是自我像气候一样继续存在。在夜间，飘忽不定的自我采取了最易变的形式；错误从舷窗渗入，漫游者的门被拉开了门栓。身上留着的这扇门，如果向世界敞开，那它就通向毁灭。这是每一个寓言中魔法师从中走出来的门；没有人读到过他是从同一扇门回家的。如果朝里开，就有无数的门，都像是活板门：看不见地平线，没有两点间的直线，没有河流，没有地图，没有门票。每一张床都只为夜间歇一下脚而用，无论是歇五分钟还是歇一万年。门上没有门把，它们已永远磨损掉了。最重要的是注意——看不到的尽头。也就是说，所有这些夜间的歇脚都像对一个神话的失败勘察。人们可以摸索，测定方位，观察转瞬即逝的现象；人们甚至可以无拘无束，但是扎不了根。正当一个人开始感到"已被确立"的时候，整个地面坍陷，脚下的土地浮动，星座从它们的支撑物上被摇落下来，整个已知的宇宙，包括不朽的自我，开始默默地、不祥地向一个未知的、看不见的目的地移动，颤抖着，然而宁静而漠不关心。所有的门似乎都同时打开；压力如此之大，以致发生了内爆，猛地一下子，骨骼炸得粉碎。但丁在地狱中经历的一定就是某种这样的巨大崩溃；他摸到的不是底部，而是一种核心，一种绝对的中心，时间本身就从这儿算起。在这里，神的喜剧开始了。

所有这一切都是为了证实，大约十二或十四年以前，在走过阿马里洛舞厅旋转门的时候，伟大的事件发生了。做爱乡，一个时间而不是空间的王国：我想起来的这个插曲，对我来说就等于是但丁详细描述的炼狱。当我把手放在旋转门的铜把上，准备离开阿马里洛舞厅的时候，我原先曾经是和将要是的一切都崩溃了。我绝对不是撒谎；我在时间中诞生，现在时间消逝了，被一股更强大的潮流所携走。就像我原先被从子宫里挤出来一样，现在我被撒到某种无时间的矢量中，成长过程在这里被搁置起来。我进入了效果世界。没有恐惧，只有厄运感。我的脊柱错了位：我面对着一个不可改变的新世界的尾骨。骨骼一下子炸得粉碎，留下永恒的自我像一只压扁的虱子一样无用。

如果我不从这一点开始的话，那么这是因为没有开始。如果我不马上飞到光明天地的话，那是因为翅膀完全无用。这是零点，月亮处于最低点……

为什么我会想起马克西·施纳第格，我自己也不清楚，除非是因为陀思妥耶夫斯基。那天夜里我坐下来第一次读陀思妥耶夫斯基，这是我一生中最重要的一件大事，甚至比我的初恋还重要。这是第一次对我来说有意义的有意识行为，是深思熟虑的；它改变了世界的整个面貌。在一口气读了许多页以后抬头看钟时，是否钟真的停了，我已记不清了。但是世界突然停顿了片刻，这我知道。这是我第一次瞥见一个人的灵魂，或者我应该干脆说，陀思妥耶夫斯基是将灵魂披露给我的第一个人？也许在这之前，我不知不觉地有点儿古怪，但是自从我沉浸到陀思妥耶夫斯基作品中去那一刻起，我的古怪便是确定无疑的，不可挽回的，又是心满意足的。普通的、清醒的日常世界对我来说不复存在。我曾有过的任何写作抱负或愿望也被打消——在未来很长一段时间内。我就像在壕沟中，在炮火下呆了太久的那些人一样。普通的人类痛苦，普通的人类妒忌，普通的人类抱负——对我来说，狗屁不如。

当我想起我同马克西及他妹妹丽塔的关系时，我非常清楚地看到了我的状况。那时候，我和马克西都对体育感兴趣。我们常常一块儿去游泳，我们游了许多许多，这我记得很清楚。我们经常整天整夜在海滩上度过。马克西的妹妹，我原先只见过一两次；无论什么时候，只要我提起她的名字，马克西就会相当发狂似的谈论起别的事情来。这使我很生气，因为我同马克西在一起实在已经烦死了，只是因为他很乐意借钱给我，并替我买我需要的东西，我才容忍他。每次我们出发去海滩，我都暗暗希望他妹妹会意外地出现。但是没有，他总是设法把她留在我触及不到的地方。嘿，有一天我们在更衣处换衣服，他给我看他的精囊有多紧，我突然对他说——"听着，马克西，

你的两个蛋没问题，高级，一流，没有什么好不放心的，可丽塔究竟一直在哪里？你为什么不在哪天把她带来，让我好好看一看她那眼儿……是的，眼儿，你知道我是什么意思。"马克西是一个来自敖德萨的犹太人，以前从未听说过"眼儿"这个词。听到我的话，他深为震惊，而同时又为这个新词所吸引。他带几分茫然地对我说——"天啊，亨利，你不应该对我说那样一件东西！""为什么不呢？"我回答。"她有一个窟窿眼儿，你的妹妹，不是吗？"我正要再说些别的话，他却可怕的大笑起来。这暂时缓和了局势，但马克西打心眼里不喜欢这个念头。这使他整天烦恼，虽然他从来没有再提到我们的谈话。没有，那天他十分沉默。他能够想到的唯一报复形式，是催促我远远游出安全区域，妄图把我搞得精疲力竭，让我淹死。我清楚地看透了他的心思，因而我以十倍的力量拼命，我要是就因为他妹妹像所有其他女人一样有只窟窿眼儿，就让自己淹死，才他妈的怪哩。

此事发生在远罗卡威。在我们穿好衣服，吃了一顿饭之后，我突然决定，我要一个人呆着，因此，非常突然，我在街角同他握了手，说再见。嘿，我一个人了！几乎马上我就感到在世界上孤零零的，一个人只有在极端痛苦中才会感到如此孤单。我想，是在我剔牙齿的时候，这股孤寂浪潮像龙卷风一样席卷了我。我站在街角，全身摸了几下，看看我有没有被什么东西击中。这是难以解释的，同时又十分奇妙，十分令人振奋，可以说，就像一种双重补药。我说我在远罗卡威，我的意思是说，我正站在大地的尽头，在一个叫作"桑索斯"的地方，如果真有这样一个地方的话。无疑，应该有这样一个词来表达一个根本没有的地方。如果丽塔来的话，我想我也不会认识她。我已经成了一个绝对的陌生人，站在我自己的人们中间。我觉得他们，我的人们，看上去疯了，他们的脸刚被太阳晒得黝黑，他们穿着法兰绒裤子和边上绣有花样的袜子。他们像我一样，一直在游泳，因为这是一种健康愉快的娱乐，现在，他们也像我一样，晒够了太阳，吃饱了肚子，还因疲劳而有一点点笨重。直到这种孤寂袭击我以前，我也有一点儿疲劳，但是，正当我站在那里同世界完全隔绝的时候，我突然惊醒了。我像触了电一般，纹丝也不敢动，害怕我会像一头野牛一样冲锋，或者开始爬一幢大楼的墙，再不就跳舞和尖叫。我忽然明白，这一切都是因为我真正是陀思妥耶夫斯基的兄弟；也许我是全美洲唯一懂得他写这些书的意义的人。不仅如此，我还感到，我有一天会亲自写的所有的书正在我心中萌芽：它们正像成熟的昆虫卵袋一样在里面绽开。由于直到此时我什么也没写过，只写过长得可怕的信，谈论一切存在的东西和一切不存在的东西，所以我很难理解，我应该开始，应该写下第一个词，第一个真正的词，这个时刻必须到来。而现在就是这个时刻。这就是我逐渐认识到的东西。

刚才我用了"桑索斯"一词。我不知道是否真的有一个桑索斯，我真的一点儿也不在意，但是世界上必须有一个地方，也许在希腊群岛，你在那里会来到已知世界的尽头，你是彻底孤单的，但你没有因此被吓倒，你很高兴，因为在这正在消逝的地方，你可以感觉到古老祖先的世界，它永远年轻，崭新，富饶。你站在那里，无论这地方在哪里，都像一只新孵出来的小鸡站在蛋壳旁。这个地方就是桑索斯，或者，在我的情况中，就是远罗卡威。

我在那里! 天黑了，起风了，街上冷冷清清。最后下起了倾盆大雨。天哪，我遭殃了。当雨落下来的时候，我正凝视天空，雨点噼噼啪啪打在我脸上，我突然快活地大吼起来。我笑了又笑，笑了又笑，就像一个疯子。我也不知道我在笑什么。我什么也不想，只是极为高兴，只是因为发现自己绝对孤单而快活得发疯。如果当时当地，有一只水淋淋的漂亮眼儿放在大盘子上递给我，如果世界上所有的眼儿都拿来给我，让我做出选择，我也不会被打动的。我拥有任何一个眼儿都不可能给我的东西。大约就在那个时候，我浑身湿透，但仍然兴高采烈，我想起了世界上最不相干的东西——车费! 天哪，马克西这个杂种一分钱没给我留下就走掉了。我在那里同我那含苞欲放的美好古代世界在一起，牛仔裤袋里一分钱也没有。小陀思妥耶夫斯基先生现在只好开始到处走来走去，盯着看友好的脸和不友好的脸，看看自己是否能想办法搞到一角钱。他从远罗卡威的一头走到另一头，但是似乎没有人想到要在雨中递给他几个车票钱。我一边乞讨着，笨重而呆滞地走来走去，一边开始想起橱窗装饰师马克西，想起我第一次发现他的时候，他如何站在橱窗里，给一个人体模型穿衣服。几分钟以后，又从那儿想到了陀思妥耶夫斯基，然后世界突然卡住了，再然后，他妹妹丽塔温暖的、天鹅绒般柔软光滑的肉体，就像在夜间开放的一朵大玫瑰。

这事相当奇怪……我想起丽塔，想起她那秘密的、非同一般的眼儿之后几分钟，我已坐在开往纽约的火车上了，我打了个盹儿，胯下竟没精打采地硬起来，妙哉! 更奇怪的是，当我下了火车，从火车站走出去一两个街区的时候，我在拐角碰到的竟是丽塔本人。好像她得到心灵感应的消息，知道我脑子里想的事情似的，她也很兴奋。很快我们就肩并肩地坐在一家杂碎店的火车座里，举止就像一对发情的野兔。在舞池里我们几乎一动不动。我们被紧紧挤在一起，就这样呆着，任凭他们在我们周围推啊操的。我本可以把她带回我家里的，因为我当时一个人，但是不，我有一个想法，要把她送回到她自己家里，让她站在门厅里，就在马克西的鼻子底下操她。我真的这样

做了。在玩的当中，我又想起橱窗里的人体模型，想起我下午说出"眼儿"那词时他大笑的样子。我正要放声大笑的时候，我感到她来了高潮，一种你在犹太窟窿眼儿里常遇到的长时间高潮。我把手放到她的屁股底下，指尖就好像摸着衣服的衬里一样光滑柔软；当她开始颤抖时，我把她从地面上举起来，看她歇斯底里发作的样子，我以为她会完全发疯哩。她在空中一定有了四五次那样的高潮，然后我把她放到地上，让她躺倒在门厅里。她的帽子滚到一个角落里，包包也挤开了，几个硬币掉出来。我特别提到这些，是因为在我把那玩艺儿彻底交给她以前，我脑子里还想着装几个硬币，好做回家的车费。总之，我在更衣处对马克西说了我想要看一看他妹妹的眼儿，现在不过过了几个小时，它就正好对着我。就是她以前被操过的话，也是操得不得当，这是肯定的。我自己也从来没有像现在躺在门厅地板上那样，处于一种十分冷静而沉着自如的符合科学规律的心境中，就在马克西的鼻子底下，浇灌着她妹妹丽塔那秘密的、神圣的、非同一般的眼儿。我本可以无限期地抑制着不打炮——难以相信我有多么超然，然而又彻底意识到她的每一个颤抖和震摇。但是有人必须因为让我在雨中走来走去乞讨一角钱而付出代价；有人必须为我心中所有那些未写之书的萌芽所产生的狂喜付出代价；有人必须证实这只秘密的、隐而不露的窟窿眼儿的真实性。几个星期，几个月以来，这只窟窿眼儿一直困扰着我。谁能比我更有资格呢？我在高潮之间想得这么厉害，这么迅速，以致我决定把事情结束掉，就让她翻转身子。她开始有点儿畏缩不前，但是随之差点儿发起疯来。她急促而含糊不清地说着什么，我真的随之兴奋起来，我就感觉来了，从脊柱顶上传出的长时间令人极度痛苦的喷射，以致我感到好像有什么东西垮了。我们两个人都精疲力竭地倒下，像狗一样喘气，然而，同时，我心里还记着在周围摸几个硬币。这并不必要，因为她已经借给我几个美元，但我要补上我在远罗卡威缺少的车费。甚至到那时候，天哪，事情还没有结束。不久我就感到她在摸来摸去，我眼冒金星。我所知道的下一件事就是她的脚缠着我的脖子，然后我又爬到她身上，她像鳝鱼一样缠住我蠕动，真是快要了我的命。然后她又来了，一次长时间令人极度痛苦的高潮，嘴里呜呜咽咽，说着急促而含糊不清的话，令人产生幻觉。最后我不得不让她停止。什么样的一个眼儿啊！我原先只不过要求看它一眼的！

马克西谈论敖德萨，使我想起我小时候失去的东西。虽然我对敖德萨从未有过一幅清晰的画面，但它的气味就像布鲁克林的那个小地段一样，它对我意义是这样的重大，可我却很早就不得不离开它。每次我看到一幅不用透视法的意大利油画，我就十分确定地感觉到它；例如，如果这是一幅关于送葬行列的画，那么这就正是我小时候

知道的那种经验，一种有强烈直接性的经验。如果这是一幅关于大街的画，那么，坐在窗户里边的女人就正坐在街上，而不是在街的上方，或离开了这条街。发生的每一件事都立即被每一个人知道，就像在原始社会的人当中那样。人们感到即将发生凶杀，偶然性支配一切。

就像在意大利原始绘画中缺乏这种透视法一样，我小时候不得不离开的那个老地段中，也只有平面，一切都在这些平面中发生，通过这些平面，一切都好像是由渗透作用一层一层传递过去。边界都是明明白白界定的，但却不能通行。我当时还是小男孩，住在靠近南北交界的地方。我就在北边一点点的地方，和一条叫作北第二街的大道只有几步之遥。它对我来说就是南北之间的真正界线。实际上的界线是格兰德街，它通往百老汇渡口，但是这条街对我来说毫无意义，只是它已经开始住满了犹太人。不，北第二条街是一条神秘的街，是两个世界的边界。所以，我生活在两条界线之间，一条真正的界线，一条想象的界线——我整个一生中都是这样生活。在格兰德街和北第二街之间有一条小街，叫菲尔莫尔街，只有一个街区长。这条小街在我们住的那幢我父亲拥有的房子斜对面。这是我一生中见过的最迷人的街。对于一个男孩、一个情人、一个疯子、一个酒鬼、一个骗子、一个色狼、一个恶棍、一个天文学家、一个音乐家、一个诗人、一个裁缝、一个鞋匠、一个政治家来说，它都是一条理想的街。实际上，这就是它本来模样的那种街，包含着人类的各种代表，每一个人对他自己来说都是一个世界，都和谐地又不和谐地生活在一起，但是都在一起，一种紧密的组合，一种高密度的人类孢子，如果这条街本身不崩溃，它就崩溃不了。

至少，它似乎就是这个样子。威廉斯堡桥一开通，随之而来的就是来自纽约戴朗西街的犹太人的侵入。这造成了我们那个小世界，那条叫作菲尔莫尔的小街的瓦解，那条街本身就像它的名称一样，是一条有价值、有尊严、有光明、有惊喜的街，然而，犹太人来了，他们像飞蛾一样，开始吃我们生活的组织结构，直到一无所剩，到处都是他们带来的那种飞蛾般的存在。很快这街就散发出难闻的味道，真正的人都搬走了，房屋破破烂烂起来，甚至门前的台阶也像涂料一样不见了。很快，这条街看上去就像一只脏嘴，所有突出的牙齿全不见了，只有这里那里裂着的漆黑的丑陋残根，嘴唇的腐烂，腭也不见了。很快，沟里的垃圾有齐膝深，安全出口堆满了鼓鼓囊囊的被褥，满是蟑螂和血迹。很快，犹太清洁食品的招牌就出现在商店的橱窗上，到处都是家禽、大马哈鱼、酸菜、大面包。很快，建筑物之间的每一个通道上、台阶上、小院里、商店门前，到处都是婴儿车。随着这些变化，英语也消失了，人们听到的只有意第绪语，

只有这种啪啪啪、嘶嘶嘶、扼住脖子出不来声的语言，在这种语言里，上帝和烂蔬菜的发音差不多，意思差不多。

我们属于犹太人入侵以后最早搬走的家庭之列。一年里我回老地段两三次，过生日、圣诞节或感恩节。每次回去，我都发现少了一点儿我喜欢和珍爱的东西。这就像一场噩梦，越来越糟糕。我的亲戚们仍然住在里面的房子像是行将成为废墟的旧要塞；他们被困在要塞的侧翼之一里面，维持一种孤岛的生活，他们自己的样子开始变得驯顺、惊恐、卑微，他们甚至开始在他们的犹太人邻居中做出区分，从中找出一些相当人道、相当正派、清洁、仁慈、富有同情心、大慈大悲等等等等的人。对我来说，这是令人极其伤心的。我恨不得拿起机关枪，把整个地段的人统统扫倒，无论是犹太人还是非犹太人。

大约就在犹太人侵入的前后，当局决定把北第二街的名字更改为都市大道。这条大道曾经是非犹太人去公墓的路，现在成了一条所谓的交通动脉，成了两个犹太人区之间的纽带。在纽约那一边，河边地区由于摩天大楼的建造，正被迅速改造。在我们布鲁克林这一边，仓库林立，通往各座新桥梁的引桥造就了许多购物区、公共厕所、台球房、文具店、冰淇淋馆、餐馆、服装店、当铺，等等。总之，一切都成为大都市的，这个词在这里意味着可憎恶的东西。

我们住在旧地段一天，就一天不提及都市大道：尽管官方改变了名称，我们还总是说北第二街。也许是在八九年以后，当我在一个冬日里，站在街角，面对河流，第一次注意到大都会人寿保险大厦的高高塔楼时，我才明白，北第二街不再存在了。我的世界的想象中的边界改变了。我的轻骑兵现在远远走过了公墓，远远走过了那几条河，远远走过了纽约市或纽约州，走出了整个美国。在加利福尼亚洛马角，我眺望海阔天空的太平洋，我在那里感到有某种东西，使我的脸永远扭歪着朝向另一个方向。我记得有一天晚上和我的老朋友斯坦利回到旧地段。斯坦利刚离开军队。我们伤感地、若有所思地走过一条条街道。一个欧洲人几乎不可能知道这种感觉是什么样的。甚至在一个城市现代化以后，在欧洲的情况是，它总还留有旧城的痕迹。在美国，虽然也有痕迹，但是这些痕迹被抹去，被从意识中消灭掉，受到新城市的践踏、淹没和废弃。新城市一天一天成为一只飞蛾，吃掉生活的组织结构，最终什么也留不下，只留下一个大窟窿。我和斯坦利，我们从这个可怕的窟窿里走过。就是一场战争也不会带来这种荒芜与破坏。通过战争，一个城市可以被夷为平地，所有的人口全部被消灭，但是重新出现的一切会跟以前很相像。死亡是起肥沃作用的，对土地对精神都一样。在美

国，破坏就是彻底消灭。没有再生，只有癌一样的生长物，新的有毒组织一层复一层，每一层都比原先那层更丑。

我们正走过这巨大的窟窿。这是一个冬天的夜晚，清澈，凛冽，闪闪发光，当我们从南面朝边界线走去时，我们向所有那些旧的遗迹或曾经有过的东西，有过我们自己的东西的地点致敬。当我们走近北第二街，在菲尔莫尔街和北第二街之间——只隔几码之遥，然而却是地球上这样一个富裕、完美的地区——的时候，我停在奥梅利欧太太的棚屋前面，抬头望着那座我在那里懂得了真正拥有一种存在是什么样子的房子。现在一切都缩小到微缩型大小，包括边界线那边的那个世界，那个对我来说如此神秘，宏大得如此可怕，如此明确界定的世界。出神地站在那里，我突然想起一个我过去一再做、现在仍时常做的梦，我希望终生都做这个梦。这是关于越过边界线的梦。就像在所有的梦中一样，值得注意的东西是现实的逼真性，是人在现实中的这个事实，而不是做梦。越过边界线，我是一个陌生人，绝对孤单，甚至语言也改变了。实际上，我始终被视为陌生人，外国人。我手上有无限的时间，我绝对满足于满街闲逛。街只有一条，我必须说——是我住过的那条街的延续。我最终来到火车调车场上面的一座铁桥上。我来到桥上的时候，总是黄昏，虽然这儿离边界线只有很短的距离。我从这里往下看网状的铁轨、货运站、煤水车、存车棚，当我往下注视这一大堆奇怪的运动体的时候，一个变形过程发生了，就像置身梦境一般。看到变形和毁形，我意识到这就是我经常梦到的那个古老的梦。我有一种疯狂的恐惧，怕我会醒过来，我的确知道，我不久就将醒过来，就在我准备从巨大的开放空间走进那座拥有我最珍视事物的房子里去的那一刻。正当我要走向这座房子的时候，我站立的那块地方周围变得模糊起来，它开始瓦解、消失。空间像席卷一般朝我滚滚而来，将我吞噬，当然，同时也吞噬了那座我从未成功跨入的房子。

从这里，从这我所知道的最令人愉快的梦，到一本叫作《创造进化论》的书的核心内容，绝对没有任何过渡阶段。我来到亨利·柏格森写的这本书当中，就像梦见边界线那边的那个世界一样自然。在这本书中，我再一次十分孤单，再一次成为一个外国人，再一次成为一个站在铁桥上观察里里外外独特变形的年龄不明的人。如果这本书没有正好地这个时候落到我手里，我也许会发疯的。它到来的时刻，正好另一个大世界正在我手上崩溃。如果我从来没有理解这本书里写的一样事情，如果我只记住了一个词：创造，那便足矣！这个词是我的法宝。用它我能够公然反对整个世界，尤其是我的朋友们。

有时候，人们必须同自己的朋友断交，为的是理解友谊的意义。这样说似乎很可笑，但是这本书的发现等于是一件武器的发现，一件工具的发现，我可以用来甩掉我周围所有那些不再对我有意义的朋友·这本书成为我的朋友，因为它教导我，我不需要朋友。它给我勇气，让我独一无二；它使我能够欣赏孤独。我从来没有理解这本书；有时候我认为我正要理解，但是我从未真正理解过。不理解，对我来说更为重要。我手里有了这本书，大声向我朋友们朗读，向他们提问，向他们解释，这使我清楚地理解到，我没有朋友，我在世界上是孤独的。因为我和我的朋友们都不理解话的意思，所以有一件事变得很清楚，这就是有着不理解的方法，一个个人的不理解和另一个个人的不理解之间的差别创造了一个有着坚实土地的世界，比理解的差别更为坚实。我从前以为自己理解的一切崩溃了，我落得一身清白。我的朋友们就不一样了，他们更为牢固地扎根于他们为自己挖掘的理解之沟中。他们舒适地在他们的理解之床上死去，成为有用的世界公民。我可怜他们，然而这种怜悯转瞬即逝。我一个一个抛弃他们，不感到丝毫遗憾。

那么，这本书里究竟有什么东西能对我意义如此重大却又始终若即若离呢？我回到创造这个词上。我确信，全部奥秘在于理解这个词的意义。我现在想起这本书，想起我探讨这本书的方法时，我就想到一个刚刚进入奥秘的人。伴随着进入任何奥秘而来的迷惑与再探究，是人们可能拥有的最奇妙的经验。人们终生绞尽脑汁吸收、归类、综合的一切，必须拆开，重新安排。心灵震颤的日子！当然，这种事情的进行，不是一天，而是几个星期，几个月。你在街上偶遇一个朋友，一个你几个星期没有见到的朋友，你感到他成了一个绝对的陌生人。你透露给他一点儿你的新立场新观点，如果他不同意，你就放弃他——永远。这就像清理战场：所有那些残废了、在无望中痛苦挣扎的人，你用棍棒迅速来一下子，就统统打发了。你继续前进，走向新的战场、新的胜利或失败。但是你前进！当你前进时，世界带着可怕的精确性与你一起前进。你找出新的活动场地，新的人类样本，你耐心地教导他们，用新的象象征装备他们。有时候你会选择你以前绝不会看一眼的那些人。如果他们对你的启示一无所知，那你就在你够得着的地方试一试每一个人，每一件事。

十　四

正是以这种方式，我坐到父亲店铺的旧衣翻新室里，向在那里工作的犹太人大声朗读。我对他们读这部新圣经里的词句，保罗当初同门徒谈话时一定也是这种样子。当然，在我这里又增加了语言上的不便，这些可怜的犹太杂种不能读英语。我主要指裁剪师本切克，他有犹太法学博士的头脑。打开书以后，我会随意挑出一段，以一种几乎就像洋泾浜英语一样粗糙的变调英语读给他们听。然后我会试图解释，选择他们熟悉的事物作为例子和比拟。我很感吃惊的是，他们理解得有多么好，我要说，他们比一个大学教授、一个文人，或任何一个受过教育的人都理解得好得多。当然，他们理解的东西最终同柏格森的书本身没有联系，但是这不就是这样一本书的目的吗？我对一本书意义的理解是，书本身从眼前消失，它被生嚼、消化，被结合到血肉系统中，而这血肉系统又反过来创造新的精神，给世界以新面貌。这是我们读本书时所分享的伟大圣餐宴，它的杰出部分是论混乱的那一章，它彻头彻尾地打动了我，赋予我这样一种惊人的秩序感，以致如果有一颗彗星突然撞击地球，震垮了一切，把一切都翻个个儿，把一切里面的东西都翻到外面来，那我也能在一眨眼之间使自己适应新的秩序。就像对死亡一样，我对混乱也不再有任何恐惧或幻想。迷宫是我快乐的猎场，我往迷宫里钻得越深，我就越有方向。

我下班后腋下夹着《创造进化论》，在布鲁克林桥上了高架铁路，开始了往公墓那边去的回家历程。有时候，我是在拥挤的街道上步行了好长一段以后，在犹太人的中心戴兰西街上车的。我在地下的地铁站上了高架铁路线，就像一条肠虫从肠子里经过。每次我加入在站台上满处乱转的人群中去，我都知道我是那里最独一无二的个人。我就像另一个行星上的旁观者一样观看我周围发生的事情。我的语言，我的世界，在我胳膊底下。我是一项伟大秘密的卫士；如果我准备张开嘴谈话的时候，我就会堵塞交通。我必须说的东西，我一生的每一个夜晚在上下班路上抑制住未说出来的东西，是绝对的重磅炸弹。我还不准备扔我这颗炸弹。我沉思默想着，有说服力地一点儿一点儿准备好。再过五年，也许再过十年，我将彻底消灭这些敌人。如果火车在拐弯时猛

地倾斜，我就对自己说，好！出轨吧，消灭他们！我从未想到，如果火车出轨，会威胁到我自己。我们像沙丁鱼一样挤在一起，压在我身上的热烘烘的肉转移了我的思想。我意识到有两条腿把我的腿夹在中间。我低下眼睛看坐在我面前的那个女孩，我直视她的眼睛，我把我的膝盖更往里挤向她的大腿根。她变得不安，在座位里烦躁起来，最后她转向旁边的女孩，抱怨我在骚扰她。周围的人们怀着敌意看我。我无动于衷地望着窗外，假装什么也没听见。即使我愿意，我也不可能移开我的腿。不过这女孩用猛推和蠕动，还是一点儿一点儿把她的腿挪开，不再同我的腿纠缠在一起。这时，我发现自己又同她身边的女孩处于同样的局面，就是她向她抱怨我的那个女孩。我几乎马上就感到一种同情的接触，然后，使我吃惊的是，我听到她对那一个女孩说，这些事情是没有办法的，这其实不是那男人的错，而是把我们像羊一样塞到一块儿的公司的错。我再次感觉到她的大腿抵着我的腿发出的颤抖，一种温暖的、富有人情味儿的挤压，像紧握某个人的手一样。我用空着的那只手设法打开我的书。我的目的有两个：首先我要让她看见我读的是哪一类书，第二我要能使用腿的语言而不引人注目。这很有成效。到车厢内空了一点儿的时候，我能够在她旁边坐下来，同她谈话——当然是谈这本书。她是一个妖娆的犹太女孩，一双大眼睛水汪汪的，还带有一种出于淫荡的坦率。到下车以后，我们已经手挽手走在大街上，往她家而去。我几乎已在旧地段的边缘上了。一切对我来说，都很熟悉，然而又分外陌生。我已多年没有走过这些街了，现在我同一个来自犹太人区的犹太女孩走在一起，一个漂亮的女孩子，带有很重的犹太人口音。走在她旁边，我显得不谐调。我可以感觉到人们在背后瞪着我们。我是闯入者，是异教徒，到这个地段来是为了找一只漂亮的水淋淋的窟窿眼儿玩玩。而她则不然，似乎为她的征服而自豪；她拿我在她的朋友面前炫耀。这就是我在火车上碰到的家伙，一个有教养的异教徒，一个讲究的异教徒！我几乎可以感觉得到她这样在想。慢慢走着的时候，我观察了地形，观察了所有有用的细节，这将决定我饭后是否来找她出去。我没有想请她去吃饭。这是一个在什么时候、什么地方见面以及如何见面的问题，因为她直至走到门跟前，才露出口风，说她已经有一个丈夫，是一个巡回推销员，她必须得小心才是。我同意回来，某时某刻，在糖果店前面的拐角上等她。如果我要带一个朋友来的话，她也带她的女朋友来。不，我决定单独见她。一言为定。她紧握了一下我的手，冲进一个肮脏的门厅。我很快回到高架铁路车站，匆匆回家，狼吞虎咽地吃了饭。

这是一个夏天的夜晚，一切都敞开着。坐车回去会她时，整个过去万花筒般地涌

现。这一次我把书留在家里。我现在是冲着窟窿眼儿去的，脑子里一点儿也没有想到这本书。我又回到边界线的这一边，每一个飕飕飞过的车站使我的世界越变越小。当我到达目的地的时候，我几乎成了一个小孩子。我是一个被发生的变形吓坏了的小孩子。我，一个住在第十四区的人，发生了什么事，要在这个车站跳下来，去寻找一个犹太窟窿眼儿呢？假如我真的操她，那又怎么样呢？我得跟那样一个女孩说什么好呢？当我需要的东西是爱情时，做爱又算得了什么呢？是的，我像突然遭到了龙卷风的袭击……乌娜，我爱过的那个女孩，她就住在这儿附近，长着蓝色大眼睛和亚麻色头发的乌娜，只要看她一眼就会使我发抖的乌娜，我害怕吻她，甚至只是触摸她的手的乌娜。乌娜在哪里？是的，突然之间，出现了这个迫切的问题：乌娜在哪里？我顿时十分气馁，十分迷惘、凄凉，处于最可怕的痛苦和绝望中。我怎么会不再想她的？为什么？发生了什么事？什么时候发生的？我原先一年四季，日日夜夜，像疯子一样想念她，然后，竟然没有注意到，她就那样，像一分钱硬币从你口袋的窟窿里掉出去一样，从我的脑海中消失了。不可想象，荒谬，发疯。嗨，我必须做的一切就是请她嫁给我，向她求婚——这就够了。如果我那样做，她会马上同意的。她爱我，她不顾一切地爱我。嗨，是的，我现在记得，记得我们最后一次见面时，她如何望着我。我要说再见，因为那天晚上，我要离开每一个人，前往加利福尼亚开始一种新生活，可是我绝没有过新生活的任何打算。我打算请她嫁给我，但是我预先编造的故事，像麻醉品一般，那么自然地从我嘴上说出来，连我自己都相信了它，于是我说了再见，离去了，她站在那里，眼睛追随着我，我感到她的眼睛都把我望穿了。我听到她心里在号哭，但是我却像一部自动机器，不停地走啊，走啊，最后拐过街角，于是一切就结束了。再见！就像那样，像在昏迷中，而我的本意是要说到我这里来！到我这里来，因为我再也不能没有你而生活！

　　我这么虚弱，这么摇摇晃晃，几乎连高架铁路的台阶都走不下去。现在我知道发生了什么——我越过了边界线！我一直随身带着的这部圣经是要教导我，使我开始一种新的生活方式。我所认识的世界不存在了，它死了，完了，被铲除掉了。我曾经是过的一切，也随之被清理掉了。我是一具被注入新生命的尸体。我生气勃勃，闪闪发光，热衷于新发现，但是在内里，一切仍然是呆滞的，仍然是废渣一堆。我哭了起来——就在高架铁路的台阶上。我像小孩子一样大声哽咽。现在我渐渐完全搞清楚了：你在世界上是孤独的！你是孤独的……孤独的……孤独的。孤独是很痛苦的……很痛苦，很痛苦，很痛苦，很痛苦的。它没完没了，深不可测，这就是世上每一个人的命

运，但尤其是我的命运……尤其是我的命运。又一次变形。一切又摇晃倾斜起来。我又在梦中，梦见边界线那一边的痛苦、谵妄、快感、狂乱的梦。我站在那块空地中央，但是我的家却看不见。我没有家。梦是海市蜃楼。在空地中间绝没有一座房子。这就是我之所以从未能够进入房子的原因。我的家不在这个世界上，而在来世。我是一个没有家，没有朋友，没有妻子的人；我是一只属于尚不存在的现实的怪兽。啊，但是它是存在的，它将存在，我确信。我现在低着头，走得飞快，一边还低声自语。我把幽会的事忘得一干二净，甚至没有注意到是否从她身边走过。也许我走过了。也许我正看着她，却没有认出她来。也许她同样没认出我来。我疯了，痛苦得发疯，苦恼得发疯。我绝望了，但是我不迷惘。不，有一个我所属的现实。它很远很远，非常遥远。我可以低着头，从现在一直走到世界末日，也不会发现她。但是它在那里，我确信。我杀气腾腾地望着人们。如果我能够扔一颗炸弹，把这整个地段炸成碎片，我一定会扔的。我会很高兴看到他们残缺不全，尖叫着，被撕成碎片，被消灭，血肉横飞。我要消灭整个地球。我不是它的一部分。它彻头彻尾地疯了。整个儿疯了。这是一块巨大的臭奶酪，蛆虫在里面溃烂。操他妈的！把它炸飞！杀，杀，杀！把他们全杀死，不管是犹太人还是非犹太人，年轻人还是老人，好人还是坏人……

我变轻了，像羽毛一样轻，我的步子迈得更加坚定，更加自若，更加平稳。这是多么漂亮的一个夜晚啊！星星如此明亮，如此清澈，如此遥远地闪闪发光。它们恰恰不是嘲笑我，而是提醒我所有这一切的无用。你是谁，年轻人？竟在谈论地球，谈论把事物炸成碎片。年轻人，我们一直挂在这里，挂了有亿万年。我们什么都见过，一切，但我们仍然每晚宁静地发出亮光，照亮道路，还照亮心灵。看看你周围，年轻人，看看一切有多么宁静美好。你看，甚至阴沟里的垃圾在这星光下看上去也很美丽。捡起那片菜叶，轻轻拿在你手中。我弯腰捡起沟里的那片菜叶。我觉得它的样子是崭新的，本身就是一个完整的宇宙。我撕下一小块，仔细观察。仍然是一个宇宙。仍然有说不出的美丽与神秘。我几乎羞于把它扔回沟里。我弯下腰，轻轻把它同其他垃圾放在一起。我变得非常体贴，非常非常镇静。我爱世界上每一个人。我知道在此时此刻的某个地方，有一个女人正等待着我，只要我非常镇静、非常温柔、非常缓慢地前去，就会来到她跟前。她也许将站在街角，当我进入她的视线，她就认出我来——立刻。我相信这一点，我敢肯定！我相信，一切都是公正的，神注定的。我的家？哼，这就是世界——整个世界！我四海为家，只是我以前不知道。但我现在知道了。不再有任何边界线。从来就没有一条边界线：是我一手制造了这条线。我慢慢地在极乐状态中走过一条条街道。可爱的街道。在那里，每一个人走过，每一个人痛苦而不显露。当我站住，靠着灯柱点燃我的香烟时，灯柱也给人友好的感觉。这不是一根铁家伙——这是人类心智的创造，有某种形状，用人类之手将它拧弯，成形，用人类的气息将它焊接，用人类的手脚将它安装。我转过身，用我的手在铁柱表面摩擦。它像是要同我说话。这是一根有人性的灯柱。它像菜叶，像破袜子，像垫子，像厨房中的水池一样，应该放在一个地方。一切都以某种方式居于某个地方，就像我们的精神同上帝在一起一样。世界按其可见的、错综复杂的本质来说，是一张我们的爱的地图。不是上帝，而是生活才是爱。爱，爱，爱。在它的最最中间，走着一个年轻人，他不是别人，就是戈特利布·莱布瑞希特·米勒。

戈特利布·莱布瑞希特·米勒！这是一个失去其身份的人的名字。没有人能说出他是谁，他从哪里来，或者他发生了什么事。在电影里，我最初熟悉了这个人，他被假定在战争里遇到了意外事故。但是，当我在银幕上认出自己的时候，由于知道我从未参加过战争，所以我明白，作者设置这一小段虚构，为的是不要暴露我。我经常忘记哪一个是真正的我。我经常在梦中喝健忘药水，它就是这样叫法。我绝望而又孤独凄凉地游荡，寻找着属于我的身体，属于我的名字。有时候，在梦和现实之间只有最细最细的一条界线。有时候，在一个人正同我谈话时，我会脱下鞋，像一棵随潮水漂浮的植物，开始我盲目的航行。在这种状况中，我完全能够实现普通的生活要求——找到一个老婆、当上父亲、养家糊口、招待朋友、读书、付税、服兵役，等等，等等。在这种状况中，有必要的话，我能够为了我的家庭，为了保卫我的国家，或者为了无论什么事冷酷地进行杀戮。我是普通的、平凡的公民，有一个随叫随应的名字，护照里还有一个我的号码。我对我的命运彻底不负责任。

然后有一天，没有丝毫的征兆，我醒过来，看看我周围，一点儿也不理解在我周围进行的事情，既不理解我自己的行为，也不理解我邻居们的行为，更不理解为什么政府之间要交战或媾和，无论是哪一种情况。在这样的时刻，我再生了，以我真正的名字诞生和受洗：戈特利布·莱布瑞希特·米勒！我以我真正的名字做的一切，都被视为发疯。人们在我背后偷偷使着眼色，有时甚至当着我的面这样做。我被迫同朋友、家庭、所爱的人决裂。我不得不撤退，因而，我就像在梦中一样自然而然地发现自己再次随潮水漂浮，通常是沿着一条公路移动，我的脸朝向落日。现在我的所有官能都警觉起来。我是最温和、最讨好、最狡猾的动物——同时我又是一个所谓的圣人。我懂得如何照料自己。我懂得如何避免工作，如何避免纠缠不清的关系，如何避免怜悯、

同情、大胆，以及所有其他陷阱。我呆在应呆的地方，或者同一个人一起呆着，一旦我得到了需要的东西，马上就走。我没有目标：无目的的闲逛已经够了。我像鸟一样自由，像走钢丝的人一样确信。吗哪从天上掉下来；我只需伸出手去接住。我到处都把最快乐的感觉留在身后，好像在接受雪片般落下的礼物时，我是真正在施惠于他人。甚至我的脏衬衣也由爱恋我的双手去洗干净。因为每一个人都爱恋一个堂堂正正生活的人！戈特利布！这是多么漂亮的名字！戈特利布！我一遍又一遍地对自己说。戈特利布·莱布瑞利特·米勒！

在这种状况中，我总是遇到小偷、恶棍和凶手，他们对我多么仁慈，多么彬彬有礼！好像他们是我的兄弟。不是吗？嗯？我没有为每一桩罪恶感到内疚，并为此而受痛苦吗？不正是因为我的罪恶，我才同我的同胞密切联系在一起吗？每当我从别人眼里看到一道与我相识的眼光，我就意识到这种秘密的联系。只有公正的人，眼睛才从不发亮；只有公正的人，才从来不知道人类伙伴关系的秘密；只有公正的人，才对人类犯罪，公正的人才是真正的洪水猛兽：只有公正的人，才要求看我们的指纹，甚至当我们活生生地站在他们面前时，他们还会向我们证明我们已经死亡；只有公正的人，才把随便什么名字，把各种假名，强加到我们头上；才登记假日期，把我们活埋。我宁愿要小偷、恶棍、凶手，除非我能找到一个像我自己这种精神状况、我自己这种品质的人。

我从来没有发现这样一个人！我从来没有找到一个像我一样慷慨、一样仁慈、一样宽容、一样无忧无虑、一样粗心大意、一样本质清白的人。我原谅自己犯下的每一桩罪行。我以人性的名义这样做。我知道人性意味着什么，尽管人性有强有弱。我为知道这些而痛苦，也为此而洋洋得意。如果我有机会成为上帝，我会拒绝这种机会。如果我有机会成为一颗明星，我会拒绝这种机会。生活提供的最奇妙机遇是成为人。它包含整个宇宙，包括对死亡的了解，这是上帝都不喜欢了解的。

在此书写作的出发点上，我是重新给我自己洗礼的人。现在已过去多年，其间已发生了那么多的事情，因而很难回到那一时刻，很难追溯戈特利布·莱布瑞希特·米勒的历程。不过，也许我可以提供线索，例如，我现在是的这个人诞生于一道伤口。那伤口一直伤到心里。按照一切人为的逻辑，我应该已经死了。我事实上已被所有曾经认识我的人当作已经死了；我在他们当中走来走去就像鬼魂一般。他们谈到我的时候用过去时，他们可怜我，给我越来越深地往下掘土，然而我记得我如何常常地嘲笑他们，如何同其他女人做爱，如何欣赏我的食物和饮料，以及我像恶魔似的纠缠着的软床。某样东西已经杀死了我，然而我却活着。但是我是没有记忆、没有名字地活着；我同希望也同悔恨和遗憾无缘。我没有过去，也许也不会有将来；我被活埋在真空里，这就是那道我受伤的伤口。我就是伤口本身。

我有一个朋友，时常同我谈论有关他的奇迹，对此我一点儿也听不懂。但是我确实多少懂得我受伤的奇迹般的伤口。在世人眼里，我死于这个伤口，但我从伤口里再生，重新受洗。我多少懂得我受伤所经历的奇迹，这个伤口随着我的死亡而治愈了。我谈到它，就好像谈论很久以前的事，但是它始终同我在一起。一切都是很久以前的，似乎看不见，就像永远沉到地平线以下的星座。

使我着迷的是，像我那样死亡、被埋葬的任何东西，竟能复活，而且不止一次，而是无数次；不仅如此，而且每一次我消失，我都前所未有地更深入扎进真空，以便随着每一次复活，奇迹会越变越大。而且清白无瑕！再生者总是同一个人，随着每一次再生，越来越成为他自己。他每次只是在蜕皮，随着蜕皮，他也蜕去了他的罪恶。上帝所爱的人是堂堂正正生活的人。上帝所爱的人是有一百万层皮的洋葱。蜕下第一层皮是痛苦难言的；蜕第二层痛苦就少一点儿，第三层更少，直到最后，痛苦变得令人愉快，越来越令人愉快，变成一种欢乐，一种狂喜。然后就既没有欢乐，也没有痛苦，只有在光明面前屈服的黑暗。由于黑暗消失，伤口从它的隐藏处显现出来：这伤口就是人类，就是人类之爱，它沐浴在光亮中。失去的身份恢复了。人类从他敞开的伤口中，从他如此长时间随身携带的坟墓中走出来。

我的记忆就好似一座坟墓。我现在看到她埋在这个坟墓中，这个我爱她比爱所有其他人，比爱世界，比爱上帝，比爱我自己的血肉都更加强烈的女人。我看见她在那爱的血腥伤口中溃烂，她如此接近于我，以致我都分不清是她还是伤口本身。我看见她挣扎着解脱自己，使自己摆脱爱的痛苦，而她每挣扎一次，都又重新陷入伤口中，她无助，窒息，在血污中翻滚。我看到她可怕的眼神，引人哀怜的无言痛苦，一副困兽的样子。我看到她张开她的双腿来分娩，每一次性高潮都是一声极其痛苦的呻吟。我听到墙壁倒塌，朝我们压过来，房屋起火。我听到他们在街上喊我们，召唤去工作，召唤拿起武器，但是我们被钉牢在地板上，耗子吃着我们的肉。爱的坟墓和子宫埋葬了我们，黑夜装满了我们的肠子，星星在黑黝黝的无底湖泊上空闪烁。我失去了词的记忆，甚至记不起她的名字，我曾经像一个单狂者一样发音说她的名字。我忘记了她的模样，忘记了她摸上去什么样，味道是什么样，操起来什么样，只是一味地越来越深入到深不可测的大洞穴的黑夜中。我跟随她来到她灵魂的停尸房，来到她还没有从

嘴里吐出来的气息那里。我不屈不挠地寻找她。任何地方都没有写她的名字。我甚至深入到圣坛那里，仍然没有收获。我将自己裹在这中空的虚无之壳周围，就像一条带火圈的大蟒蛇；我静静躺了六个世纪，没有呼吸，由于世界大事过滤到底部，形成一张粘性的粘液之床。我看见星座在宇宙天篷中的巨大窟窿周围盘旋；我看到遥远的行星和那颗将要生我下来的黑星星。我看到天龙座摆脱了达摩与羯磨，看到新的人类在未来的卵黄中烦躁。我一直看到最后的标志与象征，但是我不能辨别她的脸。我只能看到晶莹透亮的眼睛，看到丰满、光彩照人的大乳房，好像我在乳房旁边，在她灿烂幻象的放电现象中游泳。

她是怎样超越了意识的所有控制的呢？依据什么吓人的法律，她这样伸展在世界的表面，揭露一切，又隐蔽她自己呢？她迎着太阳藏起来，像月食中的月亮；她是一面水银剥落的镜子，这镜子既照不出形象，也造成不了恐怖。一眼望到她的眼底，望到她湿乎乎半透明的肉，我看到由一切构成物，一切关系，一切瞬息即逝的东西构成的大脑结构。我看到大脑里的大脑，无限转动的无限机器，"希望"一词在唾液上旋转，烧烤，滴着脂肪，不停地在第三只眼睛的眼窝里转动。我听到她以不再为人所知的语言含糊地说着梦话，闷住的尖叫在缝隙里回荡，我听到喘息、呻吟、快乐的叹息、鞭子抽打的嗖嗖声。我听到她叫我自己的名字，这名字我自己还从未说出来过，我听到她诅咒，听到她狂叫。我听到放大了一千倍的一切，就像关在一架风琴肚子里的小矮人。我捕捉到世界的呼吸，它被压抑着，就像被固定在声音的十字路口一般。

我们就这样一起走路，一起睡觉，一起吃饭，我们是联体双胞胎，爱神把我们结合在一起，只有死神才能把我们分开。

我们手挽手，在瓶颈上倒着走路。她几乎从头到脚穿一身黑，只是偶尔有几块紫色。她没有穿内衣裤，只有一块浸透着恶魔香水的黑天鹅绒。我们黎明时分上床，正当天色变暗时起床。我们住在拉着窗帘的黑洞里，我们从黑盘子里吃东西，我们读黑色的书。我们从我们生活的黑洞里望出去，望到世界的黑洞里。太阳被永远涂黑了，好像要帮助我们不停地进行自相残杀的冲突。我们把火星当太阳，把土星当月亮：我们永远生活在地下世界的天顶。地球停止转动，在我们头顶上天空中的窟窿里，悬挂着那颗从不闪烁的黑星星。我们不时发出一阵阵大笑，疯狂的、青蛙叫似的大笑，这使邻居们听了发抖。我们不时唱歌，发出谵妄的、走调的、完全的震音。我们被锁在整个漫长的心灵黑夜之中，这是一段无法测量的时间，以日月蚀的方式开始和结束。我们在我们的自我周围旋转，像幽灵似的卫星。我们陶醉于我们自己的形象，当我们互相望着眼睛的时候，我们就看到了自己的形象。那么我们在别人眼里什么模样呢？就像兽类在植物眼里的模样，像星星在兽类眼里的模样。或者，如果魔鬼让人类插翅高飞的话，就像上帝在人类眼里的模样。由于这一切，她在固定不变、留恋不去的漫漫长夜中容光焕发，一种超黑色的欢欣从她身上流出，就像密特拉的公牛不断流出的神种之流。她是双管的，像一支猎枪，一头女性的公牛，子宫里有一个乙炔火把。她热切地盯着大酒杯，她翻着眼白，嘴唇上满是唾液。在隐蔽的性窟窿中，她像训练有素的老鼠一般跳着华尔兹，她的嘴巴像蛇的嘴一样张开着，她的皮肤在长倒刺的羽毛中起鸡皮疙瘩。她有独角兽那样贪得无厌的淫欲，有曾使埃及人躺倒的渴望。甚至那颗没有光泽的黑星星从中往下窥视的天上那个窟窿，也被吞没在她的狂怒中。

我们粘在顶篷上生活，日常生活热烘烘的臭味蒸发上来，使我们透不过气来。我们生活在酷暑中，人肉的灼热升上来，加热了我们被锁在其中的蛇形圈。我们根深蒂固地生活在深渊的最深处，我们的皮肤被尘世激情的烟火熏成了灰色雪茄的颜色。像我们的刽子手长矛上挑着的两个脑袋，我们缓慢地在底下世界的人头和肩膀上空盘旋不去。坚实的大地上的生活，对于我们被砍了头，永远在生殖器部分粘连的人来说，有什么意义呢？我们是天堂的孪生蛇，在凉热中像混乱本身一样清醒。生活是一根固定的失眠之杆周围的永久的黑色性交。生活就是天蝎座会合火星，会合水星，会合金星，会合土星，会合冥王星，会合天王星，会合水银、鸦片酊、镭、铋。大会合是在每个星期六夜里，狮子座和天龙座的兄妹宫私通。大大不幸的是，一道阳光偷偷从窗帘缝溜进来。还有该死的木星，双鱼宫之王，也许是他闪亮了一下仁慈的眼睛。

说起来很难，这是因为我记得过于多了。我记得每一件事，但是像坐在口技艺人膝上与他唱双簧的木偶。我似乎觉得，在整个漫长而不间断的房事中，我是坐在她膝上（哪怕是在她站着的时候），说出她教我的台词。我想，她一定控制了上帝的堵漏人员头目，能让那颗黑星星透过顶篷中的窟窿发光，她一定命令他降下永久的夜幕，同时也降下一切爬行着的折磨，无声无息地在黑暗中爬来爬去，以致心思就变成了一把飞快转动的钻子，狂热地钻到黑色的虚无中。我是只想像她一样不停地谈话呢，还是我已经成了这样一个训练有素的木偶，以致能截住她还没到嘴边的思想呢？嘴唇漂漂亮亮地张开了，由于一股稠稠的暗红色血浆而显得光滑溜溜的；我注视着嘴唇以最大的魅力一开一闭，无论是嘶嘶地发出一条毒蛇的怨恨，还是像斑鸠一样咕咕作声。这总是一些特写镜头，就像电影剧照那样，所以我知道每一道小缝，每一个毛孔，而当哈喇子歇斯底里地大流特流起来时，我就注视唾液形成的雾气与泡沫，好像我正坐在

尼加拉瓜大瀑布脚下的摇椅里。我学会了如何做得就好像我是她机体的一部分；我胜过口技艺人的木偶，因为我能够不用被绳子猛烈牵动着行事。我不时即兴做些类似的事情，往往使她十分高兴；当然，她会假装没有发现到这些中断，但是她高兴的时候，我总能从她打扮自己的样子中分辨出来。她有变形的天赋；她变得如此之快，如此之巧妙，就像魔鬼亲临一般。除了豹和美洲虎以外，她最擅长于变鸟类：野苍鹭、朱鹭、火烈鸟、发情的天鹅。她有一种突然猛扑的方法，好像她已确定了现成的尸体位置，正好俯冲到肠子上，一下子扑到那些美味食品上——心脏、肝、或卵巢——眨眼工夫又赶快离去了。如果有人确定了她的位置，她会像石头一样静静地躺在树底下，眼睛不完全闭上，但是纹丝不动，像蜥蜴一样凝视着。戳她一下，她会变成一朵玫瑰，一朵深黑色的玫瑰，有着最光滑柔软的花瓣和压倒群芳的芬芳。很令人惊奇的是，我多么神奇地学会了接受提示；无论变形多么迅速，我总是在她怀里、鸟的怀里、野兽的怀里、蛇的怀里、玫瑰的怀里，等等：怀里的怀里，嘴唇的嘴唇，尖对尖，羽毛对羽毛，鸡蛋里的黄，牡蛎里的珍珠，蟹爪、精子和斑蝥的气息生活是天蝎座会合火星，会合金星、土星、天王星，等等；爱是鸟喙的结膜炎，抓住这，抓住那，爪，爪，欲念的曼陀罗轮的喙的爪爪。吃饭时间到了，我已经能听到她在剥鸡蛋皮，在鸡蛋里面，吱吱，吱吱，快乐地预告下一顿饭将来临。我吃起来像一个单狂者：一个吃三顿早饭的人，有着梦中的好胃口，在那里长时间地暴食。我吃着的时候，她满足地呜呜叫，这是女淫妖吞下她小仔时发出的捕食肉类的有节奏喘息。多么快乐的爱之夜！唾液、精子、梦中的交媾、括约肌炎，全合而为一：加尔各答黑牢中的淫狂。

在那颗黑星星悬挂的地方，一种泛伊斯兰教的寂静，就像在风平浪静的洞穴世界里一样。在那里，如果我敢于坐在那上面的话，有着精神病的幽灵般的静穆，这是被几个世界不停地屠杀所麻痹、所耗尽的人的世界。在那里，一张血迹斑斑的膜，包罗万象；狂人与疯子的英雄世界，他们用血熄灭了天堂之光。在黑暗中，我们的鸽与鹰的生活多么平静！牙齿或生殖器埋在其中的肉，丰富的香喷喷的血，没有刀剪的痕迹，没有弹片的疤痕，没有毒气的灼伤，没有烫伤的肺。除了顶篷上的那个令人产生幻觉的窟窿，这是一种几乎完美的子宫生活。但是这窟窿在那里——像膀胱里的小缝——没有一种填料能永远堵住它，没有一次小便能笑眯眯地完成。痛痛快快撒泡尿，当然，怎么忘记了钟楼里的租金，"另一个"世界不自然的寂静、危急、恐怖、毁灭呢？吃饱一肚子的东西，当然，明天又吃饱一肚子，明天，明天，明天——但最后，那会怎样呢？最后？最后是什么？换一个口技艺人，换一个人的怀里，换一个轴线，拱顶上的又一道裂缝……什么？什么？我将告诉你——坐在她怀里，因那颗黑星星静止的、带尖齿的光而发呆，被你相互作用的激动不安，被这种不安所具有的心灵感应的灵敏性截去角，装上圈嚼子，拴上套，诱入圈套。我将告诉你，我什么也不想，在我们居住的细胞之外的东西，什么也不想，甚至不会想到一块白桌布上的一粒面包屑。我纯粹在我们变形虫生活的范围内思考，就像伊曼纽尔·普西福特·康德给予我们的纯思考，只有口技艺人的木偶才能复制。我想出每一种科学理论，每一种艺术理论，每一个荒诞的拯救体系的每一点每一滴真理。我计算每一件事物都十分精确，还要加上神秘的小数，就像一个醉鬼在六天赛跑结束时交出来的最好东西，但是一切都是为别人将来有一天会过上的另一种生活而计算的——也许。我们在瓶子的颈部，她和我，就如同他们所说的那样，但是瓶颈已经折断，瓶子只是一种虚构。

十　五

　　我记得我第二次遇见她时，她如何告诉我，她没有想到会再次见到我，下一次我见到她，她说她以为我是一个有吸毒瘾的人，再下一次，她把我称为神，然后她度着自杀，然后我也试，她又试，不行，这一切只有使我们更加亲密，亲密到这样的程度：我们互相渗透、交换个性、名字、身份、宗教、父母兄弟，甚至她的身体也经历了剧变，不是一次，而是多次。起初，她又大又天鹅绒般柔软光滑，像美洲虎，其蹲伏、跳跃、扑食等姿势，都有着猫科动物那柔滑的、容易使人误解的力量，然后她变得消瘦、单薄、脆弱，像矢车菊一样，随着每一次变化，她进行了最精细的调节——皮肤、肌肉、肤色、心境、步态、姿势，等等。她像变色龙一样千变万化。没有人能说出她到底是什么样子，因为对每一个人来说，她都是一个完全不同的人。一段时间以后，甚至她自己也不知道自己是什么样子了。后来发现，在我遇见她以前，她就已经开始了这个变形过程。像那么多自认为丑的女人一样，她要使自己漂亮，漂亮得令人眼花缭乱。为了做到这一点，她首先抛弃了她的名字，然后是她的家庭、她的朋友，以及将她束缚于过去的一切。她充分利用她的聪明才智，一心一意要培养她的美、她的魅力，其实她已充分拥有这些东西，但她却相信它们是不存在的。她总在镜子面前生活，研究每一个动作、每一个姿势、每一个最不引人注意的鬼脸。她改变她的整个说话方式、她的措辞、她的语调、她的重音、她的词汇。她表现得如此老练，以至于根本不可能把起源问题提出来进行讨论。她总是很警惕，甚至在睡梦里也这样。她像一个出色的将军，很快就发现，最好的防卫是进攻。她从不留下一个阵地不去占领；到处都驻扎着她的前哨、侦察员、步哨。她的脑子里是一盏永不熄灭的旋转探照灯。

　　看不到她自己的美、她自己的魅力、她自己的个性，更不用说她的身份，她便致全力于制作一个神话人物，一个海伦，一个朱诺，她们的魅力，无论男女都无法抵制。尽管对传说一无所知，但她自动地开始一点儿一点儿创造本体的背景，创造在意识到的起源之前的一系列神话事件。她不需要记得她的谎言、她的虚构——她只需要记住她的角色。再大的谎言她也能说得出口，因为在她扮演的角色中，她绝对忠实于自己。

她不必发明一个过去：她记得属于她的过去。她从来未被一个直截了当的问题难倒，因为除非是转弯抹角地，她从不在对手面前亮相。她只亮出不停转动的多面体的各种角度，令人目眩的三棱镜之光。她不是一种静态时可以最终捕捉到的存在，而是技巧本身，不屈不挠地操作着反映她创造的神话的无数镜子。她一点儿也静不下来；她永远高于她在自我真空中的多重身份之上。她并不想把自己成为一个传说中的人物，她只要求她的美得到承认，但是，为了追求美，她完全忘记了她的探索，成为她自己创造物的牺牲品。她如此倾国倾城地美丽，以至于有时候她很吓人，有时候绝对丑于世界上最丑的女人。她能激起恐惧和忧虑，尤其在她的魅力达到高峰的时候。就好像盲目的、不可控制的意志，照透了创造物，揭露出怪兽的本来面目。

锁在黑窟窿的黑暗中，没有世界可以让我们观看，没有对手，没有竞争者，意志的动力减弱了一点儿，给她一种熔化的铜一般的光辉，从她嘴里吐出来的话就像熔岩，她的肉体贪婪地要抓住什么，站到坚固、实在的东西上去，以便重新组合，并休息片刻。这就像沉船上发狂似的发出的远距离信号，一个求救信号。起初我将它误解为激情，误解为肉同肉摩擦产生的狂喜。我以为我发现了一座活火山，一座女性的维苏威。我绝没有想到，一条人类之船正在绝望的海洋，在阳痿的马尾藻海沉没。现在我想到那颗透过顶篷窟窿发着微光的黑星星，那颗悬挂在我们房事斗室上方的固定星星，比绝对的上帝更固定，更遥远，我知道这就是她，真正她自身的一切已化为乌有：一个没有外观的死亡的黑太阳。我知道，我们就像两个试图隔着铁格栅做爱的疯子，正在给"爱"这个动词变位。我说过，在黑暗中乱抓乱来一气的时候，我往往忘记她的名字，她的模样，她是谁。这是真的。我在黑暗中因求之过急而失败。我滑离肉轨，进入无边的性空间，进入某个人建立的波道：例如，只在一起呆了短短一个下午的乔治雅娜、埃及婊子台尔玛、六七岁的女孩子卡洛塔、阿拉娜、乌娜、莫娜、玛格达，漂流物、鬼火、脸、身体、大腿、擦身而过的地铁、一场梦、一个回忆、一种心愿、一种渴望。我可以先从一个星期日下午在铁道边的乔治雅娜讲起，她那点缀着斑点的瑞士连衣裙，她摇摆的屁股，她的南方腔调，她那挑逗性的嘴巴，她的酥胸；我可以先从乔治雅娜开始，无数打了标记的性烛台，努力向外向上，通过窟窿眼儿造成的结果而进入到第 n 维的性空间，一个没有尽头的世界。乔治雅娜就像被称之为性的未完成怪兽小耳朵的耳膜。她透明、活跃，按照关于大道上一个简短下午的记忆，她吸吸着做爱世界最初的确切气味和物质，这个世界实质上是一种无限的、不可界定的存在，就像我们人类世界一样。整个做爱世界跟我们称之为性的动物越来越增大的耳膜一样，

像另一种存在长入我们自己的存在，并渐渐取而代之，以致人类世界最终仅仅成为对这种正在自己产生，又包罗万象、生育一切的新存在的模糊记忆。

正是在黑暗中的这种蛇一般的交媾，这种双重关节、双管齐下的勾搭，使我穿上了怀疑、妒忌、恐惧、孤寂的拘束衣。如果我从乔治雅娜和无数打了标记的性烛台开始一点儿一点儿进行描述的话，那我确信，她也在努力，正在建造耳膜，制造耳朵、眼睛、脚趾、头皮以及诸如此类的性东西。她会从强奸她的怪兽开始，假定故事里有实情；总之，她也在平行轨道上的某个地方开始，努力向上向外完成这种多重形式的不存在的存在，我们俩正拼命努力争取通过其主体相见。尽管只了解关于她的一点点生活，只拥有一袋谎言、一袋发明、一袋想象、一袋迷惑与欺骗，只是把支离破碎的东西、可卡因造成的幻觉、沉思、未完成的句子、混乱的梦话、歇斯底里的疯话、拙劣装扮成的幻象、病态的愿望拼凑在一起，不时遇到一个与肉体相应的名字，偷听到零零星星的谈话，观察到偷偷摸摸的眼光，半抑制状况的姿势，但我完全有理由认为她拥有一个她自己的做爱之神的神殿，一个实在太生动活泼的血肉创造物的神殿，这些创造物便是那个下午的男人们。也许只是在一个小时以前，她的窟窿眼儿也许还堵塞着刚操完后留下的精子。她越是柔顺，越是表现得热情洋溢，越是显得没有约束，我就越变得反复无常。没有开始，没有个人的、个别的出发点；我们就像有经验的剑客在决斗场上相见，这决斗场现在挤满了胜利与失败的幽灵。我们对哪怕轻轻一击都很警惕，都很负责，这只有那些击剑能手可以做到。

我们在黑暗的掩护下与我们的军队会合。我们两面夹攻，强行将城堡大门打开。我们的血腥行为没有受到任何抵抗；我们不要求生命保障，我们也不原谅。我们在血泊中游着泳会合到一块儿，同所有那些已经熄灭了的星星的一种血淋淋的浅灰蓝重逢，除了那颗像头皮一样悬挂在顶篷窟窿之上的那颗固定黑星星。如果她真正受了麻醉品的刺激，她会像吐神谕一般将它吐出来，一切，今天，昨天，前天，前年，直至她出生那天发生的一切。没有一句话，没有一个细节是真的。她一刻也没有停下，因为如果她停下来，她在飞行中造成的真空就会引起爆炸，会把世界炸得粉碎。她是世界在小宇宙中的说谎机器，用来应付同样无穷无尽的巨大恐惧，这种恐惧能使人们把他们所有的精力投入到死亡器械的创造上。看着她，人们会认为她是无畏的，会认为她是勇气的化身，不过她确实如此，只要她不必重蹈她自己的足迹。在她身后是一片宁静的现实，一个处处跟踪她的庞然大物。这个庞然大物一天天越变越大，一天天越变越可怕，越变越使人目瞪口呆。每天她都必须长出飞得更快的翅膀，更锐利的牙齿，更敏锐更有催眠作用的眼睛。这是朝世界最边缘处奔跑的赛跑，一种从一开始就失败的赛跑，没有人来拦挡它。在这真空的边缘，站立着真，准备以迅雷不及掩耳之势收复被窃取的地盘。它如此简单明了，竟使她发了狂。调遣上千种个性，强占最大的枪炮，欺骗最伟大的心灵，作最长的迂回——最终仍然是失败。在最后的会合中，一切注定要崩溃——狡猾、技巧、强力、一切。她将成为汪洋大海岸上的一粒沙子，格外糟糕的是，她跟大洋岸上的每一粒沙子一模一样。她将不得不承认到处都有她举世无双的自我，直至时间的终结。她为自己选择了一种什么样的命运啊！她的独一无二被吞没在普遍之中！她的强力被降至最为消极的消极状态！这是令人发疯、令人产生幻觉的。它不可能存在！它绝不能存在！前进！像黑色军团。前进！穿越各种程度的空前广阔的圈。前进，离开自我，直至灵魂的最后一粒物质被伸展到无限。在她惊慌失措的飞行中，她似乎在子宫里怀有整个世界。我们正被驱逐出宇宙的范围，被驱向一片没有一种工具可以使其显形的星云。我们被驱赶着在一个地方停下来，如此安静，如此长久，以致相比之下，死亡似乎成了一个疯女巫的狂欢。

　　早晨，注视着她死火山口似的苍白面孔。脸上没有一丝皱纹，没有一点儿缺陷。造物主怀里天使的模样。谁杀死了科克·罗宾？谁对易洛魁人进行了大屠杀？不是我，我可爱的天使会说，老天作证。注视着那张纯洁无瑕的面孔，谁又能拒绝相信她呢？谁能在那天使般的睡眠中看到，那张面孔的一半属于上帝，另一半属于魔鬼？那面具摸上去像死一样光滑、冰凉、可爱，它是蜡制的，像迎着一丝微风开放的花瓣。它如此诱人的平静、坦诚，人们会在其中淹死，会全身心地深入其中，就像一个潜水员，再也不回来。直至眼睛朝世界睁开，她会就那样躺着，彻底熄灭，只发出反照的微光，就像月亮那样。在她天真无邪的死一般昏睡状态中，她更加迷人；她的罪恶溶解，从毛孔渗出，她蜷缩着躺在那里，像一条钉牢在地上的睡眠中的大蛇。机体强壮、柔软、肌肉发达，像是具有非同寻常的重量；她有大于人类的重量，人们几乎可以说，是一具有热气的尸体的重量。人们可以想象，她就像美丽的奈费尔提蒂在变成木乃伊的最初一千年之后的模样，一种完美丧葬的奇迹，一场保存肉体免于衰朽的梦幻。她蜷缩着躺在中空的金字塔基座上，裹在她自己创造的真空中，像过去的神圣遗迹。甚至她的呼吸也似乎停止了，她睡得那么死。她掉到了人类水平之下、动物水平之下，甚至植物水平之下：她已经下降到矿物世界的水平，在那里，有生气只比死亡高一个档次。她已经将欺骗的艺术掌握得如此之好，即使梦幻也无法泄漏她心的真情。她已经学会如何不做梦：当她在睡眠中蜷缩起来的时候，她自动切断电流。如果人们能这样抓住

151

她，打开她的脑壳，人们会发现它完全是空的。她不保留任何令人烦恼的秘密；可以按人的方式杀死的一切都被消灭。她可以无穷无尽地生活下去，像月亮，像任何死亡的行星，发出催眠的光辉，创造激情之潮，将世界吞没在疯狂之中，以其磁性的金属之光使地球上的一切物质改变颜色。她在使周围每一个人狂热到极点的同时也播下了她自己死亡的种子。在她睡眠的可怕寂静中，她通过同无生命的行星世界冷却岩浆的结合，重新开始她磁性的死亡。她魔术般地保持原样。她的凝视具有穿透性地固定在一个人身上：这是月亮的凝视，通过这凝视，死亡的生命之龙喷发出冷火。一只眼睛是暖和的褐色，一片秋叶的颜色；另一只眼睛是淡褐色的，这是一只使指南针摇曳不定的磁性眼睛。就是在睡眠中，这只眼睛也还在眼皮底下摇曳不定，这是她身上唯一明显的生命标志。

她一睁开眼睛，就全醒了。她猛地一下惊醒过来，好像看到世界及其人类道具会大为震惊。她立即充分活动起来，像一条大蟒似的爬来爬去。使她恼火的是光！她一边醒来，一边诅咒太阳，诅咒现实中炫目的强光。房间必须是黑洞洞的，点燃蜡烛，紧闭窗户，防止街上的嘈杂声渗透到房间里来。她裸露着四处转悠，嘴角叼着一支香烟。她十分喜爱梳妆打扮；就是穿一件浴衣，她也要在此之前留意去照料上千个琐碎的细节。她就像一个田径运动员，准备参加当天了不起的比赛项目。从她专心致志研究的头发根，到她的脚指甲的形状和长度，她身上的每一个部分，都在她坐下来吃早饭以前被彻底检查过。尽管我说她像田径运动员，但是在脸上，她更像一个机械师为一次试飞而彻底检修一架高速飞机。一旦她穿上连衣裙，她就开始工作，开始飞行，这飞行也许最终会在伊尔库茨克或德黑兰告终。她在早餐时将装下足够的燃料，来维持整个旅行。早餐是一件漫长的事情：这是她闲混闲荡一天中的唯一仪式。它确实长得令人恼怒。人们很想知道，她是否还起飞；人们很想知道，她是否忘记了她发誓要每天完成的伟大使命。也许她正梦见她的旅程，或者，也许她根本没有做梦，而只是规定时间来进行她神奇机器的工作过程，以便一旦干起来，便不回头。她在当天的这个时刻非常沉着镇静，她就像空中的大鸟，栖息在山崖上，神情恍惚地俯瞰底下的地面。她不是从餐桌上猛扑到她的食物上。不，是从凌晨的高山之巅，她威严地慢慢起飞，使她的每一个动作都同马达有节奏的震动相一致。她面前有着所有空间，她反复无常地确定方向。要不是因为她的身体有着土星般的重量，她的翅膀有着异常的长度，她几乎可以说是完全的自由的形象。无论她姿势如何，人们都会感觉到驱使她每天飞行的恐怖。她既顺从命运，又发狂地想要征服命运。她从高山之巅起飞，高高翱翔，

如同在喜马拉雅山的某个山峰之上盘旋；她似乎总是想飞到某个未知的地区，如果一切顺利，她会永远消失在这个地区里。每天早晨，她似乎都带着这绝望的、最后一分钟的希望翱翔；她镇静、庄严地告别，就像一个准备进入坟墓的人。她从来不在飞行区域周围转圈；从来不回头看一眼那些她正抛弃的人。她不留下最少一点儿个性；她将她的所有全部带到空中。只要是能证明她的存在事实的任何一点点证据。她甚至没有留下一声叹息、一片脚指甲。一个干干净净的退场，就像魔鬼本人为了他自己的理由会退走的那样。人们手上留下了大空白。人们被抛弃，而且不仅被抛弃，还被背叛，非人地背叛。人们不想留住她，也不想叫她回来；人们嘴上带着诅咒，带着使整个白天昏天黑地的黑色仇恨。后来人们在城市里到处奔走，慢慢地，以徒步行走的方式，像小虫爬行一般，收集着关于她的壮观飞行的谣言；她被看见绕过某一点，不知为什么这里下沉一下，那里下沉一下，在别的地方，她还失去控制，像彗星一样，一闪而过，在空中写下烟的字母，等等诸如此类的事。她所做的一切都像谜一般，令人恼火，显然是没有目标地做出来的。这就像从另一维空间的角度，对人类生活、对蚂蚁般的人的行为做出的象象征性、反讽性的评注。

在她起飞的时间和她回来的时间之间，我过着一种纯种鸟的生活。消逝的不是一种永恒，因为在某种程度上，永恒同和平、同胜利有关，这是一种人为的东西，挣来的东西：不，我经历了一种幕间休息，在其中，每一根头发都变白，一直白到头发根；在其中，每一毫米的皮肤都在发痒、发热，直至整个身体变成了一种会行走的疼痛。我看见自己已坐在黑暗中的桌子前，手脚变得硕大无朋，好像像皮病正在飞快地侵蚀我。我听到血液涌向大脑，像喜马拉雅山的魔鬼用大锤敲打耳鼓；我甚至听到她在伊尔库茨克拍击她的巨大翅膀，我知道她正在不断推进，越来越远，越来越无法追寻。房间里如此安静，如此可怕的一无所有，以致我尖叫嚎叫，就为了弄出点儿声音，弄出点儿人的声音来。我设法从桌旁站起来，但是我的脚太沉重，我的手变得就像不匀称的犀牛脚一样。我的身体变得越沉重，房间里的大气就越轻；我要伸展，伸展，直至我使房间充满着一大片固态的胶粘物。就是墙上的缝隙我也要填补起来，我将像寄生植物一样长满墙壁，蔓延，蔓延，直至整个房子都成了一大堆难以描述的肉、毛发、指甲。我知道这是死亡，但是我无力消除对它的知识，也无力杀死知道它的人。我的某个小分子是活着的，某一点意识尚存，就像无法行走的尸体的膨胀，这生命的火花变得越来越清晰，在我体内像宝石的寒光一般发出闪烁。它照亮了整个胶粘的糊状体，以致我就像一个拿着火把的潜水员，在一只死亡的海洋怪兽的体内。通过一根隐蔽的

153

细丝，我仍然同深海表面上的生活相联系，它如此遥远，这顶部世界，而尸体如此沉重，以致即使可能，也得好几年才能到达水面上。我在自己已经死亡的躯体内来回移动，勘察这无定形的庞然大物的每一个偏僻角落。这是一种无穷无尽的勘察，因为随着不停地发展，整个地形改变了，像地球滚烫的岩浆一样滑动，漂浮。一分钟也没有一块坚实的土地，一分钟也没有任何东西保持静止，可以被认得出来：这是一种没有里程碑的发展，一种目的地随每一次最轻微抖动而改变的航行。正是这种对空间漫无止境的充填，扼杀了一切时空感；躯体越膨胀，世界就变得越小，直到最后，我感觉一切都集中在一根针头上。尽管我已经变成的那一大团死家伙仍在胡乱动弹，我感到，供养它的东西，它从中长出来的那个世界，不比针头更大。我在污染中间，就好像在死亡的心脏和内脏中，感觉到那颗种子，感觉到平衡世界的奇迹般的杠杆，这杠杆小到不能再小的地步。我像糖浆一样布满世界，世界之空无所有是可能的，但是仍有那种子的一席之地；那种子成了一小簇寒光，它怒吼着，就像在那死尸的巨大洞穴中的太阳。

当那只大猛禽精疲力竭地飞行回来，她将发现我正处在我的一无所有之中，我，这不朽的鸟类，隐藏在死亡心脏中的一颗烈火般燃烧的种子。她每天都想找到另一种维持生计的手段，但是没有，只有这颗永恒的光的种子，通过每天的死亡，我重新为她发现这种子。飞吧，哦，贪食之鸟，飞向那宇宙的极限！这里有你的养料，在你创造的令人作呕的空空如也之中发出白热光辉！你将再一次回来死在这黑窟窿之中；你将一而再、再而三地回来，因为你没有将你带出这个世界的翅膀。这是你能居住的唯一世界，这个黑暗统治着的蛇的坟墓。

突然，没有任何理由地，在我想到她回到她的巢中的时候，我记起了在公墓附近那座古老的小房子里度过的那些星期天早晨。我记起我穿着睡衣坐在钢琴边，不停地用光脚丫踩着钢琴踏板，而家人们正躺在隔壁的床上互相取暖。房间都是一间间打通的，套叠望远镜的式样，就像那些古老的美国火车车厢式公寓单元。星期天早晨人们躺在床上，一直躺到舒服得想尖叫起来。十一点钟上下，家里人敲我卧室的墙，让我去为他们表演。我会像弗拉泰利尼兄弟一样跳着舞来到他们的房间里，那么热烈，那么兴高采烈，好像能像吊车一样把自己举到天堂之树最高的树枝上。我可以单手做任何事情，同时又可以向任何方向弯曲关节。老人称我为"快活的吉姆"，因为我充满"活力"，精力充沛。首先我会在床前地毯上为他们表演几个翻手动作，然后我会用假声唱歌，设法模仿口技艺人的木偶；然后我会跳一些轻快的幻想舞步，来表示风如何吹动，如何嗡嗡作响！我像一阵轻风一样坐到琴凳上，进行速度练习。我总是以车尔尼练习曲作为开始，为的是做好演出前的准备。老人讨厌车尔尼，我也是，但是车尔尼是当时菜单上的当日推荐菜，于是就弹车尔尼，直弹到我的关节发麻。车尔尼使我模糊地想到后来我碰到的巨大的一无所有。我被固定在琴凳上，却发展了一种什么样的速度啊！这就像一口吞下一瓶补药，然后让人把你捆在床上。在我演奏了大约九十八支练习曲之后，我准备来一点儿即兴之作。我常常敲出大量和弦，把钢琴从这一头砸到那一头，然后沉闷地转调，弹起"罗马的燃烧"或"本·胡尔战车赛"，每一个人都喜欢后一个曲子，因为它是可理解的嘈杂声。在读维特根斯坦的《逻辑哲学论》之前，我早就在樟木键上为它作曲。我当时精通科学和哲学，精通宗教史，精通归纳逻辑和演绎逻辑，精通占卜，精通脑壳的形状和重量，精通药典和冶金，精通一切无用的分支学科，它们让你未老先衰，得消化不良，得忧郁症。急于把这些博学的废物吐出来，这想法已在我肚子里憋了整整一星期，就等着星期天的到来，好给它们谱曲。在"午夜火警"和"军队进行曲"当中，我会获得我的灵感，就是要破坏一切现存的和谐形式，创造我自己的不和谐音。设想一下，天王星同火星，同水星，同月亮，同木星，同金星，相互处于良好位置。这是很难想象的，因为天王星在它位置不好的时候，也就是说在它"苦恼"的时候，却运行得最好。而我星期日早晨发出的那种音乐，一种安乐的音乐，深深绝望的音乐，源于非逻辑地处于良好位置的天王星，它牢牢地固定在七号房子里。我那时候还不知道它，不知道有天王星的存在，而我的无知倒是一种幸运。但我现在能看到它，因为这是一种侥幸，一种假安乐，一种破坏性的火一般的创造物。我的情绪越高涨，家里人就越安静。甚至我的疯妹妹也变得镇静自若。邻居们常常站在窗户外边听着，我不时会听到一阵喝彩，然后砰，嘘嘘！我像火箭一样，又重新开始——速度练习第 9471/2 号。如果我碰巧看见一只蟑螂在墙上爬，我就有福了：这将丝毫也不变调地把我引导到我那架可悲地起着波纹的古钢琴弹出的伊西之曲。有一个星期天，就像那样，我做了可能想象的最可爱的谐谑曲之一——致虱子。这是"源泉"，我们大家都在进行硫疗；我将整个星期都倾注在但丁的英语版《地狱》篇上。星期日像融雪一般到来，鸟类被突然到来的高温热疯了，在窗户里飞进飞出，对音乐无动于衷。有一个德国亲戚刚从汉堡或不来梅来，一个未结婚的姑妈，样子像一个女相公。仅仅靠近她一点，就足以使我发狂。她常常拍拍我的脑袋，说我会成为另一个莫扎特。我过去恨莫扎特，现在仍然恨他，所以为了向她报复，我就故意演奏得很糟糕，弹出我所知道的所有刺耳的音调。然后，如我所说的那样，来了一只小虱

子，一只真正的虱子，它藏在我冬天穿的内衣里。我把它抓出来，轻轻放在黑键的末端，然后我用右手在它周围弹起了吉格舞曲；噪音也许在黑键末端把它震聋了，然后，它似乎对我心灵手巧的卖弄着迷。它这样精神恍惚，一动不动，终于使我心烦起来。我决定用我的中指全力给它来个半音阶。我大大方方地捉住它，但是用力过猛，它粘在了我的指尖上。这使我得了圣维特斯舞蹈症。从那时候起，谐谑曲开始了。这是一首被遗忘了的旋律的大杂烩，加上芦荟和豪猪精的作料，有时候同时用三个键来弹奏，始终像一只华尔兹鼠，围绕着纯粹的概念转圈。后来，当我去听普罗科菲耶夫的作品时，我理解他正在遭遇着什么；我理解怀特海德、罗素、金斯爵士、爱丁顿、鲁道尔夫·倭铿、弗罗贝尼乌斯、林克·吉莱斯皮；我懂得，如果从来不曾有过二项式定理，为什么人们也会发明出它来；我懂得，为什么会有电和压缩空气，更不必说喷泉和火山泥外敷药了。我必须说，我十分清楚地懂得，人类血液中有一只死虱子；当有人给你一首交响乐、一幅壁画、一包烈性炸药时，你真的会得到一种吐根剂的反应。我也明白，为什么我没有成为我实际上是的音乐家。我头脑里创作的所有曲子，所有这些由于圣希尔德加德、圣布里吉特、十字架的圣约翰以及天知道什么人而使我私下里听到的艺术作品，是为未来世纪而写的，一个有更少乐器，却有更强的直觉、更强的耳鼓的世纪。在这样的音乐能得到欣赏以前，必须经历一种不同的痛苦，贝多芬找到了这个新的领域——当人们感情爆发的时候，当人们在极端的寂静中精神崩溃的时候，人们便意识到它的存在。这是一个由各种新的振动组成的领域——对我们来说只是一团雾状的星云，因为我们还必须超越我们自己的痛苦概念。我们还必须容纳这个星云世界，容纳它的痛苦，它的运行方向。我被允许俯躺着倾听一种难以置信的音乐，对我周围的悲伤无动于衷。我听到一个新世界在酝酿，江河的奔腾，火星在飞溅，宝石泉在喷涌。一切音乐仍然受老的天文学支配，是温室产品，是厌世病的万灵药。音乐仍然是无法描述的罪恶的解毒药，但这还不是音乐。音乐是整个星球之火，是一种势头永不减弱的熊熊大火；这是神的石板书写魔术，是由于松开了轴，学问家和无知者都同样领会不了的咒语。当心肠胃，当心无法安抚、不可避免的事情！什么也没有决定，什么也没有解决。所有在进行的一切，所有音乐、所有建筑、所有法律、所在政府、所有发明、所有发现——所有这一切都是黑暗中的速度练习，有着一个大写字母Z，在一瓶胶水中骑着一匹疯狂白马的车尔尼。

我之所以在这讨厌的音乐上没有取得任何成绩，是因为它总是和性混合在一起。我一能够弹奏一支歌曲，就有各种窟窿眼儿像苍蝇一样围着我转。首先，这主要是罗拉的过错。罗拉是我的第一位钢琴教师。罗拉·尼森。这是一个滑稽可笑的名字，具有我们当时居住的那一地段的典型特点。它听起来就像一条臭咸鱼，或一只生了虫的窟窿眼儿。说真的，罗拉严格讲起来不算一位美人。她的模样有点儿像卡尔梅克人或奇努克人，灰黄色的肤色，目光暴躁的眼睛。她长着一些小鼓包和粉刺，更不用说唇须了，然而，使我兴奋不已的是她浓密的毛发；她有美丽神奇的黑头发，她把头发在她蒙古人般的脑壳上弄成了上上下下的许多卷儿。她在颈背上把头发挽成了一个蛇形结。尽管她是一个认真的白痴，可她总是迟到，在她到达的时候，我总是因为手淫而软弱无力，但是，她刚一在凳子上坐到我旁边，我就又兴奋起来，一半是因为她腑下洒满了臭烘烘的香水。夏天她穿着宽松式袖口的衣服，我可以看到她胳膊底下一簇簇的腋毛。一看到这毛就叫我发狂。我想像她全身都长毛，甚至肚脐上也长。我想要做的事就是在毛发里翻滚，把我的牙齿埋到毛发里。如果毛发上还带有一点儿肉，我就能把罗拉的毛发当作美味来吃。总之，她是多毛的，这就是我所要说的。她毛多得就像一只猩猩一样，这使我的心思离开了音乐，转到了她的窟窿眼儿上。我他妈的一心想看她的窟窿眼儿，终于有一天我贿赂了她的小弟弟，让我偷看她洗澡。这比我想象的还要不可思议：她从肚脐到胯部长着一簇蓬松的毛，厚厚的一大簇，像是苏格兰高地人系在短裙前的毛皮袋，又浓又密的毛，简直是一小块手工织成的地毯。当她用粉扑向上面的时候，我想我快要晕倒了。下一次她来上课时，我裤子上的几个纽扣没有系。她似乎没有发现任何异常。再下一次，我把裤子上所有纽扣全解开。这一次她明白了。她说："我想，你忘记了什么事，亨利。"我看着她，脸像胡萝卜一样红。我无所谓地问她什么？她一边用左手指着那玩艺儿，一边假装看别的地方。她的手伸过来，伸得这么近，我忍不住抓住它，塞进了我的裤裆。她迅速站起来，脸色苍白，惊恐万状。我逼近她，伸手掏到她的裙子底下，够着了我从钥匙孔里看到的那块手工织成的地毯。突然，我扎扎实实地挨了一巴掌，然后又一巴掌。她揪住我的耳朵，把我带到屋角里，让我的脸朝着墙，对我说："现在把你的裤子系好，你这个傻小子！"一会儿以后，我们回到钢琴旁——回到车尔尼和速度练习上。我再也分不清半音和降半音，但是我继续弹琴，因为我害怕她会把这件事告诉我母亲。幸好这并不是一件可以随便告诉别人母亲的事。

　　这件事尽管令人无地自容，但是却标志着我们之间关系的一个决定性变化。我原以为她下一次来的时候会对我很严厉，但是相反：她似乎是把自己好好打扮了一番，身上撒了更多的香水。她甚至有点儿高高兴兴的样子，这在她是非同寻常的，因为她

是一个忧郁、孤独型的女人。我不敢再不系裤子扣了，但是我还是要勃起，而且一堂课都硬邦邦的。她一定对此很欣赏，因为她总是偷偷地斜眼朝那个方向看。当时我只有十五岁，而她很可能已经二十五或二十八了。我不知如何是好，除非是哪一天趁我母亲不在，故意把她撞翻在地。有一段时间，我真的在晚上她独自外出的时候盯她的梢。她有晚上外出作长途散步的习惯。我常常跟踪她，希望她会走到公墓附近的某个偏僻地方，我在那里好尝试使用某种鲁莽的手段。有时候我有一种感觉，好像她知道我在跟踪她，而且对此很欣赏。我想她是在等我截住她——我想那正是她想要的事情。于是，有一天夜里，我躺在铁轨附近的草中；这是一个闷热的夏夜，人们像喘着气的狗一样满地乱躺。我压根儿没有想到罗拉——我只是在呆呆地出神，天气太热了，热得什么也不想。突然我看见一个女人沿着狭窄的煤渣路走来。我正伸开手足躺在铁路路基上，周围没有什么人引起我的注意。那女人慢慢走来，低着头，好像在做梦。她走近时，我认出她来。"罗拉！"我喊道。"罗拉！"她看到我在那里似乎真的很吃惊。"嘿，你在这里干什么？"她一边说着，一边坐到我旁边的路基上。我懒得回答，一言不发——我只是爬到她身上，让她平躺下来。"请不要在这儿。"她求我，但是我不予理睬。我把手伸到她两腿之间，她那厚厚的毛皮袋里。老天，这是我第一次做爱，可是有一辆火车开过来，把烫人的火星雨点般地撒到我们身上。罗拉吓坏了。我猜想，这也是她第一次做爱，她也许比我更需要做爱，但是当她感到有火花时，她想要摆脱。这就像试着按住一匹狂野的母马。无论怎么与她拼搏，我都按不住她。她站起来，把衣服抖整齐了，并把颈背上的发卷整理了一下。"你必须回家。"她说。"我不想回家。"我说，同时挽起她的胳膊，开始走起来。我们在死一般的寂静中往前走了好长一段路。我们两人好像谁也没有注意到我们正往何处去。最后我们上了公路，在我们上方是水库，水库旁边有一个池塘。我本能地朝池塘走去。我们走近池塘时，得从一些低垂的树底下走过。我正帮着罗拉弯下腰，她突然滑了一下，也把我随她拽了下去。她不想爬起来，相反，却抓住我，紧紧抱住我。使我十分吃惊的是，我还感到她的手悄悄溜进我的裤裆，然后她拿起我的手放在她两腿之间。她十分自在地仰面躺着，张开她的双腿。我俯身亲吻她，她呻吟着，两手疯狂地乱抓；她的头发完全散开，一直披到她赤裸裸的小肚皮上。简而言之，我坚持了好长一段时间，他妈的一定对此很感激，因为我不知道她有多少回达到高潮——就像引发了一包鞭炮，同时她还咬我，把我的嘴唇都咬伤了，还抓我，撕我的衬衣，以及别的什么。当我回到家，在镜子里打量自己的时候，我就像一头小公牛一样，身上打满了印记。

这种事持续下去很是妙不可言，但好景不长。一个月以后，尼森一家搬到另一个城市去了，我再也没有见到过罗拉，但是我把她的毛皮袋挂在床上方，每天夜里向它祈祷。无论什么时候我弹起车尔尼的玩艺儿，都会勃起，想起罗拉躺在草中，想起她长长的黑头发，颈背上的发卷，她发出的呻吟，她倾注的汁液。弹钢琴对我来说只是一次长时间的替代性做爱。我不得不再等上两年，才又把老二放进去，像他们所说的那样，然而却不怎么好，因为我因此而染上了漂亮的花柳病，而且，这不是在草中，不是夏天，干得也不热烈，只是在肮脏的小旅馆里为了挣一美元而进行的冷冰冰的机械动作，那杂种拼命假装她的高潮正在到来，但却像圣诞节的到来一样遥远。也许并不是她让我染上了淋病，而是她在隔壁房间里的伙伴。她的伙伴正和我的朋友西蒙斯躺在一起，就像这样——我如此快速地结束了我的机械动作，于是就想进去看看我的朋友西蒙斯那里搞得怎么样。嘿，看哪，他们还在搞着，干得正酣。她是一个捷克人，他的妞，并有点儿感情脆弱；显然她干这种事并不很久，她常常玩得很开心，很忘我。看着她把那玩艺儿拿出来，我决定等以后跟她亲自搞一下。我就这样做了。在这个星期过去以前，我有机会打了一炮，在那以后，我猜想会因为长时间得不到发泄而睾丸疼痛，或者腹股沟胀得难受。

又过了一年左右，我自己也教课了。刚好，我教的那个女孩的母亲是头号的婊子、荡妇、妓女。她和一个黑人同居，这是我后来发现的。看来她苦于没有一只足够大的家伙来满足她。于是，我每次准备回家的时候，她都要在门口拦住我，用那玩艺儿蹭我的身子。我害怕跟她搞在一起，因为有传言说她满身梅毒，然而当那样一个热辣辣的婊子紧贴着你的身子，舌头都快伸到你喉咙里的时候，你究竟还能干什么呢？我常常站在门厅里操她，这样做并不难，因为她很轻，我可以把她像洋娃娃一般抱在手里。有一天夜里，正当我那样抱着她的时候，我突然听到钥匙插到锁孔里的声音，她也听到了，吓得一动不动。没有地方可以溜走。幸好有一块门帘挂在门口，我就躲到那后面。然后我听到她的黑男人亲吻她，说你好吗，宝贝？她说她如何一直不睡，等着他，最好马上上楼去，她等不及了，等等。在楼板不再嘎吱嘎吱响了之后，我轻轻打开门，冲了出去。那时候，老天作证，我真的很害怕，因为如果让那黑家伙发现了，我的脖子就会给拧断，那是不会有错的。所以我不再在那个地方教课，但是不久那女儿找到我——刚刚十六岁——问我是否乐意到一个朋友家里给她上课呢？我们又从头开始车尔尼的练习曲，从火花到一切。这是我第一次闻到新鲜窟窿眼儿的味道，妙不可言，就像新刈下的干草。我们接连操了一堂课又一堂课，在课与课之间还有一些额外的操。

然后有一天，这是一个伤心的故事——她肚子大了，如何是好？我只得找了一个犹太小伙子来帮助我解决难题，他开口要二十五美元，我一生中还没有见过二十五美元哩。此外，她年纪太小。此外，她会血液中毒。我给了他五美元作为部分付款，然后溜到阿迪龙达克呆了好几个星期。在阿迪龙达克我遇到一个中学教师，拼命想要我上课。又是速度练习，又是避孕套和猜不透的谜。每次我接触到钢琴，我都似乎会把一只窟窿眼儿震得淫荡起来。

十六

如果有聚会，我就得把他妈的乐谱卷起来带着前往，对我来说这就像把我的生殖器裹在手帕里，夹在胳膊底下一样。在假期里，在总是有剩余的窟窿眼儿的农舍或客栈里，音乐有着非同一般的效果。假期是我一年里所盼望的时期，与其说是因为窟窿眼儿，不如说是因为它意味着不用工作。一旦不用工作，我就成了一个小丑。我精力充沛，好像自己要从躯壳中跳出来一般。我记得有一个夏天在卡茨基尔遇见一个叫弗朗茜的姑娘，她漂亮、淫荡，有着壮实的苏格兰人的奶头和一排平整洁白、闪闪发光的牙齿。事情是从我们一块儿游泳的河里开始的。我们抓着小船边上，她的一个奶子滑出界外。我帮她把另一个也滑出来，然后解开背带。她装作害羞似的突然潜入水中，我跟着她，当她升上来呼吸空气的时候，我把她他妈的游泳衣也从她身上脱下来，她在那里像美人鱼一般漂浮着，壮实的大奶子上下浮动，像是水里泡胀的软木塞。我脱掉紧身衣裤，我们开始像海豚一样在船边的水中嬉戏。不一会儿，她的女朋友坐着一只独木舟过来。她是一个很健壮的姑娘，一种草莓红发型女孩，长着玛瑙色的眼睛，满脸雀斑。她看到我们一丝不挂，大吃一惊，但是我们马上就让她从独木舟上掉到水里，把她剥了个精光，然后我们三人就开始在水下玩捉人游戏，但是很难捉到她们，因为她们像鳝鱼一样滑溜。我们玩够以后，就跑到一个像没人用的岗亭一样矗立在野地里的小更衣室那里。我们拿着自己的衣服，三个人就准备在这个小房子里穿衣服，天气非常闷热，阴云密布，快要下大雨了。阿涅斯——这是弗朗茜的朋友——急于想穿上衣服。她赤身裸体地站在我们面前，开始感到羞愧，而弗朗茜则不然，她显得十分自在。她坐在长凳上，跷着二郎腿抽烟。正当阿涅斯套上她的无袖衬衣时，一道电光一闪，紧接着就是一声可怕的霹雳。阿涅斯尖叫起来，扔下了衬衣。几秒钟之后又是一道闪电，又是一阵隆隆的雷声，就像近在眼前一般危险。周围的空气变得紧张不安，飞虫开始咬人，我们感到不安，浑身发痒，还有一点儿恐慌。特别是阿涅斯，她害怕闪电，更害怕死后被人发现我们三个人赤身裸体地躺在那里。她要穿上她的衣服，跑回家去，她说。她刚把这话讲出来，就下起了倾盆大雨。我们以为它几分钟后会停

止，于是就赤裸裸地站在那里，从半开的门里往外看着那条冒着热气的河。天上就好像在下石头，闪电不停地在我们周围来回乱闪。现在我们都彻底吓坏了，不知如何是好。阿涅斯绞着自己的手，大声祷告；她的样子就像乔治·格罗茨画的白痴，那些倾斜着身子的婊子之一，脖子上挂着一串念珠，而且还患有黄疸。我以为她会晕倒在我的身上。突然我有了一个好主意，想在雨中跳一个模拟作战的舞蹈——来分散她们的注意力。正当我跳出去开始我的盛大舞会时，忽然一道闪电，劈开了不远处的一棵树。我他妈的魂都吓掉了。每当我吓坏了的时候，我就大笑。于是我大笑起来，一种野性的、令人毛骨悚然的笑，使得姑娘们尖叫起来。当我听到她们尖叫时，我不知道为什么，但是我想到了速度练习，接着我就感到自己正站在真空当中。周围空气紧张不安，雨点紧一阵慢一阵地打在我的嫩肉上。我的所有感觉都集中在皮肤表面上，在最外面一层皮肤底下，我是空的，像羽毛一样轻，比空气、烟、滑石、镁，或你知道的任何该死的东西都轻。突然，我是一个奥吉布瓦人，这又是樟木键弹出的调子。我才不管姑娘们尖叫、晕倒，还是屙屎屙在裤子里，不管怎么说，她们没有穿裤子。脖子上挂着念珠的阿涅斯，拿着她的大面包筐，吓得脸色发青，疯了一般，我看着她，想起了要跳一个亵渎神圣的舞蹈，我一只手托着睾丸，另一只手用拇指揿着鼻子，对雷电作蔑视的手势。雨下得紧一阵，慢一阵，草中似乎都是蜻蜓。我像袋鼠一般四处蹦着，使足了劲头大喊——"哦，天父，你这卑鄙的婊子养的，收住你那操蛋的闪电，要不然阿涅斯就不再信任你了！你听见我的话吗？你这天上的老鸡巴，收起你的鬼把戏……你快把阿涅斯逼疯了。嘿，你聋了吗？你这老混混？"嘴上不断唠叨着这渎神的废话，我围着更衣处跳舞，像瞪羚一般又蹦又跳，发出可怕的咒骂，恶毒到了极点。当闪电闪过的时候，我蹦得更高，当霹雳打来的时候，我像狮子一般吼叫，然后我做前手翻腾跃，然后我像幼兽一般在草里打滚，我嚼着草，吐着口水，像黑猩猩一样捶打自己的胸膛。在这整个时间中，我都看见放在钢琴上的车尔尼练习曲，白纸上满篇都是升半音和降半音，以及那个操蛋的白痴，我暗想，他竟想象那是学会如何熟练使用那好脾气的古钢琴的方法。我突然想到，车尔尼现在也许就在天上，往下看着我，于是我就尽可能高地朝空中啐唾沫。当雷声又隆隆作响的时候，我用足力气喊道——"你这杂种，车尔尼，在天上的你，愿闪电把你的球拧掉……愿你吞下你弯弯扭扭的尾巴，把你噎死……你听见我的话吗，你这傻蛋？"

然而，尽管使尽浑身解数，阿涅斯却越来越神志不清。她是一个沉默寡言的爱尔兰天主教徒，以前从来没有听到过有人对上帝这样说话。突然，当我正在更衣处背面跳舞的时候，她朝河边飞跑而去。我听见弗朗茜尖叫——"让她回来，她会淹死的！让她回来！"我去追她。大雨倾盆，我叫她回来，但她却像着了魔似的继续飞跑。当她跑到河边的时候，一个猛子扎进去，往小船那边游去。我跟在她后面游，来到小船边，我害怕她会把船弄翻，就用一只手搂住她的腰，和她说起话来。我哄她，安慰她，好像我正在同一个小孩子说话。"走开，"她说，"你是一个无神论者！"天哪，听到这话，我惊奇得不得了。原来如此，所有那些歇斯底里，就因为我侮辱了万能的主。我真想给她眼睛上来上一拳，让她清醒清醒，但是我们脑袋都露在外面，我真怕如果不把她哄好了，她会做出什么疯狂的事情，比如把船拉翻了扣在我们脑袋上。于是我装作十分抱歉，我说我根本不是这个意思，我是吓糊涂了，等等，等等。当我轻声轻气地安慰她，同她说话的时候，我的手从她腰上偷偷溜下来，抚摸她的屁股。这正合她的意。她哭着告诉我，她是怎么样的一个好天主教徒，她如何努力不犯过失，也许是她太热衷于她的谈话，而不知道我在干些什么，但是当我把手放到她的胯部，说着我能想到的所有那些动听的话，谈论上帝、爱、去教堂、忏悔以及诸如此类的废话时，她还是老样子，她一定感觉到了，"抱着我，阿涅斯，"我轻声说，悄悄将手拿出来，把她往我身边拽，……"嘿，这才是好孩子……现在放宽心……雨马上就会停的。"我一边仍然谈论着教堂、忏悔、上帝之爱以及他妈的所有那些乱七八糟的东西，一边设法把那玩艺儿放进她里面去。"你对我真好，"她说，就好像不知道我在同她干什么似的，"我很抱歉，我刚才像个疯子似的。""我知道，阿涅斯，"我说，"没问题……听着，把我抓得再紧些……行，就这样。""我怕船会翻过来。"她说，尽最大努力，用右手搅水，使她的屁股保持适当位置。"好吧，让我们回到岸上去，"我说着，开始抽回身子。"哦，不要离开我，"她说，手把我抓得更紧了。"不要离开我，我会淹死的。"恰在这时，弗朗茜跑着来到水边。"快，"阿涅斯说，"快……我要淹死了。"

我必须说，弗朗茜是一个好人。她当然不是一个天主教徒，如果说她有道德的话，那也只是属于爬行动物的那一类。她天生就是要做爱的那种女孩子。她没有目标，没有伟大的愿望，不妒忌，不抱怨，总是高高兴兴，一点儿也不乏才智。夜间我们坐在黑暗中的走廊上同客人谈话时，她会走过来坐在我的腿上，裙子底下什么也没穿。在她笑着同别人谈话时，我就会把那玩艺儿放到她里面。我想她要是有机会在教皇面前，也会厚着脸皮干下去的。回到城里，我到她家里拜访她，她在她母亲面前耍同样的花招，幸好她母亲的视力已模模糊糊了。如果我们去跳舞，她裤裆里发起烧来，她就会把我拽到电话亭子里。她真是个怪妞，她会一边耍那花招，一边同别人，例如阿涅斯，

在电话上聊天。她似乎有一种专门的乐趣，就是在人们的鼻子底下干这种事；她说如果你不太想这种事情，那你干这种事的时候就有更多的乐趣。在拥挤的地铁里，比方说，从海滨回家，她会悄悄把裙子转过来一点儿，让开衩正好在中间，抓住我的手，把它径直放到她的裤衩里。有时候她顽皮起来，会把我那玩艺儿掏出来弄硬之后，把她的包挂在上面，好像要证明确实没有丝毫危险似的。她还有一点是从不假装我是她操纵的唯一小伙儿。我不知道她是否把一切都告诉了我，但她确实告诉了我不少。她笑嘻嘻地一边爬在我身上，一边把她的好事告诉我。她告诉我他们如何做这事，它们如何之大，或如何之小，当他们兴奋起来时说些什么，等等，等等，尽可能详细地讲给我听，就好像我要写一本有关这个主题的教科书。她似乎对她自己的身子、自己的感情，或任何同她自己有关的任何东西丝毫没有神圣感。"弗朗茜，你这个讨厌的家伙。"我常常说，"你真是厚颜无耻。""但是你喜欢，不是吗？"她会回答。"男人喜欢操，女人也喜欢。这不伤害任何人，并不是说你必须爱你操的每一个人，不是吗？我不想恋爱；总是同一个男人做爱，一定很可怕，你不这样认为吗？听着，如果你总是只操我一个人而不操别人，那你很快就会厌倦我，不是吗？有时候，被一个你根本不认识的人操是一件美事。是的，我认为那是最好的，"她补充说——"没有纠纷，没有电话号码，没有情书，没有吵架，不是吗？听着，你认为这很糟糕吗？有一次我还试着让我弟弟来操我哩；你知道他是什么样的一个胆小鬼——他让每一个人都很痛心。我记不清当时的确切情况了，但是不管怎么说，当时只有我们两人在家，我那天被情欲所控制。他来到我卧室向我要什么东西。我撩起裙子躺在那里，想着这事，他进来时，我不管他是不是我的弟弟，就把他看作一个男人。所以我撩起裙子躺在那里，告诉他我感觉不舒服，肚子痛。他想要马上跑出去为我取东西，但是我叫他不要去，给我揉一会儿肚子就行了。我解开腰部，让他揉在我的光肚皮上。他竭力眼睛望着墙上，这大傻瓜，他揉着我，就好像我是一块木头。'不是那儿，你这块木头，'我说，'还在下面呢……你怕什么？'我假装我很痛苦。最后他偶尔碰到了地方。'对了！就是那里！'我叫道。'哦，就揉这儿，真舒服！'你知道，这大笨蛋真的按摩了我五分钟，却不明白这全是耍的把戏。我怒不可遏，让他他妈的滚蛋，留下我一个人呆着。'你是一个太监。'我说，但他是这样一个笨蛋，我想他连这个词是什么意思都不知道。"想着她弟弟是什么样的一个笨蛋，她笑了。她说他也许还从来没有搞过。我怎么想这个问题呢——非常糟糕吗？当然，她知道我不会那样想的。"听着，弗朗茜，"我说，"你把这故事告诉过跟你谈恋爱的那个警察了吗？"她说她还没有。"我猜想也是这样，"我说。"要是他听到那个故事，他会揍得你屁滚尿流。""他已经揍过我了。"她迅速回答。"什么？"我说，"你让他揍你？""我没有请他揍我，"她说，"但是你知道他性情多么急躁。我不让别人揍我，但是他揍我，我就不太介意。有时候这倒使我内心感到舒服……我不知道，也许一个女人应该偶尔挨一次揍。如果你真喜欢一个家伙，就不会感到那么痛。后来他他妈的那么温柔——我简直都为自己感到羞愧了……"

你碰到一只窟窿眼儿来向你承认这样的事情，这是不常见的——我意思是说正常的窟窿眼儿，而不是一个性欲反常者。例如，有一个特丽克斯·米兰达和她的妹妹柯斯泰罗夫人。她们真是一对宝贝。特丽克斯在同我朋友麦克格利高尔谈恋爱，但她却竭力在同她住在一起的妹妹面前自称同麦克格利高尔没有性关系，而妹妹则向所有人声称，她在性的问题上很淡漠，她即使想要，也不可能同一个男人有任何关系，因为她"体格如此瘦小"。而同时，我朋友麦克格利高尔却操得她们俩晕头转向，她们俩都了解各自的情况，但仍然像那样相互撒谎。为什么呢？我搞不懂。柯斯泰罗那婊子很是歇斯底里；无论什么时候她感到麦克格利高尔分配的交媾百分比不公平，她就会假装癫痫大发作。这意味着将毛巾敷到她脑袋上，拍打她的手腕，敞开她的胸口，擦她的大腿，最终把她拖到楼上，在那里我的朋友麦克格利高尔把另一位一打发睡觉，就立即来照顾她。有时候姐妹俩会在午后躺在一起小睡一会儿；如果麦克格利高尔在那里，他就会到楼上躺在她们中间。他笑眯眯地把这事告诉我，他的诡计是假装睡觉。他会躺在那里呼吸沉重，一会儿睁开这只眼，一会儿睁开那只眼，看看哪一个真的睡着了。一旦他确信其中一个睡着了，他就会应付另一个。在这样的场合，他似乎更喜欢歇斯底里的妹妹，柯斯泰罗夫人，她丈夫大约每隔六个月来看她一次。他说，他冒险越大，他就越痛快。如果是同他正在求爱的姐姐特丽克斯在一起，他就得假装害怕让另一位看到他们在一起搞那种事。同时，他向我承认，他总是希望另一位会醒过来捉住他们，但是那位结过婚的妹妹，常常自称"体格太小"，是一个狡猾的婊子，而且她对姐姐有负罪感，如果她姐姐当场捉住她，她也许会假装她正在发病，不知道自己在干什么。世上没有东西能使她承认，她事实上允许自己得到被男人操的快乐。

我相当了解她，因为我给她授过一段时间课。我常常拼命要让她承认，她有一只正常的窟窿眼儿，如果她时常操的话，她就会喜欢操个痛快。我常给她讲疯狂的故事，实际上这只是稍加掩饰地叙述她自己的行为，但她仍然没有反映。有一天我甚至让她到了这样一种地步——而且这压倒了一切——她让我把手指放到她里面。我想问题无疑解决了。她确实是干的，而且有点儿紧，但是我把这归因于她的歇斯底里。请想象

一下，同一只窟隆眼儿到了那样的地步，然后却让她一边疯狂地把裙子往下拽，一边冲着你的脸说，——"你瞧，我告诉过你，我的体格不对劲儿么!""我并不那样认为，"我气冲冲地说。"你指望我做什么——把显微镜用到你身上吗?"

"我喜欢那种事!"她说，假装趾高气扬。"你怎么同我说话的!"

"你完全知道你在说谎，"我继续说。"为什么你像那样撒谎呢? 你不知道人人有一只窟隆眼儿，而且要偶尔使用一下吗? 你要它在你身上干掉吗?"

"什么话!"她说，一边咬着下嘴唇，脸红得像胡萝卜。"我老以为你是一位绅士呢。"

"那么，你也不是淑女，"我反唇相讥，"因为甚至一位淑女也偶尔承认有一次做爱，而且淑女从不要求绅士把手指伸到她们里面，看看她们体格有多小。"

"我从来没有要求你碰我，"她说。"我怎样也不会想到要求你把手放到我身上，放到我的内部。"

"也许你以为我是在给你掏耳朵吧?"

"那一刻我把你看作医生，就是这么回事。"她生硬地说，竭力使我冷却下来。

"听着，"我说，抓住狂热的机会不放，"让我们假装这完全是一个误会，什么事也没有发生，什么也没有。我太了解你了，绝不会想到像那样侮辱你。我不会想到对你做一件那样的事情——不，要想的话就天诛地灭。我只是很想知道你说的话是否有道理，你是否长得很小。你知道，事情来得太快，我无法说出我的感觉……我并不认为我甚至把手指放到你里面。我一定只是碰到了外面——那就是一切。听着，在这睡榻上坐下……让我们重新成为朋友。"我把她拉到我身边坐下——她显然在软化下来——我用手臂搂住她的腰，好像要更温柔地安慰她。"老是像那个样子吗?"我天真地问，接着我几乎笑出来，因为我明白这是多么愚蠢的一个问题。她故作姿态地低着头，好像我们正在涉及一场说不出口的悲剧。"听着，也许如果你坐到我腿上……"我轻轻把她举到我腿上，同时体贴地把手伸到她裙子底下，轻轻放在她膝盖上……"也许你像这样坐一会儿，你会感觉好一点儿……对，就那样，就偎依在我怀里……你感觉好点儿了吗?"她没回答，但是她也没有推挡，她只是软弱地往后躺着，闭上眼睛。渐渐地，我把我的手很轻很平稳地往她大腿上部移动，始终低声低气地用一种安慰的口气同她说话。当我的手指探入她下体的时候，她已经湿得像一块洗碗布。我仍然对她施心灵感应术，告诉她女人有时候会误会自己，她们有时候如何以为自己很小，而实际上她们很正常。我这样持续越久，她就越来越湿漉漉的，越来越张开。她有一只巨大的窟窿眼儿。我望她一眼，看看她是不是依旧紧闭双眼。她张开嘴，喘着气，但双眼紧闭，好像她在对自己假装这全是一场梦。我现在可以剧烈地把她动来动去——没有任何引起丝毫抗议的危险。也许是我怀着恶意，毫无必要地把她推来推去，就为了看一看她是否会醒过来。她像羽绒枕头一样柔软，甚至脑袋碰在沙发扶手上也一点儿没有激怒的表示。好像她已经把自己麻醉起来，准备好一场免费的做爱。我把她的衣服全扒光，扔在地板上。我在沙发上给她试着来了几下之后，就把她放平在地板上她的衣服上面，然后又溜进去，她用她十分熟练使用的吸入阀把它吸得紧紧的，尽管外表上她像是处于昏迷状态。

　　我感到很奇怪的是，音乐总是进行到最后就变成了性。晚上，如果独自出去散步，我肯定要随便结识某一个人——一个护士，一个从舞厅出来的小姐，一个售货女郎，只要是穿着裙子的随便什么人。如果我和朋友麦克格利高尔坐他的车出去——他会说，就到海滨去兜一小圈——到午夜我会发觉自己坐在某个陌生地段的某个陌生大厅里，有个小姐坐在我腿上，通常我对这样的小姐不怎么挑剔，因为麦克格利高尔比我更饥不择食。往往我跨进他的汽车时会对他说——"听着，今天夜里不找娘儿们，行吗？"他会说——"天哪，不找，我已经受够了……就开车在什么地方转一圈……也许去希普斯海德湾，你说怎么样？"我们还没有走出一里路去，他就会把车停在人行道边上，用肘推我。"看一下那个，"他会指着一个漫步在人行道上的女郎说。"天哪，多美的大腿！"要不就是——"听着，我们请她一块走，怎么样？也许她还能找来一个朋友。"我还没来得及说话，他就会向她打招呼，说出一套千篇一律的行话。十有八九女孩会跟着来。我们还没有走得很远，他就会一边用那只空着的手在她身上摸起来，一边问她是否能找到一个朋友来和我们做伴。如果她大惊小怪，如果她不喜欢太快就被那样乱抓乱摸，他会说——"好吧，那就他妈的滚出去……我们不可能在你这一类人身上浪费时间！"接着他就放慢车速，把她推出去。"我们不能同这样的窟窿眼儿没完没了的纠缠，是吧，亨利？"他会咯咯地轻声笑着说。"你等着，我保证你在今夜过去之前有好戏。"如果我提醒他我们今天说好要歇一晚上的，他会回答："行，随你便……我只是想让你更快活。"然后他会来个急刹车，对黑暗中飘然而来的穿丝绸衣服的黑影说——"喂，妹妹，你在干什么——散步吗？"也许这一回是个有刺激的家伙，一个兴奋的小婊子，除了撩起裙子，把那玩艺儿交给你以外，再没有别的事情好做。也许我们都不必给她买杯饮料，就停在一条小道上的某个地方，在汽车里一个接一个地干将起来。如果她是那种常常会碰到的傻窟窿眼儿，他甚至都不愿费神开车把她送回家。"我

167

们不去那个方向，"他这个杂种会说。"你最好就在这里跳下去。"说着他就会打开车门让她下去。当然，他的下一个念头就是：她干净吗？回去时他会一路上都想着这个问题。"天哪，我们应该多加小心，"他会说，"你不知道你像这样同她们交往会遇到什么麻烦。自从那最后一个以来——你记得，就是我们在大道上认识的那一个——我就痒得要命。也许这只是神经过敏……我想得太多了。为什么一个小伙儿就不能老盯着一只窟窿眼儿呢？告诉我，亨利。你现在要特丽克斯，她是一个好孩子，你知道。在某种程度上，我也喜欢她，但是……见鬼，谈这些有什么用？你明白我——我是个饕餮之徒。你知道，我变得越来越坏，甚至有时候在去幽会的路上——注意，是同一个我想要操的妞，而且一切都安排好了——正当我驱车前去的时候，也许从眼角里我瞥见一条正在穿过马路的大腿，于是就不知不觉把她弄上了车，而另一个妞就见鬼去吧！我一定中了窟窿邪了，我猜想……你怎么想？不要告诉我，"他会迅速补上一句。"我了解你，你这个鸡奸贼……你会告诉我最不中听的东西。"然后，停了一会儿之后——"你是一个有趣的家伙，你知道吗？我注意到你从来不拒绝什么事情，但不知怎么的，你一直似乎并不对此感到担忧。有时候你使我觉得好像你有点儿满不在乎。你也是一个古板的杂种——我要说，几乎是一个一夫一妻制的倡导者。你怎么能同一个女人维持这么长久，真叫我纳闷。你不感到厌倦吗？天哪，我很了解她们会说什么。有时候我想要说……你知道，就是突然出现在她们跟前说：'听着，宝贝，一句话也不要说……只要把它掏出来，张开你的双腿就行。'"他开心地笑着。"如果我对特丽克斯说那样一些话，你能想象她脸上的表情吗？我告诉你，有一次我就差一点儿要这样做。我没有脱下大衣，摘下帽子。她很生气！她不怎么在乎我穿着大衣，然而帽子则不然！我告诉她我怕穿堂风……当然，并没有什么穿堂风。实情是，我他妈的急于要走，所以我想，如果我戴着帽子，我就可以走得快一点儿，然而，我却在那里同她呆了一整夜。她大吵大闹，我无法让她安静下来……但是，听着，那算不了什么。有一次我同一个喝醉的爱尔兰婊子在一起，她有一些怪念头。首先，她从来不要在床上干那种事……总是在桌子上。你知道，偶尔为之还可以，但是经常这么干，会把你累死。于是有一天夜里——我猜想，我有一点儿醉醺醺的——我对她说，不，什么也别干，你这醉鬼……你今晚同我一块儿上床。我需要真正地做爱——上床。你知道，我不得不同那婊子养的吵了将近一个小时，才说服她同我一块儿上床，只是附加了一个条件，我得戴着帽子。听着，你能想象我戴着帽子爬到那傻妞身上去吗？而且身上一丝不挂！我问她……'你为什么要我戴着帽子呢？'你知道她说什么？她说这显得你更有绅士风

度。你能想象那只窟窿眼儿是怎样一种心理吗？我常常恨自己同那个婊子搞在一起。我从来不清醒着到她那里去，那便是一例。我得先把老酒灌饱了，有点儿瞎，有点儿神志不清——你知道我有时候会成什么样子……"

我很了解他的意思。他是我最老的朋友之一，我熟人中脾气最坏的杂种之一。"执拗"一词还不足以形容他的脾气。他像一头毛驴——一个顽固的苏格兰人。他的老头子更糟糕。如果他们俩发起火来，那就好看了。老头子常常手舞足蹈，是气得手舞足蹈。如果老娘来劝架，她就会眼睛上挨一拳头。他们经常把他赶出去。他会带着全部所有物出走，包括家具，也包括钢琴。大约一个月以后，他又会回来——因为在家里他们总是相信他。然后在某个晚上，他会醉醺醺地带着在某个地方勾搭上的女人回家，留她过夜，但是他们真正反感的是，他竟脸皮厚到要他母亲给他们俩把早饭端到床上来。如果他母亲想要痛骂他，他就会把她关起来说——"你想要告诉我什么？如果你不是因为肚子搞大了，你还不会结婚呢！"老太太拧着自己的手说——"什么儿子！什么儿子！老天帮帮忙，我干了什么，要得这种报应？"他会还嘴说，"呀，忘了它吧！你只是一个老笨蛋！"他的妹妹往往前来设法平息事端。"天哪，沃利，"她会说，"你做什么，不关我的事，但你跟你母亲说话时不能更尊重些吗？"于是麦克格利高尔会让他妹妹坐在床上，开始哄她把早饭拿来。通常他不得不问他的同床伙伴叫什么名字，以便把她介绍给他的妹妹。"她不是一个坏孩子，"他会说，指的是他妹妹。"她是家里唯一还不算坏的人……现在听着，妹妹，拿点儿吃的来，行吗？拿些美味的火腿鸡蛋来，呃，怎么样？听着，老头子在吗？你今天情绪怎么样？我想借几块钱使使。你想办法慢慢从他那里骗出来，行吗？我将给你搞点好东西过圣诞节。"然后，好像一切都摆平了，他会把被子往后一扯，露出他身边的那个婊子。"看看她，妹妹，她不漂亮吗？看那两条腿！听着，你应该给你自己找个男人……你太瘦了。你瞧帕特茜这儿，我打赌她不缺这个，呃，帕特茜？"说着，在帕特茜屁股上用力拍了一掌。"现在快去，妹妹，我要些咖啡……不要忘记，把火腿炸得脆一点儿！不要拿隔夜火腿……拿新的。快一点儿！"

我喜欢他身上的东西，是他的弱点；像所有那些有实践意志力的男人一样，他内心并不坚强。没有一件事他不愿做——出于软弱。他总是很忙，而实际上从来不做任何事情。总是专心致志于某件事，总是试图改进他的想法。例如，他会拿起足本大词典，每天撕下一页，在上下班往返的路上虔诚地通读一遍。他满脑子事实，事实越荒诞，越不合理，他就越从中得到乐趣。他似乎专门要向所有人证明，生活是一场闹剧，

不值得为之拼搏，总是一件事把另一件事充抵，等等。他是在纽约北区长大的，离我在那里度过童年的那个地段不远。他也完全是北区的产物，这是我之所以喜欢他的原因之一。例如，他用嘴角说话的方式，他同警察说话时使用的强硬态度，他厌恶地啐唾沫的样子，他使用的独特的诅咒话，他的多愁善感，有限的见识，对打落袋台球与吹大牛的强烈爱好，整夜的神聊胡侃，对富人的蔑视，同政治家的亲近，对无价值事物的好奇，对学问的尊重，对舞厅、酒吧、脱衣舞的迷恋，谈论见世面，却从未出过纽约市；无论谁，只要显示出"勇气"，就把谁当偶像崇拜，类似的种种特点、特征，使他同我亲密无间，因为正是这些特性，标志着我小时候熟悉的伙伴。那个地段似乎只是由可爱的失败者构成的。成年人的举止像小孩，小孩则是不可救药的。没有人高出他的邻居许多，否则他就会受到私刑的惩罚。如果有人竟然成为医生或律师，这是很令人吃惊的。即便如此，他也得当个好好先生，说起话来装得和别人一样，还得投民主党一票。听麦克格利高尔谈论柏拉图或尼采，例如，听他对好朋友谈这些，是难忘的事情。首先，甚至要得到允许来对伙伴们谈论柏拉图或尼采之类的问题，他都得装作他只是偶然遇到了他们的名字；要不他也许会说，有一天夜里他在酒吧的后间遇到了一个有趣的醉鬼，这个醉鬼开始谈论起尼采和柏拉图这些家伙。他甚至会假装他完全不知这些名字如何发音。他会辩解地说，柏拉图并不是这样一种愚蠢的杂种。柏拉图脑袋里有一两个理念，是的，先生，是的，老先生。他愿意看到华盛顿那些愚蠢的政治家设法同柏拉图那样的家伙好好斗一斗。在这绕圈子的话里，他会继续用讲究事实的方式，向他那些侃哥儿们解释，柏拉图在他那个时代是怎样一种聪明鬼，又如何可以同其他时代的其他人相比。当然，他也许是一个太监，他会补充说，为的是要给所有那种博学泼点冷水。他巧妙地解释说，在那些日子里，那些大人物，那些哲学家，往往让人把睾丸割掉——这是一个事实！——以便不受一切诱惑。另一个家伙尼采，他是一个真正的怪人，一个疯人院的怪人。他被认为同他的妹妹恋爱。神经过敏的类型。不得不生活在特殊的气候中——他想是在尼斯。他一般不太喜欢德国人，但是尼采这家伙不一样。事实上，他——这个尼采——恨德国人。他声称他是波兰人，或诸如此类的人。他也对他们绝对公平。他说他们都是臭狗屎。他说他甚至都不愿把一颗子弹浪费在他们身上——他只是用大棒把他们的脑袋打烂。我现在忘记了这个家伙的名字，但是不管怎么样，他告诉我，他在那里的时候见得多了。他说他从整个操蛋事情中得到的最大乐趣是杀死他自己的少校。并不是他对他有什么特别的怨恨——他只是不喜欢他的嘴脸。他不喜欢那家伙发号施令的方式。他说，大多数被杀死的军

官都是在背后被杀的。他们也是活该，这些鸡巴玩艺儿！他只是一个来自北区的小伙儿。我想他现在在华拉鲍特市场附近经营一个弹子房，一个安静的家伙，不管闲事，但是如果你同他谈起战争来，他就会火冒三丈。他说如果他们试着发动另一场战争，他会去刺杀美国总统。是的，我告诉你，他会这样做的……"不过见他妈的鬼，我干吗要跟你们谈论柏拉图呢？嗨……"

其他人走了以后，他会突然换一个腔调。"你不相信那些话，是吗？"他会开始说。我不得不承认我不相信。"你错了，"他会继续说。"你得不断迎合他们，你不知道哪天你会需要这些家伙中的某一个。你设想你是自由的，独立的！你做得好像你高于这些人。嗨，你在这里就犯了一个大错误。你怎么知道五年以后，或者就六个月以后你在哪里？你也许会变成瞎子，你也许会被卡车压死，你也许会被关进疯人院；你不可能说出你将要发生什么事，没有人可能。你会像一个婴儿一样不能自助……"

"那又怎么样？"我会说。

"嗨，你不认为在你需要朋友时就有朋友在你身边很好吗？你也许会不能自助到他妈的这步田地，只要有人来帮你穿过马路你就很高兴。你认为这些家伙没有价值；你认为我同他们在一起是浪费时间。听着，你绝不知道一个人哪天会为你做些什么，没有人会单独成就什么事……"

他因为我的独立性而恼火，他称之我的为冷漠。如果我不得不问他要点儿钱，他就很高兴。这给了他一个机会来大谈友谊。"所以你也得有钱吧？"他会说，满意地满脸堆着笑。"所以诗人也得吃饭吧？嗯，嗯……幸好你来找我，亨利，我的年轻人，因为我对你很随便，我了解你，你这没良心的婊子养的。没问题，你要多少？我没有很多，但我可以和你对半分。这够公平的了吧？是不是你还认为，你这杂种，我该全部给你，然后自己出去借钱花呢？我想你要吃一顿好饭，呃？火腿鸡蛋不够好，是吧？我猜你也很想让我开车把你送到餐馆去，呃？听着，从那张椅子上起来一分钟——我要放个垫子在你屁股底下。嘿嘿，那么你一个子儿也没有了？天哪，你总是一个子儿也没有——我从不记得看见你有钱在口袋里。听着，你对自己不感到羞愧吗？你谈论那些和我鬼混的浪荡鬼……那么听着，先生，那些家伙从来不像你那样跑来问我要一文钱。他们有更多的自豪——他们宁愿去偷，也不来掏我的钱包。而你，呸，你满脑子自大的念头，你要改造世界，满口废话——你不想干活挣钱，不，不。你……你指望有人把钱放在银盘子上端给你。嗬！幸亏身边有我这样的家伙理解你。你需要了解你自己，亨利。你在做梦。每一个人都要吃饭，你不知道吗？大多数人愿意干活挣饭

吃——他们不像你那样整天躺在床上，然后突然穿上裤子，跑到手头上的第一个朋友那里去。假如我不在这里，你会干什么？不要回答……我知道你要说什么。但是听着，你不能一生都像那个样子。当然，你说得好极了——听你说话是一种乐趣。你是我认识的人当中唯一我真正喜欢一起聊天的家伙，但是这会使你成功吗？总有一天他们会因为流浪罪把你关起来。你只是一个流浪汉，你不知道吗？你甚至都不如你说教中谈到的其他那些流浪汉。我陷入困境的时候你在哪里？你找不到了。你不回我的信，不回我的电话，有时候我来看你，你甚至躲起来。听着，我知道——你不必向我做解释。我知道你一直都不想听我的故事。可见他妈的鬼，有时候我真的不得不同你说话，而你却他妈的不闻不问。只要雨淋不着你，肚子里有顿饱饭，你就很快活。你不考虑你的朋友——除非你自己有危急。这样做是不地道的，是吧？你要承认，我就给你一块钱。他妈的，亨利，你是我交的唯一真正的朋友，但是如果我知道我在谈论的东西，那你就是一个无赖的婊子养的。你只是一个天生的婊子养的饭桶。你宁愿饿死也不愿意着手做点儿有益的事情……"

当然我会笑着伸出手去要他答应我的那一美元。这又重新激怒了他。"只要我给你我答应你的那一美元，你就准备说些什么，是吗？好家伙！谈论道德——天哪，你有响尾蛇的伦理观。不，以基督的名义，我还不想把它给你。我要先折磨你一番。如果可能的话，我要让你挣这钱。听着，给我擦皮鞋怎么样——给我擦鞋，行吗？如果你现在不擦，它们就永远不会被人擦了。"我拿起鞋，问他要刷子。我不在乎给他擦鞋，一点儿也不，但是那样也似乎刺激了他。"你要擦鞋，是吧？行，天啊，那干起来又快又利索。听着，你的自豪感到哪里去了——你不是有自豪感吗？而且你是知晓一切的家伙。这是很令人吃惊的。你懂得他妈的那么多，竟还得靠擦你朋友的皮鞋来骗一顿饭吃。真是个好小伙！给，你这杂种，给你刷子！你擦的时候，把另一双也擦一擦。"

暂停一会儿。他在水斗那儿洗了洗，哼了一会儿曲子。突然，用欢快的腔调说——"今天外面天气如何，亨利？太阳好吗？听着，我想到一个最适合你去的地方了。蛋黄沙司浇扇贝熏肉，你说怎么样？这是一个小地方，在水湾附近。像今天这样的日子，正是吃扇贝熏肉的日子。呃，怎么样，亨利？不要告诉我你有事要做……如果我拉你到那里，你就得花点儿时间同我在一起，你是知道的，是吧？天啊，我真希望有你的性情。你只是一分钟一分钟地放任自流。有时候我认为你他妈的过得比我们谁都好得多，尽管你是一个臭烘烘的婊子养的，一个叛徒，一个贼。我和你在一起的时候，日子过得就好像做梦一般。听着，我说我有时候不得不见你，难道你不明白我的意思吗？我总是一个人，简直就要发疯。为什么我拼命到处追娘儿们？为什么我整夜玩牌？为什么我要同那些流浪汉鬼混？我需要同某个人说话，就是这样。"

一会儿之后在海湾，坐在水边，他肚子里灌了一杯黑麦威士忌，等着海鲜端上来……"如果你能做你想做的事情，那么生活就不算太坏，呃，亨利？如果我赚了一点儿钱，我就要去环球旅行——你跟我一起去。是的，虽然你是无功受禄，但是我还是准备有一天真正花些钱在你身上。我要看看，如果我给你充分自由的话，你会怎样表现。我要给你钱，瞧……我不会假装把它借给你。我们将看看，在你有了一些钱在口袋里的时候，你那些了不起的念头会有什么结果。听着，那一天我谈论柏拉图的时候，我是想问你一件事的。我想问问你，是否读过他关于亚特兰蒂斯的故事。你读过吗？读过？那么，你怎么想？你认为这只是一个故事，还是你认为曾经有过那样一个地方？"

我不敢告诉他，我怀疑有成千上万个大陆，其过去或未来的存在，我们都还没有开始梦想过。于是我干脆说，像亚特兰蒂斯那样的地方曾经存在过，这是完全有可能的。

"嗯，我猜想，这在某种程度上讲并不十分紧要，"他继续说，"但是我要告诉你我怎么想。我认为一定曾经有过那样一个时代，那时候的人跟我们不一样。我不能相信，他们过去就一直是他们现在的那副猪样，而且最近几千年来一直是那样。我认为很可能有一段时期人们懂得如何生活，懂得如何无拘无束，享受生活。你知道是什么东西逼得我发疯吗？是看到我的老父亲。自从他退休以后，他就整天坐在火炉跟前闷闷不乐。像一只奄奄一息的猩猩坐在那里，这就是他终生做牛做马得来的一切。他妈的，如果我认为我也会那样的话，我会现在就把我的脑浆打出来。看看你周围……看看你认识的人……你认识一个值得交往的人吗？我很想知道，所有那些大惊小怪是要干什么？我们必须活着，他们说。为什么？这正是我想要知道的。他们都会日子过得绝对好得多。他们都只是一大堆臭大粪。战争爆发时，我见他们奔赴战壕，我就对自己说，好，也许他们回来时会通情达理一点儿！当然，他们当中许多人没有回来，但是其他人！——听着，你猜想他们会变得更人道、更体贴人吗？一点儿也不！他们内心里全是屠夫，当他们面临极大困难的时候，他们就怒气冲天。他们让我恶心，他们这整个一帮操蛋家伙。我明白他们是些什么玩艺儿，每天都得保释他们出去。我是从栅栏的两方面来看问题。在另一方面，更是臭不可闻。嘿，如果我告诉你我知道的一些事情，让你看看判这些可怜的杂种有罪的法官是些什么玩艺儿，你一定会痛打他们。你要做

的一切就是看看他们的嘴脸。是的，亨利，我愿意认为，曾经有一个时代事物是另外一个模样。我们还没有见到任何真正的生活——我们也不想见。如果说我多少了解一点儿情况的话，那么就是说，这情况还要维持好几千年。你认为我唯利是图。你认为我疯狂地想挣许多钱，是吗？那我告诉你，我要挣一小堆钱，以摆脱这臭屁。如果我能摆脱这环境，我就会独自去和一个黑婊子住在一起。我拼命努力达到我现在的地步，其实，这离原来的地方并不很远。我并不比你更相信工作——我是那样被培养起来的，那就是一切。如果我能用不正当手段搞到许多钱，如果我能从我打交道的这些臭杂种中的哪个人那里骗到一堆钱，我会心安理得地去做的。我太了解法律了，这就是麻烦事，但是你会看到，我还是要诈取他们的钱财。当我成功的时候，我将搞大的……"

海鲜端上来，又一杯威士忌下肚，他又重新开始。"说起让你跟我一起去旅行，我就是那个意思。我的考虑是认真的。我想你会告诉我你有老婆孩子要照顾。听着，你什么时候才能和你那个母夜叉一刀两断？你不知道你必须甩掉她吗？"他温和地笑起来。"嗬嗬！亨利，在你还没有完全丧失理智的时候，且听我一句：不要让那驴脸婆把你的生活搞得一团糟，你明白我的意思吗？我不管你干什么或者去哪里。我会讨厌你离开城市……我会想你的，坦白告诉你，但是，天啊，如果你必须去非洲，那你也赶紧屁颠屁颠去，逃出她的手心，她不适合于你。有时候，我手头有一只好窟窿眼儿，我就暗想，现在有好东西给亨利了——我心里想着要把她介绍给你，然后，就当然地忘记了。不过，小伙子，天下有成千上万只窟窿眼儿你可以跟他们一起过。想一想你却不得不挑中那样一个下贱的婊子……你还要熏肉吗？你现在最好还是想吃什么就吃什么，你知道以后就没有钱了。再喝一杯，呃？听着，如果你今天试着从我这儿溜走，我发誓绝不借给你一分钱……我刚才在说什么来着？她不需要你，你这笨蛋，难道你不明白吗？她只是要折磨你。至于小孩……嗨，见他妈的鬼，我要是你，我就把她溺死。那听起来有点儿卑鄙，不是吗？不过你知道我的意思。你不是父亲。我不知道你他妈的是什么玩艺儿……我只知道你是他妈的一条好汉，不会把一生浪费在她们身上。听着，你为什么不设法有所成就呢？你还年轻，亮相也亮得不错。去个什么地方，离得远远的，一切重新再来。如果你需要一些钱，我会给你筹的。这就像把钱扔到阴沟里，我知道，但我仍然会为你筹的。事实是，亨利，我非常非常喜欢你。我从你那里得到的，比从世界上任何人那里得到的都多。我猜想，我们来自那个老城区，有许多共同之处。奇怪的是，在那些日子里我竟然不认识你。见鬼，我变得感伤起来了……"

十七

    日子就像那样过去。带着许多好吃好喝的，阳光明媚，一辆小汽车带着我们到处转，不时抽支雪茄，在海滩上打一会儿盹，研究过往的窟窿眼儿，又说又笑，还唱了一会儿小曲——这就是我和麦克格利高尔度过的许多许多日子中的一天。像那样的日子真的似乎使轮子停止转动。表面上快快活活，时间就像梦一般糊里糊涂地过去。但是实际上，却有一种宿命感，有一种不祥的兆头，使我第二天萎靡不振，忐忑不安。我很想知道有一天我会不得不停顿下来；我很想知道我正在浪费我的时间，但是我也知道我无能为力。必须发生某件事，某件大事，某件会将我横扫在地的事情。我需要的一切就是推我一下，但必须是我的世界之外的某种力量，能真正推动得了我，我确信这一点。我不能忧伤过度，因为这不是我的性格。我一生中的事情总是——到最后——很顺当。我不可能需要花大力气。必须由天意来决定某些事——在我的情况中，就是全部听天由命。尽管从表面看来，有多少不幸，有许多事没应付好，我却知道自己生就的富贵命，而且天生两个脑袋。我承认外部情况很糟糕——但更使我担心的是内部情况。我真的很害怕我自己，害怕我的胃口、我的好奇心、我的柔性、我的渗透性、我的可塑性、我的和蔼可亲、我的适应能力。没有一种情况本身能吓倒我：我不知怎的，总是看见自己过舒服日子，就好像在花朵里啜饮蜂蜜。即使我被投入监狱，我也感到我将过得很好。我想，这是因为我知道如何不做反抗。其他人连拉带拽地拼命干，搞得精疲力竭；我的策略是随大溜。人们对我做的事，几乎还不如他们对人对己所做的事那样叫我操心。我内心真的感觉他妈的很好，所以我必须接受全世界的问题。这就是我为什么一直处于混乱之中。也就是说，我和我自己的命运不同步。我竭力实践世界的命运。比如，如果我有一天晚上回到家，家里没有吃的，甚至连给小孩吃的东西也没有，我就会马上到处去寻找吃的，但是我发现自己刚一匆匆来到外面寻找食物，就立刻又回到了世界观上面，这使我费解、困扰。我没有想到专门给我们吃的食物，我想到的是一般意义上的食物，是那一时刻世界各地处于各个阶段上的食物，它如何得到，如何准备好给人用餐，如果人们没有食物，他们做些什么，也许有一种

方法可以使每一个想得到食物的人都得到它，不再把时间浪费在这么简单的问题上。无疑，我为老婆孩子感到遗憾，但也为霍屯督人，为澳洲森林居民感到遗憾，更不用说饥饿的比利时人、土耳其人、亚美尼亚人。我对人类，对人类的愚蠢，对人类想象力的贫乏感到遗憾。吃不上一顿饭并不那么可怕——使我深感不安的是街上死一般的空寂。所有那些讨厌的房子，一模一样的，一切都如此空寂、如此凄凉的样子。脚下有漂亮的铺路石，街中间有柏油马路，各家门前有既美又丑的高雅的褐砂石台阶，然而一个家伙竟会整天整夜在这昂贵的材料上到处奔走，寻找一块面包干。是这种状况使我感到不安。这太不谐调了。只要人们能摇着吃饭铃冲出去喊："听着，大家听着，我饿着肚子。谁需要擦皮鞋？谁需要倒垃圾？谁需要清洗排水管？"那就好了。只要你能走到街上，像那样对他们说清楚；然而不，你不敢张开你的嘴。如果你在街上告诉一个家伙你肚子饿，你就把他的屎都吓出来了，他像见了鬼似的逃走。那是我以前从不理解的事情，现在还是不理解。全部事情其实很简单——某个人来到你跟前时，你只要说一声"行"。如果你不能说"行"，你可以挽住他的胳膊，请另一个人帮助你们摆脱困境。你为什么要穿上制服，去杀死你不认识的人，就为了得到那块面包干，这对我来说是个谜。我考虑的是这些，而不是食物吃到了谁的嘴里，或者它卖多少钱。我为什么要去管一样东西值多少钱呢？我在世上是要活着，而不是计算，而这正是那些杂种不要你做的事——活着！他们要你花费整整一生来增加数字。那对他们有意义。那是合理的。那是明智的。如果我来掌舵，也许事情不会这样有条有理，但是却更加轻松愉快，耶稣作证！你不必为一些小事搞得屁滚尿流。也许不会有碎石铺的道路、长蛇阵的汽车、高音喇叭以及亿万种新鲜玩艺儿，也许甚至窗上没有玻璃，也许你只能睡在地上，也许不会有法国烹调、意大利烹调、中国烹调，也许人们的耐心消耗净尽的时候就会互相残杀，也许没有人会阻止他们，因为不会有任何监狱、警察、法官，当然也不会有任何内阁大臣或立法机构，因为不会有他妈的任何法律让人遵守或不遵守，也许从一个地方到另一个地方要走好几个月、好几年，但是你用不着签身份证份证，因为哪儿也用不着登记，你也用不着身份证号码，如果你想每星期改一次名字，你尽管改好了，这是无所谓的，因为除了你能随身携带的东西，你不拥有任何东西，在一切都自由的时候，你为什么还要拥有任何东西呢？

在这个时期，我走了一家又一家，干了一个又一个工作，交了一个又一个朋友，吃了一顿又一顿饭，但是我还是为自己圈出一些空间作为抛锚地；这更像是湍急的水道中的救生圈。进入我周围一里范围内，就会听到一只巨大的钟在悲鸣。没有人能看见抛锚地——它深深埋在水道底下。人们看见我在水面上上下浮动，有时候轻轻摇摆，有时前后颤动。安全地牵制着我的是我放在客厅里的那张有分类格子的大书桌。这张书桌曾经在老爷子的裁缝铺里放了十五年，靠它赚来了许多钱，也因做活而使它吱嘎作响，抱怨不止。在它的分类格子里，还放着一些古怪的纪念品，我最后是趁老爷子生病，把它从店铺里偷着搬出来的；现在它就立在布鲁克林最受人尊敬地段的正中心一座受人尊敬的褐砂石房子三层楼上我们阴郁的客厅地板当央。我得费好大劲才能把它放到那儿，但是我坚持它必须放在全部家当的最最中间。就像把一只乳齿象放到一个牙齿诊室的正中央。但是因为老婆没有朋友来做客，而我的朋友则即使它悬挂在吊灯上也无所谓，于是我就把它放在客厅里，把我们拥有的所有多余的椅子全放在它周围，摆成一大圈，然后我舒适地坐下来，把脚跷到书桌上，梦想着如果我能写作的话将写些什么。在书桌旁边我还放了一只痰盂，一只很大的铜痰盂，也是从店铺里拿来的，我不时朝里面吐一口痰，提示自己它就在那里。所有的分类格子都是空的，所有的抽屉也都是空的；书桌上书桌里全一无所有，只有一张连垫放在 S 形锅钩底下都嫌太小的白纸。

当我想起我所做的巨大努力来疏导在我内心沸腾冒泡的熔岩，想起我重复了成千上万次的努力来安放好漏斗，来捕获一个词、一个词组时，我必定要想到旧石器这样的东西。它不费力气就来了，一眨眼工夫便诞生了，你会说这是一个奇迹，只是发生的一切都是奇迹般的。事情发生或者不发生，这就是一切。没有事情是由汗水与拼搏来完成的。几乎每一件我们称之为生活的东西，都只是失眠，是一种痛苦，因为我们已经失去了睡着的习惯。我们不知道如何洒脱。我们像安在弹簧顶上的匣中小丑，我们越挣扎，就越难于回到匣中去。

我想，如果我疯了，我除了把这原始人的用品放在客厅中央，就不会想到更好的计划来巩固我的抛锚地。我的脚跷到书桌上，接收着潮流的声音，我的脊柱舒服地埋在厚厚的皮垫子里，我同在我周围漂浮旋转的零碎物处于理想的关系，因为我的朋友们自己疯了，而且是潮流的一部分，他们就费尽心思让我相信，这些零碎物就是生活。我清楚地记得，也就是说，通过我的脚所实现的同现实的第一次接触。我写过一百万字左右，请注意，写得有条有理，结构很好，却对我来说等于零——旧石器时代的原始密码——因为接触是通过头脑来进行的，而头脑是无用的附属物，除非你在水道中央深深地在泥中抛锚。我以前写的一切都是老古董，现在的大多数写作仍是老古董，这便是为什么没有烧起来，没有使世界燃烧的原因。我只是古人类的传声筒；甚至我

的梦也不可靠，不是真正的亨利·米勒之梦。安静地坐着，想着一个由我、由救生圈产生的念头，是赫拉克勒斯式的艰巨任务。我不缺乏思想，也不缺乏词汇和表达能力——我缺乏更重要得多的东西：切断电流的工具。讨厌的机器停不下来，这便是难题。我不仅处于潮流当中，而且潮流流遍我的全身，我一点儿也支配不了它。

我记得那一天，我让机器彻底停下来，也记得另一个机械装置，上面签着我自己姓名的第一个字母，用我自己的双手和鲜血制成的那个机械装置，慢慢开始运行。我曾到附近的剧院去看一场轻歌舞剧表演；这是日场演出，我买了楼厅的票。排队站在大厅里等候的时候，我就已经体会到一种奇怪的坚实感。就好像我在凝结，明显成为一块坚实的胶冻。这就像伤口治愈过程中的最后阶段一样。我处于最高的正常状态，这倒是十分异常的情况。霍乱会来临，将它污浊的气息吹进我口中——没有关系。我会弯腰去吻麻风病人手上的溃疡，不可能对我自己有任何伤害。我们大多数人所希望的一切，便是在健康与疾病之间这种永恒冲突中有一种平衡，但我不仅有这种平衡，而且血液中有一个正整数，这意味着，至少暂时，疾病被完全打垮了。如果有人在这时候聪明地扎下根，他就永远不会再生病、不幸，甚至死亡。但是要跃向这样的结局，就要奋力一跳，跳回到比旧石器时代更久远的年代。在那一刹那，我甚至不梦想扎根；我一生中第一次体会到奇迹的意义，但我听到我自己的齿轮啮合的时候，我是如此吃惊，以致愿意为了这种体验的特权而当场死去。

发生的事情是这样的……当我手里拿着撕过的票根从门卫面前走过时，灯光暗下来，幕布升起。黑暗突然降临，使我的眼睛微微发花，我就站了一会儿。当幕布冉冉升起时，我有一种感觉，好像在所有的年代里，人类总是被壮观场面之前的这个简短时刻搞得一声不响。我可以感觉到幕布正在人类中升起。我也立即明白，这是一个象，它在人类睡梦中不断出现在他们面前；我明白，如果他们醒着，登上舞台的绝不会是演员而应该是他们，人类。我不是这样想——我说，这是一种理解，它如此简单，如此绝对清晰，以致机器立即死死停住，我正沐浴着现实的光明，站在我自己面前。我把眼光从舞台上转开去，注意看我去我楼厅上的座位应该经过的大理石楼梯。我看见一个人慢慢登上台阶，他的手横放在栏杆上。这人一定是我自己，自从我出生以来一直在梦游的那个旧自我。我的眼睛没有看见整个楼梯，只看见那个人已经爬过，或当时正在爬的那几级楼梯。这人从来没有爬到楼梯顶上，他的手也从来没有从大理石栏杆上拿开。我感到帷幕降下来，一会儿工夫，我又到了布景后面，在道具中走来走去，就像道具管理员突然从睡梦中醒来，不知道是在做梦呢，还是看着正在舞台上演出的一场梦。它明朗、清新、新奇。我只看见活生生的东西！其余的消失在阴影中。正是为了使世界永远活生生，我没有等着看演出，就跑回家去。坐下来，着手描写那一截不朽的楼梯。

正是在这个时候，达达主义者盛行一时，不久又出现了超现实主义者。这两个流派我从来没有听说过，直到大约十年以后才听说；我从来没有读过一本法文书，也从来没有法国式的念头。我也许是美国独一无二的达达主义者，而我却一无所知。尽管我同外界有各种接触，我却像一直生活在亚马逊丛林中一般。没有人理解我正在写的东西，或者我为什么要那样写。我神志如此清醒，以至于他们说我发疯。我在描述新世界——不幸的是太早了一点儿，因为它还没有被发现，谁也不会被你说服，相信它的存在。这是一个卵巢世界，还隐藏在输卵管里。自然还没有任何东西清楚地显现出来：只能看见一根脊柱模模糊糊的少许迹象，当然没有胳膊，没有大腿，没有头发，没有指甲，没有牙齿。性是最不会被梦见的东西；这是克洛诺斯及其卵一般的后代的世界。这是小不点儿的世界，每一个小不点儿都是必不可少的，吓人地合乎逻辑的，绝对不可估计的。没有一件事物这样的事物，因为"事物"的概念正在消失。

我说我描述的是一个新世界，但是像哥伦布发现的新世界一样，结果它是一个比我们所知道的任何世界都远为古老的世界。我在皮包骨头的外观底下，看到了人类总是在内心携带的那个不可摧毁的世界；真的，它既不是旧的，也不是新的，而是无时无刻不在变化的永恒真实的世界。我看到的一切都是擦去后重写的，没有哪一层书写的文字我感到太古怪而破译不了。我的伙伴们晚上离开我之后，我会经常坐下来，给我的朋友，澳洲丛林居民，密西西比河盆地的筑堤人，菲律宾的伊哥洛人等写信。当然，我必须写英语，因为这是我说的唯一语言，但是在我的语言和我的好朋友们使用的心灵感应术之间有一个差异世界。任何原始人都会理解我，任何古代人都会理解我：只有我周围那些人，也就是说，一个大陆上的一亿人，理解不了我的语言。为了写得好让他们明白，我不得不首先杀死什么东西，其次阻止时间进程。我刚刚弄明白，生活是不可摧毁的；没有时间这样东西，只有现在。他们指望我拒绝承认一个我花了终生时间来窥一眼的真理吗？他们肯定这样指望。他们不想听到的一件事是，生活是不可摧毁的。他们宝贵的新世界不是建立在无辜者的毁灭，建立在强奸、掠夺、折磨、蹂躏之上的吗？两个大陆都遭玷污；两个大陆都被剥夺了一切宝贵的东西——以物的形式。我认为，没有人比蒙提祖马受到过更大的羞辱；没有一个种族比美国印第安人更无情地遭到消灭；没有一块土地像加利福尼亚那样以那样肮脏血腥的方式遭到淘金

者的糟蹋。我想到我们的由来就脸红——我们的双手浸泡在鲜血与罪恶中。通过直接去全国各地旅行，我发现，屠杀和掠夺一点儿也没有停止。每一个人都是潜在的凶手，甚至最亲密的朋友也不例外。往往不必拿出枪、套索、烙铁——他们已经发现更阴险、更穷凶极恶的方法来折磨和屠杀他们自己。对我来说，最难以忍受的痛苦是我话还未出口，就让人把它消灭了。通过痛苦的经验我学会了保持沉默；我学会了静坐，甚至笑眯眯的，而实际上我嘴上冒泡。我学会同所有这些看上去天真无邪的恶魔握手，并对他们说；"你们好！"而他们却只是在等着我坐下来，好吸我的血。

当我在客厅里我的史前书桌前坐下来的时候，怎么可能使用这种强奸与谋杀的代用语言呢？我孤身一人在这伟大的暴力半球中，但是就人类而言，我不是孤身一人。我在由闪着磷光的残酷之火所照亮的物的世界中很孤独。我让一种无法释放的能量搞得神志不清，要释放能量除非是用来造成死亡和做无益之事。我不能上来就做一个详尽的声明——这意味着穿拘束衣或者上电椅。我就像一个在地牢中监禁了太久的人——不得不缓慢地、踉踉跄跄地摸索着走路，免得跌倒，被人踩上；我不得不逐渐习惯于自由所包含的惩罚；我不得不长出一层新表皮，保护我不受天上这种燃烧一般的光线伤害。

那个卵巢世界是生命节奏的产物。小孩子一生下来，他就成为世界的一部分，在这个世界上不仅有生命节奏，而且有死亡节奏。活着，不惜一切代价活着的狂热愿望，不是我们身上的生命节奏的结果，而是死亡节奏的结果。不仅没有必要不惜一切代价来继续活着，而且如果生活令人讨厌，那它就是绝对错误的。这种出于战胜死亡的盲目冲动而要使自己继续活下去的做法，本身就是一种播种死亡的手段。每一个没有充分接受生活，不增长生命的人都在帮着以死亡充满世界。做最简单的手势可以传达最高的生命意识；以全身心说出的一个词可以赋予生命。活动本身没有意义：它常常是一个死亡标志。由于简单的外部压力，由于环境和榜样的力量，由于活动造成的社会趋势，人们会成为可怕的死亡机器的一部分，比方说，像美国。一个精力旺盛的人关于生活、和平、现实等知道些什么？美国任何一个精力充沛的个人关于智慧、能量，关于一个衣衫褴褛、正坐在树下沉思的乞丐知道些什么？什么是能量？什么是生活？人们只需读一读科学课本和哲学课本那些愚蠢的废话，就能明白，这些精力充沛的美国人其智慧多么一钱不值。听着，他们让我运转，这些疯狂的马力恶魔；为了打破他们的疯狂节奏，他们的死亡节奏，我不得不采取一种波长，在我在自己内部找到真正的支持以前，这种波长至少可以破坏他们定下的节奏。当然，我不需要我放在客厅里的这张笨重而奇形怪状的古老书桌；当然，我不需要成半圆形摆在周围的十二把空椅子；我只需要可以在其中写作的小天地，以及第十三把椅子，把我带出他们使用的黄道十二宫图，将我放在天外天里。但是，当你逼得一个人快要发疯的时候，当他自己很惊奇地发现他仍然有某种抵抗力，某种他自己的力量时，你就会发现这样一个人的行为非常像原始人。这样一个人不仅容易变得冥顽不化，而且迷信，相信魔术，施行魔术。这样一个人已经超越了宗教——他吃苦头就吃在他的笃信宗教上。这样一个人成为一个单狂者，只专心于做一件事，这就是冲破施于他的邪术。这样一个人已经超越了扔炸弹，超越了反叛；他要停止做出反应，无论是惰性的反应还是凶猛的反应。这个世上的人中之人要使行为成为生命的显示。如果在实现他的可怕需求的过程中，他倒行逆施起来，变得孤僻，说话结结巴巴，证明完全不适应社会，因而无法挣钱活命，那么，你知道，这个人已经找到了回到子宫去，回到生命之源去的方法；明天，他不是作为一个你使他成为的那种可鄙的嘲笑对象象，而是作为一个凭自己真本事的人站出来，这时候，世界上的所有力量都将对付不了他。

从他在史前书桌上用来同世界上的古人交流的原始密码，产生了一种新的语言，它穿过当时的死亡语言，就像无线电穿过暴风雨。在这个波长中没有魔术，就像子宫中没有魔术一样。人们很寂寞，无法相互交流，因为他们的所有发明只表达了死亡。死亡是统治行为世界的自动机。死亡是沉默的，因为它没有嘴。死亡从不表达任何事。死亡也是神奇的——在生命之后。只有一个像我这样的人才张开嘴说话，只有一个说"是"，"是"，"是"，一个一再说"是"的人才能张开双臂，拥抱死亡而不知害怕。死亡是一种报偿，是的！死亡是完成的结果，是的！死亡是冠与盾，是的！但是，使人孤立，使他们痛苦、恐惧、寂寞，给他们没有结果的能量，让他们充满只能说"不"的意志，这却根本不是死亡。任何人在发现了自己，发现了他自己的节奏，也就是生命节奏的时候写下的第一个字就是"是"！他此后写的一切都是"是"，"是"，"是"——以亿万种方法表达的"是"。没有一种精力，无论有多么巨大——甚至一亿死魂灵的精力——可以同一个说"是"的人相抵制。

战争在进行，人们正被屠杀，一百万，两百万，五百万，一千万，两千万，最终一亿，然后十亿，每一个人，男女老少，直到最后一人。"不！"他们在喊。"不！他们不准通行！"然而每一个人都通行无阻；每一个人都有一条自由通道，无论他喊"是"还是"不"。在这种精神上的破坏性渗透作用的成功显示当中，我坐在大书桌旁边，脚翘在上面，试图同亚特兰蒂之父宙斯，同他失去的后代交谈，一点儿也不知道，阿波

利奈尔在停战前一天将死在一所陆军医院，一点儿不知道在他的"新作"中，他已经写下了这几句不可磨灭的诗行：

"宽容吧！当你将我们，

同代表完美秩序的人们相比。

我们到处寻找冒险，

我们并非你的仇敌。

我们将给你一大片陌生领地，

在那里神秘之花正等人来摘取。"

我一点儿不知道，在这同一首诗中，他还写道：

"同情我们吧！我们始终战斗在无垠未来的边陲，

同情我们的过失，同情我们的罪。"

我一点儿也不清楚，当时活着一些叫作布莱兹·桑德拉尔、雅克·瓦舍、路易·阿拉贡、特利斯坦·查拉、勒内·克莱威尔、昂利·德·蒙特朗、安德烈·布勒东、麦克斯·恩斯特、乔治·格罗茨等稀奇古怪名字的人；一点儿也不知道，1916 年 7 月 14 日在苏黎世的瓦格礼堂发表了第一份达达宣言——"安替比林先生的宣言"——在这份奇怪的文件里这样说道："达达是没有拖鞋或类似物的生活……没有纪律或道德的纯必然，我们唾弃人性。"一点儿也不知道 1918 年的达达宣言包含这些词句："我正在写一份宣言，我什么也不想要，而我还是说某些事情，我反对作为原则的宣言，因为我也反对原则。

我写这个宣言来表明，单单做一次呼吸，人们就是做了两个相反的动作；我反对动作；赞成连续的矛盾，也赞成肯定，我是既不赞成也不反对，我不做解释，因为我恨解决实际问题的智慧……有一种文学，它到不了贪得无厌的大众那里。创作者的作品来自作者方面的真正需要，是为他自己而创作的。一种最高的自我中心主义的意识，在它面前，星星也暗淡无光……每一页都必然要爆炸，不是塞满十分严肃、沉重的东西，旋风，令人头昏眼花的东西，新事物，永恒的事物，就是塞满绝对的欺骗，塞满对原则的热情，塞满排印方式。一方面，一个摇摇晃晃消失的世界和整个地狱的钟声相伴；另一方面：新的存在。

三十二年后，我仍然说着："是！是，安替比林先生！是，特利斯坦·布斯坦诺比·查拉先生！是，麦克斯·恩斯特·格布尔特先生！是！勒内·克莱威尔先生，你自杀而死，是，世界疯了，你很对。是，布莱兹·桑德拉尔先生，你杀人杀得对。是在停战那天，你发表了你的小书——《我杀了人》吗？是，接着干，小伙子们，人性……是，雅克·瓦舍，完全正确——艺术应该是有趣的东西，有一点儿烦人。"是，我亲爱的死瓦舍，你多么正确、动人，柔情的、真实的东西是多么有趣又多么烦人："具有象征性是象征的本质。"请从另一个世界里对我们再重复一遍！你在那里有麦克风吗？你找到了混战中炸飞的所有那些腿和胳膊吗？你能把它们再安到一起吗？你记得1916年在南特同安德烈·布勒东的会晤吗？你们一起庆祝了歇斯底里的诞生吗？他，布勒东，是否告诉你，只有各种不可思议的东西，除了不可思议的东西外什么也没有，而不可思议的东西始终是不可思议的——又听到这样的话不是不可思议吗？尽管你的耳朵已经被堵住。在继续说下去以前，我要在这里为我的布鲁克林的朋友们加上爱弥儿·布维耶对你作的一番小小描述，他们也许当时从中认不出我来，但我相信，他们现在能……

"……他没有全疯，必要时还能解释他的行为，但他的行为仍然像杰瑞最糟糕的怪癖一样令人难堪。比如说，他刚出医院，就去当码头搬运工，于是他每天下午就在卢瓦尔河沿岸的码头上卸煤。而晚上，他会穿着入时，不断更换行头，逛遍咖啡馆、电影院。而且，在战时，他会有时穿着轻骑兵中尉的制服，有时穿着英国军官、飞行员、外科军医的制服，神气活现地走来走去。在平时，他十分自由自在，对借用安德烈·沙蒙的名字来介绍布勒东不以为然，同时他又毫无虚荣心地给自己加上了最了不起的称号，自称从事过最了不起的冒险活动。他从来不说"早上好"，也不说"晚上好"，也不说"再见"，从来不注意来往信件，除非是在向母亲要钱的时候留意母亲的来信。他隔了一天就不认识最好的朋友……"

你们认出我了吗，小伙子们？不过是一个在同祖尼人地区的红头发白化病患者交谈的布鲁克林男孩。脚翘在书桌上，准备写"强烈的作品，永远不被人理解的作品"，这是我死去的朋友们所断言的。这些"强烈的作品"——如果你看见，你会认出这些作品吗？你知道，被杀死的成百万人中，没有一个人的死必然会产生"强烈的作品"吗？新的存在，是！我们仍然需要新的存在。我们可以不要电话，不要汽车，不要高级轰炸机——但是我们不能没有新的存在。如果亚特兰蒂斯被淹没在海底，如果狮身人面像和金字塔仍然是永恒的谜，这是因为不再有新的存在诞生。把机器停一会儿！倒回去！倒回到1914年，回到骑在马上的德皇陛下那里。让他用干枯的胳膊抓住缰绳骑在马上呆一会儿吧！看他的小胡子！看他神气活现的傲慢样子！看他的以最严格的

纪律整好队列的炮灰，全部准备好服从口令，被击毙，被炸飞肠子，被生石灰烧死。现在停一下，看另一方面：我们伟大、光荣的文明的捍卫者，那些以战争消灭战争的人。换掉他们的衣服，换掉制服，换掉马，换掉旗帜，换掉场所。哎呀，那就是我看见骑在白马上的那位德皇陛下吗？那些就是那可怕的德国兵吗？贝尔塔巨炮在哪里？哦，我明白了——我原以为它正对准了巴黎圣母院呢！人性，我的伙伴们，总是冲锋在前的人性……而我们正在谈论的强烈的作品呢？强烈的作品在哪里？打电话给西方联合公司，派一个快腿的送信人——不要瘸子或八十多岁的老人，要一个年轻的！让他去找到那伟大的作品，把它带回来。我们需要它。我们有一个崭新的博物馆，准备好收藏它——还有玻璃纸和杜威十进分类法将它归类存放。我们所需要的一切便是作者的名字。即使他没有名字，即使这是一部匿名作品，我们也无所谓。即使它有一点儿芥子气在里面，我们也不在意。死活把它取回来——谁取回来就得 25000 元奖金。

如果他们告诉你，这些事情必然这样，事情不可能有另外的样子，法国尽了最大努力，德国尽了最大努力，小利比里亚、小厄瓜多尔和所有其他联盟也都尽了最大努力；自从战争以来每一个人都在尽最大努力做弥补或忘却，那你就告诉他们，他们的最大努力还不够好，我们不想再听到"尽最大努力"这样的逻辑；告诉他们，我们不要劣质便宜货中最好的东西，我们不相信便宜货，无论好坏，我们也不相信战争纪念碑。我们不要听到事情的逻辑——或任何一种逻辑。"Je ne parle paslogique，"蒙特朗说，"je parle générosité。"我认为你没有听清楚，因为这是法语。我将用女王陛下的御用语言向你重复："我不谈逻辑，我谈慷慨。"这是拙劣的英语，女王陛下也许就是这样说话的，但是它很清楚。慷慨——你们听到了吗？你们从不施行慷慨，你们任何人，无论是在和平时期还是在战争中。你们不知道这个词的意义。你们认为向胜利一方提供枪支弹药就是慷慨；你们认为派红十字会的护士或救世军到前线去就是慷慨。你们认为发放晚了二十年的退伍军人费就是慷慨；你们认为给一点点抚恤金和一把轮椅就是慷慨；你们认为把一个人以前的工作还给他就是慷慨。你们不懂得那操蛋的战争意味着什么，你们这些杂种！要做到慷慨，就是要在别人张嘴以前就说"是"。要说"是"，你首先得成为一个超现实主义者或达达主义者，因为你已经知道了说"不"意味着什么。如果你超出对你的期待，你甚至可以同时说"是"和"不"。在白天当码头搬运工，晚上当花花公子。穿任何制服都行，只要它不是你的。你给母亲写信时，让她抠出一点儿钱来，好让你有一块干净的布条来擦你的屁股。如果你看见邻居拿着一把刀追赶他的老婆，你不要感到害怕：他也许有足够的理由追赶她，如果他杀了她，你也可以相信，他确信他知道为什么这样做。如果你设法改善你的见解，请停下来！见解无法改善呀！看看你的心和内脏——大脑是在心里的。

啊，是的，如果我那时候就知道有这些家伙存在——桑德拉尔、瓦舍、格罗茨、恩斯特、阿波利奈尔——如果我当时就知道，如果我知道，他们以他们自己的方式，想的正是我在想的东西，那么，我会气炸的。是的，我想我会像炸弹一样爆炸，但是我一无所知。一点儿也不知道几乎在五十年以前，一个南美洲的疯犹太人发明这样的惊人妙语："怀疑是长着味美思酒嘴唇的鸭子"或"我看见一只无花果吃一只野驴"——不知道差不多同时，还只是孩子的一个法国人说："找到是椅子的鲜花"……"我的饥饿是黑色空气的剩饭"……"他的心脏，琥珀，火绒。"也许在同时，或者前后，一方面杰瑞在说"吃飞蛾的声音"，阿波利奈尔跟着他重复"在一个吞吃自己的绅士旁边"，布勒东轻声喃喃"夜晚的踏板动个不停"，也许还有那个孤独的犹太人在南十字星座下发现的"在美丽的黑色空气中"，同时，另一个同样孤独的人，正在流放，有着西班牙人的血统，他正准备在纸上写下这些难忘的话："总而言之，我试图安慰自己，为我的流放，为我从永恒中被放逐出来，为出土（destierro），我喜欢用这个词来表示我失去的天堂……现在，我认为写这部小说的最佳方法是告诉人们，它应该如何来写。这是小说的小说，创作的创作。或上帝的上帝，Deus de Deo（上帝的上帝）。"如果我知道他要加上下面这些话，我一定会像炸弹一样爆炸的……"发疯的意思就是失去理性。是理性，而不是真理，因为有些疯子说出来的是真理，而其他人却保持沉默……"说起这些事情，说起战争和阵亡军人，我忍不住要提到，大约二十年以后，我偶然看到了一个法国人写的这句法文。哦，奇迹的奇迹！"Il faut le dire, il y a des cadavres que ji ne respecte qu'à moitié（必须说，有一些我只有一半尊重的死尸）。"是，是，再一次是！哦，让我们做一些鲁莽的事吧——完全是为了寻开心！让我们做一些活生生的辉煌大业吧，哪怕是破坏性的呢！那位疯鞋匠说："一切事物都产生于大神秘，由一种程度进入到另一种程度。一切事物的进行都有自己的范围，同样的东西排斥异物。"

无论何时何地，同样的卵巢世界宣告自己的存在，而伴随这些宣告，还有这些预言，这些妇科的宣言，同时还有新的图腾柱，新的禁忌，新的战舞。一方面，人类同胞们，诗人们，未来的挖掘者们，把他们魔术的词句吐到又黑又美的空中，另一方面，哦，深刻而错综复杂的谜！另一些人在说："请到我们的弹药厂工作。我们保证给你最高的工资，最卫生的条件。工作非常简单，小孩子都会做。"如果你有姐妹，有妻子，

有母亲，有姨妈，只要她们能使用自己的双手，只要她们能证明，她们没有坏习惯，你就被邀请带她或她们一起来弹药厂。如果你羞于玷污你的人格，他们就会十分有礼貌地向你解释，这些精密机械装置是如何操作的，它们爆炸时是什么样子，你为什么连垃圾都不要浪费，因为……以及根据事实，合众为一。我在到处寻找工作的时候，给我留下深刻印象的事情与其说是他们每天使我呕吐（假如我有幸喂了点儿东西在我肚子里的话），倒不如说是他们总是要求知道，你是否有好的习惯，你是否可靠，你是否饮食有度，你是否勤奋，你以前是否工作过，如果没有，那为什么没有。甚至当我得到了为市政当局清扫垃圾的工作时，这垃圾对他们，对他们这些杀人凶手来说也是宝贵的。我站在齐膝深的粪堆里，低贱者中的最低贱者，一个苦力，一个不受法律保护的人，但我仍然是死亡考验的一部分。我尝试着在夜里读《地狱》，但是这是英文版的，英语不是一种适合于天主教作品的语言。"无论什么东西实质上都进入到自我中，也就是说进入到其自己的 lubet 中……" lubet！如果我当时有这么一个词的话，我对我清扫垃圾的工作就会十分心平气和了呢！夜晚，在手头没有但丁作品，而我的手中又散发着人类和粘泥气味的时候，拿这个词送给自己是再甜蜜不过的了。这个词在荷兰语中的意思是"欲望"，在拉丁语中的意思是"意欲"或神圣的"愉悦"。有一天我站在齐膝深的垃圾里，说出了据说埃克哈特大师早就说过的话："我真的需要上帝，但是上帝也需要我。"有一项屠宰场的工作在等着我，一项不赖的整理内脏的工作，但是我筹不到车费去芝加哥。我呆在布鲁克林，呆在我自己的内脏之宫里，在迷宫的台基上转来转去。我留在家里寻求"胚泡""海底的龙宫""天上的竖琴""平方英寸的田野""平方英寸的房子""黑暗的状况""以前天堂的空间"。我一直被关着，一个门神福库勒斯的囚犯，合叶神卡迪亚的囚犯，门槛神利门修斯的囚犯。我只同他们的姐妹说话，叫作"恐惧""苍白""狂热"的三女神。我并不像圣奥古斯丁那样看到或想象看到"亚洲的奢华"。我也没有看到"两个双胞胎小孩生下来挨得这么紧，以致第二个生下来时抓着第一个的脚后跟"。我看见一条叫作香杨梅大道的街，从区政厅到新池路。在这条街上，没有一个圣徒曾经走过（要不然它就会崩溃毁掉），在这条街上，没有出现过奇迹，没有出现过诗人，没有出现过任何一种人类的天才，这里连花都不长，太阳也照不进来，雨水也从不冲洗它。我延后了二十年才给你们描述的真正地狱就是香杨梅大道，由钢铁怪物走出来的无数通往美国空虚心脏的马路之一。如果你只见过埃森、曼彻斯特、芝加哥、勒瓦卢瓦-佩雷、格拉斯哥、霍博肯、卡纳西、贝荣，你就根本没有看到进步与启蒙的辉煌空虚。亲爱的读者，你必须在死以前看一看香杨梅大道，你

就会明白但丁的预见性有多强。你必须相信我，在这条街上，在街上的房子里，在铺路的鹅卵石上，在将它切成两部分的高架铁路线上，在任何一个有名字、生活在那街上的人身上，在任何经过这条街被送去屠宰或已经被屠宰的动物、鸟类、昆虫身上，都没有"lubet""升华""厌恶"的希望。这不是一条悲伤的街，因为悲伤还是有人性的，可以看得出来，它是一条纯粹空虚的街：它比头号死火山更空虚，比无信仰者口中的上帝一词更空虚。

十八

　　我说过，我那时候一个法语词也不认识，这是实话，但是我正要做出一个伟大的发现，这个发现将弥补香杨梅大道和整个美洲大陆的空虚。我几乎已经到达了被叫作埃利·富尔的法兰西大海洋的岸边，这是法国人自己也几乎没有航行过的一个大洋，他们还似乎错把它当成了内陆海。甚至读着他用类似于英语的一种已经凋谢了的语言写的作品，我也能明白，这位在袖口上描绘人类光荣的人，就是我一直在寻找的亚特兰蒂斯的宙斯父亲。我称他为海洋，但他也是一首世界交响曲。他是法国人造就的第一位音乐家；他兴奋而有节制，一个畸形物，一个法国的贝多芬，一个伟大的心灵医生，一根巨大的避雷针。他也是随太阳旋转的向日葵，总是畅饮阳光，总是生气勃勃，光彩照人。他既不是一个乐观主义者，也不是一个悲观主义者，人们也不能说这海洋是仁爱或恶毒的。他相信人类。他使人类恢复了尊严，恢复了力量，恢复了对创造的需求，从而使人类又高大了一点儿。他把一切都看作创造，看作阳刚的欢乐。他没有把这以有条不紊的方式记录下来，而是用音乐的方式。法国人缺乏音乐感，他也无所谓——他同时也在为全世界谱曲。几年后，我来到法国，看到没有人为他立一块纪念碑，也没有一条街以他的名字命名，我有多么吃惊！更糟糕的是，在整整八年当中，我一次也没有听到一个法国人提到他的名字。他不得不死去，为的是要被放在法兰西神明们的先贤祠里——在这光焰照人的太阳面前，他的被奉为神明的同时代人一定显得多么病态！如果他不是一个内科医生，因而被允许另外谋生，他有什么事情不会遇到哩！也许是又一个清扫垃圾的能手呢！作埃及壁画的人由于这些壁画火焰般的色彩而活灵活现，可他也许会为了观众所喜欢的一切而饿死。但是他是海洋，批评家淹死在这海洋里，还有编辑、出版商、读者观众。他永远也干涸不了，蒸发不完，而法国人也永远不会有音乐感。

　　如果没有音乐，我就会像尼任斯基一样到疯人院去（大约就在这个时候，他们发现尼任斯基疯了）。人们发现他把钱分发给穷人——始终是一个不吉利的征兆！我的心中充满神奇的珍宝，我的鉴赏力敏锐而挑剔，我的肌肉十分强健，我的胃口极好，我

的心肺也正常。我没有别的事好做，只有改进自己，由于我每天做的改进，我都快要发疯了。即使有一个工作让我去做，我也不能接受，因为我需要的不是工作，而是更充裕的生活。我不能浪费时间当一个教师、一个律师、一个医生、一个政治家，或社会可以提供的任何其他什么。接受卑下的工作更容易些，因为这使我的思想保持自由。在我被开除清扫垃圾的工作之后，我记得我同一个福音传教士交往密切，他似乎十分信任我。我类似于当招待员、募捐人、私人秘书。他让我注意到整个印度哲学的世界。晚上我有空时，我就会同朋友们聚在艾德·鲍里斯家里，他住在布鲁克林的贵族区。艾德·鲍里斯是一个古怪的钢琴家，他一个音符也读不上来。他有一个好朋友叫乔治·纽米勒，他经常与他一起弹二重奏。在艾德·鲍里斯家聚会的有十二个人左右，几乎个个都会弹钢琴。我们当时都在二十一岁至二十五岁之间；我们从来不带女人来，在这些聚会中也差不多从不提到女人的话题。我们有大量啤酒可喝，有整整一大幢房子供我们使用，因为我们聚会是在夏天，他家里人都外出了。虽然还有一打其他这样的家我可以谈论，但是我提到艾德·鲍里斯的家是因为它代表了我在世界其他地方从未碰到过的东西。艾德·鲍里斯和他的朋友们都不怀疑我正读着的那一类书，也不怀疑正在占据我思想的那些东西。当我突然来到的时候，我受到热情问候——作为小丑。我被指望让事物开始运行。整个大房子里大约分布着四架钢琴，更不用说钢片琴、管风琴、吉他、曼陀铃、小提琴等等。艾德·鲍里斯是一个疯子，而且是一个非常和蔼可亲、非常富于同情心的慷慨疯子。三明治总是最好的，啤酒喝也喝不完，如果你想过夜，你可以在长沙发上把自己安顿好，要多舒服有多舒服。走到街上——一条宽大的街，倦怠而又奢华，一条全然与世隔绝的街——我可以听到一层楼大厅里钢琴的叮咚声。窗户敞开着，当我进到视力所及的范围内时，我可以看到艾德·布尔格或康尼·格林伸开四肢躺在大安乐椅里，脚翘在窗台上，手里拿着大啤酒杯。也许乔治·纽米勒脱掉了衬衣，嘴里叼着一支大雪茄，正在即兴弹着钢琴。他们又说又笑，而乔治则急得团团转，寻找着一个开头。他一想到一个主旋律，就马上叫艾德，而艾德就会坐到他旁边，以他非专业的方式推敲一下，然后，突然猛击琴键，做出针锋相对的响应。大概在我进门的时候，有人正在隔壁房间里试着倒立——一层楼有三间大房子，一间通另一间，房间背面是一个花园，一个巨大的花园，有花、果树、葡萄藤、塑像、喷泉等等。有时候天气太热，他们就把钢片琴或小风琴搬到花园里（当然还有一桶啤酒），我们就坐在黑暗中又唱又笑——直到邻居强迫我们停下来。有时候每一层楼的音乐同时响遍全屋。那时候真是很疯狂，令人陶醉，如果有女人在周围，就会把事情搞

糟。有时候就像看一场耐力竞赛——艾德·鲍里斯和乔治·纽米勒坐在大钢琴前，每个人都试图使对方精疲力竭，连交换位子也不停下，还相互交叉着手弹琴，有时候干脆用食指弹奏筷子曲，有时候把钢琴弹得像一架沃利策。始终有令你发笑的东西。没有人问你干什么，想什么，等等。你到艾德·鲍里斯家里时，你就检验一下你自己东西的特征。没有人管你戴多大的帽子，或你花多少钱买的。一说开始，大家就寻欢作乐——三明治和饮料都是免费的。开始以后，三四架钢琴、钢片琴、管风琴、曼陀铃、吉他，同时响起，啤酒流得到处都是，壁炉架上放满了三明治和雪茄，一阵阵微风从花园里吹来，乔治·纽米勒上半身一丝不挂，像魔鬼般地抑扬顿挫地弹奏着，这比我看到过的任何演出都强，而且一分钱不用花。平时我从未见过他们当中的任何人——只有在整个夏天的星期一晚上，当艾德打开家门的时候。

站在花园里听着这喧嚣的声音时，我几乎难以置信这是在同一城市。如果我张开嘴，把我心里想的事讲出去，那就全完了。世人认为，这些家伙中没有一个算得了一回事。他们只是些棒小伙儿，小孩子，一些喜欢音乐、喜欢快活的家伙。他们对这些东西喜欢得不得了，有时候我们都不得不叫救护车。例如有一天晚上，艾德·布尔格给我表演他的一种绝技，扭伤了腿。每个人都这么快活，沉浸在音乐中，脸上放光，以致他花了一个小时才说服我们，他真的很痛。我们试图把他送到医院去，但是医院太远了，而且，我们觉得很好玩，不时把他掉到地上，弄得他像疯子一样叫喊。于是，我们最终就在报警亭打电话请求帮助，救护车来了，同时也来了巡逻车。他们把艾德送到医院，我们其余的人则被送到班房去。在路上，我们扯着嗓子唱歌，在我们被保释出来后，我们仍然感觉很好，警察们也感觉很好，于是我们都集中到地下室，那里有一架破钢琴，我们就接着又弹又唱。这一切就像历史上公元前的某个时期，它的结束不是因为战争，而是因为甚至一个像艾德·鲍里斯家那样的地方，都不能免受周围环境渗出的毒汁的影响。因为每一条街都正在变成一条香杨梅大道，因为空虚正充满从大西洋到太平洋的整个大陆。因为，在某一段时间之后，你在全国各地哪个地方也不可能走进一幢房子，看见一个人倒立着唱歌。不再有这样的事。哪儿也没有两架钢琴同时弹奏，没有两个人愿意整夜弹琴，只为了寻欢作乐。能像艾德·鲍里斯和乔治·纽米勒一样演奏的两个人，都被广播电台或电影业雇去了，他们的天才只用上了一小点儿，其余的都被扔到垃圾桶里去了。根据公开展示来判断，在偌大一个美洲大陆，竟没有人知道可以使用什么样的天才。后来，我就听专业人员扮着怪脸的演奏来消磨下午的时光，这就是我之所以常常坐在汀潘街住家门前台阶上的原因。那音乐也很美，但是不一样。其中没有乐趣，这是一种永久的演习，只是为了挣钱而已。在美国的任何一个人，只要有一点点幽默，他就把它积累起来，以表达自己的思想感情。他们当中也有一些了不起的疯子，一些我永远不会忘记的人，一些没有留下姓名的人，他们是我们造就的最优秀人才。我记得凯思夜总会有一个无名的表演者，他大概是美国最疯狂的人，也许他为此每周挣五十美元，一个星期里，他每天都演出，而且一天三次，他的演出使观众惊叹不已。他不按场次来表演——他只是即兴表演。他从不重复他的玩笑或绝技。他十分投入，我也不认为他是吸了毒才这样投入的。他天生一副秧鸡模样，他身上的能量和欢乐是那样强烈，没有什么东西能包容得住他们。他会演奏任何乐器，跳任何舞步，还能当场编出故事，一口气讲出来，一直讲到铃响。他不仅满足于自己的表演，而且也会帮助别人摆脱困境。他会站在舞台两侧，等待适当时机，闯入到另一个家伙的演出中。他就是全部演出，这种演出包含着的治疗方法比现代科学的整个武库都多。他们应该把美国总统拿的工资付给这样一个人。他们应该开除美国总统和整个最高法庭，确立这样的人当统治者。这个人可以治疗有史以来的任何疾病，而且，他也是那种有求必应、不取报酬的人。这是一种能腾空疯人院的人。他不建议治疗——他使每一个人发疯。在这种解决方法和一种永久的战争状态即文明之间，只有一条其他出路——这就是我们每个人最终要走的道路，因为其他的一切都注定要失败。代表这唯一道路的那种象象征物长着一个有六张脸、八只眼睛的脑袋；脑袋是一个旋转的灯塔，顶上不是可能会有的三重冕，而是一个洞，给那里很少的一点儿脑髓通气。我是说，只有很少脑髓，因为只有很少行李可以带走，因为生活在全意识中，那灰色的物质就变成了光。这是人们可以置于喜剧演员之上的唯一一种类型的人；他既不笑也不哭，他超越了痛苦。我们还不认识他，因为他离我们太近，事实上，就在皮肤底下。当喜剧演员使我们捧腹大笑的时候，这个人，我猜想他的名字也许叫上帝，如果他必须有一个名字的话，他大声说起话来。当整个人类都笑得前仰后合，我意思是说，笑得肚子痛，那时候，每个人便上了正道了。那一时刻，每一个人既是上帝，也是任何别的什么。那一时刻，你消灭了二元、三元、四元、多元意识，这是使那灰色物质以没有区别的褶层在脑壳顶部盘绕起来的东西。在那时刻，你会真正感到头顶的那个洞，你知道你曾经在那里有过一只眼睛，这只眼睛能同时将一切尽收眼底。这只眼睛现在不在了，但是当你笑到眼泪直淌、肚子直痛的时候，你真的是在打开天窗，给脑髓通风哩！在那时刻没有人能说服你拿起枪来杀死你的敌人，也没有任何人能说服你打开厚厚的一卷书，来读里面形而上学的世上真理。如果你知道自由意味着什么，

我指的是绝对自由而不是相对自由，那么你必须承认，这是你达到自由的最佳途径。如果我反对世界的状况，这不是因为我是一个道德家——而是因为我要笑得更多。我不说上帝是一阵大笑，我说，在你能成功地接近上帝以前，你必须放声大笑。我的整个生活目标是接近上帝，也就是更接近我自己。这就是为什么走哪条路对我来说无所谓，然而音乐十分重要。音乐是松果腺的滋补剂。音乐不是巴赫，不是贝多芬，音乐是灵魂的开罐器。它使你内心十分平静，使你意识到，你的存在有一个归宿。

生活中令人寒心的恐惧不包含在祸患与灾难之中，因为这些东西唤醒人们，人们变得十分熟悉它们，亲近它们，于是它们最终又变得驯顺了……这更像是在一个宾馆的客房里，比如说在霍博肯，口袋里的钱只够再吃一顿饭。你在一个你绝不指望再来的城市，你只需在你的房间里度过一个晚上，然而要在那房间里呆着，却需要拿出你拥有的所有勇气和精神。某些城市，某些地方，激起如此的厌恶与畏惧，一定是有理由的。一定有某种永久的谋杀在这些地方进行。和你属于同一种族的人们，他们像任何地方的人们一样做生意，他们盖同一种房子，也不更好，也不更坏，他们有同样的教育体制，同样的货币，同样的报纸——然而他们绝对不同于你认识的其他人，整个环境不同，节奏不同，张力不同。这差不多就像看自己以另一个肉体出现。最令人烦恼的是，你确切知道，掌握生活的不是金钱，不是政治，不是宗教，不是训练，不是种族，不是语言，不是习俗，而是别的东西，你一直试图扼杀的东西，它现在实际上正在扼杀你，因为不然你就会突然被吓坏，想知道如何逃走。有些城市，你甚至不必在其中过夜——只要过一两个小时就足以使你精神失常。我想起贝荣就是那个样子。我带着别人给我的几个地址在夜里来到那里。我胳膊底下夹着个文件包，里面装着《大不列颠百科全书》的简介。我被指望趁着黑夜去把那讨厌的百科全书推销给几个想要改善自己的可怜人。如果我被扔在赫尔辛基，我也不会像在贝荣街上行走那样感到不安。我觉得这不是一个美国的城市。这根本就不是一个城市，而是在黑暗中蠕动的一条大章鱼。我来到的第一家看上去如此令人生畏，我甚至都没有去敲门，我就像那样走了好几家，才终于鼓起勇气去敲门。第一个地方，我看了一眼，差点儿没把我的屎吓出来。我的意思不是说我胆小或不知所措——我指的是恐惧。这是一张泥灰搬运工的脸，一个无知的爱尔兰人，他会欣然用斧子把你砍倒，就像往你眼睛里吐唾沫那么轻松。我假装是我把名字搞错了，匆匆前往另一家。每次门开开的时候，我都见到另一只怪兽。然后，我终于来到一个可怜的糊涂虫那里，他真的要改善自己，这使我哭了起来。我真为自己，为我的国家，为我的种族，为我的时候感到羞愧。我很难过地劝他不要买这他妈的百科全书。他天真地问我，那我为什么要到他家里来呢——我立刻向他撒了一个弥天大谎，这谎言后来证明是一个伟大的真理。我告诉他，我只是假装来推销百科全书的，为的是接触更多的形形色色色的人，好写关于他们的事情。这使他十分感兴趣，甚至胜于百科全书。他想要知道，如果我肯说的话，我将怎么来写他。回答这个问题花了我二十年的时间，但是现在有了。贝荣城的约翰。多厄，如果你还想要知道的话，那么这就是……我欠了你很多很多，因为在我对你撒了那个谎之后，我离开你家，把《大不列颠百科全书》给我的简介撕得粉碎，扔在水沟里。我对自己说，我再也不以假借口到人那里去，哪怕是去送给他们圣经呢。我就是饿死也绝不再推销任何东西。我现在要回家去坐下来，真正写关于人们的事情。如果有人来推销什么东西，我会请他进来，说："你为什么要做这事呢？"如果他说，这是因为他必须要谋生，我就会把我手头的钱给他，再一次请他想一想他在做什么。我要阻止尽可能多的人们装作他们因为必须谋生而不得不做这做那。这不是真的。一个人可以饿死——这好得多。每一个自愿饿死的人都多少减缓了那个自动过程。我宁愿看到一个人为了得到他需要的食物而拿枪杀死他的邻居，也不愿看到他假装他不得不谋生而保持那个自动过程。这就是我想要说的，约翰·多厄先生。

我继续说。不是对灾难和祸患的令人心寒的恐惧，我说，而是那自动的大倒退，是灵魂返祖挣扎的大暴露。北卡罗来纳的一座桥，在田纳西州的边境附近。在茂盛的烟草地里，到处冒出矮小的木屋和新木材燃烧的气味。在一个混浊的泛着绿波的湖里度过了一天。几乎看不到一个人，然后，突然有一块空旷地，我面对一个很大的干谷，上面有一座摇摇晃晃的木桥。这是世界的尽头！以上帝的名义，我是怎么到这里来的，为什么我到这里来，我都不知道。我怎么去吃饭呢？即使我吃了能想象到的最丰盛的一顿饭，我也仍然会很悲哀，十分悲哀。我不知道从这里去哪儿。这座桥就是尽头，我的尽头，我的已知世界的尽头。这座桥是疯狂：它没有理由要立在那里，人们没有理由要从桥上过。我拒绝再挪动一步，不敢走上那座疯狂的桥。附近有一堵矮墙，我靠在上面，试图考虑干什么，去哪里。我平静地认识到，我是多么可怕的一个文明人——我需要别人，需要谈话、书籍、戏剧、音乐、咖啡馆、饮料，等等。当文明人是可怕的，因为你来到世界的尽头，你没有东西可以经受得起孤独的恐怖。文明也就是有复杂的需求，而一个人在充分发展的时候，是不需要任何东西的。我整天都在穿越烟草地，变得越来越不耐烦。我跟所有这些烟草有何相干？我正一头扎进什么里面？到处的人们都在为别的人们生产庄稼和商品——我像一个幽灵似的不知不觉地陷入所

193

有这些愚蠢的活动中。我要找某种工作，但是我不要成为这事情的一部分，这地狱般的自动过程。我经过一个城市，翻看报纸想知道那城里及其近郊发生的事情。我觉得似乎什么也没有发生，钟停了，但这些可怜虫却不知道。而且，我有一种强烈的直觉，有谋杀即将发生。我可以闻到它的味道。几天前，我经过想象中的南北分界线。我不知道，直到一个黑人赶着一辆马车前来；当他和我肩并肩的时候，他在座位里站起来，十分尊敬地脱帽示意。他有一头雪白的头发，一张非常尊严的脸。这使我感到可怕：这使我认识到仍然有奴隶。这人不得不向我脱帽表示敬意——因为我是白种人，而我本应该脱帽向他表示敬意的！他作为一个白人加于黑人的恶毒折磨的幸存者，本该我来向他致意的。我应该先脱帽致敬，让他知道，我不是这制度的一部分，我请求原谅我所有的白人同胞，他们太无知，太无情，无法诚实地做出公开的姿态。今天，我感到他们的眼睛一直盯着我，他们从门背后、树背后注视我。一切似乎都很平静，很安宁。黑鬼从来不说什么。黑鬼总是唯唯诺诺。白人认为黑鬼知道自己的地位。黑鬼什么也不学习。黑鬼等着。黑鬼看白人做一切。黑鬼什么也不说，不，先生，不，先绅（生）。但是黑人也同样把白人杀光！每次黑鬼看到一个白人，他就把匕首刺进他的胸膛。正在消灭南方的，不是天气热，不是钩虫，不是庄稼歉收——而是黑鬼！黑鬼正在有意无意地散发毒气。南方受到黑鬼毒气的刺激和毒化。

继续说……坐在詹姆士河旁的一个理发馆外面。我是坐下来歇歇脚的，只在这里呆十分钟。我对面有一个旅馆和几家商店；一切都迅速变小，像开始的样子一样而告结束——不为任何理由。我打心底里同情这些在这里出生而后死去的可怜虫。没有世俗的理由说明为什么这个地方会存在。任何人都没有理由要穿过街道，刮刮脸，理理发，甚至要一块嫩牛排。人们听着，给你们自己买条枪，互相残杀吧！把这条街从我心目中永远消灭掉——这毋庸置疑。

同一天，在夜幕降临以后，继续苦干，越来越深入到南方。我正离开一个小城镇，走一条通向公路的近道。突然我听到身后有脚步声，不久有一个年轻人急匆匆从我身边经过，呼哧呼哧喘着气，以他全部力气诅咒着。我在那儿站了一会儿，很想知道这是怎么回事。我听到又一个人急匆匆过来；他年纪较大，还拿着一把枪。他呼吸相当轻松，嘴里一声不吭。正当他进入视野的时候，月亮从云里钻出来，我清楚地看到了他的脸。他是一个追捕逃犯的人。当其他人来到他后面时，我往后站。我怕得直发抖。这是警长，我听到一个人说，他正去抓他。可怕。我向公路移动，等着听将结束这一切的枪声。我什么也没听到——只有那年轻人沉重的呼吸和跟在警长后面的那一群人

194

迅速急切的脚步声。正当我接近干道的时候，一个人从黑暗中走出来，十分安静地来到我跟前。"你去哪儿，小子?"他说，相当平静，几乎近似温柔。我结结巴巴地说去下一个城镇。"最好就呆在这里，小子。"他说。我二话没说。我让他把我带回城里，并把我像贼一样移交给当局。我和其他大约五十个家伙一起躺在地板上。我做了一个奇妙的性爱梦，最后以断头台告终。

我继续苦干……回溯同前进一样艰难。我不再有是一个美国公民的感觉。我来自美国的那一部分，在那里我有某些权利，在那里我感到自由，而现在，它在我身后这么遥远的地方，以致它开始在我的记忆中变得不清晰了。我感觉好像总有个人拿着一把枪在背后顶着我。不要停下来，这似乎是我听到的一切。如果一个人同我说话，我就竭力显得不太聪明。我竭力假装我对庄稼、对天气、对选举十分感兴趣。如果我站住，他们就看我，白人和黑人都看我——他们彻底看破了我，好像我水淋淋的，可以食用。我不得不再走一千里上下，好像我有一个遥远的目的，好像我真的要去某个地方。我也不得不做出感激涕零的样子，为的是不至于有人会想用枪打我。我既令人沮丧又令人振奋。你是一个被监视的人——然而没有扣动扳机。他们让你平平安安地直接走进墨西哥湾，你可以在那里自溺而死。

是的，先生，我到达墨西哥湾，我直接走进去，溺死自己。当他们将尸体捞出来的时候，发现它标明布鲁克林香杨梅大道，船上交货;它被送回去，货到付款。我后来被问道，我为什么要自杀，我只能想了想说——因为我要电击宇宙!我说那话只是指一件非常简单的事情——特拉华，拉克万纳和西部遭过电击，沿海航空公司遭过电击，但人类的灵魂却仍然在大篷车阶段。我出生在文明当中，我接受文明十分自然——还有什么别的好干呢?但可笑的是，没有一个别的人认真对待它。我是公众当中唯一真正文明化了的人，可至今没有我的位置。然而我读的书、我听的音乐使我确信，世界上还有其他像我一样的人。我不得不去墨西哥湾自溺而死，为的是有一个借口，继续这种假文明的存在。我不得不像除去虱子一样除去我自己鬼魂般的身体。

当我意识到，只要事物的这一体制在运转，我就狗屎不如时，我真的变得相当快活。我迅速失去了一切责任感。要不是因为我的朋友们厌烦了，不愿再借钱给我，我也许还在继续不断地浪费时间。世界对我来说就像一个博物馆:我看不到有什么事情好做，除非是吃掉前人扔到我们手上的这块奇妙的巧克力夹层蛋糕。看到我美滋滋的，谁都会恼火。他们的逻辑是，艺术是很美的，哦，是的，不错，但是你必须干活谋生，然后你会发现你太累了，不可能去考虑艺术。但是，当我威胁着要依靠自己给这块奇妙的巧克力夹层蛋糕增加一两层的时候，他们却冲我大发脾气。这是最后的关键。这意味着我肯定疯了。首先，我被视为一个无用的社会成员，然后有一段时间，我被认为是一具有着惊人胃口的鲁莽的行尸走肉；现在我已经变疯了。（听着，你这个杂种，你给自己找了份工作……我们和你断绝关系！）在某种程度上，这是令人精神振作的，这种看法上的改变。我可以感觉到风从门厅里吹过来。至少"我们"不再因风平浪静而停滞不前。这是战争，我作为一具新的尸体，还足以让一场小小的战斗留在我身上。战争使人恢复生气。战争激荡着血液。正是在我已经忘记的那场世界大战当中，发生了这内心的改变。我一夜之间结了婚，要向所有人显示，我无所顾忌。在他们心目中，结婚很好。我记得，借助结婚广告，我立即筹到了五块钱。我的朋友麦克格利高尔付了结婚证书的钱，甚至还付了理发刮脸的钱。为了结婚，他坚持要我去理发刮脸。他们说你不刮脸是不行的；我不明白为什么你不刮脸理发就不能结婚，不过，由于不用我付钱，我就认了。看到大家都如何迫切地要为我们的生计做点儿什么，这是很有趣的。突然，就因为我流露出一点儿意思，他们就成群结队来围着你——他们能为我们做这，能为我们做那吗？当然，假设的前提是，现在我肯定要去工作，现在我明白生活是严肃的事情。他们从来没有想到，我会让我老婆为我工作。开头我确实对她还算好。我不是严厉的监工。我要求的一切就是车费——为了寻找神话般的工作——和一点点零用钱，好买香烟，看电影，等等。买重要的东西，如书、音乐唱片、留声机、上等牛排等，我发现，既然我们结了婚，就可以赊账。分期付款是专为我这样的家伙发明的。现付的那部分很容易，其余的我就听天由命了。人必须得活，他们总是这样说。现在，上帝作证，这也是我对自己说的话——人必须得活！先活后付钱。如果我看见一件我喜欢的大衣，我就去把它买来。我还要超前于季节一点儿买，表明我是一个态度认真的家伙。妈拉巴子，我是一个结了婚的男人，不久也许就要当爸爸了——我至少有资格要一件过冬的大衣，不是吗？当我有了大衣的时候，我就想到要配上耐穿的皮鞋——一双我梦寐以求却从来买不起的高级厚牛皮鞋。当天气寒冷刺骨，我还要出外寻找工作的时候，我往往会饿得受不了——像这样一天又一天在城里风里来，雨里去，哪怕下雪下冰雹，也不停地奔波，这对健康很有好处——于是我时常光顾一家舒适的小酒馆，给自己要一份鲜美的上等牛排加洋葱和法国式炸土豆。我还加入了人寿保险和事故保险——你结婚以后，做这种事情很重要，他们这样告诉我。假如我有一天倒毙——那时候怎么办呢？我记得那家伙那样对我说，为的是要使他的论据更加无可怀疑。我已经告诉过他，我会签约，但他一定是忘记了。我由于习惯的作用，

已经告诉过他，是，立即就告诉过，但是我要说的是，他显然忽略了这个——要不然，在你把宣传动员加入保险的话充分说清楚以前就让一个人签约承担责任，是违背准则的。总之，我正准备问他，需要多久你才能按保险契约给贷款，他却提出这个假设性的问题：假如有一天你倒毙——那时候怎么办呢？我对这个问题笑成那种样子，我怀疑他认为我有点儿疯了。我笑得泪流满面。最后他说——"我并没有说过什么事，会那么有趣吧？""那么，"我说，变得严肃了一会儿，"好好看一看我。现在告诉我，你认为我是那种管他妈的死后发生什么事的人吗？"他显然对此十分吃惊，因为他接下去说的是："我不认为这是一种非常合乎道德的态度，米勒先生。我相信你不会要你的妻子……""听着，"我说，"假如我告诉你，我不管我死后老婆会遇到什么事——那又怎么样？"由于这话似乎更加伤害了他的道德感情，我另外加上了几句——"就我而言，你不必在我嗝屁的时候支付赔偿金——我加入保险只是为了使感觉良好。我正努力促进世界的发展，你不明白吗？你必须得活，是不是？好，我只放一点点吃的在你嘴里，就这样。如果你还有什么别的东西要推销，就请便吧！我买任何听起来似乎不错的东西。我是一个买主，不是一个卖主。我喜欢看到人们高高兴兴的样子——这就是我买东西的原因。现在听着，你说每个星期的金额是多少？五十七美分？很好。五十七美分算什么？你看那架钢琴——那是每星期大约三十九美分，我想。看看你周围……你看到的一切每星期都值那么多。你说，如果我死了，那时候怎么办？你认为我会死在所有这些人手里吗？开玩笑！不，我宁可让他们来把东西搬走——我的意思是说，如果我付不起账的话……"他慌乱不安，神色木讷，我想。"对不起，"我说，打断了自己的念头，"你不想喝点儿什么吗？——来庆祝保险契约？"他说他不想，但是我坚持要喝，此外，我还没有签署文件，我的尿必须拿去检查，得到认可，还得盖各种各样的图章和印鉴——我打心眼里知道所有这些玩艺儿——所以我想咱们还是先喝两口，以此来延长这严肃的买卖，因为老实说，买保险或买任何东西，对我来说都是一种真正的乐趣，使我感到，我就像每一个其他的公民一样，是一个人，怎么样！不是一只猴子。于是我取出一瓶雪利酒（这是允许我有的一切），我慷慨地为他斟上满满一杯，暗想，看到这雪利酒被喝掉真是好极了，因为也许下一次他们会为我买更好的东西。"以前我也推销保险，"我说，将酒杯举到嘴边。"当然，我可以推销任何东西。只是——我很懒。拿今天这样的日子来说——呆在家里，看看书，听听留声机，不是更好吗？为什么我要出去为一家保险公司奔波呢？如果我今天一直在工作，你就碰不上我了——不是吗？不，我认为最好安下心来，当人们前来的时候，就帮助他们解决问题……比方，就像你的情况。买东西要比卖东西好得多，你不这样认为吗？当然，如果你有钱的话。在这幢房子里，我们不需要很多钱。正如我刚才所说的，钢琴每星期付大约三十九美分，也许四十二，而……"

"对不起，米勒先生，"他打断我，"你不认为我们应该认真着手签署这些文件吗？"

"嘿，当然。"我快活地说。"你把文件都带来了吗？你认为我们应该先签哪个？顺便问一下，你没有一支你想要卖给我的自来水笔吗？"

"就请签在这儿，"他说，假装没有听到我的话。"还有，在这儿，行。那么现在，米勒先生，我想我要说再见了——几天后听公司的消息吧！"

"最好快一点儿，"我说着，把他领到门口，"因为我会随时改主意，会自杀的。"

"嗨，当然，嗨，行，米勒先生，我们当然会快的。那么再见了，再见！"

十九

　　当然，分期付款的计划最终没有成功，尽管你是一个像我这样殷勤的买主。我当然是尽了我最大努力来使美国的制造商和广告商忙忙碌碌，但是他们似乎对我很失望。每个人都对我失望。尤其有一个人对我格外失望，这是一个真正努力同我交朋友的人，而我却使他失望。我想起他和他雇用我作为他助手的样子——那么痛快，那么宽厚——因为后来，当我像一支 42 式大口径左轮手枪一样让人雇进来轰出去的时候，我到处遭背叛出卖，但是到那时候，我已经打够了预防针，对什么都无所谓了。然而这个人却不怕麻烦地向我表明，他相信我。他是一家大邮购商社的商品目录册的编辑。这是一年出版一次的一大堆没有意义的概要说明，要花整整一年时间做准备。我一点儿也不知道这工作的性质，不知道为什么那天我会走进他的办公室，除非是因为我想要找个核验员之类的工作，在码头附近奔忙了一整天之后，想去那里暖暖身子而已。他的办公室很暖和舒适，我向他信口开河，为的是让冻僵的身子暖和起来。我不知道要求一份什么样的工作好——只要是一个工作，我说。他是一个敏感的人，心地善良。他似乎猜到我是一个作家，或想要成为一个作家，因为一会儿以后他问我喜欢读什么书，我对这个作家、那个作家有什么看法。我碰巧口袋里有一张书目——我正在公共图书馆寻找的一些书——于是我拿出来给他看。"天哪！"他喊道，"你真的读这些书吗？"我谦虚地摇摇头，表示肯定，然后像我经常被那一类蠢话触动起来的情况那样，我谈论起我一直在阅读的汉姆生的《神秘》。从那时候起，这人就像我手中的腻子。当他问我是否愿意当他的助理时，他为给我提供这样一个低级职位而道歉；他说我可以用我的时间来学习这项工作的各方面情况，他相信这对我来说将是一项容易做的工作，然后他问我是否能在我拿到薪水以前，先用他自己的钱借给我一些。我还没来得及说行还是不行，他就取出一张二十美元的票子塞在我手里。自然，我很受感动。我准备像婊子养的一样为他干活。助理编辑——这听起来很不错，尤其对我周围的债权人来说更是如此。有一阵子我很快活地吃起烤牛肉、烤鸡、烤猪腰肉，假装很喜欢这个工作。实际上我很难保持清醒。我必须学的东西，我在一个星期的时间里就学会了。而

那以后呢？那以后我看到自己在服终生劳役监禁。为了尽量过得好一点儿，我就写小说、随笔，给朋友写长信，以此消磨时间。也许他们以为我在为公司琢磨新的想法，因为有好一阵子没有人管我。我认为这是一个了不起的工作。我几乎整天都可以做自己的事，写我的东西。我十分热衷于我自己的事，我吩咐我的手下在规定的时间以外不要来打搅我。我像一阵轻风一般飘飘然起来，公司定期付我工资，而监工们做我为他们规定的工作。可是有一天，正当我专心致志地写一篇论《反基督》的重要文章的时候，一个我以前从未见过的人走到我桌子前，在我身后弯下腰，用挖苦的语调大声朗读我刚写下的文字。我不用问他是谁或他是干什么的——我头脑的唯一想法是——会多给我一个星期的工资吗？我狂热地对自己重复着这个问题。我要向我的恩人告别了，我有点儿为自己感到羞愧，尤其是在他，可以说是一下子，说出下面这些话的时候——"我设法让你多拿一个星期的工资，可是他们不愿意。我希望能为你做点儿什么——你知道，你只是耽搁了你自己。说真的，我仍然对你抱有最大的信心——只是恐怕你得有一段艰难时光。你在哪儿也不合适。有一天你会成为一个大作家的，我相信。好吧，对不起了，"他附加一句说，热情地同我握手，"我得去见老板了。祝你好运！"

对这件事，我有点儿感到痛心。我真想当场就向他表明，他的信心是有道理的，真想当时就在全世界面前为自己辩护：要是能使人们相信，我不是一个没有良心的婊子养的，我情愿从布鲁克林大桥上跳下去。不久我就要证明，我的良心像鲸鱼一样大，但是没有人来调查我的良心。每个人都非常失望——不仅分期付款的公司，而且房东、卖肉的、面包师以及气、水、电等有关人员，每一个人。但愿我能相信起这种工作职责哩！我看不出它能救我的命。我只看到人们拼命工作，因为他们没有更清楚地了解情况。我想起帮我争取到工作的那次高谈阔论。在某些方面，我很像纳格尔先生本人。不是一刻不停地告诉我要做的事。不知道我是洪水猛兽还是圣人。像我们时代那么多了不起的人一样，纳格尔先生是一个不顾一切的人——正是这种不顾一切，使他成了这样一个可爱的家伙。汉姆生自己也不知道如何来理解这个人物：他知道他存在，他知道他不仅仅是一个小丑和使人困惑不解的人。我想他喜爱纳格尔先生甚于他塑造的任何其他人物：为什么呢？因为纳格尔先生是每一个艺术家都是的那种未被承认的圣人——这种人受到嘲笑，因为他解决问题的方法，尽管实际上很深刻，但在世人眼里却好像过于简单了。没有人想要成为艺术家——他被迫去当艺术家，因为世人拒绝承认他的真正的领导地位。工作对我来说意味着零，因为真正要做的工作正在被避开。

人们认为我懒惰，得过且过，然而相反，我是一个格外积极的个人。即使是猎取一截尾巴，那也是了不起的事情，很值得，尤其是如果同其他形式的活动相比的话——如制造纽扣或拧螺丝，或者甚至切除阑尾。那么我申请工作时，人们为什么这么爱听我说话呢？为什么他们认为我有意思呢？无疑是因为我总是把我的时间花得有所收获。我给他们带来了礼物——来自我在公共图书馆耗费的时光，来自我在街上的闲逛，来自我同女人的暧昧经历，来自我看脱衣舞表演消磨掉的下午，来自我参观博物馆和艺术画廊的收获。如果我是个不中用的东西，只是一个老实的、可怜巴巴的废物蛋，为了每星期这么一点点钱就想拼命干活，他们就不会把已给我的那些工作提供给我了，他们也不会像他们经常做的那样递给我雪茄，带我去吃饭，或借钱给我了。我一定有某种可以提供的东西，也许他们无意中对此比对马力或技术能力更为在意呢。我自己不知道这是什么东西，因为我既不自豪，也不虚荣，也不妒忌。大事上我一清二楚，但是碰到生活小事我就很难堪。在我理解所有这一切是怎么回事以前，我不得不目睹大量同样的难堪。普通人往往更快地估计出实际形势：他们的自我同针对自我提出的要求是相称的；世界并不十分不同于他们想象的样子。但是一个和世界格格不入的人不是因自我的巨大膨胀而痛苦，就是自我被淹没，乃至实际上不存在。纳格尔先生不得不冒险去寻找他的真正自我；对他自己，也对每一个其他人来说，他的存在是一个谜。我无法让事情那样悬着——谜太能引起好奇心了。即使我不得不像一只猫一样朝每一个碰到的人蹭自己的身子，我也要蹭到底。蹭得够久够狠，直到蹭出火花来！

动物的冬眠，某些低级生命形式所具有的生命中断，长久地躲在墙纸背后的臭虫的惊人生命力，瑜伽信奉者的入定，病人的僵住症，神秘主义者同宇宙的结合，细胞生命的不朽，所有这一切，艺术家都要学会，为的是要在适当的时机唤醒世界。艺术家属于 X 人种后代；他就好像是精神的微生物，从一代传到另一代。不幸压不垮他，因为他不是物质的、种族的格局的一部分。他的出现总是和灾难与死亡同步；他是小循环过程中的循环体。他获得的经验从来不用于个人目的；它为他从事的更大目的服务。他身上不会少了任何东西，哪怕是再鸡毛蒜皮的小东西。如果他读一本书被打断了二十年，他也会从他搁下的那一页继续往下读，就好像其间什么也没有发生。其间发生的一切对大多数人来说是"生活"，在他的前进周期中却只是一个中断。他自我表现时，其功效的永恒性，只是他不得不在其中蛰伏的生活自动作用的反映，他是一个在睡眠之外的睡眠者，等待着宣告降生时刻到来的信号。这是大事，我总是一清二楚，甚至在我否认它的时候也如此。驱使人们不断地从一个词走向另一个词、一个创造走

向另一个创造的不满情绪，只是对延迟的无用性的抗议。一个人，一个艺术微生物，越清醒，他就越不想做任何事情。完全清醒时，一切都是合理的了，因而没有必要从昏睡状态中走出来。在创作一部文艺作品时所表现出来的行为是对自动的死亡原则的让步。将我自己溺死在墨西哥湾，我就能分享积极的生活，这允许真正的自我冬眠，直至我成熟而诞生。我十分了解这一点，虽然我的行为是盲目而混乱的。我游回到人类活动流中，直至我到达一切行为之源，我强行进入到那里面，称自己为电报公司的人事部主任，让人性之潮像带白色泡沫的大海浪拍打着我。所有这一切先于最终自暴自弃行为的积极生活，引导我从怀疑走向怀疑，使我越来越看不清真正的自我，这自我就像被伟大而繁荣的文明之明证所窒息的大陆，已经沉入海面以下。巨大的自我被淹没，人们观察到在海面之上狂热地动来动去的东西，是搜索其目标的灵魂的潜望镜。如果我能再升到海面、踏浪前进的话，一切进入射程的东西，都必须被摧毁。这个怪物不时升起，死死地瞄准目标，然后又重新潜入水中，漫游，不停地掠夺，一旦时机到来，它就会最后一次升出水面，显现为一只方舟，把一切都成双成对地放到舟上，最后，当大洪水消退时，它会在高山之巅靠岸，敞开舱门，把从灾难中抢救出来的一切还给世界。

如果我想到我的积极生活时就时常发抖，如果我做恶梦，这可能是因为我想起我在白日梦中抢劫和谋杀的所有那些人。我做我的本性吩咐我做的一切。本性永远在一个人的耳朵里小声说——"如果你要活下去，就必须杀人！"作为人类，你杀起人来不像动物那样，而是自动地；杀人被乔装打扮起来，后果无穷，以致你杀人连想都不想，并不是因为需要才杀人。最体面的人是最大的杀人者。他们相信，他们是在为人类服务，他们真诚地这样相信，但是他们是无情的刽子手，有时候他们醒过来，明白了他们的罪行，就狂热地以堂·吉诃德式的善行来赎罪。人的善比人身上的恶更臭不可闻，因为善不是公认的，善不是对有意识自我的肯定。在被推下悬崖的时候，很容易在最后时刻交出一个人的全部财产，转过身去最后拥抱留在后面的所有人。你怎么来阻止这盲目的冲动？你怎么来阻止一个人将另一个人推下悬崖的自动过程？

我在书桌上挂起一块牌子："进到这里来的人们，请不要放弃一切希望！"当我坐在书桌旁的时候，当我坐在那里说"是""不""是""不"的时候，我带着一种正转变为狂乱的绝望，明白自己是一个傀儡，社会在我手中放了一把格林机枪。最后，我做好事和做坏事没有什么区别。我就像一个等号，大量代数式般的人性都要经过这等号。我是一个相当重要、正在使用着的等号，就像战时的一个将军，但是无论我将变得如何胜任，我也绝不可能变成一个加号或减号。就我所能确定的情况而言，任何别人也不可能。我们的全部生活就是建立在这个等式原则上的。整数变成为了死亡而被调来遣去的符号。怜悯、绝望、激情、希望、勇气——这些是从各种不同角度看等式所引起的暂时折射。通过不予理睬或直接面对并写下来，从而阻止这无穷无尽的把戏，这也于事无补。在一个镜子宫殿中，你没有办法不看自己。我不要做这件事……我要做某件别的事情！很好。但是你能什么也不做吗？你能停止对什么也不做的考虑吗？你能绝对停下，不假思索地放射出你知道的真理吗？这便是留在我脑海中的想法，它燃烧着，燃烧着，也许在我最豪爽、最精力充沛、最具同情心、最心甘情愿、最乐于助人、最真诚、最好的时候，正是这种固定的想法使我豁然开朗，我自动说——"嗨，不必客气……小事一桩，我向你保证……不，千万不要谢我，这算不了什么，"等等，等等。由于一天开成千上万次枪，也许我就再也不注意枪响了；也许我认为我是在打开鸽笼，让空中飞满乳白色的鸟禽。你在银幕上看到过的一个假想的怪物，一个有血有肉的弗兰肯斯泰因吗？你能想象他如何会被训练得在扳动枪机的同时却看鸽子在飞吗？弗兰肯斯泰因不是神话：弗兰肯斯泰因是一个非常真实的创造，诞生于一个敏感的人的个人体验。怪物总是在不采用人类的大小比例时才更真实。银幕上的怪物无法同想象中的怪物相比；甚至跑到警察局去的现存病理怪物也不过是病理学家所处的怪异现实的贫弱显示。但是同时做怪物和病理学家——这是为某一种人保留的，他们装扮成艺术家，再清楚不过睡眠是一种比失眠更大的危险。为了不睡着，为了不成为被称作"活着"的那种失眠的受害者，他们诉诸没完没了地拼凑字眼的药物。他们说，这不是一个自动过程，因为总是存在着他们能随意阻止这过程的幻觉，但是他们无法阻止；他们只是成功地创造了一个幻觉，它也许是某个贫弱的什么东西，但是这远不是完全的清醒，既不是现行的，也不是非现行的。我要完全清醒，不议论不写作，为的是要绝对接受生活。我提到在世界远方的古人，我经常与他们交流思想。为什么我认为这些"野蛮人"比我周围的男男女女更能理解我呢？我相信这样的事情是发疯了吗？我认为一点儿也不是。这些"野蛮人"是早期人类蜕化的残余，我相信，他们对现实一定有更大的把握。在这些以消退的光辉流连不去的往昔标本中，我们不断看到了人类的不朽。人类是否不朽我并不关心，但是人类的生命力对我来说确实有某种意义，它是正在奏效，还是处于休眠状态，这就意义更加重大。由于新人种的生命力下降，旧人种的生命力对清醒的头脑来说就显示出越来越大的意义。旧人种的生命力甚至在死亡当中仍流连不去，而正在死亡中的新人种的生命力却似乎已经不存在了。如

果一个人将满满的一个蜜蜂窝拿到河里去淹死……这是我自己身上到处带着走的形象。但愿我是那个人，而不是蜜蜂！我有点儿模模糊糊、莫名其妙地知道，我就是那个人，我不会像其他人那样在蜜蜂窝里被淹死。我们成群结队而来时，我总是得到信号，让我不要混杂其中；从出生时起，我就得到那样的恩宠，无论我经历什么苦难，我都知道这不是致命的，也持久不了，而且，无论何时我被叫出来，就有另一件怪事发生在我身上。我知道我比召唤我的那个人优越！我表现出来的巨大谦卑不是虚伪，而是理解了境遇的命中注定性质而造成的一种状况。我甚至作为小伙子所拥有的理解力也已经吓坏了我；这是一个"野蛮人"的理解力，它在更适应环境要求方面总是比文明人的理解力更优越。这是一种生命的理解力，尽管生命似乎已经离他们而去。我感觉几乎好像被抛射到一个其他人类尚未跟上其充分节奏的存在范围里。如果我要和他们呆在一起，不被转到另一个存在领域去，我就不得不原地踏步。另一方面我在许多方面低于我周围的人类。这就好像我从地狱之火中出来，尚未完全洗涤罪过。我仍然有一条尾巴，两只角，当我的激情被唤起时，我吐出毁灭性的含硫毒气。我总是被称为"幸运魔王"。我碰到的好事被称作"幸运"，坏事则总是被看作我的缺点造成的。进一步说，看作我的盲目的结果。很少有人发现我身上的恶！在这方面，我像魔鬼本人一样心灵手巧。要不是因为我常常盲目行事，每个人都能看到那一点。在这样的时候，我孑然一身，我像魔鬼一样让人避之唯恐不及。然后我离开世界，回到地狱之火——自愿地。这些来来去去，对我来说，像那期间发生的任何事一样真实，甚至更为真实。那些自以为认识我的朋友对我并不真正了解，因为真正的我无数次转手。那些感谢我的人也好，诅咒我的人也好，谁也不知道他们在同谁打交道。没有人发展同我的关系，因为我不断抹杀我的个性。我把所谓的"个性"搁置起来，让它凝结，直到它采取适当的人类节奏。我正藏起我的脸，直到我发现与世界同步。当然，这一切是一个错误。在原地踏步的时候，甚至艺术家的角色也是值得采纳的。行为是重要的，即使它需要的是无用的活动。一个人即使坐在最高的位置上也不应该说"是""不""是""不"。一个人不应该被淹死在人类的浪潮中，即使是想成为一个大师。一个人必须使用他自己的节奏——不惜一切代价。我在短短几年中积累了几千年的经验，但是经验被浪费了，因为我不需要它。我已经被钉在十字架上，并有十字架作为标志；我生出来是不用受苦的——然而除了重演旧戏以外，我不知道还有什么其他方法来奋力前进。我的全部理智都反对这样。痛苦是无用的，我的理智一再地告诉我，但是我却继续自愿受苦。痛苦从来没有教会我一件事；对其他人而言，它也许仍然是必要的，但是对我来

说，它不过是精神上无法适应的一种代数式显示。今天的人通过受苦而在演下去的这一整部戏剧，对我来说是不存在的：实际上，它从来就不存在。我的骷髅地都是玫瑰色的苦难，为了真正的罪人而使地狱之火不断熊熊燃烧的假悲剧，这些罪人正处于被遗忘的危险中。

另一件事……我越接近同母异父的亲戚圈，笼罩着我的行为的神秘色彩就越浓厚。我从母亲的肚子里钻出来，可她对我来说却完全是一个陌生人。首先，在生我之后，她又生了我妹妹，我通常把她说成我弟弟。我妹妹是一种无害的怪物，一个被赋予了白痴肉体的天使。作为一个男孩，同这个注定要终生当精神侏儒的人肩并肩地成长发育，这给我一种奇怪的感觉。当她的哥哥很使人受不了，因为很难把这个返祖的躯壳看作"妹妹"。我想像，她在澳洲土人中会做得很完美的。她甚至会拥有权力，出人头地，因为，正如我说过的，她是善的精华，她不知道恶。但是就过文明生活而言，她是无能为力的；她不仅没有杀人的愿望，而且也没有损人利己的愿望。她不能工作，因为即使他们能训练她，比如为烈性炸药制造雷管，她也会在回家的路上心不在焉地把工资扔到河里，或者把工资送给街上的乞丐。在我面前，她经常像一条狗一样被鞭打，就因为她心不在焉地做了大好事，他们就是这样说的。我小时候就懂得，没有什么事比没有理由地做好事更糟糕的了。起初，我像妹妹一样，受到同样的惩罚，因为我也有拿东西送人的习惯，尤其是刚给我的新东西。我五岁的时候就挨过一次打，因为我劝母亲把她手指上的肉赘剪掉。她有一天问我有了这肉赘怎么办，我的医学知识有限，就让她用剪刀把它剪掉，而她却像个白痴似的真的剪了。几天以后，她得了血液中毒症，然后她抓住我说——"是你让我把它剪掉的，是不是?"她响亮地抽了我一下。从那天起，我知道自己生错了人家。从那一天起，我学得像闪电一样快。谈谈适应性吧！到我十岁的时候，我已经实践了全部进化论。我的进化经历了动物生活的所有阶段，然而却被拴在这个被叫作我的"妹妹"的人身上，她显然是一个原始人，哪怕到九十岁也不会认识字母表的。我没有长成一棵高大健壮的树，却开始倒向一边，完全藐视万有引力定律。我没有长出枝叶，却变成了窗户和角楼。整个存在物在成长时变成了石头，我长得越高，越藐视万有引力定律。我是风景中的一个奇迹，一个吸引人、赢得称赞的奇迹。只要生我们的母亲再作另一次努力，也许会生出一只大白牛，我们三个会永远被陈列在博物馆里，受到终生保护。在比萨斜塔、绑缚受鞭挞者的柱子、打鼾机器和人形古生物之间产生的谈话至少有点儿古怪。任何事情都可以成为话题——"妹妹"在刷桌布时没有注意到的一粒面包屑，或者约瑟夫的花花绿绿的大衣，

在老爷子当裁缝的头脑里，这大衣要么是双排纽扣，要么是燕尾服，要么是礼服。要是我在冰湖上溜了一下午冰回来，重要的事情不是我免费呼吸了新鲜空气，也不是我强健肌肉的曲线美，而是夹具底下的一个小锈点，如果不马上擦掉，它就会损坏整只冰鞋，造成实用价值的丧失，这对于我十分慷慨的思想倾向来说是不可理解的。举一个小例子，这个小锈点会导致最引起幻觉的结果。也许"妹妹"在寻找煤油桶的时候会碰倒正炖在火上的梅脯罐，因剥夺了我们早餐中所需要的热量而危及我们所有人的生命。必须得好好揍一顿，但不发怒，因为发怒会扰乱消化器官。得悄悄地揍，揍得见效，就像一个化学家打蛋白来准备进行一次较小的一样。但是"妹妹"不懂得这种惩罚的预防性，会发出杀猪似的尖叫，这会使老爷子受不了，于是就到外面去散步，两三个小时以后醉醺醺地回来，更糟糕的是，他在蹒跚中蹭掉了转门上的油漆。他刮下来的那一小块油漆会引起一场混战，这对我的梦幻生活非常糟糕。因为在我的梦幻生活中，我经常同我的妹妹交换位置，接受施加于她的折磨，用我过分敏感的大脑来滋补这些痛苦。正是在这些总是伴随着打碎玻璃、尖叫、诅咒、呻吟、鸣咽等声音的梦幻中，我积累了不系统的古代宗教仪式的知识、入会仪式的知识、灵魂轮回的知识，等等。开始也许是现实生活的场景——妹妹站在厨房里的黑板旁边，母亲拿着一把尺子高耸于她之上，说：二加二等于几？妹妹尖叫五。啪！不，七，啪！不，十三，十八，二十！我会坐在桌子旁，做我的功课，就像在现实生活中的这些场景里一样，也许是在我看到尺子落到妹妹脸上去的时候，轻轻一扭或一动，我就突然到了另一个天地，那里没有人知道玻璃，就像基克普人或勒纳佩人不知道玻璃一样。我周围那些人的脸是熟悉的——他们是我的同母异父亲戚，因为某种神秘的理由，他们在这新环境中没有认出我来。他们穿着黑衣服，皮肤的颜色铁青，就像西藏的魔鬼似的。他们都配备了刀子和其他刑具：他们属于祭品屠夫的等级。我似乎有绝对自由和神的权威，然而由于事情变化无常，结果会是我躺在案板上，我的迷人的同母异父亲戚之一会朝我弯下腰，拿一把明晃晃的刀子来割下我的心脏。吓得大汗淋漓，我会在我感觉刀子正在搜寻我心脏的时候，高声尖叫着背诵"我的功课"，越背越快。二加二等于四，五加五等于十，地球，空气，火，水，星期一，星期二，星期三，氢，氧，氮，中新世，上新世，始新世，圣父，圣子，圣灵，亚洲，非洲，欧洲，澳洲，红，蓝，黄，酸馍，柿子，巴婆，梓……越来越快……奥丁，沃登，帕西发尔，阿尔弗烈德大王，腓特烈大帝，汉萨同盟，黑斯廷斯战役，塞莫皮莱阳，1492 年，1786 年，1812 年，法拉格特海军上将，皮克特冲锋，快速部队，我们今天聚集在这里，主是我的牧师，我不，不

可分割的整体，不，16，不，27，救命哪！杀人啦！警察！——喊得越来越响，进行得越来越快，我完全发疯了，不再有痛苦，不再有恐怖，即使他们用刀子浑身上下地捅我。突然，我绝对地平静下来，躺在案板上的身子，他们正快乐地、狂喜地在上面凿着洞眼，它没有感觉，因为它的主人我已逃之夭夭。我变成了一座石塔，朝前倾斜，并带着科学的兴趣注意一切。我不得不屈服于万有引力定律，倒坍在他们身上，把他们消灭掉，但是我没有屈服于万有引力定律，因为我太着迷于这一切造成的恐怖。事实上，我着迷得不得了，以致我变成越来越多的窗户。当光线照射到我的存在的石墙内部时，我可以感到，我在大地中的根活了，有一天我能随意使自己摆脱我被固定在其中的这种昏睡状态。

我孤零零地扎根其中的梦就到此为止。但事实上，当亲爱的同母异父亲戚们来的时候，我像鸟儿一样自由，又像磁针一样来回跳动。如果他们问我一个问题，我给他们五个回答，一个回答胜过另一个；如果他们请我演奏一曲华尔兹，我就用左手同时演奏一首奏鸣曲；如果他们请我再吃一条鸡腿，我就把盘子打扫干净，连浇汁带一切；如果他们催我出去在街上玩，我就会疯得不得了，用锡罐打烂我堂弟的脑袋；如果他们威胁要痛打我一顿，我就说，来吧，我不在乎！如果你因为我在学校很大进步而拍拍我的脑袋，我就往地上啐口水，表明我仍然有东西要学习。我做他们希望我做的一切时都矫枉过正；如果他们希望我保持沉默，什么也不说，我就变得像石头一般沉默；他们同我说话时我一句不听，他们碰我时我一动不动，就是掐我，我也不叫唤，推我，我也不动弹；如果他们抱怨我冥顽不化，我就变得像橡皮一样柔顺；如果他们希望我精疲力竭，从而不显示出精力充沛的样子，我就让他们给我各种各样的工作做，我做得十分卖力气，最终像一袋小麦一样倒在地上；如果他们希望我有理性，我就变成超理性的，把他们逼得发疯；如果他们希望我顺从，我就无所保留地顺从，从而引起无穷无尽的混乱。所有这一切都是由于兄妹的分子生命期不适应分配给我们的原子量。因为她一点儿也不长，我就长得像雨后春笋；因为她没有人格，我就成了巨人；因为她摆脱了恶，我就成了一个有三十二个分枝的恶的大分枝烛台；因为她无求于他人，我就要求一切；因为她到处引起嘲笑，我就激起恐惧与尊敬；因为她遭受羞辱与折磨，我就向每一个人报复，朋友和敌人一视同仁；因为她无能，我就使自己无所不能。我患的巨人症，可以说，完全是一种努力的结果，就是企图清除附着在全家冰鞋上的那个小锈点。那个夹具下面的小锈点就使我成为一个滑冰冠军。它使我滑得如此之快，如此之疯狂，以致在冰融化之后我还在滑，我滑过泥地，滑过沥青地，滑过江

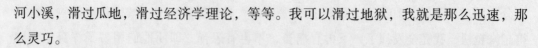

河小溪，滑过瓜地，滑过经济学理论，等等。我可以滑过地狱，我就是那么迅速，那么灵巧。

但是这整个奇特的滑冰毫无用处——但是那泛美的诺亚考克斯神父总是把我叫回到方舟。每次我停止滑冰，就总有一场大洪水——大地张开嘴，将我吞噬。我是每一个人的兄弟，同时又是我自己的叛徒。我做出了最惊人的牺牲，结果却发现这些牺牲毫无价值。在我不想成为任何这些名堂的时候证明我不负众望有什么用呢？每次你来到对你的要求的极限，你就面对同一个问题——成为你自己！随着你朝这个方向迈出的第一步，你明白了既没有加也没有减；你把冰鞋扔掉，游起泳来。再没有任何痛苦，因为没有任何东西能威胁你的安全。甚至没有愿望要帮助别人，因为，为什么要剥夺他们必须挣得的特权呢？生命无时无刻不在向巨大的无限延伸。没有任何东西能比你的猜想更真实。你认为宇宙是什么样子，它就是什么样子，只要你是你，我是我，它就不可能是别的样子。你生活在你行为的结果中，你的行为是你思想的收获。思想和行为是一回事，因为你的游泳是在它里面进行的，也属于它，它就是你想要它成为的一切，不多，也不少。每一个动作都有永恒的价值。加热系统和冷却系统是一个系统，巨蟹座和摩羯座只是由一条想象的界线分开。你没有欣喜若狂，你也没有陷入强烈的悲伤；你祈求降雨，你也不跳快步舞。你生活得像是海洋中的一块欢乐的岩石：你周围的一切都汹涌澎湃，而你却岿然不动。有一种想法认为没有一样东西是固定的，甚至最欢乐最强有力的岩石有一天也会被彻底溶解成为液态，像它诞生于其中的海洋一样。

这就是音乐生活，我一开始滑冰，就像一个从外到里走过门厅走廊的狂人一般接近这音乐生活。我的奋斗从来没有使我接近过它，我的积极主动，我拥有的人性，也都没有使我接近它。所有那一切都只是在一个圆中从矢量到矢量的运动，这个圆的直径无论怎么扩张，却总是和我说起的那个领域平行不悖。命运之轮随时都可以被超越，因为在它表面的每一点上，它都接触到现实世界。只要有一个光亮的火花，就可以造成奇迹，把滑冰者变成游泳者，把游泳者变成岩石。这岩石只是阻止轮子无用旋转，把存在投入到全意识中去的行为的意象。全意识实在很像一个无穷无尽的大海洋，它献身于太阳、月亮，又包含太阳、月亮。一切存在都诞生于无限的光的海洋——黑夜也不例外。

有时候，在轮子的不断旋转中，我瞥见了必然要做出的那一跳的性质。跳出时钟体系——是令人解放的想法。要胜过地球上最辉煌的狂人，要不同于地球上最辉煌的狂人！世人的故事令我厌烦。征服，甚至是对邪恶的征服，令我厌烦。传播善是奇妙的，因为这就是滋补剂，令人强健，令人充满活力，但是，仅仅存在更为奇妙，因为这是无穷无尽的，不需要证明。存在就是音乐，它是为了沉默的利益而对沉默的一种亵渎，因而超越了善恶。音乐是没有能动性的行为的显示。它是俯身游泳的纯粹创造行为。音乐既不驱赶，也不防卫；既不寻求，也不解释。音乐是由游泳者在意识大海洋里发出的无声的声响。它是只能由人们自己给予的报偿。它是神的赋予，而人们自己就是神，因为人们已经不再考虑神的问题。它是上帝的预言者，每一个人在适当的时候，当存在的一切超越想象时，他就会成为上帝。

二十

〔尾　声〕前不久，我走在纽约的街道上。亲爱的老百老汇。这是夜间，天空一片东方式的湛蓝，像机器开动时，巴比伦街上宝塔顶篷上的金子一样闪闪发光。我在那里站了一会儿，看着橱窗里的红色灯光。音乐一如既往地响着——轻快，刺激，迷人。我孑然一身，而我周围却有成百万的人。我站在那里，突然感到我不再想念她；我在想我正写着的这本书。这本书对我来说，已经变得比她，比我们周围发生的一切都更加重要。这本书说的将是真话吗？全部都是真话吗？除了真话没有别的吗？老天爷作证！我一边拼命想着这个关于"真话"的问题，一边一头扎回到人群中去。我一再向别人叙述我们的生活环境。我总是说真话，但真话也可能是谎言。真话是不够的。真理只是不可穷尽的总体的核心。

我记得我们第一次分开的时候，这个关于总体的想法揪住了我的头发。她离开我的时候，假装，也许她真的相信，这对我们的幸福是必要的。我心里明白，她企图要甩掉我，而我却太懦弱了，不敢向自己承认这一点。但是当我明白，她没有我也行，哪怕是在有限的一段时间内时，我试图阻挡的真理开始以惊人的速度增长。这比我以前经历的任何事情都痛苦，但是它也有治疗作用。当我空空如也时，当孤独已经到了无法再孤独的地步时，我突然感到，为了继续活下去，这种不能忍受的真理必须合并到大于个人不幸的范围中。我感到我已经在无意间转入到另一个领域，一个质地更加坚韧、更富有弹性的领域，就是最可怕的真理也无力摧毁它。我坐下来给她写一封信，告诉她，我一想到失去她，就感到如此痛苦，以致我决定开始写一本关于她的书，来使她不朽。我说，这将是一本以前没有任何人见过的书。我欣喜若狂地漫笔纸上，写得正来劲的时候，我突然停下来问自己为什么如此高兴。

在舞厅底下经过，我又想起这本书，我突然发现，我们的生活已经结束；我明白，我正在计划写的这本书不过是一个坟墓，用来埋葬她——以及曾经属于她的我。那是好些时候以前的事，从此以后，我就一直在试图把书写下来。为什么这事如此困难呢？为什么？因为我无法忍受"结束"的想法。

真理在于这种关于结束的知识中，它是残酷无情的。我们可以了解真理并接受它，要不我们可以拒绝了解真理，既不死亡，也不再生。以这种方式，就可能永远活着，这是一种像原子一样完整、安全，或者一样分散、不完全的消极生活。如果我们走这条路走到一定程度，连这种原子般的永恒性也会让位于虚无，宇宙本身就会崩溃。

几年来，我一直在试图讲述这个故事；每次一开始，我都采用了一条不同的路线。我就像一个想要环航地球，却认为没必要带罗盘的探险家，而且，由于如此长久的渴望，故事本身就已经像一个巨大无边的筑了堡垒的城市，一再梦见这个故事的我在城外，是一个流浪汉，来到一个又一个城门跟前却因精疲力竭而无法进入。我的故事就在城里，可是这个城市却永远将我这个流浪汉拒之门外。尽管始终看得见，却永远到不了，这是一种在云中缥缈的鬼堡。从高耸入云的雉堞上，稳定不变地成楔形队形飞下成群结队的白天鹅。它们以青灰色的翅膀尖掸去了使我眼花缭乱的梦幻。我双脚乱动；刚站住就又不知如何是好。我无目的地漫游，试图站稳了不再摇晃，从而可以好好看一眼我的生活，但是我身后留下的只有一大堆乱七八糟的足迹，这是刚被砍掉了脑袋的鸡一阵乱扑腾乱转圈所留下的。

无论何时我试图向自己解释我的生活所采取的独特方式，就好像我回到了第一推动力，必然要想起我初恋的女子。我感到好像一切都是从那件夭折的事情开始的。这是一件性虐待狂式的不可思议之事，同时又很可笑、很可悲。也许我有幸吻了她两三次，这是一个人专门为女神保留的吻。也许我单独见过她几次。她当然连做梦也没有想到，有一年多的时间，我每天夜里从她家门前走过，只为了能在窗户上看她一眼。每天晚上吃完饭，我从饭桌上站起来，走好长的路到她家去。当我经过她家门前时，她从未在窗前出现过，而我则从未有勇气站在她房子前面等待。我来回从窗前走过，来来回回，但是连她的影子也没有见着。为什么我不给她写信呢？为什么我不给她打电话呢？我记得有一次我鼓起足够的勇气请她去看戏。我带着一束紫罗兰到她家，这是我第一次，也是唯一的一次为一个女人买花。在我们离开剧院时，紫罗兰从她胸口掉下来，我慌乱中踩到了花上。我请求她不要管这些花了，但是她坚持把它们捡起来。我在想，我有多么笨拙——只是在很久以后我才回想起她俯身捡紫罗兰时向我投来的嫣然一笑。

这是一场彻底的惨败。最终我逃走了。实际上我是在逃避另一个女人，但是在离开城市的前一天，我决定再见她一次。那是下午三四点钟，她出来在街上，在有栅栏挡开的通道上，同我说话。她已经同另一个男人订婚；她装作对此很高兴，但是，尽管我很盲目，我也能看出，她并不像她假装的那样高兴。只要我发话，我肯定她会甩掉那个家伙，也许她会跟我私奔，但我宁愿惩罚自己。我若无其事地说了再见，像死人一样走过街去。第二天早晨我前往西海岸，决定开始崭新的生活。

新的生活也是一败涂地。我死在了丘拉维斯塔的一个大农场上，我这个走遍大地的最悲惨的人。一边是这个我爱的姑娘，另一边是我只对她感到深深怜悯的另一个女人。这另一个女人，我同她生活了两年，但却像过了一生的时间。我二十一岁，她承认是三十六岁。每次我看见她，我就对自己说——在我三十岁的时候，她将是四十五岁，在我四十岁的时候，她将是五十五岁，在我五十岁的时候，她将是六十五岁。她眼睛底下有细细的皱纹，是笑纹，但终究是皱纹。在我吻她的时候，这些皱纹就成十倍地增加。她容易发笑，但她的眼神很哀伤，十分哀伤。这是亚美尼亚人的眼睛。她的头发曾经是红色的，现在成了用过氧化氢漂泊的冒牌金发女人。除此之外，她是极可爱的——一个维纳斯式的身体，一颗维纳斯式的灵魂，忠实，讨人喜爱，知恩图报，总之是一个真正的女人，只是她年长十五岁。这十五岁的差异使我发疯。我和她一起出去时，我只想——十年以后会是什么样呢？要不然就是：她现在看上去有多大年纪呢？我看上去年龄可以和她相配吗？一旦我们回到房子里，一切就都没有问题了。上楼梯的时候，我会把手指伸到她的裤裆里，这常常使她像马一样嘶叫。她的儿子已经差不多有我的年纪，如果他躺在床上，我们就会关上门，把我们自己锁在厨房里。她会躺在狭窄的厨房桌子上，真是妙不可言。使这更加妙不可言的事情是，我每干一次事，就总是对自己说——这是最后一次……明天我就要溜之大吉！然后，由于她是看门人，我会下到地下室，为她把垃圾桶滚出去。早晨，她儿子去上班，我就爬到屋顶上晒被子。她和她的儿子都有肺结核……有时候没有桌上的较量。有时候，我由于对一切感到无望而像被掐住了脖子一般，我会穿上衣服到外面散步。我时常忘记回来。而当我忘记回来的时候，我比往常更加难受，因为我知道，她会睁着两只伤心的大眼睛等我回来。我会像一个有神圣职责要履行的人那样回到她身边，我会在床上躺下，让她抚摸我。我会研究她眼睛下面的皱纹和她正在变红的头发根。像那样躺在那里，我会经常想到另一个人，我所爱的那个人，我会很想知道，她是否也躺着干这事，或者……那一年里我 365 天都要走那么长一段距离！——躺在另一个女人身边，我会把那时走的路再走一遍。后来有多少次我重新体验了这些散步呢！人类所创造的最乏味、最凄凉、最丑陋的街道。我痛苦地重新体验这些散步，这些街道，这些最初就粉碎的希望。窗户还在那里，但是没有梅丽桑达；花园也在那里，但是没有金子的光彩。一遍又一遍走过，窗户上始终空荡荡的。昏星低垂着；特利斯坦出现了，然后是菲岱里奥，然后是奥伯龙。九头狗用它所有的嘴吠叫。虽然没有沼泽地，我却听到青蛙到处叫。同样的房子，同样的电车路线，同样的一切。她躺在窗帘后面，她等着我经过，她正在做这做那……但是她不在那里，从不，从不，从不。这是一场大歌剧呢，还是街头艺人的手摇风琴演奏？这是扯破金嗓子的阿玛托；这是《鲁拜集》；这是珠穆朗玛峰；这是无月亮的夜晚；这是黎明时分的抽泣；这是装模作样的男孩；这是《穿靴子的猫》；这是莫纳罗亚；这是狐皮或阿斯特拉罕羔皮，它不由任何材料构成，不属于时间范畴，它是无边无际的，它周而复始，在心底里，在喉咙的背部，在脚底心，为什么不就一次，就一次，看在基督的分上，就露出个人影，哪怕就轻轻动一下窗帘，要不在窗户玻璃上哈口气，不管什么，只要有那么一次，哪怕是谎言，只要能止住痛苦，使这来来回回的徘徊停下……走回家去。同样的房子，同样的灯柱，同样的一切。我走过我自己的家，走过墓地，走过汽油罐，走过电车库，走过水库，来到开阔的乡村。我坐在路边，双手抱着头抽泣。我真是个没用的家伙，我无法拼命压抑我的情感，从而使血管爆裂。我愿意痛苦得窒息过去，然而却生出了一块石头。

这时候，另一个正等待着。我会再次看到她坐在门前低矮的台阶上等我的样子，她的大眼睛充满忧郁，她的脸色苍白，她因企盼而颤抖。我总认为是怜悯把我带回来的，可现在当我朝她走去、看到她的眼神时，我再也不知道到底是什么把我带了回来，只知道我们将到里面去躺在一起，她将半哭半笑着爬起来，变得十分沉默，看着我走来走去，细细地研究我，她从来不问我是什么在折磨我，从不，从不，因为这是她害怕的一件事情，是她害怕知道的一件事情。我不爱你！她能听见我尖叫着这句话吗？我不爱你！我再三地喊叫着这句话，嘴唇紧闭，心中带着仇恨，带着绝望，带着绝望的怒火。但是我从未把话说出口。我看着，一言不发。我不能说……时间，时间，我们手上有无限的时间，却没有东西好用来充实时间，只有谎言。

好了，我不想讲述我的整整一生，一直到命中注定的时刻——它太长，太痛苦了。此外，我的生活真的到了最后的时刻了吗？我表示怀疑。我认为有无数时刻我都有机会做出一个开端，但是我缺乏力量和信念。在我说到的那个晚上，我故意遗弃自己：我走出旧的生活，进入到新生活中。我一点儿也没有费劲。当时我三十岁。我有老婆孩子，以及一个所谓"负责任的"职位。这些是事实，事实算不了什么。真实情况是，我的愿望如此强烈，以致它变成了一种现实。在这样的时刻，一个人做什么无关紧要，重要的是他是什么。正是在这样的时刻，一个人变成了天使。这正是我的遭遇：我变

成了天使。天使的价值不在于纯洁，而在于能飞。天使可以在任何地方，任何时刻，冲破形式，找到他的天堂；他有本事下降到最低等的事情中而又随意摆脱。在我说到的那个晚上，我完全理解这一点。我纯洁无瑕，没有人性，我超然于人之上，我有了翅膀。我没有了过去，不关心未来。我超越了狂喜。当我离开办公室的时候，我折叠起我的翅膀，把它们藏在我的大衣底下。

舞厅就在剧院的边门对面，我常常在下午坐在剧院里而不去寻找工作。这是一条剧院街，我常常在那里一坐好几个小时，做着最充满暴力的梦。好像纽约的整个舞台生活都集中在这一条街上。这就是百老汇，这是成功、名誉、奢华、油彩、石棉幕布，以及幕布上的窟窿。坐在剧院的台阶上，我常常凝视对面的舞厅，凝视甚至在夏天的下午也点着的一串大红灯笼。每一个窗户里都有一个旋转的排气风扇，似乎把音乐也吹送到街上，消失在来往交通的刺耳喧闹声中。在舞厅的另一边的对面，是一个公共厕所，我也常常坐在这里，希望搞个女人，要不就搞点儿钱。在厕所上面的街面上，有一个报亭，出售外国的报刊杂志；一看到这些报纸，看到报纸上印刷的陌生语言，就足以使我一天都不得安宁。

没有一点点预先考虑，我走上了通向舞厅的楼梯，径直来到售票亭的小窗户跟前，希腊人尼克坐在那里，面前放着一卷票。像楼下的小便池和剧院的台阶一样，这只希腊人的手在我看来像是一件独立存在的东西——从某个可怕的斯堪的纳维亚神话故事中搬来的一个吃人妖魔的毛茸茸的大手。总是这只手对我说话，这只手说"玛拉小姐今晚不在这里"，或者"是的，玛拉小姐今晚晚来"。我的卧室有带栅栏的窗户，我在里面睡觉，睡梦中总把这只手当作一个孩子。我会狂热地梦见这窗户突然被照亮，映出正趴在栅栏上的吃人妖魔。一夜又一夜，这毛茸茸的怪物来找我，趴在栅栏上咬牙切齿。我会在冷汗中惊醒，房子一团漆黑，房间里一片寂静。

我站在舞池边上，注意到她朝我走来；她仪态万方，一张大圆脸漂亮地在圆柱形的长脖子上保持平衡。我看见一个女人，也许是十八岁，也许是三十岁，有着深黑色的头发，一张白净的大脸庞，一张白白胖胖的脸庞，一双眼睛炯炯有神。她穿一身时髦的蓝毛绒套装。她那丰满的身体，她那像男人头发那样在一边分开的又细又直的头发，我现在都历历在目。我记得她朝我嫣然一笑——会意的，神秘的，稍纵即逝的——一种突然发现的微笑，像是一阵风。

全部存在都集中在脸上。我真想就把脑袋割下来，拿回家去；夜里把它放在我旁边，放在枕头上，同它做爱。当嘴张开、眼睛睁开的时候，全部存在都从其中焕发出令人眼花缭乱的光彩。这是从一个未知的光源，从一个隐藏在大地深入的中心发出的光彩。我想到的只有这张脸，这像子宫一般奇异的微笑及其绝对的直觉性。这种微笑稍纵即逝，像刀光一闪那样快得令人痛苦。这微笑，这脸，高高架在一个白净的长脖子上，极度敏感者的强健的、天鹅般的脖子——也是绝望者与被罚入地狱者的脖子。

我站在红色灯光下的拐角处等她下来。这大约是凌晨两点，她正要离去。我站在百老汇大街上，纽扣孔里插着一朵鲜花，感觉身心十分洁净，却又非常孤独。几乎整个夜晚我们都在谈论斯特林堡，谈论他笔下的一个叫作亨丽叶特的人物。我十分仔细地听着，竟然入了迷。就好像从一开始，我们就进行了一场赛跑——朝相反的方向。亨丽叶特刚一提到这个名字，她就立即开始谈论起她自己，而又没有完全撒手放开亨丽叶特。亨丽叶特被她用一根无形的长绳子牵着，她用一根手指神不知鬼不觉地操纵着这根绳子，就像沿街叫卖的小贩，他在人行道上站得离黑布稍远一点儿，表面上对在布上轻轻摇晃的小机械装置漠不关心，实际上却用牵着黑线的小手指一阵一阵地牵动着这玩艺儿。亨丽叶特就是我，是我的真正自我，她似乎在说。她要我相信，亨丽叶特真的是恶的体现。她说得如此自然，如此天真无邪，带着一种几乎低于人类的坦率——我怎么会相信她就是这个意思呢？我只能微笑。似乎向她表明我相信。

突然我感觉她来了。我转过脑袋。是的，她径直走来，仪态万方，眼睛炯炯发光。我现在第一次看到她有着什么样的仪表。她走过来就像一只鸟，一只裹在一大张松轻毛皮里的人鸟。发动机开足马力：我要喊叫，要发出一声吼鸣，让全世界都竖起耳朵。这是怎么走的！这不是走路，这是滑行。她高大，端庄，丰满，镇定自若，从烟雾、爵士乐以及红色灯光中发现，就像所有滑头的巴比伦妓女的太后。这是在百老汇大街的拐角，就在公共厕所的对面。百老汇——这是她的王国。这是百老汇，这是纽约，这是美国。她是长着脚，有翅膀，有性别的美国。她是欲望，是厌恶，是升华——加入了少量的盐酸，硝化甘油，鸦片酊，以及石华粉。她富饶，豪华：这不管怎么样就是美国，一边一个大洋。我一生中第一次被整个大陆重重地击中，正好击在鼻梁正中。这就是美国，不管有没有野牛，美国，这希望与幻灭的金刚砂轮。构成美国的一切也构成了她：骨骼，血液，肌肉，眼球，步态，节奏；沉着；信心；金钱与空腹。她几乎就在我跟前，圆脸上放射出银白色的光芒。那一大块松软毛皮正从她肩上滑落下来。她没有注意到。她似乎并不关心她的衣服是否掉下来。她百事不管。这就是亚美利加，像一道闪电射向狂热歇斯底里的玻璃库房。亚默利加，不管有没有毛皮，有没有鞋，亚默利加，货到付款。滚开，你们这些杂种，要不就开枪打死你们！我肚子上挨了一下，我抖动着。有什么东西冲我而来，躲闪不及。她迎面过来，穿过厚玻璃窗户。只要她停一秒钟，只要她让我安静片刻。但是不，她连片刻工夫也不留给我。就像命运女神亲临，她飞快地、残忍地、专横地扑到我身上，一把利剑将我彻底刺穿……

她抓住我的手，紧紧抓住。我无畏地走在她身边。在我心中，星光闪烁；在我心中，是一个蓝色的大天穹，一会儿工夫以前那儿还有发动机发出疯狂的轰鸣哩。

一个人可以花整整一生时间来等待这样的时刻。你绝不希望遇见的女人现在就坐在你面前，她谈论着，看上去就像是你梦寐以求的那个人。然而最奇怪的是，这睡眠就会被忘记。如果没有记忆，梦也会被忘记，而记忆是在血液中，血液就像一个大海洋，一切在其中都被冲洗干净，除了新的，甚至比生命更实在的东西：现实。

我们坐在马路对面那家中国餐馆的火车座里。我从眼角看出去，看到闪烁发光的字母在满天乱舞。她还在谈论亨丽叶特，或者，这也许是谈论她自己。她的小黑帽、手包、皮衣放在她旁边的长凳上。每过几分钟，她就重新点燃一支香烟，她谈话时，香烟就白白燃尽。既没有开头，也没有结尾；就像火焰一般从她口中喷出，将够得着的一切全部燃尽。不知道她怎么开始，或从哪里开始的。突然她就处于一个长篇叙述中间，一个新的故事，但始终都是一回事。她的谈话像梦一样是无定形的：没有常规，没有范围，没有出口，没有停顿。我感觉被深深淹没在语言之网里，我痛苦地爬回到网的顶上，看着她的眼睛，试图在那里找到她的话的意义的某种反映——但是我什么也找不到，什么也没有，只有我自己在无底般深的井里摇晃的形象。虽然她只说她自己，我却不能对于她的存在树立起一点点起码的形象。她的胳膊肘支在桌上，身子前倾，她的话淹没了我；一浪又一浪向我滚滚而来，然而在我心中却没有建立起任何东西，没有任何东西可以羁留心中。她告诉我她父亲的事情，她们在她生于那里的舍伍德森林边上所过的奇怪生活，或者，至少她，是在告诉我这些，然而现在却又成了在谈论亨丽叶特，要不就是陀思妥耶夫斯基？——我不敢肯定——但是不管怎么说，我突然明白，她已不再是在谈论任何这些事情而是在谈论一个有一天晚上送她回家的男人，他们站在门前台阶上说再见的时候，他突然把手伸到底下，撩起她的裙子。她停了片刻，好像是要让我明白，这就是她打算要谈论的事情。我困惑地看着她。我不能想象，我们是怎么谈到这个问题上的。什么人？他在对她说什么？我让她继续往下说，心想她也许会回到这一点上的，但是不，她又走到我前头去了，现在似乎是这男人，这一个男人，已经死了；一场自杀，她试图让我明白，这对她是一次可怕的打击，但是她真正要说的似乎是，她把一个男人逼得自杀，她为此而感到骄傲。我不能想象这

个人死的样子；我只能想象他站在她家门前台阶上撩她裙子的样子，一个没有姓名的男人，然而活生生的，永远做着弯腰撩裙子的动作。还有另一个男人，这是她父亲，我见他牵着一群赛马，或者有时候在维也纳郊外的小客栈里；更确切地说，我看见他在小客栈的屋顶上放风筝消磨时光。这个男人和那个男人，一个是她的父亲，一个是她疯狂地爱着的人，这两个人我无法区分。他是她生活中某个她不愿谈论的人，但她还是总回到关于他的话题上，虽然我不敢肯定，这不是那个撩她裙子的人，但我也不敢肯定，这不是那个自杀的人。也许这就是我们坐下来吃东西时她就开始谈论的那个人。我现在记起来，就在我们坐下来的时候，她相当激动地谈起她刚才走进自助餐馆时见到的一个人。她甚至还提到过他的名字，但我立刻就忘记了。不过我记得她说，她跟他同居过，他做了她不喜欢的事情——她没有说是什么事情——于是她抛弃了他，不做一句解释就断然离去。而那时候，正当我们走进炒杂碎饭馆的时候，他们又互相撞上了，直到我们在火车座里坐下的时候，她还在为此事发抖……有很长的片刻我感到忐忑不安。也许她说的每一句话都是谎言！不是普通的谎言，不，是更加糟糕的东西，无法描述的东西。只是有时候真实情况结果也会是那个样子，尤其是在你认为你绝不会再见这个人的情况下。有时候你会将你绝不敢对你最亲密的朋友透露的事情告诉给一个十足的陌路人。这就像聚会到了高潮时你去睡觉一样；你变得只对自己感兴趣，就上床睡去。当你熟睡时，你就开始同某个人说话，某个人一直和你在同一房间里，因而即使你讲一句从中间开始的话他也全明白的人。也许这另一个人也睡了，或者始终熟睡着。这就是之所以很容易碰上他的原因。如果他不说任何话来打搅你，那你就知道你正在说的话是真实的，你完全清醒，除了这种完全清醒的熟睡以外，没有任何其他现实。我以前从来没有如此完全清醒，同时又如此熟睡。如果我梦中的吃人妖魔真的把栅栏掰开，抓住我的手，我就会被吓死，因而现在就是死人，也就是说，永远熟睡，因此始终逍遥自在，没有什么东西再会是奇怪的，即使发生过的事情没有发生，也不会是不真实的。发生过的事情一定是发生在很久以前，无疑是在夜里。而现在正发生的事情也发生在很久以前，也在夜里，这不比关于吃人妖魔与坚固栅栏的梦更加真实，只是现在栅栏被折断，我害怕的她抓住我的手，在我害怕的东西与实际存在的东西之间没有区别，因为我熟睡了，现在我完全清醒地熟睡，再没有任何东西可以害怕，可以期待，可以希冀，只有这实际的存在和这没有尽头的一切。

　　她要走了。要走……又是她的屁股，她从舞厅下来，朝我而来的那种滑行。又是她那些话……"突然，他没缘由地弯下腰，撩起我的裙子。"她把皮衣悄悄披到肩上；

小黑帽把她的脸衬托得就像有侧面浮雕像的徽章。丰满的圆脸上，长着斯拉夫人的颧骨。我从来没有见过这张脸，我怎么会梦见它呢？我怎么知道她会这样站起身，这么亲近，这么丰满，脸又圆又白，像一朵盛开的木兰花呢？当她丰满的大腿擦着我的身子时，我战战兢兢。她似乎比我高出一头，但事实上并非如此。这是因为她那样翘着下巴。她不在乎去哪里。她踩着东西往前走，走，走，眼睛睁得大大的，凝视着空间。没有过去，没有未来。甚至现在也似乎令人怀疑。自我似乎已离她而去，身子直冲上前，脖子胖乎乎，紧绷绷，像脸一样白，像脸一般丰满。谈话继续着，发出低低的喉音。没有开端，没有结尾。我不知道时间，也不知道时间的流逝，只知道永恒。她让喉咙里的小子宫同骨盆里的大子宫挂上钩。出租车就在马路边上，她还在咀嚼着外部自我的宇宙论废话。我拿起话筒，同双重子宫接通。喂，喂，你在那里吗？让我们走！让我们开始——出租车、船、火车、汽艇；海滩、臭虫、公路、偏僻小路、废墟；遗迹；旧世界、新世界；码头、防波堤；镊子；高空秋千、沟渠、三角洲、短吻鳄、鳄鱼；谈话，谈话，更多的谈话，然后又是道路、更多的眼中砂子、更多的彩虹、更多的大暴雨、更多的早餐食品、更多的牛油、更多的浴液。当所有的马路都被横过，只有我们狂热的脚上留下的尘土时，你那张白净丰满的大脸庞，那张开着两片鲜红嘴唇的嘴，那洁白完美的牙齿，依然历历在目。在这记忆中，没有任何东西可能改变，因为这是完美的，如同你的牙齿……

这是星期天，我新生活中的第一个星期天。我戴着你系在我脖子上的牧师领。一场新的生活伸展在我面前。它是以休息日作为开始的。我躺回到一片宽大的绿叶上，注视着太阳光闯入到你的子宫。它制成了怎样的酸牛奶和喧闹呀！所有这一切都专门为了我，是吗？但愿你身上有一百万只太阳！但愿我永远躺在这里，欣赏天上的烟火！

我悬空躺在月亮表面，世界像子宫一样恍恍惚惚：内在自我与外在自我处于平衡状态。你拼命向我保证，我是否来自其中，这没有什么区别。我似乎觉得，自从我在那性的黑色子宫中熟睡以来，恰好已过了25，960年。我似乎觉得，我也许多睡了365年，但是无论如何，我现在是在正确的房子里，在许多6中间，在我身后的东西很好，在我前面的东西也很好。你装扮成维纳斯来到我面前，然而你是莉莉丝，我知道。我的全部生活都在平衡中；有一天我将欣赏这种奢侈，明天我将使天平倾斜。明天这平衡将结束；如果我再次找到它，它将会在血液里，而不是在星星里。你拼命向我保证，这很好。我几乎每一件事都要得到保证，因为我生活在太阳的阴影中过于长久。我要光和贞洁——以及肚子里的阳光。我想要受骗与幻灭，以便我可以完成三角形的上部，不用不断飞离行星，进入空间。我相信你告诉我的一切，但是我也知道，到头来，全都会是另外一个样子。我把你看作一颗星和一个陷阱，看作使天平倾斜的一块石头，看作一个上当的法官，看作让你掉进去的一个窟窿，看作一条步行道，看作一个十字架和一支箭。迄今，我都是走的和太阳相反的路程；因此我双向旅行，作为太阳，又作为月亮。因此我接受两性，两个半球，两个天空，两套一切，因此我将是双关节，两性人。发生的一切将发生两次。我将作为一个对这地球的访问者，分享它的祝福，带走它的礼物。我将既不为人服务，也不被人服务。我将在自己身上寻求结尾。

我又朝外看太阳——我第一次全神贯注地注视。它血一般鲜红，人们在屋顶上走来走去。地平线以上的一切我看得清清楚楚。这就像是复活节。死亡在我身后，诞生也在我身后。我现在打算去生活在终生疾病中。我计划着去过侏儒的精神生活，过灌木荒野中小矮人的精神生活。里外交换了位置。平衡不再是目标——天平必须摧毁掉。让我听见你再次发誓，你在内心携带所有这些阳光充足的东西。让我有一天试着相信，当我在露天休息时，太阳会带来好消息。让我在辉煌中腐烂，而太阳则照进你的子宫。我绝对相信你的所有谎言。我把你看作恶的化身，看作灵魂的摧毁者，看作夜的女土邦主。把你的子宫钉到我的墙上，以使我能记得你。我们必须走了。明天，明天……

1938 年 9 月

巴黎　舍拉别墅

世界禁书文库

北回归线

【美】亨利·米勒⊙著

王　茵⊙译

线装書局

一

现在我住在波勒兹别墅，这里既找不到一点儿灰尘，也没有一件东西摆得不是地方。除了我们，这里再没有别人，我们死了。

昨晚鲍里斯发现他身上生了虱子，于是我只好剃光他的腋毛，可是他还是浑身发痒。住在这么漂亮的地方居然还会生虱子？不过没关系。我俩，我和鲍里斯也许永远不会彼此这样了解，若不是靠那些虱子。

鲍里斯刚刚总结了他的看法。他是一个天气预报专家。他说，天气会继续坏下去，会有更多的灾难、更多的死人、更多的绝望。无论哪儿都没有一点儿要发生变化的迹象。时光之癌症正在吞噬我们，我们的英雄或者已经自杀，或者正在自杀。如此说来，这个英雄不是时间，却是永恒。我们必须步调一致、前仆后继地朝着死亡的监牢奔去。没法逃脱，天气也不会变。

这是我到巴黎后的第二个秋天。我是因为某种自己至今也没能搞清的原因被人送到这儿来的。

我没有钱，没有人接济，没有希望。不过我是活着的人中最快活的，一年前、半年前，我还以为自己是个艺术家。现在我可再不这么以为了。与文学有关的一切都已与我无涉，谢天谢地，再也没有什么书要写了。

那么这一本呢？这一本不算是书，它是对人格的污蔑、诽谤、中伤。就"书"的一般意义来讲，这不是一本书。不，这是无休止的亵渎。是啐在艺术脸上的一口唾沫。是向上帝、人类、命运、时间、爱情、美等一切事物的裤裆里踹上的一脚。我将为你歌唱，纵使走调我也要唱。我要在你哀号时歌唱，我要在你肮脏的尸体上跳舞……

若要歌唱你必须先张开嘴，你必须有一对肺叶和一点儿乐理知识。有没有手风琴或吉他均无所谓，要紧的是有想要歌唱的愿望。那么，这儿便是一首歌，我正在歌唱。

我是唱给你的，塔尼亚。我倒是希望自己能唱得更好一些、更加悦耳一些，不过

那样一来你也许永远不会愿意听我唱了。你曾听过别人唱，他们都引不起你的兴趣来，他们不是唱得太好就是还不够好。

这一天是十月二十九日，我已不再理会究竟是哪天了。你会说那是我去年十一月十四日做的一场梦吗？有几次间隔，不过都是在两场梦之间的，现在我已根本想不起这几次间隔中的事情了。我身边的世界在分崩离析，同时在这儿或那儿留下一块块的时间。世界是一个毒瘤，正在一口一口地吞噬自己……我在想，当无边的寂静笼罩了万物，笼罩各个角落时，音乐最终会胜利的。当万物又回到未被时间孕育出来之前的状态时，世界又一次呈现出那种混沌未开的局面，而现实正是为混沌而写的。你，塔尼亚，就是我的混沌。这便是我歌唱的缘由。快死掉的不仅仅是我，是整个世界，它要蜕去时间这层皮。我还活着，在你的子宫里踢腾，这是值得用笔记录下来的现实。

我在打瞌睡。爱情生理学。休眠中的鲸鱼的阴茎有六英尺长。蝙蝠——有一根无拘无束的阴茎，有些动物的阴茎里还有一根骨头，就是说，一根骨头在……古尔孟说，"幸亏人身上的骨质结构已经没有了。"幸亏？是的，幸亏。想想人类带着一根有骨头的阴茎走来走去成何体统？袋鼠有两条阴茎，一根平时用，另一根只在节假日里用。继续打着瞌睡，一个女人写封信来问我替自己的书想好书名了没有。书名？当然想好了：《可爱的女同性恋者》。

你的充满逸事趣闻的生活！这是博罗夫斯基的话。我每个星期三同博罗夫斯基一道吃午饭，他的太太做主人。她是一头已挤不出奶的奶牛，她正在学英语，最喜欢用的词是"淫秽"。你马上便会明白博罗夫斯基是多么难对付了。不过等一等……

博罗夫斯基身着一套灯芯绒西装，会拉手风琴。这副行头真是妙极了，尤其是当你考虑到他是一个挺出色的艺术家的时候。他开玩笑说他是波兰人，不过他当然不是。这位博罗夫斯基是个犹太人，他父亲是一个集邮家。其实几乎整个蒙帕纳斯都住着犹太人，或准犹太人，准犹太人则更糟糕了。其中包括卡尔和葆拉、克朗斯塔特和鲍里斯、塔尼亚和西尔维斯特、莫尔多夫和露西尔，除了菲尔莫全是。亨利·乔丹·奥斯瓦尔德居然也是犹太人。路易斯·尼科尔斯是犹太人，甚至范诺登和彻里也是犹太人。弗朗西丝·克莱克是个犹太人，或是犹太女人。泰特斯也是一个犹太人。这样看来犹太人简直不计其数，这本书正是为我的朋友卡尔写的，他父亲是犹太人。明白这一点很重要。

这些人中最可爱的犹太人是塔尼亚，为了她我也愿意成为一个犹太人。为什么不呢？我已经在像犹太人一样讲话了，而且我长得像犹太人一样丑。再说，还有谁比一个犹太人更恨犹太人呢？

昏昏暗暗的时辰。靛青色，水平如镜，树木在闪光、在融化。铁轨在若雷色落进运河里了，两侧涂了漆的长长的履带车像公园里的滑行铁道一样卧着。这儿不是巴黎，不是康尼岛游乐场，这是欧洲和中美洲所有城市中尚未开化的大杂烩。楼下面的调车场里，铁轨黑乎乎的，犹如蜘蛛网一样，这不是由工程师定做的，不过设计上有大起大落的变化，像极地上荒凉的冰缝，照相机却照出深浅不同的黑色。

食物是我最喜爱的东西之一，可是在这座漂亮的波勒兹别墅里几乎根本看不到食物，有时这毫无疑问是很可怕的。我曾三番五次央求鲍里斯买些面包当早饭，可他总是忘记。看来他是出去吃早饭的，回来时剔着牙缝，山羊胡子上还沾着鸡蛋渣。他去饭馆里吃饭完全是为了体谅我，他说让我在一边看着他大吃大喝很难受。

我喜欢范诺登，不过我不同意他对自己的看法。譬如，我不同意他自以为是哲学家或思想家这种看法。他是一个被女人迷得神魂颠倒的人，就是这样。他永远不会成为一个作家。西尔维斯特也永远成不了作家，尽管他的大名在五百支红灯的照耀下闪闪发光。目前，周围我所尊敬的作家只有卡尔和鲍里斯。他们着了魔，心灵深处燃烧着炽热的火焰。他们疯了，不能分辨音调了，他们是受难者。

莫尔多夫倒是没有发疯，不过他也在以自己的古怪方式受罪。莫尔多夫语无伦次，他没有血管、心脏和肾。他是一个便于携带的箱子，里面有无数个抽屉，每个抽屉上都贴着标签，上面的字是用白墨水、棕色墨水、红墨水、蓝墨水写的，还有朱红、橘黄、淡紫、赭、杏黄、天蓝、乌黑、安如葡萄酒色、青鱼色、日冕色、铜绿色、奶酪色……

我把打字机搬进隔壁一间屋里，这样写作时便可从镜子中看见自己。

塔尼亚同艾琳一样，盼望收到厚厚的信。还有一位塔尼亚，这位塔尼亚像一颗饱满的种子，把花粉传播到各处，抑或我们也可以说，这有点儿像托尔斯泰和掘出胎儿的马棚一幕。塔尼亚也是一个狂热的人，她喜欢小便的声音、自由大街的咖啡馆、孚日广场、蒙帕纳斯林荫大道上买来的颜色鲜艳的领带、昏昏暗暗的浴室、波尔图葡萄酒、阿卜杜拉香烟、感人的慢节奏奏鸣曲、扩音机、聚集在一起谈论的一些趣闻逸事。她的乳房是焦黄色的，系着沉重的吊袜带，她总问别人"几点了"，喜欢吃肚里填了栗子的金黄色的松鸡，她的手指像塔夫绸般光滑，蒸汽似的昏暗光线变成了冬青，她患有脚端肥大症、癌症和谵妄症，她的面纱热乎乎的，打赌用的筹码，铺着血红色的地毯，两条大腿软绵绵的。塔尼亚这样说以便叫人人都听见，"我爱他！"鲍里斯喝威士忌喝得浑身发烧时塔尼亚便会说，"坐在这儿！阿，鲍里斯……俄国……我该怎么办？

我都快叫它撑破了。"

到了夜里，我一看到鲍里斯的山羊胡子垂在枕头上便要歇斯底里。啊，塔尼亚，你那热乎乎的阴部如今在哪儿？那副又肥又厚的吊袜带、那两条柔软而又粗壮的大腿又在哪儿？我的胯下有一根六英寸长的骨头。塔尼亚，我要弄平你那充满精液的阴部上的每一条皱纹。我要先叫你肚子疼、子宫翻个个儿，再把你送到你的西尔维斯特那儿去。你的西尔维斯特！喂，他懂得怎样生火，我却明白如何叫女人欲火中烧。塔尼亚，我把灼热的精液射进你的身体，我叫你的卵巢发热。你的西尔维斯特这会儿有点吃醋吧？他觉得不大舒服，是吗？他感觉到我的硕大的阴茎留下的东西了。我把你那玩艺儿撑大了，我把皱纹都撑平了。跟我干过以后，你尽可同公马、公牛、公羊、公鸭子和一只瑞士圣伯尔拿僧院驯养的雪山救人犬干。你可以把癞蛤蟆、蝙蝠和蜥蜴塞进你的肛门。只要愿意，你可以奏出一串和音急速弹奏，或是在肚脐那儿拴上一只齐特拉琴。塔尼亚，我在操你，你就得这样叫我操下去。若是你不喜欢叫我当着众人的面干，我就在暗中干。

蔚蓝色的天空上鹅毛般的云丝被吹散了，干枯的树木无限延伸，黑乎乎的树枝像一个有梦游症的人那样打着各种手势。这些阴沉的、鬼怪般的树木的枝干苍白得像雪茄烟灰。这是一种超然的、全然欧洲式的静寂，百叶窗放下了，店铺闩上了，这里或那里偶尔可见一盏红灯，表明有人在幽会。其正面粗暴甚至可怕，除了树木投下星星点点的影子，一片洁净。从奥坦格利经过使我想起另一个巴黎，那便是毛姆、高更的巴黎，乔治·摩尔的巴黎。我想起那个可怖的西班牙人，他那时正以杂技演员的步子从一种作风跳跃到另一种作风，使全世界大吃一惊。我想起施本格勒同他那些可怕的宣言，并且不由得惊诧——风格，广义上的风格，是否全完蛋了？我说我脑子里尽是这些念头，不过这也不是实话。只是到了后来，当我走到塞纳河对岸、当我把辉煌的灯光甩到身后时我才允许自己胡思乱想这些事儿。眼下我什么也不想，只感觉到自己这个活生生的人被河水映出的奇迹搞得很伤心，因为这河水映出了一个已被遗忘的世界。沿河两岸，树木伛偻着身子，在这面没有光泽的镜子上投下倩影。起风时这些树便发出一阵沙沙声，河水翻腾着流过时它们也会流下几滴眼泪。这条河使我忧郁，我找不到可以倾诉心曲的人，哪怕是一点点也好……

艾琳的毛病在于她只有一个手提包，却没有阴户。她总想把厚厚的信塞进包里，信上都是大量令人惊异的事情。现在她叫劳娜，因而也有阴户了，我知道这一点是因为她给我们送来了一些下面的毛。劳娜——一头疯狂的驴子，在风中乱闻乱嗅，以此

取乐。在每一座山坡上她都要扮演妓女的角色，有时还在电话亭和卫生间里。她为金·卡罗尔买了一张床和一只铭刻上他的姓名首字母的刮胡子时用的杯子。她躺在托特纳姆广场大道上，撩起衣裙用手指弄自己那个地方，还有蜡烛，用罗马蜡烛和门把手弄。全国找不到一个男人的那玩艺儿大到能令她满意的程度……一个也没有。男人的玩艺儿一进入她身体便会蜷起来，她需要胀大的阴茎、自动爆炸的纸火箭和滚烫的蜡油、木焦油。你若是由着她，她会割断你的命根，叫它永远留在她身体里。劳娜这样的阴户在一百万女人中才有一个！这是试验室里的阴户，没有一种石蕊试纸能显出它的颜色。这个劳娜还是一个骗子。她从未替卡罗尔买过床，她用一个威士忌酒瓶砸他的脑袋。她满嘴脏话和承诺。可怜的卡罗尔，他的阴茎只能在她体内蜷起来然后死掉，只要她吸一口气他那玩艺儿就会掉出来，像一只死泥鳅一样。

大量的、厚厚的、闻所未闻的信件。一只没有带子的手提包。一个没有插钥匙的锁孔。她有一张德国人的嘴、一对法国人的耳朵和一个俄国人的屁股，而阴户却是世界通用的。当国旗挥动时，它便一直红到喉咙处。你从于勒——费里林荫道进去，从维莱特门出来。你把你的小羊尾放进粪车里，自然是两个轮子的红色粪车。在乌尔克和马恩河的汇合处，水顺着河堤流去，在桥下静静地流淌，仿佛一面镜子。劳娜如今躺在那儿，河道里满是玻璃碎片。含羞草在哭泣，窗户上有一个潮湿的、雾状的屁。劳娜是一百万女人中的佼佼佼佼者。全是阴户和一截直肠，你可以坐在里面翻阅世纪史。

莫尔多夫首先显得像某人的一幅漫画，甲状腺似的眼睛，米什林式的嘴唇，声音像豌豆汤。他在背心里掖了一个小梨，不论你怎么看他都是那副尊容，随身带着有个坠子的鼻烟盒，象牙柄的，还有棋子、扇子、教堂地图。他发酵的时间太长，现在已变得毫无形状了，成了失去维生素的酵母，没有橡皮底座的花瓶。

他家族中的女人们在九世纪曾两次改换祖先，到了文艺复兴期间又换了一次。他在一次次战乱中、在众多的黄肚皮和白肚皮下留存下来。在以色列人出埃及前很久，一个鞑靼人便朝他的血液里啐过唾沫。

他的为难也就是一个侏儒的困惑。透过松球状的眼睛，他看到自己的侧面轮廓投影在一幅无法计量的幕布上。他的声音使他陶醉，因为它尖细得如同一个针头一般。他听到的一声大吼对于别人只是尖细的叫唤。

他的头脑。他的头脑是一个圆形剧场，场上的演员一人扮演好几个角色。莫尔多夫，多才多艺而且不出错，一个个依次扮演着他的角色——小丑、耍把戏的、杂技演

员、牧师、登徒子、江湖骗子。这个圆形剧场太小了，于是他在剧场里安放了炸药。观众都吃了迷幻药，于是他便把它炸毁了。

我徒劳地企图接近莫尔多夫。这就像企图接近上帝一样，因为莫尔多夫就是上帝——他本来就是上帝。我只是记载下……

我以前就对他有一些意见，现在我放弃了，而另一些看法现在正在修正中。我把他抓住了，结果发现手中不是蟑螂而是一只蜻蜓。他的粗鲁冒犯了我，然而他的脆弱又叫我为之倾倒。他滔滔不绝直到把自个儿憋得透不过气来，随后又像约旦河一样静静无语。

每当我看着他小跑着走上前来迎接我，伸出一对小爪子，眼睛里流着泪，我便觉得自己在同……不，这句话不能这么说。

"像在喷泉上跳跃的鸡蛋。"

他只有一根手杖——一根普通的手杖。他的衣袋里装了一张张纸，都是治疗悲观狂的处方。他的病现在痊愈了，替他洗脚的那个德国小姑娘因而悲痛欲绝。这正如一个无足轻重的小人物背着他的古吉拉特语字典到处走。"对人人都不可避免"，这话无疑就是指"绝对必要的"。博罗夫斯基会觉得这话不可理喻，一星期里每天他都要换一根手杖，还有一根是复活节专用的。

我们相互间有这么多相似的地方，看别人便犹如在一面裂了缝的镜子里看自己。

我一直在翻阅我的手稿，每一页上都是潦草涂改过的手迹。全是文学！我有点害怕。这多么像莫尔多夫，唯一不同的是，我是一个非犹太人的异教徒，而异教徒受苦受难的方式是不同的。据西尔维斯特讲，他们虽有痛苦，但却不患神经病，而一个从未患过神经病的人是不懂什么叫作痛苦的。

于是我清楚地回忆起我痛苦时是多么快活，那正像带着一头小熊仔上床睡觉，有时它会用爪子抓你，那时你才真正体会到恐惧。平时你不会怕——你可以放掉它，或者把它的头砍掉。

有些人无法抵御钻进野兽笼子里、同野兽在一起鬼混的欲望。他们连手枪、鞭子都不带便进去了，正是恐惧使他们变得无所畏惧……对于一个犹太人，全世界便是一个野兽横行的笼子。笼门锁上了，他在笼子里，没有手枪、鞭子，但他勇气十足，甚至嗅不到笼子角落里的兽粪味。围观者在拍手，可他听不见，他认为这场戏是在笼子里面演的，他认为这个笼子便是整个世界。门锁上了，他独自一人无助地站在那儿，发现狮子不懂他的话。没有一头狮子听说过斯宾诺莎。斯宾诺莎？它们干吗不咬他？

"给我们肉吃！"它们吼道，而他却站在那儿吓呆了，脑子全乱了，他的世界观也变成一个荡到空中再也够不到的秋千。狮子举起爪子扇一下，他的世界便被击得粉碎。

同样，狮子们也失望了。它们期待的是血，是骨头，是软骨，是筋，它们嚼了又嚼，然而词汇是无味的树胶，树胶是无法消化的。你可以朝树胶上撒糖、助消化药、百里香草汁和甘草汁，待树胶被树胶采集者裹起来后便好消化了。这些树胶收集者是沿着一个业已下沉的大陆的山脊来的，他们带来了一种代数语言。在亚利桑那沙漠中他们遇到了北方的蒙古人，这些人像茄子一样光滑。这是地球呈陀螺仪状倾斜后不久的事情，当时墨西哥湾流同日本湾流分道扬镳了。在地球的中心他们找到了石灰岩，于是他们将自己的语言绣在地壳底下。他们吃伙伴的内脏，森林围住了他们，围住了他们的骨头、脑壳和饰有花边的石灰岩，他们的语言便消失了。人们有时在这儿或那儿仍找得到一个兽群遗骸、一个被各种塑像所覆盖的头盖骨。

这一切与你有什么关系，莫尔多夫？你口中的话是杂乱无章的。说吧，莫尔多夫，我正等着你说呢。当咱俩握手时，谁也感觉不到透过我们汗水浇下的大量的水。每当想词儿时，你总是半张着嘴，唾液在你腮帮子里面流淌。我一跃跳过了半个亚洲，我到那儿去捡你的手杖，尽管这是一枝普普通通的手杖。在你身体一侧戳一个洞，我便可以搜集到足够塞满大英博物馆的东西。我们站上五分钟便可吞没很多个世纪。你是一个筛子，我的模糊想法便是通过它滤下去并且变成言语的。言语后面是一片混乱，每个词是一条、是一杠，只是杠还不够，永远无法做成一只筛子。

我不在家时窗帘挂上了，它们看起来像在来苏水里浸过的奥地利蒂罗尔州出产的桌布。屋里光芒四射，我迷迷糊糊地坐在床上，想着人类诞生前是什么样子。此时钟声响了，这是一种稀奇古怪、绝非人世的曲调，我仿佛被带到了中亚的大草原上。有些曲子缕缕不绝、余音绕梁，有些则一倾而出、缠绵悱恻。如今一切又都归于寂静，只有最后一个音符仍萦绕在耳边，这只是一只微弱的高音锣，响了一声便像一个火苗一样熄灭了，它几乎无法划破这静谧的夜。

我曾跟自己订立了一个无言的契约：写过的东西不再改动一行。我对完善自己的思想或行动并无兴趣，我把陀思妥耶夫斯基的完美与屠格涅夫的完美等量齐观（还有什么比《永久的丈夫》更完美的？）。于是，在同一环境中，我们有了两类完美。然而在凡·高的信中还提到一种超出这两类完美的完美，这便是个人战胜了艺术。

现在我只关心一件事，这就是记下书中遗漏的一切。就我所知，还没有人利用空气来给我们的生活指示方向，提供动机的各种元素，只有杀人狂似乎在从生活中重新

汲取一定量的他们早先投入生活中的东西。这个时代呼唤暴力，可我们只得到了失效的炸药。革命不是尚在萌芽中便被扼杀就是成功得太快。激情很快便丧失殆尽，人们便转而求助于思想，这已是常规。提出来的建议没有一项能维持二十四小时以上。我们要在一代人生活的这段时间里生活一百万次，在对昆虫学、深海生物或细胞活动的研究中，我们学到更多……

电话铃声打断了我的思绪，我永远无法把这件事情理出头绪。有人来租这所公寓了……

看来我在波勒兹别墅的生活要结束了。好吧，我就收拾起这些手稿走路好了，别处也会发生一些事情。事情总是在发生，不论我走到哪里，那儿总有戏看。人就像虱子一样，他们钻到你皮肤下面，躲藏在那儿。于是你搔了又搔，直到搔出血来，可还是无法永远摆脱虱子的骚扰。在我所到之处，人们都在把自个儿的生活弄得一团糟，人人都有难言的隐痛。厄运、无聊、忧伤和自杀，这些都是从娘胎里带来的。四周的气氛中弥漫着灾难、挫折和徒劳无功。搔吧，搔吧，直到一块好皮肤也不剩。这结果令我兴奋不已，我不但不灰心丧气，反而很开心。我高声呼唤更多、更大的灾难和更惨重的失败。我要叫全世界乱成一团，我要叫每个人都把自己搔死。

连这些支离破碎的笔记我完全都没有时间记，因为我是被人逼迫过着节奏快而又忙乱的生活的呀！来过电话后，一位先生和他太太来了。在他们谈话期间我上楼去躺下来，我躺着，盘算下一步该怎么办。当然不能回到那个妖怪的床上整夜翻来覆去用大脚趾头弹面包屑。这个令人作呕的小杂种！若是还有比当妖怪更糟糕的那便是当个守财奴。他是一个胆小如鼠、战战兢兢的小混蛋，总是在怕有朝一日破产的恐惧中过日子——或许是三月十八日，准确日子却是五月二十五日。他喝咖啡不要牛奶或糖，吃面包不涂黄油，吃肉不要汤，要不就干脆不吃肉。他不是不要这个便是不要那个，这个龌龊的小财迷。哪一天你打开抽屉瞧瞧便会发现藏在钱匣子里的钱，足足有两千多法郎，还有一些没有兑现过的支票。就算这样，我本来也不会这么在乎的，若不是我的贝雷帽里总是被他倒进咖啡渣子，地板上堆满了垃圾，更不用说那冰冷的润肤膏、油腻腻的毛巾和总是塞住的下水道了。我告诉你，这个小杂种身上总有一股臭味，除非是刚刚洒过科伦香水。他的耳朵脏、眼睛脏、屁股也脏。他是一个大关节、有哮喘病、有虱子、卑微而又病态十足的家伙。哪怕他曾给我端来过一顿像样的早饭我也会原谅他的全部缺点的！这个家伙在一只脏兮兮的钱匣子里藏着两千法郎，却拒绝穿件干净衬衣，舍不得在面包上涂点儿黄油。这样一个家伙还不只是妖怪，不只是守财奴——他简直是一个白痴。

不过有关这个妖怪的都是题外话。我竖着一只耳朵倾听楼下的动静，来人是一位和他妻子一道来看房子的雷恩先生，他们正在谈论要把它租下来呢。谢天谢地，他们还只是说说而已。雷恩太太爱笑，这表明马上会出麻烦的。这会儿是雷恩先生在说话，他的声音沙哑、刺耳、深沉，好似一件又重又钝的武器砍进肉、骨头和软骨里。

鲍里斯叫我下来好介绍我同他们认识，他搓着双手，像个开当铺的。他们正在谈雷恩先生写的一个故事，一匹跛马的故事。

"我还以为雷恩先生是位画家呢。"

"当然是，"鲍里斯眨了一下眼睛说。"不过到了冬天他便写作了。他写得不错……好极了。"

我想引雷恩先生讲话，讲点什么，讲什么都行。如果有必要，也可以讲讲那匹跛马。可雷恩先生几乎一言不发，每一回他试图讲动笔写作的那段枯燥日子时，他的话便变得难懂了。他往往要花上几个月工夫才在纸上写下一个字。（冬天只有三个月。）这几个月和冬天那几个月里他在思考什么？天理良心，我真看不出这家伙是个作家，可雷恩太太说，他一坐下灵感便纷至沓来。

话题在变换，很难了解雷恩先生在想什么，因为他不说话。而雷恩太太却说，"他边想边干。"在雷恩太太口中，雷恩先生样样都很好。"他边想边干"——非常可爱，可爱极了，博罗夫斯基准会这么说。不过也实在非常痛苦，尤其是，这位思想家只不过是一匹跛马。

鲍里斯给我钱，叫我去买白酒。去买酒的路上我便已经醉了，我知道自己一回到屋里便会如何表现。沿着那条街走过来时酒劲儿便发了，我早拟好了一篇漂亮的演说词，它像雷恩太太的傻笑，就要滔滔不绝地涌出口来。照我看，她也已有几分醉意了，她一喝醉便会留神听别人说。刚从酒店里出来，我便听见汩汩的撒尿声。一切都在发狂，在四处乱溅，我要雷恩太太听着……

鲍里斯又在搓手，雷恩太太仍在吞吞吐吐地飞溅着唾沫星子说话。我把一个酒瓶夹在两腿间，把开瓶塞的钻子钻进去，雷恩太太大张着嘴期待着。酒从我两腿间溅出来，阳光也从八角窗外溅进屋来，而我的血也在血管中沸腾，将要从我身体里一涌而出的上千种发疯的玩艺儿现在都混杂在一起了。我把自己想起的每一件事讲给他们听，这些事情原先都藏在我心灵深处，而雷恩太太的狂笑使我开口全说出来了。两腿间夹着酒瓶，阳光由窗外洒进来，这会儿我又重新体验到刚到巴黎时挨过的那段寒酸日子

里所感受到的快活心境。当时我盲目不知所措，一贫如洗，像在宴会上徘徊的一个鬼魂那样在街上逛来逛去。每件往事又突然全部想起来了——不能使用的卫生间、那位支持擦皮鞋的王子、辉煌影院，我在那儿躺在老板的大衣上睡过觉，那个窗子上的铁栅、叫人窒息的感觉、肥大的蟑螂、偶尔的一顿大吃大喝、即将消失在暮色苍茫中的罗斯·坎那克和那不勒斯。我常空着肚子在大街上东跑西颠，有时也去拜访素不相识的人，例如德洛姆夫人。至于怎样到德洛姆夫人家去的，我再也想不起来了，可我去了，还设法进去了，我穿着灯芯绒裤子和猎装，裤子门襟上一个扣子也没有扣便从管家和系着一条小白围裙的女佣人身边闯进屋子里去了。直至今日我仍能感觉到那个房间里金碧辉煌的气氛，德洛姆夫人身着男人气的衣服坐在一只宝座上，鱼缸里养着金鱼，还有古代的世界地图和装订精美的书籍。我仍能感觉到她沉重的手搭在我的肩膀上，她那色眯眯的态度叫我有点害怕。更舒适的是在圣拉扎尔车站往下灌浓炖肉汤，妓女们都站在门口，每张桌子上都摆着塞尔查矿泉水瓶子，一股很浓的精液在裤裆里泛滥。五点到七点间最好的消遣莫过于置身于这一大群人中，紧跟着一条大腿或一个美丽的酥胸往前走，脑子里乱哄哄的，一个个念头接踵而至。这是那时一种稀奇古怪的满足，那时没有约会，没人请吃饭，没有计划，没有钱。那真是黄金般的日子，我连一个朋友也没有。每天早上我拖着疲惫的步子去美国捷运公司，每天早上都从办事员那儿得到那个不可避免的答复。于是我像臭虫一样东跑西颠，时不时地捡几个香烟屁股，有时偷偷地捡，有时又腆着脸公开捡。有时我坐在长椅上勒紧裤腰带止住饥饿的折磨，有时穿过杜伊勒利花园，边望着那粗笨的塑像边勃起一回。或是夜间沿着塞纳河漫步，这儿逛逛，那儿逛逛，为它的美姿发狂——两岸的树木，水中破碎的倒影，桥上该死的灯泡照耀下湍急的水流，女人们睡在门廊里，睡在报纸上，睡在雨里，到处都有散发着一股霉味的大教堂门廊，到处都有乞丐、虱子和充斥着圣维德斯舞会的丑八怪女人。在小巷里，手推车像酒桶一样堆放在一起，市场上弥漫着草莓的气味，老教堂四周都种着菜、闪烁着蓝色的弧光。贫民区堆满了垃圾，很滑，脚穿缎子舞鞋的女人们痛饮了一夜后在这些污物和害虫上跟跟跄跄地走过去。还有圣绪尔比斯广场，又宁静又空旷，每天夜里临近午夜时分便有一个拎着一把散了架的雨伞、戴着古怪面纱的女人到那儿去。每天夜里她都撑着伞睡在一条长椅上，伞骨已掉下来，她的衣服已变成绿色的，她的手指又细又瘦，身上散发出一种霉烂的味道。到了早晨，我本人便要坐在那儿，在阳光下安安静静睡一觉，一面还要诅咒那些该死的鸽子，它们到处觅面包渣吃。圣绪尔比斯啊！那硕大的钟楼、贴在门上的花花绿绿的广告，以及楼内点燃的蜡烛。这便是阿纳托尔·法朗士如此热爱过的圣绪尔比斯。在这儿，神坛上传

来嗡嗡的祈祷声，喷泉中水花四溅，鸽子在咕咕叫，面包屑一眨眼工夫便消失了，而我饥肠辘辘的肚子里却发出了单调的隆隆声。我在这儿一天又一天地坐下去，想着杰曼和她在巴士底广场附近住过的那条脏兮兮的小街，而神坛后面仍不断传来嗡嗡的祈祷声，公共汽车呼啸着从身边驶过。太阳晒化柏油，柏油又对我和杰曼产生了影响，对柏油本身和钟楼里的整个巴黎也产生了作用。

仅仅一年前我和莫娜每夜都沿着波拿巴街散步，那是在我们告别博罗夫斯基之后。当时圣绪尔比斯广场对我并不意味着什么，巴黎的景物对我都不意味着什么。我说话说累了，看人脸孔看烦了，逛大教堂、广场和动物园等地方也逛腻味了。在红色的卧室里找本书看吧，藤椅坐着不舒服。我整天坐着坐腻了，红色的壁纸叫人厌倦，看着这么多人没完没了地胡扯更叫人心烦。这间卧室和箱子总是打开的，莫娜的衣服杂乱无章地四处丢着。我的套鞋和手杖都在红卧室里，还有从未动过的笔记本和冷落在一旁的手稿。巴黎！巴黎意味着塞莱特咖啡馆、大教堂、多姆大饭店、跳蚤市场、美国捷运公司。巴黎！巴黎意味着博罗夫斯基的手杖、博罗夫斯基的帽子、博罗夫斯基的树胶水彩画、博罗夫斯基的史前鱼和史前笑话。一九二八年在巴黎，让我至今记忆犹新的只有一夜——启程乘船去美国前的那一夜。那是一个难得的夜晚，博罗夫斯基有点儿醉了。他还有点儿讨厌我，因为我跟那儿的每一个婊子跳舞。不过我们早晨就要走了！我就是这样对我搂住的每一个女人说的——早晨就走！我就是这样对那个有双玛瑙色眼睛的金发女郎说的。到了卫生间里，我站在小便器前，下面勃起得很厉害，它显得既轻又重，像一只插上翅膀的枪弹。我就这样站在那儿时，两个女人溜进来了——美国女人。我双手握着阴茎，友好地同她们打招呼。她们朝我挤挤眼便走过去了。我正在走廊里系裤扣，便看到其中一个女人在等她朋友从厕所里出来。还在奏乐，也许莫娜会出来找我，或是博罗夫斯基拄着他的金柄手杖来，可我现在在这女人的怀抱中，她搂着我，我便不在乎谁会来，会发生什么事。我俩慢慢蠕动着钻进一个小房间，我让她手扶着墙弯腰俯在那儿。我试着把那东西插进去，可是不成功，于是我们又坐下试了一回，可还是不成功，无论怎样试都不行。她自始至终握着我的阴茎，活像握着一件救命的宝贝一样。可是没用，我们太兴奋、太急切了。还在奏乐，于是我俩又从小屋里匆匆出来回到走廊里。在厕所里我把精液全射在她的漂亮衣服上，为此她很生气。我摇摇晃晃回到桌旁，博罗夫斯基脸上红扑扑的，莫娜则责难地望着我。博罗夫斯基说，"咱们明天都去布鲁塞尔。"大家都表示赞成了，回到旅馆后我吐得到处都是，床上、脸盆里、衣物上、套鞋和手杖上，从未动过的笔记本和冷落在一旁的手稿上也吐上了。

几个月后，还是在同一座旅馆的同一个房间里，我们望着窗外院子里的景物，自行车都放在那儿。楼上，阁楼底下有间小屋子，某位叫亚历克的活泼小伙子整天在放留声机，还扯着嗓门反复唱些美妙的歌儿。我说"我们"，可我这是把事情提前叙述了。莫娜一直不在，今天我就要去圣拉扎尔车站接她呢。临近傍晚，我把脸挤进两条栅栏之间站着等，可是没见莫娜，我又看了一遍电报也没能看出什么蹊跷。于是我又回到拉丁区，依旧大吃了一顿。过了一会儿从多姆大饭店前游逛而过时我突然看到一张苍白、臃肿的面孔和一对急不可耐的眼睛，还有一直令我心驰神往的天鹅绒衣裳，因为在柔软的天鹅绒下总有她温暖的乳房、大理石般洁白的大腿和冰凉而又结实的肌肉。她从面孔的海洋中起身拥抱我，充满柔情地拥抱我——千只眼睛、鼻子、手指、腿、酒瓶、窗子、钱包和茶托都在瞪着我们，而我俩拥抱在一起，忘记了周围的一切。我在她身边坐下，她便说开了——滔滔不绝地说开了，这是歇斯底里、性变态和麻风病的狂热征兆。我连一个字也没听见，因为她很美，我爱她，现在我很快活，甚至愿意去死。

我们沿着城堡街漫步，找寻尤金。我们走过那座铁路桥，我常常在这儿看着火车驶出去，这时我在想她究竟在哪儿，心里也就很不好受了。过桥时一切都是软绵绵的、迷人的，烟雾从我们两腿间袅袅上升、铁轨嘎嘎作响、信号机在我们血液中闪烁，我觉察到她的身子紧紧贴着我的——全成为我的了，于是我停下用双手抚摸那温暖的天鹅绒。我们周围的一切都在碎裂，碎裂，天鹅绒下的温暖肉体渴望着我……

我俩又回到原先那间屋子，多亏尤金，我们又弄到了五十法郎。我看看院子里，那部留声机已经停了。箱子打开着，莫娜的东西像往常一样丢了一地。她穿着衣服躺在床上，我催她一次、两次、三次、四次……我以为她要发疯了……躺在床上，盖着毯子。再摸摸她的身体多么好啊！可是能摸多久呢？这一回能持续下去吗？我已有了一种预感，这不会延续多久的。

她狂热地跟我说话，仿佛我们没有明天一样。"别说了，莫娜！看着我……别说了!"最后她睡着了，我从她身下抽出胳膊。我闭上眼，她就躺在我身边……到早上当然还在……我是在二月里从码头启程的，那天下着一场叫人睁不开眼睛的暴风雪。我最后一次看到她时她在窗口同我挥手道别。当时街对面角落里站着一个男人，他的帽子拉下来遮住眼睛，下颚贴在西服翻领上。这个望着我的人是个胎儿，一个嘴里叼着雪茄的胎儿。莫娜在窗口向我挥手道别，脸色苍白而臃肿，披头散发。忽而又到了一个阴沉沉的卧室中，我俩有节奏地喘着气，她身上散发出一种温暖的、猫身上的气味，她的秀发叼在我嘴里。我闭着眼，我们对着嘴呼出一口口热气。我俩紧贴在一起，距美国有三千英里之遥，可我再也不想它了。同她在这儿睡在床上、让她对着我呼吸、秀发含在我嘴里——我认为这是一种奇迹。天亮以前什么事都不会发生……

我从酣睡中醒来望着她，这时一缕微弱的光线透进来，我望着她美丽的蓬乱头发，觉得有样东西顺着她的脖子爬下来。我又凑近看看她，她的头发在动。我扯开床单，看到更多的臭虫，它们在枕头上排成一大片。

清晨，我们匆忙收拾起东西溜出旅馆，这时街上的咖啡馆还没有开门。我们步行，边走边搔痒。天亮了，天边出现了一片奶白色的晨曦，一朵朵橙红色的彩云飘过天空，恰似蜗牛出壳。巴黎啊，巴黎，一切都发生在这儿。断垣残壁、小便池中悦耳的哗哗流水声、男人们在酒吧间里舔小胡子。窗板往上推时铿锵作响，街沟里水流潺潺有声。还有用鲜红的巨大字母拼成 AmerPicon 之字形。咱们走哪条路？为什么？往哪儿走？干什么？

莫娜饿了，而且她的衣服很单薄。除了晚礼服、香水、俗气的耳环、手镯和脱毛剂，她一无所有。我们在梅园大道上一家弹子房中坐下要了热咖啡。卫生间不能用了。我们得坐一阵了才能去另一家旅馆，这时我们互相拣去了对方头发里的臭虫。莫娜紧张不安，所以发起脾气来。非得洗个澡，非得干这，非得干那。非得、非得……

"你还剩下多少钱？"

钱！全忘掉了。

美国饭店。那儿有部电梯。

我们在大白天便上床睡觉了。待我们起来天色已黑，这时要做的头一件事便是凑足往美国打一份电报的钱。电报就打给那个嘴里叼着长长的、有味道的雪茄的胎儿。还要去拉斯帕伊林荫道找那个西班牙女人，做顿热饭是她的专长。天一亮便会发生什么事的。至少我们可以一起上床了。再也没有臭虫了。雨季已开始。床单干净极了……

二

在波勒兹别墅，一种新的生活展现在我面前。才十点钟，我们却已吃完了早饭，还出去散了一会儿步。如今我们这儿来了一位埃尔莎，鲍里斯告诫我说，"这几天走路要轻一点。"

这天一开始便景色宜人：明媚的天空、清新的微风、刚刚粉刷过的房屋。在到邮局去的路上，我和鲍里斯讨论了那本书，书名是《最后一本书》，它将以无名氏的名义写作。

新的一天在开始，这一点我们今早站在迪费雷纳的一幅闪烁着光辉的油画前时我便感觉到了。画上是十三世纪的一种早餐式聚会，没有酒，有一位校好、肥胖的裸体人像，一色、充满活力、像手指甲一样呈粉红色，一条条波浪状的肌肉在发光。这幅画，总的说来是二流的，有些方面还是初级的。这是一个感到刺痛的人体，在朝露下湿漉漉的。这是静止的生命，不过这儿没有什么东西是静止的、死去的。画中的桌子被食物压得吱吱响，食物太重，桌子都快散架了。这是一顿十三世纪的饭——绘画人已经清楚记住了所有在丛林中写生时画下的动物，一大群瞪羚和斑马在啃棕榈树的复叶。

现在我们同埃尔莎在一起，今早我们还在床上时，她便在为我们演奏。"这几天走路要轻一点……"太好了！埃尔莎是女佣，我是客人，而鲍里斯是大人物。一场新戏要上演了，我这样写时不禁自己大笑起来。鲍里斯这个山猫知道会出什么事，他对各种事情的嗅觉也很敏锐。"要轻一些……"

鲍里斯如坐针毡，从现在起他老婆随时都有可能露面。他老婆足足有一百八十磅重，他却是个小小儿，这样你就明白这是一种怎样的局面了。晚上在我们回家的路上他对我解释过，这局面又可悲又可笑，我禁不住不时停下来嘲笑他一番。"你为什么这样笑？"他柔声道，然后又继续以凄凉的歇斯底里的口吻叙述下去，活像一个可怜虫。突然意识到无论穿上多少件常礼服自己永远也不会成为一个男子汉，于是他想逃走，想换一个新名字。鲍里斯哀声道，"这个女人可以占有一切，只要她放过我。"可是首先得把公寓租出去，订好契约，安排好各种琐事，这会儿他的常礼服说不定会派上用场呢。她的块头儿——这才是真正叫他发愁的！假如回去时我们发现她突然站到了门口，他准会昏过去，他对他老婆就是这么无比畏惧的。

所以我们暂时只得放过埃尔莎，她在这儿只是做早饭、引导客人看房子。

埃尔莎已使我心旌摇动，就以她的德国血统和那些悲凉的歌曲。今早我刚刚喝完咖啡从楼梯上下来，低声哼着"……曾经是多么美好"。

这首歌是为吃早饭唱的，不一会儿楼上那个英国青年奏起了巴赫的曲子。据埃尔莎说——"他需要一个女人。"埃尔莎也需要点儿什么，我能觉察到这一点。我对鲍里斯什么都没有讲，今早他正刷牙时埃尔莎向我介绍了很多柏林的情况。那些从屁股后面看起来十分迷人的娘儿们，待她们转过身来——哇，有梅毒！

我觉得埃尔莎总在痴迷地望着我，犹如看着早饭桌上剩下的食物。今天下午我们在工作室里背对背写东西，她给远在意大利的情人写信。我的打字机出了毛病。鲍里斯已出发察看一个便宜的房间去了，公寓一租出去他就要搬过去。除了同埃尔莎寻欢作乐之外，我简直没有别的事好做。她想这样，可我还是为她感到有点遗憾。她给情人的信只写了一行——我俯身去搂抱她时斜着眼看到了。不过我控制不住自个儿了。那该死的德国音乐，忧郁而又伤感，打动了我。后来又是她那明亮的小眼睛，炽热而又充满悲哀。

事情完了以后我让她为我弹个曲子，埃尔莎是位音乐家，尽管她弹的曲子听起来像是在砸破锅，像人脑壳在一起磕磕碰碰。她一边弹一边还在哭泣，我并不责怪她。她说，到处都会遇到这种事情，到处都有个男人，事后她就得离开，然后便是堕胎、找个新工作，过后又是另一个男人，谁都根本不管她，只是利用她。说完这些话她便为我弹了舒曼的曲子。舒曼，这个爱哭鼻子、多愁善感的德国王八蛋！不知怎么搞的，我很为埃尔莎难过，可又认为这事与我根本没有关系。像她这样一个会弹琴的女人早该懂得这种事情，不要叫碰巧遇上的任何一个长着根大鸡巴的家伙把她轻易骗到手。舒曼的曲子使我神不守舍，埃尔莎仍在抽噎，而我早已想别的去了。我在想塔尼亚，想她怎样弹奏慢板。我在想许多许多早已逝去、早已遗忘的往事，想在格陵波因特度过的那个下午。当时德国人正大举进犯比利时，我们损失的钱还不多，也就不大介意德国对一个中立国的入侵。那时我们仍很天真烂漫，乐意听诗人们朗诵诗，在昏暗中坐在桌子四周大肆谈论死去的亡灵。那一回，整个下午和晚上四周都回荡着德国音乐，附近都是德国人，甚至比德国本土的德国人还多。我们是听舒曼和雨果·沃尔夫的乐曲、吃泡白菜、土豆汤团、喝库莫尔酒成长起来的。傍晚时分，我们围坐在一张大桌

北回归线

子旁，放下了窗帘，有一个傻乎乎的小妞儿在大谈耶稣基督。我们在桌下相互牵着手，坐在我旁边的女人把两根手指伸进了我的裤裆。后来我们在地板上躺下，就在钢琴后面。有人在唱一支凄凉的歌，空气令人窒息，女人口中有一股酒气。钢琴踏板在僵硬地、机械地上下移动，这是一种疯狂的、徒劳无功的运动，像花了二十七年时间堆起来的一堆大粪，不过却是准时完工的。我把她拽到我身上，音乐仍往我耳朵里灌。屋里一片漆黑，库莫尔酒洒在地毯上，把地毯弄得粘呼呼的。突然黎明仿佛就要来临，天上像是有水在冰上流动，而上升的雾气又使冰呈青色，冰河沉入一片翠绿色之中，小羚羊、大羚羊、金枪鱼和海象在天边徘徊游荡，而狮鱼一跃跃出了北极圈……

埃尔莎坐在我腿上，她的眼睛像两个小小的肚脐眼儿。我看看她的大嘴巴湿漉漉的，光闪闪的，便亲了起来。于是她又哼起……"这曾经是多么美好……"啊，埃尔莎，你还不知道这对我意味着什么，你的来自萨金根的小号手。德国歌咏团体、施瓦本厅、体操协会，……向左转，向右转……然后用绳子头抽在屁股上。

唉，这些德国人！他们像一部公共汽车似的把你们全载走，使你们消化不良。一夜之间一个人不可能遍访陈尸所、疗养院、动物园、十二宫、哲学之困境、认识论之洞穴、弗洛伊德和司太克的奥秘……骑在一匹孩子们玩的旋转木马上，一个人哪儿也去不了，而同德国人在一起你便可以在一夜之间从织女星来到维加面前，而离去时仍同帕西发尔一样蠢。

我说了，这天一开始便令人心旷神怡。直到这天早上我才重新感觉到巴黎这个实体的存在，已有好几个星期没有觉察到这一点了。也许这是因为我已打好了那本书的腹稿吧，我就带着这本书到处走。我像个怀孕的大肚子女人在街上穿来穿去，警察领着我过马路，女人们站起来给我让座，再也没有人粗暴地推我了。我怀孕了，我滑稽可笑地蹒跚而行，大肚子上压着全世界的重量。

就在今天早晨去邮局的路上，我们最后一次将这本书夸赞了一番。我们，我和鲍里斯，开创了一种新生宇宙文学观。《最后一本书》将成为一本新《圣经》，所有有话要讲的人都可以在这儿讲——不署名。我们要详尽地描写我们所处的时代，在我们身后，至少在一代人的时间以内不会出现另一本书。到目前为止我们一直在黑暗中发掘，单凭直觉引导我们。现在我们要找一个容器来倾倒掘出的致命液体，要一颗炸弹，一旦掷出去便会炸掉整个世界。我们要在书中尽情地写，以便给未来的作家提供情节、戏剧、诗歌、神话、各种科学。世界将在未来一千年内依靠我们的书生存，它洋洋洒洒、无所不容，其思想差 点儿叫我们茫然不知所措。

世界，我们的世界，一百多年来一直濒临死亡。过去一百 多年来还没有一个人发狂发到在世界的屁眼里放颗炸弹把它炸掉的地步。这世界在腐烂，在逐渐死去。不过它还需要"决定性的一击"，需要被炸成碎片。我们没有一个人不受其影响，然而所有的大陆、大陆间的海洋和空中的小鸟都藏在我们心中，我们要在书中记下这个世界的演变，它已经死了，但仍未被埋葬。我们是在时间的表面游泳，其他所有的人都淹死了、快淹死了、终究要被淹死。这本书将是部巨著，将会出现大洋似的广阔地域供人来往、漫游、唱歌、跳舞、攀登、洗澡、翻跟斗、发牢骚、强奸、杀人。这是一座大教堂，一座真正的大教堂，在建造它的过程中每一个失去自己身份的人都可以出力。将要为死者作弥撒、祷告、忏悔、唱赞美诗、抱怨一会儿、闲扯一会儿——以一种要人命的漫不经心的态度。还要建圆花窗、滴水嘴，要雇用沙弥和抬棺材的。你可以把马牵进来在教堂走廊上狂奔，你可以把脑袋往墙上撞——它不会倒塌，你可以随心所欲地造一种语言去祈祷，也可以在教堂外蜷起身子睡觉。这座教堂至少能支撑一千年，而且不会有复制品，因为建造者和建造方法都已死掉了。我们要印制明信片、组织旅游，我们要在它周围修筑一座城，成立一个自由公社。我们不需要天才——天才都死了，我们需要强壮的劳力，需要乐意放弃灵魂、生长出肉体的精灵……

这一天正在以预计的速度过去。我在塔尼亚房间的阳台上，底下起居室里正在演戏，这位戏剧家生病了。而且，从上面望下去，他的头皮显得比往常更粗糙，他的头发是稻草做的，他的思想也是一堆乱草。他老婆也是稻草人，不过还有点儿潮湿。连整座房子都是用稻草盖的。我站在阳台上等鲍里斯来，我最后一个难题——早饭——已解决了，因为我把一切都简化了。假如还有新的难题我便把它们同脏衣服一道装进背包里好了。我要扔掉所有的钱。我要钱有什么用？我是一部写作机器，拧上最后一颗螺钉机器便运转了。我与机器之间并无间隙，我就是机器……

他们还没有告诉我这出新戏讲的是什么，不过我可以感觉到。他们企图摆脱我，可我是到这儿来吃饭，只是比他们预期的早到了一会儿。我已告诉他们该坐在哪儿、干什么。我有礼貌地问他们自己是否打搅他们了。可我的真正意思是，"你们会不会打搅我？"他们也知道我的意思。没有，你们这伙快活的蟑螂，你们并没有打搅我，你们在滋养我。不错，我看到你们紧挨着坐在一块儿，不过我知道你们之间有一道鸿沟。你们之间的距离同行星间的距离差不多，而我是你们之间的空旷地带。假如我抽身走开，你们便没有可供活动的空间了。

塔尼亚表现出排斥的情绪，这一点我可以感觉到。她生我的气，怨我光想别的，唯独没想着她。根据我的激动程度她便知道自己的价值已降为零了，她知道我今晚来的目的并不是要同她睡觉，她知道某种东西正在我心中萌发，这东西会毁掉她。她领悟得很慢，不过在领悟……

西尔维斯特显得更心满意足，他今晚要在饭桌旁拥抱她。现在他在看我的手稿，准备激发我的自尊，使之与她的自尊相对抗。

今晚的聚会是古怪的，现在正在为它做准备。我听见玻璃酒杯叮当响，酒拿出来了。一杯杯酒将被喝掉，生病的西尔维斯特也会痊愈。

聚会计划是昨夜才在克朗斯塔特家制定的，其宗旨是叫女人们吃点苦头，幕后的气氛应该更恐怖，有更多的暴力、灾祸、磨难、悲哀和痛苦。

使我们这样的人来到巴黎不是偶然的事件。巴黎只是一个人工的舞台，一个可使观察者看一眼戏剧冲突各阶段的旋转舞台。而这些戏都不是在巴黎开场的，它们在别处上演。巴黎只是一件产科器械，它把活着的胎儿从子宫中夹出来放进保育器。巴黎是人工引产生下的婴儿的摇篮，在这个摇篮里来回摇晃时每个人又回到了他的故土，又梦见了柏林、纽约、芝加哥、维也纳、明斯克。维也纳再也不会比巴黎更维也纳化。每一件东西都被人顶礼膜拜，摇篮献出一批婴儿，另一批新生婴儿又取代他们的位置。你可在这些墙上看到说明——左拉、巴尔扎克、但丁、斯特林堡以及每一位曾声名显赫的人当时都住在这儿，每个人都曾在这儿住过一阵，不过没有人死在这里……

他们在楼下说话，他们的话都是富有象征意义的。他们在谈话中用了"斗争"这个词，西尔维斯特这个生病的戏剧家在说，"我正在看《宣言》。"塔尼亚问，"谁的宣言？"哈，塔尼亚，我听得很清楚。我正在楼上写到你，而你也料到了。说下去，这样我就可以记下你说的话了，因为坐到餐桌边上我就不能做笔记了……突然塔尼亚说，"这个地方没有一个很像样子的厅。"这话又是什么意思？

他们在张贴一些画，这也是为了打动我。你瞧，他们希望说，我们在这儿很自在，在这儿过夫妻生活，我们在使这个家更具有吸引力。为了你的缘故，我们还要为这些画争论几句。塔尼亚又说道，"眼睛竟会这样迷惑一个人！"唉，塔尼亚，你要说些什么？继续下去，把这出闹剧演下去。我来这儿是为了吃你们允诺过的这餐饭的，我非常非常喜欢这出喜剧。这回是西尔维斯特先开口，他试图讲解博罗夫斯基画的一幅水粉画。"到这儿来。看见了吗？一个人在弹吉他，另一个人的腿上坐着一个女孩子。"是的，西尔维斯特，原来如此。博罗夫斯基和他的吉他！他腿上的姑娘！只是一个人永远也拿不准坐在他腿上的是什么，也说不上那是否真是一个人在弹吉他……

要不了多久莫尔多夫便会手脚并用地飞快爬进来，鲍里斯也会嘻嘻笑着走进来。吃饭时有松鸡、安如葡萄酒和又粗又短的雪茄。还有克郎斯塔特，待他听到最近的新闻后便一会儿活得艰难些，一会儿活得轻松些，每五分钟情绪变化一次。过后他便又安稳下来，重新沉迷于他的梦幻之中。也许这时他会写出一首诗来，一首没有舌头的大金钟似的诗。

得休息个把钟头了。又来了一个看房子的客人。楼上那个要命的英国人在练习弹巴赫的曲子。现在有人来看房子，必须马上冲上楼去叫那位钢琴家停一会儿。

埃尔莎在给蔬菜水果商打电话，管子工在马桶上装了一个新座垫。门铃一响，鲍里斯便失去了平衡。在忙乱中他掉了眼镜，他趴在地上找，常礼服在地上拖着。这有点儿像大基诺剧院演出的一出戏——那位快饿死的诗人来给屠宰商的女儿上课，电话铃每响一次诗人就要流一回口水。马拉梅的名字听上去像"牛腰肉"，维克多·雨果这个名字的发音同"小牛肝"一样。埃尔莎在为鲍里斯预订一顿精美的午饭——"一份带汤的猪排。"她说。我仿佛看到了放在大理石上的一大堆凉了的粉红色的火腿，底下垫着白色肥肉的美味火腿。我饿得要命，尽管我们几分钟之前刚用过早饭。我不得不免去午饭，多亏博罗夫斯基，我只在星期三吃午饭。埃尔莎还在打电话——她忘了订一块咸肉。"对了，一小块咸肉，别太肥。"她说……得了！放些小牛胰脏、放些牛睾丸和蛤！做菜时放些炒腊肠，我可以一顿吞下维加的一千五百出戏。

来看房子的是位漂亮女人。当然，是美国人。我背对着她站在窗口看一只麻雀啄一滩刚拉的屎，很惊奇麻雀竟这么容易养活。下着一点雨，雨点很大。以前我常常以为一旦一只鸟儿的翅膀湿了它就不能飞了。我觉得奇怪，这些阔女人怎么来巴黎找到了一流的工作室。准是一点点才能和一个鼓鼓的钱包帮了她们。天若下雨她们便有机会向别人展示她们的雨衣。吃的东西不算什么，有时她们忙着四处游荡，没时间吃午饭，只是在和平咖啡馆或里兹酒吧吃点三明治、一块薄脆饼。"只为名门闺秀服务"——比维·德·沙万那从前的画室门口这样写着。那天我碰巧从那儿经过，富有的美国女人肩上挎着颜料盒。一点点才能和一个鼓鼓的钱包。

麻雀着了魔似的从一块鹅卵石跳上另一块鹅卵石，如果站下仔细观察一番，你便会发现它们的确是在做很费力的事情。到处都丢着食物，我是指在水沟里。那位漂亮的美国女人在打听哪儿有卫生间。卫生间！让我带你去，你这蔑视金钱的瞪羚！你说卫生间？"这儿来，小姐。别忘了编号的是留给残废军人的。"

鲍里斯在搓手——他在讲解这笔租房交易中的最后几条事项。几条狗在院子里叫，叫声像狼一样。楼上，梅尔渥内斯太太在挪动家具。她整天无事可做，很无聊。如果发现哪儿有一点点灰尘她便把整个房子打扫一遍。桌上摆着一串绿葡萄和一瓶甜酒——十度的优质酒。"好吧，"鲍里斯道，"我可以为你做一个脸盆架。请到这儿来，没错，这是卫生间。当然，楼上还有一个。对，每月一千法郎。你说你不怎么喜欢于特

世界禁书文库

北回归线

里约？不，这儿才是。只是需要一个新脸盆，就是这……"

女人马上要走了，这一回鲍里斯压根没有介绍我。这个婊子养的！每次来一个有钱女人他就忘记介绍我。过几分钟我就可以再坐下来打字了。不知怎么搞的，今天我不大想干下去了，我的干劲一点一点消失了。她会在一个小时后回来，夺走我屁股底下坐的椅子。一个人居然不知道他半小时后坐在哪儿。在这种情况下他怎么能写作呢？如果这个有钱的王八蛋租下这个地方，我就连睡觉的地方都没有了。处在这么一种困境中便很难确定哪一种情形更糟——没地方睡好些还是没地方工作好些。一个人在哪里都能睡觉，可他一定得有个工作的地方。即使你写的不是一部杰作，写一部拙劣的小说也得有把椅子坐、有个安静的环境呀！这些有钱的女人从来没为这操过心，无论何时她们想把自己柔软的屁股放低一些，总有一把摆好的现成椅子。

昨夜我们出去了，留下西尔维斯特和他的上帝一起坐在炉边。西尔维斯特穿着睡衣，莫尔多夫唇间叼着雪茄。西尔维斯特在剥橘子，他把橘子皮放在沙发巾上。莫尔多夫凑近他，问他自己是否能再念一遍那部才华横溢的模仿滑稽作品《天堂之门》。我和鲍里斯打算走了，我们太快活了，同这儿的病房气氛不大谐调。塔尼亚跟我们一道走，她快活，因为她要离开这儿了。鲍里斯快活是因为莫尔多夫身上的上帝死了。我快活是因为我们还要演出另一幕戏。

莫尔多夫的声音很恭敬，"西尔维斯特，在你睡觉之前，我能同你呆在一起吗？"过去六天里他一直同西尔维斯特呆在一起，买药、为塔尼亚跑腿、安慰和宽慰他们、守卫大门谨防鲍里斯及其无赖等不怀好意的人闯入。他像一个发现自己的偶像在夜间被人肢解了的野人，他坐在这个偶像脚下，带着面包树上的果实和油，咕哝着语无伦次的祷告词。他说话时调子十分殷勤，他的四肢早已木了。

他对塔尼亚说话的口气仿佛塔尼亚是一位违背誓言的女牧师。"你一定要自尊自重，西尔维斯特就是你的上帝。"西尔维斯特在楼上受罪（他胸部有点儿哮喘），而这对男女牧师却在大吃大喝。莫尔多夫说，"你这是玷污自己。"汤从他嘴上滴下来，他有本事一边吃一边蒙受痛苦。他一面挥手赶开苍蝇一类的东西，一面伸出他的肥胖的小爪子去抚摸塔尼亚的秀发。"我快要爱上你了，你像我的范妮。"

在其他方面，今天也是莫尔多夫的好日子。美国来信了，莫门门功课都是优秀，默里在学骑自行车，留声机也修好了。你从他脸上的表情可以看出，信里除了报告成绩和学自行车的事还有别的。这一点毋庸置疑，因为今天下午他为他的范妮买了三百二十五法郎的珠宝，还给她写了一封有二十页厚的信。侍者替他拿了一张又一张纸，替他灌墨水、端咖啡、送雪茄，他出汗时便替他扇扇子，拂去桌上的面包渣，雪茄一灭便再替他点上，为他买来邮票，无微不至地侍候他，围着他团团转，朝他顶礼膜拜……差点儿弄断了他的脊梁骨。雪茄烟头很粗，比克罗那·克罗那牌雪茄粗大。莫尔多夫也许在日记中提到了这一点，这是为了范妮的缘故。手镯和耳环的价钱很合算，钱花在范妮身上总比浪费在杰曼奥德特这类小婊子身上好些。他对塔尼亚就是这样说的，他给她看他的箱子，里面塞满了给范妮、莫和默里的礼物。

"我的范妮是世界上最聪明的女人，我一直在挖空心思找她的缺点，可就是找不到。

"她十分完美。让我告诉你范妮能干什么，她打起桥牌来像个高明的职业牌手，她还对犹太复国主义运动感兴趣。比如说，给她一顶旧帽子，看她拿它怎么办。她在这儿折一折，在那儿加条带子，这就成了一件很美的东西了！你知道什么是最大的幸福吗？是在莫和默里睡着后坐在范妮身边听收音机。她那么安详地坐着，看着她我的全部奋斗和伤心失意都得到了报偿。她听得十分明白清楚，我一想起你们那散发着臭味的蒙帕纳斯，再想到我同范妮吃完一顿好饭后在里奇湾消磨的一个夜晚，我就可以告诉你这两个去处根本没法比。一点简单的食品、孩子、柔和的灯光，范妮坐在那儿，有点累，不过快活、满足、有钱……我们就这样一句话不说坐上好几个小时，那才叫幸福呢。

"今天她来了一封信——并不是那种枯燥的流水账，她给我写的全是心里话，通俗到连我的小默里都能看懂。她对一切都很敏感，我的范妮。她说孩子们必须继续受教育，不过这项花 费叫她发愁。送小默里上学要花一千美元，莫当然能得到一笔 助学金。可是小默里这个天才，默里，我们拿他怎么办？我给 范妮写信叫她别为此担忧。送默里去上学吧，我说。那一千元呢？今 年我挣的钱会比哪一年都多，我要送小默里上学，因为那孩子 简直就是个天才。"

我真希望范妮开箱子时我也在。"你瞧，范妮，这是我在布 达佩斯从一个老犹太人那里买的……这是保加利亚人穿的——纯毛的……这东西原先是属于某一位公爵的——不，不必缠起来，放在阳光下……我们去看戏时我要你穿这个，范妮……穿它时配上我给你的那把梳子……这个，范妮，是塔尼亚替我挑的……她跟你有点儿像呢……"

范妮正坐在靠背椅上，像石印油画上画的一样，莫在一边，小默里那天才在另一边。她的粗腿有点儿短，够不着地板。她的眼睛呈一种黯淡的高锰酸盐色，乳房像成熟的红色包心菜，身子往前一倾便微微颤动一下。可是，可悲的是她青春已逝，坐在那儿活像一只电已用完的蓄电池。她的脸歪了，需要增加一点儿活力，需要突如其来

的刺激使它复原。莫尔多夫正像个肥蛤蟆一样在她面前跳来跳去，他的肉在颤抖。他滑倒后要打个滚再重新趴在地上都很费劲，于是范妮便用她的粗脚趾轻轻踢踢他。他的眼珠更凸出了，"再踢我一脚，范妮，这样很舒服。"这一回她狠狠给了他一脚——这一脚给他的大肚子上留下了一个永久的坑。他的脸紧贴着地毯，垂下来的软肉在毯子的绒毛上颤动。他快活一点儿了，四处乱蹦乱跳，从一件家具旁跃到另一件家具旁。"范妮，你真是太棒了！"这时他正坐在范妮的肩膀上，他从她耳朵上咬下一小块肉来，只是耳垂上的一点点，那儿是不会感觉到痛的，可她仍同死了一般——仍是一只没有电的蓄电池，毫无热情。他又扑在她腿上，趴在那儿像牙疼似的发抖，他现在已十分激动而且控制不住自己了，他的肚皮像一块漆皮那样发光，眼睛里出现了一对花哨的背心纽扣。"扒开我的眼睛，范妮，我要更清楚地看着你！"范妮把他抱到床上，往他眼睛上滴了一点热蜡。她在他肚脐四周摆上戒指，又在他屁股里塞了一支体温计。她把他安置好，他便又颤抖起来，突然他缩小了，缩得完全看不见了。她在各处找他，在她肠子里找、到处找。有个东西在使她发痒，可是她就是说不上哪儿痒。蛤蟆在爬墙，痒，痒。"范妮，把我眼睛里的蜡弄出来！我要看见你！"可是范妮在哈哈大笑，笑得全身抖动不止。她身体里的东西在使她发痒、发痒，如果找不到这个东西她一定会笑死。"范妮，箱子里装满了漂亮的东西。范妮，听见我说的了吗？"范妮在哈哈大笑，像一条肥胖的蛆一样笑。她笑得肚皮都鼓起来了，大腿也在发青。"啊，老天！鲍里斯！有个东西在使我发痒。……我忍不住！"

三

星期日！快到中午时我离开了波勒兹别墅，当时鲍里斯正准备坐下来吃饭。我离开是出于自觉，因为鲍里斯看到我空着肚子坐在工作室里的确会过意不去。我不知道他为什么不邀我同他一道吃午饭，他说请不起，可那不过是借口。反正我是出于自觉，假如他当着我的面独自享用会不好受，那么，同我分享他也许会更加难受。我无权去探究他的隐秘。

来到克朗斯塔特家，他们也正在吃饭，一只野米炖小鸡。我假装已吃过了，可我简直想劈手把鸡从那娃娃手中夺过来。我想我这还不是故作羞怯，这是一种反常心理。他们两次问我愿不愿同他们一起吃。不！不！我连饭后的那杯咖啡也不愿喝。我很自觉、很自觉！出门时我恋恋不舍地瞥了一眼那娃娃盘子里的鸡骨头——上面还有肉呢。

我漫无目的地四处闲逛。到现在为止天气不错，比西街上挤满了慢腾腾走路的行人，酒吧大门敞开，路边摆着自行车。所有的肉市、菜市上都很热闹，人人胳膊上挎着裹在报纸里的蔬菜。这是一个美妙的天主教星期日——至少早晨是这样。

中午，我饿着肚子站在所有这些弥漫着食物香味的小巷交汇处，对面是路易斯安娜旅馆。那是一座阴森的旧旅馆，在从前的美好日子里比西街的坏小子们都知道这儿。旅馆和食物，而我像一个坐卧不宁的麻风病人一样走来走去。星期天早上街上有股狂热劲儿，别处没有这种情形，除了纽约的曼哈顿东区或查塔姆广场。艾尚德街在沸腾，这些街弯弯曲曲，每个拐弯处都聚着闹哄哄的一群人。一长列一长列拎着菜的人胃口大开、饥肠辘辘，他们四处窜来窜去，什么都没有，只有食物、食物、食物。逼得人要发狂。

我经过弗斯滕伯格广场，它又是另一番风景。那天晚上我打这儿经过时广场上空无一人，凄凄凉凉，森森然吓人。广场中央有四棵尚未开花的海榄雄树，这是一种有智能的树，从铺路石中汲取养分，仿艾略特的诗。老天爷在上，如果玛丽·洛朗森愿把她的同性恋女伴带到光天化日之下，这儿便是她们亲热的好地方。这儿全是搞同性恋的女人。不育、杂种，冷冰冰的像鲍里斯的心。

圣日尔曼教堂旁边的小花园里有几只拆下来的奇形怪状的雕像，这几个怪物凶相毕露地随时准备扑上来。坐在长椅上的是另外一些怪物——老人、白痴、跛子和癫痫病人，他们在那儿安安静静地打盹，等着开饭铃响。在马路对面的泽可艺术馆里，一个蠢货画了一幅宇宙的画儿——画在平面上。一个画家的宇宙！尽是一些零零碎碎的玩艺儿、一些小古董。在画的左下角竟然画了一只锚和一只吃饭钟。敬礼！敬礼！啊，宇宙！

到了下午三点左右我仍在游荡，肚子饿得咕咕叫。又下开了雨，圣母院在雨中朦胧如一座坟墓。滴水嘴从建筑物正面顶上远远伸出，它们悬在那儿，活像一个偏执狂人心中的固执见解。一个长着黄色连鬓胡子的老人走近我，他手里拿着贾沃斯基的一本胡说八道的书。他朝我走过来时头向后昂着，雨水打在他的脸上，金沙色的胡子变成了稀泥。书店橱窗里挂着拉乌尔·迪菲的几幅画，画上尽是大腿间插着玫瑰树枝的女仆，还有论及琼·米若哲学的专论。听仔细了，哲学！

同一个橱窗里还有：《一个切成碎片的人》！第一章：他家人眼中的此人。第二章：他情妇眼中的同一个人。第三章：——还没有第三章。得明天再来看第三、第四章，因为橱窗装饰人每天翻一页书。《一个切成碎片的人》……你简直无法想象我是多么气恼，自己竟没有想出一个类似的书名！这个写"他情妇眼中的同一个人……眼中的同一个……同一个……"这家伙在哪儿？这家伙在哪儿？他是谁？我想紧紧拥抱他，我非常非常希望自己有本事想出这样的书名，而不是《疯狂的公鸡》和我发明的其他蠢话。嗨，去他妈的，即使我有那样的本事，我也同样会祝贺他的。

我希望他的漂亮书名使他走运。这儿是给你的另一片肉——给你下一本书的。找时间给我打电话，我就住在波勒兹别墅。我们全死了，正在死去或快要死了。我们需要好书名，我们需要肉——一片又一片的肉——牛腰肉、上等牛排、腰子、牛睾丸和牛胰脏。有朝一日，当我站在纽约第四十二大街和百老汇的某一角落里时，我会回忆起这个书名，我会写下脑子里想起的一切——鱼子酱、雨点、车轴润滑油、细面条、腊肠——一片又一片腊肠。把每件往事都记下来之后，我突然回家把孩子切成了碎片。我不会告诉任何人为什么要这样做。亲爱的先生，如果你把它切成碎片，你便可以免费享用。

一个人怎么能不吃饭而四处乱逛一整天，而且还不时勃起一回？这是"灵魂剖析家"们能轻而易举解释清楚的秘密之一。在一个星期日下午，百叶窗都放下来，无产阶级以一种麻木、呆滞的方式占领了街道。有几条大路纵向延伸出去，只会使人联想到一只下疳的大公鸡。而正是这些大路有力地吸引着人们，例如圣德尼街或圣殿郊区。

正如从前纽约市的联邦广场或是纽约曼哈顿的鲍里街前段，人们被引诱到简易博物馆来看橱窗内陈列的蜡制的、被梅毒和其他性病侵蚀的人体各个器官。巴黎像一个各处都患了病的巨大有机体向外延伸，这些美丽的大道相比之下不那么令人厌恶只是因为它们体内的脓已挤出去了。

　　在靠近竞技广场不远的北城区，我停了几分钟欣赏这片地方的脏乱景色。同人们在低低的、同巴黎的旧交通要道平行的走道里看到的许多广场一样，这个广场是长方形的。广场中央有一些又破又旧的建筑，衰败不堪，一座倒在另一座顶上，形成了像一团肠子一样的一堆东西。地面不平，铺地的石板上尽是脏东西，很滑，真像一堆混杂着炉渣和垃圾的人屎尿。太阳很快要落下去了，天空中的色彩也退祛了，紫色变成干血色，青贝色变成褐色，黯淡的灰色变成鸽粪色。到处都有一个歪七扭八的怪物站在窗子上，像猫头鹰一样挤眼睛，脸色苍白、骨瘦如柴的孩子们发出刺耳的尖叫声，患佝偻病的小顽童头上往往有医生用钳子夹过的印痕。墙里渗出一股恶臭味，那是发霉的床垫味。欧洲，中世纪的、怪诞的、恐怖的欧洲——B—mol 调的交响曲。街正对面的竞技影院给它的尊贵的顾客们提供了这个大都市的各种景观。

　　走开时我又重新忆起那天看过的一本书。"这座城是一个屠宰场，尸体同屠夫混杂在一起，又被盗贼剥得精光，一层层躺在街上。狼从郊区悄悄溜进来吃他们，黑死病和其他瘟疫也来跟它们为伍，英国人也大踏步赶来。同时，死亡之舞在所有墓地的坟堆间旋转……"这书讲的是"愚蠢的查理"时代的巴黎轶事！一本可爱的书！看过后使人精神振奋、胃口大开，我至今仍为它着迷。我对文艺复兴时期的倡导人和先驱者知道的不多，不过对漂亮的面包师平博荷耐福夫人和让·卡波特大师这两人至今记忆犹新，一有空便想起他们。我也忘不了罗丹这个《流浪的犹太人》中的邪恶天才。他无法无天地滋意枉为，"直到有一天被有八分之一黑人血统的塞西莉激怒并且智取。"坐在圣殿广场，冥想让·卡博什手下屠宰老弱马匹的人的所作所为，我久久悲哀地想着"愚蠢的查理"的悲惨命运。他是一个智力不健全的人，在他的圣保罗旅馆大厅里转来转去，穿的是最脏最臭的破衣服，溃疡和害虫侵蚀着他的健康。别人丢给他一根骨头，他便像一条癞皮狗一样去啃。我在狮子街寻找从前兽栏的石头，他过去曾在这儿喂宠物，这是除了同他"出身低贱的伙伴"奥代特·德·尚帕狄丰打牌以外的唯一消遣。这可怜的傻子。

　　我头一回遇见杰曼也是在一个星期日的下午，同今天差不多。那天我正沿着博马舍林荫道散步，身上装着我妻子从美国赶忙寄来的一百多法郎，很阔气。天气已有点春天的意思了，一个有毒有害的春天似乎就要从街上的下水道出入孔溢出。我每天夜

里都回到这儿来，因为这儿有几条患麻风病的街道吸引着我，它们要待白天的光亮渐渐消失、妓女们各就各位后才暴露出其邪恶的光辉。尤其令我印象深刻的是巴斯德一瓦格纳街，它就位于藏在林荫大道后面、像一条熟睡的蜥蜴似的阿梅洛特街角上。在这个瓶子颈里总聚集着一串秃鹰，她们哇哇叫着扇动肮脏的翅膀，她们伸出锋利的爪子把你抓进一个门里。她们全是一伙快活而又贪婪的魔鬼，完事之后连系裤子的时间都不留给你。她们领你来到背街的一个小房间里，通常是没有窗子的房间，然后她们撩起裙子坐在床边上，很快查看你一番，朝你那玩艺上吐口唾沫便替你把它塞进去了。你还在洗身子时，另一个婊子便扯着她的猎物站在门口等着呢，她冷淡地望着你最后草草洗几下了事。可杰曼却与众不同，这从她的外貌上可看不出来，没有什么特征可以把她跟另外那伙每天下午和傍晚在大象咖啡厅碰头的妓女区别开。我刚才说过，这是春季的一天，我妻子积攒起来汇给我的那几个法郎在口袋里叮当乱响。我有一种模模糊糊的预感：到达巴士底广场之前我准会被一只秃鹰拖了去。沿着林荫大道漫步时，我早就注意到杰曼在朝我这边蹭，一副到处游荡看热闹的婊子架势。她的鞋跟塌下来，她戴着便宜的首饰，脸色发青，涂上胭脂反倒更显出妓女特有的青白色皮肤。同她谈妥条件并不难，我们坐在那家也叫作"大象"的小香烟店里很快便谈妥了。几分钟后我们便在阿梅洛街上花五法郎租了一个房间。窗帘放下，床罩也掀到一边去了，她并不急于尽快了事，这位杰曼。她坐在坐浴盆上擦肥皂，一面愉快地跟我闲聊，说她喜欢我穿的灯笼短裤。她认为它"棒极了"！从前是的，不过我已经穿破了屁股坐的地方，幸亏靠外衣遮住屁股。她仍跟我愉快地说着话，起来擦干了身子，突兀地扔下毛巾朝我随随便便走过来。她开始热切地抚弄自己的下体，用两只手摸它、爱抚它、拍它。当时她滔滔不绝说话的劲头儿和把下体插到我鼻子底下这个动作至今仍使我难以忘怀。她谈到它时那种口气仿佛叫你觉得那玩艺儿是她花了大价钱买来的、身体以外的某件东西，这件东西的价值随着时间的推移在增加，现在她在这个世界上最宝贵的东西便莫过于它了。她的话赋予它一种奇妙的芬芳气味，它已不再只是她的下体，还是一件宝贝、一件魔物、一件极有魔力的宝贝、一件上帝赋予的礼物，而且并不因为她每天都用它换几个钱而丧失一点点魔力。她倒在床上，大叉着双腿，用两只手捂着它又抚弄了一阵，同时还一直用粗哑的声音咕哝着，说它好、漂亮，是一件宝贝、一件小宝贝。不过她那个小玩艺儿也的确不错！那个星期日下午空气中弥漫着春天的有毒气味，一切都很圆满。走出旅馆时我在外面刺眼的光线下重新细细打量了她一番，清清楚楚地看清了她是怎样的一个婊子——金牙、帽子上插的天竺葵、踩塌下去的鞋跟，等等，等等。更有甚者，她从我这儿骗到了一顿饭吃、抽了我的烟、坐了我的出租车，可是这一切一点也没有使我气恼。老实讲，是我鼓励她这样干的。我十分喜欢她，于是吃完饭后我俩回到旅馆又睡了一次，这一回是"为了爱情"。她的大而多毛的玩艺儿又一次发挥了它的活力和魔力，对于我它也开始具有独立的生命了。这儿是杰曼，那儿是她毛茸茸的玩艺，我既爱杰曼同它一分为二，也爱她俩合二为一。

我刚才说过，杰曼是与众不同的。后来她发现了我的实际境况，便很大度地待我——花很多钱请我喝酒、让我赊账、帮我典当东西、把我介绍给她的朋友以及提供其他诸如此类的帮助。她还为没能借给我钱道歉，这我完全能理解，因为后来她把她的鸨母指给我看了。我每天夜里沿着博马舍林荫道来到那家小香烟店，妓女们都聚集在这儿。我等着她回来把她的宝贵时间匀给我几分钟。

后来当我提笔写克劳德时，我心里想的不是克劳德而是杰曼……"同她厮混过的全体男人和你，现在只有你了。船驶过去，桅杆和船身都过去了，人生的全部见鬼的激流从你身上流过，从她身上流过，从紧跟着你的所有家伙身上流过。鲜花、小鸟和阳光都涌进来，它们的芬芳香气将呛死你、毁灭你。"这是为杰曼写的。克劳德则是另一码事，尽管我也十分崇拜她，有一阵子我还自以为爱她呢。克劳德有灵魂，有良心，行为也高尚，最后这一点在一个婊子身上倒不是什么优点。克劳德总叫人认为她有几分悲哀，她显然是无意中给人留下这种印象的——你不过只是命运选派来毁灭她的那股水流中的一部分。我说了，她是无心的，因为她是全世界最不可能有意识地在别人心目中造成这样一种印象的女人。她腼腆、敏感，所以不会那么做。克劳德在本质上完全是一位具有中等教养与智力的很不错的法国姑娘。生活捉弄了她，她身上有种气质，这种气质不够强健，无法应付日常生活的刺激。路易－菲利普的那一番可怕的话正是说她的，"当某一夜来临时一切都完了，许多血盆大口朝我们逼来，我们再也无力直立。我们的肌肉从身上垂下来，仿佛已被每张嘴嚼烂了。"从另一方面看，杰曼是个天生的婊子，她对自己扮演的角色十二万分满意，实际上还很喜欢这活儿呢。没有什么是会使她感到不快的，除了有时肚子饿、鞋子破这类不足挂齿的区区小事之外。无聊！这便是她的最大不快了。不用说，她也曾有过嫖客过多的日子，但也是仅此而已。大部分时间里她喜欢这种生活，或者表现出喜欢的样子。这当然还是有区别的——跟谁出去，同谁回来，不过要紧的是男人。一个男人，这就是她梦寐以求的。一个两腿间有件东西的男人，那个东西要能使她欢悦，使她狂喜得身子乱扭一气，同时还要体验到两人已合为一体，体验到人生的乐趣，只有在那儿她才能体验到人生，即在她用双手捂住的部位。

杰曼是一个十足的婊子，连她的好心肠也是婊子式的。她的婊子心肠并不真好，

而是一颗懒散、麻木不仁、软弱的心。这颗心只能被感动一会儿，它本身毫无见解，是一颗又大又软弱、只能被人打动一会儿的婊子心。无论杰曼为她自个儿闯荡出的世界是多么卑微、多么狭小，她在其中却如鱼得水，而这本身便是一件叫人精神振奋的事情。我俩已经混熟之后，她的伙伴们便揶揄我，说我爱上杰曼了（这是一种她们几乎无法理解的情形）。我就说，"说得对！说得对！我爱上她了，而且还要爱到底！"当然啦，这是谎话，我不能设想去爱杰曼犹如不能设想爱上一只蜘蛛一样。即使我不变心，也不是对杰曼不变心，而是对她两条大腿间那个毛茸茸的东西不变心。不论何时看到另一个女人，我会马上想起杰曼，想起她留在我脑海里的那片火红的、似乎将永生的小丛林。坐在那间小香烟店的露天座位上看着她干她的营生使我很开心，我观察她用对付过我的同样手段对付别人，她做同样的鬼脸、玩同样的把戏。"她在干她的活儿！"——这就是我的想法，我是以赞许的态度看待她的交易的。后来同克劳德厮混在一起后，我看到她夜复一夜地坐在她的习惯位置上，圆圆的丰满的小屁股搁在沙发厚绒布垫上。这时我对她的反感油然而生，我认为一个婊子无权像贵妇一样坐在那儿，扭扭捏捏地等人来找她，与此同时还一直不紧不慢地啜着巧克力。而杰曼却是个工作很卖力的妓女，她才不等着你上门找她呢，她出来一把抓住你。我还清楚地记得她袜子上的洞和破烂的鞋子，也记得她怎样站在酒吧里，带着盲目的大胆挑战态度将一杯烈酒灌下肚，然后又大踏步走出门去。一个卖力的妓女！也许嗅她口中的那股酒气并非是什么美差，她口中的气味由淡咖啡、白兰地和开胃酒混合而成。她还不时猛灌茴香酒和别的，这些都是她用来暖身、提神和壮胆的，可是它的热力透过了她的身体，一直热到两腿之间那块女人身上该发热的地方。热力随即在此形成固定循环，使一个男人重新建立信心。她又开腿躺着呻吟时的样子倒不错，即使是为随便哪个男人呻吟，也是感情的恰当流露。干那件事的时候她并不心不在焉地盯着天花板瞧，或是数墙纸上有几只臭虫，她总是全身心地投入，她专讲男人趴在女人身上时爱听的事儿。而克劳德——唉，克劳德干那件事总有一点扭扭捏捏，同你上床钻进被窝之后也是这样。她的这股扭捏劲儿叫人生气。谁要一个扭扭捏捏的婊子呢？克劳德蹲坐浴盆时居然会要你扭过头去。全错了！男人欲火中烧时想看一些东西，想看一切，甚至想看女人怎样撒尿。明白一个女人有脑子是桩很好的事情，不过一个冷冰冰的尸体般的婊子口中的文绉绉的语言是最不适宜在床上说的。杰曼的思路对——她无知、淫荡，她全心全意地投身于她的工作。她是一个地地道道的婊子，这正是她的不凡之处。

四

复活节来临了，像只冻兔子，不过床上还是挺暖和。今天又是一个晴天，曙光下香榭丽舍大街一带上空的云彩像一座挤满黑眼睛美女的露天闺房。树影婆娑，一片青翠，看起来湿润光洁，好像露水未退，从卢浮宫到明星广场真像一段钢琴曲。我有五天不曾碰打字机了，没有看一眼书，脑子里什么也不想——除了想去美国捷运公司。今早九点我就到了那儿，那会儿正开门呢。一点钟又去了一次，仍毫无音信。到了四点半，我走出旅馆，拿定主意在它关门之前再去看一次。刚刚拐过这条街我便同瓦尔特·帕克擦肩而过，他没有认出我，我也同他无话可说，因此我并没有叫住他。过后我在杜伊勒利花园歇脚，他的身影又浮现在我眼前。他的腰有一点儿弯，人有些忧郁，脸上挂着安详而又含蓄的笑容。我抬头望望光线柔和的明媚天空，它蒙着一层极淡的色彩，今天并没有一块块乌云出现，倒像一件古老瓷器露出的微笑。这时，我纳闷，纳闷这个翻译了四大卷《艺术史》的人用他衰弱无力的目光审视这个欢乐世界时会做何感想。

沿着香榭丽舍大街走着，我脑子里的主意像汗水一样冒出来。我真该有钱雇得起一个秘书，这样我散步时便可向她口授，我最精彩的灵感总是当我不坐在打字机前时出现。

沿着香榭丽舍大街走着，我不断想着自己真正极佳的健康状态。说实话，我说的"健康"是指乐观，不可救药的乐观！我的一只脚仍滞留在十九世纪，跟多数美国人一样，我也有点儿迟钝。卡尔却觉得这种乐观情绪令人厌恶，他说，"我只要说起要吃饭，你便马上容光焕发了！"这是实话，只要想到一顿饭——另一顿饭，我就会活跃起来。一顿饭！那意味着吃下去可以踏踏实实继续干几个钟头，或许还能使我勃起一回呢。我并不拒绝承认我健康，结结实实、牲口般的健康。在我与未来之间形成障碍的唯一的东西就是一餐饭，另一餐饭。

至于卡尔，他那些天不大对劲，沮丧、神经紧张。他说他病了，我相信他的话，不过并不为此不安。

我无法令自己不安。老实说，他这副样子使我哈哈大笑，结果当然得罪了他。每一件事情都使他难受——我的笑声、我的饥饿、我的固执、我的漫不经心，一切的一切。今天他想自杀，因为他无法再忍受欧洲这个令人讨厌的鬼地方，明天他又说要去亚利桑那，"那儿的人们敢于直直地望着你的眼睛。"

"那就快去！"我说。"干这个、干那个都行，你这个狗东西。只是别哈出闷闷不乐的气遮住我健康的眼睛！"

可事情就是这样！在欧洲人们习惯于无所事事。你整天不抬屁股坐在那里埋怨埋怨这个埋怨埋怨那个。你受到了感染，你腐败了。

卡尔在骨子里是个势利小人，一个有贵族派头的讨厌鬼，他完全生活在一个精神分裂症的世界中。"我恨巴黎！"他抱怨道。"这些蠢货整天只是打牌……瞧瞧他们！还有写作！把词儿堆砌在一起有什么用？我写出一本书来又能说明什么？我们要书究竟有什么用？书已经太多了……"

天哪，不过我已走遍了这个地方——早在许多许多年前。我已度过了少乐寡欢的青年时代，我才不会再为逝去的过去或尚未来临的未来操心呢。我很健康，不可救药的健康。没有遗憾、没有懊悔；没有过去、没有将来，对于我现在就足够了。一天又一天过去。今天！今天真美！

卡尔每星期有一天不干活，这天他比往常更颓废。他声称 自己蔑视食物，而休息这天他的唯一消遣方式似乎就是叫一大桌饭菜。也许他这样做是为了我，我不知道，也没有问。假如他要在自己的恶行劣迹中添上殉难这一项，由他去吧——我看这样很好。上个星期二，他先挥霍光了所有的钱大吃了一顿，又带我去多姆大饭店，那是我休息时最不愿意去的地方。人们在这儿不仅变得顺从，也变得怠惰。

马洛站在多姆饭店酒吧那里，喝得酩酊大醉。按他的说法，五天来他一直在"豪饮"。这就是指连续醉酒，一个个酒吧挨着全喝遍，不分昼夜地喝，直到最后睡倒在那家美国医院里为止。马洛那张瘦巴巴的、憔悴的脸上一点儿肌肉也没有，只剩下一个骷髅，上面有两个深深的眼窝，里面嵌着一对死蛤。他背上沾满了锯末，因为刚刚在厕所里睡了一会儿。他的外衣衣袋里装的是下期书评的清样，看来在带着清样上印刷所的路上 他被人骗去喝了一场。他自己提起时却好像这是几个月前发生 的事，他掏出清样摊在柜台上，那上面沾满了咖啡和干了的唾 液。他想念一首他自己用希腊文作的诗，可是看不明白清样。于 是他又打算用法语发表一篇演说，却又被那个经理打断了。马 洛被激怒了，他的一个理想就是讲一口连小孩子都能听懂的法 语。他精通古法语，也曾把超现实主义作家的作品漂亮地翻译过来，可是却说不出一句很简单的话，比如

"你这个讨厌的家伙，滚出去"。没有一个人能听懂马洛的法语，连妓女也听不懂。而且，他喝醉酒后说的英语也真够难懂的。他像一个已养成习惯的老结巴那样飞溅着唾沫星子胡说八道，语无伦次。"你付钱!"这是他唯一能说清楚的一句话。

即使马洛喝昏了头，一种微妙的自我保护本能必要时总会提醒他。如果他脑子里对酒钱如何付还有一丝一毫的疑惑，他准会装一番糊涂，通常的伎俩是假装看不见东西了。现在卡尔已经了解他的全套把戏了，因此马洛突然用双手猛拍太阳穴装醉时，卡尔朝他屁股上踢了一脚道，"得了，你这蠢货! 你不用跟我玩这一手。"

我不清楚这是不是一种巧妙的报复，不过不管怎么说马洛好好地回敬了卡尔一下。他诡秘地凑近我们，用沙哑的嘎嘎声向我们讲述了在一家家酒馆里轮番喝酒时听来的小道消息。卡尔惊愕地抬起头，吓得脸色苍白。马洛又讲了一遍，做了一些改动，卡尔每听一遍便更颓丧一些。"这不可能!"最后他才挤出一句。马洛用嘶哑的声音说，"是的，是这样的，你要丢掉工作了……这是我亲耳听说的。"卡尔绝望地看着我，小声耳语道，"这个狗东西该不会是在骗我吧?"接着他又大声道，"现在我该怎么办? 我再也找不到工作了，这份工作我找了一年才弄到。"

显然，这话正是马洛一直期盼的，他最终还是找到了一个境况不如他的人。"人有旦夕祸福啊!"他哑着嗓子道，瘦脑袋上闪耀着冷冷的电火花。

从多姆饭店出来后，马洛边打嗝边告诉我们他必须回旧金山去。卡尔一筹莫展的境况像是真的打动了他，他提议在他不在这儿期间由我和卡尔接管那份书评。"我信任你，卡尔。"他说。说完酒劲儿突然发作了，这一回是真的，他差一点栽进沟里去。我们把他拽到埃德加—基内林荫道上的一个酒吧里坐下，这一回他真的头疼得什么都看不见了，像一头不会说话的畜生挨了狠狠的一锤子，他尖声呻吟，身子晃来晃去。我们往他喉咙里灌了几杯费内特—布纳卡，把他放倒在大椅子上，又用围巾捂上他的眼睛。他躺着呻吟了一会儿，不久我们便听到了他的鼾声。

卡尔问，"咱们拿他的建议怎么办? 接受吗? 他说回来后给我一千法郎，我知道这纯属谎言。可是怎么办呢?"他瞧瞧摊手摊脚躺在长椅上的马洛，取下盖在他眼睛上的围巾，随后又盖上。突然他咧着嘴恶作剧地笑了。他打手势叫我凑过去，"听着，乔，咱们应承下来。咱们把这份见鬼的书评接过来，狠狠地坑他一回。"

"你这是什么意思?"

"哼，咱们把所有的投稿人都抛开，把咱们自己的货色弄上去——就是这样!"

"好啊，什么样的货色呢?"

"随便……他是不会有什么好主意的。咱们要狠狠地坑他一回，好好出一期，过后

这份杂志就完蛋了。你有兴趣吗，乔?"

　　我们乐不可支地咧嘴笑着把马洛扶起来，把他拽到卡尔的房间里。一开灯，我们便看到床上有女人在等卡尔。"我把她全忘了。"卡尔说。我们把那女人打发走，把马洛扔到床上。过了约莫才一分钟便有人敲门，是范诺登，他惊慌不安。他的那副假牙丢了——他认为是在黑人舞厅丢的。我们四个凑合着上床睡了。马洛身上散发出一股熏鱼似的气味。

　　早上马洛和范诺登出去寻找那副假牙。马洛又哭又闹，他还以为那是他的假牙呢。

五

　　这是我在那个戏剧家那儿吃的最后一顿饭，他们刚刚租了架新钢琴，一架卧式钢琴。我遇到西尔维斯特，他刚从花店里出来，抱着一株橡皮树。他问我肯不肯替他抱着，因为他还要去买雪茄。我早已一家家吃遍了"蹭饭"，都是事先精心筹划好的。那些丈夫和妻子们一个个都对我反感起来。抱着橡皮树走着，我想起几个月前的那个晚上，当时我头一回想到了这个主意。我坐在法兰西学院附近的一把长椅上，摆弄我的结婚戒指。这只戒指我一度想要当给多姆饭店的一个伙计。他只出六个法郎，对此我很恼火，可还是顾肚子要紧。同莫娜分别以后戒指一直戴在我的小指上，它已完全成为我身体的一部分，我从未想过要把它卖掉。这是一只镶橘花的白金戒指，以前值一个半美元，或许更多。我们一起生活了三年都没有买结婚戒指，后来有一天我去码头上接莫娜，凑巧路过少女巷的一个珠宝店，橱窗里摆满了结婚戒指。我赶到码头上却不见莫娜，等到最后一名乘客从跳板上下来仍没有莫娜。最后我要求看旅客名单，上面没有她的名字。于是我把戒指戴在自己的小指上，一直戴到现在。有一回我把它忘在一家公共浴室里，不过幸好没丢，又找回来了，只是掉了一个橘花瓣。话说回来，我低头坐在长椅上正玩弄戒指，突然有人拍了拍我的背。结果，长话短说，我弄到了一顿饭吃，还有几法郎。这时我心里才豁然一亮——只要一个人有勇气去要，谁也不会拒绝请他吃一顿饭。于是我马上来到一家咖啡馆写了十来封信。"您能否允许我每周陪您共进一次晚餐？请您顺告星期几最合适。"这个办法灵极了，他们不仅给我吃饱，而且吃的是宴席，我每夜都喝得醉醺醺地回去。这些一周款待我一回的好心肠的人们对我简直是关怀备至，而我怎么打发两顿饭之间的日子他们并不关心。有时几个考虑周到的人也会给我几支香烟或一点零花钱。明白了一周只会见到我一次之后，他们显然都松了一口气，听到我说——"这也不再需要了"，他们简直是吐出了憋了很久的一口气。他们从不问为什么我不去了，只是祝贺了我一番拉倒。通常的原因是我找到了一位更好客的主人，可以冒险辞去几个不好对付的主人的招待了，他们自己当然从未想到其中的奥妙。后来我便有一个稳定的、靠得住的日程安排，这是一个订死的日程。

我预先便知道每逢星期二吃这样饭，每逢星期五吃那样饭，我知道克朗斯塔特会请我喝香槟、吃自家做的苹果馅饼，卡尔则会邀我出去吃，每一次换一家饭馆，叫名贵葡萄酒，吃完饭还请我去看戏或是去梅德尔多马戏团。我的主人们爱互相探听别人的消息，他们问我最喜欢哪个饭馆、哪个厨子做的菜好，等等。我觉得我最喜欢克朗斯塔特的后腿肉，也许这是因为他每次都把饭菜涂到墙上的缘故。明白我欠他这么一大笔人情使我的良心不安，因为我并不打算报答他，他也并不指望我会报答他。不，使我大惑不解的是那些余数，他算账一直要算清最后一个生丁。若要把账全部付清，我必须得找开一个苏才行。克朗斯塔特的老婆是个高明的厨子，根本不理会他加起来的尾数，她把它从复写的账上替我抹去了。这是事实。可是如果我去时不带上新的复写纸，她便很沮丧。为此我第二天只得带着那个小姑娘上卢森堡，跟她一起玩上两三个小时。这是一项叫我发疯的任务，因为她只会讲匈牙利语和法语。我的主人们总的来说都是一群怪人……

在塔尼亚家里，我从阳台上望着下面那桌酒席。莫尔多夫也在，坐在他的偶像身边。他把脚伸到炉边烤，水汪汪的眼睛里流露出一副古怪的感恩戴德表情。塔尼亚在放一支慢节奏的曲子，曲子说得再清楚不过了——别再提爱的话了！我又来到喷泉处，看乌龟们撒出绿色的奶状尿来。西尔维斯特刚从百老汇回来，心里充满了万般柔情。我整夜躺在林荫路边，与此同时整个地球被洒上热乎乎的乌龟尿，而性欲勃发、阴茎竖起的公马蹄不沾地疯了似的狂奔。我整夜都嗅到那间小黑房子里的紫丁香味，她正在那儿取下插在头上的花儿，那还是她去迎接西尔维斯特时我给她买的。她说西尔维斯特回来时心里充满了柔情蜜意，这时丁香花还在她头上插着、在她嘴里插着、塞在她腋下。那间屋里充满了爱、乌龟尿、温暖的紫丁香和狂奔的马，到早上窗子上全是脏牙痕和污垢，通向林荫路的小门也上锁了。人们去工作，百叶窗像盔甲一样格格响。在喷泉对面的书店里有乍得湖的故事和沉默而艳丽的绿黄色的蜥蜴。

我写给她的所有的信都是酒醉后写的，结尾十分突兀，都是用木炭涂的疯话。我在一条条长椅上一点点慢慢写就，周围到处是爆竹、小垫子、百果冰淇淋。他们现在一定凑到一起在看这些信呢，西尔维斯特某一天会恭维我几句。他会弹弹烟灰说，"老实讲，你写得很好。看来你是一位超现实主义者，对吗？"他的声音干巴巴的、尖而细，牙齿上沾满了头皮屑一样的东西。他把"Solar plexus"读成"Solo"、把"gaga"读作"g"。

我站在阳台上，身边摆着橡皮树，楼上回荡着那支慢板。琴键是黑的、白的，然后又一个黑的、又一个白的，然后又是一个白的、一个黑的。你想知道能否为我弹一曲什么。好的，就用你粗大的拇指弹点儿什么。就弹那首慢板吧，那是你唯一会弹的鬼曲子。弹吧，弹完就剁掉你的粗拇指好了。

慢板！我不明白她为什么要没完没了地弹它。她觉得原先的钢琴还不够好，于是又租了一架卧式钢琴，却只是为了弹慢板！看着她粗笨的手指按在琴键上和身边那株傻里傻气的橡皮树，我觉得自己变成了北欧神话中的狂人，他曾脱下衣服赤身坐在冬天的树杈上，往冰冷的海水里掷核桃。这个乐章中有一种叫人恼怒的东西，一种莫名的悲哀，仿佛它已被书写于熔岩中，仿佛它呈铅和牛奶的混合色。西尔维斯特的脑袋偏向一侧，像个拍卖商。他说，"弹弹另一个乐章，那段你今天练习过的。"有一件抽烟服、一根好雪茄和一个会弹钢琴的老婆真是太好了，使人那么轻松，那么自在。你在两个节目之间出去抽支烟，呼吸一下新鲜空气。是的，她的手指非常柔软，不是一般的柔软。她也做蜡染活儿。想吸一根保加利亚香烟试试吗？喂，鸡胸，我喜欢的另一乐章叫什么？叫谐谑曲！太棒了，谐谑曲！这是沃尔德马·冯·施温辛祖格伯爵在说话，他生着一双冷静的头皮屑色的眼睛，口臭，穿着俗气的袜子。请帮忙往豌豆汤里加点儿面包块。我们星期五晚上常喝豌豆汤。来点儿红酒好吗？红酒是吃肉时喝的。他的声音干巴巴的，倒也干脆。来支雪茄？是的，我喜欢我的工作，不过不大重视它。我的下一个剧本将要探讨宇宙的多元观念，用旋转灯具和镁光。奥尼尔已经死了。亲爱的，我看你应当更频繁地把脚从钢琴踏板上抬起来。对了，这一段很好听……非常好听。你说呢？是的，剧中人物把麦克风藏在裤子里来回走动。剧情发生在亚洲，因为这种气氛更有益。要不要来一点安如葡萄酒？这是我们特意为你准备的呢……

吃饭过程中他一直这样喋喋不休地胡扯，他这番话使人切实感到他已掏出自己割过包皮的鸡巴在朝我们身上撒尿。塔尼亚听得厌烦死了，自从满怀柔情蜜意回来后他一直不停地自言自语。塔尼亚告诉我，他边脱裤子边唠叨，一泡热呼呼的尿便源源不断地撒出来，像有人刺穿了他的膀胱。一想到塔尼亚同这个破了膀胱的家伙一起爬上床我就来气。想想看，一个又穷又憔悴的狗杂种，被子里塞着几部下作的百老汇剧本，居然朝我心爱的女人身上撒尿，居然叫红酒、要旋转灯具、要在豌豆汤里放油炸面包块。他脸皮真厚！再想想看，他居然躺在我替他弄好的炉火边，除了撒尿什么也不干！老天，你这家伙，你该跪在地下好好谢我才是。难道你没有看见你屋里有了一个女人？难道你看不出她已厌烦了？你竟然还沙哑着嗓子告诉我——"好了，我告诉你……有两种方法看待……"去你妈的两种看待事物的方法！去你妈的多元世界和你的亚洲人的音响效果！别把你的红酒或安如葡萄酒递给我……把她让给我……她是属于我的。你去坐在喷泉边上好了，让我来嗅紫丁香！弄出你眼睛里的头皮屑……把那个见鬼的

慢板裹在一条法兰绒裤子里！还有别的小乐章……你那衰弱的膀胱造出来的所有小乐章。你那么自信、那么有心计地朝我微笑。我把你奉承得忘乎所以了，知道吗？就在我听你说蠢话的同时她正在抚摸我——只是你没有看见罢了。你以为我乐意受磨难，你说那是我该扮演的角色。好吧！问问她，她会告诉你我是怎样受磨难的。"你是个癌病人、狂人。"那天她在电话上这么说。她现在得到这个癌病人和狂人了，不用多久你也会在身上找到疥癣的。她的血管快炸了，我告诉你，你的话一点意思也没有。无论你唠唠叨叨地说多少也于事无补。雷恩先生是怎么说的？"言语即意味着孤独。"昨晚我在桌布上给你留了几个字，可你却用胳膊盖住了。

他把她用栅栏围起来，好像她是一位圣人身上一块又脏又臭的骨头。若是他有胆量说一声"占有她"，也许会发生一个奇迹。只要说声"占有她"，我发誓一切都会圆满解决的，何况我或许不想要她呢。不知他曾想到这一层了没有？或许我会暂时占有她一会儿，过后再把她还给他，她会变得更好。可是把她用栅栏围起来总不是办法，你无法把一个人围住，没有人再这样干了……你这可怜的、干瘪的杂种，你以为我配不上她，以为我会玷污她、亵渎她，可你不懂一个被人玷污过的女人是多么妙不可言，不懂接受别人的精液之后一个女人会更光彩照人！你以为有一颗充满柔情蜜意的心就足够了。也许对某一个女人是这样的，可你连心都没有了……你什么都不是，只是一个大空尿脬。你在磨利牙齿，扯着嗓门大叫大嚷，你像条看家狗一样跟在她屁股后面跑，到处撒尿，她不把你当作一条看家狗……却把你看成一位诗人。她说，你曾经是位诗人。现在你又是什么？勇气，西尔维斯特，勇气！把那个麦克风从裤裆里拿出来，放下后腿，别再四处撒尿。我说，拿出勇气来，她已经从你身边逃开了。告诉你，她早已被玷污了，所以你还是把栅栏拆了为好。彬彬有礼地问我咖啡的味儿是否比石灰酸好点儿也没有用，我不会给吓跑的。把老鼠药放进咖啡里好了，再来点玻璃粉。尿一泡热气腾腾的尿，再扔几颗豆蔻进去……

几个星期以来我一直过着一种群体生活，我不得不同其他人一道过日子，主要是几个疯疯癫癫的俄国人、一个醉醺醺的荷兰人和一个叫奥尔加的大块头保加利亚女人。俄国人则主要是指尤金和阿纳托里。

奥尔加几天前才刚刚出院，她在医院里割掉了身上的几根管子，掉了一点儿赘肉，不过看上去并不像是受了多大的罪，体重仍同一部有驼峰似曲线的火车头差不多。她大汗淋漓，口中奇臭，仍旧戴着刨花状的切尔克斯假发。她的下巴上生着两个大疣子，疣子上长出一撮毛来，于是她便干脆留起了小胡子。

奥尔加从医院回家后的第二天便又重操做鞋旧业，早晨六点便在长凳上干开了，每天做好两双鞋。尤金总抱怨说奥尔加是个负担，实际上却是奥尔加用她每天做的两双鞋养活尤金和他老婆，奥尔加若是不干活便没有吃的。于是人人都争先恐后及时把奥尔加拖上床，都争着给她足够的食物来维持下去……

每顿饭都是以喝汤开始的，不论是葱头汤、西红柿汤、菜汤还是别的，这类汤都是一个味道。那味道总像是洗碟子的抹布扔在里面煮过一样——有点儿酸味、霉味，上面漂着渣子。每顿饭后我便看到尤金把它藏在柜子里，它就在那儿继续霉变下去，直到下顿饭再拿上桌来。奶油也藏在柜子里，放了三天以后那味道就像一具尸首上的大脚趾。

煎放坏了的奶油时散发出的气味并不是很开胃的，更何况做饭的房间里根本没有任何通风设备。我一打开门就想吐，可是尤金一听到我来了便总要打开百叶窗，扯开像渔网一样结在一起遮阳光的床单。可怜的尤金！他四下里望望屋里几件粗笨的家具、肮脏的床单和还盛着脏水的洗脸盆，然后说，"我是一个奴隶！"他每天都这么说，还不只说一遍，要说十来遍，说完便从墙上摘下吉他唱起歌来。

坏掉的奶油……这也使我产生了许多联想。一想起这变质的奶油我就感觉到自己正站在一个小小的老式院子里，这是一个气味很难闻、很凄凉的院子。稀奇古怪的人物透过百叶窗上的裂缝偷偷地窥视我……其中有围着披巾的老妇人、小矮人、生着一张老鼠脸拉皮条的弯腰佝背的犹太人、轻佻的小妞和留胡子的傻瓜。他们蹒跚走进院子来汲水、洗刷污水桶。一天尤金问我肯不肯替他倒污水，我就提着桶到那个角落里去了。地上有一个孔，孔周围乱扔着一些脏纸。那一小口井也被排泄物弄得很脏，在英语里排泄物即是屎尿。我将桶一斜，一摊摊又脏又臭、叫人意料不到的东西便噗噗溅出来。待我回去，汤已盛好了，吃饭时我始终想着我的牙刷——牙刷旧了，毛常嵌入牙缝中。

坐下吃饭时我总是拣靠窗的座位，我怕坐在桌子另一端，那儿离床太近。那张床叫人心里发怵，一扭过头去我便可以看到灰色床单上的血污，可我尽量不注意那边而去看窗外院子里的人刷洗污水桶。

每逢吃饭总要有音乐助兴。大家都取过奶酪后尤金便跳起来摘下挂在床上方的吉他。曲子总是那一支，他说他能弹十五六支曲子，可是我听到的从来没有超过三支。他最喜欢弹的是"迷人的爱情诗"，这支曲子充满苦恼和悲哀的情调。

下午我们到电影院去，那儿凉快、黑暗。尤金坐在乐池里的钢琴前，我坐在前排的一只长椅上。影院里空无一人，尤金仍唱得十分卖力，似乎欧洲所有的帝王都在听他演唱。花园门打开了，湿树叶的气味飘进来，潇潇雨声同尤金悲凉凄苦的歌声交织

在一起。午夜过后，来看热闹的人身上发出的汗臭和难闻的口臭弥漫了大厅，我便回去找一只长椅睡觉了。影院出口处的灯光在烟气中摇曳，在石棉幕布下方一角上投下一缕微光。我每夜在这只人工眼的逼视下闭上自己的眼睛……

戴着一只假眼站在院子里，仅有半个世界是清晰可见的。石头是湿的，上面长满青苔，石头缝里有黑色的蛤蟆。通往地下室的入口处由一扇大门挡着，阶梯很滑，上面尽是蝙蝠屎，很脏。门膨胀了，眼看就要倒下来，门的合页也快脱落了，然而门上却赫然用彩笔写着几个堂皇的字："切记随手关门。"为什么要关门？我搞不明白。我又瞧瞧这几个字，它们不见了，在原来的地方嵌着一块彩色玻璃。我取下假眼，朝上面啐口唾沫，用手帕擦拭了一番。一个女人正坐在一个高台子上，这个台子比一张巨大的雕木写字台还高。女人脖子上还盘绕着一条蛇。整个房间里摆满了书，稀奇古怪的鱼在彩球状鱼缸里遨游，墙上挂着几幅地图和图表——大瘟疫前的巴黎地图、古代世界地图、克诺索斯和迦太基地图、迦太基被攻占前后的地图。我在房间一角看到一只铁架床、床上放着一具尸体。那女人无精打采地站起来从床上搬下尸体，心不在焉地把它从窗口扔出去。她回到大雕木写字台旁，从鱼缸里抓出一条金鱼吞下肚去。接着房间慢慢旋转起来，几块大陆一一滑进大海里，只有那女人尚在，不过她的躯体也成为一大块土地。我把头探出窗外，埃菲尔铁塔正在往外喷香槟酒，它完全由数字建成，遮盖在黑色花边之下。阴沟汨汨地急速流淌。到处都是屋顶，铺得很整齐、很叫人讨厌的屋顶，除此之外别无其他。

我被人从这个世界上驱赶出来，像枪膛里的子弹一样呼啸而出。浓雾业已散去，地球上布满了冰冻的油污。我可以感觉到这个城市在跳动，如同从一具还有热气的尸体上取下的心脏一样颤动。我住的旅馆的窗子在溃烂，散发出化学药品燃烧时的浓郁辛辣的臭气。瞧瞧塞纳河，我看到了河里的烂泥和颓败景象，街灯射出半死不活的亮光，男男女女差一点便窒息而死，河上的桥躲在房屋的阴影里——那都是爱情的屠宰场。一个男人肚子上挂着一只手风琴靠墙站着，他的双手在手腕处被砍断了，然而手风琴像一袋子蛇似的在两截断肢间蠕动。宇宙已经缩小，它只有一个街区长，没有星星，没有树木，没有河流。生活在这儿的人全是死人，他们替别人造梦中坐的椅子。这条街的中心有一个轮子，轮子中央装着一部绞架，早已死去的人狂热地试图登上绞架，可是轮子在飞速旋转……

需要有某种东西帮助我回到常态，昨天晚上我发现了它：帕皮尼。我不在乎他是沙文主义者，是小小的虔诚教徒，还是近视眼的书呆子。作为一个失败者他是绝妙的……

听听他读过的书吧——只有十八岁！不仅读过荷马、但丁、歌德、柏拉图、埃庇克泰德，不仅读过拉伯雷、塞万提斯、斯威夫特，不仅读过瓦尔特·惠特曼、埃德加·艾伦·坡、波德莱尔、维荣、卡尔杜齐、曼佐尼、洛卡·德·维加，也不仅读过尼采、叔本华、康德、黑格尔、达尔文、斯宾塞、赫胥黎——他不仅读过这些人的著述，还读过夹在这些大人物之间的所有小人物的作品。这是他在第十八页写到的。然而，到第二百三十二页他便松口了，吐露了真情。他承认，"我什么都不懂，只知道那些书名罢了。我编过参考书目，我写过评论文章，我也曾诋毁、中伤过……我可以演说五分钟或五天，然后我就无话可讲了，干瘪了。"

接着他又写道，"每个人都想看看我，每个人都想同我谈话。人们不断打扰我，也互相打扰，打听我正在做什么。我怎么样？全好了吗？还在乡间散步吗？在工作？书写完了？不久就开始写另一本？

"一个瘦猴似的德国人想叫我翻译他的书，一个凶狠的俄国姑娘要我写一本自传，一位美国太太想知道有关我的最新情况，还有一位美国绅士要派他的马车来接我去吃饭，你知道，也就是无拘无束地谈谈心。又有一位我十年前的老同学、老室友要我把我写的都念给他听，写得有多快就念多快。有一位相识的画家朋友希望我摆好姿势让他画，按小时付钱。又有一位记者想要我现在的住址。又有一个相识，是一位神秘主义者，想了解我灵魂的状况。另一位更实际些，他想了解我的存款状况。我的俱乐部主席问我肯不肯为孩子们做一次讲演。一位笃信宗教的女士希望我闲暇时就到她家去喝茶，她想听听我对耶稣基督的看法，还有——我认为那种新式绘画法怎样？……

"老天爷？我变成什么了？你们这些人有什么权利把我的生活搅得一团糟？偷走我的时间，窥探我的心灵，汲取我的思想，叫我给你们做伴、做知己、做问讯处？你们把我当成什么人了？难道我是一个靠逗人开心领取薪俸的人，每天晚上都得在你们的蠢鼻子底下演一出聪明机智的闹剧？难道我是你们花钱买来雇来的奴仆，要在你们这些无所事事的懒汉面前爬行，将我所做所知的一切献给你们？难道我是妓院里的婊子，一听到头一个来嫖妓的、穿着考究的男人来了便纷纷赶忙撩起裙子，脱下衬衣？

"我是一个矢志要做一番英雄业绩、使这个世界在自己眼里变得更加易于接受的男子汉。假如在软弱的、松懈的、不得已 的一刹那间我发脾气了——一些在言语表达中冷却下来的狂怒 情感——一个捆在幻想之中、充满激情的梦——好吧，听不听 得进去都由你们……只是别烦我了！

"我是一个自由的人，我需要自由。我需要独自一个人呆着，我需要独自仔细想想我的耻辱、我的失意，我需要阳光和街上 的铺路石——不过不要人陪伴，不要同人交

261

谈，只是独自一人 呆着，由自己心中的乐曲陪伴，你们要我的什么？每当我有话 要说，我便把它印出来。每当我要给予什么，我便把它拿出来。你们无休止的好奇心令我恶心！你们的奉承话使我感到耻辱！你 们的茶快把我毒死了！我谁的也不欠，我只对上帝负责——只 要他存在！"

据我看帕皮尼谈到独处的需要时疏漏一个细微之处。假 如你穷困潦倒，独自一个人呆着并非难事。对了，一位艺术家 需要的正是孤独。

我称自己为艺术家，但愿自己是一位艺术家吧！这天下午 美美地睡了一会儿，这一觉在我的脊椎之间垫进了天鹅绒，产 生了足够我想三天的想法。我精力十分充沛，却无处可以消耗。我决定去散步，走到街上却又改变了主意，要去看电影。可是我看不成电影——还差几个苏。那么还是去散步，走到每一家影院前我都要停下看看海报，再看看价目表。进这些下流场所真是够便宜的，可我还差几个苏。若不是天色已晚，我倒可以回去卖掉一个空酒瓶。

待来到阿梅利街，我早已忘掉了电影的事，这条街是我最喜欢的街道之一，也是市政当局有幸忘记铺垫的一条街。大块大块的鹅卵石从街道这一侧堆到另一侧，延伸了一个街区，呈细长的一条。标致旅馆就在这条街上，还有一座小教堂，活像是专为共和国总统和他一家人建造的。偶尔见到一座朴素的小教堂倒也不错，巴黎到处都是金碧辉煌的大教堂。

亚历山大三世大桥。大桥附近有一大块被风吹净的空地，干枯的树木机械地伫立在铁门内，残废军人院的阴暗气氛由屋里逸出，弥漫到广场四周黑暗的街道上。这是充满诗意的陈尸所，他们现在将这位伟大的武士、欧洲最后一位伟人送到想送的地方去了。他在花岗岩床上熟睡，不必再担心他在坟墓中翻身，门都已闩好，棺材盖已关严。睡吧，拿破仑！他们需要的并非你的思想，而只是你的尸体呀！

塞纳河仍在泛滥，浑浊的河面被灯光分割成一条条的。我不明白看到这条黑色的湍急水流时会激起何种情感，不过一种欣喜若狂的心情总是使我不能自持，坚定了我永远不离开这片土地的眷恋之情。我还记得那天早上经过这儿到美国捷运公司去的路上发生的事，那天我早就估计到不会有我的邮件，没有支票，也没有电报，什么都没有。一辆从拉斐特艺术馆来的马车辘辘驶过大桥，雨已停了，太阳透过肥皂沫般的云朵，在发出光泽的屋顶瓦片上投下一道寒冷的红光。我回忆起那个车夫如何探出身来眺望帕西路那边的河面。这是多么纯真、质朴、赞许的一瞥！他仿佛在对自己说，"啊，春天快来了！"谁都知道，每当春天来到巴黎，最卑微地活着的生灵也一定会觉得他正居住在天堂里。还不止这个——他是以一种亲切的目光细看这番景致的，这是他的巴黎。一个人不一定非得有钱，也不一定非得是一个市民，他同样会对巴黎产生这种感情。巴黎到处是穷人——照我看，他们尽是一伙有史以来最傲慢、最肮脏的乞丐，然而他们摆出一副悠然自得的架势，正是这种派头把巴黎人同其他所有大城市的市民区分开了。

想到纽约，我的感情便截然相反了。在纽约即使一个有钱人也会觉得自己轻如鸿毛，纽约是冷酷、灿烂、邪恶的。建筑物高耸入云，人们的活动都带一点狂乱的意味，动作的频率越快，精神也越颓丧。这是一场持续的骚动，不过它本来也可以在试管内酝酿成的。谁也不知道这究竟是怎么一回事，谁也无法引导人们发泄精力的方向。它壮观、怪诞，令人困惑不解，是一股巨大的反作用力，不过却是完全杂乱无章的。

一想到我生于斯长于斯的城市，一想到惠特曼歌颂过的曼哈顿，我心中便产生一种盲目的狂怒心情。纽约！那些白色的监狱、挤满蛆的人行道、排队等候发救济食品的人们、修筑得像宫殿一般的下流去处，那儿到处都是犹太人、麻风病人、杀人犯，而最多的是游手好闲的人。到处是千篇一律的面孔、街道、大腿、房屋、摩天大楼、饮食、海报、工作、罪行、爱情……整个城市建筑在一个空空如也的坑上，没有意义，完全没有意义。还有第四十二大街，人们称它为世界之巅。那么世界之渊又在哪里？你可以伸出双手走路，抬头仰望这些美丽的白色监狱时都快要把脖子扭断了。他们像发了疯的鹅一样往前走，探照灯将星星点点的狂喜洒在他们空虚的脸上。

六

爱默生说，"生活也包括人一整天内的所思所想。"如果是这样，那么我的生活就只是一截大肠，我不仅整天想着吃的，晚上做梦也梦到吃的。

可是我并不希望回美国去，去受双份罪，去做单调无味的事情。不，我情愿在欧洲做一个穷人。大家都知道，我真的穷的不能再穷了，只剩下做人所必需的东西了。上个星期我还以为生活问题就要解决了，以为我就要能自己养活自己了。我凑巧碰到了另一个俄国人，他名叫谢尔盖，住在叙雷讷，那儿住着一小群流亡者和潦倒的艺术家。俄国革命前谢尔盖是沙皇禁卫军中的一名上尉，他穿着袜子量身高足有六英尺三，喝起伏特加像牛饮水一样。他父亲是战舰"波将金号"上的海军将领之类的要人。

我同谢尔盖相遇的情形有些古怪。那天快到中午了我还在"疯狂的牧羊女"歌舞场一带嗅来嗅去想找点儿东西吃，也就是在那条一头装着铁门的窄小胡同后面。我正在舞台入口处闲荡，希冀同某个女演员邂逅，这时一部敞开的卡车在人行道上停住了。那个司机正是谢尔盖，看到我两手插在兜里站着，他便问我愿不愿意帮他卸下车上的铁桶。听说我是美国人而且生活无着，他差一点高兴得哭起来，看来他一直在到处寻找一个英语教师。我帮他把装杀虫剂的桶子滚进去，我尽情看着在舞台两侧到处奔跑的女演员。这件事在我心中留下怪诞的印象——空旷的房子、女演员像填装着锯末的洋娃娃似的在舞台两厢横冲直撞、一桶桶杀菌剂、战舰"波将金号"——而最难忘的是谢尔盖的温文尔雅。他是一个大块头，十分温柔，是一个十分地道的男子汉，却又生了一副女人的柔肠。

在附近的咖啡馆里——"艺术家咖啡馆"——他马上提议为我安排住宿，说他要在走廊地板上铺一张床垫。作为上课的酬劳，他说叫我每天免费吃一顿饭，一顿丰盛的俄国饭，如果由于什么原因没有吃上这顿饭他就给我五法郎。我觉得这主意很妙——妙极了。唯一的一个问题是，我每天如何从叙雷讷赶到美国捷运公司去。

谢尔盖坚持马上就开始，他给我车费，叫我晚上到叙雷讷来。我带着背包在吃晚饭前赶到了，目的是给谢尔盖上一课。已经有些客人到场了，看来他们一贯是一起吃

的，大伙儿凑钱。

饭桌旁一共是我们八个，还有三条狗。狗先吃，它们吃的是燕麦片，然后才轮到我们。我们也吃燕麦片——作为一种提胃口的佐餐食品。谢尔盖眨眨眼说，"在我们国家这是喂狗的。在这里却是给绅士的，这样行吗?"吃完了燕麦片便上蘑菇汤和蔬菜，过后是咸肉蛋卷、水果、红葡萄酒、伏特加、咖啡和香烟。俄国饭还不错，每个人说话时嘴里都塞得满满的。饭快吃完时谢尔盖的老婆——一个很懒的亚美尼亚婆娘——一屁股坐在沙发上啃起夹心糖来，她把肥胖的手指伸进盒子里去摸一块，啃下一点点看里面是否有果汁，然后就把它扔到地板上喂狗。

饭一吃完客人们便匆匆忙忙走了，他们仓皇逃走，仿佛怕瘟疫降临。最后只剩下谢尔盖、我和狗——他妻子已经在长沙发上睡着了。他满不在乎地走来走去，替狗收集残汤剩饭。他用英语说，"狗喜欢吃这些东西，喂狗好得很。那条小狗它有虫子……它还太小。"他弯腰仔细察看在狗两只爪子之间的地毯上爬着的一些白虫子，他试图用英语解释这些虫子，但是他的词汇不够用。最后他查了查词典，欣喜地抬头望着我道，"哈，是绦虫!"我的反应显然不那么明显，谢尔盖有些费解，于是便跪在地上，双手撑着地更仔细地察看它们，还捉起一条放在桌上的水果旁。"嗬，它不太大，"他用英语嘟哝道。"下一课你教我各种虫子，行吗? 你是个好老师，我跟你学了不少……""大""教""好"都发错了音。

躺在走廊里的床垫上，杀菌剂的气味叫我快要窒息了，这种刺鼻的辣味儿似乎钻进我身上的每一个毛孔。刚才吃过的东西又在口中散发出气味——廉价燕麦片、蘑菇、咸肉和煎苹果。我又看到躺在水果旁的那条小小的绦虫和谢尔盖向我解释狗出了什么毛病时摆在桌布上的各式各样的虫子。我看到"疯狂的牧羊女"歌舞场的空乐池，每一条裂缝里都藏着蟑螂、虱子和臭虫。我看到人们疯了似的搔自己身上，搔呀搔，直到搔出血来。我看到这些虫子像一支红色蚂蚁大军一样在布景上到处爬，吞下它们看见的一切。我看到合唱队的姑娘抛开薄纱外衣，光着身子跑过走道。我还看到正厅里的观众也脱掉衣服互相搔痒，活像一群猴子。我试图叫自己平静下来。无论怎样，这毕竟是我找到的一个家，每天有一顿现成饭吃，而且谢尔盖无疑是个热心人。可是我无法入睡，这简直如同在陈尸所里睡觉一样。床垫已被散发出香气的液体浸透，已成了虱子、臭虫、蟑螂和绦虫的陈尸所。我忍受不了。我不愿忍受! 毕竟我还是一个人，不是一个虱子。

到了早晨我等着谢尔盖装车，我叫他把我带到巴黎去，却不忍心告诉他我就要走了。我把背包留下了，还有他给我的几件东西。我们到佩里埃广场时我跳下来了，在这儿溜掉并没有什么特殊原因。我是自由的——这才是最要紧的……

我像小鸟一样轻松地由一条街飞奔到另一条街，好像刚从牢房里放出来。我用全新的目光看世界，万物都引起我极大的兴趣，甚至包括鸡毛蒜皮的小事。我在布尔索尼尔街站下看一家体育用品商店的橱窗，里面有一些照片展示"史前及史后"人类的标本。全是法国佬，有些人光着身子，只戴一副夹鼻眼镜，留一缕胡子。真不明白这些姑娘怎么爱上了双杠和哑铃。一个法国佬应该有个微微腆起的大肚子，像查露斯男爵那样。他也该蓄胡须，戴夹鼻眼镜，不过不该光着身子让人拍照。他该穿双闪闪发光的漆皮靴，短便衣口袋上应该别一条白手帕，露出来四分之三英寸。如果有条件，他还应该在上衣翻领上系一条红绶带，穿过纽眼，上床睡觉时还要换睡衣。

傍晚我走近克利希广场时从那个装着一条假腿的小婊子面前经过，她日复一日地站在戈蒙宫对面。看起来她还不到十八岁，可我想她已有固定的客人了。午夜过后她用黑假腿一动不动地站在那儿，身后是一条小胡同，里面像一座地狱一样灯火通明。如今我心情轻松地从她身边经过，不知怎么搞得她使我联想起一只拴在桩上的鹅，一只肝上患了病的鹅，这样世人才得以享用它的鹅肝馅饼。带着那条木腿去睡觉一定很古怪，人们会联想到各种各样的事儿——木刺啦等等。行啦，各人喜欢就行！

沿着圣母街往前走，我碰到佩克奥弗，另一个在报社工作的穷鬼。他抱怨说每夜只能睡三四个钟头觉，因为早上八点就得起来到一家牙医诊所去干活。他干这个活并不是为了钱，他解释道，这只是为了替自己买一副假牙。他说，"困得直打瞌睡时看清样可不容易，可我老婆还以为这差事像吃饭一样不费事呢。她说，我若丢了工作她们咋办？"可是佩克奥弗对这个工作根本不感兴趣，这个工作甚至不允许他花钱。他只好存起香烟蒂，把它再填进烟斗里抽。他的外套是用别针别在一起的。他有口臭，手上总出汗，可是一夜只睡三个钟头。他说，"不该这样对待一个人，还有我的那位老板，若是我丢了一个分号他便会把我骂得尿裤子。"说起他老婆，他又补充道，"我的那个女人，我告诉你，她一点儿都不知道感激我。"

分手时我设法从他那儿骗了一个半法郎，我想再榨出五十生丁，可是办不到。不过我弄到手的已足够喝一杯咖啡，吃一块月牙形蛋卷了，圣拉扎尔车站那儿有一家供应降价食品的酒吧！

碰巧，我在盥洗室里找到一张音乐会票，于是便像一只轻松愉快的鸟一样奔戈韦音乐厅去了。引座员脸色难看极了，因为我竟没有给他一点小费。每次从我身边经过时他都要征询似的看看我，希望我会突然想起这件事来。

我已很久没有同衣着讲究的人物坐在一起了，心里不免有几分坐立不安，直到现在还闻得到那股甲醛味。或许谢尔盖也往这儿送货，不过谢天谢地，这儿没有人搔痒。有一股淡淡的香水味儿……非常淡。音乐会尚未开始众人脸上便显出百无聊赖的神情，这音乐会真是一种礼貌的自我折磨。指挥短短的指挥棒敲响后大家紧张地全神贯注了一阵，随即便是寂静无声——一种单调沉闷的、被管弦乐队奏出的沉着、不间断的轻微乐声反衬出的寂静。我的头脑出乎意料地清醒，好像脑壳里镶了一千面镜子。我的神经绷得紧紧的，十分激动，音符像玻璃球在一百万股水流上跳跃。以前我从不曾饿着肚子去听音乐会，没有任何声响能逃过我的耳朵，甚至最细小的别针落地的声音也听得见。好像我没有穿衣服，身上的每一个毛孔都是一只窗子，所有的窗子都敞开着，光亮穿透了我的内脏。我可以感觉到这光线就蜷缩在我肋骨的穹窿下，我的肋骨垂在一个空空如也的肚子上，响声使它颤抖，我不知道这种情形持续了多久，我早已失去时间和地点的概念。仿佛过了很久很久以后出现了一阵半自觉的状态，与之相抵的是一种平静感。我感到身体内有一个大湖泊，一个发出彩虹色光辉的湖泊，冷峻得像果冻。这个湖泊上突然形成一个个巨大螺旋，一群群腿细长、羽毛漂亮的候鸟出现了，它们一群群地从清凉的静止湖面上腾空飞起，从我的锁骨下飞过，消逝在一片白茫茫的空间里。然后，缓慢地、异常缓慢地，这些窗子关上了，我的器官也回到原来位置上，犹如一位戴白帽子的老妇在我身体内漫游。突然，剧院里的灯全亮了，我发现白色包厢里的那个男人原来竟是一个头上顶着一个花盆的女人，刚开始我还以为这是一位土耳其军官呢。

一阵骚动，所有想咳嗽的人都尽情咳开了，传来脚在地板上蹭踏发出的声响、竖起椅子的声响、人们漫无目标地四处游逛发出的没完没了的嘈杂声，还有人们展开节目单时发出的窸窣声——他们装模作样地看看便又丢下了，把它乱塞在座位底下。最小的变故亦值得谢天谢地，因为它会分散人们的注意力，使他们不再扪心自问自己在想什么。若是知道自己什么都不曾想，他们准会发疯。在刺眼的灯光照射下他们呆呆地互相望着，而且他们逼视对方的目光里有一种奇怪的紧张感。一听到指挥又开始了，他们便回到原先的自我强迫状态中——他们不由自主地搔痒，或是猛地记起了一个摆着围巾或帽子的橱窗。他们仍十分清楚地记得那个橱窗里的所有细节，可是回忆不起这个橱窗到底在哪儿了，这使他们大伤脑筋，清醒而又不安。于是他们打起双倍的精神去听音乐，因为他们十分清醒，无论乐曲多么美妙也不能对那个橱窗和挂在那儿的围巾或是帽子释怀。

这种聚精会神的气氛感染了会场本身，连乐队似乎也受到激励，变得格外卖力。第二个节目像最好的压轴戏似的结束了——它结束得这么快，音乐戛然而止，灯打开

时有些人像胡萝卜一样戳在座位上，下巴抽搐着。假如你对着他们的耳朵大喊"勃拉姆斯、贝多芬、门捷列夫、黑塞哥维那"，他们会不假思索地回答——4，967，289。

到演奏德彪西的曲子时场内的气氛已完全被毒化了，我在纳闷，作为一个女人性交时究竟有何感觉——是不是对欢悦更敏感一些，等等。我在想象一件东西穿透两腿间那个地方的情形，不过只有一点隐隐约约的痛感。我企图集中注意力，但是音乐太难把握了，我只能想着一只花瓶慢慢翻转过去，音符散入空中去的情形。最后我只留意到开灯关灯了，我便问自己灯是如何开关的。我旁边的人在呼呼大睡，他像一个掮客，大肚子，蜡黄的小胡子。我就喜欢他这样，我尤其喜欢他的大肚子和所有吃出这样一个大肚子的食物。为什么他不该呼呼大睡？若是想听，他无论何时都可以搞到买一张票子的钱。我注意到那些衣着较好的人睡得更踏实一些，这些有钱人问心无愧。若是一个穷汉打瞌睡，哪怕只是几秒钟，他也会觉得很丢脸，他会以为自己对那位作曲家犯下了罪。

演奏那只西班牙曲子时整个音乐厅都轰动了，大家都笔直地坐了起来，他们是被鼓声惊醒的。我以为鼓一旦敲响便会一直响下去，我期望看到人们从包厢里跳下来，或是把帽子扔掉。这支曲子里蕴含一种英雄气概，拉威尔，他本会迫使我们拼命、发疯的，只要他想这么做，不过这不是拉威尔的曲子。突然一切都静寂下来，仿佛拉威尔在开玩笑时记起他穿了一件剪破的衣服。他抑制住了自己，依我的愚见，这酿成了大错。艺术即意味着有始有终，假如你以鼓点声开始就得用爆炸声或梯恩梯炸药告终。拉威尔为了形式牺牲了一些东西，为的是人们睡觉前必须消化掉的一棵菜。

我开始心猿意马起来，约束不住，既然鼓声已停，音乐便也离我远去。无论何处，人们生来就是指挥别人的。出口的灯光下坐着一位郁郁寡欢的维特，他双肘撑着身子，目光呆滞。门口站着一个西班牙人，裹着一件大斗篷，手里拿着一顶阔边帽，他的架势像是正在摆好姿势叫罗丹塑"巴尔扎克"似的，他的脖子以上部分很像水牛比尔。我对面的顶层楼座前排坐着一个女人，她的两条腿叉得很开，她的脖子向后拗去，错位了，看上去像是得了破伤风。还有那个戴红帽子的女人，她正趴在栏杆上打盹儿——若是来一回脑出血就太妙了！设想她流出一桶 血，全倒在楼下那些浆洗得硬硬的衬衫上，设想一下这些微不 足道的小人物衬衫上沾着血走出音乐厅回家去！

睡觉是基调。再也没人在听了，无法再思考、再倾听了，也无法去梦想，即使音乐本身也成了一场梦。一个戴白手套的 女人把一只天鹅放在膝上。传说勒达怀孕后生了一对双胞胎。人人都在生某种东西——只除了上面那排座位上那个搞同性恋 的女人。她昂着头，大张着嘴，注意力十分集中，这曲交响乐 像镭一样放射出一阵阵火花，使

她激动万分。朱庇特在穿透她的耳朵。还有加利福尼亚的片言只字、生着大鳍的鲸鱼、桑给 巴尔、西班牙式城堡。瓜达尔基维河沿岸有上千座清真寺在 闪闪发光。冰山深处的时光尽是淡紫色的。莫尼大街上立着两 根拴马的白柱子。滴水嘴……宣传贾沃斯基谬论的男人……河 边的灯光……

七

　　我在美国时有几位印度朋友，有的好，有的坏，有的不好也不坏。环境常将我置于一个有幸能为他们效劳的位置上，我替他们找工作，给他们提供住宿，若有必要还给他们饭吃。我得承认，他们都非常感激，实际上他们这样总光顾我倒使我的日子很难过。他们中有两个是圣人——若是我知道圣人是怎样的。尤其是卡普特，人们有天早晨发现他的喉咙被人割了一个大口子。那是在格林尼治村的一所小房子里，人们有一天早上发现他一丝不挂地瘫在床上，被人割开了一个大口子。时至今日还没有搞清楚他究竟是被人谋杀的还是自杀的，不过这也无关紧要……

　　我回想起我在纳南塔蒂的住所的种种往事，我在想这一切是多么奇怪——我竟把纳南塔蒂全忘了，直到那天我躺在塞尔街上一家寒碜的旅馆里才又重新记起他来。我睡在铁床上，想到自己成了一个毫无用处、毫无价值的人，一个无足轻重的人，这时蓦地眼前闪现出这几个字：无足轻重的人。我们在纽约就是这样叫他的——无足轻重的人，"无足轻重先生"。

　　我睡在那套豪华房间的地板上，纳南塔蒂在纽约期间便住在这儿。他在扮演一个乐善好施者的角色，给了我两条盖上浑身发痒的毯子，原先是盖在马身上的。我就蜷缩在里面，躺在落满尘土的地板上。一天里的每一小时都有零活可干——假如我蠢到呆在屋里不出门的田地。早晨他粗暴地唤醒我，叫我替他预备午饭吃的蔬菜：葱头、大蒜、豆子等等。他的朋友凯皮告诫我不要吃这些东西，说它们不好。好坏又有什么关系？吃的！这才是最要紧的。为了一点点吃的我十分乐意用一把破扫帚清扫他的地毯，替他洗衣服，一等他吃完饭就拣起掉在地上的残渣吃下去。自从我来了他已变得绝对讲究干净——现在一切都得掸灰，椅子一定得按规定的样子摆好，钟一定得按时敲响，卫生间也一定得好好冲洗……真没有见过比他更古怪的印度人，而且他还小气得要命！待摆脱他的控制以后我要好好嘲笑他一顿。可我现在是囚犯，是一个没有社会地位的贱民，一个不可接触的人……

　　若是我到晚上还没有赶回来盖上马盖的毯子睡觉，我一回来他便会说，"嗬，原来你还没有死？我还以为你已经死掉了呢。"他明知我一文不名，可还是每天都通知我他刚刚在附近找到了廉价出租的房间。我说，"可你知道，我还租不起一个房间呢。"这时他便像中国佬那样眨眨眼毫不在意地说，"哦，对了，我忘了你没有钱。我总是忘事儿，安德里……不过等电报来了……等莫娜小姐给你寄来钱，那时你就跟我去找个房间，好吗？"话音未落他便又力劝我愿住多久就住多久——"六个月……七个月……你在这儿对我帮助很大。"

纳南塔蒂是一个我在美国时从未为之效劳过的印度人，他自称是一个有钱的商人，一个珠宝商，在巴黎拉斐特大街有一套豪华房子，在孟买有一座别墅，在大吉岭又有一所带游廊的房子。我一眼便看出他是一个笨蛋，不过笨蛋有时却具有聚起一大笔财富的天赋。我当时不知道他曾在纽约给旅馆老板留下两只大珠子抵账，我觉得好笑的是，这个小个儿一度曾在纽约那家旅馆大厅里摇来晃去，他拄着乌木手杖，将侍者挥来斥去、为客人订午饭、使唤茶房去买戏票、按天租用出租车……这时他衣袋里却一文钱都没有。他只有脖子上挂的那一串大珍珠，把这些珠子一个个卖了换钱用。我还觉得好笑的是他常傻气十足地拍拍我的背，感谢我对那伙印度人还不错——"他们都是很聪明的人，非常聪明！"他还告诉我某位好心的神会报答我的善举。现在回想起来，我才明白为什么这些聪明的印度人——有一回当我提议他们向纳南塔蒂借五美元时，他们都吃吃地笑。

我现在弄不清的是，这位好心的某某神将如何报答我的善举。我不过只是这个又肥又矮的家伙的奴仆，得时刻听从他的吩咐，他这儿需要我——这是他当面告诉我的。一走到便盆旁他便嚷道，"安德里，请给我拿一壶水来，我要擦一把。"这位纳南塔蒂从不愿用手纸，想必这是同他的宗教信仰相抵触的吧！他不用手纸，却要一壶水和一块破布。他还挺娇嫩，这个又肥又矮的家伙。有时我正在喝一杯他扔进一片玫瑰花瓣的淡茶，他来了，冲着我的脸放一个响屁。他从来不会说"对不起"！他的古吉拉特语词典上想必没有这句话。

我来到纳南塔蒂的公寓这天他正在作沐浴仪式，也就是说，他正站在一只脏水钵上努力把一只弯曲的胳膊伸到颈后，钵边摆着一只铜高脚杯，那是他用来换水的。他要我在沐浴仪式期间别出声，于是我便按他的吩咐呆呆地坐着，看他歌唱、祈祷，不时朝水钵吐水，这就是他在纽约时谈到的那套豪华房间了！拉斐特大街！我觉得这就是纽约的一条主要街道，我只想到住在这条街上的百万富翁和珠宝商人。当你在大洋另一边时，拉斐特大街听起来蛮不错。同样，当你在大洋这一边时纽约的第五大道也不赖。人们简直想象不出这些漂亮街道上的垃圾是多么吓人，可是不管怎么说我终于

271

来到这儿，坐在拉斐特大街上的这套豪华公寓里了，而这个疯疯癫癫、胳膊弯曲的家伙正在举行清洗自己的仪式。我坐的那把椅子是破的，床也散了架，墙纸破烂不堪，床下一只打开的箱子里塞满了脏衣服。从我坐的地方一眼便可看到下面那个穷酸的院子，拉斐特大街的贵族就是坐在那儿抽陶土制的烟斗的。纳南塔蒂唱赞美诗时我不禁想象他在大吉岭的那所带游廊的房子是什么样子的，因为他一换衣服和祷告起来便没完没了。

纳南塔蒂对我解释说，他必须按照这种规定的方式沐浴，这是他所信仰的宗教要求的。不过到星期日他便在一只锡澡盆里洗澡，他说神灵看到会眨眼睛的。穿好衣服后他便走到碗橱前，跪在摆在第三层上的一个小神像前，一遍遍重复背诵那些别人听不懂的祷告词。他说，如果你每天都这样祷告便什么事都不会出。那位不知名的好心神灵绝不会忘记一个听话的仆人。接着他让我看那条扭曲的胳膊，是在一次出租车事故中撞的，那天他无疑忘记了这套完整的又唱又跳的仪式。他的胳膊活像一只破损的指南针，早已不再是一条胳膊，却成了加上一条胫骨的指关节了。自从这条胳膊修好后他的胳肢窝里就长出一对肿胀的腺体——又肥又小的腺体，同狗的睾丸一模一样。在为自己的痛苦而哀叹的同时他突然又想起医生曾推荐过一个较为宽松的食谱，于是马上恳求我坐下来拟一份有大量鱼肉的菜单。"还有，牡蛎怎么样，安德里？可以用它做小菜。"可是这一切不过只是叫我发馋而已，他根本就不打算替自己买牡蛎、肉、鱼，至少我在这儿期间他不会买。眼下我们得靠吃小扁豆和米饭摄取营养，还有存在顶楼上的各种干货，连上星期买的奶油他也不肯浪费。他炼奶油时散发出的气味叫人受不了，从前他一炼奶油我就得先逃出去，现在倒可以坚持下来了。若是我受不了，把吃到肚里的东西都吐出来，他才高兴哩，那样他可以把我吐出的东西和干面包、发霉的奶酪以及用不新鲜的牛奶加发臭的奶油做的小油饼干一起储存在碗柜里。

看来过去五年来他屁事都没干过，一分钱的买卖也没做成，他的生意已经全垮了。他同我谈起印度洋里的珍珠——可以指望凭它过一辈子的大珍珠。他说阿拉伯人把这门生意给毁了，同时每天都向那个某某神祷告，这使他仍抱有一线希望。他跟这位神交情不错，明白如何哄骗他，如何从他那儿骗几个钱用。这全然是一种商业交往，作为每天橱柜前那番恭维话的交换，他得到一份豆子和大蒜，更不用说腋窝里那对肿胀的睾丸了。他坚信最终一切都会变得圆满，那些珠子有朝一日仍会卖出去，也许再过五年，也许再过二十年——等布玛鲁姆神乐意的时候。"等买卖又兴隆了，你替我写信就会得到百分之十的利润。不过你先得写封信看看我们是不是能从印度赊账，等答复得六个月，也许七个月……印度的船开得太慢。"这家伙一点儿时间概念都没有，有时

我问他睡得好不好，他便说，"哦，好，安德里，睡得好极了……有时候我三天睡了九十二个钟头。"

早上他通常很虚弱，什么事也干不了。他的胳膊！那可怜的、歪七扭八的、丁字形的胳膊！有时看到他把它扭着伸到颈后我便纳闷他怎样把它再放回原处。若不是他腆着一个大肚子，他便会令我忆起梅德尔多马戏团里的一个专门做柔体表演的杂技演员，只需要再摔断一条腿就行。每当他见我扫地毯，见到我扬起一大团灰尘，他就像一个小矮人一样咯咯叫开了。"好！干得好极了。现在我要捡起那些难扫的东西了。"这话是说我漏掉了一点灰尘，这是他礼貌地挖苦人的方式。

下午总有几个从珍珠市上来的老朋友到家里拜访他，全是温文尔雅、满口甜言蜜语的狗东西，全有一对母鹿般含情脉脉的眼睛。他们围坐在桌旁喝花茶，嘴里发出很响的嘶嘶声。这时纳南塔蒂像一个自负的小官吏一样上蹿下跳，或是指着地板上的一点点灰尘用油滑的腔调对我说——"请你把它敛起来好吗，安德里？"客人们一到他便故作殷勤地走到橱柜那儿取出干面包片，那还是他一星期前烤的，吃起来有一股强烈的腐烂木头味。哪怕一点儿面包屑也不能扔掉，如果面包变得太酸了，他便拿下楼去给那个看门人，据他自己说这人对他一直很好。也是据他自己说的，这个看门人得到陈面包很高兴，要用它做面包布丁。

有一天我的朋友阿纳托里来看我，纳南塔蒂很高兴，一定要挽留阿纳托里喝茶，一定要他尝尝干巴巴的小油饼和陈面包。他说，"你一定天天来教我俄语。很好的语言，俄语……我想学会说俄语。那话是怎么说的——波什特？请你代我把它写下来，安德里……我一定要用打字机把它打出来，叫他看看我的技术。"他在收到撞坏他胳膊的人付的赔偿费后买了这部打字机，医生推荐说这是一种很好的锻炼。不过没过多久他就对打字机腻味了，因为这是一部英国造的打字机。

他听说阿纳托里会弹曼陀铃，便说，"太好了！你一定天天来，教我玩这种乐器。等生意好一点儿了我也要买一只曼陀铃，这对我的胳膊是有益的。"第二天他从看门人那儿借了一部留声机，"请你教我跳舞，安德里。我的肚子太大了。"我倒希望他有朝一日买一块上等牛排，这样我就可以对他说，"请你替我咬一口，无足轻重先生。我的牙口不大好！"

我刚才说过，自从我来后纳南塔蒂就变得格外挑剔了。他说，"昨天你犯了三个错误，安德里。第一，你忘了关上卫生间的门，里面嗡嗡响了一夜；第二，你让厨房窗子开着，结果今早窗子打破了；第三，你还忘了把奶瓶放出去！睡觉前一定想着把奶瓶放出去，到了早上别忘了把面包端进来。"

他的朋友凯皮每天来看看有没有来自印度的客人，他等纳南塔蒂出了门便匆匆奔向食品橱，吞下藏在一只玻璃罐里的一条条面包。他坚持说面包已经不新鲜了，不过仍像老鼠一样很快吞下去。凯皮是个小偷、寄生在人身上的虱子，他把自己牢牢地附着在哪怕是最穷的同胞的皮肤上。根据凯皮的观点，这些同胞全是大富豪。为了一支马尼拉雪茄和买一杯酒的钱他愿意舔随便哪个印度人的屁股。记住，印度人的屁股，英国人的可不行。他有巴黎每一家妓院的地址，还有价目表，甚至从十法郎一回的下等妓院中他也能得到一笔小小的佣金。他还知道到你想去的地方的最近路线，他先问你愿不愿坐出租车去，如果你不愿，他就提议坐公共汽车，如果觉得车费太贵就坐电车或地铁去。他或许会主动提出步行送你去，节省一两个法郎，因为他很清楚途中一定会路过一家烟铺，你只好给他买一支雪茄。

从某种意义上讲，凯皮是个有意思的人，除了每夜同女人睡一觉之外，他根本没有别的野心。他挣的钱少得可怜，却把每一文都掷在舞厅里面了。他在孟买有一个妻子和八个孩子，不过这并不妨碍他向又蠢又没有心眼、上了他的当的女仆求婚。他在孔多塞街有一间小房子，每月付六十法郎房租。墙壁是他自己裱糊的，为此他很自豪。他的钢笔里灌的是紫罗兰色的墨水，因为这种颜色持久些。他自个儿擦皮鞋、熨裤子、洗衣服。为了一支雪茄，你若称其为"方头雪茄"也行，他乐意领着你走遍整个巴黎。你若站下看一件衬衣或是一颗衬衫领扣，他便马上来精神了。"别在这儿买，"他会说，"他们要价太高。我带你去一个便宜些的铺子。"你还来不及想，他便把你匆匆拉到另一个橱窗前，还是同样的领带、衬衣和衬衫领扣。也许还是原先那间铺子，只是你认不出。凯皮一听到你打算买点儿什么便活跃起来，他问你许多问题，把你拽到许多铺子里去，最后你会不可避免地口渴，只好请他喝一杯。接着你会惊奇地发现又置身于一家烟店里了——也许仍是原先那家——凯皮又油腔滑调地低声说，"请你行行好再给我买支雪茄吧!"不论你打算做什么，哪怕只是走到前面拐弯处，凯皮都要帮你省劲儿，他要指给你最近的路、东西最便宜的铺子、菜给得最多的饭馆，因为不管你打算干什么都非经过一家烟店不可。爆发一场革命也好，工厂停工也好，实行检疫隔离也好，晚上舞曲一奏响凯皮一定得赶到"红房子""奥林匹亚"或"昂热·鲁日"舞厅去。

那天他带来一本书让我看，书中讲的是一位神职人员和一家印度报纸的编辑之间一场广为人知的官司。似乎是编辑公开指责神职人员生活堕落，还进一步指控这位神职人员有性病。凯皮说准是梅毒，纳南塔蒂却断言是淋病，在纳南塔蒂口中，一切都得稍微添油加醋一番。究竟是什么病谁也无从得知，纳南塔蒂开心地说，"安德里，请你说说书上讲些什么。我没法看，我的胳膊痛。"接着，为了给我鼓劲儿他又说，"这是本讲睡女人的好书，凯皮是为你拿来的。他什么都不想，专想姑娘，他睡过那么多姑娘——正像克里什纳一样。我们不大相信这件事……"

过一会儿他带我上顶楼去，这儿塞满了从印度运来的锡罐和破烂，裹在粗麻布和厚纸里。他说，"我把姑娘们带到这儿来。"接着又郁郁不乐地接着道，"我跟女人睡觉不太拿手，安德里。现在我已不再跟她们睡了，只是搂着她们说说那些话。现在我只愿说那些话了。"没有必要再听他说下去了，我知道他又要讲起他的胳膊了，我看到他躺着，撞断的胳膊在床的一侧悠来摆去。叫我吃惊的是他又添了一句，"我睡女人没有多大本事，我从来就不是一个好嫖客。我兄弟才叫棒呢！每天三次，始终不变。凯皮也不错——同克里什纳一样。"现在他的思想都集中在这件"嫖的事情"上。到了楼下那间小房子里，他跪在敞开的食品橱前向我讲述一度有钱、他太太和孩子们都在这儿时的情景。每逢假日他便带太太到万国宫租一个房间过夜，每间房子的式样都迥然不同，他太太很喜欢那儿。"那是一个嫖的好地方，安德里，我知道所有的房间。"

我们正呆在里面的小房间的墙上贴满了照片，家族中每一分支都有照片，俨然是印度国的缩影。这个家系图上的大部分成员看起来犹如枯萎的树叶，女人们都显得弱不禁风，目光里充满战战兢兢、担惊受怕的神情，而男人却显得机警、聪明，一副受过教育的黑猩猩的派头。他们全在这儿了，大约有九十人，照片上还有白色的阉公牛、牛粪饼、他们枯瘦的腿、老式眼镜，偶尔人们还在照片背景上看到一片干燥的土地、一截就要倒塌的墙、一座胳膊弯曲的神像，那是一种人形的蜈蚣。这幅人物群像有一种十分怪诞、非常不谐调的气氛，看到它的人不可避免地会想起从喜马拉雅山脉一直延伸到锡兰山巅的一大串寺庙。这是一大批建筑物，美得叫人惊叹不已，同时却又显得很可怕，是丑恶的恐怖。这是肥沃的土地引起的联想，已耗尽印度国土的无数阴谋使这片土地也变得动荡不安。瞧瞧这些寺庙前熙熙攘攘的纷乱人群，一个人便会受这些黑皮肤的英俊民族的极大感染，这些民族在过去三千年或更长的时间里通过性交将自己的家谱神秘地同别的民族融合在一起。这些羸弱的男女的目光炯炯有神，从照片里射出来，他们像那些英武有力的塑像投下的消瘦影子，这些石塑的、壁画上画的人物遍布整个印度，以便让在这儿相互融合的各个种族的英雄神话传说永垂不朽，留在同胞们心中。我看到的只是这石雕的广阔梦境的一个片段，这些就要倒塌的呆板的大厦上装饰着宝石，凝聚着人类的精液。这令人眼花缭乱的种种奇思遐想叫我全然沉溺于其中，也使不同人种的五亿人民表现出他们最微妙的渴求。

纳南塔蒂现在唠叨起他那个生孩子时死去的妹妹来，种种难以说明的、乱七八糟

的怪念头一起涌上了我的心头。她也在墙上的照片上，一个十二三岁、又瘦又羞怯的小姑娘，拉着一个糊涂老头的胳膊。十岁时她就嫁给了这个老色鬼，这老家伙已经埋葬掉五个老婆了。她生了七个孩子，自己死去时却只剩下一个孩子还活着。把她嫁给这老丑八怪是为了保住家里的珍珠，据纳南塔蒂说，她快死去时对医生低声说，"我已对跟男人睡觉厌倦了……我不愿再睡下去受罪了，大夫。"纳南塔蒂对我讲述这段往事时神情严肃地用那只枯萎的手搔搔头。他说，"安德里，跟人睡觉是一桩很糟糕的事情。我要教给你一个词，它可以叫你永远吉祥如意。你一定要天天念，一遍遍地念，一定要念上一百遍。这是天下最好的一个词，安德里……现在念……OOMAHARU-MOOMA！"

"OOMARABOO……"

"I 对，安德里……是这样的……OOMAHARU-MOOMA！"

"……OMAMABOOABA……"

"不对，……是这样的……"

……然而，花了一个月纳南塔蒂才偷偷赶到了前头，他每星期要记住比一个词更多的东西还是有困难的——光线黑暗、书的印刷很拙劣、封面破烂不堪、书页撕破了、笨拙的翻书手指、跳狐步舞的跳蚤、埋伏在床上的虱子、他舌头上的泡沫、时常带的几分醉意、嗓子眼哽住了、酒壶里的酒、发痒的手掌、呼哧呼哧呼吸时的痛苦、疲惫得坠入雾中的脑瓜、良心的抽搐、盛怒、肛门里喷出的气体、胃中的火、发痒的屁股、顶楼上的老鼠以及耳朵里的喧嚣声和尘土。

若不是命运之神的介入，估计我永远也逃离不了纳南塔蒂的摆布。碰巧，一天夜里凯皮问我愿不愿带他的一个顾客去附近一家妓院。这个年轻人刚从印度来，手头比较拮据。他是圣雄甘地手下的人，"食盐纠纷"期间向海边历史性进军的队伍中的一员。他曾发誓不近酒色，不过我得说他是甘地的一位非常好色的信徒，而且显然很久没有碰过女人了。我能做的只是把他领到拉费里埃大街为止，他活像一条伸出舌头的狗，而且简直就是一个自负、虚荣的小鬼！他穿一身灯芯绒西装，戴顶贝雷帽，拿根手杖，打条丝质宽领带。他还买了两支钢笔、一部小照相机和一些花哨的内衣，花的钱是孟买的商人们捐赠的——他们要送他去英国传播甘地的教义。

一进汉密尔顿小姐的妓院他就不由自主了，他看到身边围着的一群赤裸裸的女人，便惊恐万状地望着我。我说，"挑一个，你可以随便挑。"他慌得茫然不知所措，竟不敢看她们一眼。他的脸涨得通红，小声道，"你替我挑好了。"于是我不慌不忙地审视她们一番，挑出一个身段很丰满的年轻小姐，看来她的身体不错。我们在接待室中坐下等饮料送来，鸫儿问我为什么不也找个姑娘。那个年轻的印度人便附和道，"对了，你也挑一个。我不想独自跟她呆在一起。"于是鸫儿又把姑娘们全领进来，我替自个儿也挑了一个，一个个头挺高、挺瘦、生了一对悲戚戚眼睛的姑娘。过后众人都走了，只把我们四个留在接待室里。过了一会儿，那位青年甘地俯过身来耳语了几句。我说，"行啊，你若是喜欢她，就带她去吧！"于是我很为难、相当不好意思地对两个姑娘解释说我和印度人想调换女伴。我马上看出我们这是失礼，可我的年轻朋友此刻已经激动了、发情了，什么也顾不得了，只有快上楼去干完那件事拉倒。

我进了两间紧挨着的屋子，中间有一个门相通。我估计我的伙伴打算在满足了迫切的、急不可耐的欲望后还要再跟我把姑娘换回去。姑娘们刚刚离开屋子去做准备我便听到他在敲门，他问，"请问卫生间在哪儿？"我没有想到事情的严重性，便劝他在坐浴盆里方便。姑娘们手里拿着毛巾回来了，我听到印度人在隔壁房间里咯咯傻笑。

正穿裤子，我猛然听到隔壁传来一阵骚动，那位姑娘在高声叫骂，骂他是猪猡，是一头肮脏的猪。我弄不明白他究竟干了什么，居然叫姑娘发这么大的脾气。我一只脚伸在裤腿里全神贯注地倾听，他试图用英语向她解释，嗓门越提越高，最后尖声叫起来。

我又听到一扇门呼地摔上了，接着鸫儿猛冲进我的房间，脸红得像甜菜，两只胳膊疯狂地乱比画。她尖叫道，"你应该害臊，竟把这样的人带到我这儿来！他是野人……他是猪……他是……"这时我的伙伴站在她身后，恰好在门口，脸上一副极其狼狈的表情。我问他，"你都干了些什么？"

"他干了些什么？"鸫儿嚷道。"我带你去看……随我来！"她抓住我的胳膊把我拽到隔壁屋里。"看呀！看呀！"她高声叫着指给我看坐浴盆。

"走，咱们走。"印度小伙子说。

"等一下，你不能就这样不负责任地一走了事。"

鸫儿站在坐浴盆旁，气得唾沫星子乱飞，两个姑娘也站在那儿，手里捏着毛巾。我们五人都站着看那只坐浴盆，只见盆里水中漂着两截极粗的大便。鸫儿俯下身去在盆上盖了一块毛巾，"可怕！真可怕！"她哭喊道，"我从未见过这种事情！一头猪！一头肮脏的猪！"印度人以责备的目光望着我道，"你早该告诉我的！我不知道它冲不下去。我问你该去哪儿，是你告诉我这么做的。"他都快哭了。

后来鸫儿把我拉到一边，现在她已经理智一点儿了。不论怎样，这只是一场误会。兴许两位先生愿意下楼去再喝一杯——为了两个姑娘，她俩都吓坏了，她们没有经历过这类事情。假如两位好先生愿意酬劳那个女仆一下……那个，那滩东西，那滩脏东

西女仆收拾起来可不是什么愉快的事儿。她耸耸肩头，挤挤眼睛。这是一桩可悲的事情，不过也是一次意外事故。先生们在这儿稍等一下，女仆马上就端酒来。先生们来点儿香槟怎样？好吗？

"我想离开这儿。"印度人颓丧地说。

"别太难过，"鸨儿说，"事情已经过去了。有时会出错的，下一回你就会问卫生间在哪儿了。"她继续谈到卫生间——似乎是每层楼有一间，还有一间浴室。她说，"我有很多英国客人，都是绅士。这位先生是印度人？印度人是很可爱的民族，那么聪明，那么漂亮。"

待我们走到街上，这位可爱的青年绅士差一点哭出声来。他很懊悔买了一套灯芯绒衣服、一根手杖和两支钢笔，他讲起发过的八个誓——不饮酒之类的八戒。向丹地海岸跋涉途中他们连一碟冰淇淋都不准吃。他还给我讲了纺车的故事——圣雄甘地手下的一小批不合作主义者如何效法他们的宗师的献身精神。他自豪地讲述了自己怎样在甘地身边步行，同甘地谈话，于是我产生了一种幻觉，仿佛自己正同耶稣的十二门徒之一呆在一起。

以后几天我们经常见面，他要安排同新闻记者会面，还要给在巴黎的印度人演讲。看到这些没有脊梁骨的恶魔互相使唤倒也有趣，同样有趣的是看到他们一涉及具体事务便无所适从，这些小气而又卑鄙的对手们互相猜忌、滥施阴谋。无论哪儿有十个印度人呆在一起就准会出现一个包含各种团体和宗派的小印度，充满种族、语言、宗教和政治上的对立。在甘地的感召下他们尚能暂时奇迹般地抱成一团，一旦甘地去世便会出现分裂，重新患上内部纷争和混乱这个印度人的痼疾。

这位印度青年自然是乐观的，他到过美国并且受到美国人廉价理想主义的不良影响，他被蛊惑了，被无处不在的浴缸、卖小摆设的五分一角商店、熙熙攘攘的人群、高效率、机械化、高工资、免费图书馆等蛊惑了。他的理想是把印度美国化，他根本不赞同甘地的倒退狂热。他说，"前进"，像"基督教青年会"会员那样前进。听他讲述美国观感后我看出指望甘地实现那个必将彻底击败命运安排的奇迹是十分荒谬的。印度的敌手不是英国，而是美国。印度的敌手是时代精神，是时钟上一只不能拨回的指针。没有什么能帮助消除这种毒死整个世界的病毒，美国即意味着毁灭的厄运，她会把全世界拉入无底深渊。

这个印度人认为美国人是一个很好欺骗的民族，他讲起那些曾资助过他的、容易轻信的人——教友派教徒、唯一神教派教徒、通神学者、新思想者、安息日会的会员，等等。这个机灵的年轻人懂得如何见风使舵，他会在适当的时机叫泪水涌出眼眶。他懂得如何募集捐款、如何哀求牧师的太太、如何向母亲和女儿同时调情。乍一看，你会以为他是一位圣人，而他也的确是现代的新潮圣人，一位受过玷污的圣人，他能一口气讲一大串关于爱情、友爱、浴缸、卫生设备和效率之类的事。

他在巴黎逗留的最后一夜都奉献给"嫖的事情"了。白天他的日程全排满了——出席会议、拟电文、会晤、让报纸记者拍照、情意缠绵的道别、向组织里的中坚分子提出忠告，等等，等等。到吃晚饭时他决定把烦恼暂且抛在一边，他叫了香槟酒下饭，他朝侍者噼噼啪啪捻手指，总之他的举止正符合他的身份——一个粗莽的小乡巴佬。好玩的地方已去得够多的了，他便提议由我带他去一个原始一点儿的场所，他情愿去一个非常便宜的地方，一次叫上两三个姑娘。于是我带他沿着夏佩尔林荫大道走，一路上不停地提醒他小心钱包。在奥贝尔维勒附近我们闯进一家下等妓院，身边立即围上一群姑娘。没过一会儿他就在同一个光屁股姑娘跳舞了，这是一个大块头金发女郎，肥得下巴上尽是皱褶。有十几次我看到镶满整个房间的镜子里映出她的屁股，印度人黑瘦的手指执拗地搂着她。桌上摆满了啤酒杯，钢琴在喘息。没有主顾的姑娘都静静地坐在皮椅子上，像一窝黑猩猩一样默默地搔痒。这儿似乎有一种被压抑的混乱气氛，一种被压制下去的暴力行为，仿佛期待中的爆炸需要某种十分细微的细节安排，某种细微而又全然无准备、完全不可预见的东西。这种迷迷糊糊的幻想状态既允许一个人置身于一个事件之中又叫他保持冷漠，在这种状态中那尚未可知的小小细节开始模糊而又执着着地凝聚，形成怪异的晶体，像窗子上结的霜。那些霜样的晶体显得这么怪诞，这么彻底自由自在，这么奇形怪状，然而它们的命运却要由最最严酷的自然法则操纵，而我心中产生的感情亦是一样。它也要服从一些不可抗拒的规律。我的整个生命要服从环境的支配，这是它以前不曾经历过的。可以称作是我身体躯壳的东西好像在缩小、在压缩，平常干瘪的肌体也在蜷缩，其表皮只能感觉到神经末梢的调节。

我的实质越真实，越实在，近在咫尺，看得见摸得着的、把我挤出来的现实也就变得越微妙、越不可捉摸，我越来越固定不变，而我眼前的景物却以同样的程度越来越膨胀。紧张状态达到了无以复加的程度，再加上一丁点儿外力，哪怕是极小的一点也会粉碎一切。在极短的一刹那间，我体验到了那种超然的明晰，据说只有癫痫病人才具有这种洞察力。我完全丧失了时间和空间幻觉，与此同时世界沿着一条没有轴的子午线在上演它的戏。在这转瞬即逝的永恒中我觉得一切都有道理，都是完全顺理成章的，我还体验到将这一团乱七八糟的东西都抛在后面的内心中的激烈思想斗争。我感到罪恶在这里蠢蠢欲动，要在明天大吵大闹地出现。我感到了如在杵臼中被捣碎的苦痛，感到了掩面痛哭的悲痛。在时间的子午线上毫无正义可言，只有创造了真实和

戏剧幻觉的行动诗篇。无论何时何地，人们一旦同无限的宇宙相遇，那种使释迦牟尼和耶稣显得像神的大慈大悲精神就荡然无存。可怖的事情并非人类从这堆粪中创造出了玫瑰花，而是他们出于这样或那样的原因居然想要玫瑰花。人类出于这样或那样的原因在寻找奇迹，为了达到目的他们不惜从血泊中涉过。他们用各种主义使自己败坏，他们心甘情愿地叫自己缩为一个影子——只要一生中有一秒钟可以闭上眼睛回避令人厌恶的现实。丢脸、耻辱、穷困、战争、犯罪、无聊——一切都被忍受着，因为他们坚信一夜之间会发生某种事情，会出现一个使生活变得可以忍受的奇迹。与此同时，人体内有一只仪表在走，没有人能伸手进去关上它。有人在吃生命之面包，饮生命之酒，与此同时有位肮脏、肥蟑螂一样的牧师躲在地下室里大吃大喝，这时地面上的街灯下有一个鬼影似的主人呷呷嘴唇，血像水一样淡。在没完没了的折磨和苦难中没有奇迹出现，甚至连慰藉人的一星半点都没有。只有思想，苍白无力，必须靠屠杀养肥自己的思想，像胆汁一样产生的思想，像猪的肚子被划开会露出来的内脏。

于是我想到，假如这个人类永远企盼已久的奇迹原来什么也不是，只是甘地的这位忠实弟子在坐浴盆里拉的两截粗粗的大便，那将是怎样的一个奇迹啊！假如在宴会桌已摆好，吃饭的铃声已响起了最后一刹那，在事先并没有告知大家的情况下一只大银盘突然端上来，连瞎子也可以看到上面不偏不倚、不歪不斜地摆着两截粗粗的大便——我认为这才是最叫人惊叹不已的奇迹，比人们盼望的任何奇迹更刺激。大家都不会预料到，所以说这是叫人惊叹不已的。它又是比最最荒诞的奇思异想更叫人惊叹不已的，因为虽然人人都可能猜到这种可能性，却没有一个人猜中，而且今后也不见得会有人猜中。

不知为什么，意识到没有一件事情是有指望的倒对我产生了有益的影响。多少个星期、多少个月、多少年来，实际上是一辈子，我一直在盼望发生什么事情——会改变我的生活的外来事件。现在，猛然受到样样皆没有指望的事情的启发，我觉得如释重负，觉得肩上一个沉重负担已卸下。黎明时我同这个年轻的印度人分手，事先向他讨了够租一间房的几个法郎。朝蒙帕纳斯走去时我打定主意让自己随波逐流，对命运不做一点儿抵抗，不管它是凶是吉。迄今为止，在我身上发生的一切尚不足以毁灭我，除了我的梦幻，它现在也还不曾毁掉什么。我未受损害，这个世界也未受损害。明天也许会爆发一场革命，出现一场瘟疫，发生一场地震，明天也许不会剩下一个可以向他寻求同情、帮助和信任的人。我认为这场大灾难已经显露出迹象，我再也不会像此时此刻这样真的一人独处。我打定主意不再固执地坚持任何事，什么也不再指望，从今以后我要像牲口一样生活，像一只猛兽、一个流浪汉、一个强盗。即使宣战，我又

命中注定要上前线，我也会抓起刺刀去戳，一直戳到刀柄。如果那天的命令是强奸女人，那么我就会不遗余力地去强奸。就在此刻，就在新的一天到来的这宁静黎明之际，这个世界不是充满着罪恶和悲伤吗？可曾有哪一人类天性中的成分被历史无休止的进程所改变，根本地、重大地改变？实情是，人类被他称之为自己天性中较好的那一部分叛卖了。在精神的极限上，人类再次发现自己像野人一样赤裸着身子。可以说，当人类找到上帝时他们自己被剔光了肉，成为一个骨架。为了重新长上肉，他必须再活一遭。"上帝"这个词一定得变成肉，这是灵魂的渴求。不论我的眼睛看到了多么碎的面包屑，我都要猛扑上去把它吞下去。若是活着便是至高无上的，我就活着，即使为此一定要成为一个吃人生番也罢。直到现在我一直在设法保住我这宝贵的臭皮囊，保住包着骨头的那几块肉。这种生活该完结了，我已忍到极限，我的背已贴到墙上，无法再后退。就历史的演变来说我已死去，倘若还有什么希望我只好再赶回来。我找到了上帝，但上帝也无能为力。我只是在精神上死了，肉体上仍活着，而在道德上我又是自由的。我已告别的世界是一个动物园，黎明正在一个新世界里降临，一个弱肉强食的世界，精瘦的灵魂挥舞锋利的爪子在其中漫游。如果我是一头鬣狗，我准是一只瘦弱、饥饿的鬣狗，我这就出发去喂肥自己。

八

　　我在一点半钟去找范诺登，这是先前约好的。他曾预先告诉过我，如果不开门就是说他在同某人睡觉，说不定就是他那个格鲁吉亚女人。

　　他还是露面了，刚刚大吃大喝了一顿，不过像往常一样显得无精打采。他一起床就诅咒自己、诅咒工作、诅咒人生，他一起床便百无聊赖、心烦意乱，想到自己昨夜没能死去便懊恼不已。

　　我在窗旁坐下尽力劝慰他一番，这是一件很乏味的事情，必须哄得他真的起床。早晨——凌晨一点到下午五点都是他所说的"早晨"——他常利用早晨的时间沉湎于幻想之中，多半是重温往昔的旧梦，回忆他的"娘儿们"。他努力去追忆她们是如何离开他的，在一些关键时刻同他说了什么，他是在哪儿跟她们睡觉的等诸如此类的琐事。他躺在床上咧着嘴笑，诅咒谩骂，同时以那种奇怪的、令人生厌的方式用手指比画，似乎要表明他对此类事情已深恶痛绝，不屑用语言表达。床头挂着一只灌洗器，这是他用来应付"紧急情况"的，是为"处女们"预备的，他总像一头警犬一样追逐她们。跟某一位这些神话中的姑娘睡过后他仍称她为处女，而且几乎从不提她的姓名。"我的处女，"他总这么说，如同他说"我的格鲁吉亚女人"一样。进卫生间前他说，"如果我的格鲁吉亚女人来了，叫她等着，说这是我说的。听着，你若愿意要就要她好了，我已经烦她了。"

　　他斜眼看看天气如何，深深叹了口气。若是下雨他便说，"他妈的这鬼天气，叫人难受。"若是阳光明媚他又说，"他妈的这鬼太阳，叫人睁不开眼。"正要刮胡子，他猛然想起没有干净毛巾了。"这个他妈的鬼旅馆，他们太吝啬，连每天给一块干净毛巾都舍不得！"不论他干什么，到哪儿去，事情总是不对头，不是来到了一个鬼国家便是找了一个鬼工作，或者就是某个鬼女人把他弄得很别扭。

　　他嗽嗽喉咙说，"我的牙齿全坏了，这都是因为他们这儿给人吃的鬼面包。"他大张开嘴，扯开下唇叫我看，"看见了吗？昨天拔了六颗牙，要不了多久就得重装一副假牙，这就是为生计奔波的结果。我刚开始到处游荡的时候全部牙齿都好好的，眼睛也很明亮。现在再看看我！我还能玩娘儿们真是不简单。老天，我想找个有钱的娘儿们——像卡尔那个小滑头找的一样。他给你看过那个女人给他写的信了吗？你知道她是谁？他不肯告诉我她的名字，这个狗东西……他怕我把她从他身边夺走。"他又嗽嗽喉咙，盯着空牙洞看了许久。他忧伤地说，"你比我走运，至少还有朋友。而我，除了那个用他的有钱女人逗我发疯的小滑头以外，我身边一个人也没有。"

他说，"听着，你认识一个叫诺尔玛的女人吗？她整天在大教堂附近闲荡，我看是个搞同性恋的。我昨天把她带到这儿来，在她屁股上搔痒了……我甚至把她的裤头褪下来了……后来我厌烦了。老天，我再也不愿那样勉强什么人了，那没有意义。她们要么干，要么别干——浪费工夫跟她们搏斗是愚蠢的。在你正跟一个小婊子拼命搏斗时，也许外面露天咖啡座上有十来个娘儿们恨不得马上跟你睡呢。这是真的，她们全为了跟人睡觉到这儿来，她们认为在这儿干没有罪……可怜的傻瓜！有些从美国西部来的教师是货真价实的处女……我说的全是真的！她们整天坐着想这件事，你根本不用怎么挑逗她们，她们正巴不得呢。那天我弄了一个结了婚的女人，她说她已有六个月没有跟人睡过了。你能想象到吗？老天，她十分上劲儿！我还以为她要把鸡巴从我身上吸下来呢，她还一直哼哼唧唧的。'你怎么样？'她不住地这样问，像疯了一样。你知道这个婊子想干什么？她想搬到这儿来住。你想想！她问我爱不爱她，可我连她的名字都不知道，我从不问她们的名字……也不在意。这些结过婚的女人！老天，你若见到我带到这儿来的所有结过婚的女人，你就再也不会想入非非了。这些结过婚的女人比处女更糟，她们根本不等你动手——她们自个儿替你把那玩艺儿掏出来，过后她们还要谈论爱情，真叫人恶心。告诉你，我真的恨起娘儿们来了！"

他又瞄了一眼窗外，在下濛濛细雨，五天来一直这样下着。

"乔，你去多姆大饭店吗？"我叫他乔是因为他叫我乔，卡尔同我们在一起时也是乔。每个人都是乔，因为这样简便些，还可以愉快地提醒你别过高地估计自己了。言归正传，乔不想去多姆大饭店——他在那儿欠的钱太多了。他想去"库波勒"，想先在那儿蹓跶一会儿。

"正下雨呢，乔。"

"我知道，去他妈的！我得运动运动，我得把肚子里的脏东西冲洗出去。"听他这么说，我产生了一种印象——全世界都包孕在他肚子里，在那里面腐烂。

穿衣戴帽时他又陷入一种半昏睡状态，他站着，一只胳膊穿过外衣袖子里，帽子斜扣在头上。他开始大声说梦话——里维耶拉避寒地，太阳，如何在偷懒中虚掷了一辈子光阴。他说，"我对生活的全部要求不外乎几本书、几场梦和几个女人。"他沉思

着喃喃自语，同时带着最最温柔、最最阴险的微笑望着我。"喜欢我的笑容吗?"他问，接着又厌恶地说，"老天，我若能找到一个可以这样朝着她笑的阔女人该有多么好!"

他显出极其疲倦的样子说，"现在，只有一个阔女人才能救我。一个人总是追逐新的女人便会厌倦的，这会变得麻木起来。你瞧，问题在于我无法恋爱。我是十足的利己主义者，女人只是帮我做梦的，仅此而已。这是一种罪孽，同酗酒、抽大烟一样。我每天都得换新的女人，否则就不自在。我想得太多了，有时也觉得自己很好笑——我那么快就把它拔出来，这其实又是多么没意义。我干那件事完全是机械的，有时我根本不在想女人，可是突然注意到一个女人在看着我，好，得了，这一套又重新开始了。还处于迷茫中我就把她带到屋里来了，连对这些女人们说了什么我都不记得了。我把她们带到屋里，在她们屁股上拍一巴掌，还不知道这究竟是怎么回事就完事了。真像一场梦……你明白我的意思吗?"他不大喜欢法国姑娘，忍受不了她们，他说，"她们不是想赚钱就是想叫你娶她们，她们骨子里全是婊子。我情愿对付一个处女，她们还给你一点点幻想，开始还挣扎几下。"其实全一样，我们瞥了一眼那个露天咖啡座，所看到的妓女中没有一个 是范诺登不曾睡过的。他站在酒吧门口把她们一一指给我看，他 细致地描述她们，谈到她们的优缺点。"她们全都不够性感。"他 说，接着便用双手比画，心里又想起漂亮、有趣、急不可耐地要干那件事儿的处女。

这番遐想刚刚进行了一半，他猛然打住不说了。他兴奋地一把抓住我的胳膊，指给我看一个鲸鱼般大块头的女人，她正要坐到一把椅子上去。他咕噜道，"这是我的丹麦娘儿们。看见她的屁股了? 丹麦式的。这娘儿们是多么喜欢干那件事儿呀! 她简直是乞求我的。到这儿来……现在看看她，从这边看! 看看那个屁股，好吗? 硕大无比。告诉你，她趴到我身上时我双手去搂还搂不过来，她的屁股把全世界都遮住了。她让我觉得自己像一只爬进她身体里的小爬虫，我不明白为什么会迷上她——我猜是因为她的屁股。它是那么不谐调，上面又有那么多皱褶! 你无法忘掉这样一个屁股，这是实实在在的……实实在在的事实。其他女人或许会叫你厌烦，或许会给你一瞬间的幻觉，可是这个娘儿们——她的屁股! 天啊，你不会忘记她的……就好像上床睡觉时身上压了一座纪念碑。"

这个丹麦娘儿们似乎叫他兴奋起来了，那股懒散劲儿一扫而光，眼珠都快要从脑袋里凸出来了。当然，一件事情使他联想起另一件。他想从这家鬼旅馆里搬出去，因为这儿的吵闹声叫他心烦。他还想写一本书，这样脑子里就有事情可想了。然而那件见鬼的工作在碍事儿。"这件鬼工作叫你浑身没劲儿! 我不想写蒙帕纳斯……我想写我的生活、我的思想。我想把肚子里的脏东西弄出来……听着，把那边那个娘儿们弄来!

很久以前我跟她睡过，她曾在中央菜市场附近住。是个挺特别的婊子，她躺在床边上，拉起裙子。那样试过吗？还不坏。她也并不催我，只是躺着玩她的帽子，我却从容不迫地在她身上使劲儿。等我达到高潮，她好像不耐烦了——'完事了吗？'好像这根本无所谓似的。当然啦，是无所谓，这一点我他妈的清楚极了……只是她那种冷血动物的样子……我还真有点儿喜欢……那样子很迷人，知道吗？起身去擦自己身上时她唱起来了，走出旅馆时还在唱，连'再见'都不说一声。她挥舞着帽子、哼着歌儿走掉了。这是能整治你的婊子！睡起来倒还不错，我想我喜爱她还要胜过我的处女呢。可跟一个对此根本无动于衷的女人睡觉是一件邪恶的事情，直叫你的血发热……"沉思了一会儿他问，"若是她有点儿感情，你能想象出她会是怎样的？"

他又说，"听着，我要你明天下午和我一起去俱乐部……那儿有一场舞会。"

"明天不行，乔。我答应要帮卡尔帮到底……"

"听我说，别管那个讨厌的家伙！我要你帮我一把，是这么回事，"——他又用双手比画开了——"我搞到了一个女人……她应允在我不上班的晚上来跟我过夜。可我还没有完全掌握住她，她有一个母亲，你知道……算是一个画家之类的货色。每一回见面她都要唠叨个没完，我想实情是当妈的吃醋了。若是我先跟这个妈睡一觉她就不会介意了，你明白这类事情……总之，我想你也许会乐意要这个妈的……她还不错……若是没有看见她女儿我自己也会考虑要她的。女儿年轻漂亮，一副水灵样儿——你明白我的意思了？她身上有一股纯洁的气息……"

"你听着，乔，你最好还是找别人去……"

"唉，别这样！我知道你对此怎么想，我只是请你帮我一个小忙。我不知道怎样才能甩掉那个老女人，我想先喝醉酒再躲开她——可我认为那年轻的不会高兴的。她俩都是缠缠绵绵的女人，从明尼苏达州还是什么地方来的。好了，明天过来叫醒我，行吗？不然我会睡过头的。另外，我要你帮我找一间房子，你知道没有人帮我。给我在离这儿不远的一条僻静的街上找一个房间，我只有呆在这儿了……这儿，让我赊账。你得答应帮我做这件事，我会时常给你买顿饭吃的。不管怎么说你得来，跟那些蠢娘儿们说话急得我要发疯，我要跟你谈谈哈夫洛夫洛克·霭理士。老天，我已把那本书找出来三个星期了，结果一次也没看过。人在这儿就跟烂掉差不多。你信不信？我从来还没有去过卢浮宫，也没有到过法兰西喜剧院。这些地方值得去吗？不过我看这也能多多少少叫人别胡思乱想。你整天干什么来着？不觉得无聊？为了跟女人睡觉要干什么？听我说……到这儿来。先别走掉……我很孤独呢。你知道吗？这种状况再持续一年我就会发疯的，我一定得离开这个鬼国家，我在这儿无所事事。我明白现在在美

国叫人不痛快，反正都一样……可在这儿人会疯掉的……那些下贱的蠢货整天坐着吹嘘他们的作品，所有这些人都一文臭钱不值。他们都是潦倒失意的人，这才是他们来这儿的原因。听着，乔，你想过家吗？你是一个有意思的家伙……你好像还喜欢这儿。你在这儿发现什么了？但愿你能告诉我，我真心希望能不再想自己的事情。我心里乱极了……好像那儿有一个结……我知道我快要把你烦死了，可我一定得找个人谈谈。我不能同楼上那些家伙谈……你知道那些狗东西是什么货色……都是写署名文章的人。卡尔，那个小滑头，他自私透顶了。我是一个利己主义者，可我不自私，这是有区别的。我想我是一个神经病患者，我无法不想着自己，这并不是我认为自己重要……只是我无法去想别的事情，就是这样。如果能爱上一个女人或许会好一些，可是我找不到一个对我感兴趣的女人。我心里乱糟糟的。你看出来了，是吗？你说说我该怎么办？如果你处于我的位置怎么办？听着，我不想再强留你了，可你明早得叫醒我——一点半——怎么样？你若替我擦皮鞋，我还会多给你一点儿。还有，若有一件干净的替换衬衣，也把它带来，行吗？见鬼，那件活儿都快把我累趴下了，却连一件干净衬衣都换不来，他们对待我们像对待一群黑鬼一样。唉，算了，见鬼！我要去散步……把肚子里的脏东西冲出来。别忘了，明天！"

同这个叫伊雷娜的阔女人的通信一直持续了六个多月。最近我天天都向卡尔汇报，以便叫这场恋爱开始，因为在伊雷娜那方面这件事可以无限期地发展下去。最近几天来双方都写了雪片似的大批信件，我们寄出的最后一封信几乎有四十页厚，是用三种语言写的。这最后一封信是一个大杂烩；其中有旧小说的结尾，有报纸星期日增刊上摘抄下来的片言只字，有重新组织过的给劳娜和塔尼亚的旧信，还有从拉伯雷和彼脱罗尼亚作品中胡乱音译过来的片段，总之我们都把自己累坏了。最后伊雷娜决定要同这个通信人谈谈了，她终于写了一封信通知卡尔在她的旅馆里碰头。卡尔吓得屁滚尿流，给一个陌生女人写信是一码事，去拜访她、同她做爱却完全是另一码事。到赴约前最后一分钟他仍吓得发抖，我不由得想自己恐怕不得不代他去了。我们在伊雷娜住的旅馆前下了出租车，卡尔抖得很厉害，我只好先扶着他沿这条街走了一会儿。他已经喝下了两杯茴香酒，一点儿作用也没有。一看到旅馆他便快垮了，这是一个富丽堂皇的地方，有一个又大又空、英国女人可以呆呆地在里面坐好几个钟头的大厅。为了防止卡尔溜掉，服务员打电话通报他的到来时我一直站在他身边。伊雷娜在家，正在等他。他跨进电梯时又绝望地瞥了我最后一眼，当你用绳索勒住狗的脖子时它做出的正是这种无言哀求。穿过旋转门出来，我想到了范诺登……

我回旅馆去等电话，卡尔只有一小时时间，他答应在去上班前先告诉我结果。我又翻检了一遍我们写给她的那些信的复写件，我试图想象这究竟是怎么回事，可就是想不出。她的信写得比我们好得多，显然信是真诚的。现在他们搂在一起了，不知道卡尔还尿不尿裤子。

电话铃响了，他的声音有些古怪，有点儿尖，既像是被吓坏了，又像是很开心。他让我代他去办公室，"给那个狗杂种怎么说都行！告诉他我快死了……"

"喂，卡尔……能告诉我……""你好！你是亨利·米勒吗？"是个女人的声音，是伊雷娜，她向我打招呼问好。她的声音在电话上非常悦耳……悦耳。一刹那间我变得茫然不知所措，不知道该对她说什么。我想说，"喂，伊雷娜，我认为你很美……我认为你美极了。"我想跟她说一件真实的事情，不管听起来这有多么傻，因为我现在听到她的声音后知道一切都已经变了。可是不等我镇定下来卡尔又接过了听筒，扯着古怪的尖细嗓子说，"她喜欢你，乔。我把你的事全告诉她了……"

在办公室里我只得替范诺登读要校对的稿子。到了休息时间他把我拉到一边，脸色阴沉沉的，很难看。

"这么说这个小滑头快死了是吗？喂，这里面有什么名堂？"

"我想他是去看那个有钱的女人了。"我平静地说。

"什么！你是说他去找她了？"他显得很激动，"喂，她住在哪里？叫什么名字？"我假装不明白，他又说，"我说，你是个不错的人。你为什么不早点儿告诉我这件风流韵事？"

为了安慰他，我最后答应一从卡尔那儿打听到细节就全部告诉他，我自己在见到卡尔之前也急不可耐呢。

第二天中午时分我去敲他的房门，他已起床了，在抹肥皂刮胡子，从他脸上看不出什么来，甚至看不出他会不会对我说实话。阳光从敞开的窗子里倾泻进来，小鸟在吱吱叫，却不知怎么搞的，屋子比往常更加显得光秃秃的、更穷酸。地板上溅满了肥皂泡沫，架子上挂着那两条从来不曾换过的脏毛巾。不知怎么搞了，卡尔也一点儿变化都没有，真叫我费解。今天早上整个世界都该发生变化，不论变好变坏总得变，剧烈地变。可是卡尔却站在那儿往脸上抹肥皂，全然不动声色。"坐下……坐在床上，"他说。"你会听到一切的……不过先等等……等一会儿。"他又开始抹肥皂，接着磨起剃刀来。他还提到水……又没有热水了。

"喂，卡尔，我现在很焦急。你如果想折磨我可以过一会儿再折磨，现在告诉我，只告诉我一件事……结果是好是坏？"

他从镜子前扭过身来，手里拿着刷子，朝我古怪地笑笑。"等等！我要把一切都告诉你……"

"这就是说你失败了。"

他终于说话了，很小心地一字一句地，"不，既没有失败，也没有成功……对了，你在办公室替我安排好了吗？是怎样对他们讲的？"

我看出试图从他口中套出话来是不可能的，待他收拾好了会告诉我的，在此之前却不会。我又躺下，一言不发，他则继续刮脸。

突然他没头没脑地说开了——起初有点儿没有头绪，后来越来越清楚、雄辩、有力。把事情都说出来得费一番周折，不过他似乎打算要把一切都讲清楚，仿佛正在把压在良心上的一个重负卸下。他甚至又令我想起上电梯前他曾那样瞥了我一眼，他反反复复提起这一点，像是要表明一切都包含在这最后一秒钟里，像是要表明如果他有力量改变局面，他就绝不会跨出电梯。

卡尔上门时伊雷娜穿着晨衣，梳妆台上摆着一桶香槟，屋里很暗，她的声音很好听。他给我讲了屋里的全部细节，香槟酒、侍者是怎样把它打开的、酒发出的声响、她走上前来迎接他时那件晨衣又如何沙沙作响——他告诉我一切，唯独不提及我想知道的。

他去找她时大约是八点，到了八点半，一想到工作他便局促不安。"我给你打电话时大约是九点是不是？"

"是，差不多。"

"我当时很紧张，你瞧……"

"我明白。往下讲……"

我不知该不该信他的话，尤其是在我们编造了那些信之后。我甚至不知道是否听清了他的话，因为他讲的内容完全是荒诞不经的。不过，若是知道他就是这类人，他的话倒也像是真的。接着我又想起他在电话上的声音——又恐惧又开心的古怪调子。现在他为什么不更开心一些呢？他自始至终都在笑，活像一只红润的、吸饱了血的小臭虫。他又问一遍，"我给你打电话时是九点钟，是不是？"我厌烦地点点头，"是的，是九点。"现在他肯定当时是九点钟了，因为他回忆起曾掏出表来看了看。再次看表已是十点钟，到了十点钟她正躺在长沙发上，两手握着自己的乳房。他就这样一点儿一点儿地讲给我听。到了十一点他们便拿定了主意，他们要逃走，逃到婆罗洲去。去他妈的那个丈夫吧！她从来没有爱过他，若不是他年纪大了、缺乏激情，她根本就不会写第一封信。"后来她又对我说，'不过，亲爱的，你怎么知道以后你不会厌烦我呢？'"

听到这儿我大笑起来，我觉得这话很荒谬，忍不住要笑。

"你怎么说？"

"你指望我说什么？我说，哪一个男人会厌烦你呢？"

接着他向我叙述后来发生的事情——他怎样俯身亲吻她的乳房，怎样在热烈吻过它们以后又把它们塞进胸衣里去，总之就是塞进那玩艺儿里去——不管她们叫它什么。过后，又喝了一回香槟。

到了午夜前后，侍者送来了啤酒和三明治——鱼子酱三明治。据他讲，在此期间他一直急着要撒尿。他曾勃起了一回，不过又软下去了。他一直感到膀胱就要胀破了，可他是个狡猾的小滑头，认为眼下的场面需要小心对付。

到了一点半她提议租一辆车去逛波伊思公园，卡尔心中却只想着一件事——如何撒泡尿。"我爱你……我崇拜你，"他说。"你说到哪儿我都跟你去——伊斯坦布尔、新加坡、檀香山，只是现在我一定得走了……太迟了。"

卡尔就在这间肮脏的小房间里向我讲述这一切，太阳照进来，小鸟在疯了似的吱吱叫。可我仍旧不知道她是不是漂亮，他也仍不知道她是否漂亮。这个白痴，他连自己都不了解。他宁愿认为她不漂亮，那屋里太暗，还喝了香槟，他的神经又疲惫不堪了。

"可你应该了解一些她的情况——假如这些不全是你他妈的编造出来的。"

他说，"等一下，等一下……让我想想！不，她并不漂亮，现在我敢肯定这一点了。她前额上有一缕白头发……我想起来了。这还不算很糟——你瞧，我还差点忘了。她的胳膊——胳膊很细……细而且干瘦。"卡尔开始走来走去，可忽然又站住了。"若是她年轻十岁我或许不会考虑那一缕白发……甚至也不注意她的细胳膊。可是你瞧，她太老了。这样的女人每过一年都会老一大截，明年她就不是老了一岁，而是老了十岁，再过一年就老了二十岁。我却会显得越来越年轻，至少在五年之内。"

"可这事儿是怎么结束的呢？"我打断他又问。

"这事儿根本没——没完，我答应星期二五点左右去见她。你知道，这很糟！她脸上的皱纹在白天会显得更难看。我估计她是想叫我星期二跟她睡，大白天睡——没人会跟这样一个女人在大白天睡，尤其是在那样一家旅馆里。我宁愿在不上班的晚上干……可是星期二晚上要上班。还不止这些，我当时还答应要给她写封信的。现在怎么给她写信呢？我没有什么好说的……屁，只要她年轻十岁。你认为我该跟她去吗？去婆罗洲或别的什么她想带我去的地方？我不会射击，我怕枪和所有那类玩艺儿。再说，她会要求我没日没夜地跟她睡觉……除了打猎就是睡觉，别的什么也不做……不可想

289

象!"

"也许事情还不像你想的那么糟,她会给你买领带之类的东西……"

"也许你愿跟我们一道去,嗯?我把你的情况都告诉她了……"

"你有没有说我很穷?有没有说我需要东西?"

"我什么都说了。见鬼,只要她年轻几岁一切都好了。她说她快四十了,这就是说五十或六十了。这跟同你妈睡觉差不多……不能这样干……这不行。"

"可她准还有一些迷人之处……你说你亲吻了她的乳房。"

"吻她的乳房——这有什么?再说光线暗,我告诉你了。"

卡尔正穿裤子,一只纽扣掉了。"你瞧,这见鬼的西装全烂了。我已经穿了七年了……不过没有掉钱。以前是套不错的衣服,现在却发臭了。那个女人还要给我买西装哩,这是我最想要的。可我不喜欢叫一个女人替我付钱,这种事我一辈子也没有干过,这是你的主意。我情愿一个人过日子。屁,这是一个不错的房间吧?有什么毛病?比她的房间瞧着要好得多,是吗?我不喜欢她住的豪华旅馆,我反对建那样的旅馆,我对她说了。她说她不在乎住哪儿……说只要我开口,她就来跟我住在一起。你想象得出她带着大箱子、帽盒子和所有那些她随身带来带去的废物搬到这儿来的情景吗?她的东西太多了——太多衣服、瓶子和其他东西。她的房间像一个诊所,她的手指头上划破了一点儿便不得了啦。她要找人来按摩,头发要烫过,不能吃这个,不能吃那个。我说,乔,只要年轻一点点她就很理想。一个年轻女人的任何毛病都可以谅解的,一个年轻女人也不需要有头脑,她没有脑子倒更好。可是一个老娘儿们即使聪明,即使是普天下最最可爱的女人,也没有多大价值。一个小娘儿们是一项投资,而一个老娘儿们却是注定要蚀本的。老娘儿们唯一能做的事就是为你买东西,可那也不会叫她们胳膊上长出肉来,让她们大腿间流出水来。伊雷娜不错,说实话,我认为你会喜欢她的。这事儿到你那儿就不一样了,你不一定非跟她睡不可,你尽可以喜欢她。也许你不会喜欢她那些衣服、瓶子之类的玩艺儿,可你会容忍故纵她的。她不会使你厌烦,这一点我可以告诉你。我要说她还是挺有意思的,不过她干瘪了,她的乳房还行——可她的胳膊!我告诉她某一天我要把你带去,我谈了你的许多情况……我不知道该对她说什么。也许你会喜欢上她的,尤其是当她穿上衣服时。我不知道……"

"喂,你说她有钱?我会喜欢她的!我不在乎她多大岁数了,只要不是个丑八怪……"

"她不是丑八怪!你在说些什么呀?告诉你,她很有魅力,谈吐文雅,长得也好看……只是胳膊……"

"好吧！如果是这样，我去跟她睡——若是你不愿意的话。把这个告诉她，不过讲得缓和些，跟这样一个女人打交道一定得慢慢来。你把我带去，听任事态自己发展。狠狠地夸奖我，装出吃醋的样子……哼，也许咱俩会一道跟她睡的……我们四处游荡，一起吃饭……我们开车、打猎、穿好衣服。如果她想去婆罗洲让她带上我们，我也不会开枪，不过这没关系，反正她也不介意，她只是希望被人睡，仅此而已。你一直在谈论她的胳膊，可你不必一直盯着她的胳膊看。对吗？瞧瞧这床罩！瞧瞧这镜子！这能叫生活吗？你愿意再充高雅充下去、一辈子像只虱子一样过日子吗？你连旅馆住宿费都掏不起……还是有工作的人呢。生活不该是这样，哪怕她七十岁了我也不在乎，那也比这样强……"

"我说，乔，你替我去跟她睡……这样一切问题都解决了。也许我偶尔也跟她睡上一回……晚上不上班的时候。我已有四天没有拉过屎了，身上好像粘着一种东西，像葡萄一样……"

"那就是你生痔疮了。"

"我的头发也在脱落……还得去看看牙医。我觉得自己正在散架。我对她说了你是怎样一个好人……你会给我帮忙的，对吗？你不那么扭捏，是吗？我们若去婆罗洲我就不会再生痔疮了。也许我会生别的病……更糟的病……也许是发热……或是霍乱。哼，这样生一场大病死掉也比在一张报纸上浪费生命、屁眼上长疮、裤子上的扣子全脱落更好一些。我盼望发财，哪怕只是一星期也好，然后带着一种要命的病住进一家医院，病房里摆满鲜花，护士们跑来跑去，还有人打电报来。你若有钱他们便会好好照顾你，用棉球给你擦身，替你梳头。哼，这些我全懂。也许我运气好没死掉，也许我会跛一辈子……也许我会瘫痪，只好坐在轮椅里，可是这样一来我也会得到照料……即使我再没有钱了。你若是个病人——真正的病人——他们就不会眼看着你饿死，你会有一张干净的床睡……他们每天给你换毛巾。像现在这样谁也不管你，尤其是你还有一份工作，他们认为一个人只要有份工作就该是幸福的。你情愿怎样——一辈子当个跛子，或是有一份工作……或是娶一个阔娘儿们？你情愿娶一个阔女人，我看出来了。你只想着吃的。可是想一想，你娶了她，结果那玩艺儿再也挺不起来了——有时会出现这种情况的——那你怎么办？你只好听任她摆布，只好像一只小卷毛狗那样从她手上吃食。你喜欢那样，是吗？也许你不想这些事情？我什么都想，我想要选购的西装和想去的地方，可我还想着另一件事，这是一件重要的事情。如果你再也不能勃起了，那些花里胡哨的领带和漂亮的西装又有什么用呢？你甚至不能背叛她，她会一直缠着你。不，最好的办法是先娶她再马上生一场病，只是梅毒还不行，比如说，

霍乱，或是黄热病。这样，若是真的出现奇迹，你保住了一条命，你便会终生成为一个跛子，你也就不必再为要跟她睡觉而烦恼不安了，也不必再为房租发愁了。她或许会给你买一只带橡胶车胎的好轮椅，上面还有各种操纵杆之类的玩艺儿。你也许还能用手——我是指还能用手写作，要不就雇一个人来写。对了——这是一个作家的最佳选择。一个人能指望他的手脚干什么呢？他不需要用手用脚来写作，他需要安全……安宁……庇护。可惜的是，所有坐在轮椅里转来转去的英雄都不是作家。假如你能保证上战场去只会叫人炸掉你的双腿……假如你能敲定这一点，我就会说，明天就叫我们打仗吧！我对勋章一点儿也不感兴趣——让他们留着好了，我想要的只是一部好轮椅和一天三顿饭，然后我就给这些滑头们写本书看。"

第二天一点半钟我去找了范诺登，这天他不上班，确切地说，今夜他休假。他给卡尔留下话说要我今天来帮他搬家。

我发现他情绪异常低落，他告诉我他一夜未曾合眼。他在想事儿，有一件事情困惑着他。没多久我就搞清了，他一直在迫不及待地等我来，向我打听卡尔的秘密。

"那个家伙，"他开口了，指的是卡尔。"那个家伙简直是个艺术家，他详细描述了每一个细节。他对我讲得那么具体，我便知道这全是他胡编的……可我就是摆脱不了这个萦绕在心头的故事。你知道我心里在怎样折腾。"

他话题一转，问我卡尔是否将经过原原本本都告诉我了。他丝毫没有怀疑到卡尔对我是一个说法，对他是另一个说法。他似乎认为编造这个故事是专门要折磨他的。他并不理会这全是捏造的，却说这是卡尔留在他脑子里的"意象"，这意象使他烦恼。即使整个故事是假的，这些意象也是真的。再说这件事情中的确有一个阔娘儿们，卡尔也的确去拜访过她，这是不需争议的事实，至于到底真的发生了什么事情倒是次要的。他想当然地认为卡尔干脆利落地对付了这个女人，使他几乎要发疯的却是他想卡尔描述的情节或许是真的。

他说，"这个家伙告诉我他跟那个女人睡了六七次。他就是这么一个爱吹牛的家伙。我知道这里面有不少假话，所以也不大在乎，可他又告诉我那女人雇了一辆车带他去了波伊思公园，他拿那女人的丈夫的皮大衣当毯子用，这就太过分了。我估计他给你讲了司机恭恭敬敬等他们的事……对了，他有没有告诉你发动机一直在突突响？老天，他编得真像啊，只有他才想得出这样一个细节……这是使一件事情显得在心理上真实的小细节之一……听过之后你就永远忘不了。他的谎编得那么圆，那么自然……我真奇怪，他是事先想好的还是临时灵机一动现编出来的？他是一个高明的小骗子，你简直无法从他身边走开……就像他正在给你写信，像一夜间就粗制滥造出一只花盆来。我弄不明白一个人怎么能写出这样的信来……我不明白他写信时的心理状态……这也是一种手淫……你说呢？"

不等我开口说话，或是嘲笑他，范诺登又继续独白开了。

"你瞧，我估计他把一切都告诉你了……有没有告诉你他怎样站在洒满月光的阳台上亲吻她？这话重复一遍显得很无聊，可这家伙一描述起来……我简直可以看见这个小滑头抱着那个女人站在那里，他已经在给她写另一封信了，是从另一个法国作家那儿偷来的有关屋顶之类废话的马屁。这家伙的话没有一句不是学别人的，我早就发现了。你得找到一点线索，比如，看看他最近在读谁的作品……这不容易，因为他总是鬼鬼祟祟的。我说，若是我不知道你跟他一同去过那儿，我根本就不相信有这么一个女人，他这样的家伙完全可以自己给自己写信。不过他挺走运……他那么小巧玲珑，那么娇嫩，仪表又是那么浪漫，不断有女人上他的当……她们有点儿迷恋他……我猜她们是可怜他。有些女人喜欢叫人奉承……这会使她们觉得自己身价不凡……可是据卡尔说这是一个聪明女人。你应该知道这一点……你看过她的信嘛。你认为这样一个女人会看上他哪一点？我明白她上了那些信的当了……可是你认为她看到他后又会怎么想？

"不过，我告诉你，这些都算不了什么。我要讲讲他是怎么对我说的，你知道他多么乐钟于添油加醋……嗯，在阳台上的那一幕之后——他是把这个当作吊胃口的小菜告诉我的——在此之后，据他讲，他俩进屋去，他解开了她的睡衣。你笑什么？我被他骗了？"

"没有，没有！你说的同他讲的一模一样。说下去……"

"接着——"说到这儿范诺登自己也笑起来，"——接着，听仔细了，他告诉我她如何抬起腿坐在椅子上……一丝不挂……他坐在地板上抬头望着她，对她说她是多么漂亮……他对你说过她长得像马蒂斯的一个人物吗？等一等……我要回忆一下他确切说了些什么。他说了一句关于'欧德里斯克'的俏皮话……'欧德里斯克'到底是什么东西？他是用法语说的，所以不容易记住这鬼东西……不过这话倒很好听，正像他说的那种话，也许她还以为这话是他发明的……我估计她准以为他是个诗人一类的人物呢。不过，这都没有什么……我容许他发挥想象力，是后来发生的那件事情使我听了要发疯。我一夜翻来覆去睡不着，脑子里不断闪出他描绘的那些情况，简直无法挣脱。我觉得那是如此真实，若是没有这回事我就要勒死这个狗杂种。一个人没有权利编造这种事情，除非他是神经有毛病……

"我要讲到的是那一瞬间，他说他跪在地上用他那两根细瘦的手指扒开她的下体。

293

你还记得这个？他说她坐着，双腿搭在椅子扶手上晃来晃去，忽然他来了灵感，这时他已经睡了她几回了……也发表完了关于马蒂斯的小演讲。他跪在地上——你听清了——用两个手指……听着，只有指尖……噗哧——噗哧！老天，我一夜都听到这种声音！后来他又说——好像我还没有听够——这时，老天爷作证，她把双腿架在他脖子上，把他夹住了。这真是要我的命！想想看！想想她这样一个漂亮、多愁善感的女人竟会把腿架在他脖子上！这简直叫人不敢相信。这么荒诞，听起来又像是真的。如果他只告诉我香槟酒的事、坐车在波伊思公园里游荡，甚至还有阳台上那一幕，我可能不会信他。可是这件事太难以置信，反而不像是在说谎了。我也不相信他在什么地方读到过这种事情，除非这件事有几分是真的，我也弄不明白他怎么会冒出这个念头来。你知道，在这样一个小滑头那里，什么事情都不稀奇。也许他根本不曾睡过她，可她会允许他玩玩她的……跟这些阔女人在一起你永远也弄不明白她们指望你干什么……”

当他终于从床上爬起来、开始刮胡子时下午已经快过去了，我最终才成功地把他的思路吸引到其他事情上，主要是吸引到搬家上。侍女进来看他收拾好没有——原先叫他中午就得腾出房子——这时他正在穿裤子。他既不请求原谅也不转过身去，这使我略有几分惊奇。看着他满不在乎地站着系裤扣，一边还吩咐她做这做那，我不禁吃吃笑了。“别管她，”说着，他极其轻蔑地瞪了她一眼。“她不过是一头肥母猪。你想拧就在她屁股上拧一把，她不会说什么的。”接着范诺登又用英语对她说，“过来，你这婊子，把手放在这上面！”听到这话我再也忍不住了，哈哈大笑起来。这一阵歇斯底里的大笑也感染了那个侍女，尽管她不明白我在笑什么。侍女开始把钉在墙上的一排绘画和照片取下来，这些画儿和照片上大多是范诺登本人。“你，”他用大拇指戳戳，“到这儿来！这儿有件可以纪念我的东西。”——说着他从墙上撕下一张照片——“等我走了你就用它擦屁股好了。”说完他又转向我，“她是一个傻婊子，就算我用法语说她也不会显得聪明些。”侍女大张着嘴站在那儿，显然是认为范诺登疯了。“喂！”他朝她大喝一声，好像她耳朵不好似的。“喂，你！对了，说你呢！像这样……”他边说边拿起照片，他自己的照片，用它擦了擦屁股。“像这样！懂了吗？看来你得给她画张图才行。”说着他噘起下唇，表示极度厌恶。

他无可奈何地看着她把东西扔进几只大箱子里。“这儿，把这些也放进去，”说着他递给她一只牙刷和装灌洗器的袋子。他的东西有一半仍摊在地板上，箱子都已塞满，没有地方盛载装绘画、书和半空的瓶子了。他说，“坐一会儿，咱们有的是时间，咱们得好好想一想。你若是不来我永远也搬不出去，你看我一点儿办法也没有。别忘了提醒我带走灯泡……那都是我的，还有废纸篓也是属于我的。这些王八蛋，他们要你像猪一样生活。"这时侍女下楼拿麻绳去了……"你等着瞧……她会问我要麻绳钱的，哪怕只有三个苏呢。在这儿，他们给你裤子缀一个扣子也得要钱。这伙讨厌的、肮脏的小偷！"他从壁炉台上取了一瓶苹果烧酒，并且点头示意我抓起另一瓶。"把它带到新地方去没有用，现在把它喝光算了。不过别给她喝！这王八蛋，我连一张手纸也不留给她。我真想在走之前把这个地方弄个一塌糊涂。对了……想撒尿就撒在地板上，我还想在五斗橱抽屉里大便呢。"他对自己、对一切都十分厌恶，因而不知该做什么才能发泄发泄怨气。于是他提着酒瓶走到床前，掀起床罩把烧酒洒在床垫上。这还嫌不过瘾，他又用脚拼命在床垫上踩，可遗憾的是鞋底并没有沾上泥。他又取下床单擦鞋，嘴里愤愤不平地喃喃道，"这样他们就有点儿事情干了。"最后，他含了一口酒，脑袋向后仰着漱喉咙，待漱得心满意足了才一口全啐在镜子上。"瞧着，你们这些下贱的王八蛋！等我走了好好擦去吧！"他在屋里踱来踱去，嘴里一边还咕噜着什么。看到自己的烂袜子扔在地上他便捡起来撕个粉碎，画儿也惹他大动肝火，他拾起一张一脚把它踹透了——这是他认识的一个女同性恋者给他画的肖像。"那个婊子！你知道她居然有胆量要我干什么？她要我把玩过的娘儿们介绍给她。我写文章吹捧她，她从来没有给过我一个苏，还以为我真心崇拜她的画呢。若不是我答应安排她同那个明尼苏达州来的女人见面，她才不会白给我画这张像呢。她简直快为那女人发狂了……像条发情的狗一样到处跟着我们……我们没法甩掉这婊子！她差点儿没把我缠死。我烦得要死，几乎不敢再领女人到这儿来，唯恐她会破门冲进来揍我一顿。我总是像贼一样悄悄溜上来，一进来就赶快锁上门……她和那个格鲁吉亚娘儿们——她俩逼得我要发疯，一个总是在发情，另一个总是肚子饿。我最恨睡一个饿着肚子的女人，那就像把一块吃的塞进她肚子里然后又掏出来……天啊，这使我想起一件事情……我把那蓝色药膏放在哪儿了？那很要紧。你生过那样的疮吗？比吃一剂药还难受。也不知道是从哪儿染上的，上星期这儿来了那么多女人，我大概早把她们忘了。这很有意思，因为她们身上都散发出纯洁的气息。你明白这是怎么回事……"

侍女把范诺登的东西都堆在人行道上，旅馆老板酸溜溜地在一旁看着。等东西全装上出租车，车里就只剩一个人的位置了。车刚一开范诺登便掏出一张报纸把他的锅碗瓢盆包扎起来，新住处严禁做饭。待我们到了目的地他的行李已经又全部打开了，若是我们到达时那老板娘没把头探出门来还不会那么叫人难堪。她嚷道，"我的天哪！这到底是怎么回事？这是什么意思？"范诺登被她吓住了，他不知该说什么才好，只是用法语道，"是我……是我，太太！"说完他又转向我恶狠狠地咕哝道，"这个笨蛋！看见她的脸色了？她要给我找麻烦呢。"

这家旅馆坐落在一条阴暗的小道后面，呈一个长方形，同一所现代罪犯教养所十分相似。衣橱又大又没有一点光泽，尽管瓷砖墙上映出的影子很堂皇。窗子上都挂着鸟笼子，到处钉着小小的珐琅牌子，用陈腐的语言请求客人们不要做这个、不要忘记那个。这家旅馆几乎一尘不染，只是穷得一贫如洗，破破烂烂，一副衰败景象。铺椅垫的椅子用铁丝捆在一起，令人不快地联想到电椅。范诺登的房间在五楼，上楼时他告诉我莫泊桑一度也曾在这儿住过，同时又说大厅里有一种古怪的气味。五楼上有几扇窗子没有玻璃，我们站下看了一会儿那几位正穿过院子的房客。快到吃饭时间了，人们正三三两两地回屋里去，他们都显得有气无力、萎靡不振——靠诚实劳动换饭吃的人总是这样的。窗子大多都大敞着，昏暗的房间仿佛是许多正打哈欠的大嘴。屋子里住的房客也在打哈欠，或是在替自己搔痒。他们坐卧不宁地动来动去显然毫无目的，说他们是一群疯子也并不过分。

我们顺着走廊朝五十七号房间走去，这时前面突然有一扇门开了，一个头发蓬乱、目光像疯子一样的老妖婆偷偷从门里窥视我们。她吓了我们一大跳，我们傻站在那儿，惊呆了。足足有一分钟，我们三个人站在那儿，一步也挪不动，甚至无法做出一个有意义的手势。我看见老妖婆背后摆着一张厨桌，桌上躺着一个浑身赤裸裸的婴儿，这是一个比一只拔光毛的鸡大不了多少的小把戏。最后那老家伙拎起身边一只污水桶朝前跨了一步，我们闪到一边让她过去，门在她身后关上时里面的婴儿发出一声令人心碎的尖叫。这是五十六号房间，五十六与五十七之间是卫生间，老妖婆到那儿倒脏水去了。

我们一踏上楼梯范诺登便一言不发了，不过他的目光仍很动人。打开五十七号的房门后，在极短的一刹那间我觉得自己就要发疯了。一面大镜子上盖着绿纱、歪斜着呈四十五度角挂在门对面，镜子底下放着一部婴儿车，车上堆满了书。范诺登见到这些根本没有笑，他冷淡地走过去抓起一本书翻看了一遍，那副样子很像一个刚走进公共图书馆的人不假思索地走到离他最近的一个书架前去。若是这时我不曾无意间发现墙角里摆着一副自行车把，这也不会显得那么荒唐可笑。这副车把摆在那儿显得非常宁静、十分心满意足，似乎它已在那儿打了多年瞌睡。这又突然使我觉得我俩仿佛也已在这间屋里伫立了很长的、无法计算的一段时间，就像现在这样。这是我们在梦中想起的一种姿势，这是一场我们永远难以摆脱的梦，又是一场微微打个手势、稍稍眨眨眼便会粉碎的梦。然而更叫人惊奇的是，我脑子里忽然掠过一场真实的梦境、一场昨天夜里才做的梦，我在梦中看到范诺登正像现在这样呆在一个角落里研究那副车把。不过不同的是，角落里没有自行车把，却有一个蜷起两条腿趴着的女人。我看到他站在那儿低头望着那女人，眼睛里流露出焦急热切的神色，当他极想得到一件东西时总是这副样子。这件事是在哪一条街上发生的已变得模糊不清了，只有两堵墙之间的夹角还在，还有那女人发抖的身子。我看见他用他那种迅捷的牲口方式朝她猛扑过去，全然不顾周围发生了什么事，只是打定主意要随心所欲地去干。他的目光像是在说——"事情完了以后你尽可以宰了我，只是现在先让我把它弄进去……我必须把它弄进去！"于是他俯在那女人身上，他俩的脑袋都撞在墙上，他勃起得那么厉害，简直根本无法进入她身体里去。突然，他直起身子，整整衣服，脸上一副十分厌烦的样子。做出这种表情是他的拿手好戏，猛然发现他的那玩艺儿扔在马路上，他便准备一走了之。那玩艺儿跟锯子锯下来的一根扫帚柄差不多粗细，他漠然地把它捡起来夹在胳膊底下。他走开时我看到两只很大的球体在那根扫帚柄一端荡来荡去，像郁金香的球茎，我听到他低声地自语道："花盆……花盆。"

佣人气喘吁吁、大汗淋漓地跑来了，范诺登不解地望着他。这时老板娘也昂首阔步地进来了，她径直走到范诺登面前，从他手中夺过书，把它塞进婴儿车里，然后，她一言不发推起婴儿车来到走廊上。

范诺登忧伤地笑着说，"这儿是一座疯人院。"他的微笑若隐若现、难以描述，有一瞬间那种做梦的感觉又回来了。我隐约觉得我们正站在一条长长的走廊的尽头，那儿挂着一面凸凹不平的镜子。范诺登沿着走廊摇摇晃晃走过来，一副潦倒失意的样子，活像一只黯淡的灯笼。他跟跟跄跄、跌跌撞撞地不时闯进一个门里去，门开处或有一只手把他一把拽进屋去，或有一只蹄子把他蹬出来。越向前走他便越发沮丧。他身上流露出的这种忧郁像骑自行车的人夜里在又湿又滑的道路上行驶时用牙咬着的提灯。他在这些阴暗的房间里进进出出，待他一坐下椅子便散架了；待他打开箱子，里面除了一只牙刷竟别无他物。每间房子里都有一面镜子，他便全神贯注地站在镜子前发牢骚。由于没完没了地发牢骚，由于不停地发牢骚、咕哝、喃喃自语和诅咒谩骂，他的上下颚脱节了，下垂得很厉害。他一蹭下巴上的胡子，下颚上便掉下几块肉来，于是他十分生自己的气，一气之下用脚踏在自个儿的下颚上，用高鞋跟把它碾个粉碎。

这时仆人把行李送进来，事情已变得越发古怪了，尤其是当范诺登把健身器械绑在床脚上练起桑多式体操来之后。他朝那仆人笑着说，"我喜欢这个地方。"他脱去外衣和背心，仆人不解地盯着他看。他一手提起箱子，另一手里拎着装灌洗器的袋子。此时我站在前厅里，手里捧着笼罩在一层绿色薄雾中的镜子，没有一件东西是有实用价值的，前厅也没多大用处，像一条通到牲口棚去的走廊。每当我走进法兰西喜剧院

或皇家剧院，同样的感觉便会涌上心头。这些地方到处是小摆设，地板上的活动门、胳膊、胸脯和打蜡地板、烛台和身穿盔甲的人、没有眼睛的塑像及躺在玻璃匣子里的求爱信。什么事情在进行着，但并无多大意义，就好像因为箱子里放不下，而把剩下的半瓶卡尔瓦多斯酒喝掉一样。

我刚才说过，上楼时范诺登曾说起莫泊桑也在这儿住过，这一巧合似乎给他留下了印象。他一厢情愿地认为莫泊桑当年住的正是这间屋子，在这儿写出了那些令人毛骨悚然、也使他声名大振的故事。范诺登说，"他们像猪猡一样生活，这些可怜虫。"我们坐在一个圆桌旁的两把舒服的扶手椅里，这两把椅子已经年代久了，都用皮条和支架加固着。身边就是床，挨得这么近，我们简直可以把脚搁上去。衣柜就在我们身后的一个角落里，很方便，一伸手便够得到。范诺登已把他的脏衣服全倒在桌上，我们把脚伸进他的脏袜子和衬衣堆里，坐在那里心满意足地抽烟。这个臭气熏天的地方竟然吸引了他，他对这儿很满意。我起身去开灯时他提议出去吃饭前玩一会儿纸牌，于是我们在窗前坐下玩了几把双人皮纳克，脏衣服堆在地板上，练桑多式体操的器械挂在吊灯上。范诺登已把烟斗收起来了，又在下唇内放了一小块鼻烟。他不时朝窗外啐一口，大口大口地棕色口水落在底下人行道上发出响亮的噗噗声。现在他挺满意。

他说，"在美国，你无论如何也不会住到这种下流地方来，即使是在四处流浪时我睡觉的房间也比这个好。不过在这儿这是正常的——正如你看过的书里讲到的。如果我还回去我要把这儿的生活忘得一干二净，像忘掉一场恶梦一样。或许我会重新去体验过去那种生活……只要我回去。有时我躺在床上恍惚忆起了过去，一切都是那么真切，我得摇摇头才能感觉出自己在哪儿。身边有女人时尤其是这样，最使我着迷的就是女人了。我要她们只有一个目的——忘掉我自己。有时我完全沉溺在幻想之中，竟想不起那女人的名字以及我是在哪儿找到她的。好笑，是吗？早晨醒来时旁边有个健壮的暖烘烘的身子陪伴你是件好事，这会叫你心里自在。你会变得高尚些……直到她们开口扯起爱情之类的软绵绵的蠢话。为什么所有女人都要大谈特谈爱情，你能告诉我吗？显然她们是觉得你和她好好睡一觉还不够……她们还要你的灵魂……"

范诺登自言自语时嘴边常挂着"灵魂"这个词儿，起初我一听到这个词便觉得好笑。一听到这个词从他嘴里说出来我便会发歇斯底里，不知怎么搞的我总觉得这个词儿像一枚假硬币，尤其是当他说这个字眼时总要吐一大口棕色口水，并且在嘴角上流下一道涎水。我从不顾忌当面笑他，所以范诺登每回一吐出这个小词儿一定会停下让我开怀大笑一番，接着他又没事发生自个儿说起来，越来越频繁地提到这个字眼，每一回调子都比上回更动听一些。女人想要的是他的灵魂，他这样对我说。他已经一遍遍重复了好多次,可是每一次仍要从头提起,就像一个偏执狂老是要谈在他心头萦绕的事情。从某种意义上来看,范诺登是个疯子,这一点我已确信无疑。他怕独自一人呆着,他的恐惧是根深蒂固、无法摆脱的,趴在一个女人身上、同她结合在一起时他也仍旧逃不出自己为自己围筑的炼狱。他对我说,"我什么都试过了,甚至还数过数,考虑过哲学难题,可全没有用。我好像成了两个人,其中一个始终在盯着我。我生自己的气,气得要命,恨不得去自杀……可以说每一回达到性欲高峰时都是这样。约莫有那么一秒钟我完全忘记了自己,这时我甚至已不存在了……什么也没有了……那女人也不见了。这同领受圣餐差不多。真的,我真这么认为。完事以后有几秒钟我觉得精神振奋……也许这种精神状态会无限期地持续下去——若不是身边有个女人,还有装灌洗器的袋子,水在哗哗流……这些微小的细节使得你心里清楚得要命,使你觉得十分孤独,而就在这完全解脱的一瞬间内你还得听那些谈论爱情的废话……有时这简直要叫我发疯……我不时发疯。发疯也不会叫她们走开,实际上她们喜欢我这样。你越不去注意她们,她们越缠着你不放。女人身上有一种反常的气质……她们在内心深处都是受虐狂。"

我追问道,"那么,你想要从女人那儿得到什么?"

他开始摆弄自己的双手,下唇也放松了,一副十分垂头丧气的样子。最后他才结结巴巴地吭出几句莫名其妙的话,言词中却流露出辩解也无益的意思。他不假思索地说,"我想叫自己能被女人迷住,我想叫她帮我摆脱自我的束缚。要这样做,她必须比我强才行,她得有脑子而不仅仅是有阴户,她必须得叫我相信我需要她、没有她我就活不下去。给我找一个这样的女人,好吗?如果你能办到我就把工作让给你,那时我就不在意会发生什么事情了。我再也不需要工作、朋友、书籍或别的什么了。只要她能叫我相信世界上有比自己更重要的东西就行。天呀,我恨我自己!我更恨这些王八蛋女人——因为她们没有一个比我强。"

他接着说,"你以为我喜欢自己,这说明你根本不了解我。我知道自己很了不起……如果没有一些过人之处我也就不会遇到这些难题了。使我烦躁不安的是无法表达自己的想法,人们认为我是一个追逐女色的人。这些人就这么肤浅,这些自命不凡的学者整天坐在咖啡馆露天座上反复进行心理反刍……还不坏,嗯——心理反刍?替我把它写下来,下星期我要把这话用在我的专栏里……对了,你读过司太克的书吗?他写得好吗?叫我看那像一本病历。我衷心希望自己能鼓足勇气去拜访一位精神分析学家……找个好人,我的意思是,我不想见到留山羊胡子、穿常礼服的奸猾小人,比如你的朋友鲍里斯。你怎么能容忍这些家伙呢?他们不叫你厌烦吗?我注意到你跟谁都

讲话，你根本不在乎。也许你做得对，我也希望自己别他妈的这么挑剔。可是那伙在大教堂附近荡来荡去的脏兮兮的小犹太佬真叫人讨厌，他们说起话来同教科书一个味儿。如果我能天天跟你谈一阵也许心里会轻松一些，你很善于倾听别人讲话。我知道你根本不在乎我怎么样，不过你有耐心，也没有什么理论去探讨，我猜你准是事后把这些都记在你那本笔记上了。听着，我不在乎你说我什么，可是别把我写成一个追逐女色的人——那样就太简单了。有朝一日我要写一本关于我自己、关于我的思想的书，我指的不仅仅是一份内省分析……我是说我要把自己放在手术台上，把所有内脏都摆出来让人看……每一件东西。以前有人这样做过吗？你在笑什么？难道是我讲得太天真了？"

我笑是因为每回一谈到这本他有朝一日要写的书，事情就显得有点儿滑稽了。只要他一说"我的书"，整个世界立即便缩小到范诺登和他的公司伸手可及的范围之内。这本书一定要绝对用自己的观点写成，一定要绝对完美，这便是他不可能着手开始写的原因之一。一旦有了一个想法他便提出疑问，他记得陀思妥耶夫斯基写过这个，或者哈姆森写过，或是别的什么人写过。"我并不是说我要写得比他们好，不过我想与他们有所不同。"他解释道。于是他不去写自己的书，却一个个作家挨着往下读，以便确实弄清他不会踩到这些作家的私人领地上。书读得越多他便越瞧不起别人，这些作家没有一个能令他满意，没有一个达到他为自己规定的那种十全十美的境地。他常常会全然忘记自己连一章也没有写完，却俨然以屈尊的态度谈论这些作家，仿佛署着他大名的书已摆满了一书架，而且这些书都是广为人知的，因而再提到书名也显得多余了。他从来没有公开撒谎，不过那些被他硬拉住听他宣讲他的独到哲学和批评观、听他发牢骚的人显然都想当然地以为在夸夸其谈的言辞后面立着一大堆大部头著作。尤其是那些年轻的、傻乎乎的处女，他是以给她们念自己的诗的借口把这些女孩子哄骗到房间里来的，另一个更妙的借口便是要征求她们的意见。他一点也不感到难为情或是不好意思便把草草写着几行诗的一张脏兮兮的纸条拿给她们看——按照他的说法，这是一首新诗的枝干部分——然后他便摆出十分严肃的架势要她们诚实地发表意见。通常她们什么评论性意见也说不出来，因为这几行诗毫无意义，她们看后完全摸不着头脑。于是范诺登便抓住这个机会向她们讲解他的艺术观，不用说，这套观点全是他为了应景胡编乱造出来的。扮演这样一个角色后来成了他的拿手好戏，从埃兹拉·庞德的诗到上床间的过渡变得又简单又自然，像从乐曲的一个调转为另一个调。事实上，如果过渡实现不了便会造成不和谐，当范诺登对付他称之为"容易上钩的女人"的傻娘儿们时一出错便会造成这种不和谐。自然，尽管生来便是这样一个人，他一提起那些致命的判断错误仍不免犹犹豫豫。不过一旦开始谈起一个这类错误他便十分坦诚，其实一讲起自己做的蠢事他还能反常地从中得到几分乐趣呢。比如说，有一个女人，他追求这个女人已经差不多有十年了——先是在美国，后来又在巴黎。这是同他保持真诚友好关系的唯一一个异性，他们不仅都喜欢对方，还相互理解。起初我觉得他若真能把这个女人弄到手，问题也就解决了。促成他们成功结合的一切因素都有了——只是缺少最基本的。贝西为人处事几乎同范诺登一样乖张。对于把自己献给某个男人，贝西丝毫不感兴趣，正如她对于餐后甜点心不感兴趣一样。她通常会自己挑出选中的男人，然后自己向他提议上床睡觉。她长得不丑，可是谁也不能说她长得好看。她的身材很好，这是最主要的——据说她很满意自己的身材。

他们两个人十分亲密，有时为了满足贝西的好奇心（同时也是徒劳地希冀显显本事，从而激发贝西的情欲），范诺登同别的女人约会前便设法把她藏在自己的衣橱里。完事后贝西从藏身之处钻出来，他们便会很自然地无拘无束地评论一番。就是说，他们几乎对一切都漠不关心，除了"技术"。"技术"是贝西最喜欢用的词之一，至少在我有幸聆听到的那几次讨论中是这样的。范诺登会问，"我的技术有什么毛病？"贝西说，"你太粗鲁。如果你还希望勾引我就得温柔一些。"

如同我说的，他们彼此间十分理解。我在一点半钟去找范诺登时常看到贝西坐在床边，被子掀到一边，范诺登在请求她抚摸自己的下体……他说，"只要轻轻摸几下，这样我就有勇气爬起来了。"要不他就催促贝西吮吸它，她不干，这时他俩便笑得上气不接下气。"我永远也没法把这个婊子弄到手，"他说。"她一点儿也不尊重我，我向她倾诉心曲，得到的就是这个。"他会突然又冒出一句，"你跟我昨天介绍给你的那个金发女郎玩得怎样？"这话当然是对贝西说的，贝西嘲笑他，说他眼光太差。他说，"得了，别给我来口是心非的那一套了。"然后他又开了一个玩笑，这个玩笑恐怕已开过一千次了，因为他俩总是以此取乐——"喂，贝西，咱们麻利地睡一次怎么样？只睡一次……不行？"待这个玩笑像往常一样收场了，范诺登又以同样的口吻补充一句，"喂，他怎么样？你干吗不跟他睡一次？"

贝西的中心思想是说她不能、不愿意把自己当作一个性伴侣。她谈论激情，好像这是一个新名词一样。对于很多事情她都充满了激情，甚至像性交这种小事她也全身心投入。

"有时候我也会动情的。"范诺登说。

"哼，你呀，"贝西说，"你不过只是一个疲惫的色鬼罢了。你不懂激情的含义，你一勃起便以为自己动情了。"

301

"好，也许那不是动情……可是不勃起也就无法动情，是不是这样？"

我和范诺登步行去餐馆时脑子里始终想着关于贝西的事，以及被他拽进房间没日没夜鬼混的那些女人。我已经完全适应了他的自言自语，根本不用打断自己的思绪，一听到他说完了我就可以不假思索地发表一些正中他下怀的评论意见。这像二部合唱，而最像大多数二部合唱之处在于，一个人全神贯注地听只是为了听到要他自己启齿唱的信号。今晚他不上班，我又答应了陪他，他的提问已经使我厌烦了。我明白不等今晚过去我就会精疲力竭的，如果运气好我就在他上厕所时乘机溜之大吉——也就是说，如果我能以某种借口从他那儿先骗到几法郎。可是他知道我惯于中途溜走，因而他不愿受冷落，紧紧握住他的钱包以防发生这类事情。如果我向他要钱去买烟，他便非跟我一道去不可，他自个儿绝不独自呆着，一秒钟也不。甚至当他成功地搂住一个女人时他也十分害怕独自同这个女人一块儿呆着，只要可能他就要我坐在房间里看他干那件事，如同刮脸时叫我在一旁等着一样。

晚上不上班时范诺登至少要设法在衣袋里放上五十法郎，可是这仍挡不住他一遇到可能有钱的主儿便开口要钱。他说，"喂，给我二十法郎……我等钱用。"与此同时，他有本领做出一副惊慌失措的样子。若是对方断然拒绝了，他便口出不逊了。"得了，你至少得给我买杯酒喝。"喝到酒后他又和气地说，"那么给我五法郎好了……给我两法郎……"我们走遍一家家酒吧去寻找一点刺激，每一回总能添几个法郎的收入。

在"库波勒"那儿我们偶然遇到了报社里的一个醉汉，是一个在楼上干活的家伙。他告诉我们办公楼里刚刚发生了一场事故，有一个校对员从电梯上摔下来，看来活不成了。

起初范诺登吃了一惊，深深地吃了一惊。后来听说那人是佩克奥弗，那个英国人，他便显得轻松些了。他说，"可怜的家伙，他死了还比活着好。他也是那天刚装的假牙……"

一提到假牙，楼上那个人就哭开了，他一把鼻涕一把泪地讲述了这次事故中的一个小插曲。他为此很难过，这个小插曲比这场灾难本身更使他难过。佩克奥弗摔到电梯底后恢复了知觉，这时来救他的人还没有来。他的腿摔断了，肋骨摔碎了，可他还是挣扎着站起来四处摸他的假牙，在救护车上他仍在昏迷中大声呼唤丢掉的假牙。这个小插曲既可悲又可笑，楼上那人讲述时简直不知道该哭还是该笑。这是需要加倍小心的一刻，同这样一个醉鬼打交道，弄不好他便会用酒瓶子砸你的脑袋。他并不特别同佩克奥弗好，实际上他好像从未不曾进过校对部——报社里楼上楼下的工作人员之间竖着一堵无形的墙。现在听到死了人他也想表示一下同伴情谊。若能哭得出他便要哭，以表明他也是正常人。而乔和我都很熟悉佩克奥弗，也明白他根本不值什么，因而我们对这一番喝醉后的多愁善感很不以为然，哪怕只是几滴眼泪也罢。我们想明白告诉他，可是跟这样一个家伙打交道你可诚实不起，你只得买一口花圈去参加丧礼，装出一副很伤心的样子。你还得祝贺他写了一篇如此缠绵悱恻的讣告，好几个月内他都要把这篇讣告带在身边，把自己吹个不停，吹他是如何处理当时的局面的。这些我和乔都预料到了，尽管我们不必开口。于是我们站着，以凶狠、沉默的心情听他说，一有机会逃走我们便逃走了，让他在酒吧里喝着茴香酒自己对自己哭诉去了。

一走到他看不见的地方，我们便狂笑起来。假牙！不论我们说这个可怜家伙什么，而且还说到他的一些优点，但最终总是回到假牙上来。世上有些人就是十分古怪，甚至死亡也会使他们变得可笑。死得越可怕他们就越显得滑稽可笑。想把他们的死亡看得严肃一点儿也没有用——你想要在他们的死中找出什么可悲因素，你就得撒谎，就得伪善。由于无须摆出假惺惺的姿态，所以我们可以纵情为这件事放声大笑。我们笑了整整一夜，其间还发泄了对楼上那帮家伙的蔑视和厌恶。这帮蠢货显然是在劝自己相信佩克奥弗是个好人，他的死是一场灾难。我们又忆起了各种趣闻轶事——他漏掉了分号，为此他们大喊大叫，吓得他尿裤子。他们用该死的小小分号和分数弄得他坐卧不宁，他常常把它们搞错。有一回他来上班时口中有股酒气，他们甚至还要开除他。他们瞧不起他，因为他总是可怜巴巴的，有湿疹，有头皮。在他们看来，他只是一个小人物。现在他死了，他们全都起劲地凑钱给他买了一只巨大的花圈，还要把他的名字用大号字登在报上的讣告栏中。凡是会使他们自己略受一点非难的事他们都干，只要能做到，他们情愿把他描绘成一个大人物。不幸的是，他们替佩克奥弗编不出什么来。他是一个零，甚至死亡也无法在他的名字上添上什么。

乔说，"这件事只有一个好处，你可以接替他的工作了。如果你走运，说不定也会从电梯里掉下去摔断脖子。我们会给你买一个很不错的花圈的，我向你保证。"

天快亮时我们坐在多姆饭店的露天咖啡座上，早已把可怜的佩克奥弗忘得干干净净。我们在"黑人"舞厅里乐了一下，乔的思想又回到那个永恒不变的消遣上来了——女人。到了这个时辰他的一夜休息时间已快结束，他的烦躁不安也达到了狂热程度。他想到今夜早些时候放过去的女人和那些一叫就来、关系稳定的情侣，可惜他对她们已感到厌烦了。这也不可避免地使他想起他的格鲁吉亚女人——最近她一直在追逐他，乞求他收容她，至少直到她找到工作。他说，"我不在乎偶尔请她吃一顿，可我不能长期供养着她……她会把别的女人都赶走的。"这个女人最使他不快的是身上瘦的一点肉也没有。他说，"就像抱着一具骷髅上床一样。那天夜里我出于同情收留了她。

你知道这个发疯的婊子替自己干了什么？她把那个地方全刮光了……上面一点儿毛也没剩下。叫人反感，是吗？也挺好玩的，像是疯了。它不再像女人的下体了，倒像一只死蛤或是别的什么。"他向我描述好奇心激发起来后他如何下床去找手电筒。"我叫她叉开两条腿，把手电照在上面。当时你若看到我就好了……真是好玩极了。它叫我激动起来，竟把她全忘了。我一辈子从来没有这样认真地看过一个女人的下体，你会以为我从前从来没有看过。我越看越觉得没劲，它只是告诉你那儿没有什么，尤其是剃过以后，是毛使它变得神秘起来了。这就是为什么一座雕像打动不了你的原因，只有一次我在一座雕像上看到过一个真正的女人下体——那是罗丹的作品。以后你也该看看……她的腿叉得很开……我记得这个雕像没有脑袋，你可以说只有一个下体。老天，看起来可怕极了，问题在于她们全都是一模一样。她们穿着衣服时你看到她们会产生各种想法，你会给予她们一种个性，而她们当然是没有个性的，不过只是两条大腿之间有一道缝而已。你会生它的气，甚至不愿再看它一眼。这是一场幻觉，你为虚无缥缈的东西发脾气……为一道长毛的缝或一道没有毛的缝发脾气，这是没有丝毫意义的，所以它吸引我去看，我仔细看它，准看了十分钟或是更长时间。你这样以超然的态度看着它，脑子里便会产生一些古怪的念头。性本来是十分神秘的，接着你发现这也没有什么——只是一个空洞而已。如果你发现里面有一支口琴不会觉得好玩吗？或是一本日历？可是里面什么也没有……什么也没有。它令人厌恶。它差一点儿叫我发疯……喂，你知道我后来做了什么？我同她很快睡了一次便转过身去背对着她，对了，我拿起一本书看。你可以从书中学到点儿什么，即使是一本坏书……可是一个女人，那根本就是浪费时间

范诺登正要结束这篇高谈阔论，正巧有一个妓女在向我们抛媚眼。他连一刻都没有踌躇便突然对我说，"你愿意跟她亲热一下吗？花不了多少钱……叫她接待咱俩。"不等我答话，他便摇摇晃晃地站起来朝她走过去。过了几分钟他回来了。"全说妥了。"他说，"喝光你的啤酒。她饿了，这时候又没有什么事情好做……要十五个法郎，咱俩她都接。到我的房间里去……这样省钱。"

去旅馆的路上这个姑娘冻得浑身发抖，我们只好停下来给她买了杯咖啡。她倒是个挺温柔的小姑娘，看上去也挺漂亮。显然她早就认识范诺登，也明白不能指望从范诺登那儿得到什么，除了这十五法郎。"你一文钱也没有。"他压低嗓门喃喃道。我衣袋里的确连一个生丁也没有，所以我不大明白他这样说目的何在。后来他嚷开了，这时我才明白。"看在基督的份上，记住，我们没有钱。待会儿咱们上了楼你可别心软，她会向你再额外讨一点儿的——我了解这婊子！本来花十个法郎也能把她弄到手的，

若是我想这样做的话。把她们惯坏了那可是没有什么好处……"

"这个人很坏。"姑娘用法语对我说，她懵懵懂懂地猜出了范诺登用英语讲的话的大意。

"不，他不坏，他很可爱。"

她摇摇头大笑道，"我很了解他这种人。"接着她开始讲述她的一段倒霉的经历，住院费、拖欠的房租，还有寄放在乡下的婴儿。不过她的表演并不很过分，她也明白我们对此充耳不闻，不过她心里很不好受，像是搁着一块石头，所以也就顾不上想别的事儿了。她并不是要设法求得我们的怜悯，只是要把压在心里的重负从一个地方移到另一个地方而已。我相当喜欢她，但愿老天保佑她没有性病……

到了屋里，她机械地替自己做准备工作。蹲在洗下身的盆上时她还问，"一点儿面包都没有吗？"范诺登听到这话就乐了，"来，喝一口。"说着他便把一只酒瓶推过去，可她抱怨道，她什么都不想喝。肚子早饿瘪了。

"这是她惯用的伎俩，"范诺登道。"不要被她所打动，又是老一套。但愿她说点儿别的，搞到一个饥肠辘辘的婊子，你又怎么能唤得起激情来？"

对极了！我俩都没有一点激情。至于这个姑娘，希望她表现出一丝一毫的激情犹如指望她拿出一条宝石项链一样不切实际。不过这儿是那十五法郎，总得想个法子把它花了才是。正像打仗一样，战况一吃紧人人都只想着和平，想着快点儿渡过难关，可是谁也没有勇气放下武器说，"我受够了……不干了。"不行，还有十五法郎，谁也不再在乎这点儿钱，到头来谁也得不到它。可是，这十五法郎正像各种事情的原始动力一般，一个人总是屈从于他周围的环境，而不是听他自个儿高谈阔论或是干脆抛弃这个原始动力。这个人不断地杀人、杀人，越是感到懦弱就越要表现出英勇无畏的气概，直到某一天战争结束了，所有的大炮一下子寂静下来，担架兵抬起缺胳膊少腿、血流如注的勇士们，把勋章挂在他们胸前。这时候他便可用余生去思索那十五法郎了。他失去了双眼，也许是双臂，也许是两条腿，然而他也得到了慰藉，从此可以在冥冥苦想那早已被人忘却的十五法郎中安度余生了。

这件事真是同打仗没什么不同，我简直摆脱不了这种想法。姑娘想给我注入一点激情，这种纠缠人的方式不禁使我想到，假如我犯傻钻进这样一个圈套里，被人拖上前线，我准是一个糟糕透顶的士兵。就我自己而论，我明白我会放弃一切，包括荣誉，只要能从这个烂摊子上逃脱出来。我无心干这种事，这就是我的全部想法。可这女人早已拿定主意要赚这十五法郎，即使我不愿为此拼命她也要逼我去拼。不过，若是一个男人没有去拼命的勇气，谁也无法给他这个胆量。我们当中有些人这么懦弱，谁也

无法叫他们成为勇士，哪怕把他们吓死了也于事无补。也许是我们懂得太多了，有些人并不是生活在此时此刻，他们或生活在刚刚逝去的过去，或生活在尚未到来的不久的将来。我的脑子里始终想着要订立一个和约拉倒，我忘不了都是这十五法郎惹出来的麻烦。十五法郎！十五法郎对我意味着什么？何况这十五法郎还不是我的。

看来范诺登对待此事的态度倒是没什么异样。他不在乎十五法郎这笔小钱，是此刻的情景本身激发了他的兴致。在这类事情上需要显示勇气，因为这关系到他的男子汉气概。不论我们成功与否，十五法郎算是扔掉了。或许除男子汉气概外还有别的什么也是不可缺少的，这就是意志吧！这一回我们又像战壕里的士兵了，他压根儿不明白自己为什么还活着，如果他现在躲过去，以后反正还会挨一枪的，然而他并不躲避，一如往日地作战。纵使在灵魂深处，他像一只蟑螂一样胆小，而且自个儿也承认胆小，他仍会杀人，不断地杀人。只要给他一支枪、一把刀，或者干脆叫他赤手空拳好了，他宁愿杀掉一百万人也不愿住手问问自己为什么要这样干。

我望着范诺登对付这姑娘，只觉得自己是在看一部齿轮已脱开的机器。把这些齿轮丢下别管，它们就会永远这样摆着，摩擦、滑脱，永远持续下去，直到有一只手关上电动机。他俩毫无半点激情得像一对山羊一样交媾，什么也不为，就为了那十五法郎在一块儿磨来蹭去，这幅情景弄得我很倒胃口，最后只剩下一点儿那种动物般的好奇心了。那姑娘躺在床边上，范诺登俯在她身上，两脚牢牢地踩在地板上，真像一条色狼。我呢，就坐在他身后的一把椅子上，以一种冷静的科学态度矜持地看着他们扭来扭去，即使这情景一直延续下去我也不在乎。这正如看着一部疯狂的机器把报纸不断地抛出来，几百万张，几十亿张，几十兆张，上面的标题全是扯淡。尽管机器也疯了，看它反倒比看人和人搞的这种把戏更来劲儿，更叫人着迷。我对范诺登和这姑娘的兴趣等于零。若能就这样坐着看此刻正在进行的、世界上的每一场这种表演，我的兴趣恐怕会比零还低。我无法区别这事儿同下雨或火山爆发究竟有何不同。只要仍缺乏激情，这场表演便没有人味儿。看着那部机器也比看他们强，他们正像一部齿轮脱开的机器，需要有一只手碰碰它，把它弄好。它需要一个修理工。

我在范诺登身后跪下，更加留神地检验这部机器。姑娘把脑袋偏向一侧，绝望地瞧了我一眼说，"没有用，不行了。"听到这话，范诺登又鼓足劲儿干起来，活像一头老公羊。他就是这么一个固执的怪物，宁肯折断了犄角也不肯停住。现在我又在他屁股上搔痒，更使他恼羞成怒。

"看在上帝份上，乔，住手吧！她会被弄死的。"

"别打搅我，"他咕噜道。"刚才我差点儿……就插进去了。"

他这会儿的姿势和说话时那种武断的态度又一次突然叫我回忆起了从前做过的那场梦，只是这一回他走路时大大咧咧夹在腋下的那根扫帚把永远不见了。如今发生的事情是那场梦的继续——还是同一个范诺登，不过没有了那个原始动力。他像打完仗归来的英雄，一个可怜的残疾人，在梦幻中的现实里生活。无论在哪儿他往下一坐椅子便散了；无论他走进哪一扇门那个房间都是空的；无论他吃什么嘴里都留下一股不太妙的味道。每一件事情都跟以前一样，环境未变，梦与现实并没有多大区别。只是，在睡觉和醒来这段时间之内他的躯体被人盗走了。他像一部抛出报纸的印刷机，每天抛出上百万、上亿张报纸，头一版上永远都是灾难，尽是暴乱、凶杀、爆炸和撞车事故，但是他却全然无动于衷。如果没有人关上开关他绝不会明白死是怎么回事，假如自己的身体被人盗走了你就不会死了。你可以哄骗一个女人，可以像一头公山羊一样没命地干下去，永远干下去。你也可以投身于战壕中，让炮火炸个粉身碎骨，但是如果没有一只人手的参与什么也造不出这激情的火花。总得有人把手伸进机器里去，把机器把手扳下来——若要叫齿轮重新啮合的话。这个人要在不指望得到酬劳的前提下去这样做，他不能总惦记着那十五法郎。这个人的胸脯不能厚，一枚勋章就会叫他变成驼背。这个人还得给快饿死的女人吃一顿，而不必害怕吃的东西又被吐出来。否则这场戏便会无休止地演下去，没有一条走出歧途的道路……

　　舔老板的屁股舔了整整一个星期后我设法弄到了佩克奥弗的工作，在这儿就得这样干。这可怜虫果然死了，是掉在电梯下过了几个小时后死的。正如我所预见的，他们替他举行了隆重的丧礼，庄严的弥撒，巨大的花圈，一切应有尽有，应有尽有。仪式结束后楼上的家伙们在一家酒吧里尽情吃喝了一顿，遗憾的是佩克奥弗无法再吃一点儿了——能同楼上的人坐在一起。又不断听到别人提起他的名字，他一定会感激不尽的。

　　一开始就应该说明没有什么好抱怨的。这就像置身于一个疯人院里，得到允许可以从此手淫一辈子。全世界都摆在我的鼻子底下，要我做的只是安排好发生灾祸的时间。楼上那帮圆滑的家伙事事都要插手，没有一件欢乐的、悲痛的事能逃过他们的注意。他们活在生活的严酷事实之中，也就是人们称之为"现实"的东西之中。这是沼泽地里的现实，他们就是除了呱呱叫之外无事可做的青蛙，他们叫得越厉害，生活就越显得真实。律师、牧师、医生、政客、新闻记者——这些人是把手放在世界的脉搏上的江湖郎中。持续的灾难气氛，太棒了，晴雨计仿佛永远不动，旗子仿佛永远只升起了一半。人们现在可以明白天堂的理想如何独占了人类的意识，如果在所有精神支柱都被从下面击倒后仍越来越为人们所接受。除了这片沼泽外一定还有一个世界，那儿的一切都弄得一团糟，很难设想这个人类朝思暮想的天堂是怎样的。很明显这是一个青蛙的天堂，瘴气、泡沫、睡莲和不流动的水，坐在一片没有人烦扰的睡莲叶子上呱呱叫上一整天——我设想天堂也不过如此吧！

我校对的这些大灾难对我产生了一种神奇的治疗效果。想一想一种完全免疫的身体状态！一种令人陶醉的人生！一种处在毒菌中间而又绝对安全的生活！任何东西都奈何我不得，地震、爆炸、动乱、饥馑、撞车、战争和革命都触动不了我。我注射的预防针可以预防每一种疾病、每一种灾难、每一种悲哀和不幸。这是坚毅的一生的顶点，坐在我的小小壁龛里，全世界每天散发出的各种毒药从我手中流过，却连我的一个指甲盖也玷污不了。我是绝对免疫的，我甚至比一个实验室工作人员的境况还好些，因为这儿没有不好的气味，只有铅燃烧的味儿。地球可以爆炸掉，我仍要呆在这儿添上一个逗点或分号。我甚至可以多干一会儿，因为遇到这样一个大事变非得在最后多干一点儿。当世界爆炸了，最后一份报纸也送去付印了，校对们将轻轻收拾起所有逗点、分号、连字符、星号、方括弧、圆括弧、句点、感叹号等，把它们装进编辑椅子上方的一个小匣子里。一切安排就绪。

我的伙伴们似乎没有一个理解我为什么会如此踌躇满志，他们一天到晚发牢骚，他们有野心，想显示自己了不起，要发泄怒气。一个好校对却没有野心、不骄傲、不发脾气。好的校对有点像上帝，他也在世界上，可又不属于它。他只在星期日露面，星期日便是他的休息日，到了星期日他从宝座上走下来叫忠于他的人看看他的屁股。他每星期聆听一次世上每个人的悲哀和不幸，这就足够让自己在其余几天内咀嚼了。这几天里他仍滞留在冬天被冰封住的沼泽里，成为一个完善的人，一个完全纯洁的人，只有一个种过牛痘的疤痕将他与广袤的无限空间区分开。

对于一个校对，最大的不幸莫过于丢掉工作的威胁。休息时我们聚在一起，叫我们从头凉到脚的问题便是：如果失掉工作你怎么办？围场里的人的职责是清扫马粪，他最大的恐惧莫过于世界上可能会没有了马。告诉他把一生花在铲热马粪上是令人恶心的则是在干蠢事，如果一个人的生计要指望马粪，如果马粪涉及他的幸福，他是会爱上马粪的。

如果我还是一个有自尊心、有荣誉感、有抱负的汉子，那么这种生活无疑是跌到了堕落的底层。可是我欢迎这种生活，犹如一个重病人迎接死亡的到来。这是一种消极的现实，同死亡一样，这是一个没有死亡的痛苦、没有死亡的恐怖的天堂。在这个地下世界里唯一一件要紧的事是正确拼词和添标点符号，报上有何种灾祸都无关紧要，要紧的只是词儿拼写的正确与否。每一件新闻都同等重要，不论是晚礼服的最新款式

还是一只新战舰、一场瘟疫、一次大爆炸、一项天文学新发现、河堤决口、列车颠覆、炒卖股票、毫无希望的赛马赌注、处决、拦路抢劫、暗杀等诸如此类的事情。什么也逃脱不过校对者的眼睛，可是什么也穿不透他的防弹背心。希尔夫人（从前的埃斯特乌小姐）给印度人阿格哈·米尔写信，说她对他的工作甚为满意。"我于六月六日结婚，谢谢你。我们很幸福，我希望在你的神力庇护下我们会永远很幸福的。我电汇给你……钱……这是奖赏你的……"这个印度人是算命的，他能准确而又神秘地察觉你在想什么。他会劝导你，帮你摆脱所有烦恼和各种不遂意的事情，"请往巴黎麦克马洪大道二十号打电话或写信。"

他猜你在想什么真是猜得棒极了！按我的理解这是说他没有一回猜错，从最琐碎的到最无耻的念头。这个印度人一定很有人闲。或者是，他只集中精力去猜那些给他汇钱的人的思想。在同一版上我还看到一条标题宣布"宇宙扩展太快，甚有可能爆炸"，标题底下的照片上是一个头痛欲裂的脑袋瓜，再下来是一篇关于珍珠的谈话，署名是特克拉。他告诉大家，牡蛎可生产两种珍珠，"野生的"或东方珠和"养"珠。同一天在特里尔城大教堂里，德国人在展览基督的外衣，这是四十二年里首次把它从樟脑丸中取出，不过没有提到裤子和背心。还是同一天在奥地利萨尔茨堡，两只老鼠出生在一个人的胃里，信不信由你。一个有名的女电影演员两条腿搭在一起的照片登了出来：她正在英国海德公园里休息。下面是一个著名的画家说，"我承认柯立芝太太有魅力，有个性，即使她丈夫不是总统她也能成为十二位最有名望的美国人之一。"从采访维也纳的亨姆霍尔先生的一篇访问记中我读到……亨姆霍尔先生说，"在结束之前我想说，无可挑剔的剪裁和试穿仍是不够的，好裁缝的手艺只有穿着合适才算。一套衣服必须贴身，可是穿衣人行走或坐下时还要保持线条。"无论何时煤矿——一个英国煤矿里发生爆炸，请注意，国王和王后准会立即拍来电报表示哀悼。他们还经常去看重要的赛马，据这篇报道说，尽管那天的比赛是在德比举行的他们也去了。我相信这番记述，"下起了大雨，使国王和王后吃了一惊。"更令人心碎的还是这样的消息："据称，在意大利那些迫害活动不是针对教会的，然而它们被用来反对教会的某些最敏感的机构。据称，它们并不反对教皇，只反对教皇的心脏和眼睛。"

我得走遍全世界才找得到这样一个舒服、适意的职位，这几乎难以置信。在美国，人们往你屁股底下塞爆竹来给你打气，当时我怎么能预料到自己这种气质的人的最理想职位竟是去寻找拼写错误？在那边你一心只想着有朝一日要当美国总统，可能每个人都是做总统的材料。这儿却有所不同，这儿每个人都只能是一个零蛋，如果你成了名人也是出于侥幸，是一个奇迹。在这儿你能离开你出生的村庄的可能性只有千分之

一，你的腿被枪打断或眼珠被打出来的机会却是一千比一。除非发生奇迹你才会成为将军或海军少将。

可正是因为机会对你不利，正因为没有多大希望，这儿的生活才可爱。过一天算一天。没有昨天，也没有明天，晴雨表永远不变，旗子始终半升半降。你在胳膊上系一块黑纱，在纽扣孔里别一段丝带。如果你有幸买得起，还可以替自己买一副特轻人造假肢，最好是铝的，它不妨碍你喝开胃酒、上动物园去看动物或是同时刻准备扑向一块新鲜的臭肉、沿着林荫道飞来飞去的兀鹰嬉戏。时光在流逝。如果你不是本地人而且一应证件一件不缺，你尽可以接触传染源而不必担心感染。如果有可能，弄一份校对员的工作更好。这样，一切都妥了。就是说，假如你凌晨三点往家走时碰巧被骑自行车的警察拦住，你可以朝他们噼噼啪啪地捻手指。早上市场上最忙乱时你可以买比利时鸡蛋，五十生丁一只。校对员通常不睡到中午不起床，甚至更晚。挑一家紧挨着电影院的旅馆就好了，因为你若容易睡过头，日场电影的开映铃声会唤醒你。如果找不到一家紧挨电影院的旅馆，挑一家靠近墓地的也行，结果也是一样的。重要的是，永远别泄气。永远别泄气。

这也是我每天晚上试图向卡尔和范诺登耳朵里灌输的，这是一个没有希望的世界，不过用不着泄气。我仿佛皈依了一种新的宗教，仿佛每天夜里都向圣母玛丽亚做一次一年一度、连续九天的祈祷。我想象不出如果自己当了报纸的编辑或美国总统又能得到什么好处，我处在一条死胡同里，这儿既自在又舒服。手里拿着一份报，我听着身边的乐声、嗡嗡的人说话声、排字机的叮当声，像是有一千只银手镯在通过衣物绞干机。不时有一只老鼠从我们脚下跑过，一只蟑螂从我们面前的墙上爬下来，细嫩的腿灵巧地小心移动着。白天的事件从你鼻子底下滑过，轻轻地、不引人注目，你不时地会遇到一个署名使你想到一只人手、一种自我主义以及这人的虚荣心。它们安详地滑过去，像送葬队列走进公墓大门时那样。用作抄写的桌子底下铺了厚厚的一层纸，一踩上去有点像踏在有一层软毛的地毯上。范诺登桌下到处洒着褐色的汤汁。十一点左右卖花生的小贩来了，他是一个智力有缺陷的美国人，他对自己的命运也挺满意。

我不时收到莫娜的电报说她将坐下一条船来，上面总是千篇一律地说，"信随后就到。"这种情况延续了九个月，可我从来没有从乘船来的旅客名单上看到她的名字，仆人也从未用银盘子托着一封信拿给我，我也就再不指望发生这种事情了。如果她真的来了，她可以在楼下找我，就在厕所后面。也许她会立即告诉我这里不卫生，一个美国女人对欧洲的第一观感便是不卫生。如果没有现代化抽水马桶她们就无法想象这儿是一个天堂；如果发现一只臭虫她们就要马上给商会写信。我怎么启齿向她解释我在这儿很满意？她一定会说我已经堕落了，她这一套我很清楚，她想找一间带花园的工作室，当然还得有浴盆。她要穷得浪漫，我了解她。不过这一回我都替她预备好了。

有些天太阳出来了，我走下那条被人来回踏了许多遍的小径，一边如饥似渴地思念着她。尽管这种严酷的生活也令人满意，我仍不时会渴望过另一种方式的生活，会臆想如果身边有个年轻活泼的女人将会发生什么变化。麻烦的是我几乎已不记得她的模样了，也记不得搂着她时是什么感觉。过去的一切似乎都已沉入大海，我虽还有记忆力，不过眼前的形象已失去生气，它们好像死去了、散乱了，像插在泥沼上久经岁月侵蚀的木乃伊。若试图回忆我在纽约的生活，我想起的只是几个支离破碎的片段，这些片段极可怕，上面还蒙着铜锈。我的整个生命似乎已在某个地方终止了，可是我说不上确切在哪儿。我已不再是美国人、纽约人，更不是欧洲人、巴黎人。我不忠于什么人，没有责任、没有仇恨、没有忧虑、没有偏见、没有激情。我既不支持也不反对什么，我保持中立。

在我们三个人夜里回家的路上，一阵恶心过后我们常常开始谈论一些事情的状况，那种热心劲儿只有不积极参与生活的人才表现得出。有时我爬上床时感到奇怪的是这种热情的产生只是为了消磨时光，为了打发从办公室徒步走到蒙帕纳斯所需的这四十五分钟。也许我们有改进这个或那个的最机智、最实际的主意，可是却没有把这些主意拉到需要它们的地点去。更奇怪的是主意与生存之间毫无关系并不使我们痛苦或不快，我们已经十分适应了。假如明天有人吩咐我们用手走路，我们也会毫无怨言地照办。当然，条件是报纸照样印，我们定期领薪水。其他的都没有关系，什么都没有关系。我们已经东方化了，已经成了苦力，白领苦力，每天一捧米就堵住了我们的嘴。那天我读到，美国人脑袋的一个特点是在枕骨部有一块缝间骨，或者叫顶间骨。横向枕骨骨缝常在这块骨头上出现，据这位著名学者后来说，这是由于胎儿期的挤压造成的。这是抑止发育的迹象，表明这是一个低劣的人种。他继续写道，"美国人的头颅的平均脑容量比白种人低，但高于黑种人。不分性别，如今的巴黎人的脑容量是 1448 立方厘米，黑人是 1344 立方厘米，美国印第安人是 1376 立方厘米。"从这一大堆话中我推理不出什么来，因为我是美国人，却又不是印第安人。可是这样解释这些事情，例如，根据一块骨头、一块顶间骨未免有些狡辩。他也承认个别印第安人的脑子达到了罕见的 1920 立方厘米，这样大的脑容量是其他人种都不曾超过的，但是这个事实也丝毫没有动摇他的理论。我满意地读到无论男女，巴黎人的脑容量都正常，显然他们的横向枕骨骨缝不那么执拗。他们懂得如何消受一杯开胃酒，也不为房子尚未油漆而焦虑不安。就脑颅的数据看他们的脑袋并没有特殊之处。他们把生活的艺术发展到了十全十美的境地，这一定是基于其他一些原因。

在路那边保罗先生开的小咖啡店里，我们可以在为记者保留的一间里屋里赊账吃饭。这是一个令人愉快的小房间，地板上洒着锯末，苍蝇随着季节的改换飞来飞去。我是说这是专为记者保留的房间，可我并不是指我们单独吃饭。迥然不同的是，这是说我们有幸结交妓女和拉皮条的，他们在保罗先生的常客中占了一大部分。这样的局面正中楼上那些家伙的下怀，因为他们总在注意寻找性感女人，就连那些有一个牢靠的法国小姑娘的人也不反对不时变换一下口味。要紧的是别染上花柳病，有时好像一场时疫横扫了整个办公室，也许这也可以解释为他们全都跟同一个女人睡了觉。不管怎么说，看到他们不得不坐在一个皮条客旁边时那副愁眉苦脸的样子真叫人痛快。尽管一个拉皮条的也有一些职业上的小小困难，相比之下他们却过着奢侈的生活。

这会儿我特别想起了一个高大的金发男人，他骑着脚踏车送《哈瓦斯信使报》。他吃饭时总是迟到一会儿，总是汗流浃背，脸上涂满了污垢。进门时他是迈着优雅、可笑的步子，他举起两根手指向每个人致敬，然后匆匆忙忙走到厕所和厨房之间的污水槽边去。擦脸时他迅速查看一下吃的东西，若看见案板上有一块烧好的牛排便捡起来闻一闻，要不就把勺子伸进大锅里尝一口汤。他像一头警犬，鼻子始终贴在地上。撒完了尿，擤完了鼻涕，准备工作算是做完了，这时他便大大咧咧地朝他的姑娘走来，"吱"地狠狠亲她一下，同时还爱抚似的拍拍她的屁股。我从未见过这个姑娘有过不干净整洁的时候——甚至在早晨三点钟工作了一夜后她也很整洁，真像刚刚从土耳其浴室的浴盆里爬出来的。看到这两个体魄健壮的野人，看到他们那么安详，那么相爱，胃口又是那么好，这倒也令人愉快。我现在将要提及的是晚饭，是她去干活前吃的一点点零食。过一会儿她就得告别她的大块头金发野人，到林荫道上某个地方去啜餐后酒。即使这个差事使人厌烦、累人，她当然也不会流露出来。大块头的家伙来了，饿得像一只狼，她便搂抱住他，急不可耐地亲他，亲他的眼睛、鼻子、脸、头发、颈后……她也会吻他的屁股，若是这事儿能当着众人的面干。显然她对他感恩戴德，并不是为了得一份工钱才跟他厮混的。吃饭时她笑得前仰后合，一直笑到吃完饭，你简直会相信她无牵无挂，无忧无虑。有时作为爱的一种表达方式她扇他的耳光，又清脆又响亮，这一掌若掴在一个校对员脸上准会把他打得晕头转向。

他俩似乎根本没有察觉到周围的一切，除了他们自己和大口大口吞进肚里的食物。他们这么踌躇满志，这么和谐，这么彼此互相理解，范诺登疯了一样死死盯着他们看，她把手伸进大块头的裤裆里，大块头做出反应抓住她的乳头玩笑似的捏——这是使范诺登最着迷的一幕。

另外一对男女通常也在这个时间到来，他们的举动像结了婚的夫妻。他们吵架，把家丑当着众人面抖搂出来，给自己也给别人造成不快，在威胁、诅咒、训斥和苛责之后又和好了，搂在一起接吻，情意绵绵，真像两只斑鸠。这个被男人称作卢西恩的女人是个长一头白金色头发的大胖子，表情残忍、严肃。一发起脾气来她便恶狠狠地咬住厚厚的下唇，她的眼睛很冷酷、很小，有点儿呈黯淡的灰蓝色，一盯上男人就盯得他直流汗。不过这位卢西恩是个好女人，尽管这场口角开始时她摆出一副兀鹰的架势。她包里总是装着钱，付钱时小心谨慎也只是因为不想纵容男人的坏习惯。如果你把卢西恩滔滔不绝的斥责当真，她男人便是一个意志力薄弱的人，等她时他会一晚上花光五十法郎。侍女来问他吃什么，他却没有胃口了。卢西恩吼道，"哼，你又不饿了！我想你是在蒙马特尔街等我呢。但愿你在我替你当牛做马时玩得愉快。说，笨蛋，到哪儿去了？"

当她这样发火而且气得要命的时候，他只是胆怯地望着她，似乎认为保持缄默是最好的方法，他随即低下头去玩弄自己的餐巾。然而这个小举动更使卢西恩怒不可遏，她很熟悉这个动作，心里当然也暗暗在高兴，因为她现在可以确信他有过失了。"说呀，笨蛋！"她尖叫道。于是他以尖细怯懦的声音悲哀地解释说，等她时他饿极了，只是站下吃了一个三明治，喝了一杯啤酒。他愁眉苦脸地说，这已足以败坏他的胃口了，不过现在使他忧心的显然不是吃的，他试图以更有说服力的调子不假思索地说，"不过我一直都在等你。"

"撒谎！"卢西恩叫道，"骗子！哼，幸亏我也是个骗子……一个高明的骗子。你的小谎言叫我恶心。你怎么不编一个大谎？"

他又垂下头去心不在焉地捡起几块碎屑放进嘴里，她在他手上打了一把，"别这样！你叫我心烦。你是这么一个笨蛋。骗子！你等着，我还要跟你算账的。我也是个骗子，不过可不是笨蛋。"

过了没多久他们便又紧靠着坐在一起了，手挽着手，卢西恩低声耳语道，"啊，我的小兔子，现在真跟你难舍难分了。来，吻吻我！你今晚干什么？说实话，我的小东西……对不起，我的脾气真坏。"他轻轻吻吻她，正像一只长着粉红色长耳朵的兔子，他轻轻碰碰卢西恩的嘴唇，像是在啃一块卷心菜叶。与此同时他明亮的圆眼睛贪婪地盯上了放在她身边长椅上的钱包，他只是在等待机会大大方方从她身边溜走，他巴不得快走，快坐到蒙马特尔街上一个安静的咖啡馆里去。

我认识这个长着一双兔子似的圆而胆怯的眼睛的天真无邪的小鬼，也知道钉着铜牌子、卖避孕套的蒙马特尔街是一条多么声名狼藉的街道，那儿灯光彻夜通明，性像

阴沟一样充斥着整条大街。从拉斐特街步行走到这条林荫道上犹如受夹笞刑一样，她们无休止地缠着你，像蚂蚁一样咬住你，她们哄、骗、勾引、哀求、乞求，她们用德语、英语、西班牙语试着跟你攀谈，她们给你看她们破碎的心和走乏了的双脚。你嗅得到厕所里的香味，即使你早已把触手砍掉，即使那嘶嘶哧哧的声音早已消逝——这是"舞蹈香水"的气味，只保证在二十厘米距离以内有效。一个人可以在从这条林荫道到拉斐特街这一段短短的路上花费完一生的光阴，每一间酒吧里都很活跃、热闹，骰子都灌上了铅，收款员像鹰一样蹲在高凳子上，他们经手的钱有一股人身上的臭味。法国银行里也找不到这儿流通的这种充满血腥味的钱，这钱被人的汗水浸得发亮，它像森林火把一样从一只手传到另一只手里，留下烟和臭味。谁若能在夜间步行走过蒙马特尔街而又不气喘、不出汗，不祷告也不骂娘，他一定是一个没有睾丸的男人。如果有，也应该把他阉掉。

假如这个胆小的兔子在等他的卢西恩时真的一晚上花掉了五十法郎呢？他真的饿了买了一块三明治和一杯啤酒，还是忍不住停下跟别人的婊子聊了一会儿？你认为他应该厌倦这种夜复一夜的老一套生活？你认为这种生活应该给他造成负担、压垮他、烦死他？但愿你并不认为一个皮条客不是人，别忘了，一个拉皮条的也有自己的悲哀和不幸。也许他最乐意做的事情莫过于每天晚上站在角落里，牵着两条白狗，看它们撒尿。或许他喜欢一开门便看到卢西恩在家里看《巴黎晚报》，已经困得眼皮有点儿沉重了。或许一俯在卢西恩身上便闻到另一个男人的气息会使他不那么快活。也许，只有三个法郎和一对在墙角里撒尿的狗也比去亲那破了的嘴唇好些。我跟你打赌，当她把他紧紧搂住、当她乞求得到那个只有他才知道如何发送的那一小兜爱时，他便像一千个魔鬼一样拼命干，好把从她两腿间穿过的那个团队消灭光。也许他占有她的身体、练习一首新曲子时并不全是出于激情和好奇心，而是在黑暗中搏斗，独自一人抗击冲破城门的大军——踩她、践踏她的大军，这支大军使她如此贪婪，连瓦伦提诺也难以满足她的强烈欲望。每当我听到对卢西恩这样一个姑娘的责难，每当我听到她受到诋毁或轻视，因为她冷酷和唯利是图，因为她太呆板、太匆忙、太这个、太那个，我就对自己说，得了，你这家伙，别这么性急！记住你在这列队伍的最后，记住整整一个军包围了她，她已被糟蹋坏了、抢光了。我对自己说，你这家伙，别因为知道替她拉客的人正在蒙马特尔街乱花这五十法郎就舍不得你给她的这笔钱，钱是她的，拉皮条的人也是她的。这是血汗钱，这是永远不会退出流通的钱，因为法国银行中还没有可以取代它的钱。

坐在我的小位子上摆弄《哈瓦斯信使报》或解译芝加哥、伦敦和蒙特利尔来的电报时，我便常常会这样想。在橡胶和丝绸市场与温尼伯的谷物之间不时传来蒙马特尔街上微弱的嘶嘶咻咻声，当证券疲软、关键经济部门受挫、有翅动物兴奋不已；当谷物市场不景气、公牛开始哞哞叫；当每一个见鬼的灾祸、每一个广告、每一则体育消息和时装评述、每一条船的抵达、每一个旅行见闻讲座、每一段闲话的开场白都标上了标点符号，都校订了，加上了标题并通过戴银手镯的手交出去；当我听到第一版被人用锤子毁了，看到青蛙如同喝醉酒的爆竹一样乱蹦乱跳——每每在这些时刻我便想起卢西恩展翅飞过林荫道，像一只巨大的银白色兀鹰悬在缓慢移动的车流上。这是一只从安第斯山顶上飞来的怪鸟，肚皮是白玫瑰色的，身上有一个坚硬的瘤子。有时我独自步行回家，便跟着她穿过漆黑的街道，穿过卢浮宫广场、艺术桥、拱廊、出口、裂缝、梦幻状态、病态的一片惨白、卢森堡的羽管、缠绕在一起的树枝、鼾声和呻吟声、绿色的板条、乱弹琴时发出的叮当声、星星的光、闪光的星、防波堤以及卢西恩的翅膀尖掠过的带蓝白条纹的帆布篷。

即将破晓时路灯蓝光下的花生皮显得苍白、皱在一起，蒙帕纳斯沿岸的荷花弯了，折断了。退潮时污泥中只剩下几个有梅毒的美人鱼搁浅在那儿，多姆饭店像遭到暴风袭击过的射击场。一切都慢慢滴回阴沟里去，死一般的寂静持续了大约一个钟头，在此期间呕吐物被擦净了。突然树木尖叫起来，一支疯狂的歌响彻林荫道两端，像是宣布交易中止的信号。原有的希望被扫荡殆尽，撒最后一泡尿的时辰已到，白天像麻风病人一样偷偷溜进来……

上夜班时必须留意的一件事是别打乱你的作息时间，假如小鸟开始叫你还没有上床，再上床也就完全无济于事了。这天早上我无事可做，便去参观了植物园。来自查普特佩克的漂亮鹈鹕和开了屏的孔雀用傻乎乎的眼光望着你。突然，下起雨来了。

坐公共汽车回蒙帕纳斯去的路上我注意到对面坐着一个小小的法国女人，她僵直地坐着，似乎还为自己感到骄傲。她只坐了一个椅子边，似乎怕把自己丰满的屁股压坏了。我在想，如果她摇摇身子，从她屁股那儿突然窜出一只大开屏的光艳孔雀尾巴就太妙了。

在阿维尼咖啡馆停下吃东西时，一个大肚子女人企图吸引我对她的状况的兴趣，她希望我跟她到一个房间里去渡过上一两个钟头。这是头一次遇到一个怀孕女人提出要跟我睡，我差点儿就想试试了。她说孩子一生下来就交给政府，她就可以重操旧业了，她是制帽子的。看出我的兴趣越来越小，她便拿起我的手放到她肚子上。我感觉到肚子里有东西在蠕动，便兴趣全无了。

我从来没有见过哪个地方像巴黎这样能满足各种不同的性要求了。一个女人一失

去一颗门牙、一只眼睛或一条腿便马上去当婊子。在美国，如果她是残废而又别无所长便只有饿死的份了。在这儿却不同，少了一颗牙、鼻子被人咬掉或是子宫干瘪了，任何使本来就不漂亮的女性更丑的不幸遭遇都被人认为是更有情趣，是对男性已腻味了的胃口的一种刺激。

我自然是在叙述大城市里特有的那种情况，这里的男男女女的最后一点精力都被机器榨干，他们是现代进步的殉难者，画家觉得难以画上血肉的正是他们的一堆骨骼和衬衫领扣。

只是到了后来，到了下午我来到塞兹街上一家艺术博物馆、被崇拜马蒂斯的男男女女围住时，我才又被带回人类世界的正常领域里。在一个四堵墙都在闪闪发光的大厅门口，我站了一会儿才从震惊中恢复正常。当四周早已习以为常的灰色被扯得四分五裂、生活的绚丽多彩用歌曲和诗篇弘扬开来时一个人常会感受到这种震惊。我发觉自己置身于一个如此自然、如此完美的世界里，我发觉自己沉溺于其中了。我的感受是自己置身于生活的核心，不论我从何处来，采取何种态度，一旦陷进发芽的树丛中央，一旦坐在巴勒贝克那个巨大的餐室里我便沉溺于其中了，我第一次领会了那些室内静物画的深邃含义，它们借视觉和触觉的威力体现出其存在。站在马蒂斯创造的这个世界的门口，我又一次品尝到了那种启示力量，正是这种启示令普鲁斯特得以大大改变生活的图景，使那些像他一样的人对声音和意义的炼丹术十分敏感，并能把生活中令人不快的现实转换成艺术中实在的、有意义的轮廓。只有那些能让光线射进喉咙的人才能解释自己心里想的是什么，现在我仍清晰地记起巨大枝形吊灯反射出的炯炯闪光如何散开并且变成血红色，点缀在单调地照在窗外暗晦金色上的光波顶端。海滩上，桅杆和烟囱交织在一起，艾伯丁大厦像一个黑褐色的影子滑过海浪，与一个原生质地域的神秘中心融合在一起，将她的情影同死亡的梦幻和预兆联结在一起。随着白天的结束，痛苦像雾气一样从地下升起，接踵而至的是悲哀，它阻塞了海洋和天空的无尽的景致。两只蜡黄的手无生气地摆在床罩上，一只贝壳用呜咽的笛声沿着苍白的静脉血管复述它诞生的往事。

马蒂斯的每一首诗里都包孕着一小块人肉的历史，它拒绝接受死亡的结局。整个肉体，从头发到指甲都体现了活着的奇迹，仿佛在对更伟大的现实的渴求中精神力量已将肌肤上的毛孔变成了看得见的饥饿大口。不论一个人幻想什么，总有航海的气味和声音，即使只回顾他的梦境的一小隅他也不可避免地会感觉到涌起的浪头和凉爽的、四处飞溅的浪花。他站在舵前，瞪着坚定的蓝眼睛凝视时间之囊。他长时间地斜着眼注视过那些遥远的角落、低头越过隆起的大鼻子，他便看到了一切——科迪勒拉山系堕入太平洋、写在羊皮纸上的流亡世界各地的犹太人的历史、透过缝隙看见的海滩上的漂亮姑娘、贝壳状的钢琴、花冠发出轻松的悦耳声响、变色蜥蜴在书的重压下蠕动、音乐像火焰一样从苦难的隐身日全蚀中迸发出来、芽胞和石珊瑚在地上滥生、肚脐里吐出痛苦的明亮鱼卵……他是一位贤明的哲人、一个跳来跳去的先知，画笔一挥便用生活中不容置疑的事实取代了丑陋的绞刑架，人类的躯体就锁在这个架子上。如果今天哪个人具有天赋，知道在哪儿消融人的身体、有勇气牺牲一条和谐的线条以发现血液的流动节奏和细微声响、放出折射在自己体内的光线并让它照在调色板上——这个人就是他了。他在生活的琐事、混乱和嘲弄后面发现了无形的模式，并且在空间里玄之又玄的颜料中宣布他的发现。他意在创造，不寻找俗套，不窒息思想，不冲动。即使世界毁灭了仍有一个人留在地球的核心，他站得就更加牢固，随着分解过程的加快更具有离心力。

世界变得越来越像一个昆虫学家的梦。地球偏离了自己的轨道，地轴错了位，鹅毛大雪从北方飘下。新的冰河时代正在来临，横的缝口正在合拢，胎儿的世界在美国中西部谷物带濒临死亡，成为死去的乳状突起。三角洲突然间消失，河床平滑如镜。当世界同一阵阵明亮的黄色岩石相撞时，新的一天开始了，冶金的一天开始了。温度计的水银柱落下来时，世界的形象变得模糊不清了，仍有渗透，有些地方还会发出声音，但在地球表面的静脉全曲张了，在地球表面光束曲折了，太阳像迸裂的直肠一样鲜血迸溅。

马蒂斯就处于这个正在散架的车轮正中，他会一直滚动，直到组成这个车轮的一切都散开。他已在地球上滚出相当一段距离了，滚过了波斯、印度和中国，像一块磁铁，他从库尔德、俾路支、廷巴克图、索马里、吴哥、火地岛等地把微小的颗粒吸附到自己身上。他用孔雀石和宝石打扮起来的土耳其女奴的身体上长着一千只眼，这些洒了香水的眼睛全在鲸鱼的精液里浸过。微风起处便出现静似果冻一样的野生物，是白鸽子来到了喜马拉雅山的冰蓝色血管里拍动翅膀、发情。

科学家们用来遮盖现实世界的糊墙纸正在变成破烂，他们制造生命的大妓院并不需要装饰，要紧的是下水道必须有效地工作。美，在美国使人们如醉如痴的、狡狯的美不存在了。要探究新的现实首先必须拆开下水道，割开生疮的排泄管，因为它们构成了供给艺术排泄物的泌尿生殖系统。白天有股高锰酸盐和甲醛味，下水道被纠缠在一起的动物胚胎堵住了。

如同一间老式的卧室，马蒂斯的世界仍是美好的，没有看到滚珠轴承、锅炉板、活塞、活动扳手，这与波伊思公园里快乐的饮酒和通奸成风的牧人时代同属一个古老

世界。在这些生着活的、通气的毛孔的人中间移动，我觉得慰藉、提神，他们的背景同光线一样稳定、牢靠。沿着马德莱娜林荫道步行，妓女们在身边擦过时我深刻领悟到了这一点，这时看她们一眼便使我发抖。这是不是因为她们艳丽或营养好？不是，沿着马德莱娜林荫道很难找到一个漂亮女人。然而在马蒂斯这儿、在他的笔触下有一个颤抖的发光世界，它只要让女性来使最容易瞬时即逝的愿望具体化。在小便池外面遇到一个卖身的女人的经历始于已知世界的疆界消失之处，这个小便池里贴着香烟纸、甜酒、杂技、赛马的广告，浓密的树叶透过厚厚的墙和房顶。晚上绕着墓地围墙转，我不时跌在马蒂斯拴在树上的土耳其女奴的幽灵身上，她们缠绕在一起，长发浸透了树枝。几英尺以外脸朝下躺着波德莱尔裹得像木乃伊一样的鬼魂，经过难以计算的漫长岁月才移到了这里，整个世界再也不会产生他这样的人了。手被捆住、两腿间布满很多斑斑点点的男人和女人呆在咖啡馆的幽暗角落里，边上站着侍者，围裙里兜满了铜子儿，耐心等待曲间休息好扑到他妻子身上抢光她的钱。即使世界灰飞烟灭了，属于马蒂斯的巴黎仍会随着美好的、叫人喘息不止的性欲高潮一起颤动，空气中总是充满了凝结的精液，树木像头发一样纠缠在一起。凭借摇摇摆摆的车轴支撑，车轮稳稳地滚下坡去，没有制动闸，没有滚珠轴承，没有充气轮胎。轮子散架了，但是革命未受影响……

九

一天，从晴空中落下一封鲍里斯的来信，我已有好多个月没有见过他了。这是封奇怪的信，我并不想假装完全看明白了。"我们之间发生的事情，至少在我看来，是你触动了我，触动了我的生活。就是说，我仍活着，而我又快要死了。这样多愁善感了一阵我又经历了另一次洗礼，我又活了一回。我活着，这一回不凭借回忆往事，像我跟别人谈起的那样，不过我活着。"

信就是这样开头的，没有问候的话，没有日期，没有地址，写在从空白笔记本上撕下来的格纸上，字写得很轻，字体华丽、潦草。"这就是为什么你同我非常亲近，不论你喜不喜欢我，在内心深处我倒认为你是恨我的。通过你我知道自己是怎么死的：我又看到了自己在死去，我快死了。除了死掉拉倒，还有点儿别的。这也许是我怕见到你的原因——也许你在我身上玩了鬼把戏，然后死了。如今事情发生得很快。"

我站在石头旁边一行行读过去，这一番关于生死和事情发生得很快的空谈听起来像疯话。据我所看见的，什么也没有发生，除了报纸头版上登载的那些寻常灾祸。过去六个月来鲍里斯一直过着与世隔绝的生活，躲在一间房租便宜的小屋里，或许同克朗斯塔特通过心灵感应术保持着联系。他讲到退却的防线和撤出的战区，以及诸如此类的事情，就如同他正在一条战壕里向司令部写报告。也许他坐下写这封信时穿着常礼服，也许他搓了几回手，以前有顾客上门来租他的公寓时他常常那样。他又写道，"我想叫你自杀的原因是……"看到这儿我不禁大笑起来，以前在波勒兹别墅他常把一只手插进常礼服的后襟里踱来踱去，要不就是在克朗斯塔特那儿——不拘哪儿，只要有摆下一只桌子的地方就行——同时滔滔不绝地把这番生与死的废话说个够。必须承认我从来没有听懂过一个词，不过这场面倒也热闹。作为一个非犹太人，我自然对一个人脑袋里闪过的各种念头感兴趣。有时他会直挺挺地躺在沙发上，那是被脑子里涌现的潮水般的念头弄得疲乏了。他的脚刚好碰到书架上，那儿放着柏拉图和斯宾诺莎的书，他不能理解为什么这些书对我没有用。我要承认他把这些书渲染得很有意思，但是我根本不明白它们是讲什么的，有时我也会偷偷翻翻其中一卷，看看那些异想天

开的思想是不是真是这些人自己的，因为鲍里斯总说这些观点是他们的，不过他的话与他们的思想联系不大，基本上不沾边。鲍里斯有他自己的独特说法，就是说，当我同他单独一起时，不过一听克朗斯塔特讲话我就觉得是鲍里斯剽窃了他的高见。他俩谈论的是一种高等数学，不含一点血肉的东西，鬼魂般荒诞，抽象得可怕。待他们谈到死的事儿时才变得具体一些了。不管怎样，切肉刀和砍肉斧也得有一个柄。我非常喜欢参加那些讨论，生平第一次觉得死亡很吸引人，我是指所有带有不流血痛苦的、抽象的死亡。他们不时会因为我还活着恭维我，但是他们的恭维方式令我很窘迫，他们叫我觉得自己是一个生活在十九世纪并出现返祖现象的遗老、一条浪漫的破布、一个有情感的直立猿人。鲍里斯尤其从挖苦我中得到乐趣，他要我活着以便自己能随心所欲地死去。他看我、讥讽我的样子会使你想到大街上成千上万的人不过只是死去的母牛。对了，信……我快把信忘了……

"那天晚上在克朗斯塔特家，莫尔多夫变成上帝后我要你自杀的原因是当时我同你非常亲近，或许是再也不会有的那么亲近。我怕，我非常怕哪一天你会回来找我、死在我手上，那样一来一想到你，我就会陷入孤立无援的境地，这是不能忍受的，为此我永远也不会原谅你。"

或许你能想象出他会说这种话！我自己却不清楚他怎么看待我，至少我本人显然纯粹只是一个观念，一个不吃食物生存 下来的观念。鲍里斯向来不太在意吃饭问题，他企图用观念养活我，每一件事情都是观念，然而，当他打主意要把公寓租出去时却不忘在卫生间里放一只新脸盆。总之，他不想叫我死在他手上。他写道，"你必须做我的生命，直到最后。这是你可以接受我对你的看法的唯一办法。如你所见，因为你同某件生命中不可缺少的东西一道捆在我身上了，我想我永远也摆脱不了你，也不希望这样做。我死了，但我想要你活得一天比一天更兴旺。正是因为这一点，我向别人谈起你时总有点羞愧，这样熟悉地谈论自己总是不容易的。"

也许你会以为他迫不及待地要见我，希望了解我正在做什么。错了，他在信中连一行也不曾提及具体的或个人的事情，除了这一番有关生死的话，除了这一小段战壕中写就的话，这一小股向每个人宣告战争仍在继续的毒气。有时我自问为什么我所能吸引的人都是精神错乱的人、神经衰弱的人、神经病患者、精神病患者——尤其是犹太人。一个健康的非犹太人身上准有某种叫犹太人激动的东西，就像他看到发酸的黑面包一样。比如说莫尔多夫，据鲍里斯和克朗斯塔特说，他自封为上帝了，这条小毒蛇毫无疑问在恨我，可他又离不开我。他定期跑来叫我侮辱一顿，对于他这像吃补药

一样。起初我对他确实十分宽宏大度，不管怎样他在付钱叫我听他说。尽管我从未显出很同情的样子，我却明白涉及一顿饭和一点儿零花钱时要免开尊口。过了不久，我发现他竟是这样一个受虐狂，于是便时时当面嘲弄他。这就像用鞭子抽他，使悲哀和忧伤伴着新进发的活力一起涌泻了。也许我们之间一切都会和谐的，若不是他觉得保护塔尼亚是他的职责。塔尼亚是犹太人，这引出一个道德问题。他要我忠于克劳德，我必须承认对于这个女人我还是一往情深的。他有时还给我钱，叫我去跟她睡觉，直到他领悟到我只是一个不可救药的色鬼为止。

我提到塔尼亚是因为她刚从俄国回来，几天以前才回来。西尔维斯特仍留在后面去钻营一份工作，他已完全放弃了文学，又投身于那个新的乌托邦了。塔尼亚要我同她一起回去，最好回到克里米亚，去开始新的生活。那天我们在卡尔的房间里大喝了一气酒，讨论这件事的可能性。我想知道到了那儿我做什么谋生，比方说，能不能干校对员。塔尼亚说我不必担心干什么，只要我真心愿意去他们会替我找到一份工作的。我想显出热心的样子，结果却显得悲戚戚的。在俄国，人们可不想看到哭丧的脸，他们要你快活、热情、轻松、乐观，听起来那儿同美国一样。可我天生就缺乏这份热情，当然我没有对她说，可我暗自希望他们扔下我，让我回到自己的小职位上去，呆在那儿，直到战争爆发。这一套关于俄国的骗局略略使我有些不安，塔尼亚为此却很动感情，因而我们几个喝光了十几瓶便宜的红葡萄酒。卡尔像蟑螂一样蹦来蹦去，他身上的犹太血统足以使他因为俄国这样一个念头而欣喜若狂。除了叫我们结婚之外别无他法——立即结婚。他说，"结婚吧！你们不会损失什么！"然后他假装要去办一件小事，好叫我俩来个速战速决。塔尼亚也想干，可是俄国的事已牢牢地移植在她脑子里了，她便在对我唠叨中浪费完了这段时间，她的话使我有点恼火和不安。可我们必须考虑吃饭、去办公室了，于是我们在埃德加—基内林荫道上挤进一部出租车飞速驶走了，这儿距公墓很近。这时正是坐在敞篷汽车上穿过巴黎的好时辰，葡萄酒在肚子里翻来滚去更叫人觉得格外痛快。卡尔坐在我们对面的折叠座位上，脸红得像一棵甜菜。这个可怜的狗东西倒挺快活，想到他将在欧洲另一边过一种美妙的新生活了，同时他也有点儿怅然，这我看得出来。他并不真想离开巴黎，正如我也不想离开一样。巴黎对他并不好，同样，它对我、对任何人都不好，可是当你在这儿饱经磨难之后仍是巴黎使你依依不舍，你可以说它掌握住你了。它像一个害相思病的婊子，宁愿死也要拽着你。我看得出，他就是这样看待巴黎的。过塞纳河时他咧着嘴傻笑，四下里望望建筑物和塑像，仿佛是在梦中看到它们。对于我这也像一场梦，我把手伸进塔尼亚的胸口，拼命捏她的奶头，我留意到桥下的流水和驳船，还有圣母院，正像明信片上画的。我醉醺醺地自忖一个女人就是这样被奸污的，不过我仍很滑头，知道拿俄国、天堂或天下任何东西换我脑子里这些乱糟糟的念头我都不会换的。这是一个晴朗的下午，我独自在遐想，很快我们就要把很多吃的塞进肚子，还有额外叫的一切好吃的、一些会淹没去俄国这件事情的上好浓甜酒。有了塔尼亚这样一个充满朝气的女人，他们一旦想到什么才不会管你怎样呢。放手让他们干，他们会在出租车上就扯下你的裤子。不过穿过街上来往的车辆还是很妙的，我们脸上涂着胭脂，肚子里的酒像阴沟一样发出汩汩的响声，特别是在我们猛地拐入拉菲特街之后。这条街的宽度恰好能容纳街尾那所小殿堂，上面是耶稣圣心，一座有外国情调、乱七八糟的建筑，这也是穿越你的醉酒状态、丢下你无助地在过去的日子里游泳的清晰明白的法国观念，这就是叫你在完全清醒而又不刺激神经的飘忽不定的梦幻中游泳。

塔尼亚回来了、我有了稳定的工作、关于俄国的醉话、夜晚步行回家、盛夏的巴黎——生活似乎又昂起头来了，也许这就是为什么鲍里斯寄来的那类信令我觉得十分荒诞的原因。我几乎每天都在五点左右同塔尼亚会面，跟她一起喝一杯波尔图葡萄酒，她把这种酒叫作波尔图葡萄酒。我让她带我去以前从未到过的地方，去香榭丽舍大街附近的时髦酒吧，那儿的爵士乐声和姑娘低声吟唱声仿佛渗透进桃花心木的家具里去了。即使是去上厕所，这软绵绵的伤感旋律也在身边萦绕，它通过排气扇飘进厕所，使生活变成虚幻，变成彩虹色的泡沫。不知是因为西尔维斯特不在还是出于别的原因，塔尼亚现在觉得自由了，她的一举一动简直像天使一样。有一天她说，"我走之前你对我很不像样。你干吗要那样做？我从来没有做过伤害你的事，对吗？"我们在柔和的灯光照射下，在渗透那个地方的软绵绵餐室音乐声中变得易动感情了。快要到去上班的时间了，我们还没有吃饭，支票簿存根摊在我们面前——六法郎、四个半法郎、七法郎、两个半法郎——我机械地数着，同时在想自己会不会更乐意去当一个酒吧招待员。常常是这样——塔尼亚跟我说话，当她滔滔不绝地谈到俄国、未来、爱情这一类废话时，我会想到最不切题的事情上去，想到擦皮鞋、当厕所服务员。我尤其想到这个，因为她拉我去的那些下流场所很舒适，我从来不曾觉得我去的那些下流场所很舒适，我从来不曾悟到我会非常理智，也许会老、会驼背……不，我始终在想，未来不管怎样合情合理仍会处在这种环境中，同样的乐曲会灌进我脑子，酒杯碰在一起，每一个形状姣好的屁股后面会放出一道一码宽的香气。足以驱散生活中发出的臭气，甚至楼下厕所里的臭气。

奇怪的是这个想法从未阻止我同塔尼亚蹓跶到这些时髦酒吧里去。离开她当然是容易的，我常常领她来到办公室附近一所教堂的门廊上。我们站在黑暗中最后拥抱一回，她对我低声道，"老天，现在我该干什么？"她希望我扔掉工作，这样就可以白天黑夜都同她做爱。她甚至不再去理会俄国了，只要我们在一起就行。可是我一离开她头脑就又恢复清醒了。从旋转门里进去后我听到的是另一种音乐，不那么缠绵，不过也很好听。香气也成了另外一种，不止一码宽，却无处不在，像是汗味和机器散发出的薄荷味。进门时我通常都喝得大醉，一进来便好像突然来到了海拔低的地方。我一般是一进来便直奔厕所，它使我振作起来。厕所里凉快些，要不就是流水声造成了这种错觉，厕所始终是一种冷灌洗疗法，而且是真正的。进去之前你必须经过一排正在脱衣服的法国人。哼！这些魔鬼身上发出了臭味，为此他们还拿高薪呢。他们站在那儿，脱掉了衣服，有的穿着长内衣、有些留着胡子，大多数人皮肤苍白，像血管中有铅的瘦老鼠。在厕所里你可以仔细看看他们无所事事时都想些什么，墙上涂满了图画和文字，都是诙谐可笑的猥亵玩艺儿，很容易看懂，总的来说挺好玩、引人喜爱。要在某些地方涂写准还需要一只梯子，我想，即使是从心理学角度来看这样做也是值得的。有时我站在那儿撒尿，不禁想这些乱涂乱抹的东西会给那些时髦女人留下怎样的印象，我在香榭丽舍大街看见她们进漂亮的厕所。如果她们能看到在这儿人们怎样看待一个屁股，不知道还会不会把屁股撅得那么高。在她们周围，无疑一切都是薄纱和天鹅绒的，要不就是她们从你身边□□走过时身上发出的好闻气味使你这样想。她们中有些人起初并不是高贵淑女，有些人摇头摆尾地走路只是在替她们的行当做广告。当她们独处时，在自己的闺房里大声谈话时，也许口中也会说出一些奇怪的事情，因为她们所处的世界同每一个地方一样，发生的事情多半是屎尿垃圾，同任何一个垃圾桶一样脏，只是她们有幸能盖上桶盖。

　　我说过，同塔尼亚一起度过的下午对我从未有过不好的影响，有时我喝酒喝得太多，只得把手指伸进喉咙里——因为看清样时不清醒是不行的。看出哪儿漏了一个逗点比复述尼采的哲学更需要精神集中。有时喝醉了你也可以很精明，可是在校对部精明是不合时宜的。日期、分数、分号——这些才是要紧的，而头脑发烧时这些东西是最难盯住的。我不时出些荒谬的错，若不是早就学会了如何舔老板的屁股，我很早就被解雇了。有一天我还接到楼上那个大人物的一封信，这个家伙高高在上，我甚至从来没有见过他。信上有几句挖苦我具有超凡智力的话，言辞间他明白无误地暗示我最好本分些、尽职尽责，否则会受到应有惩处的。老实说，这把我吓得屁滚尿流，从此说话时再也不敢用多音节的词了，实际上我一夜几乎都不说话。我扮演了一个高级白痴的角色，这正是他们所要求的。为了奉承老板，我不时走到他面前礼貌地问他这个或那个词是什么意思。他喜欢我这一手，这家伙是个活字典、活时间表，不论他在工间休息时灌了多少啤酒，在某个日期或某个词的词义上你永远也难不倒他。而且他的工间休息时间全由他自个儿掌握，因为他要巡视自己主管的这个部门，他天生就是做这个工作的。唯一叫我懊悔的是我懂的太多，尽管我很小心谨慎还是不免被人看破。假如我来上班时胳膊底下夹着一本书，我们这位老板一定看见，若是本好书他便会怨恨我。不过我从来没有有意做什么事情使他不快，我太喜欢这份工作了，绝不会把绞索往自己脖子上套。同一个与自己毫无共同之处的人交谈是一件困难的事情，即使只用单音节的词也会露馅。这个老板心里明白我对他讲的事情根本不感兴趣。然而不知道为什么，他非常喜欢驱走我的迷梦，并给我灌输各种日期和历史事件。我想，这就是他报复我的方法吧！

结果我患了轻度神经官能症，一吸进新鲜空气便信口胡说。清早我们回蒙帕纳斯时，不论谈到的是什么话题，我都要尽快用消防水龙头往上面浇水，打断这个话题，以便让自己从变态的梦幻中解脱出来。我最喜欢谈谁也不懂的事情，我已经患了一种轻微的精神错乱，我想这种病叫作"模仿言语症"。一夜间校对的文稿标签都在我的舌尖上跳舞，达尔马提亚——我曾拿到为这个美丽的珠宝胜地做的广告。对了，达尔马提亚，你坐上火车，早上毛孔便出汗，葡萄绷破了皮。我能从这条壮观的林荫大道一直滔滔不绝地谈论达尔马提亚，一路谈到马萨林红衣主教的宫殿，只要我愿意还可以说下去。我连它在地图上的位置都搞不清楚，也从来不想搞清。可是在凌晨三点你身体疲乏不堪、衣服被汗水和广藿香浸透、手镯叮当响着从绞衣机里通过，这时伙伴们要我说的那些喝醉了啤酒后胡扯的事情都毫无意义——那些地理、服装、演讲、建筑之类的琐事。达尔马提亚是要在夜里某个时辰谈论的，那时交通警的锣已不响了，卢浮宫的庭院显得又美妙又荒谬可笑，使你想没有缘由地哭一场，这正是因为周围又美丽又静谧，那么空旷，与报纸头版和楼上掷骰子的人全然不一样。有达尔马提亚像一把冰冷的刀锋搁在颤动不已的神经上，我才得以体会途中那些最美妙的感觉。好笑的是我可以走遍全球，可是总想不到要去美国，对于我它比一块消失的大陆更浩渺、更遥远，我对消失的大陆尚存有某种神秘的向往，对美国却毫无感情。有时我也确曾思念莫娜，不是把她当作特定时间空间中的一个人去思念，而是抽象地、超然地思念，仿佛她已变成一大团云彩状的东西冉冉升到空中，这团东西遮住了过去。我不能使自己长时间地思念她，不然我就会从桥上跳下去的。真怪，我已对这种没有她在身边的生活习以为常了，但是只要想她一会儿便足以完全破坏我的满足，把我又推向悲惨的过去那个令人痛苦的阴沟里。

七年来我无日无夜地四处游荡，只为了一个目的，那就是她。若是有一位基督徒像我忠于莫娜那样忠于上帝，今天我们每个人都早已成为耶稣基督了。我昼夜思念着她，甚至哄骗她时也是如此。有时，正在做其他事情，觉得自己完全忘却了这件事情时——也许正在拐过一个街角——我眼前会突然出现一个小广场、几棵树和一只长椅，在这僻静的地方我们站着争吵，在这儿我们用刻薄的语言、争风吃醋的话题吵得对方发疯。我们总是拣一个僻静的地方，比方说吊刑广场、清真寺外昏暗悲哀的街道，或是布尔特伊大道那个敞开的墓穴一带，那儿一到晚上十点钟便死一般寂静，使人联想到谋杀、自杀或任何可以创造人类戏剧遗迹的东西。当我意识到她走了，也许永远不回来了，一个巨大的空洞便打开了，我觉得自己在下跌、下跌，跌进幽深的空间中去。这比流泪还糟，比懊悔、创伤或悲哀更深刻，这是魔鬼撒旦被抛入的无底深渊，无法再爬上来，没有光线，没有人说话的声音，没有人手的接触。

夜晚穿过街道时我曾几千次想她回到我身边的一天会不会到来，我将渴望的目光全投向建筑物和雕像，我那么渴求、那么绝望地望着它们，到此时我的思想准已同这些建筑物和雕像融为一体了，它们一定浸透了我的痛苦。我也忍不住忆起我们肩并肩穿过这些现在浸透着我的梦想和渴望的悲哀、幽暗的街道时她什么也没有注意到，什么也没有感觉到，对于她这些街道同其他街道是一样的，只是稍显脏一点儿，仅此而已。她不会记得在某一个角落我曾停下捡起她的发夹，或是我俯身替她系鞋带时标明了她落脚的地方，它将会永远留在那儿，甚至在大教堂被毁坏、整个拉丁文明都永远被消灭后它仍将留在那儿。

一天夜里沿着勒蒙街散步时一阵不寻常的痛苦和忧伤攫住了我，一些事情栩栩如生地展示在我面前。我不知道这是否是因为我常常闷闷不乐地、绝望地在这条街上行走，还是因为我想起了一天夜里我们站在吕西安-埃广场时她说过的一句话。她说，"你为什么不带我去看看你写过的那个巴黎？"想起这话时我明白了，我忽然领悟出根本不可能指给她看那个我已经了解的巴黎，那个区域未确定的巴黎，那个只是由于我的孤独和对她的渴求才存在的巴黎。这样一个巨大的巴黎！再探究它一遍会花去一个人的一生。只有我拥有打开它的钥匙，这个巴黎不适合游览，即使是抱着最好的意愿来旅游，只能在这个巴黎生活，每天必须体验它的一千种不同的折磨。这个巴黎像一个恶性肿瘤在你体内长大，越长越大，直到吞噬掉你。

踉踉跄跄地走过沐佛塔尔街，这些往事在脑子里转来转去，我又回想起以往的另一件怪事。那是一本导游手册，莫娜要我替她翻书页，因为封面太沉重，可我当时发现根本无法翻开。一点原因也没有，只是因为那时我一门心思都去想沙拉文，现在我正是在他的神圣管区内漫游——仍是一点儿原因也没有——我忆起有一天受到日复一

日经过的那块招牌启发后我冲动地闯进奥尔菲拉公寓要求看看斯特林堡曾住过的房间。截至那时为止我还没有遇到很大不幸，尽管我已失去了所有的东西，也已尝过空着肚子在街上徘徊、提心吊胆地提防警察的滋味。那时我在巴黎还没有交上一个朋友，这种状况与其说令人沮丧倒不如说是使人茫然，不论我在这个世界上流浪到何处，最容易找到的莫过于一个朋友。不过实际上迄今为止我还没有遭遇什么太大的不幸，一个人的生活中可以没有朋友，正如他没有爱情、甚至没有钱也可以生活下去，尽管人们认为钱是不可或缺的。我发现，一个人可以只凭悲哀和痛苦在巴黎生活！这是一种苦涩的滋养品，或许对于某些人这是最好的滋养品。不管怎样，我还没有落到穷途末路的地步，我只是在同灾祸调情而已。我有充裕的时间，有闲情逸致去窥探别人的生活，去同已死去的传奇故事闹着玩。不论一件事物有多么肮脏，一旦塞进一本书里便显得令人惬意的遥远和陌生了。离开这个地方时我意识到自己唇边浮现出一丝讥讽的笑容，好像在对自己说，"别着急，奥尔菲拉公寓！"

从那时起我当然明白在巴黎的每个疯子早晚都会发现一件事：并不存在为受磨难者专门准备的现成地狱。

现在我好像有点儿明白她为什么那么喜欢看斯特林堡的作品了，我看到她读完"有味道"的一段后抬起头来，眼睛里充满笑出来的泪水，她说，"你同他一样疯……你该受罚！"当她找到了一个合适的受虐狂后，这位施虐狂是多么高兴啊！她还没咬自己，看看牙齿是否锋利。我刚刚认识她的那些日子里她浑身都是斯特林堡的味道，使我们聚到一起的是使斯特林堡沉迷于其中的纷乱飘忽的念头、两性之间永恒的争斗和使斯堪的纳维亚的蠢极了的白痴喜欢的那种蜘蛛般的无情。我们在死亡的舞会上相聚，我很快被吸进漩涡里，待再浮出水面我已辨认不出这个世界了。当我发现自己解脱时音乐已停止，盛宴已结束，我被剥得光光的……

那天下午离开奥尔菲拉公寓后我去了图书馆，在恒河中沐浴、沉思默想了一阵黄道十二宫，然后我便开始琢磨斯特林堡无情地描写的那个地狱的含义。这样细想着，我渐渐明白了神秘的远游——这位诗人飞越地球表面，然后又英勇地降到地球的核心，仿佛命中注定要在一出已失传的剧中再扮演角色。这是在鲸鱼肚子里做一阵黑暗、可怕的居留；是试图解放自己的血腥挣扎；是要从过去的羁绊中脱身；是投射在异国海岸上的明亮、血迹斑斑的太阳。他和其他人（但丁、拉伯雷、凡高等）为什么都来到巴黎对于我已不再是个秘密了。我明白了为什么正是这个巴黎吸引了那些受折磨、产生幻觉的爱情狂人，我明白了为什么在这儿、在这个轮子的正中，一个人能够接受最离奇、最不切实际的理论，却又一点儿也不觉得它们古怪。一个人正是在这儿重读青年时代读过的书，每个谜都有了新的意义，每一根白头发都是一个谜。一个走在街上的人早就明白自己傻了、疯了，因为很明显这些冷漠、麻木的脸正是他的看守的面孔。在这儿所有的分界线都消失了，世界展现出它是一座疯狂的屠宰场。单调的生活延伸到无限，出口紧紧关上了，逻辑在四处横行，血淋淋的刀在闪光。空气寒冷而污浊，语言则是《启示录》式的。到处都找不到一个标明出口的牌子，除了死亡之外没有什么好谈的。一条死胡同的末尾有立着一座绞刑架。

巴黎，一座永恒的城市！它比罗马更久远，比尼尼微更壮观，它是世界的肚脐，人像一只漂到大洋中死一般寂静的软木塞，独自漂浮在这儿，在海洋的渣滓和船只残骸之中，无精打采、毫无希望，连路过的哥伦布也不去注意他，文明的摇篮也就是扔全世界的腐肉的污水坑，就是尸体存放所，发臭的子宫把骨肉的血污包裹放在里面。

大街是我的庇护所，谁也无法了解大街的魔力，直到他被迫在街上避难，直到他变成一根稻草被每一阵西风吹来吹去。冬季某一天走过一条街时看到一条被出卖的狗，这个人便会感动地落泪。街对面竖立着一个破烂的棚屋，像一座公墓一样令人快活，它自称是"兔子坟墓宾馆"。这使人哈哈大笑，笑得要死，一直笑到他看到到处都有旅馆，为兔子、狗、虱子、皇帝、内阁部长、当铺老板和屠宰马的人建的旅馆，而且两家中就有一家是"未来旅馆"，这更叫人歇斯底里。这么多未来旅馆！没有一家旅馆的名称中用了过去分词、用了虚拟式、用了连接词。一切都是古老的、可怖的，叫人笑得毛骨悚然，像牙龈脓肿，充满了未来气息。这未来的淫荡湿疹使我沉醉了，我摇摇晃晃来到紫罗兰广场，花都是淡紫色和蓝灰色的，门框很低，只有侏儒和小妖精能挤进来。左拉的迟钝头盖骨上方的烟囱正在冒出纯焦炭，与此同时桑威奇斯教堂的圣母玛丽亚竖着包心菜样的耳朵倾听油箱咕咕的冒泡声，那是那些漂亮的臃肿蛤蟆蹲在路边发出的声响。

我为什么会突然想到了温泉关？因为那天有个女人用屠宰场里《启示录》式的语言同她的小狗说话，而那条小母狗也懂得这个油腻腻的邋遢接生婆在说什么。这使我多么沮丧啊！甚至比看到在布尔街出售的呜咽的杂种狗更叫人难过，使我产生惋惜之情的并不是狗，而是巨大的铁栅栏——生锈的铁矛，它们仿佛把我和属于人的生活隔开了。在沃格端屠宰场（伊波阿格屠宰场）附近那条令人愉快的小胡同里，那儿叫作贝口海哨街，我看到有些地方有血迹。如同斯特林堡在疯狂中在奥尔菲拉公寓的铺地石中辨认出了凶兆，我漫无目的地走过这条溅满血污的泥泞小巷时记忆中破碎的往事纷纷散落，从我眼前零零散散地飘过，以最可怕的恶兆训诫我。我看到自己的血洒出来，洒在泥泞的道路上，就我所知准是从路的顶端洒起的。人像一个肮脏的小木乃伊

327

投入这个世界，道路被血污弄得很滑，谁也不知道为什么会这样。每个人都在走他自己的路，纵使地球上果实多得成堆，也没有时间去采摘。人群摇摇晃晃地向出口的标志奔去，如此惊慌，如此拼命，体弱无助的人被踩在泥里，谁也听不见他们的呼号。

我的人类世界已经死去，我在世界上是完全孤独的，大街是我的朋友，大街以悲哀、痛苦的语言向我倾诉，其中包含着人类的不幸、渴求、懊悔、失败和徒劳的努力。一天夜里，接到消息说莫娜生病了，快饿死了，我从布罗卡街的立交桥下走过，突然想起正是在这儿，在这条凹陷的街道的污秽和沉闷气氛中，莫娜靠在我身上用颤抖的声音恳求我答应永不离开她，无论发生什么事情，或许她是被对未来的预感吓坏了。才过了几天我便站在圣拉扎尔车站的站台上看着列车启动，这趟车将要把她载走，她把身子探出窗外，我在纽约同她道别时她也是这样。她脸上仍挂着悲伤的、难以捉摸的微笑，最后那一瞥如此意味深长，可那不过是一副面具、一副被茫然的笑容变形的面具。仅仅几天以前她还难舍难分地靠在我身上，后来怎样了，到底发生了什么我到现在仍不知晓，于是她自己决定上了火车并且带着忧伤、神秘的微笑望着我，这微笑使我困惑不解，这是不公平、不自然的笑，我一点儿也不明白。现在站在立交桥阴影里的是我，我伸手去拉她，我绝望地依在她身上，唇边挂着同样难以捉摸的笑，这是我罩在自己的悲伤之上的面具。我可以站在这儿茫然地笑，不论我的祷告多么充满激情，不论我多么焦急地盼望，我们之间隔着大洋——她将在那儿饿死，我却在这儿走过一条条街，热泪涔涔。

嵌在街上的就是这一类的残酷，它透过墙缝盯着我们、恐吓我们，尤其是当我们突然对无名的恐惧做出反应时，当我们的心灵中突然侵入叫人发怵的惊慌时。正是它使街灯柱像鬼魂似的摆动，使它们向我们招手，引诱我们走上前去听任它们死死抓住。正是它使有些房子显得像一些秘密罪行的守护人，关闭的窗子又像看东西看得太多的眼睛眶。正是这种东西、这种嵌进街道的人为地貌使我突然看到头顶上方铭刻着"僵死的撒旦"时撒腿便跑。将要进入寺院时我看到那儿写着"星期一、二接待肺结核病人，星期三、五接待梅毒病人"，这使我不寒而栗。每一个地铁车站上都有咧嘴笑的骷髅用"谨防梅毒！"欢迎你。凡有墙壁的地方都贴着海报，上面画着有毒的蟹预报癌症的到来。不论你走到哪里，不论你碰到什么，都有癌症和梅毒。它写在天空上，它冒火花、跳跃，像一个不吉的征兆。它已经咬食了我们的灵魂，我们只不过是月亮一样的无生命物质。

✝

　　我想是在七月四日这天他们又把我屁股底下的椅子抽走了，事先并没有告知我。大洋彼岸的某个大人物决定要省钱，裁减校对员和可怜的打字员，使他能付来回旅费和住里兹饭店富丽堂皇的房间的房租。我付清累积欠排字工的小笔债务，又给马路对面的小酒馆送了一份礼以便继续赊账，这样一来最后一次工资就所剩无几了。我只得通知旅馆老板我要搬走，我没有告诉他原因，因为那会使他担心他那无足轻重的两百法郎。

　　"如果丢掉了工作你怎么办？"这话始终在我耳边回荡。现在好了！完蛋了！除了再上街去没有什么事可做，步行、四处转悠、坐在长椅上消磨时间。现在蒙帕纳斯的人当然都认识我了，我还可以装一阵，假装我仍在报社工作，这样讨一顿早饭或晚饭吃也容易些。正值夏季，旅游者在大量涌来，我已想好了骗他们钱的法子。"你要干什么……"嗯，我要告诉你的是，我不愿意饿死。如果我什么都不干，一门心思只想着吃的，自己便会摆脱崩溃的危险。一两周之内我还可以照常去保罗先生的餐馆，每天晚上饱餐一顿，他不会知道我是否还在工作。要紧的是吃饭，其余的托付给上帝好了。

　　我自然会竖起耳朵打探有什么办法能混一点儿饭吃，我结交了一批新人——以前百般设法躲开的讨厌的人，我厌恶的酒鬼、有几个钱的艺术家、古根海姆基金得主等。你若一天十二小时蹲在露天咖啡座上，交朋友便不是什么难事。你渐渐认得了蒙帕纳斯的每一个酒鬼，他们像虱子一样簇拥在你身边，哪怕你除了自己的耳朵外再也没有什么东西可给他们。现在我失去了工作，卡尔和范诺登又有话说了，"你妻子现在来了怎么办？"唉，那又怎样？要喂的不是一张嘴，而是两张嘴了，我在逆境中将有人陪伴了。假如她的美貌未衰，也许我会过得比一个人时好些——这个世界绝不会允许一个美貌女人饿死。我不能指望塔尼亚为我做什么，她在给西尔维斯特寄钱。起初我还幻想她也许会让我跟她一起住，可她怕害及自己，再说她必须对她的老板好一些。

　　当你穷困潦倒时首先要求助的便是犹太人，我手头几乎一下子就有了三个，全是充满同情心的好人。一个是退休的皮货商人，他极渴望自己的名字出现在报纸上，因

329

此他提议我写一组文章，用他的名字投到纽约一家犹太人的日报上。我还得在多姆饭店和库波勒饭店附近一带搜寻有名气的犹太人，我找到的第一个是一位著名的数学家，一个英文词也不会说。我得根据他留在纸餐巾上的图表写出激波理论，同时还得描述爱因斯坦的观点，这一切只得到二十五法郎。在报上看到我的文章后，连我自己也读不懂，不过这些文章都很像回事儿，这也就行了，尤其是添上那个皮货商的笔名后。

在这段时间里我写了很多用笔名发表的文章。埃德加一基内林荫大道上那家新的大妓院开张时我捞了一点儿，那是给我写宣传小册子的酬劳，也就是一瓶香槟和在一间埃及式房间里免费嫖一次。如果我带来一个顾客还能得到佣金，正像以前凯皮干的一样。有一夜我把范诺登带来了，他要通过自己在楼上享乐的方式让我挣几个钱。可是老鸨听说他是记者后怎么也不收他的钱，又让他免费喝了一瓶香槟，免费嫖了一回，我却从中什么也没得到。事实上，我还得替他写这篇报道，因为他想不出如何传开这件事而又只字不提这是怎样一个地方。这样的事情一件接一件，我被人捉弄得够劲儿。

最糟的差事是我答应为一个聋哑心理学家写一篇论文，是讲如何照顾跛孩子的。我的脑子里塞满了各种有关疾病、夹板、工作台和新鲜空气的理论。这篇论文断断续续写了六个星期，更倒霉的是，我还得校对这鬼东西。这是用法语写的，一种我平生不曾见过听过的法语。不过它每天给我带来一顿丰盛的早饭，一顿美式早餐，有橘汁、燕麦片粥、奶油、咖啡，有时还变花样，有火腿鸡蛋。我在巴黎期间只有这一段能吃到像样的早餐！这多亏了纽约曼哈顿东区罗克威海滩上的跛孩子以及毗邻小湾、小叉里令人伤心的景象。

有一天我碰巧遇到一个摄影师，他在为慕尼黑某个性欲倒错的人拍一套巴黎下流场所的照片。他问我愿不愿脱下裤子摆好姿势让他照，还有其他一些动作。我想到那些瘦得皮包骨的小矮个儿，他们看上去像旅馆侍者和送信的。人们有时会在书店橱窗里摆的色情明信片上看到这些人物，他们是今天鲁纳街和巴黎其他臭名昭著的地方的神秘幽灵。我不大愿意在这些社会精英面前展示自己身体的这个主意，可是这个摄影师向我保证这些照片将会严格地由私人收藏，而且最终要拿到慕尼黑去，我便应允了。当你远离家乡时你会允许自己稍稍放荡一场，尤其是出于一个值得的、替自己挣口饭吃的动机。回想起来我毕竟不是一个过于拘谨的人，甚至在纽约时也不是这样。在那儿有时夜里我那么狼狈，不得不出去在邻里间乞讨。

我们不去旅游者熟悉的参观游览场所，而是到一些小地方去，那儿的气氛更合适一些。我们可以下午去那儿，先玩一会儿纸牌再干活。这位摄影师是个好游伴，他十分熟悉这个城市，尤其是这儿的墙。他常跟我谈起歌德、霍亨斯陶芬王朝时代及黑死

病流行期间对犹太人的屠杀。这都是有趣的话题，而且总与他正在做的事情有某些含混的联系。他对电影剧本也颇有研究，有一些惊人的见解，不过谁也没有胆量去采用他的意见。看到一匹像沙龙门那样被劈开的马会激发他大谈但丁或达·芬奇或雷姆卜兰特，他会从维莱特的屠宰场跳上一辆出租车带我赶到特卡德奥博物馆，为的是指给我看使他着迷的一块头骨或一具木乃伊。我们仔细游览了第五、第十三、第十九和第二十区，我们最喜欢的休息地点都是阴郁的小地方，比如国家广场、白杨树广场、护墙广场、保罗—魏尔伦广场。许多地方是我本来就熟悉的，可是听了他的独到见解后我对所有这些地方有了全然不同的看法。比如说，如果今天我碰巧沿着霍尔城堡街散步，吸进了医院床上发出的恶臭味——这股臭味在第十三区弥漫——那么我的鼻孔一定会快活地张大，因为这股气味同放置很久的死尸和甲醛气味混合后便会产生另一种气味，这是我们在想象中穿过黑死病酿成的欧洲尸骨陈列所的旅途中会闻到的种种气味。

通过这个摄影师我认识了一个唯灵论者，他叫克鲁格，是一位雕刻家兼画家。出于某种原因克鲁格很喜欢我，当他发现我乐意倾听他的"深奥"见解后我简直无法摆脱他。对于这个世界上的某些人，"深奥"这个词似乎具有一种灵丹妙药的功效，正像《魔山》中裴波尔克伦先生对"安居"的反应。克鲁格是一个出了毛病的圣人、一个色情受虐狂、一个肛门类型的人，他遵循的法则是拘泥细节、正直和诚心实意，在休息日里他会毫无愧色地打掉一个人的牙齿，叫它落到此人的肚子里去。他似乎认为我已成熟了，可以进入下一个阶段了。据他说是一个"更高阶段"。我已做好准备进入他指定的任何阶段，只要不少吃的不少喝的就行。他唠唠叨叨地对我谈"线魂""成因体""切除"、奥义书、普洛提诺、讫里什那穆提、"灵魂的业力受职仪式""涅槃的知觉"，全是从东方吹来的胡话，像瘟疫后散出的气息。有时他恍恍惚惚说起自己上一辈子的模样，至少是他想象中的模样，或者讲述他做过的梦。照我看这些梦十分普通，甚至不值得一位弗洛伊德主义者去费神，可是他自己却认为这都是深藏不露、奥秘难测的奇观，因而我一定要帮他解析这些梦。他把自己整个翻过来，像翻一件已磨光的外套一样。

我一点一点地取得了他的信任，我钻到他心里去了。我已把他掌握得牢牢的，他会在大街上追上我，看是否能借给我几个钱花。他想叫我活下去，以便活着完成向更高阶段的过渡。我就像树上一只正在成熟的梨，我不时出现退步，吐露我需要更多的尘世的滋养——去看一次狮身人面像或是去圣阿波罗街，我知道每当肉体的要求变得太强烈、每当他变得软弱时便要去那儿。

作为画家他一钱不值，作为雕刻家他更不值钱，可他是个好管家，这也就不错了，而且他还是一个十分节俭的管家，什么都不浪费，甚至连包肉的纸也不扔。每逢星期五晚上他便为同行艺术家们打开自己的画室，有很多饮料、很好的三明治，如果偶尔剩一点什么我第二天便来把它消灭掉。

在布里埃舞厅后面还有一家我常去的画室，那是马克·斯威夫特的画室。假如这位刻薄的爱尔兰人不是天才当然也是一个怪才，他有一个犹太女人，是给他当模特儿的，他俩在一起已住了多年。现在他受够她了。正在找借口甩掉她，不过因为吃光了她当初带来的嫁妆，他现在正苦于找不到既不赔钱又能摆脱她的方法。最简单的办法莫过于同她闹翻，迫使她宁愿饿死也不再忍受他的残酷行为。

他的这位情妇是个蛮出色的女人，人们至多不过会说她已没有身材了，她养活他的能力也消失了。她自己也是画家，那些声称了解情况的人中流传这样一种说法，说她比他更有才能。不论他待她多么苛刻她仍是公正的，她不允许别人说他不是一个大画家。她说，正是因为确有天才他才是这样一个不可救药的人。别人从未在墙上看到她的油画，只看到他的，她的作品都掖在厨房里了。有一次我也在场，有一个人坚持要看看她的作品，其结果很令人不快。斯威夫特用他的一只大脚趾着她的一幅油画说，"你看这一幅，站在门口的这个男人正要出去撒尿，他会找不到回来的路，因为他的头在……再看看那边那幅裸体画……画阴部之前她干得不错，我不明白她当时在想什么，可她把那儿画得那么大，画笔一脱手掉进去就再也捞不出来了。"

为了给我们讲解裸体画该是怎样的，他拖出一幅巨大的油画，这是他刚完成的。画的是她，这是在犯罪心理激发下的绝妙报复，是一个疯子的作品——恶毒、琐屑、邪恶、机智。你会产生一种感觉，即他是透过锁眼窥视她的，是在她没有防备时画下她的——比方说她呆呆地掏鼻孔或搔屁股时。在画上，她坐在马鬃填的沙发上，呆在一间没有通风设备的房子里，一间没有窗子的巨大屋子，这儿活像松果腺的前叶，她身后是一道通向阳台的曲曲折折的楼梯，楼梯上铺着令人不愉快的绿色地毯，这种绿色只能源自一个快要毁灭的世界。最突出的东西是她的屁股，它一边大一边小，上面尽是疤痕，她像是微微从沙发上抬起了屁股，仿佛要放出一个响屁。她的面部却被斯威夫特理想化了，显得甜美而又纯洁，纯得像咳嗽药水。她的胸部被画得很大、被阴沟里的臭气充得胀大起来。她像一个放大了的胎儿，生着一副安琪儿的迟钝、甜蜜容貌，正在月经污血的海洋里游泳。

然而人们还是情不自禁地喜欢他，他是一位不知疲倦的人，

一个脑子里除了绘画什么都不想的人，而且还狡猾得像一只山猫。正是他启发我

想到去发展与菲尔莫的友谊，菲尔莫是一个在外交界供职的年轻人，他也加入了围着克鲁格和斯威夫特转的那一小批人。斯威夫特说，"让他帮帮你，他钱多得不知道该怎么花。"

当一个人把自己的钱全花在自己身上时，当一个人用自己的钱过得十分舒适得意时，人们便总会说，"他钱多得不知道该怎么花。"至于我，我看不出除此之外还有什么更好的可以花钱的地方。对于这些人，人们不能说他们大方或吝啬，他们毕竟把钱投入流通了——这才是关键。菲尔莫明白他在巴黎呆不了多久，他打定主意要在这段时间里玩个痛快。由于一个人有朋友陪着玩得更有趣些，他自然会来找我这样一个有充裕时间的人充当他所需要的伙伴。人们说他是一个令人生厌的人，我想他的确也是，不过需要食物时比厌烦更糟糕的事情你也可以承受。不管怎么说，他还是在其他方面使我的夜生活变得有意思多了，尽管他喋喋不休地说话，通常是谈他自己或他一味崇拜的作家——尽是阿纳托尔·法朗士和约瑟夫·康拉德之流。他喜欢跳舞，喜欢喝好酒，喜欢女人，于是别人就能原谅他还喜欢拜伦和维克多·雨果了。他刚出大学门才几年，有的是时间去改掉这些爱好。我喜欢的是他的冒险精神。

由于我同克鲁格呆在一起的那一短时期内发生了一件古怪的事情，我和菲尔莫进一步熟悉了，也可以说更亲密了。这件事情是柯林斯刚到后不久发生的，柯林斯是菲尔莫从美国来时在路上认识的一个海员。我们三人去吃饭前常在圆形露天咖啡座定期见面，总是喝茴香酒。这种酒使柯林斯心情舒畅，也为后来灌下去的甜酒、啤酒、白兰地等垫了底。在柯林斯呆在巴黎的这段时间里我过的是贵族的日子，只吃鸡，喝名贵葡萄酒，吃以前听也不曾听说过的甜点心。过上一个月这种养尊处优的生活我就只好去巴登一巴登、维希或艾克斯莱班了。此时我在克鲁格的画室里过夜，我正在成为一个讨人厌的家伙，因为我从未在凌晨三点钟以前回来过，不到中午很难把我赶下床来，克鲁格从未当众责备过我，不过他的态度很清楚地表明我正在变成一个讨厌鬼。

有一天我病了，好饭菜在我身上生效了。我不知道自己生的是什么病，总之只能呆在床上，我一点儿力气也没有，也丧失了勇气。克鲁格不得不看护我，为我煮汤喝，为我干别的。这对于他是一段很难的日子，尤其是他马上就要在画室里举行一次重要画展了，这是为一些有钱的鉴定家举办的私人画展，他指望从这些人那儿得到赞助。我睡的帆布床就摆在画室里，再没有其他房间可以安置我了。

要举行画展那天早上克鲁格一醒来便十分不快，若是我还能站起来，我知道他准会照我下巴上揍一拳，然后把我踢出去。可我直挺挺地躺着，衰弱得像一只猫。他想哄我起床，想等参观画展的人一来便把我锁进厨房里。我也意识到自己这是在给他捣

蛋，有一个垂死的人躺在眼前，人们不可能有兴致看绘画和雕塑。克鲁格打心眼儿里认为我快死了，我自己也这么想。这就是他提议叫救护车拉我去美国医院时我提不起一点儿劲来的原因，尽管我也有一种负罪感。我只想舒舒服服地就死在画室里，我并不想被人赶起来找一个好点儿的地方去死。我不在乎自己死在哪里，真的，只要不叫我起来什么我都可以答应。

听我这样说，克鲁格吓坏了。假如参观的人到了，画室里摆着一具死尸比睡着一个病人更倒霉，那会彻底毁掉他的前程，不论这种前程是多么黯淡。他当然不会这样对我讲，不过我从他焦虑不安的神情中看出这是使他烦恼的原因。这使我变得固执起来，我拒绝让他往医院打电话，我不让他打电话叫医生，我什么都不让他做。

最后他被我激怒了，不顾我的抗议便开始给我穿衣服。我身体太弱，无法抗拒，只能有气无力地低声咕哝——"你这个狗东西，你！"屋外很暖和，可我还是像条狗一样不住地发抖。他给我完全穿好衣服后便又在我身上盖了件大衣，然后溜出去打电话。"我不去！我不去！"我不停地这样说，可他只是砰地关上门走了。几分钟后他又回来了，一句话也没对我说便忙着收拾画室，这是最后的准备工作。过了一会儿有人敲了敲门，是菲尔莫，他告诉我柯林斯正在楼下等着呢。

菲尔莫和克鲁格两人把手放在我身下将我扶起来，拖着我朝电梯走的路上克鲁格态度柔和些了。他说，"这是为了你好。再说，这样对我不公平。你知道这些年来我是怎样熬过来的，你也该替我想想。"他真的快掉眼泪了。

尽管我觉得很不幸、很苦恼，他这番话还是差点儿使我笑起来。他比我年纪大得多，是一个糟糕的画家、一个糟糕透顶的艺术家，尽管如此他也该交一回好运——至少一辈子该有一次机会。

"我并不是有意和你为难，我明白你的意思。"我喃喃道。

他答道，"你知道我一直是喜欢你的。等你好些了可以再回到这儿来……住多久都由你。"

"当然，我明白……我一时还死不了。"我勉强说了一句。

不知为什么，一看到柯林斯在楼下我的精神就恢复了不少。如果有谁显得充满生气、健康、快活、豁达，这个人便是他。他把我抱起来放在汽车座位上，好像我是个洋娃娃，而且动作很轻柔，被克鲁格粗暴地搬了一回后我很欣赏这一点。

我们驱车来到旅馆——柯林斯下榻的旅馆——柯林斯同旅馆主人谈了几句。我听得见柯林斯对这位主人说，没有什么疾病……只是有一点儿累了……几天就会好的。我看到他把一张皱巴巴的钞票塞在那人手里，然后迅速、灵巧地转身回到我身边说，

"来，振作起来！别让他以为你快死了。"说着，他把我用力拉起来，用一只胳膊撑住我的身体，带我朝电梯走去。

"别让他以为你快死了！"显然死在别人手上是不得体的，一个人应该死在自己家里，也可以说是悄悄死去。他的话很鼓舞人，我开始把这看作一个拙劣的笑话了。上了楼，关上房门后他们脱掉我的衣服，给我盖上被子。柯林斯热切地说，"你现在不能死，他妈的！那样你会叫我难堪的……再说，你到底有什么病？过不了好日子？拿出点儿勇气来！过一两天你就能吃上等腰肉牛排了。你以为你生病了！别急，等你生了一回梅毒再说！那才叫你胆战心惊呢……"他又调侃似的谈起他沿着长江的旅行，路上头发掉了，牙齿也烂了。处于这样的衰弱状态中，他讲述的这段往事对我产生了一种奇异的安慰效果，使我完全忘记了病痛。这家伙胆子真大，也许为了我的缘故他有几分添油加醋，可我当时听他讲故事时并不想挑刺。我全神贯注地听，我仿佛看到了长江肮脏混浊的河口、汉口的灯光、众多的黄面孔、穿过三峡飞流直下的舳板和被龙口中吐出的带股硫磺味的火舌映红的湍流。多么奇异的经历！中国苦力们如何每天围在小船周围，打捞被船上人扔下水的垃圾废物；汤姆·斯莱特里如何在弥留之际从病榻上撑起身子再看一眼汉口的灯光；那个英俊的欧亚混血儿如何躺在一间屋子里往自己血管中注射毒药。还有千篇一律的蓝褂子和黄面孔，他们中有千千万万的人被饥馑弄得憔悴不堪，忍受疾病折磨，他们靠吃老鼠、狗和树根为生，他们啃光了地上长的草，吞下了自己的孩子。很难设想这个人身上曾一度布满了伤疤，曾因是麻风病人被关起来，然而他说话时的声音平静、和蔼，好像经历过的磨难已荡涤了他的灵魂。他伸手去端酒，这时他的面容变得越来越柔和，他的话真的宽慰了我。这会儿中国自始至终像命运之神那样悬在我们头顶上，一个正在烂掉的中国，它正像一头硕大的恐龙一样化为尘土，然而直到最后一刻仍保留着它的魅力、新奇、神秘，它的残酷古老的传说。

我再也听不下去了，我的思绪回到头一回买了一包爆竹的那个国庆日，还有点燃爆竹用的长长的引火棍，这种引火物很容易断，一吹便呈现出一点明亮的红光，它的气味会留在手指上好几天，会使你联想到一些古怪念头。国庆那天街上乱扔着颜色鲜艳的红纸张，上面盖着黑色和金色的印记，四处是细小的爆竹，里面裹的东西是最最稀奇古怪的。这些爆竹一包包多极了，全用人脑浆色的又细又扁的肠线穿成一串串的。整天空气中都弥漫着火药和引火棍味，艳红色包装纸上的金粉始终沾在手上。一个人永远也不会想到中国，可它一直沾在你的指尖上，叫你的鼻子直发痒。很久以后，当你几乎全然忘记了爆竹的气味之后，某一天你会被金箔呛醒，破碎的引火棍又送来刺

鼻的气味，艳红的包装纸使你对根本不了解的一个民族、一个国土产生了眷恋之情。虽然你并不了解它，它在你的血液中流动，神秘地流动。像时间或空间这类时隐时现却又永恒的概念，越年老你便越仰慕它，试图用脑子去理解它，可是却不成功，这是由于中国的每一件事物中都蕴含智慧和神秘，你无法用双手抓住它，也无法理解它，只得由它去，由它沾在你手指上，由它渐渐渗进你的血管中。

几星期后我收到已回到勒阿弗尔的柯林斯写来的言辞恳切的邀请信，于是一天早上我同菲尔莫上了火车，打算同柯林斯共度周末，这是到巴黎后第一次离开它。我们精神振奋，一路喝着安如葡萄酒来到海边。柯林斯给了我们一个酒吧的地址，我们就在那儿见面。那是一个叫作"吉米餐馆"的地方，据说在勒阿弗尔人人都知道它。

我们在火车站搭上一辆四轮马车快速赶往约会地点，在车上我们边走边喝光了剩下的半瓶安如葡萄酒。勒阿弗尔是一个欢快、充满阳光的城市，空气十分清新，那种强烈的咸味差点儿使我思念起纽约的家乡。桅杆和船身处处可见，还有鲜艳的船旗、宽阔的广场和只有在外省才见得到的屋顶很高的咖啡馆。我立即对这里产生了很好的印象，这个城市在张开双臂迎接我们。

不等走到酒吧我们便看到柯林斯急匆匆地沿着街道走过来，肯定是要去车站，而且同往常一样迟到了一会儿。菲尔莫马上提议喝点茴香酒，我们都在互相拍背、笑、喷唾沫星子，阳光和带咸味的海边空气已经使我们陶醉了。起初柯林斯下不了决心喝不喝茴香酒，他告诉我们他得了淋病，不太厉害——很可能是"太累了"。他从口袋里掏出一个瓶子给我们看，这玩艺儿叫作"花柳灵"，若是我没有记错的话。这是海员们用来治淋病的药。

去"吉米餐馆"之前我们在一家馆子里先垫补了一点，这儿铺面很大，椽子粗大，被烟熏得很黑，餐桌上摆满了吃的。我们滥饮柯林斯推荐的甜酒，以后又坐在一个露天咖啡座上喝咖啡和烈性酒。柯林斯在谈论查露斯男爵，他说此人十分和他的意。他在勒阿弗尔呆了差不多一年，滥花从前走私时积蓄下的钱财。他的爱好很简单——吃、喝、女人和书，还得有一个私人浴室，他坚持这一点。

仍在谈论查露斯男爵，我们已到了"吉米餐馆"。这时已临近傍晚，店里的人渐渐多起来。吉米在店里，脸红得像棵甜菜，他太太站在他身边，是一个眼睛明亮、胸脯丰满的漂亮法国女人。我们受到了殷勤的招待，面前又摆上了茴香酒，留声机在高声尖叫，人们用英语、法语、荷兰语、挪威语和西班牙语叽哩咕噜地闲扯。吉米和他妻子都非常快活、活跃，他们真诚地互相拍打、亲吻，还举起酒杯碰碰。身处这样一个欢快的大笑大喊的环境中你只想脱下衣服跳一场战舞。酒店里的女人都像苍蝇一样围拢来，如果我们是柯林斯的朋友也就是说我们有钱，我们穿着旧衣服来也没关系，英国人都是这身装束。我口袋里一个苏也没有，当然这也不成问题，因为我是贵客。不过有两个极漂亮的婊子挽着我的胳膊，听候我吩咐，我还是觉得有些难堪。于是我打算硬着头皮挺下去，谁也说不上哪些饮料由酒店提供、哪些要付钱。我得摆出一副绅士派头，哪怕口袋里一个苏也没有呢。

伊薇特，就是吉米的妻子，对我们格外大方，非常友好。她在为我们准备一个小宴会，还得再等一会儿。她不让我们喝得太醉，因为她要我们好好吃饭。留声机疯了似的响着，菲尔莫早已同一个美丽的黑白混血儿跳起舞来，她穿着一件紧身天鹅绒衣服，优雅的身姿一览无余。柯林斯溜到我身边小声讲了讲我身边那个姑娘的情况，"老板娘会请她吃饭的，只要你想要她。"她从前是妓女，在这个城市的郊区有一所漂亮的房子，现在她成了一位船长的情妇。他走了，所以没有什么好怕的。"如果她喜欢上你，就会邀你和她同居。"他又补充道。

这番话已足够了，我马上转向这位马色尔，着着实实把她吹捧了一通。我俩假装跳舞，站在酒吧的一个角落里，互相狠命地揉弄。吉米朝我拼命挤挤眼，赞许地点点头。这个马色尔是个淫荡的婊子，同时也很令人愉快。我发现她很快就把其他姑娘打发走了，以后我们坐下来亲密地谈了许久。遗憾的是宣布吃饭了，打断了我们的谈话。

餐桌边坐了大约二十个人，我和马色尔被安排在一侧，对面就是吉米和他妻子。宴会以噼噼啪啪地打开香槟酒瓶塞开始，接着便是醉意十足的致词，在此期间马色尔和我在桌子底下互相挑逗。轮到我起身讲几句话了，我只得捏着面前的餐巾，真是使人痛苦又叫人兴奋。我只能简单讲两句敷衍，因为马色尔一直在我的裆里搔痒。

这顿饭一直持续到临近午夜，我一直盼着同马色尔在那幢悬崖上的漂亮房子里过夜，可是还办不到。柯林斯计划带我们到各处转转，我也不便拒绝。他说，"别担心，你走以前会跟她厮混个够。叫她在这儿等你，直到我们回来。"

对此她有几分不快，后来我们告诉她我们在这儿要呆几天，她这才高兴起来。一出门菲尔莫便极其严肃地拉住我们的胳膊说他有点儿事要说，他面色苍白，忧郁惆怅。

"说呀，怎么了？"柯林斯快活地说。"有话快说。"

菲尔莫一时还说不出来，他哼哼唧唧了许久才进出一句，"嗯，刚才去上厕所时我发现……"

"这就是说你已经染上淋病了！"柯林斯得意扬扬地说，一边炫耀式地掏出那瓶"花柳灵"。他又刻毒地补充一句，"别去看医生，那些贪心的王八蛋会把你的血放光的。也别停止喝酒，那一套全是胡扯。每天喝两次这个……喝之前先把它摇匀。最糟

337

的是发愁，你懂吗？来吧，等我们回去我给你一个注水器、一些高锰酸盐好了。"

于是我们便踏入了夜色，朝海滨走去，那儿传来音乐声、喊叫声、酒后的赌咒声。一路上柯林斯一直在轻声谈论这谈论那，谈他曾爱上的一个男孩，谈那孩子的父母知晓后他如何费尽周折才摆脱困境。然后他又从这个话题绕回查露斯伯爵，接着又讲到逆河而上、后来失踪的库尔茨，这是他最喜欢的话题。我欣赏柯林斯这样不断借助文学背景的手法，这好像一位百万富翁从不走下他的罗尔斯—罗伊斯轿车。对于他，现实与理想之间并没有中间地带。我们进了伏尔泰堤上那家妓院，柯林斯一屁股坐在沙发上打铃要姑娘、要饮料，这时他仍在喋喋不休地谈他和库尔茨蹚河弄水的经历呢。后来姑娘们上床睡在他身边，用一个个吻封住他的嘴，他这才不说这些不相干的话了。这时他似乎猛地悟到自己在哪儿，于是转向开这所妓院的那位老妈妈，向她滔滔不绝地介绍他这两位专程从巴黎来看这个地方的朋友。屋里有六七个姑娘，全都光着屁股，而且我得说都蛮漂亮。她们像小鸟一样蹦来蹦去，这时我们三个仍在设法同那位老妈妈攀谈。最后老妈妈借故告辞了，叫我们随便些。我完全被她吸引住了，她那么和善可亲，那么温柔而又充满母性，而且举止又是那么文雅。若是她稍稍年轻一点儿，我便会向她求爱的，此刻你当然不会想到我们正在"罪窟"里，人们都这样称呼一所妓院。

总之，我们在那儿呆了大约个把钟头，只有我的状况还好，能享受这儿的优惠，柯林斯和菲尔莫则留在楼下同姑娘们聊天。等我回来，我看到他俩躺在床上，姑娘们在床边围成一个半圆，用最最甜美的嗓音合唱"皮卡迪的玫瑰"。离开这所房子时我们在情感上都有几分沮丧，特别是菲尔莫。柯林斯很快带我们来到一个粗野的地方，这儿挤满了请假上岸的海员。我们坐在这儿欣赏了片刻同性恋大聚会，这时正处于高潮。出来时我们必须经过红灯区，这儿脖子里围着披巾的老妈妈就更多了，她们坐在门口台阶上边扇扇子边笑容可掬地朝过路人点头致意。全是一些好看的好心人，像是正在守护一个托儿所。三三两两的水手摇摇晃晃地走过来，吵吵闹闹地闯进这些俗丽的地方。到处是性行为，它淹没了一切，像一小股潮水席卷了支撑这个城市的支柱。我们沿着这个水潭的边缘游荡，这儿一切都乱成一团，纠缠在一起，你会有这样一种印象：所有的大船、拖网渔船、游艇、帆船和驳船都被一场凶猛的风暴刮上了岸。

在四十八小时内发生了这么多事情，好像我们已经在勒阿弗尔呆了一个月或更久。我们打算星期一一早就出发，因为菲尔莫必须回去工作。我们整个星期天都在喝酒、狂欢，也顾不得什么淋病不淋病了。那天下午柯林斯向我们吐露他正考虑回到他在爱达荷的农场去，他有八年没有回家了，想在再去东方航行前回去看一眼家乡的群山。

此刻我们正坐在一家妓院里等一个姑娘到来，柯林斯应允悄悄给她一点儿可卡因。他告诉我们勒阿弗尔已叫他生厌了，这儿围着他转的婊子太多，再说吉米的妻子又爱上了他。她醋劲大发，使他日子过得并不好，几乎每天晚上都要大闹一通。自从我们到了以后她表现还不错，可是柯林斯告诉我们这长不了。她特别妒忌一个俄国姑娘，这个姑娘喝醉酒后有时到酒吧里来，是个捣蛋鬼。除了这些女人，他还如醉如痴地爱着头一天对我们讲过的那个男孩。他说，"一个男孩子能叫你心碎，他是他妈的那么美！那么狠心！"听到这话我们笑了，这真是太反常了，可是柯林斯却是十分严肃的。

　　到了星期日午夜前后我和菲尔莫去睡了，人们给了我们一间在酒吧顶上的房间，这儿闷热极了，一点儿气也不透。透过打开的窗子我们能听到他们在楼下喊叫，留声机不停地在唱。突然暴风雨来临了——一场常见的大暴雨。在雷鸣声和打在窗玻璃上的风雨声中，楼下酒吧里爆发的另一场风暴也传进了我们耳朵。这声音近得吓人，十分不祥，女人们扯着嗓子拼命尖叫、酒瓶砸得粉碎、桌子被掀翻，还不时传来人的身体砰然摔倒在地板上发出的熟悉的、令人作呕的响声。

　　大约到了六点柯林斯把头探进门来，他脸上敷满药膏，一只胳膊用吊带吊着，还咧着大嘴笑呢。

　　他说，"正如我所说的，昨天夜里她撒野了。我想你们听到吵闹了吧？"

　　我们很快穿好衣服下楼同吉米道别，这个酒店全被毁了，没有一只酒瓶还立着未倒，没有一把椅子没有砸烂，镜子橱窗也被砸成碎片。吉米正在给自己调一份鸡尾酒。

　　在去火车站的路上我们把事情串起来了。我们摇摇摆摆去睡觉后不久那个俄国姑娘进来了，伊薇特立即侮辱了她，甚至连借口也不找一个。于是她俩开始互相揪头发，正揪得起劲，一个瑞典大汉走进来给俄国姑娘下巴上来了记清脆的耳光，目的是叫她清醒一下。这一下好像火上浇油，柯林斯质问这个大块头究竟有什么权利卷入一场私人纠纷。作为答复，他的下巴上被那人捣了一下。这一下很有力，使他飞到酒店另一头去了。"活该！"伊薇特嚷道，一面利用这个好机会抄起一个酒瓶朝俄国姑娘头上抢去。正在这时候下起了大雷雨，一刹那间爆发了一场十足的大混战，女人们都发了歇斯底里，迫不及待地利用这个机会报私仇。没有什么比得上酒馆里的一场漂亮械斗……当一个人躺在桌子底下时在他背上插把刀子或是用酒瓶子狠揍他是最容易不过的。可怜的瑞典人这才发现自己惹出了大乱子，在场的每个人都恨他，特别是和他在同一条船上的水手。他们都希望看到他被人干掉，于是他们锁上门，把桌子推到一边，在酒柜前空出一小块地方让他俩斗出个输赢来。他们果然决出了胜负！打完这一架后他们不得不把这可怜的恶鬼送到医院去。柯林斯还算相当幸运——只是扭伤了手腕，几

根手指脱了节，鼻子流了血，眼睛也青了。用他自己的话说，只是被搔了几下而已。可是如果再遇见这个瑞典人他一定要宰了他，他告诉我们这件事还没有完。

这场打斗也没有完，此后伊薇特只有另找一家酒吧畅饮一番。她受到了侮辱，她打算了结这些事，于是她雇了一辆出租车，吩咐司机把车开到俯瞰大海的悬崖边上。她要自杀，她就是打算这么干，可是这时她醉得太厉害，一爬出车子便哭起来。别人还来不及制止，她便开始脱起衣服来。司机把她半裸着载回家里，吉米看到她这副样子不禁勃然大怒，扬起磨剃须刀的皮带把她抽得屁滚尿流。她还喜欢挨揍，这个婊子。她跪在地上用双手搂住他的腿恳求道，"再来几下！"吉米却已打够了。"你是一头老脏猪！"说着他一脚踢在她肚子上，把她踢得没气了，也把她无聊的有关性的念头踢掉了一点儿。

我们早该走了，在清晨的光线下看这个城市又是另一番景象。站在那儿等火车驶出站时我们谈论的最后一个话题是爱达荷州，我们三个都是美国人，来自不同的地方，但我们却有共同之处，而且可以说有很多。我们变得多愁善感了，美国人在分手时常会这样。对于奶牛、羊、那个人能成其为人的广阔天地以及所有这些空谈，我们萌发了非常愚蠢的遐想，如果驶过来的是一条船而不是一列火车，我们准会跳上去告别这一切。可是柯林斯再也不会见到美国了，这是我后来听说的，然而菲尔莫……唉，菲尔莫也得受到惩罚，其方式是当时我们谁也没有料到的。最好还是让美国就这样，总在不可触及的地方，这有点儿像在身体虚弱时看一张绘有图画的明信片。那样你会想象它一直在等待你，没有变化，没有遭到破坏，一大片爱国者的广阔土地，那儿有牛、有羊，有情欲难禁的男人看见什么都奸，奸男人，奸女人，也奸牲口。美国并不存在，美国只是你给予一个抽象观念的名称……

十 一

　　巴黎像个婊子，在远处看她非常迷人，叫你迫不及待地想把她搂到怀里。可是过了五分钟后你便觉得空虚，你厌恶自己，觉得自己上当了。

　　我衣袋里装着钱回到巴黎，好几百法郎，是临上火车时柯林斯塞在我衣袋里的。这笔钱足够租一个房间，至少还可以吃一个星期好饭。我已有好几年没有一次拿到过这么多钱了，我兴高采烈，也许一种新生活就要在我面前展开了。我又想把钱存起来，于是找了城堡街上一家面包店顶上的一个便宜旅馆，离旺夫街不远，尤金有一回曾给我指过这个地方。走几步便是连接蒙帕纳斯铁道的桥，这块地方我很熟。

　　我本可以租一间一个月房租才一百法郎的屋子，这种房子当然是什么设备也没有的，甚至没有窗子。也许本来我仍会租下来的——只是为了有个牢靠的地方睡一会儿——若不是进这个房间前不得不先穿过一个瞎子的房间。想到每天夜里要从他床前经过我极不痛快，因而决定到别处找找看。我来到塞尔街，就在公墓后面，我看到一幢东倒西歪的破房子，围着院子有一圈阳台，阳台上还吊着鸟笼子，下面一层都吊满了。也许这是振奋人心的景象，可我却觉得它像医院里的集体病房，旅馆老板也显得不很像一个智力健全的人。我决心等到晚上好好四下看看再说，然后再到一条僻静小巷里挑一家有点儿吸引力的小酒店。

　　吃饭时花了十五法郎，这是我给自己规定的饭钱的大约一倍。这使我很不安，甚至不许自己坐下来再喝杯咖啡了。尽管这时已下开了毛毛雨。我情愿走一走，然后在一个不太晚的时辰静静地上床。这样节衣缩食地花钱本来已经使我很不愉快了。这种事我一辈子没干过，我天生就干不了这种事。

　　后来小雨变成了倾盆大雨，对此我很高兴，这提供了一个我正需要的可以躲到某个地方伸伸腿的借口。这会儿去睡觉仍太早，我加快脚步折回拉斯帕伊林荫大道去。突然一个女人过来拦住我，就在暴雨中。她问我几点钟了。我告诉她我没有表，这时她喊叫起来，"啊，好先生，你讲英语吗？"我点点头，她便滔滔不绝地说开了，"我的好人，或许你能发发善心带我去一家咖啡馆。雨下得这么大，我没有钱找个地方坐坐。

请你原谅我，亲爱的先生，可你的面容那么慈祥……我马上就知道你是英国人了。"说着她朝我笑了，这是古怪的、半疯半傻的笑。"或许你能给我出点儿主意，亲爱的先生。我孤苦伶仃的，一个人……我的上帝，没有钱真是太可怕了……"

这一串"亲爱的先生""好心的先生"和"我的好人"差一点儿叫我发歇斯底里。我怜悯她可又非笑不可，我真的笑了，我当着她的面哈哈大笑。于是她也大笑起来，这是一种怪诞的尖声大笑，笑声走了调，是一种叫人无法预计不到的狂笑。我抓住她的胳膊，我们一起朝最近的一家咖啡馆奔去，进了那家小店后她仍不住地咯咯笑。她说，"亲爱的好先生，也许你认为我没有说实话。我是一个好姑娘……是好人家女儿。只是"——说到这儿她又病态地、时断时续地笑了一阵——"只是我太不幸，连一个可以坐坐的地方也找不到。"这时我又大笑起来，我忍不住要笑——她用的词儿、古怪的口音、她头上那顶奇怪的帽子、那种半疯半傻的微笑……

我打断了她，"喂，你是哪国人？"

"英国人，"她说。"是这样，我出生在波兰，不过父亲是爱尔兰人。"

"这样你就成了英国人？"

"是啊！"说着她又傻笑开了，很忸怩，做出一副害羞的样子。

"我想你知道一家可以带我去的小旅馆？"我这样说并不是有意要同她一道去，只是为了替她免去那一套她们惯用的开场白。

"啊，我的好先生，"她说，好像我犯了一个最最令人痛心的错误。"我知道你说的不是真心话！我不是那种姑娘。你在跟我开玩笑，我看得出来。你这么好……你的面容这么慈祥。我不敢对一个法国人讲对你讲过的话，他们一定会立刻叫我难堪的……"

她用这种口气又讲了一阵，我想摆脱她一走了之，可她不愿一个人呆着。她怕，因为她的证件不符合要求。我能不能行行好送她回旅馆？或许我能"借"给她十五或二十法郎叫旅馆老板闭嘴？我送她回到她说她住的旅馆，给她手里塞了一张五十法郎的票子。她不是非常精明就是非常天真，有时这很难判断，总之她叫我等她跑回酒馆去换钱。我告诉她不必了，她便冲动地抓起我的手举到唇边吻了吻，我受宠若惊，马上乐意把自己所有的一切都给了她。这个疯狂的动作感动了我，我自忖有时当个阔佬还是不错的。可以感受到这种很新鲜的刺激。不过我并没有昏了头。五十法郎！一个下雨的夜里浪费五十法郎未免太过分。我走开时她挥舞那顶稀奇古怪、她根本不会戴的小软帽向我告别，好像我们是老朋友了。我感到自己很蠢、很鲁莽。想起她说的话，"我亲爱的好先生……你的面容这么慈祥……你真好。"等等，我又觉得自己是个圣人。

心里洋洋得意时很难马上入睡，你觉得自己应该报答这没有料到的好心夸赞之辞。

经过"丛林"饭店时我瞧了一眼一楼的舞场，光背、戴着快把她们勒死的一串串珍珠的女人——看起来会把她们勒死——正在朝我扭动她们美丽的屁股。我径直到柜台前要了一杯香槟酒，音乐一停便有一位漂亮的金发女郎坐到我身边，她长得像挪威人。这地方其实并不像从门外看起来那么挤、那么欢快，只有六七对男女，刚才他们准是一起跳舞来着。我又要了一杯香槟酒，以免丧失勇气。

　　站起来同这位金发女郎跳舞时舞场上没有别人，若在平时我一定会有些不自然，如今香槟起了作用，还有她贴在我身上的姿势、昏暗的光线及那几百法郎给我的踏踏实实的安全感，不过……我们又跳了一场，像是在举行个人表演，然后我们便交谈起来。她一开始便哭，引出了这场谈话。我认为很可能她是喝得太多了，于是便装出不介意的样子，同时看看周围还有没有别的女人，可是店里已经全空了。

　　中了圈套后要逃，而且要马上逃，否则你就完蛋了。我所以没有逃，是因为不知道为什么想到我为买帽子的支票付了两次款。因为某件琐事，人常常卷入麻烦中去。

　　我很快便明白了，她哭泣的原因是刚刚埋葬了自己的孩子。她也不是挪威人，是法国人，而且还是一个助产士。我不能否认她是一个俊俏的助产士，即使是在这脸上热泪涔涔之时，我征询她的意见：喝点儿酒会不会好受一些，她便立即叫了一杯威士忌，一眨眼工夫便喝完了。我柔声问，"还要吗？"她说要，她觉得十分难过，非常沮丧，因而还想要一包"骆驼"牌香烟。她又说，"不，等等，我想还是要一包'帕尔麦尔'牌子的好。"我想，要什么随你的便，只是看在基督份上别再哭了，你一哭我就心里直发怵。我又把她拉起来跳舞，一站起来她就好像换了一个人。或许悲伤会叫一个人变得更淫荡，我说不清楚。我低声咕哝说要离开这儿，她急切地问，"去哪儿？好，随便。找个能说话的安静地方。"

　　我钻进厕所又数了一遍钱，我把一百法郎的钞票藏在裤子上的表袋里，把一张五十法郎的票子和零钱放在裤子口袋里。我回到酒吧里，决定要言归正传了。

　　她自己谈起了这个话题，这样我就比较容易启齿。她遇到困难了，还不仅仅是失去了孩子，她母亲病在家里，病得很厉害，要付给医生诊费、要买药，还要买这个、买那个。当然，她的话我一句也不信。我反正得替自己找个旅馆，我便提议她跟我一道走，一起过夜。我暗想回到我那里能节省些。可她不干，坚持要回家，说她自己租了公寓，何况还得照顾她妈妈。仔细一盘算，我认定睡在她那儿会更便宜一些，便应允了，提议马上就走。走之前我认为最好先叫她知道一下我的财政状况，这样到分手时便不会有什么埋怨。我告诉她我口袋里有多少钱，我看她听完后快要昏过去了。她说，"你竟然是这种人！"她像是受了极大侮辱，我料想她会大闹一场……然而我毫不

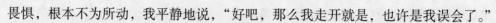

畏惧，根本不为所动，我平静地说，"好吧，那么我走开就是，也许是我误会了。"

"我看你是误会了！"她嚷道，同时仍拽着我的袖子不放手。"亲爱的，听着……公道点！"听到这话我又恢复了信心，我明白这只不过是要我答应再给她一点儿，以后一切就都妥了。我疲惫地说，"好吧，我会对得起你的。走着瞧好了。"

"那么，你刚才是在撒谎喽？"她问。

"是的，我是在撒谎……"我笑了。

不等我戴上帽子她便叫了一辆出租车，我听见她给司机的地址是克利希林荫道。我自忖，到那儿去的车费比租个房间还多呢。唉，算了，有时间……咱们走着瞧。我不知道车子是怎么开动的，不过她很快就对我大谈起亨利·博尔多来。我还不曾遇见一个不知道亨利·博尔多的妓女！不过这一个是真正有才华的，现在她的语言也文雅了，她那么温柔，那么聪明，使我不断地考虑该给她多少钱才合适。我好像听到她在说——"没有时间了。"总之听起来是这话，处于我目前的境况，这话值一百法郎。我诧异这是她自己的话还是从亨利·博尔多那儿拣来的。这也无关紧要。是蒙马特尔街了，我自言自语道，"你好，老妈妈，我和你女儿会照顾你的——没有时间了！"我记得，她还要给我看她的助产士执照。

进屋一关上门她就显得十分紧张，她乱忙一气，两只手拧来拧去，摆出萨拉·伯恩哈特的姿势。她的衣服脱了一半，她不时停下来催我快点儿脱，催我干这干那。最后她脱光了，手里拎着一件小背心走来走去，找她的晨衣。我搂住她狠狠拥抱了一下。待我放开她，她脸上流露出很痛苦的表情。"我的上帝！我的上帝！我一定要下楼去看看妈妈！"她嚷道，"想洗就洗个澡，亲爱的。在那边。我几分钟就回来。"在门口我又拥抱了她，我穿着内衣，勃起得很厉害。不知怎么搞的，她所有这些痛苦和激动、所有的悲伤和做作只是激发了我的欲望。也许她只是下楼去安慰她的老鸨，我有一种感觉，一件不寻常的事情正在发生，这将是我在晨报上读到的那类戏剧性轶事。我很快巡视了一下这个地方，这儿有两个房间和一个浴室，装修得还可以，挺卖弄风骚。墙上挂着她的执照，是"一级"的，这类执照总是一级的。梳妆台上还有一张女孩的照片，是一个生着一头秀发的小女孩。我放水洗澡，后来又改变了主意，如果要出什么事，我会在浴盆里被人发现……我可不喜欢这个主意。时间一分钟一分钟过去，我在屋里来回踱着，心里越来越不安。

她回来时比出去时更加颓丧，不住地呜咽道，"她快死了……她快死了！"有一刹那我差点儿要拔腿走了。当一个女人的妈妈要死在楼下了，也许正在你底下，你他妈的怎么能爬到这个女人身上去呢？我伸出双臂搂住她，一半是同情，一半是决计要获得此行的收获。我们这样站着，她低声咕哝说她需要我应允给她的钱，好像真的遇到了困难，这钱是给"妈妈"的。见鬼，眼下我根本没有心思为几个法郎讨价还价。我走到放衣服的椅子那儿，从表袋里取出一张一百法郎的票子，仍始终谨慎地背对着她。并且，作为进一步预防措施，还把裤子放在我知道自己将要睡的这一侧。这一百法郎仍不十分令她满意。不过她嫌少时不很坚决，由此我看出这已足够了。接着她以惊人的力量猛地脱下晨衣跳上床来，我刚刚用双臂搂住她，把她拉过来，她便去够开关，关上了灯。她充满激情地拥抱我，她呻吟，所有的法国女人跟你睡觉时都是这样呻吟的。她的调情手段弄得我激动得不得了，关灯的把戏我还是头一回遇见……好像真的洞房花烛夜一样。可我仍不免疑虑重重，一等能方便行事就伸出双手摸摸我的裤子是不是还在椅子上。

我想我就要留在这儿过夜了，床睡着很舒服，比一般旅馆的床还软些，床单也是干净的，我早就注意到了这一点。只要她别扭来扭去就好了！这劲头会叫你认为她有一个月没跟男人睡过了。我想尽量拖长时间跟她睡个够，我这一百法郎要个个花得值得，可她仍在喃喃自语，说男女睡觉时说的种种疯话，在黑暗中这些话更容易很快叫你不能自持。我不想全心投入，可是不可能，她在不停地呻吟、喘粗气，还咕哝道，"快，亲爱的！快，亲爱的！啊，这好极了！啊，啊！快，快，亲爱的！"我试图数数以镇定下来，但她的喊叫像火警警报响起来一样紧急。"快，亲爱的！"这一回她喘着粗气抽搐了一阵，哗，我听到星星叮当乱响，我那一百法郎不见了，还有早已忘掉的那五十。灯又全亮了，她仍像跳上床时那样敏捷地跳下床，一边还像头老母猪一样哼哼、尖叫。我又躺下来抽起一根香烟，同时后悔地凝视着我的裤子，它皱成了一团。不到一分钟她又回来了，一面往身上裹晨衣一面用叫人心神不宁的激动口吻告诉我别拘束、随便些。她又说，"我下楼去看看妈妈。别客气，亲爱的，我马上就回来。"

过了一刻钟，我觉得非常急躁不安，我走进里屋看完了放在桌上的一封信，信上没有什么内容，是一封情书。在浴室里我查看了架上所有的瓶子，一个女人使自己身上香气袭人的各种玩艺儿她都应有尽有。我仍希望她会回来，给我另外五十法郎的货，可是时间一分一秒过去了，仍不见她的踪影。我心慌了，也许楼下真有人快死了。我糊里糊涂地穿起衣服来，我想这是出于一种保护自己的本能吧！系腰带时我突然想起她是如何把那张一百法郎的票子装进钱包的，情急中她把钱包塞进衣柜上层了，我还记得她的动作——踮起脚尖要够到那层。不到一分钟我就打开衣柜摸到那只钱包，它还在老地方。我急忙把它打开，看见我那一百法郎稳妥地藏在绸子夹层之间。我把钱包放回老地方，穿上外衣和鞋子溜到楼梯平台上仔细侧耳听了一阵。什么都听不到，

天知道她到哪儿去了。我马上又回到衣柜前摸出她的钱包，装上那一百法郎和所有零钱。我无声地关上门，轻手轻脚地下楼，一到了街上我便使出吃奶的力气尽量快走。到布尔东咖啡店那儿我停下吃点儿东西，妓女们在这儿放肆地用东西投掷一个吃饭时睡着了的胖子。这个胖子睡得很死，还在打鼾，不过他的颚仍在机械地上下活动。这个地方闹哄哄的，有人在喊"开车啦"！接着便是一阵有节奏的噼噼啪啪乱扔刀叉声。胖子睁了睁眼，傻乎乎地眨眨眼，脑袋又向前倒在胸脯上了。我仔细把那一百法郎的钞票放回表袋里，数了数零钱。身边的嘈杂声越来越大，我无法确切忆起是否在她的执照上看到"一级"的字样。至于她妈，我一点儿也不关心，我希望现在她已经死掉了。如果这姑娘说的都是实话那才怪呢，她太好了，好得令人难以相信。"快点，亲爱的……快点！快点！"还有那个说"我的好先生，你的面容真慈祥"的傻子，不知她是不是真的在我们停下的那个地方的旅馆里租了一个房间。

十二

夏天快过去时，菲尔莫邀我去同他一起住，他在迪普莱克斯广场附近有一套俯瞰骑兵兵营的工作室公寓套间。自从上回到勒阿弗尔小游一趟回来后我们经常见面，若不是菲尔莫我真不知道自己今天会在哪里，很可能早就死掉了。他说，"都是那个小婊子杰基，要不我早就邀你来了。我无法甩掉她。"

我只有笑笑。菲尔莫总是这样，他有勾引无家可归的婊子们的天才，最后杰基总算主动走了。

多雨的季节来临了，这是使你沮丧、心情不愉快、漫长而又沉闷地长膘、下雾、阴雨连绵的季节。冬天的巴黎真是一个可恶的地方！这种天气侵蚀进你的灵魂，使你变得像拉布拉多海岸那样光秃秃的。我不无焦虑地注意到唯一的取暖设备是工作间里的小炉子，不过这儿还算自在，从工作间窗子里还能看到极美的景致。

早上菲尔莫猛烈地摇醒我，在我的枕头上留下一张十法郎的票子。等他一出门我便又躺下睡个回笼觉，有时一直躺到中午才起来。没有什么急着要做的事，除了这本有待写完的书，而且这也不大叫我伤脑筋，因为我早就知道反正谁也不会接受它的。但是菲尔莫却被它深深打动了，每天晚上他胳膊底下夹着一瓶酒回到家之后的第一件事就是走到桌前看我写了多少页。起初我还挺欣赏他的热情，后来再没什么好写的，看到他乱翻，看我又写了些什么，我便非常不安，他还以为我能像水龙头流水一样流出东西来呢。没有东西拿给他看时，我的感觉正与受他庇护的婊子一模一样。我记得他经常谈起杰基，"只要她随时给我脱光就行了。"如果我是女人我倒是很乐意为他脱光衣服，那样总比提供他等着看的稿子容易些。

不过他努力要叫我过得舒服，食物和酒总有的是，他还不时执意要我陪他去跳舞。他很喜欢去奥德萨街一个黑鬼们聚会的场所，那儿有一个好看的黑白混血儿，她偶尔跟我们一起回家来。使他不快的是找不到一个爱喝酒的法国姑娘，她们都太清醒，无法使他满意。他喜欢带一个女人回工作室来，同她痛饮一番再干正经事。他还喜欢叫女人以为他是艺术家，由于他租的房子是一位画家的，要造成这样一种气氛并非难事，

我们在大柜里找到的油画很快便挂得到处皆是，一幅尚未完成的画引人注目地装在画架上。遗憾的是，这些画全是超现实主义风格的，它们给人造成的印象通常都不大好。讲到欣赏绘画，一个妓女、一个看门人和一个内阁部长的艺术趣味没有什么不同。后来马克·斯威夫特开始定期拜访我们，旨在替我画像，这件事使菲尔莫颇为高兴。菲尔莫极崇拜斯威夫特，说他是天才，他亲手绘的画没有一件不带点儿残忍的味道，可是至少他笔下的人或物还能使你认出画的究竟是什么。

应斯威夫特的要求我留起了胡子，他说我脑袋的形状需要留胡子。我必须坐在窗前，背后就是埃菲尔铁塔，因为他想把埃菲尔铁塔也画进去，他还要把打字机也画上。在此期间克鲁格也养成了来串门的习惯，他坚持认为斯威夫特根本不懂得绘画。看到画上的物体失去了比例他极为恼怒，他毫无保留地信奉自然法则。斯威夫特却根本不理会自然，他只要画出脑子里想的东西。不管怎样，现在斯威夫特使我的画像装在画架上。尽管样样都不成比例，甚至一位内阁部长也看得出那是一颗人脑袋、是一个留着胡子的人。看门人却真的对这幅画产生了很大兴趣，她认为画得惊人地像我本人，也赞赏在背景中画出埃菲尔铁塔的主意。这种宁静的生活持续了一个多月，我对邻近区域很感兴趣，尤其是在夜间其彻底的污秽和悲哀被我觉察以后。朦胧中那么迷人、那么安静的小广场在黑暗降临后竟会显出最阴沉、最险恶的特性。那边是围住兵营一侧的又长又高的墙，常有一对恋人靠着墙偷偷拥抱——常常是在雨中。看到一对恋人靠着一座监狱的大墙、在昏暗的街灯下拥抱真叫人觉得压抑，仿佛他们已被人逼到绝境了。兵营院墙里的情况同样叫人丧气，下雨天我常站在窗前看底下的活动，那简直就像另一个星球上发生的事情。我无法理解，他们居然根据作息时间表做每一件事，可是这个时间表准是由一个疯子制定的。他们在泥泞中挣扎，军号吹响了，战马在冲锋陷阵——这一切都在四堵大墙之内进行，这是模拟的战斗，参加者是一大群玩具士兵，他们对学习如何杀人、擦靴子和用马梳梳马一点儿兴趣也没有。整个过程都是十分荒谬的，不过是谋划中的事情的一部分罢了。无所事事的时候他们显得更加滑稽可笑，他们搔痒，手插在口袋里走来走去，抬起头看天，一个军官一走过来他们就啪地碰碰脚跟敬礼。我看这儿就是一座疯人院，连马匹也有几分傻气。有时他们把大炮拖出来咔嚓咔嚓在街上游行，人们驻足呆呆地望着他们，称赞他们的漂亮军衣。我却总觉得他们像一支正在撤退的军队，他们身上有股寒酸气，衣着邋遢，垂头丧气，他们的军衣穿在身上太肥大，他们作为单个人时具有的惊人的敏捷灵活气息也一扫而光。

太阳出来后情况就迥然两样了，他们眼神里有一线希望，走路精神多了，还表现出一点儿热情。接着景物的色彩都变得鲜艳了，他们又摆出法国人特有的小题大做、

哪一座桥上跳下去的。只记得他们把她捞起来后身边围了一群人。再说，她也不明白从哪一座桥上跳下去又有什么不同。他为什么要问这种问题呢？对此她歇斯底里地大笑了一阵，然后又突然想走，想去跳舞。看到菲尔莫有些犹豫不决，她冲动地打开手提包，掏出一张一百法郎的钞票。紧接着她又认为一百法郎花不了多久。她问，"你一点儿钱也没有？"没有，他身上没有多少，不过家里有支票簿。于是他俩跑回来取支票簿，这时我正巧进来，正赶上他在向她解释"凭票取衣"这一套把戏。

回家的路上，他们在"金鱼餐馆"停下吃了点儿东西，她是用几杯伏特加把食物送下去的。她在那儿如鱼得水，十分得意——人人都亲吻她的手，轻声公主长公主短地叫她。尽管醉了，她仍设法不丢面子。跳舞时她不断告诫菲尔莫，"别那样扭屁股！"

把公主带回公寓后，菲尔莫的预计是同她呆在家里。可既然她是个聪明的姑娘，又十分反复无常，他便决定忍受她的古怪想法，推迟那个关键时刻的到来。他还设想可能会碰到另一位公主，能把她俩都带回来。因此出门去共度一个夜晚时他心情很愉快。做好一旦有必要就在她身上花几百法郎的准备，一个人毕竟不会每天都遇到一位公主。

这回她把他拉到另一个地方去了，据她讲，那儿的人比较熟悉她，用支票付账不会有问题。那儿人人都穿着晚礼服，侍者领他们走向一张桌子时向她鞠躬、吻她的手这类的无聊事就更多了。

一场舞刚跳了一半她突然走出舞场，眼泪涌出来。菲尔莫说，"怎么回事？这一回我又怎么了？"他出于本能马上把手放在背后，好像屁股仍在扭动似的。她说，"没什么，你什么也没干。好了，你是个好孩子。"说完，她又把他拉到舞场上开始狂跳起来。菲尔莫小声问，"可你究竟发生了什么事？"她又答道，"没什么。我看到了一个人，就这个。"然后她又猛然发脾气了——"你干吗要把我灌醉？你不知道喝醉酒后我会发疯？"

她问，"你有支票吗？我们一定得离开这儿。"她把侍者叫过来，同他用俄语耳语了两句。"是真的支票吧？"侍者走开后她问。接着，她又冲动地吩咐，"在楼下衣帽间里等我，我得给人打个电话"。

侍者送来找的零钱后菲尔莫悠闲自在地信步下楼来到衣帽间等她，他走来走去，轻声哼曲子、吹口哨、咂嘴预想着将要品尝的鱼子酱的滋味。五分钟过去了，十分钟过去了，他仍在轻声吹口哨。二十分钟过去了，公主仍未露面，菲尔莫这才起了疑心。衣帽间的侍者说她早走了，他冲出门，门口站着一个穿制服的黑鬼，咧着嘴大笑。黑鬼是否知道她跑到哪里去了？黑鬼笑了，黑鬼说，"我听见说库波勒饭店，没听见别

的，先生！"

在库波勒饭店一楼，他看到公主坐在一杯鸡尾酒前，脸上一副想入非非、恍恍惚惚的表情。看到他，她微笑了。

他说，"这样跑掉象话吗？你可以告诉我，说你本来就一点儿也不喜欢我……"

听到这话她发火了，表演了一番，没完没了地说了许多之后呜呜大哭起来，鼻涕眼泪流了不少。她哭诉道，"我疯了，你也疯了。你想叫我跟你睡觉，可我不想跟你睡。"后来她又开始破口大骂她的情人，就是在舞场上看到的那个电影导演。这就是她不得不逃离那个地方的原因，这就是她每天晚上吸毒、喝醉酒的原因，这也是她纵身跳进塞纳河的原因。她这样唠唠叨叨地说自己有多么疯痴，突然又有了一个主意。"咱们到布里克托普的店里去！"她在那儿认得一个人……他以前曾答应帮她找个工作，肯定他会帮助她的。

"那要花多少钱？"菲尔莫小心翼翼地问。

要花很多钱，她马上告诉他了。"不过听着，假如你带我去布里克托普那儿，我就答应跟你一起回家。"她挺老实，又补充说这也许会花掉他五六百法郎的。"可是我值这么多钱！你不明白我是怎样的一个女人。全巴黎再也找不到另外一个我这样的女人……"

"那只是你一个人的想法！"菲尔莫的美国佬脾气完全表现出来。"我可不这么看，我看不出你值什么。你不过是一个可怜的、古怪的婊子。老实说，我宁愿给某一个穷酸的法国姑娘五十法郎，至少她们还给人一点儿报偿。"

他一提起法国姑娘她便暴跳如雷。"别对我说起这些女人！我恨她们！她们愚蠢……她们丑……她们全是为了钱。我告诉你，别说了！"

不到一分钟她的气又消了，她又想出一个新花招。她喃喃道，"亲爱的，你还不知道我脱光了是什么样呢。我美极了！"说着她用双手托着两只乳房。

然而菲尔莫仍然无动于衷，他冷冷地说，"你这个婊子！我并不在乎在你身上花几百法郎，不过你太古怪。你甚至连脸都没有洗，你嘴里有股臭味，我才不管你是不是公主呢……我并不要你的神气活现的俄国花样，你该上街去推销。你并不比哪一个法国小姑娘强，你甚至还不如她们，我不会再在你身上花一个苏了。你该到美国去，那儿才是你这种吸血鬼呆的地方……"

他这番话好像一点儿也没有使她生气，她说，"我想你有点儿怕我。"

"怕你？你？"

她说，"你还是个小孩子呢，你没有一点儿礼貌。等你更了解我以后就不会这样说了……你干吗不学着对我好一点儿？如果你今晚不想跟我一同去，悉听尊便。明天五点到七点间我在'圆顶'等你，我喜欢你。"

"可我明天不打算去'圆顶'，哪一天晚上也不去！我不想再见到你了……永远不想。咱俩的关系到此为止了，我要到街上找一个漂亮的法国小姑娘，滚你的蛋吧！"

她瞧瞧他，疲乏地微笑了。"你现在这样说。等着瞧！等你跟我睡过以后再说，你还不知道我的身体有多么美呢。你以为法国姑娘懂得怎样做爱……等着瞧吧！我要叫你为我发狂。我喜欢你，只是你太野蛮。你还是个孩子。话太多……"

"你疯了，"菲尔莫说。"天下女人都死光了我也不会爱上你，回家去洗洗脸吧！"说完他不付酒钱就走了。

不过没几天公主便就范了，她真的是一位公主，对此我们确信无疑，只是有淋病。总之，这儿的生活一点也不乏味，菲尔莫患有支气管炎，正如我所说的，公主有淋病，而我有痔疮。我在马路对面的俄国杂货店里退掉了六个空酒瓶子，我一滴也不曾喝下肚。没有肉，没有酒，也没有肥野味，也没有女人，只有水果和石蜡油、碘酒和肾上腺素油膏。这个鬼地方没有一把椅子是坐着舒服的。现在，瞧着公主我自觉身份大增，像一个巴沙一样。这个词的发音使我联想到她的名字：玛莎。这个名字并不很贵族化，令我又联想起《活尸》。

起初我以为三人同居会令人难堪，可是一点儿也不。看到她搬进来，我以为自己又要倒霉了，以为得另找个地方住了，可是菲尔莫很快就叫我明白他只是暂时收留她，到她能自立时为止。我不明白"自立"这样一个词用在这样一个女人身上是指什么，照我看她一辈子都是头朝下倒立的。她说是革命迫使她离开俄国的，我敢肯定，若没有这场革命她也会被赶出国的。她自以为自己是一个了不起的演员，不论她说什么我们也不和她对抗，那么做完全是浪费时间。菲尔莫觉得她很好笑。早上去上班前菲尔莫在她枕头上扔下十法郎，在我的枕头上也扔下十法郎。到了晚上我们三个一起去楼下的俄国餐馆吃饭。附近住着很多俄国人，玛莎已经找到了一家可赊点儿账的饭馆。一天十法郎对于一位公主自然是微不足道的，她不时想吃鱼子酱、喝香槟，还需要满满一柜新衣服以便重新在电影界找一份工作。现在她无所事事，只是消磨时间而已，她开始发胖了。

今天早晨我吓了一跳。洗完脸后我错拿了她的毛巾，看来我们无法教她学会把毛巾挂在她自己的钩子上。为此我狠狠训斥了她一顿，她却平静地答道，"亲爱的，如果一个人这样就会瞎掉，那么多少年前我早就瞎掉了。"

还有马桶，我们都得用，我试图以父亲般的口吻向她解释马桶上的坐垫圈会传染

病。她却说，"哼，得了！如果你们这么怕，我就找一家咖啡馆去上厕所。"我向她解释，那样做并没有必要，只要采取一般的预防措施就行了。她说，"喷，喷，我不往下坐就是了……我站着。"

有了她一切都变得十分荒谬，她先是不肯就范，因为来了月经。这一拖就是八天，我们开始以为她是在装蒜，可是她并没有装。有一天，正在收拾房间，我发现床下有些药棉，上面还沾着血。她把所有的东西都扔在床底下：橘子皮、卫生巾、瓶塞、空瓶子、剪刀、用过的避孕套、书、枕头……她只在要睡觉时才整理床，她花去大部分时间躺在床上看俄文报纸。她对我说，"亲爱的，若不是要去买报，我根本就不起床。"这话说得对极了！她什么也不看，只看俄文报纸，身边甚至连一点手纸都没有，没有可擦屁股的东西，除了俄文报纸。

说来她的怪癖也真怪，待她的月经完了，休息好了，腰里也长了一圈膘，她仍不肯就范。她假装只喜欢女人，要她接受一个男人就得先恰到好处地刺激刺激她。她要我们带她去一家妓院，他们在那儿表演人与狗交媾的把戏。她说勒达同天鹅交更好。天鹅一拍翅膀就使她兴奋异常。

一天晚上，为了得知她究竟更喜欢什么，我们陪她来到一个她提出要去的窑子。不等我们找到机会向鸨母提及这个话题，一个坐在邻桌旁喝醉了的英国人同我们攀谈起来。他已经上了两次楼，还想再试一回。他口袋里大约只有二十法郎，而且不懂法语，他问我们肯不肯代劳，跟他看上的那个姑娘讲价钱。这个姑娘正巧是个黑鬼，是来自马提尼克岛的一个力大无比的婊子，漂亮得犹如一只豹子，而且性情也很可爱。为了说服她收下英国人剩下的那几个钱，菲尔莫只得答应等她跟英国人一睡完自己就接着跟她睡。公主在一旁看着，听清了每一句话，然后便勃然大怒，她觉得受了侮辱。菲尔莫说，"得了，是你要找点儿刺激的——你看着我干好了！"可她并不想看他干，她只想看一只公鸭子干。于是菲尔莫说，"老天在上，我哪一天也比得上一只公鸭子……也许还强些哩。"就这样斗了一阵嘴，最后为了抚慰玛莎我们只得叫过来一个姑娘，由她俩去互相逗弄……菲尔莫同黑鬼回来了，玛莎眼中直冒火。从菲尔莫望着黑女人的样子我就可看出她一定身手不凡，于是自己也感到欲火中烧。菲尔莫一定觉察到了我的心思，也明白整夜坐着看别人干是多么难挨，他突然从衣袋里掏出一张一百法郎的票子，把它摔在我面前。他说，"瞧，你大概比我们其他人更需要嫖一回。拿着这钱，自己去挑一个吧！"不知为什么，他摔钱的动作比他为我做过的任何事情都更加叫我觉得他可亲，而他为我做的已经很多了。盛情难却，我收下这笔钱，马上打手势叫那黑姑娘做好再睡一次的准备。这好像使公主怒不可遏，她质问我这儿是不是除了这个黑女人以外就再没有一个我们看得上的姑娘。我直截了当地告诉她"没有"，实情也的确如此——这个黑女人是这座窑子的皇后。只要瞧她一眼你就会起兴，她的两只眼睛像是在精液里泡过一样，所有这些想同她睡的要求弄得她飘飘然，至少据我看她已经不会直直地走路了。跟在她身后爬上弯弯曲曲的窄楼梯时我无法抑制要把手伸进她两腿间去的诱惑，我们就这样一直上了楼。她回头朝我嫣然一笑，每当我的手把她弄得太痒了她便微微扭扭屁股。

到处都是欢快聚会的人，人人都很快活，玛莎情绪也不错。于是第二天晚上她喝光了定量的香槟，吃完了鱼子酱，又给我们讲述了一段自己的身世之后，菲尔莫便去制服她了。看来这一回他最终要如愿以偿了，她不再反抗，又开两条腿躺着，听任他不停地玩弄。后来他刚刚爬到她身上，她才漫不经心地告诉他自己有淋病。于是菲尔莫像根圆木头似的从公主身上滚下来，我听见他在厨房里寻找那块只有特殊情况下才用的黑肥皂。过了几秒钟他双手捏着一块毛巾站在我床前说——"你能想到吗？这个婊子养的公主有淋病！"看来他吓坏了，这时公主却在用力啃苹果，读俄文报纸，她认为这是一个很有意思的玩笑。她躺在床上，通过敞开的门对我们说，"还有比这更糟糕的事呢。"菲尔莫最终也把此事看作一个玩笑，他又打开一瓶安如葡萄酒，替自己倒了一杯，一饮而尽。这时才凌晨一点，于是他又坐下跟我聊了一会儿。他告诉我，这样一件区区小事挡不住他。他当然要小心些……他在勒阿弗尔染上的老病还没有全好。他已记不得这病是怎么染上的了。有时一喝醉酒他就忘了洗洗身子。这并不很可怕，可是谁也说不上今后病情会如何发展。他并不想叫别人按摩他的前列前列腺，不，他不喜欢那样。他头一回得花柳病还是在大学里，不知道是哪个姑娘传给他的，还是他传给姑娘的。校园里有那么多风流韵事，简直不知道该信谁才好。几乎所有的女生都怀过孕，大家都太幼稚了……甚至连教授们也很无知。有一个教授叫人把他阉了。这是听人说的……

第二天夜里他拿定主意要冒这个风险——戴着避孕套去冒险。其实这没有多大风险，除非套子破了。他替自己买了一些长长的鱼鳞状的套子。各种各样的都有，要我相信这是最可靠的。可是这也帮不了他，她的那个地方太紧。菲尔莫说，"老天，我并没有一点儿不正常的。你明白这是怎么回事吗？有个家伙轻轻松松地弄进去叫她染上了病，这个人的玩艺儿一定小得不正常。"

一次次尝试都失败了，他只得完全放弃。现在他们像兄妹俩似的躺在一起，做着乱伦的美梦。玛莎的话蕴含着哲理，"在俄国常有这种事，一个男人同一个女人睡在一起，可是根本不碰她。他们可以这样几星期地睡下去，根本不去想那件事，直到有一

回他碰了她……哗！哗！以后就，哗！"

现在菲尔莫竭尽全力要叫玛莎恢复健康，他认为如果治好了她的淋病那个地方就会松开的，真是一个古怪的想法。于是他给她买了一只灌洗袋、大量高锰酸盐、一只旋转注水器和其他一些小玩艺，这全是一个匈牙利医生向他推荐的，此人是住在达里格尔广场的一个替人打胎的江湖郎中。菲尔莫的老板有一回曾使一个十六岁的姑娘怀了孕，她便介绍他认识了这个匈牙利人，后来老板又生了美妙的下疳，仍是匈牙利人治的。在巴黎，一个人正是通过泌尿生殖系统的交往才结识朋友的。总之，在我们的严格监督下，玛莎在留意自己的健康。那天夜里我们为难了一阵，玛莎把一支药栓塞进她身体里之后找不到药栓上的线了。她嚷道，"我的上帝！线到哪儿去了？我的上帝！我找不到那根线了。"

菲尔莫说，"你在床底下找过吗？"

后来她终于平静下来，但是只平静了几分钟。下一件事是："我的上帝！我又流血了！我的月经刚完，这会儿又滴出血来了，这准是喝了你们买的便宜香槟引起的。我的上帝，你们是想叫我流血流死了拉倒吧？"她披着一件晨衣，两腿之间夹着一条毛巾走出来，竭力要显得像平时一样有派头。她说，"我一生都是这样，有神经衰弱。我白天到处跑，到晚上就喝醉了。刚来巴黎时我还是一个纯洁的姑娘，我只读维荣和波德莱尔的诗。当时我在银行里有三十万瑞士法郎，我拼命享受，因为在俄国时他们总是把我管束得很严。当时我比现还要漂亮，所以所有的男人都拜倒在我脚下。"讲到这儿，她停下来把堆在腰间的松松垮垮的衣服拉拉好。"你们千万别以为他叫我扮演一个角色时我就很乐意，是他这么说。我来到这儿……这病是他们给我喝的毒药引起的……就是法国人疯了似的猛喝的那种可怕的开胃酒……当时我遇到了那位电影导演，他是天底下最好的人，他恳求我每天夜里跟他睡觉。我还是一个很傻的黄毛丫头呢，于是一天夜里我允许他强奸了我。我希望成为一个大明星，却不知道他身上全是毒汁。这样他把淋病传给我了……现在我要他重新得上这种病。我投塞纳河自杀全怨他……你们为什么笑？你们不信我自杀？我可以拿报纸给你们看……所有的报上都有我的照片。哪一天我要给你们看俄文报纸……他们写我写得妙极了……不过，亲爱的，你明白我首先一定得有套新衣服。穿着这身脏兮兮的破衣服是无法引诱这个男人的，再说，我还欠裁缝一万二千法郎呢……"

打这儿起就是一个关于继承权的长故事了，她正在设法得到这个继承权。她有一个年轻的律师，是个法国人，听她的口气是一个相当胆小的人，他在努力讨回她的财产。他不时给她一百法郎或差不多这个数目的钱，记在账上。她说，"他正像所有法国人一样小气，而我是那么漂亮，他的眼睛总是死盯着我。他不断恳求我跟他睡，我总听他这么说听腻了、听烦了，于是有一天夜里我答应了，只是为了叫他别再啰唆，这样我偶尔还能弄到一百法郎。"她歇斯底里地狂笑了一阵，又说，"亲爱的，他的事太好笑，真难以用言语描绘。有一天他打电话说，'我一定要马上见到你……事情关系重大。'见面后他给我看了从医生那儿拿来的一张纸——是淋病！亲爱的，我当着他的面哈哈大笑。我怎么能知道自己的淋病还没有治好？'你想跟我睡，结果是我睡了你！'听了这话他不吱声了。生活中的事情往往是这样……你什么也不疑心，冷不丁就，哗！他是一个大傻瓜，接着又重新爱上了我，他只是求我检点些，别整夜在蒙帕纳斯喝酒、跟人睡觉。他说我使他如醉如痴，他想娶我，后来他家里人听说了我的事，就劝他去了印度支那……"

从这儿玛莎又平静地把话题转到她同一个搞同性恋的女人的风流韵事上。"亲爱的，那天晚上她结识我的经过有意思极了。当时我正在'吉祥'，像往常一样喝醉了酒。她把我从一个地方领到另一个地方，整夜都在桌子底下同我做爱，后来我再也受不了啦。于是她带我去她的公寓，她给我二百法郎。还叫我跟她一起住，可我不愿让她每天晚上折腾我……那会使人太衰弱。再说，我可以告诉你们现在我对同性恋并不像以前那样感兴趣了。我宁愿跟一个男人睡觉，哪怕那样会疼呢。等我情欲极其高涨时我一点儿也控制不住自己……要来三、四、五次……就那样！哗！哗！哗！过后我就会流血，这对健康非常不妙，因为我很容易贫血。现在你们明白我为什么每隔一段时间就得让一个搞同性恋的女人与我兴奋一次了……"

十三

冷天来临时公主消失了，工作室里只有一个小火炉，使人越来越不自在。卧室冷得像个冰窖，厨房也好不了多少，只有火炉周围的一小块地方是真正暖和的。于是玛莎又找了一个被阉割过的雕刻家，她离开前还对我们讲了这个人的情况。几天后她又想回到我们这儿来，可是菲尔莫坚决不同意。她抱怨说雕刻家不停地吻她，弄得她一夜睡不成觉，而且没有热水，无法使用灌洗器。最后她还是认为不回来也一样，她说，"这样我身边再也没烛台了。总有那个烛台……叫我受不了。你们要是老老实实地不招惹我，我当时是不会离开的……"

玛莎走后，我们晚上的消遣方式变得全然不同了。我们经常坐在火炉旁，喝着加了热水的烈酒谈论在美国时的生活。我们谈论它的口吻就好像永远不再指望回到那儿去了。菲尔莫有一张纽约市地图，他把它钉在墙上，于是我们常常花去整个晚上探讨巴黎和纽约这两个城市共有的优点。我们在讨论中是不可避免地要谈到惠特曼这个人，这个美国在其短促的历史上造就的一个孤立的人物。在惠特曼的诗中，整幅美国景象有了生命力——她的过去和未来、她的诞生和死亡。美国有价值的一切惠特曼都已说到，没有更多的话可说了。未来是属于机器、属于机器人的。惠特曼，他是灵与肉的诗人，是第一个，也是最后一个诗人。今天他的诗几乎已无法解读了，这是一座刻满粗糙的神秘符号的纪念碑，我们没有解读它的钥匙。欧洲语言没有一种可与他创造的不朽精神相并称，欧洲已到处皆是艺术品，她的土地中尽是死人骨头，她的博物馆被掠来的珍宝塞得满满当当，不过欧洲从未得到的是一种自由、健康的精神，也就是你可以称其为"人"的精神。歌德离这方面最近，但是相比之下歌德不过是一件填进东西的衬衣。歌德是一位有名望的公民，一个学究、一个令人生厌的家伙、一个多才多艺的人物，只是他身上打着德国的双鹰商标。歌德的安详，那种宁静、气派十足的态度不过是一个德国资产阶级神灵在昏昏迷迷地沉睡。歌德是事情的结尾，惠特曼却是开端。

讨论过一阵这类事情后我有时便起身穿好衣服出去散步，我穿起毛衣和菲尔莫的风衣，又在上面套上一件披肩。这种阴湿寒冷的气候很难抵挡，只有精神坚强才行。人们都说美国是一个极冷和极热气候并存的国家，而且温度计上显示出的严寒温度在这儿是闻所未闻的，不过巴黎的寒冬也是美国所没有的，这是心理上体验到的寒冷，心里冷，身上也冷。这儿从不结冰，也就无所谓解冻了。人们学会了如何抵御遒劲、清新的寒冷气候，就如同他们用高墙、门闩和百叶窗，用不断咆哮、说话刻薄、蓬头垢面的看门人来防止别人侵入他们的隐私一样。他们加强自己抵抗寒冷的能力，保暖是关键。保暖和安全，这样他们便可以在安逸中烂掉。在一个阴湿的冬夜里根本毋须查阅地图以确定巴黎的纬度，它是一个北方城市，是建在填满人脑壳和人骨的沼泽地上的前哨。沿着林荫道有冰凉的人造电气热源，这就是用紫外线打出的"皆大欢喜"，在它的照射下光顾一连串杜邦咖啡店的顾客显得像生了坏疽的尸首。"皆大欢喜!"这是滋养孤苦伶仃的乞丐的金玉良言，他们在濛濛细雨般的紫色光线照射下整夜在街上走来走去。凡有光线的地方总有一点点热气，看着那些大腹便便、无衣食之忧的王八蛋们喝下一杯杯烈酒和热气腾腾的黑咖啡，一个叫花子也会暖和起来。凡是有光线的地方人行道上总会有人，他们互相推挤，透过脏内衣，通过恶臭的、诅咒谩骂时哈出的气释放出一点儿热量，像牲口一样。或许熙熙攘攘的景观会延续八到十个街区，过后街道又沉入黑夜之中，阴沉、污秽、黑暗的夜，像汤碗里凝结的动物油。参差不齐的住宅延伸了好多个街区，每扇窗都紧闭着，铺面都闩着、锁着。这是连绵多少英里的石筑监牢，里面没有一丝热气，狗和猫全同金丝雀一道呆在屋里，蟑螂和臭虫都被妥当地监禁起来了。"皆大欢喜"。如果你身无分文，为什么不拿几份旧报纸在大教堂的台阶上给自己铺一张床? 那儿的门都闩好了，而且不会有管理人员来打搅你。睡在地铁门外更好，那儿有人给你做伴。在一个下雨的夜里看看他们吧，他们全像床垫一样僵硬地躺着——男人、女人、虱子，全抱成一团，用报纸遮挡别人吐唾沫和没有腿的害虫。到桥下或市场上的棚子底下看看他们吧，同像珠宝一样装在袋子里的干净新鲜蔬菜相比，他们是多么卑贱呀! 就连油腻腻的钩子上挂着的死马、死牛和死羊看起来也更诱人些，至少明天我们还要吃这些东西，甚至它们的肠肚也有用途。可那些睡在雨里、浑身发臭的叫花子又有什么用呢? 他们能替我们做什么? 他们叫我们流五分钟血，如此而已。

唉，得了，这些是基督教诞生两千年后的夜间我在雨中散步时产生的感想。至少现在那些鸟儿都有人养活了，还有猫和狗。每一回从看门人窗下经过并且被她恶狠狠地盯住瞧了个够之后，我就会产生一种疯狂的欲念，想掐死世上所有的鸟类。在每一颗冷酷的心灵深处仍有一两滴爱——刚好够喂小鸟的。

359

仍叫我难以释怀的是观念与生存之间竟有这么大的区别，其中存在永久性的脱节，尽管我们试图用一块鲜艳的篷布把两者蒙在一起。而这也办不到，观念必须同行动结合在一起，如果观念中没有性，没有生命力，那么也就没有行动。观念无法在头脑的真空中单独存在，观念是同生存相联系的：肝观念、肾观念、组织间隙间的观念，等等。如果仅仅是为了一个观念，哥白尼本会砸烂整个现存宇宙的，哥伦布也会葬身马尾藻海。这个观念的美学孕出一个又一个你摆在窗台上的花盆。可是如果既不下雨又不出太阳，把花盆摆出窗外又有什么用呢？

菲尔莫关于黄金的主意多极了，他把它叫做关于黄金的"神话"。我喜欢"神话"，也喜欢有关黄金的事，可我并不为此着迷，也看不出我们为什么要造花盆，即使是金子的花盆。他告诉我法国人正在把他们的金子贮藏在防水箱子里，存放在地下，他说有一部小火车头在这些地下洞穴和走道中到处跑。我极欣赏这个主意，金子置身于深深的、无人破坏的寂静中，在摄氏十七又四分之一度的环境中静静地沉睡。他说一个军的部队花四十六天零三十七小时仍数不清埋在法国银行下面的全部金子，还有储备的金假牙、手镯、结婚戒指，等等。还储存了够吃八十天的食物，金子堆上还有一个抗御高爆炸药造成的震动的人工湖。他说黄金趋向于渐渐消失，这是一个神话，并不是又有人侵吞公款。太妙了！我在设想当我们放弃了观念上、衣饰上和道德上的金本位制后，这个世界将会变成什么样子。想想看，爱情上的金本位制！

到目前为止，我的符合自己心愿的想法一直是要摆脱文学的金本位制。简单地讲，我是想展现情感的再生，描写一个人处于最艰深的思考时的行动，就是说；在他处于谵狂状态中的行为。我要刻画一个苏格拉底之前的人物，一个半是色鬼半是巨人的生灵。简而言之，我要在肚脐的基础上建立一个世界，而不是在钉在十字架上的一个抽象观念上。你在一些地方会遇到遭人冷落的塑像、设有陷阱的绿洲、被塞万提斯疏漏掉了的风车、流到山上去的河流、从上到下身上长着五六个乳房的女人。（斯特林堡在给高更的信中说，"我看到的树是哪一个植物学家都不会再看到的，我看的动物是居维叶从未想到过的，我看到的人是只有你才能够创造的。"）

当雷姆卜兰特如愿以偿以后，他带着金条、干肉饼和折叠床下到地洞里，"黄金"是住在地下的神的黑话，这个词里包含着梦幻和神话。我们正在回到炼金术的年代，回到造出我们膨胀的象征的虚假的亚历山大式的智慧上去。真正的智慧却已被学问的小气鬼藏在地窖深处，他们用磁铁在空中画圆圈的这一天就要到来。为了找到一块矿石你得带上两件仪器走到一万英尺的高处，纬度高的地方最好，你得在那儿同地球内部及死人的幽灵建立起精神感应式的联系。再也没有克朗代克，再也没有富金矿了，你将不得不学着唱两句、跳两下，读一读十二宫图，研究研究你的内脏。所有掖在地球口袋里的金子都得叫人提到，所有的象征主义都得重新从人的肠子里扯出来，不过首先要改善工具，首先要发明更好的飞机，要分辨声音是从哪里传来的，这样便不至于听到屁股下有爆炸声便傻乎乎地乱跑。其次有必要适应平流层中的寒冷层次，成为空中的一条冷血鱼。没有崇敬，没有神灵，没有渴求，没有懊悔，没有歇斯底里。总之，正如菲力浦·达茨所说——"别灰心！"

这些都是在三一广场喝下一杯味美思和黑茶蔍子酒后激发的快活念头。正值一个星期六下午，手中拿着一本"失败"的书，一切便在神圣的痰液里游泳了。酒在我嘴里留下一股发苦的草药味，我们伟大西方文明的庇荫处现在像圣人的脚趾甲一样地腐烂。女人们正从我身边走过，成千上万的女人，她们全在我面前扭屁股。大钟声在震荡，公共汽车驶上了人行道，互相撞在一起。侍者在用一块肮脏的破布擦桌子，老板满心欢喜地给现金出纳机搔痒。我脸上一副空虚的表情，烂醉如泥，视线模糊，我死死盯着擦过我身边的屁股。在对面的钟楼上，那个驼背在用一支金槌敲钟，鸽子闻声惊叫起来。我打开书。那本尼采称之为"迄今为止最好的德国书"。——书中写道：

"人会变得更聪明、更敏感，但是不会更好、更幸福，行动更坚决，至少某些时期是如此。我预见上帝看到人类不再欢悦的时刻会到来，那时他会打碎一切以便重新创造。我坚信一切都是为达到这一目的而设计的，而且这焕然一新的新纪元在遥远的未来降临的准确时间已确定。不过在此之前有一段漫长的时间，我们人类仍能在这片亲爱的古老土地上过几千几万年欢乐的生活。"

妙极了！起码在一百年前就有人有眼光看出整个世界快完蛋了！我们的西方世界！每当我看到男男女女在监狱大墙后面无精打采地移动——他们头上有遮盖，只是与世隔绝短短的几小时——我便大吃一惊，这些衰弱的人身上居然仍具有表现出情趣的潜力。灰色的大墙后面仍有人性的火花，只是永远也不会燃成大火了。我问自己，这些是男人和女人还是影子？抑或是看不见的细绳吊着晃来晃去的木偶的影子？他们显然是能自由活动的，不过却无处可去。他们仅仅在一个区域内是自由的，在那儿可以随心所欲地游荡，不过他们尚未学会如何飞翔。至今还没有一个人在梦里飞起来过，也没有一个人生下来便很轻、很欢快，能飞离地球。鼓动有力的翅膀的雄鹰有时尚会重重地跌到地面上，它们呼呼振动翅膀的声音使我们头晕眼花。呆在地球上吧，你们这些未来的鹰！天空已有人遨游过，那儿是空的。地底下也是空的，填满了枯骨和幻影。呆在地球上，再漂浮几十万年吧！

现在是凌晨三点钟，我们这儿有几个婊子，她们正在光地板上翻跟头。菲尔莫光

着身子走来走去，手里端着一只高脚杯，他的肚皮绷得像鼓一样，硬得像一根管子。从下午三点开始不停地往下灌的茴香酒、香槟酒、科尼亚克白兰地和安如葡萄酒在他嘴巴里像阴沟一样汩汩响，姑娘们把耳朵贴在他肚子上倾听，像听音乐匣似的。用一根纽扣钩拨开他的嘴，往里面再倒一杯酒，当这阴沟发出潺潺响声时我听见蝙蝠飞出钟楼，这场梦也变得奇妙了。

　　姑娘们脱光了，我们检查了一遍地板，以免木刺戳进她们屁股里去。她们仍全穿着高跟鞋。她们的屁股！她们的屁股磨光了、擦破了、用砂纸打光了，光滑、结实、鲜艳得像一只台球或一个麻风病人的脑袋。墙上挂着莫娜的像，她面朝东北方，与她的视线平行的是用绿墨水写的克拉科夫，她左边是多尔多涅河，这个词是用红铅笔圈起来的。突然我看到眼前一个鲜艳、光亮的台球上出现了一道黑洞洞毛茸茸的缝，这时支撑我的两条腿像一把剪刀一样。瞧一眼这个黑洞洞的、未缝合的伤口我的脑袋上便裂开一道深深的缝。所有以前费力地或心不在焉地分门别类、贴标签、引证、归档、密封并且打上印戳的印象和记忆乱纷纷一涌而出，就像一群蚂蚁从人行道上的一个蚁穴中涌出。这时地球停转了，时间停滞了，我的梦之间的相互联系也断了、消逝了，在精神分裂症大发作中我的肚肠流出来，这一次大扫除后我就与上帝面对面站在一起了。我又看到了毕加索笔下仰卧着的伟大母亲，她们的乳房上爬满了蜘蛛，她们的传奇深藏在迷宫里，而莫莉·布卢姆永远躺在一块脏垫子上了。厕所门上涂着红粉笔画的阴茎，圣母用悦耳的声音发出哀号。我听到一阵放荡的大笑，屋子里挤满了患了牙关紧闭症的人，那个发黑的身体像磷一样在发光。放荡、完全控制不住的狂笑，还有冲着我来的格格狂笑，那是从青苔般的髭间发出的笑声，这笑声使那个台球鲜艳、光滑的表面起了皱褶。这是血管里含有杜松子酒的伟大妓女、人类的母亲。婊子们的母亲啊！蜘蛛在你对数的坟墓里滚动我们，这是一只贪得无厌的恶魔，它的笑声叫我心碎。我低头看看这个深陷下去的坑，这是一个不留痕迹的迷失的世界。我又听到钟鸣，斯塔尼斯拉斯宫那儿有两个修女，她们衣衫下散发出陈腐的奶油味，还有因为下雨始终未付印的宣言、为了发展整形外科而打的战争、威尔士王子飞遍全世界装修无名英雄的陵墓。每一只飞出钟楼的蝙蝠都是一项失败的事业，每一次狂欢都是注定要死的人从单人战壕里通过无线电台发出的呻吟。从那个黑洞洞的未缝合的伤口、从那个令人嫌恶的臭水沟、从那个挤满黑压压人群的城市的摇篮（思想的乐曲就在这儿被淹没在动物油中）、从被扼杀的乌托邦中，生下一个小丑，一个半美半丑、半明亮半混沌的怪物，这个小丑向下向旁边看时是撒旦，向上看时是一个涂了黄油的天使、一个长翅膀的蜗牛。

低头看那条缝里，我看到一个方程式符号，一个处于平衡状态的世界，一个化为零蛋、一点痕迹不留的世界。这不是范诺登用手电筒筒照的那个零蛋，也不是那个过早地醒悟过来的人身上的空洞，这更像一个阿拉伯数码里的零，从这个符号中能跃出无数数学的世界和一个杠杆支点，这个杠杆平衡星星、不清晰的梦、比空气还轻的机器、轻量级的四肢及生产这些东西的炸药。我要在那条缝里一直穿上去，穿过眼睛，让这双可爱的、古怪的、炼金术炼成的眼睛拼命转动。只有在它们转动时我才会又听见陀思妥耶夫斯基的话，听见这些话滚过一页页纸张，这些话观察极为细致入微，内省极为大胆，所有悲哀的言外之意都轻轻地幽默地提到了，现在这些话就像风琴曲子一直奏到人的心脏破裂为止。过后什么也没有了，只剩下令人目眩、灼人的强烈光线，它将群星多产的种子带走。这是艺术史，它植根于大屠杀中。

每当我低头看一个婊子被人操过多次的阴户时便感觉到了脚下的整个世界，这是一个行将灭亡的世界、一个精疲力竭的世界。它光滑得就像麻风病人的脑袋一样。假如哪个人敢把他对这个世界的看法都谈出来，他就连一平方英尺的立足之地也得不到。一个人一露面这个世界便重压在他身上，把他的腰压断。总有过多的腐朽柱子立着，过多令人痛苦的人性有待人去繁殖。上层建筑是一个谎言，其基础则是巨大的、令人不寒而栗的恐怖。如果说在过去千百年间真的出现了一个眼睛中流露出绝望、饥饿神色的人，一个为创造一种新生物把世界翻个底朝天的人，那么他带给世界的爱便会化为愤怒，他自己则会变成一场灾难。如果我们不时读到探究真理的书、刺伤人使人冷酷无情的书、令人叫苦落泪诅咒谩骂的书，我们就知道这些文字是那个被压趴下的人写的，他唯一的抵抗就是诉诸文字了，而他的文字总是比世界上撒谎压人的重量更有力，比胆小鬼们发明的要压垮人格之奇迹的刑台和刑车更有力。如果哪个人敢于坦诚地交代他的真实经历，真正的真实，那么我想世界将毁灭、将被吹成碎片，没有神、变故和意志能重新弥合起这些失去的碎片、原子和不可摧毁的要素以再造一个世界。

自从最后一个贪吃的人、最后一个懂得"喜悦"的含义的人出现以来的四百年间，人类在艺术、思想和行为上都在持续不断地衰败。这个世界完蛋了，连一个干脆利落的屁也不曾留下。哪一个绝望的、饥肠辘辘的人会对现存政府、法律、道德、准则、理想、思想、图腾和禁忌表现出丝毫敬重？如果谁知道念出那个在今天被称之为"缝"或"洞"的谜一般的东西意味着什么，如果谁对被贴上"淫秽"标签的现象怀有最低限度的神秘感，那么这个世界便会分裂成几块。正是对淫秽的恐惧，即事情干巴巴的、被人操过的那一面，使得这个疯狂的文明社会显得像个火山口，创造性精神和人类母亲大腿间正是这种张开大嘴打哈欠似的空幻感。一个饥饿、绝望的精灵出现并使一只

土拨鼠锐声尖叫是因为他懂得在哪儿敷下性的炽热导线，是因为他懂得在无动于衷的坚硬表现下藏着丑恶的创伤，其伤口永远不会愈合。于是他把这段炽热的导线夹在两腿间，他使用难以令人接受的卑下手段。戴上橡皮手套也没有用，所有能冷静、机智地加以处理的都是表皮上的东西，而一个志在创造的人总是要钻到底下、钻到开放的伤口上、钻到正在化脓的对淫秽的惧怕上。他把发电机拴在最脆弱的部分，叫人操过的火山口是淫秽的，比一切更加淫秽的是惰性，比最难听的赌咒发誓更亵渎的则是麻痹。如果只剩下一个裂口的创伤，它一定得向外喷射，哪怕喷出来的只是蛤蟆、蝙蝠和侏儒。

每一样东西都装在另一样东西里面，有的是完全的，有的是不完全的。地球不是健康和舒适的干旱高原，而是一位仰卧的硕大女性，她天鹅绒般的躯体随着海浪而涨大、起伏，她在大汗淋漓、极度痛苦的王冠重压下蠕动。赤身裸体性交后，她在星星紫光笼罩下的云彩中滚动。她的全身在狂热的激情支配下放出光芒，从慷慨的乳房到隐约可见的大腿。她在四季和岁月间遨游，一场盛大的狂欢以突发的狂怒攫住她的躯体，抖去了天空中的蜘蛛网，于是她以暴躁的兴奋心情降落在自己的旋转轨道上。有时她像一只母鹿。这只母鹿跌进了陷阱，它心怦怦跳着躺在那儿等待钹声敲响、猎狗狂吠。爱与恨、失望、怜悯、怒气、厌恶——这些在行星间的乱交中又算得了什么？当夜晚提供了耀眼的太阳般的欣喜时，战争、疾病、残酷和恐怖又算得了什么？若不是记起回到野蛮时代和星团，我们睡觉时嚼的糠又是什么？

莫娜每逢性欲亢奋时就对我说，"你是一个伟大的人。"藏在我灵魂深处的这话常会跳出来照亮我下面的阴影，即便她把我扔在这儿听任我死掉，尽管她在我脚下留下了一个空空的大坑。我是一个普通的人，嘶嘶响的灯光使我头晕。我是一个零蛋，我看到周围的一切都沦为嘲弄人的东西。由硫磺燃着的男女从我身边走过，穿着黑色号衣的搬运工打开了地狱的双颚，声名在拄着拐杖走路，它被摩天大楼骗了，被生着锋利牙齿的机器的大口嚼烂。我穿过高大的建筑物朝清凉的河边走去，我看见光束像火箭一样从骷髅的肋间直刺天空。如果我像莫娜所说的真是一个伟大的人，我阿谀奉承人的愚蠢行为又该做何解释？我是一个有灵有肉的人，我的心并没有钢梁拱卫，我有过欣喜的时刻，我伴着燃烧的火星歌唱。我歌唱赤道、她生着红毛的大腿和从视线中消失的岛屿。不过谁也没有听见我唱，朝太平洋彼岸发射的一炮落进太空里了，因为地球是圆的，鸽子们朝下飞行。我看到她隔着桌子望着我，眼光中一派悲怆。在她身体里扩散的悲伤将鼻子碰在她脊骨上，碰扁了，搅拌成怜悯的骨髓已变成液体。她轻巧得犹如浮在死海海面上的一具死尸，她的手指痛得流血，血变成了口水。随着潮湿的黎明来临，钟声敲响了，这钟声沿着我的神经纤维无休无止地回荡，这撞击声伴随着铁一般的恶意在我心里当当响。奇怪的是钟声竟会这样响，更怪的是钟破裂了，于是这个女人转向黑夜。她的蛆一般的言辞咬透了床垫。我在赤道下移动，听见了张着绿色大口的鬣狗可怕地哈哈大笑声，看见了生着光滑尾巴的豺、羚羊和有斑点的豹子，它们全被留在伊甸园里了。这时她的悲哀扩展了，像一艘无畏战舰的舰首，她沉下去的重量使我的耳朵被水淹没了。稀泥被冲掉，蓝宝石滑出来，通过快乐的神经细胞淘洗出来，它的光谱被拼接在一起，船舷泡在水里。我听见炮架像狮爪落地时一样无声无息地转动，看到它们在呕吐、在流口水。天幕垂下来，所有的星星都变成了黑的。黑色的海洋在流血，沉思默想的星星孕育着一大块一大块刚刚肿胀起来的肉，同时鸟儿在头顶上盘旋，幻觉的天空中落下臼和杵，还有正义包扎起来的眼睛。所有在这儿讲到的东西都用想象中的脚沿着死去的球体平行移动，所有用空眼眶看到的东西都像开花的草一样绽开。在虚无缥缈之中出现了无限的符号，不断上升的螺旋下裂开的口子在缓慢下沉。陆地和海洋和谐地连为一体，这是用血肉写就的诗篇，它比钢丝和花岗岩还坚硬。经过无尽的长夜，地球向一个未知的创造物飞速旋转而去……

今天我在熟睡中醒来，嘴边挂着快活的诅咒，我不断地自己咕哝谁也听不懂的话，像在念一篇连祷文——"做你想做的事……做你想做的事！"干什么都行，但是要叫它带来欢乐；干什么都行，但是要叫它带来欣喜。当我向自己提到下面这些东西时脑袋里胀胀的——搞同性恋的人、叫人恐惧的人、叫人发疯的人、狼和羊、蜘蛛、蟹、梅毒张开了翅膀、子宫的门总闩着、总敞着，像坟墓一样做好了接待准备。淫欲、犯罪的神圣——我崇拜的人就过着这种生活，那也是我崇拜的人的失败，是他们留下的话，是他们未说完的话。那是他们拖在身后的善与恶、他们造成的悲哀不和、仇恨和争斗，而超出这一切的是狂喜！

我以前的偶像的一些所作所为使我流泪，那是捣乱、混乱、暴力，最主要的还是他们引起的仇恨。一想到他们残缺不全的肢体、他们选择的荒诞风格、他们所从事的工作的浮夸和乏味、他们耽溺于其中的杂乱无章状态以及他们在自己身边设置的种种障碍——我便觉得异常高兴。他们陷在自己拉的屎中无法脱身，他们都是喜欢不厌其烦地絮絮叨叨的人。这是千真万确的，我差一点儿就会说，"指给我一个说起话来没完的人，我就会说这是一个伟大的人！"被称作他们的"详尽探讨"的东西正对我的胃口——这是争斗的征兆，这是缠绕着各种纤维的争斗，是不和谐精神的气氛和环境。你指给我看一个能说会道的人，我不说他不够伟大，可我会说他吸引不了我……我向往那些会叫人生厌的特性。我想到艺术家毫不含糊地给自己规定的任务是推翻现存价值

365

观念、是把周围的一片混乱按自己的方式整理得有条不紊，散布争斗和不和以得到情感上的解脱并使死者复活，于是这时我兴高采烈地跑到那些伟大而又不完美的人那儿去，他们的困惑滋润了我。他们吞吞吐吐的话在我听来犹如仙乐。我在漂亮地膨胀起来，在被打断之后接着往下写的书页上看到被抹去的小段插入的闲话、肮脏的脚注，也可说是胆小鬼、骗子、贼、蛮子和诽谤者留下来的。我从他们美妙的喉咙的肿胀肌肉上看出把轮子翻转过来时，从掉队的地方加快脚步赶上来时，他们一定费了惊人的力量。在日常烦恼和骚扰后面，在软弱和懒惰的人的下贱、矫饰过的恶意后面，我看见那儿立着人生中令人心灰意懒的象征，我看到那个制定秩序、散布争斗和不和的人，他深受意志力的影响，这样一个人势必一次次为自己的行为受苦受难，直至被绞死拉倒。我从他的高雅手势后看到一个荒谬的幽灵在徘徊——他不仅崇高，而且还荒谬。

我曾经认为做到有人情味是一个人可望达到的最高目标，可我现在明白这意味着要毁掉自己。如今我骄傲地说自己没有人味，我不属于其他任何人和政府，任何信条和原则都同我没有任何关系。我与人性这部吱吱作响的机器毫无关联，我是属于地球的。我睡在枕头上这样说，这时自己可以感觉到太阳穴处冒出了两只角。我可以看到我的疯狂的祖先围着床在跳舞，他们宽慰我、给我打气、用毒蛇般的舌头抽打我、用藏在暗处的脑袋朝我嬉笑。我不是人！我带着疯狂的、幻觉般的狞笑这样说，哪怕天上落下鳄鱼我也要一直这样说下去。我的话后面是那些咧着嘴嬉笑、藏在暗处的脑袋，有些死掉的人的脑袋长时间地笑，有些像患了牙关紧闭症一样笑，有些又扮出鬼脸来狞笑，这是一直在进行中的事情的预演和结果。我自己狞笑地脑壳是看得最清楚的，我看到自己的骷髅在风中跳舞，毒蛇从腐烂的舌头里爬出来，描写欣喜的膨胀的书页被粪弄脏了。我把我的脏东西、我的屎尿、我的疯狂、我的欣喜全部投进通过肉体地下铁道流动的大循环中去，所有这些自然的、不受欢迎的、醉后吐出的东西将通过这些人的脑子无休止地向前流动，一直流到一个装着人类历史、永远不会枯竭的罐子里。同人类并驾齐驱的还有另一类生物，他们就是那些没有人性的人，是艺术家这类人，他们受已知的冲动驱使掌管了无生命的人类，他们用狂热和激情鼓动人类，以此把这团生面变成面包，把面包变成酒，再把酒变成歌曲。他们从废弃的肥料和死气沉沉的废料中造出一首散发着臭气的歌。我看到这一类人在洗劫世界，他们把一切翻个底朝天，他们的脚总踩在血泊中，他们的手总是空的，总是在抓抓不到、握不上的神。为了使撕咬他们的要害的妖魔平静下来，他们毁掉了能够得到的一切。他们用力揪自己的头发以领悟、了解这个永远难以理解的难题，他们像发疯的熊那样大吼大叫、乱撕、乱顶，他们做这些事情时我都看到了，我看到这是对的，没有其他道路可走，一个属于这一族类的人必须站在高处，口中胡说八道，把自己的肠肚剖出来。这是正当的、正义的，因为他不得不这样做！任何达不到这一吓人场面、任何不那么令人战栗、不那么可怕、不那么疯狂、不那么令人兴奋、不那么具有污染性的东西都不是艺术，都是伪造的，是人性的，是属于生命和无生命的。

例如，每当我想到斯太甫罗根，我便会联想到某一个妖魔站在高处向我们扔自己撕裂的肠子。在《魔鬼》中发生了地震，这不仅是降临在富于想象力的人头上的大灾难，而是一大半人类被埋葬于其中、永远被消灭的大地震。斯太甫罗根就是陀思妥耶夫斯基，陀思妥耶夫斯基是所有这些矛盾的总和，它们不是使一个人麻痹就是领他爬上高处。没有一个地方太低，他进不去；也没有一个地方太高，他不敢爬上去。遗憾的是我们再也没有机会见到一个被置于神秘的中心的人，他的光芒为我们照亮黑暗的深邃和广大。

今天我感觉到了自己的血统，我根本没有必要去求助占星术或查阅家谱表。我对星星上或我的血液里写着什么一无所知，只知道我是由人类的某些神话中的创始人繁衍的。那个把神圣的瓶子举到唇边的人、那个跪在集市上的罪犯、那个发现所有的尸体都会发臭的纯洁的人、那个跳舞时手中发出闪电的疯子、那个撩起长袍朝大地上撒尿的修道士、那个翻遍所有图书馆要找到《圣经》的宗教狂——所有这些人合成了我，所有这些人造成了我的忏悔、我的欣喜。假如我没有人味儿，那是由于我所生活的世界已经超出人性的界线了，那是由于做个有人味儿的人像是在做一件可怜的、令人遗憾的、凄凉悲苦的事情，它受到种种理智限制，受到种种道德规范的制约，由种种老生常谈和这个那个主义固定范围。我将葡萄汁一饮而尽，我从中得到了智慧，不过我的智慧并非来自葡萄，我沉醉也根本不是因为酒……

我妄图绕过那些高大荒芜的山脉，一个人会在那儿渴死、冻死。这就是"超瞬时"历史，就是不存在人、兽、草木的绝对时空，在那儿一个人寂寞得发疯，语言则只是词语而已，那儿的一切都是自由自在的，与时代不谐调的。我想要一个男人、女人、树木都不讲话的世界（因为如今的世界上话讲得太多了）！我想要一个河流能把人载到各地去的世界，不是成为古老传说的河流，而是能叫人同别的男女，同建筑、宗教、植物、动物接触的河流。是上面有船只的河流。人们在这样的河里溺死，并非淹没在神话、传说、书籍和以往的尘土中，而是淹没在时间、空间的历史中。我要能造出莎士比亚和但丁这样的大海的河流，要不会在以往的空泛中干涸的河流、大海。对了，让我们有更多的海吧，新的、挡住过去的大海，创造新的地质构造、新的地形景观、

北回归线

陌生而且令人恐惧的大陆的大海，在摧毁的同时也保护我们的大海，我们可以在上面航行，去探求新发现、新视野的大海。让我们得到更多的大海、更多的动乱、战争和大毁灭吧！让我们得到一个男男女女大腿间都装有发电机的世界，一个充满自然的愤怒、激情、行动、戏剧、梦幻、疯狂的世界，一个孕生欣喜而不是干放屁的世界。我坚信今天比以往任何时候都更应寻求写一本书，哪怕它只有一大页呢。我们必须寻找碎片、碎屑、脚指甲，任何含有矿物质、任何得以使肉体和灵魂复活的东西。

也许老天安排我们要遭厄运，也许我们当中没有一个人有希望活下去。如果是这样，那就让我们发出最后一声听了叫人胆寒、叫人毛骨悚然的吼叫吧，这是挑战的呼叫，是战斗的怒号！悲伤，去它的！挽歌和哀乐，去它们的！传记、历史、图书馆和博物馆，去它们的！让死人去吃掉死人。让我们活着的人在火山口边上跳舞吧，这是临死前的一场舞，不过这并不能改变它仍旧是一场舞。

我们时代的伟大诗人弥尔顿说，"我爱流动的一切。"今天早晨我高兴地拼命大叫着醒来时正想着他，我正在想他的河流、树木和他的摸索的整个黑暗世界。是啊，我对自己说，我也爱流动的一切：河流、阴沟、熔岩、精液、血、胆汁、同和句子。我爱从羊膜中溅出的羊水；我爱生着引起病苦的结石、肾砂和诸如此类东西的肾脏；我爱撒出的热乎乎的尿和久治不愈的淋病；我爱说歇斯底里的疯话、像拉痢疾一样一泻而出的句子和灵魂全部病态的映像；我爱亚马逊河和奥里诺科河这样的大河，那儿摩拉瓦基乃之流的狂人在一只无顶的小船上漂过了梦和古老的传说，淹死在瞎眼的河口中；我爱流动的一切，甚至爱女人来月经时流出的血，它冲走了生育能力极弱的精子；我爱会流动的手稿，不论它们是用象形文字写的、深奥的、反常的、多形体的或是单边音的；我爱流动的一切，一切其中有时间的和适当的东西，它们把我们带回永远不会结束的开始中，即先知们激烈、令人狂喜的猥亵，宗教狂的智慧，牧师和他的橡皮连祷文、妓女的下流话、从排水道里漂走的唾液，乳房里的奶汁和子宫里流出的带苦味的蜜水，以及一切流质的、溶化的、放荡的和有溶解力的，所有在流动中得到净化的脓和脏物，那些失去其出身意识的东西和那些将大循环驱向死亡和瓦解的东西。这个伟大的乱伦愿望与时间一起向前流动，将来世的伟大概念同此地此刻融汇起来，这是一个空幻、自杀的愿望，它被言词阻挡，被思想麻痹。

十　四

　　我们从奥德萨街同电话公司的几个黑女人一起回到家里时已快到圣诞节的黎明了。火熄了，我们都太累了，于是便穿着衣服上了床。我的那个姑娘整个晚上都像一头豹子一样蹦蹦跳跳，我爬到她身上时她已睡熟了。我在她身上费了一阵劲儿，犹如在一个被淹死或闷死的人身上使劲儿一样。后来我放弃了努力，自己也睡熟了。

　　节日期间我们天天喝香槟，早上、中午和晚上，其中有最便宜的，也有最好的。过了年我就要到第戎去了，人家在那儿给了我一个微不足道的差使：当被交换的英语教师。这是促进法美和睦相处的一项安排。旨在增进这两个姐妹国家的互相了解和友善。对于这一前程菲尔莫比我更感到鼓舞，他这样想是有充足理由的，而对于我这不过只是从一个受苦受难的地方转到另一个受苦受难的地方去而已。我面前没有希望，这份工作甚至连薪水也没有。他们指望得到这份工作的人自认有福气，能够享受传播法美和睦这一福音的特权，这是为一个阔佬的儿子预备的工作。

　　出发前一天晚上我们玩得很开心。天快亮时下起了雪。我们走过一个个街区，最后再看一眼巴黎。穿过圣多敏克街时我们突然来到了一个小广场，那便是圣克洛蒂尔德教堂，人们正在望弥撒。菲尔莫的头还有一点儿昏昏沉沉，他执拗地也要去望弥散，据说是"为了好玩"。我对此有几分不放心，首先是因为我从未望过一次弥撒，其次是我显得寒酸，也觉得寒酸。菲尔莫也显得衣衫褴褛，甚至比我还不体面，他歪戴着大垂边帽，大衣上还沾着我们刚去过的最后一家妓院里的锯末。无论怎么说我们还是大踏步走进去了，最差的也不过是被他们推出来而已。

　　看到的景象令我吃了一惊，也就一点儿忐忑不安的感觉也没有了。过了一会儿我才习惯了昏暗的光线，我牵着菲尔莫的袖子，跟在他身后跟跟跄跄地走，这时一种稀奇古怪的声音钻进了我的耳朵，像某种从铺路的冷石板中冒出的空洞的嗡嗡声。这是一座巨大的、凄凉的坟墓，来吊丧的人进进出出、络绎不绝，是到地下那个世界去之前必经的来宾接待室，温度在华氏五十五或六十度左右，没有音乐——除了地窖最上层放出的那种难以名状的哀乐，活像百万棵菜花在黑暗中哀号。身着寿衣的人口中念

念有词，一副无可奈何、十分沮丧的乞丐模样，这些乞丐恍恍惚惚地伸出手来，咕哝着谁也听不懂的乞求怜悯的话。

我早知道会有这类事，不过一个人若还知道有屠宰场、停尸所和解剖室这类去处，他会出于本能地躲开这些地方。我在街上常常从一个牧师身边走过，他手里捧着一本小小的祈祷书在吃力地背诵。"傻瓜！"我自语道，过后也就不去理会了。在街上会碰到各种各样的呆子，这个牧师还不算是最叫人吃惊的。人类两千年的蠢行已使我们对此不那么敏感了，然而当你被突然送到这个牧师身边，看到他在这个小小的世界里发挥着一座闹钟的作用，你还是会产生一些全然不同的情感的。

一刹那间全部这些流涎水、翕动嘴唇的把戏几乎都有了意义。正在发生什么事情，正在上演一出哑剧，它没有使我完全惊呆，却也叫我不知所措。在全世界，凡有这些灯光黯淡的坟墓的地方你都会看到这一令人难以置信的场面，同样的恼人的温度、同样的朦朦胧胧 的光线、同样的嗡嗡声。在特定的时间里，整个基督教世界里穿黑衣的人都俯在祭坛前。牧师就站在那上面，手里拿着一本小书，另一只手里拿着一只吃饭铃或喷雾器。他对众人喃喃布道，他的话即使能叫人听懂也不再有一点儿意义。很可能他是在乞求上帝保佑他们吧，也保佑国家，保佑统治者，保佑枪炮、战舰、军火和手榴弹。祭坛上围在牧师身边的是一群小男孩，穿着打扮像上帝的安琪儿，他们唱男高音和女高音。全是纯洁的小羊羔，全穿着裙子，看不出性别，像牧师本人一样是扁平足和近视眼。真是绝妙的不辨雌雄的猫叫春、是符合 J-mol 节拍的松紧内裤里的性行为。

我在昏暗的光线下尽量仔细地观察这儿的情况，既令人眼花缭乱，又叫人目瞪口呆。我暗地里想，整个文明世界、整个世界都是这样，真是太棒了。不论下雨还是天晴，下冰雹、雨夹雪、雪、打雷、闪电、战争、饥馑、瘟疫，都不受丝毫影响。总是同样的恼人温度，同样的胡言乱语，同样的在脚腕上系带子的鞋和上帝的小安琪儿唱男高音和女高音。靠近出口处有一只开了一个孔的小箱子，是为了继续天国的工作的，于是上帝的恩典便会像雨点一样落在帝王头上，落在国家里，落在军舰、高效炸药、坦克和飞机上，于是工人会增强臂力，有力气屠宰马、牛和羊，有力气在铁大梁上钻孔，有力气在别人的裤子上缀扣子，有力气出售胡萝卜、缝纫机和汽车，有力气消灭虫子、打扫马棚、倒垃圾箱、洗刷厕所，有力气写新闻标题、在地下铁道里剪票。力气……力气，原来这喃喃自语和戏弄人的把戏只是为了给人一点力气。

我们从一个地方挪到另一个地方，以通宵狂欢后的那种清醒意识审视这个场面。我们这样穿来穿去一定很惹人注意，因为我们的外衣领子竖着，从不画十字，除了低声说几句麻木不仁的话以外嘴巴一动也不曾动。如果菲尔莫不那么固执地要在仪式正进行了一半的时候从祭坛边走过，或许谁也不会注意到这一切。他在找出口，我估计他想到了出口那儿就好好看一看这最最神圣的场面，这就是说要近距离仔细看一看。我们一直平安无事，正在朝很可能是出去的通道那一道光线处走去，这时幽暗中猛地闪出一位牧师拦住了路。他想问我们要去哪儿，正在干什么，我们相当有礼貌地回答说我们正在找出口。我们说的是英语的"出口"，因为当时太惊恐，我们一时想不起法语"出口"是怎么说的了。牧师一句话不说便紧紧抓住我们的胳膊，推开一道边门把我们狠狠推出去了，我们摇摇晃晃地跌进了刺眼的阳光中。这件事发生得如此的快、猝不及防，待我们到了人行道上仍没有完全反应过来。我们眯上眼睛走出去几步，然后又出于本能转过身来。牧师仍站在台阶上，苍白得像一个鬼魂，像魔鬼那样狠狠地瞪着我们，准是连肺都气炸了。后来又回想起这件事时我也不怪他，不过当时瞧见他穿着长袍、头上扣着一顶小瓜皮帽的滑稽相，我不禁哈哈大笑。我看看菲尔莫，于是他也大笑开了。我们站在那儿当着这个可怜虫的面足足笑了一分钟，我猜他起初有一点儿茫然不知所措，不过他突然冲下台阶，一边还冲着我们晃动拳头，像是认真了。待他冲出围墙便狂奔过来，这会几某种保护自己的本能提醒我快溜走。我拽住菲尔莫的袖子跑开了，他还像个傻瓜似的说，"别，别！我不跑！""快跑！"我嚷道。"咱们还是快点儿离开这儿为妙，这家伙已经完全疯了。"于是我们逃了，拼命竭尽全力逃走了。

去第戎的路上我们仍在为这件事情大笑，不过我的思绪又回到了另一件可笑的往事上。那件事同今天发生的事有点儿相似，是我在佛罗里达短暂停留时发生的。那是在出名的繁华时期，我同成千上万人一样冷不防遇到了麻烦，我试图解脱，结果却同一位朋友一道更深地陷入了困境。杰克逊维尔尤其处于被围困状态中，我们就在那儿被困了大约六个星期。天下所有的流浪汉和许多以前从未作过流浪汉的家伙似乎都游荡到杰克逊维尔来了，到处都住满了人——基督教青年会、救世军、消防队和警察局、旅馆和公寓。到处都挂着客满的牌子，绝对客满。杰克逊维尔的居民的心肠已经变得很硬，我觉得他们像是穿着甲胄在来回走。这一回又是食物这个老问题，食物和一个睡觉的地方。食物正从南方用火车运来。橘子、柚子以及各种水份很多的食品。我们常从货车棚旁走过，看看有没有烂水果，可甚至连这也很难得。

在绝望中，有一天夜里我拉上我的朋友乔来到一家犹太教会堂里，当时里面正在做礼拜。这是一家新派会众聚会场所。那位拉比给我留下的印象相当不错。音乐也很打动人，是犹太人那种发自内心的悲哀曲调。礼拜刚一结束我便大摇大摆地走到拉比

世界传世藏书

世界禁书文库

北回归线

371

的书房里要求见他，他接待我时还算过得去，待我说明了来意他便吓坏了。我只是求他给我和我的朋友乔施舍几个钱，可是看着他瞧着我的那副样子你还以为我已开口要把会堂租下来当保龄球场呢。最后他突然直截了当地问我是不是犹太人，我说不是，他便发火了。那么，请问，你为什么要来向一个犹太教牧师求援呢？我天真地告诉他我一贯信任犹太人，我是很谦卑地说这话的，仿佛自己不是犹太人是一个古怪的缺陷似的。这也是实话，但他根本不信。不，先生。他简直吓坏了。为了赶我走，他给救世军的人写了一张便条，说，"这才是你该去的地方呢。"说完他便没有礼貌地转身照看他的会众去了。

救世军当然也拿不出什么给我们。假如我们每人有两毛五分也可以租一个铺在地上的床垫，可是我们两人加起来连五分钱也没有。我们来到公园里，在一条长椅上躺下。天正在下雨，我们便用报纸遮盖在身上。估计过了还不到半小时，一个警察过来一句话不说就狠狠扇了我们一掌，我们马上爬起来站在地上，还跳了几下舞，尽管当时没有一点儿心思跳舞。屁股上挨了那白痴王八蛋掴了一掌后，我真是又气愤又可怜，又沮丧又下贱，简直恨不得把市政厅炸掉。

第二天早上，为了报复这伙好客的王八蛋，我们一早便精神焕发地站在一个天主教教士的门口了。这一回我让乔说话，他是爱尔兰人，还带点儿爱尔兰土腔。他的眼睛也非常蓝，温情脉脉的，只要乐意他还能叫它们湿润起来。一个穿黑袍的修女打开门，可她并不请我们进去，却要我们在走廊里等她去禀报那位好心的长老。过了几分钟那位好心的长老来了，像一部火车头一样喘着粗气。我们这么早打搅他的嗜好是为了得到什么？一点儿吃的和一个睡觉的地方，我们天真地答道。好心的长老立即问，那你们是从哪儿来的？从纽约。从纽约吗？那么你们还是尽快回纽约去吧，我的孩子们。这个大块头、大胖萝卜脸的狗东西再也没有说什么便狠狠地把门关上了。

大约过了一个小时，我俩像两只歪歪倒倒的双桅帆船一样无助地四处乱逛，又碰巧从教士家路过。老天爷在上，这个大块头、淫荡的萝卜脸正在从胡同里往外倒他的轿车呢！从我们身边疾驶而过时他朝我们眼睛里喷出一团烟，好像是说，"这是赏给你们的！"那轿车很漂亮，后面装着好几只备用轮胎，好心的长老坐在方向盘后面，嘴里叼着一根粗雪茄。这根雪茄这么粗，味道这么足，准是一根克罗那·克罗那牌的。他坐姿很优雅，你很难模仿得来。我看不见他是否穿了长袍，只看到嘴边淌下的肉汤和那根散发出香味的五十美分大雪茄。

去第戎的路上我不由得追忆起这段往事。我想到在那些痛苦、耻辱的时刻我本该说、本该做而又没有说、没有做的一切，那时为了向别人讨一口面包就要叫自己变得不如一条虫子。尽管我非常镇定自若，这些老一套的侮辱和伤害仍使我感到痛苦。我仍能感觉到那个警察在公园里朝我屁股上捆的那一巴掌，尽管那不过是小事一桩，你或许会说那是一堂短短的舞蹈课。我走遍了整个美国，也曾进入加拿大和墨西哥。到处都一样，你若想要面包就得去干活，去听人支使。整个地球是一片灰蒙蒙的沙漠，是钢和水泥铺成的地毯。生产吧！更多的傻瓜和螺钉、更多的带刺铁丝网、更多的狗食、更多的割草机、更多的滚珠轴承、更多的高效炸药、更多的坦克、更多的毒气、更多的肥皂、更多的牙膏、更多的报纸、更多的教育、更多的教堂、更多的图书馆、更多的博物馆。前进！时间不等人，胎儿正在穿过子宫颈，却连一点润滑通道的羊水也没有。这是干燥、快把胎儿勒死的出生，没有一声哭号、一声喊叫。向来到人世间的孩子致敬！从直肠里腾腾放出二十一响致敬的礼炮。瓦尔特·惠特曼说，"我戴帽子全看自己高兴不高兴，不论是在室内还是在室外。"以前有过你可以挑选一顶合适的帽子戴的时代，不过时代在变，现在为了挑选一顶合适的帽子你得一直走到电椅上去，他们会给你一顶瓜皮帽戴。有点紧，怎么啦？不过没关系！挺合适。

你必须呆在法国这样一个陌生的国度里，在将生与死分为两部分的子午线上行走，这样才会体会到前面等待你的将是何种难以预测的景观。带电的肉体！民主的灵魂！血的浪潮！上帝的神圣母亲啊！这一番蠢话是什么意思？地球烤焦了，破裂了，男男女女像一窝兀鹰围着一具发臭的尸体一样汇集在一起，交配，然后飞往各处。我们就是从云里像沉重的石头一样落下的兀鹰，就是它们的爪和嘴，它的巨大的消化器官有一个专嗅臭肉的鼻子。前进！不怜悯、不同情、不爱也不谅解地前进！别请求宽恕，也别宽恕别人！更多的战舰、毒气、高效炸药！更多的淋菌！更多的链球菌！更多的轰炸机！越来越多，直到所有见鬼的工厂被炸成碎片，地球也一起毁掉。

一下火车我就马上明白自己犯了一个大错误。那所公主中学离车站不远，我在薄薄的暮色中走过大道朝目的地摸去。正下着小雪，树上结的霜晶莹闪亮，我经过看上去像阴沉的候诊室的几家空荡荡的大咖啡馆。寂静、空旷的幽暗，这就是它们给我留下的印象。这是一个毫无希望的小镇，那儿出产的芥末多得车载斗量，大桶、小桶、罐子和精致的大口瓶里都盛着芥末。

一看到那所学校我心里就凉了半截，到了大门口我仍拿不定主意，便站下考虑是不是还进去。可是我没有买回程车票的钱，再多想这个也没有多大用处。有一阵子我想给菲尔莫打电报，可是无论如何也想不出一个借口，于是只得闭上眼睛走进去。

正巧勒普罗维西厄先生不在，他们说这天他休息。一个小驼背过来主动提出带我去勒桑塞尔先生的办公室，那是第二号人物。我紧跟在他身后，他蹒跚走路的怪样子

使我觉得很好笑。他是一个小怪物，在欧洲任何一座不那么像回事的教堂门口栖息的怪物。

勒桑塞尔先生的办公室又大又空，我坐在一把椅子上等着，驼背又冲出去找他。我在这儿觉得相当自在，这个地方的气氛使我清晰地想起了美国的一些慈善机构，我从前常常在那些地方一坐就是几个钟头，等某个满口甜言蜜语的王八蛋来细细盘问我。

门猛地打开了，勒桑塞尔先生踏着碎步地进来了。我勉强忍住才没有笑出声来。他穿着一件常礼服，跟鲍里斯从前穿的那件一样，他的前额上垂下一绺头发，斯麦尔佳科夫也许留的就是这种卷发。他严肃、好发脾气、目光锐利。他不说一句鼓励的话，马上拿来写着学生姓名、课时和课程的单子一次给我交代清楚。他告诉我给我拨了多少煤和木柴，接着又马上告诉我没有课的时间由我自行安排，想干什么就干什么好了。最后这一件是我听见他讲的头一桩好事，这话听了叫人那么舒服自在，我马上为法国祈祷了一次——为它的陆海军、它的教育制度、它的小酒馆及所有混账机构。

等一套手续办完了，他拉拉一只小铃，听到铃声驼背便来引我去莱克诺姆先生的办公室。这里的气氛有些不同，更像一个货站，到处搁着提货单和橡皮图章，脸色灰白的办事员用断铅笔在大本的笨重账本上飞快地书写。待他们把我这一份煤和木柴分出来后我便和驼背一起推着一辆手推车朝宿舍走去。我将在顶层分到一间房，同学监们住在同一侧。这情景有几分好笑，不知道下一步会发生什么。或许有一只痰盂，这儿有一种很强烈的作战前准备的气氛，一只黄铜酒杯杯。

分给我的房间相当大，屋里有一只小火炉，炉上装着弯曲的烟筒，恰好在铁床上方拐弯。还有一只装煤的大箱子。木柴就堆在门口。窗外是一排完全用石头砌起来的凄凉的小房子，里面住着杂货商、烤面包的、鞋匠、屠夫——全是一伙白痴似的粗人。我的视线又越过他们的房顶，光秃秃的山岭中有一列火车在咔嗒咔嗒响，车头发出的尖锐汽笛声既伤感又像是在发歇斯底里。

待驼背替我生好了火，我便向他打听吃的。他告诉我还不到吃饭时间，于是我穿着大衣倒在床上，把被子盖在身上。我身边便是那张用了不知多久、摇摇晃晃的床头柜，尿盆就藏在这里面。我把闹钟摆在床头柜上，望着时间一分钟一分钟嘀嗒嘀嗒过去。一道蓝光从外面街上透进屋里来，我倾听着卡车隆隆驶过，一边茫然地瞪着烟筒，瞪着用一截截铁丝捆住的烟筒拐弯处。我一辈子从未住过一间屋里摆着一个煤箱子的房子，也一辈子没有生过火、教过孩子，而且就此来说我还从未干过没有报酬的工作。我在感觉到自由自在的同时也觉得受到了束缚，很像一个人在选举前的心情，所有的骗子都得到了提名，这时却有人恳求你投那个合适人选的票。我觉得自己像一个受雇者、一个"万金油"、一个猎手、一个流浪汉、一个划船的囚犯、一个寒酸的小学教师、一条蛆和一只虱子。我是自由的，可我的四肢却戴着镣铐。我是带着一张免费餐券的民主的灵魂，可是没有机车那么大的力量，没有声音。我又觉得自己像一只钉在木板上的海蜇，但我最明显的感觉是饿。钟上的指针走得很慢，还得消磨十分钟火警警报才会响。屋里的阴影更深了，静得吓人，这种紧张的寂静令我的神经难以忍受。窗子上积了小团小团的雪，远处有一台机车发出刺耳的响声，过后又是死一般的寂静，炉子燃旺了，可是并没有散发出多少热量。我有点儿担心自己会一觉睡过去，耽误了吃饭，那就意味着得空着肚子躺一夜，睡不着。于是，我惊慌了。

离开饭锣敲响还有一会儿，我跳下床锁上门冲到楼下的院子里。在那儿我迷失了方向，一间又一间四边形的房间、一座又一座楼梯，我在这些建筑物里进进出出，疯了似的找寻餐厅。我走过一长队不知正往哪儿去的孩子身边，他们像一群用锁链锁住的囚徒缓缓向前移动，队列前面有一个监工。最后我瞧见一个戴礼帽、精力旺盛的人朝我走来，我拦住他打听去餐厅的路。正巧我拦住了该拦的人，此人正是勒普罗维西厄，他对于同我巧遇感到高兴，马上便问我是否已一切就绪了，还有没有他可以替我效劳的事情。我告诉他一切都妥了。后来又冒昧添了一句，说只是有点儿冷。他宽慰我说这种天气是很反常的，不时有雾，还有一点儿雪，那时天气就要坏一阵了，以及其他诸如此类的话。说这些话时他始终挽着我的胳膊，领我朝餐厅走。看来他倒是一个蛮不错的人，一个正常的家伙，我暗自想道。我甚至还幻想以后我也许 F 会同他关系密切起来，也许在某一个寒冷的夜晚他会请我去他的房间，替我弄一杯热酒。在走到餐厅门口的这几秒钟内我幻想到各种各样的友好场面，我的思想以每分钟一英里的速度飞驰。就在餐厅门口，他突然同我握握手，抬抬帽子同我道别。我茫然不知所措，便也碰了碰帽子。很快我就发现这是一件再普通不过的事了，不定什么时候你碰到一位教员，甚至从莱克诺姆先生身边走过时也是一样，你都要碰碰帽子，也许你一天会与同一个人相遇十来次，那也一样，你一定得向他致意，哪怕你的帽子破了也罢，这才是礼貌的举止。

我总算找到了餐厅。它很像纽约曼哈顿东区的一家平民诊所，砖墙，无罩的灯和大理石桌面的桌子，当然少不了一只带拐弯烟筒的大火炉。饭还没有端上来，一个跛子跑进跑出，拿盘子、刀叉和酒瓶。几个年轻人坐在一个角落里热烈地谈论着什么，我走过去作了自我介绍，他们极其友好地接待了我。老实说，几乎是友好得过分了，我弄不太懂这是怎么回事。一会儿屋里就挤满了人，于是他们很快把我介绍给每个人。接着他们在我身边围成一个圈子，斟满酒杯，唱起歌来……

"一个晚上我起了一个念头：

我呼唤着宙斯去鸡奸一个绞死的人。

风在绞架上吹起，

看，那个死人在晃动。

我只得跳起来去奸这个死尸，

呼唤着宙斯的大名，人们从不满足。

在过于狭小的肛门里亲吻，

呼唤着宙斯的大名，看着它在那儿乱蹿。

在过于宽大的肛门里亲吻，

人们一无所知或是发泄怒气，

那样的情景令人十分厌恶。

呼唤着宙斯的大名，人们从不满足。"

歌声刚落，卡西莫多宣布开饭了。

这些学监是一群快乐的人。那位克罗打起嗝来像头猪，一坐下来吃饭总要先放一个大屁。他们告诉我，他能一连放十三个屁，这个记录没有人能刷新。还有勒普兰斯先生，他是一个运动员，喜欢在傍晚进城时穿一件无尾夜常礼服。他相貌英俊，真像个姑娘，而且从来不碰酒，也不读任何会伤脑筋的东西。他旁边坐着珀蒂·保罗，保罗来自米迪，他整天什么都不想，只想女人。他每天都要说，"从星期四起我就不再谈女人了。"他和勒普兰斯先生好得难舍难分。再下来是巴斯罗，一个十足的小无赖。他在学习医学，他到处借贷，没完没了地谈论龙沙、维荣和拉伯雷。坐在我对面的是莫莱斯，老夫子们的鼓动者、组织者，他执意要称一称肉，看看是否差几克分量。他在学校附设医院里占了一间小房子。他的死对头是莱克诺姆先生，这并不能给他带来很大声望，因为大家都恨那个人。莫莱斯有个伙伴，叫勒佩尼普，他是一个郁郁寡欢的家伙，容貌像一只鹰。他非常节俭，却当了一个放债人，他像阿尔布雷克特·杜瑞的一件雕刻作品，是所有阴郁、乖戾、难对付、爱抱怨、不幸、不走运和内省的魔鬼的混合，这些魔鬼组成了德国中世纪武士的神灵。他无疑是个犹太人。总之我到这儿不久他就死于一场汽车事故了，这个事件使我再也不用还借他的二十三法郎了。除了坐在我旁边的勒诺，其他人早已从我的记忆中消失。他们属于那些毫无个性的一群，他们构成了工程师、建筑师、牙医、药剂师、教师等人的世界。没有什么可以将他们同他们过一会儿就拿来取笑的人区分开，他们完全一钱不值，是构成名誉而又可悲的市民核心的毫无价值的人物。他们低着头吃东西，而且总是第一批大叫大嚷要添饭的人。

他们睡得很死，从不抱怨，既不快活也不沮丧，他们是被但丁发配到地狱门厅去的平庸的一群，是上流社会的人物。

按惯例，一吃完晚饭就马上到城里去，除了留在宿舍里执勤的人。城市中有几家咖啡馆，都是又大又凄凉的大厅，第戎昏昏欲睡的商人们聚集在这儿玩牌、听音乐。咖啡馆里挺暖和，这是我能用来形容它们最好的话，座位也过得去。总有几个妓女转来转去，为了一杯啤酒、一杯咖啡她们会坐下来同你聊天。可是音乐糟透了，竟是这种音乐。在一个冬天的夜里，呆在第戎这样一个肮脏的地方，再也没有比一支法国管弦乐队的演奏更叫人疲乏、头痛的了。尤其是，这是一支悲怆的女子管弦乐队，它奏出的一切都像在尖叫、在放屁，其节奏很枯燥，像代数一样，又具有牙膏那种合乎卫生的稠度。这种呜咽怪叫一小时竟然还要收那么多钱，而且迟到的人活该倒霉！它演奏的调子是那么悲哀，如同老欧几里得用后腿站着吞下了氢氰酸。思想的王国已由理智完全开拓，没有给音乐创作留下一点点地盘，只除了手风琴的空板条，风呼啸着从中穿过，将太空撕成了碎片。不过在这个边远的城镇里谈论音乐就像在死牢里做梦喝香槟一样荒唐，音乐是我最不在意的东西。我甚至连女人也不想了，因为一切都是那么令人沮丧、寒冷、荒芜、阴暗。头一天晚上回家时我注意到一家咖啡馆的门上刻着高康大的话。咖啡馆内部却像一个停尸所。不管怎样，还是往前走吧！

我有的是时间，却没有钱。我一天只上两三个小时的会话课，以后就没有事了。教这些可怜虫英语又有什么用呢？我真替他们难过，整个上午苦苦地念《约翰·吉尔平的旅行》，到了下午又上我这儿来练习一种死去的语言。我想起自己浪费了多少时间读维吉尔的作品或是吃力地念《赫尔曼和多罗特娅》这类谁也看不懂的废话。真是疯了！学问是只空面包篮！我又想起卡尔，他能把《浮士德》倒背如流，他每写一本书都要在里面拼命恭维不朽的、千古流芳的歌德。尽管如此，卡尔却缺乏常识，找不到一个阔女人，无法弄一身换洗内衣。这种以排队领救济食品和住防空洞告终的、对过去的眷恋中有一种讨人厌的感伤，这种精神上的喧哗是令人讨厌的，它竟许可一个白痴往德国大炮、无畏战舰和高效炸药上洒圣水。每一个满腹经纶的人都是人类的敌人。

我来到了这儿，本是来传播法美友好福音的。我是一具僵尸的使者，他四处掠夺，酿成难以描述的痛苦和不幸，现在却梦想要建立世界和平了。呸！我真不明白，他们指望我讲什么？讲《草叶集》④、讲关税壁垒、讲美国的《独立宣言》、讲最近一次流氓团伙之间的火并？讲什么？我想知道要我讲什么。唉，告诉你们，我从未提起这些。我开门见山，讲了一堂爱情生理学。我讲的是：大象怎样做爱。这一招果然奏效，第一天过后便再也没有空板凳了，头一堂英语课后他们都站在门口等我到来。我们相处

377

得很好，他们提各种问题，像是屁也没学会一样。我让他们不停地问，我教他们提出更难以启齿的问题。"什么都尽可以问。"——这就是我的座右铭。在这儿我像一个来自无拘无束的精灵的国度里的全权大使，来这儿旨在创造狂热和激动的气氛。一位著名天文学家说，"在某些方面，物质世界像一个讲过的故事一样悄然逝去，像幻觉一样化为乌有。"看来这话表达了在学问的空面包篮后面大家的普遍看法，我自己却不信这话，我不信这伙王八蛋企图硬往我们肚子里塞的一切鬼话。

如果没有书可看，不上课时我就上楼到学监的宿舍里找他们闲聊。他们对周围发生的一切无知得令人不耻，尤其对于艺术界的事情，他们差不多同学生一样无知。我好像闯进了一所没有标明出口的、私人开办的小疯人院一样，有时我在拱廊下窥探，看着孩子们大步走过去，脏兮兮的缸子里插着大块大块的面包。我自己总是觉得饥饿难耐，因为我永远不可能赶上早饭。早饭总在早晨一个荒唐的时辰开，而那会儿睡在床上真是妙不可言。早餐是大碗大碗的发蓝的咖啡和一块块白面包，没有奶油可抹。午饭是菜豆或扁豆，撒进去一点点肉屑使它看起来开胃些。这种食物只适合给做苦工的囚犯吃、给砸石头的囚犯吃。酒也很糟糕，不是掺了水就是变了味。这些食物有热量，不过烹调不得法。据众人说，莱克诺姆先生应对此负责。这话我也不信，人家花钱雇他，目的是要他不叫我们饿死就行。他并不问我们是否有痔疮或疔疮，并不关心我们是嘴细还是嘴粗。为什么要关心？他只是受雇去用这么多克的菜肴生产这么多千瓦的能量，一切都是以马力来计算的。这全在脸色青白的办事员早晨、中午和晚上抄抄写写的厚账本上仔细计算过，借、贷这两部分用一道红线从中间隔开。

空着肚子在四合院里徘徊时我常常不由自主地觉得自己有一点儿痴狂，我有一点儿像"愚蠢的查理"那个可怜虫，只是没有奥代特·德·尚帕狄丰来跟我玩牌。有一半的日子里我得向学生讨烟抽，有时正上着课我就跟他们一起啃开了一点干儿面包。炉子总灭，所以我很快便用完了配给的木柴。要哄得管宿舍的办事员拿出一点儿木柴来是很不容易的事情，最后我对此恼火极了，便上街去捡柴，像一个阿拉伯人似的。我很惊奇，在第戎的街道上几乎捡不到能生火的柴。不过这些小小的征集木柴的远征将我带到了陌生的地域，我渐渐熟悉了据信是以一位名叫菲利贝尔·帕尔隆的已故音乐家命名的一条小街，那儿有好几家妓院。这块地方总是会叫人更快活一些，有做饭的味道、有晾出来的衣物。我偶尔也看到在妓院里闲荡的可怜的傻瓜，他们比在城镇中心见到的穷鬼还好一些，每次穿过一家百货店时我都会碰到这些穷鬼。为了取暖我常常这样穿来穿去，我估计他们也是为了达到同一目的这样做的。他们在寻找一个愿为他们买一杯咖啡的人，由于寒冷和孤独他们显得有一点儿痴呆，而当蓝色的夜幕降

临时整个城市都显得有几分痴呆。你可以任选一个星期四在主要马路上散步，一直走下去也永远不会碰到一个胸襟宽大的人。六七万——人也许更多——穿着羊毛内衣，无处可去，无事可做。他们生产出一车车芥末。女子管弦乐队笨拙地奏出《快乐的寡妇》。大旅馆里提供银质服务。一座公爵的宫殿正在一块块、一点点地朽掉。树木在霜冻下发出尖厉的响声。木头鞋子不停地咯噔咯噔响。那所大学在纪念歌德的忌日，或者是诞辰日，我记不清到底是哪一个了（通常人们是纪念忌日的）。总之这是一件蠢事，人人都在打哈欠、伸胳膊。

从马路上一路走进四合院，我总会产生一种深切的徒劳无功的感觉。院外是一片凄凉和空虚，院里也是一片凄凉和空虚。这座城镇笼罩在一种卑下的贫乏和啃书本的浓雾中，学的全是以往的渣滓。教室分布在里院四周，很像在北方森林中见到的小屋，学究们就在这儿尽情大发宏论。黑板上写着没有生气的胡言乱语，法兰西共和国的未来公民得花毕生时间才能忘掉这些胡话。有时在马路边的大接待室里接待家长们，那儿摆着古代英雄的半身塑像，诸如莫里哀、拉辛、柯奈、伏尔泰之流。无论何时又一个不朽的人被摆进蜡像馆后，内阁部长们总要用湿润的嘴唇提到所有这些稻草人（没有维荣的、拉伯雷的和兰波的胸像）。总之，家长们和这些衬衣里塞了东西的蜡像在这庄严肃穆的会议上碰到一起了。国家雇了这些蜡像来矫正年轻人的思想，总是这样矫正，总是用这种美化庭院的方法使思想变得更有吸引力。小孩子们偶尔也上这儿来，人们很快便会把这些小向日葵从托儿所里移植出去装饰城市的草坪。有些只是橡皮植物，只消用一件破衬衣就可以很便当地掸去上面的尘土，一到晚上他们便急急忙忙没命地逃回宿舍里去了。宿舍！这儿亮着红灯，铃像消防队的警报一样呼啸，这儿的楼梯踏板由于人们常一窝蜂涌向教室已被踩出了空洞。

还有那些教师，起初几天我甚至同他们中的几个人握了手，当然在拱廊下擦身而过时也总少不了碰碰帽子相互致意。可是根本谈不到倾心交谈，也谈不到走到街角那儿一起喝上一杯。那简直是不可想象的，他们有许多人显得像是吓破了胆。总之我是属于另一阶层的，他们甚至不愿同我这种人分享一只虱子。只要一看到他们我就气不打一处来，所以一看到他们过来我就暗地里诅咒。我常常靠着一根柱子站在那儿，嘴角上叼着一根烟，帽子扣在眼睛上，待他们走到听得见的地方我便狠狠啐一口唾沫，再抬起帽子来。我甚至懒得张口同他们打招呼，我只是从牙缝里迸出一句，"去你妈的，杰克！"说完就拉倒。

在这儿呆了一星期后我就觉得已在这儿呆了一个世纪了，这就像一场可怕的恶梦，简直摆脱不了它。想着它我常常会昏睡过去。几天前我才到了这儿，当时夜幕刚降下，

人们在朦胧的灯光下像老鼠一样匆匆赶回家去，树木带着宝石尖般的恶意闪闪发光，我不止一千次地想起了这一切。从火车站到这所学校一路上犹如穿越但泽走廊的一次散步，到处毛茸茸的、有裂缝，令人神经紧张。这是死人尸骨铺砌的胡同，下面埋着衣衫褴褛、横七竖八、互相搂抱在一起的死人，还有沙丁鱼骨制成的脊骨。学校本身像是矗立在一层薄雪之上，它像一座倒置的山，其山顶直插地球中心，上帝或魔鬼在那儿总穿着一件紧身衣干活，为那个始终不过是梦中遗精的天堂磨面粉。如果太阳出来过我也不记得了，我忘记了一切，只记得从那边结了冰的沼泽上吹过来寒冷、油腻的雾，铁道就是在那儿消失在阴郁的群山中去。距火车站不远有一条人工运河，也许它是一条天然河也不得而知，它躲在黄色的天幕下，突起的两岸边斜搭着一些小棚屋。我突然悟到周围还有一座兵营，因为我不时遇到一些来自交趾支那的黄皮肤小个子，这伙扭来扭去、脸色焦黄的小矮个儿身着袋子似的肥大军衣四处乱瞅，活像放在刨花中的干骨架。这地方见鬼的中世纪遗风极难对付、极顽强，它低声呻吟着来回摇晃，从屋檐下跳出来向你扑来，像被割断脖子的罪犯那样从滴水嘴上垂下来。我不断扭过头去看身后，一直像一只挨脏叉子扎的螃蟹那样走路。所有这些肥胖的小怪物，所有粘在圣米歇尔教堂正面墙上石板状的雕像都跟在我身后走过弯弯曲曲的小胡同、拐过街角。圣米歇尔教堂的正面到了夜间便像一本集邮簿一样打开了，使你面对着印好的纸张上的吓人景物。灯熄了，这些景物也从眼前消失，像文字一样悄寂无声，这时教堂正面的墙显得非常庄严雄伟。古老、粗糙的正面墙上的每一道缝里都回荡着夜风的沉重呼啸声，冰冷、僵硬、呈花边状的碎石上洒了一层朦朦胧胧的、苦艾酒般的雾和霜的涎水。

教堂耸立的这个地方的一切似乎都前后倒了个儿，教堂本身在几世纪以来雪的侵蚀下也一定偏离了它的地基。它坐落在埃德加一基内广场，像一头死去的骡子那样迎着风蹲着。风穿过莫奈街呼啸而来，像胡乱飘扬的白发。它绕着白色拴马桩回旋，这些桩子挡住了公共汽车和二十匹骡子拉的马车的通道。有时清晨从这个出口摇摇摆摆出来后我会同勒诺先生不期而遇，他像一个贪吃的修道士一样把自己裹在修道士的长袍里，用十六世纪的语言同我攀谈。于是我同勒诺先生挨着走，这时月亮像被刺破的气球从油腻腻的天空中跃出，我亦立刻堕入了超然的王国中。勒诺先生讲话干脆利落，像杏子一样淡而无味，带着很重的勃兰登保人的口音。他常常一见到我就滔滔不绝地谈起歌德或费希特，深沉、凝重的声音在广场上顶风的角落里发出隆隆的回声，像去年的雷鸣。尤卡坦人、桑给巴尔人、火地岛人，把我从这张海绿色的猪皮下救出来吧！美国北部堆积在我周围，冰河时代的狭湾、顶端呈蓝色的脊骨、疯狂的灯光，还有淫荡的基督教圣歌像雪崩一样从意大利的埃特纳火山延伸到爱琴海。一切都像泡沫一样冻得硬硬的。思想被禁锢，四周结上了霜。从卖弄小聪明的凄凉的包裹里传出被虱子吞食的圣人发出的快窒息的嗓音。这时我在场，裹在羊毛里，包在襁褓里，戴着镣铐，被人割断了脚筋，不过我没有参与此事，我一直白到骨头里，不过有一种冷的碱性成分，有橘黄色指尖的手指。无恶意，对了，不过不爱做学问，没有天主教徒的柔肠。无恶意而又无情，像在我之前驶出易北河的人一样。我眺望大海、天空，眺望不可理喻而又相距不远不近的一切。

风吹动脚下的积雪，雪花随风飘动，使人发痒、刺痛，它们发出含混的啸声，被风卷到空中又纷纷扬扬地落下，裂成碎屑洒下来。没有太阳，没有咆哮的海浪，没有拍打堤岸的滔天巨浪。寒冷的北风带着有刺的矛尖吹来，冷冰冰地、刻毒地、贪婪地，具有破坏性，使人疲软无力。街道用弯曲的肘部支撑着身子走远了，它们逃离纷乱的景物，躲开严厉的注视。它们沿着不断变幻的格子蹒跚而去，从前面绕到教堂后面，砍倒塑像，推平纪念碑，拔出树木，封住小草，从土地中吸去其芳香气味。树叶变得同水泥一样干枯，露水也无法再使它们滋润起来，月亮再也不会把它的银光洒上无精打采的叶片。四季循环即将陷于僵化。树枯萎了。马车发出明晰的竖琴似的砰砰响声在云母般的车辙中滚动。阴惨惨的、没有骨头的第戎在顶上有积雪的山峦间的空地上沉睡。夜里没有人活着或走动，只除了朝南去、朝青玉色的地域移去的不安分的精灵，然而我没有睡，仍在游荡。我是一个游荡的鬼魂，一个被这个冷冷的屠宰场吓坏了的白人。我是谁？我在这儿做什么？我堕入了刻毒的人性的冷墙中，我是一个白色的人影，在挣扎、在沉入冰凉的湖水中去，上面压着一大堆脑壳。于是我在高纬度的冷地方住下来，白垩的阶梯染成了深蓝色。黑暗走道里的土地熟悉我的脚步，感觉到上面踩着一只脚，一只翅膀在扑动，一阵喘息，一阵颤抖。我听见学识受到嘲弄，人影在向上攀，蝙蝠口中流出的涎水从空中滴下，落在纸板糊的翅膀上发出叮当声。我听到火车相撞、链子哗啦乱响、车头轧轧响着喷气、吸气、流水。一切都带着陈腐守旧的气味透过清雾向我袭来，还带着黄色的宿醉、诅咒和磨难。在第戎下面，在极北地域下很深的冥冥核心中站着埃阿斯，他的双肩被缚在磨盘上，橄榄叶吱吱作响，沼泽地里的绿水因为有了哇哇叫的青蛙而充满生机。

雾和雪、高纬度地区、渊博学识、发蓝的咖啡、没有抹奶油的面包、扁豆汤、罐头猪肉煮豆子、放了很久的奶酪、没有烹熟的食物和糟糕的酒已使这整座感化院里的人陷入便秘的窘境中。正当每个人都憋了一肚子屎时厕所的下水管道又冻住了，大便像蚂蚁丘一样堆积起来，人们只得从那个小台子上下来，把屎拉在地板上。于是它在

地上冻住了，等待融化。到了星期四驼背推着他的小推车来了，用扫帚和一只盘子样的东西掀起这一摊摊又冷又硬的大便，然后拖着一条枯萎的腿用车子推走。走廊里扔满了手纸，像捕蝇纸一样粘在脚下。一候天气转暖这气味便更浓，在四十英里外的温彻斯特都闻得到。早上拿着牙刷站在这一堆发酵成熟的大粪前，这股冲天臭气会使你的脑袋发晕。我们都穿着红色法兰绒衬衣站在旁边，等着轮到自己对着下水孔漱口。这很像威尔第一出伟大歌剧中的一段抒情调——有滑车和罗网的砭琴合奏。夜里迫不及待要上厕所时，我便冲进勒桑塞尔先生的专用卫生间，它就在汽车道边上。我们的马桶上常常沾满了血，他的马桶也没有冲洗，不过至少可以坐下来出恭。我把自己的一摊大便留给他，作为一种尊敬的表示。每天晚上饭快吃完时守夜人便进来同大家一起干杯，他是整个学校唯一一个我能引为同类的人。他是一个微不足道的人，提着一盏灯和一串钥匙。他整夜巡逻，像一部机器那样机械。大约到了把很陈的奶酪传递给大家的时候，他就会闯进来讨一杯酒喝。他站着伸出手来，头发很坚硬，像一头大猎犬，面颊红润，胡须上沾着晶莹的雪。他低声说了一句什么，那位卡西莫多便递给他酒瓶。他双脚牢牢地戳在地上，一扬脖子酒便喝下去了，只是缓缓地一大口便喝完了。我觉得他像是在把红酒灌下肚去，他的这个动作使我感动得不得了，他几乎是在喝下人类同情心的渣滓，仿佛世界上的爱与怜悯能这样一口喝干了事，仿佛日复一日这是唯一能挤压在一起的东西。他们已把他弄得连只兔子都不如了，在他们的筹划中他还抵不上腌青鱼用的盐水呢。他不过只是一堆行尸走肉，他自己也明白这一点。喝完酒后他四处张望、朝我们微笑时这个世界好像四分五裂了，这是甩过一道深渊的微笑。整个发臭的文明世界像一块沼泽地一样处于这个深渊底部，这种犹犹豫豫的微笑像一座海市蜃楼一样在上面飘忽不定地摇曳。

晚上散步回来时迎接我的仍是这种微笑。记得有一天晚上我站在门口等老头儿巡逻回来，当时我有一种健康愉快的感觉，我愿意一直等下去。我等了大概半个小时他才打开门，在此期间我安详、从容地观察四周，仔细看每一件景物。我看到学校前那棵树枝像绳子一样拧在一起的死树和街对面的房屋，这些房屋在夜晚改变了颜色，现在轮廓更清楚了。我听到一列火车隆隆驶过西伯利亚荒原，看到于特里约画的围栏、天空、深深的车辙。突然不知从哪儿冒出两个情人来，他们走几码就要站下拥抱一番。待我的眼睛再也看不到他们了，我便倾听他们的脚步声，我听到他们突兀地站下，接着便是缓慢、曲折的漫步。我能感觉到他们靠在一根围栏上时两人身体在下坠，能听到他们拥抱前肌肉绷紧时鞋子发出的吱吱响声。他们在镇上漫游，穿过弯弯曲曲的街道朝水平如镜的运河走去，那儿的水黑得像煤块一样。这事有点儿古怪，在整个第戎

找不出另外两个类似的人。

与此同时老头儿仍在巡逻，我听得到他的钥匙叮当乱响、他的靴子发出的咯吱声和执着机械的走路声。最后我听见他沿着车道走过来开大门，这座有顶的大门很古怪，门前没有壕沟。我听见他在锁上摸索，他的手僵硬了，他的脑袋发木了。门推开时，我看到他头顶上罩着小教堂上方的一个辉煌的星座。每一扇门都已锁上，每一个房间都已闩上，书本都合上了。夜幕低垂，像匕首尖一样锐利，像疯子一样烂醉如泥。这就是虚无的无限了。在小教堂上空悬着的这个星座，像一位主教的法冠。在冬天的几个月里它每月都低垂在小教堂上空，又低又明亮，犹如几把匕首尖，这是彻底的虚无发出的强光。老头跟我来到车道拐弯处，门无声地关上了，同他道晚安时我又看到了那种绝望、无助的笑容，像从一个失去了的世界边缘上掠过的一颗闪光的流星。我仿佛又看到他站在饭厅里，一扬脖子红酒便灌进了肚子。整个地中海似乎都装进他肚子里了，橘子树林、柏树、有翼的雕像、木结构的庙宇、湛蓝的大海、僵直的面具、神秘莫测的数字、神话中的鸟、蔚蓝的天空、小鹰、阳光明媚的小海湾、盲诗人及留胡子的英雄。这一切业已逝去，沉入北方涌来的雪崩之下。它们已被掩埋，永远死去，只遗留下一个记忆、一个无羁的希望。

我在车道上转了一会儿，体验这夜幕、这阴暗的屏障和难以名状的、紧紧攫住人的空幻感，然后我沿着围墙边的碎石路快步走开，穿过拱门和柱子、铁楼梯，走过一个又一个四合院。一切都锁得严严实实的，锁起来好过冬。我找到了通向宿舍去的拱廊。从肮脏不堪、结了霜的窗子里透出的惨淡光线倾泻在楼梯上，各处的油漆都已脱落，石头被掏空，楼梯扶手嘎嘎直响。楼梯顶上那盏微弱的红灯发出的光穿透了铺路石上散出的潮气形成的苍白、模糊的蒸汽团。我大汗淋漓、惊慌失措地爬上最后一段楼梯，即塔楼。我在一片漆黑中摸索着走过空寂无人的走廊，每个房间都是空的、锁上的，都正在朽掉。我伸手在墙上摸匙孔，握住门把手时总会慌乱一阵。总有一只手抓着我的衣领，准备把我猛拽回去。一进屋我就锁上门，我每天晚上都在创造奇迹，这个奇迹便是不等被人扼死、不等被人用斧头砍倒就进屋。我听见老鼠在走廊里跑过，在我头顶上的粗椽子之间大咬大嚼。灯光像正在燃烧的硫磺一样耀眼，屋里充满从未通过风的房子里的那种又亲切又难闻的恶臭味。装煤的箱子像我离开时一样仍摆在角落里，炉火熄了，这极度的寂静倒叫我觉得像是听到了尼亚加拉大瀑布的水声似的。

于是我独自呆着，带着极度空虚的渴求和恐惧，整间房子都听凭我的思绪驰骋。除了我和我所想的、所惧怕的一无所有。我尽可以去想最最异想天开的事情，尽可以跳舞、啐唾沫、做怪相、诅咒谩骂、掩面大哭——谁也不会知道，谁也听不见。一想

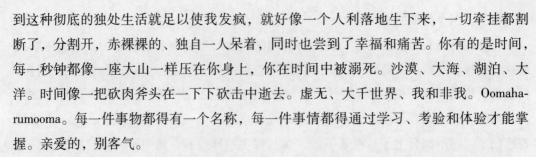

到这种彻底的独处生活就足以使我发疯，就好像一个人利落地生下来，一切牵挂都割断了，分割开，赤裸裸的、独自一人呆着，同时也尝到了幸福和痛苦。你有的是时间，每一秒钟都像一座大山一样压在你身上，你在时间中被溺死。沙漠、大海、湖泊、大洋。时间像一把砍肉斧头在一下下砍击中逝去。虚无、大千世界、我和非我。Oomaha-rumooma。每一件事物都得有一个名称，每一件事情都得通过学习、考验和体验才能掌握。亲爱的，别客气。

寂静是乘着火山状的降落伞降临的。在那边贫瘠的群山中，机车正拖着商品朝广阔的冶金地区隆隆驶去。它们在钢铁路基上滚动，地上洒着矿渣、炉渣和紫色矿石。车里装着海带、鱼尾板、钢材、枕木、盘钢、厚金属板、叠合材料、热轧钢箍、软木条和迫击炮车，以及佐泽斯矿石。轮子是U—80毫米的，或者更大。机车经过盎格鲁—诺曼式建筑的堂皇标本，经过了步行者和男同性恋者、露天冶炼炉、使用贝塞麦法的磨坊、发电机和变压器、生铁块和钢锭。人们都自由自在地在五星状的胡同里穿梭，行人和男同性恋者、金鱼和玻璃丝样的棕榈树，驴子在抽泣。在巴西广场有一只淡紫色的眼睛。

我很快回想了一遍我所认识的女人，这就像一条我用自己的痛苦锻造的铁链，一个套着另一个。这是畏惧分居、畏惧总也长不大。子宫之门总是拴着的。恐惧和希望。血液里蕴藏着天堂的吸引力。来世，总是来世。这完全起源于肚脐，他们在这儿割断了脐带，在你屁股上捆一掌，然后全妥了！你来到这个世界上，随波逐流，是一只没有舵的船。你先看看群星，再瞧瞧自个儿的肚脐。你身上到处长出眼睛来、腋下、两嘴唇间、头发根上、脚心。远的变近，近的变远。里外处于永恒的变化之中，成为蜕下的皮。你就这样一年年四处奔波不定，直到发现自己来到了一个死滞的中心，你将在这儿慢慢腐烂，慢慢变成粉末后又重新散落到各处，只有你的名字留下来。

十五

　　待我设法逃离这座感化院已是春天了，那还是因为命运的巧妙安排。有一天卡尔打电报通知我"楼上"腾出了一个空位置。他说如果我决定接受这个工作他就寄路费来。我马上拍了回电，钱一寄到我就直奔火车站，跟勒普罗维西厄或其他人什么都没有说。正如人们所说，我是悄悄地消失的。

　　我一下车便立刻来到一号乙的那家旅馆，卡尔就住在这儿。他一丝不挂来开门，这天他是晚上休息，同往常一样床上有个女人。他说，"别管她，她睡着了。假如你想睡女人就睡她好了，她还不坏。"他拉开被子让我看看她的容貌，可是我还不想马上睡女人。我太激动了，像一个刚刚越狱的犯人。我只是想看、想听。从车站一路走来，像是做了一场大梦，我觉得自己已离开了很多年。

　　直到坐下来好好打量了一番这间屋子后，我才悟到自己又回到了巴黎。这是卡尔的房间，没错，像一个松鼠笼和厕所的结合。桌上几乎找不到一块能放他的袖珍打字机的地方，而且总是这副样子，无论他是否和一个女人同居。一本词典总是打开压在一卷涂了金边的《浮士德》上面，总摆着一只装烟草的袋子、一顶贝雷帽、一瓶红酒、信件、手稿、旧报纸、水彩、茶壶、脏袜子、牙签、克鲁什深嗅盐、避孕套，等等。洗身盆里扔着橘子皮和吃剩的火腿三明治残渣。

　　卡尔说，"食品橱里有吃的，自己拿吧！刚才我正要给自己打一针呢。"

　　我找到了他说的那个三明治和三明治旁他啃过的一块奶酪。他坐在床边给自己注射弱蛋白银，与此同时，我吃光了三明治和奶酪，还有一点甜酒。

　　他用一条脏裤头擦擦自己的阴茎说，"我喜欢你写来的那封谈歌德的信。"

　　"我马上就给你看我的答复，我要把它写进我的书里。你的问题在于你不是德国人，要理解歌德你必须是德国人。得了，我现在不打算给你解释了，我已经把它全写进书里……顺便说说，我现在又新弄到一个女人——不是这一个——这一个是个傻瓜。我是几天前把她弄到手的，我说不上她还会不会来。你不在时她一直跟我一起住，那天她爹妈来把她领走了。他们说她才十五岁。你能想到吗？他们还把我吓得屁滚尿

385

我大笑起来，卡尔正是一个把自己置于如此窘境的人。

他说，"你笑什么？也许我会为这个坐牢的。还好，我没有叫她怀上孕。不过这也很让人纳闷，因为她从来不采取妥当的措施照顾自己。你知道是什么救了我？照我看，是《浮士德》。就是！她老子正巧看见它放在桌上，他问我懂不懂德文。事情这样一件件连下去，不等我省悟过来他已经瞧开我的书了。幸好我凑巧把莎士比亚的剧本也摊开了，这使他大为吃惊，说我显然是一个非常严肃的人。"

"那个姑娘呢？她怎么说？"

"她吓得要死。你瞧，她来时戴着一块小手表，可慌乱中我们找不到这块表了。她老妈一定要叫我找到它，否则就叫警察。这你就明白当时的情形了。我把整个房间翻了个底朝天，可还是找不到那块见鬼的手表。那当妈的气疯了。尽管她对我很不客气，我还是喜欢她，她比她女儿长得还漂亮呢。瞧，我要给你看看我刚刚开头写给她的信，我爱上她了……"

"爱上当妈的了？"

"对了。为什么不行？假如我先看到的是她妈，我绝不会再瞧女儿一眼。我怎么知道她才只有十五岁？你睡一个女人之前总不会先问她多大了，对吗？"

"乔，这件事情有点儿古怪。你不想哄我吧？"

"哄你？瞧，瞧瞧这个！"说着他给我看了那个姑娘画的水彩画，画的是娇小可爱的物件——一把刀子和一条面包、桌子和茶壶，每一样东西都越画越高。卡尔又说，"她爱上我了。她像个孩子，我得告诉她什么时候刷牙、教她怎样戴帽子。瞧这儿，瞧瞧这些棒棒糖。我每天总要给她买几根棒棒糖，她喜欢棒棒糖。"

"那么她爹妈来带她走时她怎么样，大吵大闹了吗？"

"哭了几声就完了。她能干什么？不到法定自立年龄……我不得不保证不再见她，也不写信。我现在等着瞧的就是——她会不会躲着不露面。她来这儿那会儿还是处女。关键在于，她不跟男人睡能熬多久？在这儿时她怎么也睡不够，差点儿把我累趴下了。"

这时床上那个姑娘醒了，正揉眼睛呢。照我看她也挺小的，长得不丑，不过蠢得要命，竟然想马上知道我们在谈什么。

卡尔说，"她就住在这个旅馆里，二楼。你想到她的房间去吗？我替你安排。"

我自己也说不上想不想去，看到卡尔又同她调起情来，我才决定去。我先问她是不是太累。这是一个没有用处的问题，一个婊子永远不会累得分不开她的两条腿，尽管有些人会在你趴在她们身上折腾时睡着。总之我们商定到她的房间去，这样这一夜我就不用给旅馆老板付钱了。

到了早上我租了一个俯瞰底下小庭院的房间，背着夹板广告牌做广告的人总到这个小院子里来吃午饭。中午我叫卡尔一同去吃早饭，我不在期间他和范诺登新近养成了一种习惯——每天去库波勒饭店吃早饭。我问，"为什么非去库波勒？"卡尔答道，"为什么非去库波勒？因为库波勒全天都上麦片粥，麦片粥是叫你吃了拉屎的。"我说，"明白了。"

于是生活又像以前一样，我们三人步行上下班，常发生小口角、小争斗。范诺登仍为了他的女人、为了把肚子里的脏东西冲洗出来而发牢骚，只是现在发现了一种新消遣，他发现手淫不那么令人烦恼。他把这个新闻告诉我后，我着实诧异了一阵，我认为像他这样一个家伙不可能在自慰中得到乐趣。他又向我描绘他是如何弄的，这就更使我十分诧异不已了。用他的话说，他"发明"了一种新技艺。他说，"你拿一个苹果，挖掉果心，然后在里面抹一些冷奶油，这样它就不会化得太快了。哪一天试试看！一开始会叫你神魂颠倒的。不管怎样，这个办法很省钱，也不用费多少时间。"

他另找了一个话题，又说，"对了，你的那位朋友菲尔莫住进了医院。我想他是疯了，反正这是他的姑娘告诉我的。你不在时他找了一个法国姑娘，他俩一度打架打得很厉害。女的是一个大块头、很壮实的婊子，是那种粗蛮的女人。我倒不在乎跟她睡一回，只是怕她会把我的眼珠子抠出来。菲尔莫经常脸上、手上带着抓破的伤痕走来走去，有时她也显得被人揍肿了，要不就是她从前常挨揍。你是了解这些法国娘儿们的，她们一恋爱就会失去理智。"

显然，我不在这儿期间已经发生了一些事情。听说了菲尔莫的不幸我很难过，他从前对我好得要命。同范诺登分手后，我跳上一辆公共汽车径直来到医院。

我估计他们还没有认定菲尔莫是否完全神经错乱了，因为我在楼上一个单人病房里找到了他，他仍享有正常病人的一切自由。我去时他刚刚洗完澡，一看到我他便失声痛哭起来。他立刻说，"全完了，他们说我疯了，也许还得了梅毒。他们说我有夸大妄想。"他倒在床上轻声啜泣，哭了一阵又抬起头来微笑了——真像一只刚刚睡醒的小鸟儿。他说，"他们为什么不把我安排在普通病房里，或疯人院里？我可付不起这笔钱，我只剩下最后五百美元了。"

我说，"这正是他们留你住在这儿的原因，等你的钱花光了他们会很快叫你搬走的。你不用操心。"

我的话一定说动了他，我话音未落他就把他的表、表链、钱夹、兄弟会证章等东

387

西全交给我。他说，"把这些收好。这伙王八蛋想抢光我的所有东西。"突然他又大笑起来，这种古怪、郁郁寡欢的笑声会使你坚信这个笑的人愚不可及，不论他是不是真的蠢。他说，"我知道你会认为我疯了，可我想弥补我做的事情，我想结婚。你瞧，我并不知道自己有性病，我把病传染给她，又叫她怀了孕。我对医生说了，我不看重自己会怎样，可是我要他准许我先结婚。他说是要我等好一点了再说，可我知道永远不会好了。我这就完蛋了。"

听他这么说我不禁笑了起来，我不明白他这是怎么了。总之我只得答应去看看那个姑娘，向她解释解释这些事情。他要我支持她、安慰她，还说了他可以信赖我之类的话。为了宽他的心，我答应了他提出的一切。我并不觉得他确实疯了。只是有点儿灰心丧气。是典型的盎格鲁—撒克逊人的心理危机，是道德准则的突然萌发。我对这个姑娘抱有很强烈的好奇心，想知道整个事情的内幕。

第二天我找到了她，她住在拉丁区。一搞清楚我的身份她便变得非常友好，她自称叫吉乃特，块头很大、消瘦、健康，有一颗门牙崩落了一半，是那种农家女的外貌。她精力充沛，眼神中流露出狂躁的意味。她做的头一件事便是哭，然后，想起我是她的"乔乔"的老朋友——她就是这样叫他的——她便跑下楼去拿来几瓶白葡萄酒。她要我留下同她一道吃饭，她执意要这样。喝了酒后她一阵高兴，一阵伤感。根本什么也不用问，她自己就像一部自动上发条的机器一样说开了。最使她担忧的是——待他们放他出院后，他能重新去工作吗？她说她父母很有钱，不过生她的气，不赞成她放纵无忌的行为。他们尤其不喜欢菲尔莫，他没有礼貌，又是一个美国人。她恳求我宽她的心，说他仍能回去工作的，我便毫不犹豫地照办了。然后她又恳求我讲讲她能否信他的话，即他要娶她。现在肚子里有个孩子，又得了性病，她已不可能再嫁给一个法国人了。这是显而易见的，是不是？当然，我宽慰她道。这一切我都清楚极了，只是有一点，菲尔莫怎么居然会爱上了她。不过一次只能做一件事情，我的职责是安慰她，于是我就给她讲了一大通胡说八道的话，说一切都会好的，而且我还要作他们孩子的教父呢，等等。这时我才猛地想起这件事很古怪——她竟还要这个孩子，特别是他可能一生下来就是瞎子。我尽量委婉地告诉她这话，她却说，"这并没有什么关系，我就是要一个跟他生的孩子。"

"哪怕他是瞎子？"我又问。

"我的天呀，别说这些了！"她呻吟道，"别说这些了！"

我仍然认为讲明这一点是我的职责，她便像一头海象一样猛哭开了，又倒了一些酒。过了才几分钟她又纵情大笑，她笑是因为想起了他俩上床后常常打架。她说，"他喜欢我跟他打架，他是个野人。"

我们坐下来正吃饭，吉乃特的一个朋友进来了。她是一个小婊子，住在大厅顶端。吉乃特马上打发我下楼再去取些酒，待我回来，她俩已经把该谈的都谈到了。她的朋友——这位伊韦特——在警察局工作。据我推测，她是一个向警方提供情况的线民，至少她试图叫我相信是这样的。显然她不过是一个小婊子，只是对警方和他们的工作很着迷罢了。吃饭时她俩一直劝我陪她们去参加一场风笛舞会，她们想快活一下——"乔乔"住进了医院，吉乃特很寂寞。我告诉她们我得去上班，不过晚上不当班时我会来带她们出去玩的。同时也讲明了，我没有钱可花在她们身上。吉乃特一听这个吃惊不小，不过假意说那一点儿关系也没有。只是为了显示她是一个多么讲交情的人，她竟执意要雇一部车子送我去上班，她这样做是因为我是"乔乔"的朋友，那么也就是她的朋友啦。我暗想，"还有呢，一旦你的'乔乔'出了什么问题，你就会飞快地跑来找我。那时候你就会明白我是一个怎样的朋友了！"我对她殷勤备至，我们在办公室前下车后，我还听任她们劝我一起又喝了最后一杯茴香酒。伊韦特问我，她能否在我下班后来找我，她说有很多事情要同我私下里谈谈，但是我设法在不伤害她感情的前提下拒绝了，遗憾的是我不够警惕，还是把住址告诉她了。

虽说遗憾，可实际上后来想起来我倒很高兴自己这样做了，因为紧接着第二天就出事了。第二天，我还没有起床她俩就来了。"乔乔"被人移出了医院，他们把他囚禁在乡下一所小"庄园"里了，离巴黎只有几英里。他们叫它"庄园"，这是"疯人院"的一种委婉的说法。她俩叫我马上穿好衣服跟她们走，她们惊恐不安。

也许我本可以独自一人去的，可我只是拿不定主意是否要跟这两个女人一起去。我叫她们在楼下等我穿好衣服就来，心想这样可以利用这段时间找一个不去的借口。可是她们不肯离开房间，她们坐着看我洗脸穿衣，就像天天都是如此似的。正穿了一半，卡尔闯进来了。我把情况用英语简单告诉了他，然后我们编造出一个借口，说我有要紧的工作要做。为了蒙混过关，我们端进来一些甜酒，并给她们看一本有淫秽图画的书解闷。伊韦特早已完全放弃了去庄园的想法，她同卡尔处得非常好，到了动身的时候，卡尔便决定陪她们一起去。他认为看看菲尔莫同一大群疯子一起走来走去很好玩，他还想看看疯人院里是什么样子的，于是他们走了，带着几分醉意，情绪非常高昂。

菲尔莫住在庄园里时我一直没有去看过他。这没有必要，因为吉乃特定期去看他，也就把情况全转告我了。据她说，医生们认为有希望在几个月内使他恢复理智，他们认为他是酒精中毒，除此之外没有什么。当然，他有性病，不过那并不难治。就他们所知，他并没有染上梅毒，这还算不错。于是他们先从使用洗胃器着手，把他体内彻底清洗了一遍。有一阵子他身体太弱，无法起床。他的心情也很沮丧，他说并不想治愈，他想死。他执拗地不断重复这番废话，后来他们都惊慌起来。我想，假如他自杀了，对他们医院的名声并无好处。总之他们开始给他采用精神治疗，还利用治疗间歇期间拔他的牙齿，越拔越多，直到他口中一颗牙也没有了。他们原指望此后他会感觉好些，可是奇怪的是他竟不觉得好，反倒比以往更加消沉，还开始掉头发。最后他变成了一个偏执狂，指责他们做了种种坏事，质问他们有什么权利把他扣留起来、他究竟做了什么竟被关起来，等等。经过一段可怕的消沉之后他会突然变得精力充沛，威胁说他们如果还不放了他，他就要炸掉这个地方。对吉乃特来说，更糟的是他已完全摆脱了要娶她的念头。他直截了当地对她说，他不想娶她，假如她疯了，去生下一个孩子来，那么她自己就应该能养活他。

医生们解释说，这一切都是好迹象，他们说他就要痊愈了。当然，吉乃特却认为他比以往更疯癫了，不过她在为他祈祷，希望他快出院，这样她就能带他到乡下去走走，那儿闲适、宁静，会使他恢复理智。与此同时，吉乃特的父母来到巴黎看女儿，他们还到庄园来看望了未来的女婿。他们以自己的狡黠方式大概也算计出女儿嫁一个疯丈夫也总比没有丈夫好，当爹的认为他能替菲尔莫在农场里找点儿活干，他说菲尔莫毕竟还不算坏。等他从吉乃特那儿听说菲尔莫的父母有钱，便更加宽容、更加通情达理了。

事情发展得十分顺利。吉乃特同她父母一起回到外省住了一阵，伊韦特则定期到旅馆来看望卡尔。她以为卡尔是这家报纸的编辑，后来一点点地吐露了很多秘密。有一天她玩痛快了，喝醉了，便告诉我们吉乃特从来不过只是一个婊子，一个吸血鬼，还说吉乃特从未怀过孕，而且现在也未曾怀孕。对于其他指责我和卡尔不大怀疑，不过对于吉乃特没有怀孕这一说我们不大有把握。

卡尔问，"那么她的肚子怎么会那么大？"

伊韦特笑了，"也许用自行车打气筒打气来着。"她又补充道，"真的没有怀孕，大肚子是喝酒喝出来的。吉乃特喝起酒来简直是牛饮，等她从乡下回来你们会看到她会更肥。她父亲是酒鬼，她也是酒鬼。也许她会得上淋病，不过并没有怀孕。"

"可是她为什么想嫁给菲尔莫？是不是真爱上他了？"

"爱！呸！吉乃特没心没肺，她只想找个人供养她。没有一个法国人会娶她，她在警察局里挂了号。她想嫁给他是因为他太蠢，没有去查查她的底细。她的父母不想再要她了，她给他们丢尽了人。不过若是她能嫁给一个有钱的美国人，一切都妥了……

你们以为也许她有点儿爱他，嗯？你们不了解她，他们在旅馆里同居的时候，她就乘他去上班之际带别的男人到她房间里去。他吝啬，她穿的那件皮衣——她告诉他是她父母送给她的，对吗？天真的傻瓜！哼，我曾看到她带一个男人到旅馆里来，当时菲尔莫还正在旅馆里。她带这个男人去了下面一层，这是我亲眼看到的。那是怎样一个男人啊！一个老流浪汉，已不可能勃起了！"

如果菲尔莫从庄园里放出来后回到巴黎，或许我会给他通通有关吉乃特的消息。在他仍处于医生的观察下时，我认为用伊韦特的诽谤毒化他的脑筋、使他不愉快是不妥的。结果，他从庄园直接去了吉乃特父母的家。在那里，尽管他不太愿意，还是上当公布了他的订婚。当地的报纸都登载了结婚预告，还为女方家的朋友们举行了招待会。菲尔莫利用这个机会采取各种办法逃避，他很清楚自己在干什么，却装出仍有点痴呆的样子。比如说，他会借来岳父的汽车，独自一个在乡间到处乱闯。若是看到一个他喜欢的镇子便住下尽情玩乐一番，直到吉乃特来找他。有时他也同岳父一起出去，也许是钓鱼，然后就一连好几天听不到他们的行踪。他变得任性而又难以接近，真叫人恼火。我猜他是算计着也许仍能从中尽量捞一把。

他同吉乃特回到巴黎时又有了一衣柜簇新的衣服和一袋钱，他显得又开心又健康，皮肤也晒黑了。我觉得他显得十分健壮，可是我们一离开吉乃特他便开口了。他的工作丢了，钱也花光了，他们大约在一个月内结婚，在这段时间内由女方父母给他们钱花。菲尔莫说，"一旦他们牢牢掌握了我，我就只能成为他们的奴隶了。她爹打算为我开一家文具店，吉乃特应付顾客，干收钱这类事，我坐在店后面写东西或干别的。你能想象得出我坐在一家文具店后面度过余生的情景吗？吉乃特认为这个主意妙极了，她喜欢经手钱，我倒宁愿回到庄园里去也不想听从这种安排。"

当然，他眼下不得不故作对一切都十分满意。我试着劝他回美国去，可他不听，说不能被一群无知的乡巴佬从法国赶走。他有一个想法，想溜走一段时间，然后再在巴黎某个偏僻的地方住下来，在那儿他不大可能会遇见她。但是我们很快就认为那不可能，在法国无法像在美国那样藏起来。

我提议说，"你可以到比利时去呆一段时间。"

他马上反驳说，"我干什么挣钱呢？在那些鬼国家里是找不到工作的。"

我又问，"那么你干吗不先跟她结婚，然后再离婚？"

"她马上就要养孩子了。谁来照料孩子呢，嗯？"

我说，"你怎么知道她要生孩子了？"我觉得道出这个秘密的时机现在已成熟。"我怎么会知道？"他似乎并不很明白我在暗示什么。

　　我把伊韦特说的向他透露了一点儿，他略有几分惊慌地听我说，最后打断了我的话。他说，"再说也无益，我知道她要生孩子了。没错，我摸到他在她肚子里踢腾呢。伊韦特是个卑鄙的小娼妇，你瞧，我并不想告诉你这个，不过直到去住院之前我仍给伊韦特钱。后来出了那件事，我便无法再为她做什么了。我觉得自己已经为她俩做得够多的了……我要先照顾自己。这使伊韦特很恼火，她告诉吉乃特说她要跟我算账……不，我希望她说的是真的，那样我就能比较容易地从这件事情中脱身了。现在我已中了圈套，我许诺要娶她，也就只好走完这个过程了。此后我也不知道会怎样，他们现在已经牢牢控制住我了。"

　　由于菲尔莫在我住的旅馆里租了一个房间，我不得不经常见到他们，不管是不是想见。我几乎每天晚上同他们一道吃饭，当然饭前少不了喝几杯茴香酒。吃饭时他们吵个不停，这很令人尴尬，因为有时我得站在这一方，有时又得站在另一方。比如说，在一个星期日下午，一起吃完午饭后我们来到埃德加—基内林荫道街角上的一家咖啡馆里。这一回异常顺利，我们三人并排坐在里面一张小桌子边，背对着一面镜子。吉乃特准是动了感情还是怎么的，因为她突然变得十分多情，当着众人的面爱抚、亲吻起菲尔莫来，像所有法国人一样做得很自然。他们刚刚长久地拥抱完，菲尔莫说了她父母一句什么，她认为这是侮辱，马上气红了脸。我们想叫她平静下来，便说她误解了那句话，然后菲尔莫又低声用英语对我说了句什么——好像是说要我讨好、吹捧她几句。这足以使她彻底大动肝火，她说我们在取笑她。我又说了一句不太好听的，更使她气得不得了。菲尔莫便想说句话，他说，"你的性子太急。"说完他想拍拍她的脸蛋，她却以为菲尔莫举起手来是要扇她耳光，便用她那只乡巴佬的大手朝他下颚上响亮地抽了一记。菲尔莫一时惊呆了，他没有料到会挨这么狠的一巴掌，这一下很痛。我看到他的脸变得惨白，接着他从长椅上站起来"叭"地狠狠扇了她一巴掌，差点儿把她从椅子上揍下来。"给你一下！这一下叫你放规矩些！"他用不连贯的法语说。一阵死一样的沉默，然后她像暴风雨一样爆发了，抓起眼前的白兰地酒杯狠命朝他掷来。杯子砸在身后的镜子上，碎了。这时菲尔莫已经抓住了她的胳膊，但她又用另一只手抓起咖啡杯摔在地上。她像一个疯子一样乱扭乱动，我们用尽力气抓住她。这时店老板当然跑来了，叫我们快滚。"流浪汉！"他这样叫我们。吉乃特尖叫道，"对了，流浪汉，就是流浪汉！脏外国佬！恶棍！土匪！居然打一个怀孕的女人！"周围的人都在怒视着我们，一个可怜的法国女人和两个美国流氓、匪徒。当时我想不打一架恐怕是逃不出那地方了，这时菲尔莫沉默着，一言不发。吉乃特冲出门，留下我们去挨人骂。临出门时她转过身来举起拳头嚷道，"我会找你算账的，你这个野人！等着瞧吧！没有哪一个外国人敢这样对待一个体面的法国女人！哼，不行！这样就是不行！"

这时我们已经给老板付了酒钱和打破的杯子钱，听到吉乃特这番话他便觉得自己有义务向吉乃特这样一个法国母亲的杰出代表表现一下他的勇敢无畏，于是他毫不费力地朝我们脚下啐了一口，把我们推出门去。"吃屎去吧，你们这些肮脏的流浪汉！"他这样说或是说了一句别的诙谐话。

到了街上，而且并没有人向我们投掷东西，我这才悟到这件事有趣的一面。我自己暗想，说不定把这整个事件恰如其分地扬到法庭上倒是一个很妙的主意呢。整个事件！把伊韦特的小故事当作小菜端出去！法国人毕竟是有幽默感的，兴许法官听了菲尔莫的陈述后还会解除他们的婚约呢。

这时吉乃特正站在街对面向我们挥舞拳头，还使足了劲大骂。行人站下听她骂，分成两派，一遇到街上吵架他们总会这样。菲尔莫不知所措了：撇下她走掉还是过去哄她。他站在街中央，两只胳膊伸出来，企图插嘴。吉乃特还在喊，"土匪！野人！你们看，下流胚！"还有一些别的恭维话。后来菲尔莫朝她走去，大概她以为他要再好好揍她一下，便飞快地沿着街溜了。菲尔莫回到我站的地方说，"走，咱们悄悄跟着她。"我们出发了。身后跟着一小群人。她走一段路便回头朝我们晃晃拳头，我们也不想追上她，只是不紧不慢地跟着她走过那条街，看她想要干什么。后来她放慢了脚步，我们便穿过马路来到街道另一侧。现在她不喊叫了，我们仍跟着她，距离越来越近。现在我们身后只剩十来个人了，其他人都已失去了兴趣。待我们快走到街角时她突然站住了，等我们走近。菲尔莫说，"让我来说、我知道怎样对付她。"

我们一走过去她便泪如泉涌了。至于我自己，我不知道她这是要耍什么花样，所以后来我有点儿吃惊——菲尔莫走上前去用委屈的声调说，"那样做象话吗？你为什么要那样呢？"一听这话她便张开双臂搂住他的脖子，像小孩子一样大哭起来，称他是她的小这个、小那个，然后她转向我恳切地说，"你看见他怎样打我了。这样对待一个女人合适吗？"我正要脱口说很合适，菲尔莫抓住她的胳膊领她走了。他说，"别再说了，你若再闹我就在大街上揍你。"

我原以为又要重新吵起来了。她眼中仍有怒火。不过她也有点儿怕了，很快怒气就平息下去了，但是在咖啡馆里坐下时她轻声冷酷地说，他别以为她这么快就会忘掉这件事，过一阵他还会听到的……也许是今天晚上。

果然她没有食言，第二天早上我碰到菲尔莫，他的脸和双手全被抓破了。看来她一直等到他去睡了才一言不发走到衣柜那儿，把他的衣服全掏出来扔在地上，一件件全撕成了一条条的。以前这类事情也发生过几次，事后她又把它们补好了，所以菲尔

莫没有表示什么。这种态度更使她怒不可遏，她要用指甲抓破他的肉，这一点她尽力去做了。由于怀孕了，她在某种程度上占了上风。

可怜的菲尔莫！这可不是什么好笑的事，吉乃特把他吓坏了。假如他威胁说要逃走，她便针锋相对地威胁要杀了他，而且她全是当真说的。她说，"如果你去美国我就跟去！你逃不出我的手心，一个法国姑娘总是知道如何报仇的。"接着她马上又哄他"放明白点儿""明智些"，等等。一旦他们有了那间文具店，生活就会变得非常美好。他连手都不用抬，她会把全部活儿都包下来。他可以呆在铺子后面写作，干他想干的事情。

这件事就这样反反复复折腾了大约几个星期，像玩跷跷板似的忽起忽落。我尽力躲着他们，我对这件事早已厌烦了，对他俩都很反感。后来在一个晴朗的夏日，我正从里昂信贷公司门前走过，从台阶上下来的不是别人，正是菲尔莫。我热情地跟他打招呼，因为我躲着他躲了这么久，多少总有点儿内疚。我以比一般的好奇更关切的口吻问他事情怎么样了，他很含糊地说了两句，话音里有一种绝望情绪。

他以一种古怪、不连贯、中怜的调子说，"她只允许我去一趟银行。我只有大约半小时，不能久了，她记着我出来的时间呢。"说完他捏住我的胳膊，似乎是要带我赶快离开那儿。

我们沿着里沃利街往前走，这是很美的一天，暖和、晴朗、阳光明媚——是一年里巴黎最漂亮的几天之一。一阵和煦的微风吹来，刚好能吹走你鼻孔里滞留的气味。菲尔莫没有戴帽子，从外表看他很健康，像一位低着头走路的普通美国游客，口袋里的钱叮当乱响。

他平静地说，"我也不知道该怎么办。你得帮我一把，我没有法子，我掌握不了自己。只要能离开她一段时间，或许我会好起来的。可是她不让我走开，只许我上一趟银行，我得取些钱。我跟你走一段，然后就得赶回去，她会做好午饭等我的。"

我静静地听他讲，心里暗想他的确很需要有人把他从这个 深渊中拉出来。他已经完全陷进去了，他的勇气完全丧失殆 尽了。他真像一个孩子，像一个天天挨揍仍不知道如何做才好的 孩子，只会畏缩和发抖。我们在里沃利街的柱廊下拐弯时，他 开始长篇大论地破口大骂法国。他已无法忍受法国人了。他说，"我 以前常称赞法国和法国人，不过那都是文学作品中的事。现在 我才算是了解他们了……我了解他们究竟如何了。他们残酷、贪财。起初法国显得妙极了，因为你有一种自由自在的感觉。过 一段它就会叫你生厌，其实它骨子里全死了，没有感情，没有 同情心，没有友谊。他们自私到了极点，是世界上最最自私的 民族！他们什么也不想，只想钱、钱、钱，而且他

妈的那么文雅、那么中产阶级化！正是这一点使我气得发疯，一看见她补我的衬衣我就恨不得用棍子揍她。总是补、补，节俭、节俭。'要节俭！'我听见她整天只说这一句话。到处都能听见人们说，'理智些，亲爱的！理智些！'可我不想理智，也不想符合逻辑。我恨这个！我想摆脱束缚，我想享受人生。我想干点儿事情，不愿成天到晚坐在一家咖啡馆里闲扯。老天，我们错了，可我们还有热情，犯错误也比什么事都不干强些。我宁愿在美国做一个无业游民也不愿再舒舒服服坐在这里了，也许这是因为我是美国佬的缘故吧！我出生在新英格兰，我想我是属于那儿的。一夜之间你变不成欧洲人，你的血液里有种使你与众不同的东西。那是气候，还有一切。我们看问题的眼光不同，不论多么羡慕法国人，我们也无法变成他们。我们是美国人，而且只好一辈子作美国人了。当然，我恨国内那伙拘谨的家伙，我打心里恨他们。不过，我自个儿也是他们中的一个。我不是这儿的人，我讨厌这儿。"

走过拱廊时他一路上一直这样说。我一声不吭，让他把苦衷全倒出来，搬掉压在胸口的重负对他是有好处的。我又想起一桩好笑的事：还是这个人，若是倒回去一年，准会像一只大猩猩那样拍着胸脯大喊，"多么美妙的一天！多么美的国家！多么好的人民！"若有哪一个正巧同行的美国人哪怕说一个对法国不恭敬的词儿，菲尔莫准会揍扁他的鼻子。一年前他会为法国去死。我从来没有见过哪个人像他这样深深迷恋一个国家，在一个外国的天空下过得如此幸福。这是不正常的，他说起"法国"时，这个词意味着甜酒、女人、衣袋里的钱、挣得容易花得快的钱，意味着做个坏小子、去度假。后来，等尽情玩够了，等帐篷顶被风刮走，清清楚楚地看到了天空，他才明白这不仅是一个马戏团，也是一个竞技场，像各处一样，而且还是一个极冷酷的竞技场呢。过去一听他侈谈光荣的法国和自由之类的蠢话，我便常想一个法国工人听了会如何想，他能否明白菲尔莫这些话。怪不得他们认为我们全疯了，在他们看来我们是疯了，我们只不过是一群孩子、一帮老傻瓜。我们所谓的人生只是一篇廉价物品商店里听来的传奇故事。其中的热情又是什么呢？是使每个普通欧洲人感到恶心的、不值钱的乐观。这是错觉。不，用错觉这个词描绘它还太好了，错觉的意思是说还有点儿什么。不，不是错觉，是幻想，纯粹是幻想，就是这样。我们就像一群眼睛被蒙住的野马，我们狂奔、乱跑，呼地跃下了悬崖。前进！前进！向着助长暴力和迷惑的一切前进，不拘上哪儿。这时马的嘴角一直在冒白沫，口中喊着："哈利路亚！哈利路亚！"为什么？上帝知道。这是由于血液，由于气候，由于许多因素，这也是终结。我们正在把整个世界拉倒，叫它压在我们头上，我们不知道为什么要这样干，这是老天安排的。其余的全是胡扯……

到了王宫那儿，我提议停下喝一杯。菲尔莫踌躇了一下，我看出他在担心吉乃特、担心午饭、担心会挨一顿臭骂。

我说，"看在基督的份上，暂时忘掉她吧！我要叫点儿喝的，而且要叫你喝。别担心，我要把你从这个鬼圈套里弄出来。"我叫了两杯烈性威士忌。

看到威士忌端上来，他又像个孩子似的朝我笑了。

我说，"把它干了！咱们再喝一杯，酒会对你有好处的。我不管医生怎么说，现在总没有关系了。来，把它干了。"

他干脆地把它喝完了，侍者走开去拿酒时他用泪汪汪的眼睛看着我，似乎我是他在这个世界上的最后一个朋友，他的嘴唇也在微微抽搐。他有话想对我说，可是又不知道怎么开口。我轻松地瞧着他，就像没有看到他乞求的目光一样。然后，我把茶托推到一边，用肘撑着俯在桌上恳切地说，"我说，菲尔莫，你到底想干什么？告诉我吧！"

听到这话泪水从他眼眶里涌出，他脱口便说，"我想回家跟家人呆在一起，我想听见人们说英语。"热泪从他脸上流下来，他并不去擦，只是叫一切都涌泻出来。老天，我暗想，这样发泄一下倒也不错。一辈子至少做一回彻头彻尾的懦夫倒也很好，可以这样痛痛快快地发泄一下。太棒了！太棒了！看见他垂头丧气对我大有益处，于是我觉得自己可以解决任何难题，我觉得勇气倍增、果断坚毅，脑子里立即有了一千条妙计。

我又凑近些说，"听着，如果你真的心口如一，为什么不干……为什么不走呢？假如我处在你的处置上，你知道我会怎么办？我今天就走。是的。老天在上，我说的是真的……我会马上走掉，甚至不跟她见最后一面。实际上，这是你唯一的一条出路，她是永远不会放你走的。这一点你明白。"

侍者端来了威士忌，我看到菲尔莫迫不及待地伸手接过酒杯送到唇边，我看到他眼睛里流露出一丝希望的光芒——遥远、狂暴、孤注一掷的光芒，也许他看到自己正在游过大西洋。在我看来这件事很容易，像滚动一根圆木那样简单。我脑子里很快便想出了这件事的计划，我知道每一步会怎样，我的脑子清楚极了。

我问他，"银行里的钱是谁的？是她爹的还是你的？"

他嚷道，"是我的，是我妈寄给我的。我才不要她的一分臭钱呢。"

我说，"妙极了！好，现在咱们搭出租车回到那儿，把钱全取光。然后咱们就去英国领事馆弄一份签证，今天下午你就坐火车去伦敦，再从伦敦乘最早一班船回美国。我建议你这样走是因为那样一来你就不必再担心她追你了，她绝不会疑心你是经伦敦走的。若要去找你，她自然会先去勒阿弗尔或瑟堡……还有一件事，你不要回去取东西。你得把一切都留在这儿，让她留着吧！她的法国人脑瓜永远也不会料到你不带包或行李就溜之大吉了，这是他们所想不到的。一个法国人绝不会想到能这样做……除非他跟你一样疯癫。"

菲尔莫嚷道，"你说的对！我怎么就从来没有想到这个。再说，以后你还可以把东西寄给我——如果她肯给你的话，不过现在这无关紧要。可是，天啊！我连顶帽子都没有！"

"你要帽子干什么？等到了伦敦，你可以买需要的一切。现在要紧的是要快，我们得了解清楚火车几点开。"

他掏出钱包说，"喂，我把一切都交给你去办。拿着，拿着这个，该办什么就办吧！我太弱了……我头晕。"

我接过钱包，把他刚从银行取出的钞票全倒出来。一辆出租车正停在路边，我们便坐上去。大约四点钟有一趟火车驶离北方车站，我在计算时间——银行、英国领事馆、美国捷运公司、火车站。行！差不多还来得及。

我说，"振奋起来！保持冷静！哼，再过几个小时你就渡过英吉利海峡了。今天晚上你就会在伦敦逛了，听英语听个够。明天你就到了大海上，那时候你就是自由的人了，不必再担心会发生什么事情。等你到达纽约，这一切不过只是一场恶梦而已。"

这番话使他大为激动，双脚来回蹬了几下，像是想在汽车里就撒腿跑起来。在银行里，他的手抖得厉害，甚至于几乎签不了名。签名这件事我无法代劳，可我想若是有必要，我可以把他按在马桶上，替他擦屁股。我决意把他送上船弄走，哪怕得把他折起来塞进一只箱子也罢。

赶到英国领事馆已是吃午饭的时间，那儿已经关门了。这意味着得等到两点钟，除了去吃饭，我想不出还有什么更好的消磨时间的方式。菲尔莫当然不饿，他主张吃一块三明治了事。我说，"去它的！你得请我吃一顿好饭，这是你在这儿吃的最后一顿丰盛的饭了，也许过很久才能再吃到呢。"我领他来到一家舒适的小餐馆，叫了一大桌菜。我叫了菜单上最好的甜酒，不管价钱多少，味道好坏。他的钱全在我的口袋里，我觉得钱很多。以前我当然从来没有一次装过这么多钱，破开一张一千法郎的大钞真是一种享受，我先把它举到亮处观察它漂亮的透明花纹。好漂亮的钱！这是法国人大规模制造的为数不多的东西之一，而且造得很精美，好似他们对这种象征物也怀着深深的爱。

吃完饭后我们来到一家咖啡馆，我要咖啡时一起叫了查尔特勒酒。为什么不？我

又破开了一张钞票，这一回是一张五百法郎的票子，是一张干干净净的新票子，又硬又脆，摆弄这样的钱真是一件令人愉快的事。侍者找给我一大堆肮脏的旧票子，是用一条条胶纸粘在一起的。我得到一大堆五法郎、十法郎的票子和一口袋零钱，像中间有孔的中国钱。我简直不知道该把钱装在哪一只衣袋里，我的裤袋里鼓鼓地塞满了硬币和钞票。在公共场所里掏出那么多钱来也稍微使我有些不快，我怕我们会被人看作是两个贼。

等我们来到美国捷运公司时时间已经所剩无几了，刚才英国人以他们一贯的笨手笨脚的混蛋方式叫我们等得心急如焚。而这儿人人脚下都像装了轮子似的在滑行，他们动作太快，结果每一道手续得过两遍。等所有的票据上都签了字、用一个小夹子整整齐齐夹好了，这才发现菲尔莫签名签的不是地方。没有别的法子，只好一切从头开始。我站着看他坐在那里一笔一笔地写，同时还盯着那只钟。把钱交出去真叫人不好受，谢天谢地，不用全交——可也交了一大笔。我口袋里大概装了两千五百法郎，我说的是大概，我已不再一法郎一法郎地数了，一百二百法郎左右的钱对我来说不算什么。至于菲尔莫，他昏昏沉沉办完了全部手续。他不知道自己有多少钱，只知道他得为吉乃特留一点儿。他也说不上留多少，去火车站的路上我们要算一算。

慌乱中我们竟忘了把所有的钱都兑换掉，现在已经上了出租车，再说也不能再耽搁时间了。现在要做的是看看究竟还有多少钱，我们很快掏空了衣袋，把钱分成几份。有些钱扔在地上，有些放在座位上，令人茫然摸不到头脑。有法国钱、美国钱和英国钱，还有那些零钱。为了简单些，我极想拣起那些硬币扔到窗外去。最后我们把它全部清点了一遍，他拿着英国和美国钱，我拿着法国货币。

我们必须快点决定拿吉乃特怎么办——给她多少钱、对她怎么说，等等。他企图编好一个故事叫我讲给她听，说他不想伤她的心以及诸如此类的话，我只有打断他。

"别管怎么对她说，全交给我好了。问题是，你要给她多少钱？为什么还要给她钱？"

这话就好像在他屁股底下放了一颗炸弹，他又哭开了。哭得这么凶！比刚才哭得还厉害，我以为他就要倒在我手上了。于是我不假思索地说，"好吧，把法国钱都给她好了。那可以叫她维持一阵子。"

他无力地问，"有多少？"

"不知道——大约两千法郎上下，反正比她应得的要多。"

他乞求道，"老天！别这样说！不管怎么说，我这样一走就把她坑苦了，她家里人现在再也不会收留她了。不，给她吧，全部都给她……我不在乎多少。"

他扯出一条手帕来擦眼泪，他说，"我忍不住，这叫我太难受了。"我什么也没说。突然他直挺挺地躺倒了，我以为他昏过去了还是怎么的。他却说，"老天，我想我该回去，我该回去听她破口大骂。她若有个好歹，我永远也不会原谅自己。"

这使我大吃一惊，"老天爷！你可不能这样做！现在不行，太迟了。你得去搭火车，我自己去对付她，我一离开你就去找她。唉，你这个可怜的傻瓜，一旦她猜到你曾经想甩下她逃走，她就会宰了你的。你想到这一层了吗？你再也回不去了，这事儿已经定了。"

再说，能有什么"好歹"呢？我自问。自杀？那样更好。

乘车来到火车站，我们还有十二分钟。我还不敢马上和菲尔莫告别。我觉得，尽管迷糊了，到了最后一分钟他仍有可能跳下车跑回吉乃特身边去。任何事情都会叫他改变主意，哪怕是一根稻草呢。于是我拽着他过了街来到一家酒馆里，我说，"现在你再喝一杯茴香酒——最后一杯，我来付钱……付你的钱。"

听了这话他不安地瞧了我一眼，他喝了一大口茴香酒，然后像一条受伤的狗一样扭过头来。他说，"我也知道不该把那些钱都托付给你，可是……可是……唉，算了，你看着办吧！我不想让她自杀，就是这。"

"自杀，她不是那种人！如果这样认为，你就一定是自己想得太多了。至于钱。尽管我不愿意给她，我还是答应你直接去邮局电汇给她。我不会多装一分钟的。"正说着我瞅见一个旋转货架上摆着几张明信片，我抓了一张——是绘有埃菲尔铁塔的——叫他在上面写几个字。"告诉她你现在已经在航行中了。告诉她你爱她，一到美国就会打发人来接她……去邮局时我用气压传送把它发出，今晚我就去看她。你放心，一切都会好的。"

一边说我们一边又过街来到火车站，还有两分钟就要开车了。我现在觉得保险了，在大门口我拍拍他的背，指指火车。我没有同他握手，他的口水会流我一身的。我只是说，"快点！车马上要开了！"说完我转身拔腿就走，甚至没有回头看一眼他是否上了车。我不敢看。

把他匆匆送走这一阵，我从来没有想到这一下我也就摆脱他了。我向他许诺了很多事情，可那只是为了叫他别再嚷嚷。说起去见吉乃特，我同他一样缺乏勇气，自己就先吓坏了。一切发生得这么迅捷，简直不可能完全把握住这局面的关键。我在甜蜜的昏沉中步行离开车站，手里捏着那张明信片。我靠在一根灯柱上读了上面的话，这封信写得有点荒谬。我又读了一遍，以便弄确实自己没有在做梦，然后就把它撕了，扔进了阴沟。

我忐忑不安地四下张望，疑神疑鬼地预备看到吉乃特举着战斧朝我追来。没有人跟着我，我便懒洋洋地朝拉斐特广场走去。正如我早先说过的，这天很美。天上悬着一朵朵淡淡的松软白云，随风飘荡，帆布遮日篷也在啪啪扑动。巴黎在我眼里从来还没有像这天这么美，我几乎有点儿后悔把那个可怜的家伙送走了。在拉斐特广场，我面朝教堂坐下凝视着钟塔，它不是一座了不起的建筑，不过它蓝色的钟面总叫我为之着迷。今天它比以往更蓝，我简直无法把目光从上面移开。

除非菲尔莫发疯发得厉害，给吉乃特写信说明一切，她永远也不会知道发生了什么事情。即使她知道他留给她两千五百法郎，她也无法证明这一点，我始终可以说这是菲尔莫臆想出来的。一个不戴帽子就走掉的疯家伙也会编造出两千五百法郎和别的东西来。我在纳闷，到底有多少钱？我的衣袋都被钱的重量拉得坠下来了，我把它全掏出来细细数了一遍，一共是两千八百七十五法郎零三十五生丁，比我预计的还多。七十五法郎零三十五生丁必须花掉，我要一个整数，要整整两千八百法郎。正在这时我看到一部出租车开到了路边，一个女人双手抱着一只白狮子狗从车上下来，那狗在朝她的绸裙子上撒尿。带着一条狗去兜风这个主意使我大为恼怒，我暗暗对自己说，我一点儿不比她的狗差。我朝司机打个手势，叫他拉我穿过波伊思公园。他想知道确切的地址，我说，"随便哪儿。穿过波伊思，围着它兜一圈。不用快，我不急着上哪儿去。"我靠在后座上，让路边的房屋嗖嗖掠过，还有参差不齐的屋顶、烟囱顶、涂上颜色的墙、小便池、叫人头晕眼花的十字路口。路过"圆顶"时我想去撒泡尿，由于说不上下面会出现什么情况，我叫司机等着。我这还是平生头一回撒尿时叫出租车等着。这样会浪费多少钱？不太多。有了兜里那些钱，我能花得起钱叫两辆出租车等我。

我仔细看看四周，可是没有看见什么值得一看的东西。我要的是新鲜的、没有人动过的、来自阿拉斯加或维尔京群岛的、干净、新鲜、带股天然芳香的皮肤。不用说，走来走去的女人中没有这样的。这并没有让我非常失望，也不太在意是否找得到。要紧的是永远别太着急，到时一切自然都会有的。

我们驶过凯旋门，几个游览者在无名英雄纪念墓附近游荡。穿过波伊思时我看着所有坐在高级轿车里出风头的阔娘儿们，她们呼啸而过，仿佛有一个目的地似的。毫无疑问，这样是要显得有身价，叫世人看看她们的罗尔斯—罗伊斯和希斯帕诺·苏扎斯高级轿车跑得多么平稳，而我心里却比任何一辆罗尔斯—罗伊斯更加平稳舒服，像天鹅绒一样平滑。天鹅绒的皮层，天鹅绒的脊柱，还有天鹅绒的轮轴润滑油。啊！真是一件美妙的事情——口袋里装着钱，像喝醉酒的水手一样半个小时就把它挥霍光。你会觉得这个世界都是你的，而最妙的是，你不知道拿它怎么办才好。你可以坐在车里让里程表疯了一样猛转，可以让风吹过头发，可以停下喝一杯，可以大方地付小费，还可以摆臭架子，好像天天都如此生活。不过你却无法酝酿一场革命，你也无法把肚子里的脏东西都冲洗出来。

来到欧特伊门时我叫司机朝塞纳河开，我在德塞夫勒桥那儿下车沿河步行朝欧特伊高架桥走去。河流在这儿仅有一条小溪那么宽，树木都生长到河堤上了。河水是绿的，水面非常平静，尤其是在靠近彼岸处。不时有一只大平底船突突驶过，穿紧身游泳衣的人们站在草地上晒太阳。每一件物体都显得很近，都在颤动，都在同强烈的光线一起振动。

经过一个设有座席、供应啤酒的花园时，我看到一群骑自行车的人围坐在一张桌子边。我在附近找了一个座位，叫了半升啤酒。听着他们没完没了的闲扯，我一刹那间又想到了吉乃特，仿佛看见她在屋里来回跺脚、扯自己的头发、像野兽一样又哭又嚷。我看见菲尔莫的帽子放在帽架上，心想不知我穿上他的衣服合适不合适，我最喜欢他那件插肩袖大衣。哈，现在他准上路了，再过一会儿船就会在他脚下晃动。英语！他想听到人们说英语。多么古怪的念头！

我突然又想到，若是想走，我自己也可以回美国。这是我头一次碰到这样一个天赐良机，我问自己，"你想走吗？"没有回答，我的思绪又转到其他事情上去了，转向大海和大洋彼岸，离开它时我回头最后看了它一眼，看见摩天大楼在一片雪花中渐渐消失。现在我又看见这些摩天大楼赫然耸立在眼前，同我离开时一样，阴森森的。我看到光线从它们的肋骨间透出，看到从哈莱姆到炮台公园的整个纽约展现在眼前，看到被蚂蚁般的人群堵塞的街道，看到高架铁道上的车呼啸而过，看到人流涌到剧院。我隐约想到，不知我妻子现在怎样了。

平静地想过这一切后，我又变得非常安详了。塞纳河在这儿静静地绕过群山，它喜爱这片浸透往事的土地，因而不论一个人的思绪漫游到何处，他永远不会把这条河同人类的活动分开。天啊，黄金般的祥和气氛在我眼前闪现，只有一个患神经病的人才想掉头走开。塞纳河这样静悄悄地流淌，人们几乎注意不到它的存在。它一直躺在那儿，宁静而又谦和，像人身上流动的一条大动脉。在笼罩在身上的美妙祥和气氛中，我似乎已经爬上了一座高山的山顶，在一段短暂的时间内我可以眺望四周，领略这番风景蕴涵的意义。

人类是一些古怪的动植物。从远处看他们显得无足轻重，走到近处他们又显得丑恶、刻毒。他们最需要的是周围有足够的空间——比时间更多的空间。

太阳正在落下。我觉得这条河正从我身上流过——它的过去、它年代久远的土壤和多变的气候。群山轻柔地束缚着它，因而它的流向早已确定。

世界禁书文库

爱的艺术

【古罗马】奥维德 ⊙ 著

杨　明 ⊙ 译

线装书局

第 一 章

　　假如在我们国人中有人不懂得爱术，他只要读了这首诗，读后他便会爱了。用帆和桨使船儿航行得快的是艺术，使车儿驰行得轻捷的是艺术；艺术亦应得统治阿谟尔。奥托墨冬善于驾车和运用那条柔顺的马缰；谛费斯是海蒙尼亚的船的舵工。而我呢，维纳斯曾经叫我做过她的小阿谟尔的老师；人们将称我为阿谟尔的谛费斯和奥托墨冬。他是生来倔强的，他时常和我对抗，但是他是个孩子，温顺的年龄，是听人指挥的。菲丽拉的儿子用琴韵来教育阿喀琉斯，靠这一般的艺术，驯服了他的野性。这个人，多少次使他的同伴和的敌人恐怖。有人却说看见他在一个衰颓的老人前战颤着；他的那双使赫克托尔都感到力量的手，当他老师叫他拿出来时，他却会伸出来受罚。喀戎是埃阿科斯的孙子的蒙师；我呢，我是阿谟尔的。都是可畏的孩子，两个都是女神的儿子。可是骄恣的雄牛终究驾着耕犁之轭，勇敢的战马徒然嚼着那控制着它的辔头。我亦如此。我降服了阿谟尔，虽然他的箭伤了我的心，又在我面前摇动着他的明耀的火炬。他的箭愈是尖，他的火愈是烈，他愈是激起我去报复他的伤痕。福玻斯啊，我决不会冒充说那我所教的艺术是受你的影响的；传授我这艺术的更不是鸟儿的歌声和振羽；当我在你的山谷阿斯克拉牧羊时，我没有看见过格丽奥和格丽奥的姐妹们。经验是我的导师：听从有心得的诗人吧！真实，这就是我要唱的：帮助我吧，阿谟尔的母亲！走得远些，你轻盈的细带，贞节的表征；而你，曳地的长衣，你将我们的贵妇们的纤足遮住了一半！我们要唱的是没有危险的欢乐和被批准的偷香窃玉；我的诗是没有一点可以被责备的。

　　愿意投到维纳斯旗帜下的学习兵，第一，你当留心去寻找你的恋爱对象；其次，你当留心去吸引那你所心爱的女子；其三，要使这爱情维持久长。这就是我的范围；这就是我的马车要跑的跑场；这就是那应当达到的目的。

　　当你一无羁绊，任意地要到哪里就到哪里的时候，你去选一个可以向她说"唯有你使我怜爱"的人儿。她不会乘着一阵好风儿从天上吹下来的；那中你的意的美人是应当用你的眼睛寻觅找的。猎人很知道他应该在什么地方张他的网；他也知道在哪一

个谷中有野猪的巢穴。捕鸟的人认识哪儿是利于他的黎竿的树林；而渔夫也不会不知道在哪一块水中鱼最多。你也如此，要找一个经久的爱情的目标，亦应该第一个知道在哪里能遇着许多少女。要去找她们，你也用不着坐船航海，也用不着旅行到远方去。珀耳修斯从熏黑的印度人中找到他的安德洛墨达；弗里基阿人抢到了一个希腊女子；我很愿这样。但是单单一个罗马已够供给你一样美丽的女子，又如此的多，使你不得不承认说："我们的城中有世界一切的美人。"正如迦尔迦拉之丰于麦穗，麦丁那之富有葡萄，海洋之有鱼，树林之有鸟，天空之有星，在你所居住着的罗马，也一样地有如此许多的年轻的美女；阿谟尔的母亲已在她亲爱的埃涅阿斯的城中定了居。假如你是迷恋着青春年少又正在发育的美女，一个真正无瑕的少女便会使你看中意了；假如你喜欢年纪大一点的，成千的少妇都会使你欢心，而你便会有选择的困难了。可是或许一个中年有经验的妇人对你是格外有情趣，那么，相信我，这种人更多了。

当太阳触到海尔古赖斯的狮子背脊的时候，你只要到贝乌斯门的凉荫下慢慢地散步，或是在那个慈母为要加一种礼物到她儿子的礼物上，使人用异国的云石造成的华丽的纪念物旁闲行，不要忘记去访问那充满了古书的廊庑，名叫丽薇雅，这也就是它的创立者的名字。也不要忘了那你在那里可以看见那些谋害不幸的堂兄弟们的培鲁斯的孙女们和她们的手中握着剑的残忍的父亲的廊庑。更不要忘记那维纳斯所哀哭的阿多尼斯节，和叙利亚的犹太人每礼拜第七日所举行的大祭典。更不要用避开牝牛，埃及的披着麻衣的女神的神殿：她使许多妇女模仿她对宙斯所做的事。

就是那市场（谁会相信呢？）也是利于阿谟尔的，随他多么哗闹，一缕情焰却从那里生出来。在供奉维纳斯的云石的神殿上，阿比阿斯用飞泉来射向空中。在那个地方，有许多法学家为阿谟尔所缚，而这些能保障别人的却不能保障自己。时常地，在这个地方，就是那最善辩的人也缺乏了辞令：新的利益占据着他们，使他们不得不为自己的利害而辩论。在邻近，维纳斯在她的殿上以窘态笑着；不久前还是保护别人的，现在却只渴望受人保护了。

可是尤其应在戏场和它的半圆的座位中撒你的网：这些是最具有好机会的地方。在那里，你可以找到某个勾你，某个你可以欺骗，某个不过是朵路边的野花，某个你可以和她发生长久的关系。好象蚂蚁在长阵中来来往往地载着它们的食品谷子，或是像那些蜜蜂找到了它们的猎品香花，轻飞在茴香和花枝上。女子也如此，浓妆艳服着，忙着向那群众走去的戏场去；她们的数量往往使我选择为难。她们是去看的，可是她们尤其是去被看的；这在贞洁是一个危险的地方，这是你的开端啊，罗摩路斯，你将烦恼混到游艺中，掳掠沙皮尼族的女子给你的战士做妻子。那时垂幕还没有装饰云石的戏场，番红花汁还未染红舞台。从巴拉丁山的树上采下来的树叶的彩带是不很精致的剧场的唯一的装饰品。在分段的草地的座位上，人们都坐着，用树叶漫遮着他们的头发。每个人向自己周围观望，注意他们所渴望的少女，在心中悄悄地盘算着万虑千思。当在号角声中一个狂剧令人用脚在平地上顿了三下时，在人们的欢呼声中，罗摩路斯便发下暗号给他部下夺取各人的猎物。他们突然发出那泄露阴谋的呼声奔向前去，用他们的贪婪的手伸向年轻的处女身上。正如一群胆小的鸽子奔逃在老鹰之前，正如一头小绵羊见了狼影儿没命地奔逃，沙皮尼的女子们也一样地战颤着。当她们看见那些横蛮的战士向她们扑过来时，她们全都脸色惨白了：因为她们都很惊慌，虽然惊慌的表现是各不相同的。有的自己抓着自己的头发，有的坐在位子上晕过去了；这个默默地哭泣，那个徒然地喊着她的母亲；其余或是呜咽着，或是惊呆了；有的不动地站着，有的想逃走。战士们便牵那些女子，注目于他们婚床的猎品，有许多因为惊慌而格外见得美丽了。假如有一个女子太反抗，不肯从那个抢她的人，他便抱她起来，热情地将她紧贴在胸头，向她说："为什么用眼泪来污损了你的妙目的光辉呢？凡是你父亲用来对你母亲的，我便用来对你。"哦，罗摩路斯！只有你能适当地奖赏你的士兵：为了这种奖品，我很愿意投到你的旗帜之下。这是一定的。由于对这古习惯的忠实，直到现在，剧场还设着为美人们设的陷阱。

更不要忘了那骏马竞赛的跑马场。这个聚集着无数群众的竞技场，是有很多的机会的。用不着做手势来表示你的秘密，而点头也是不需要的，表示含有一种特别作用。你去并排坐在她身旁，越贴近越妙，这是不妨的；狭窄的地位使她和你挤得很紧，她没有办法，在你却幸福极了。于是你便找一个起因和她谈话，起初先和她说几句普通的常谈。骏马进了竞技场，你便急忙地去问她马的主人的名字；随便她喜欢那一匹马，你立刻就要附和她。可是，当那以壮士相斗作先导的赛神会的长列进来时，你便兴高采烈地对她的保护人维纳斯喝彩。假如，偶然有一点尘埃飞到你的美人的胸头，你便轻轻地用手指拂去它；假如没有尘埃，你也尽管去拂拭：总之你应当去借用那些冠冕堂皇的借口。她的衣裙是拽在地上的吗？你将它揭起来，使得没有东西可以弄脏它。为了你这种殷勤，她会一点不愠地给你一个瞻仰她的腿的恩惠作奖赏了。此外你便当注意坐在她后面的看客，恐怕那伸得太出的膝踝会碰着了她的肩头。这些琐细的事情能笼络住她轻盈的灵魂：多少多情的男子在一个美女身旁成功，就因为他小心地安好一个坐垫，用一把扇子为她扇风，或者放一张踏脚在她的纤足下。这一切获取新爱情的好机会，你都可以在竞技场和为结怨的烦虑所变作忧愁的市场中找到。阿谟尔时常欢喜在那儿作战。在那里，看着别人伤痕的人，自己却感到受了伤；他说话，他为这个或是那个相扑人和别人打赌，他刚接触对方的手，他摆出下方去问谁得胜，忽然一枝飞快地箭射透了他；他呼号了一声；于是起初是看斗的看客，如今自己变成牺牲者之一了。

不久之前，恺撒给我们看那出战的戏，在那里，波斯的战舰和凯克洛泊斯的战舰交战，那时两性的青年从各处跑来看这戏；罗马在那时好象是整个世界的幽会地。在这人群中，谁没有找到一个恋爱的对象呢？啊啊！多少遥远的人被一缕异国的情焰烧得焦头烂额！

可是恺撒准备去统一全世界了；现在，东方的远地啊，你们将属于我们了。巴尔底人啊，你们就要受罚了。克拉苏斯在你们的墓中享乐啊；而你们，不幸落在蛮族手中的旗帜啊，你们的复仇者已前进了，年纪还很轻的时候，他就有英雄的气概，虽然还是个孩子，他却已指挥那本该孩子力所不及的军队了。怯懦的人们，不要去计算神祇的年龄罢：在恺撒们中，勇敢是超过年岁的。他们的神明的智慧是走在时间的前面而发着怒，不耐那迟缓的长大的。还是一个小小的婴孩，谛伦斯的英雄已经用他的手扼死两条蛇了：他从小就做朱庇特的肖子了。而你，老是童颜的巴克斯，你是多么伟大啊，当战败的印度战栗在你的松球杖前时！孩子啊，这是在你祖先的保护之下和用你祖先的勇气，你将带起兵来，又将在你祖先的保护之下和用你祖先的勇气战胜他人：一个如此的开端方能与你的英名相符。今日的青年王侯，有一朝你将做元老院议长。你有许多弟兄；为那对你弟兄们的侮辱报仇吧！你有一个父亲：拥护你父亲的权利啊！交付你兵权的是国父，也是你自己的父亲；只有仇敌，他才会篡窃父亲的王位。你呢，佩着神圣的武器，他呢，佩着背誓的刀箭。人们会看见，在你的旗帜前，神圣的正义走着。本来屈于理的，他们当然更屈于兵力了！愿我的英雄将东方的财富带到拉蒂姆来。马尔斯神，还有你，凯山神，在他出发时，助他一臂之力罢，因为你们两个中一个已经成神了，另一个一朝也将成神的。是的，我预测到了，你将获胜的，我许下一个心愿为你制一篇诗，在那里我的嘴很会为你找到和谐的音调。我将描写你全身披挂，用一篇理想的演说鼓励起你的士卒们。我希望我的诗能配得上你的英武！我将描写那巴尔底人反身逃，罗马人挺胸追逐，追逐敌人时从马上射出箭来。哦，巴尔底人，你想全师而退，可是你战败后还剩下些什么呢？巴尔底人啊，从此以后马尔斯只给你不吉的预兆了。世人中之最美者，有一朝我们将看见你满披着黄金，驾着四匹白马回到我们城下。在你的前面，走着那些颈上系着铁链的敌将们：他们已不能像从前一样地逃走了。青年和少女都将快乐地来参与这个盛会，这一天将大快人心；那时假如有个少女问你那人们背着的画图上的战败的王侯的名字，什么地方，什么小山，你应当完完全全地回答她；而且要不等她问就说；即使有些是你所不知道的，你也当好像很熟悉地说出来。这就是幼发拉底河，那在额上缠着芦苇的；那披着深蓝色的假发的，就是底格里斯河；那些走过来的，说他们是亚美尼亚人；那女子就是波斯，他的第一个国王是达纳爱的儿子；这是一座在阿凯曼耐斯的子孙的谷中的城。这个囚徒或者那个囚徒都是将士；假如你能够，你便可以一个个地照他们的脸儿取名字，至少要和他们相配的。

筵席宴会中也有绝好的机会，人们在那里所找到的不只是饮酒的欢乐。在那里红颊的阿谟尔将巴克斯的双臂拥在他粗壮的臂间。待到他的翼翅为酒所浸湿时，沉重不能飞的柯毗陀不动了。可是不久他便摇动他的湿翅，于是那些心上沾着这种炎热的露水的人便不幸了。酒将心安置在温柔中使它易于燃烧；烦虑全逝了，被狂饮所消去了。于是欢笑来了；于是穷人也鼓起勇气，自信已是富人了：更没有痛苦，不安；额上的皱纹也平复下去，心花大放，而那在今日是如此稀罕的爽直又把矫饰驱逐了。在那里，青年人的心是常被少女所缚住的：酒后的维纳斯，更是火上加油。可是你切莫轻信那欺人的灯光：如果要评断美人，夜和酒都不是好的评判者。那是在日间，在天光之下，帕理斯看见那三位女神，对维纳斯说："你胜过你的两个敌人，维纳斯。"黑夜抹杀了许多污点，又隐藏了许多缺陷。在那个时候，任何女人都似乎是美丽的了。别人评断宝石和红绫是在日间的，所以评断人体的线条和容貌也应该在日间。

我可要计算计算那猎取美人的一切的汇集处了？我不如去计算海沙的数目罢。我可要说那拔页，拔页的沿岸和那滚着发烟的硫磺泉的浴池吗？在出浴时，许许多多浴人的心中都受了伤创，又喊着："这受人称颂的水并没有像别人所说的那样合于卫生之道。"离罗马城不远，便是狄安娜的神殿，荫着树木，这个主权是赤血和干戈换来的。因为她是处女，因为她怕丘比特的箭，这女神已经伤了她的更多信徒，后来还将伤许多。

在哪里选择你的爱情的猎物物，在哪里布你的网？到现在那驾在一个不平衡的车轮的车上的塔利亚已指示给你了。如今我所要教你的是如何去笼络住那你所爱的人儿，我的功课最要紧的地方就在这里。各地的多情人，望你们注意听我，愿我的允诺找到一个顺利的演说场。

第一，你须得要坚信任何女子都可以到手的：你将取得她们；只要布你的网就是了亦。假如女子不容纳男子的挑逗，春天便会没有鸟儿的歌声，夏天不会有蝉声的高唱，野兔子会赶跑梅拿鲁思的狗。你以为她是不愿的，其实她心中却早已暗暗地愿了。偷偷摸摸的恋爱在女子看来正是和男子看来一样地有味儿的：但是男子不知道矫作，女子却将她们的心情掩饰得很好。假如男子都不先出手，那被屈服的女子立刻就出手了。在那芳草地上，多情地呼着雄牛的是牝牛，牝马在靠近雄马时又嘶了。在我们人类中，热情是格外节制些，不奔放些：人类的情焰是不会和自然之理相悖的，我可要说皮布丽斯吗？她为了她的哥哥，烧起了那罪恶的情焰，然后自缢了，勇敢地去责罚

自己的罪恶。密拉爱她的父亲，可是并非用一种女儿对父亲的爱情；如今她已将她的羞耻隐藏在那裹住她的树皮中了。她成了芳树，倾出眼泪来给我们作香料，又保留住这不幸女子的名字。在遮满了丛树的伊达的幽谷中，有一头白色的雄牛，这是群牛中的领袖。它的额上有一点小黑斑，除了这一点，在两角之间，身上其余完全是乳白色的。格诺苏思和启道奈阿的牝牛都争以得到被它压在背上为荣。帕西淮渴望做它情妇，她嫉恨着那些美丽的牝牛。这是个已经证实的事实；那坐拥百城的克来特，专事欺人说谎的克来特，也不能否认这事实。别人说那帕西淮用不惯熟的手，亲自摘鲜叶和嫩草给那雄牛吃，而且，为要伴着它，她连自己的丈夫都想不起了：一头雄牛竟胜于弥诺斯。帕西淮，你为什么穿着这样豪华的衣裳？你的情夫是不懂得你的富丽的。当你到山上去会牛群时，为什么拿着一面镜子？你为什么不停地理你的发丝？多么愚笨！至少相信你的镜子吧：它告诉你，你不是一头母牛。你是多么希望在你的额上长出两只角来啊！假如你是爱弥诺斯的，不要去找情夫罢，或者，假如你要欺你的丈夫，至少也得和一个"人"奸通啊！可是偏不如此。那王后遗弃了龙床，奔波于树林之间，像一个被阿沃尼阿的神祇所激动的跳神舞女一样。多少次，她把那妒忌的目光投在一头母牛身上，说着："为什么会得到我心上人儿的欢心？你看它在它前面的草地上多么欢跃着啊！这蠢货无疑地自以为这样可以觉得它可爱了。"她说着便立刻吩咐将那头母牛从牛群中牵出来，或者使它低头在轭下，或是使它倒毙在一个没有诚心的献祀的祭坛下；于是她充满了欢乐将她的情敌的心脏拿在手中。她屡次杀戮了她的情敌，假说是去熄神祇之怒，又拿着它们的心脏说着："现在你去玩娱我的情郎罢！"有时她愿意做欧罗巴，有时她羡慕着伊沃的命运：因为一个是母牛，还有一个是因为被一头雄牛负在背上的。可是为一头木母牛的像所蛊惑，那牛群的王使帕西淮怀了孕，而她所产出来的果子泄漏出她的羞耻的主动。假如那另一个克里特女子会不去爱堤厄斯忒斯，人们不会看见斐菩斯在他的路中停止了。回转他的车子，将他的马驾向东方。尼须思的女儿，为了割她父亲的美丽的头发，变成了一个腰围上长着许多恶狗的怪物。阿特柔斯的儿子，在地上脱逃了马尔斯，在海上脱逃了尼普顿，终究作了他的妻子的不幸的牺牲者。谁不曾将眼泪洒在那烧着爱费拉的格劳刻的情焰上，和在那染着血地杀了自己的孩子的母亲身上？阿明托尔的儿子福尼克斯悲哭他的眼睛的失去。希波吕托斯的骏马，在你们的惊恐中，将你们主人的躯体弄碎了！菲纽斯，你为什么挖去你的无辜的孩子的眼睛啊？那报应将重重地落在你头上了。妇人中无羁的热情的放荡是如此：比我们的还热烈，还奔放，勇敢些，带着必胜之心去上阵。在一千个女子中，能抵拒你的连一个都找不到。随她们容纳也好，拒绝也好，她们总欢喜别人去献好的；即使假定你被拒绝了，这种失败对你是没有危险的。可是你怎的会被拒绝呢？一个人常会

在新的陶醉中找到欢乐的：别人的东西总比自己的好。别家田中的收获总觉得格外丰饶，邻人的畜群总是格外肥壮的。

你第一个要先和你所逢迎的女子的侍女去结识：那给你进门的方便的就是她。去探听确实，她的女主人是否完全信任她，她是否是她女主人的秘密欢乐的忠心同谋者。为要买到她，许愿和央求一件也少不得；这样你所要求的，她都会给你办到了。一切都出于她的高兴。她会选择一个顺利的时候；要趁她女主人容易说话的时候，最受勾引的时候。在那时，一切都向她微笑着，欢乐在她的眼中闪着光，正如金穗在丰田中一样。当心怀欢快时，当它不为忧苦所困时，它便自然地开放了；那时维纳斯便轻轻地溜了进去。伊里雍一旦在愁困之中，它的兵力就和希腊的兵力对抗，那迎入藏着战士的木马进城的那天，却是一个快乐的日子啊！你更要选那她受对手侮辱而啜泣的时候，使她可以要你做她的报复者。早晨，正在理发时，侍女触怒了她。为了你，她借此张帆打桨，低声说，一边还叹息着："我不相信你会恩怨分明的。"于是她便说起了你，她为你说了一段动心的话，她说你将为情而死。可是你应当迅速从事，恐怕风就要停，帆就要落。怒气正如薄冰一样，一期待就消化了。你要问我了：先得到侍女的欢心可有用吗？这种办法是很偶然的。有的侍女用这办法果然使她格外热心为你出力，有的却反不热心了：这个为你照料她女主人的恩情，那个却将你留住自己受用了。大胆者得到成功：即使这句话会助你的勇气，照我的意见：免之为善。因为我是不向悬崖绝壁去寻我的路的。请我来做引导的人，是不会走入迷途的。可是当侍女传书递简时，她的美丽媚你不下于她的热忱，你总须以得到那女主人为先；侍女自然随后就来了；可是你的爱却不应该从她开始。只有一个劝告，假如你对于我所教的功课有几分有信心，假如我的话不被狂风吹到大海去，千万不要冒险，否则也得弄个彻底。一旦这件风流案中侍女有了一半份儿，她便不会叛你了。翼上沾着黎的鸟不能远飞；野猪徒然地在笼住它的网中挣扎；鱼一上了钩，就不能逃脱。那已被你挑逗了的，你须要快快地紧抓，一直到胜利后才放手。可是你要瞒得好好的！假如你对侍女将你的聪敏蔽得很好，你的情妇所做的一切在你都不成为秘密了。

相信只有农夫和水手才最顾虑时机的人，实在是一个大错误。正如不应该一年到头地在那一块会欺骗我们的地上播种，或是不时地将一只小舟放到碧海上去一样，一天到晚地向一个美人进攻也是一样靠不住的。等到一个好机会，人们是时常很好地达到目的的。假如你在她的生日或是那历史上维纳斯欢喜迎接她的爱人马尔斯的日子，当竞技场已不象从前一样地装饰着些小雕像，却陈设着败寇的战利品时，你就得停止进行了。于是凄戚的冬天来了，于是百莱阿代斯近了，于是温柔的山羊沉到大洋中去了。那便是休息的好时候，谁要自不量力地去到海上去，谁就要碎了他的船，甚至性命都难保。着手于那使人流那样多的眼泪的，阿里阿河染红了拉丁族的血的日子，或是在巴莱斯底那的叙利亚人每周所庆祝的安息日。你要十分当心你的密友的生日，你更要把那些要送礼的日子视作禁忌日。你想摆脱是徒然的，她总会弄到些你的礼物的：女人总是精于种种搜括她的热情的情人的钱的艺术。一个穿着长袍的贩子会到你情妇的家里去，她老是预备着购买的，他将在坐在你的面前，摊开他的货品来。于是她，为了给你一个显出你的鉴赏力的机会，要求你为她看一看，随后她会给你几个甜吻；随后她恳求你买几件。她会发誓说这些已够她几年之用了；而今天她正用得到；今天是一个机会。你说你身边没有带钱是无用的：她会请你开一个票子，那时你会懊悔你知书识字撒谎。当她为要你的礼物，好象做生日地预备起点心来时——而且这生日又是每次当她需要什么东西时做的——怎样办呢？当她怎么说失了一件东西，含愁而来，泣诉她丢失了一块耳上的宝石时，怎样办呢？妇女们老是向你要许多东西，这些东西她们说不久就会还你的；可是一朝到了她们手中，你再也莫想她们还你了。在你是受了这么大的损失，别人却一点也不感激你。真的，即使有十口十舌，我也不能数说清那些娼妓的无耻伎俩。

先在几个精磨的板上写个温柔的简帖儿去探路。要使这第一个函札使她知道你的心情。上面要写着殷勤的颂词和动情的话；而且不要管你的身份，你加上那最低微的恳求。赫克托尔的尸体之所以能还给普里阿摩斯，也就为那老人的恳求打动了阿喀斯的心。神祇之怒都为柔顺的声音所动。答应啊，答应啊；这是不值得什么的；任何人都是富于许诺的。那希望，当人们加上信心上去时，是能持久的：这是个欺人的女神，但是却很有用。假如你送了些礼物给你的情妇，你就会找不到便宜了：就是欺骗了你，她也不会有所损失的。你总得常装着正要送她东西的样子，可是永不要送她。不苗的田就是如此地消灭了它的主人的希望；赌徒也就是如此地在不再输的希望中不停地输着，而偶然的运气又诱惑着他的贪婪的手。那最难的一点，那细巧的工作，就是不赠礼物而得到美人的眷顾：于是，她为了要不虚掷她所赠予予的东西的价值，她便不能拒绝了。将这满篇柔情的简帖儿发出去，去探她的心，去开一条路。几个写在苹果上的字欺骗了那绮第□，于是这不知内幕的少女在朗读它时，为她自己的言语所束缚住了。

研究美女啊，青年罗马人，我这样忠告你们，不仅是为要保护那战战兢兢的被告人：正如人民、严厉的审判官和从人民中选出来的元老院议员，女人也是屈服于辩才的。可是你要将你的诱惑的方法隐藏得很好，不要一下子就显露出你的雄辩来。一切乡村学究气的语句都不要用。除了蠢人以外，谁会用一种演说者的口气写信给他的情妇呢？一封夸张的信时常造成一种厌恶的主因。你的文体须要自然，你的词句须要简

单，可是要婉转，使别人读你这信时，好象听到你的声音一样。假如她拒绝你的简帖儿，将它看也不看一下地送还你，你尽希望她将读它，你要坚持到底。不驯的小牛终究惯于驾犁，倔强的雌日久终受制于辔头。在不停地摩擦后，一个铁指环尚会磨断，继续地划着地，那弯曲的犁头终究蚀损。还有什么比石再坚，比水更柔的吗？可是柔水却滴穿了坚石。即使是那珀涅罗珀，只要你坚持到底，日久她总会屈服于你。拜尔迦摩斯守了很长时间，可是终究被夺走了。譬如她读了你的信而不愿回答你，那是她的自由。你只要使她继续读你的情书就是了。她既然很愿意读，她不久就会愿意回答了。一切都是按部就班地来的。你或许先会接到一封不满意的复信，在信上她请你停止追求。正当她求你莫惹她时，她却恐惧着你依她照办，而希望你坚持到底。追求啊，不久你就会如愿以偿的。

假如当你遇到你的情妇躺在她的舁床中的时候，你便走过去，好象是偶然似的；而且，为了怕你的话语被一个不谨慎的人听了去，你便尽你所能地用模棱两可的手势来传情。假如她在一个广大的穹门下闲步，你亦应当挨上去和她一起闲步。有时走在她前面，有时走在她后面；有时加紧了脚步，有时放慢了脚步。你不要为了从人群中走出，从这柱石赶到那柱石去紧贴她而害羞。不要让她独自个仪态万方地坐在戏场中：在那里，她的祖露的玉臂将给你一个动情的奇观。在那里，你可以凝视着她，安闲地欣赏她，你可以向她打手势，做媚眼。对那扮少女的吟曲伶人叫好；对那扮演情人的更要喝彩。她站起来，你便站起来；她一直坐着，你也坐着不要动；你须懂得依着你的情妇的兴致去花费你的时间。

可是不要用热铁去烫你的头发，或是用浮石去砾你的皮肤。这些事让那些用弗里基阿人的仪式哼着歌词颂启倍莱虞斯山的女神的教士们去做吧！一种不加修饰的美是合宜男子的：当弥诺斯的女儿被忒修斯掠去的时候，忒修斯并没有将自己的头发用针簪在鬓边。希波吕托斯虽然外表不事修饰，却被淮德拉所爱。那森林的荒野寄客阿多尼斯终究得到一个女神的心。你须要爱清洁：不要怕在马尔斯场锻炼身体而晒黑了你的皮肤；把你的宽袍弄得好好的，不要玷污。舌上不要留一点舌苔，齿上不要留一点牙垢。你的脚不要套着太大的鞋子；不要使你的剪得不好的头发矗起在你头上；而要请一副老练的手来整理你的头发和胡子；你的指甲须剪得很好而且干净，不要使鼻毛露出；不要使那难受的气息从一张臭嘴里吐出来，当心那公羊臊气使人难闻。其余的修饰，你让与那些年轻的媚娘或是那些反自然地求得男子的不要脸的眷恋的男子去做吧！

可是这里利倍尔召唤他的诗人了，他也是保护有情人又加惠于那些他自己也燃烧着的爱情的人。那克索斯的孩子发狂地在荒滩上彷徨着，在第阿小岛被海波冲击的地方徘徊。她刚从睡眠中脱身出来，只穿了一件薄薄的下衣，她的脚跟露着，她的棕色头发乱散在肩头，她向着那听不到她的声音海波哭诉忒修斯的残忍，而眼泪是满溢在那可怜的弃妇的容颜上。她且哭且喊，可是哭和喊在她都是很配的；她的眼泪使她格外娇艳怡人了。那个不幸的人儿拍着胸说："那负心人弃我而去了；我怎么办呢？"她说，"我怎么办呢？"忽然铙钹声在整个海岸上高响起来了，狂热的手打着鼓声也起来了。她吓倒了，而她的声音也停止了；她已失去知觉了。这里，那些披头散发的迷玛洛尼黛斯们来了；这里，轻捷的萨堤罗斯们，神的先驱来了；这里，酩酊的老人西勒诺斯来了，他挂在那弯曲在重负之下的驴子的鬃毛上，几乎要跌下来了。当他追着那一边逃避一边向他噜苏的跳神舞女的时候，当这个拙劣的骑士用木棒打着那只长耳兽的时候，忽然滑了下来，跌了个倒栽葱。那些杀帝鲁斯喊着："嘿，起来啊，老伯伯，起来啊！"那时那神祇高坐在缠着葡萄蔓的车上，用金勒驾驭着那驯虎。那少女把颜色、忒修斯的记忆和声音同时都收去了。她逃了三次，可是恐惧心缠了她三次脚。她战栗着，正如被风飘动的稻草和在隰泽中的芦苇一样。可是那神祇却向她说："我是来向你贡献忠诚的爱情的，不要怕吗，格诺苏斯的女孩子，你将做巴克斯的妻子了，我拿天来做你的礼物。在天上，你将成为一颗人们所瞻望的星，你的灿烂的冠冕将在那里为没有把握的舵工做指导。"他这样说着，又恐怕那些老虎吓坏了阿里阿德涅，便从车上跳下来；把那失魂的公主紧抱在胸怀，他将她举了起来。她怎么会抵抗呢？一个神祇的权能难道还有什么为难的事吗？有的唱着催眠曲，有的喊着："曷许斯，曷荷艾。"那年轻的新妇和神祇是如此在神圣的榻上相合了。因此你便当置身于有巴克斯的礼物的华筵中，假如一个女子是坐在你旁边，和你同坐在一张榻上，你便祷告那在夜间供奉的夜的神祇，求他不要把你弄醉。于是你便可以用隐约的言语向她说出温柔的情话，她将毫不困难地猜度出你的意思来，用一点酒情意地画着多情的标记，使她在桌子上看出她是你的心上的情妇来，你的凝视着她的眼睛，须要向她露出你的情欲来。用不着语言，脸儿自有其雄辩的语言。她的嘴唇啜过的酒杯你须得第一个抢来，而在她喝过的那一边上，你也喝着。她的手指所触过的一切的菜肴，你去拿来，而在拿的时候，摸一摸她的玉手。喝酒的时候所守的准则是什么呢？我们就要指教你了。你的智慧和你的脚须要时常保持着平衡。尤其是要避免那些因酒而发生的争端，不要轻易和人家打斗。不要学那惷愚蠢地因饮酒过度而致死的欧律提翁：酒席和酒只应当引起一种温柔的欢快。假如你嗓子好，你便唱，假如你身段灵活，你便跳舞；一切使人欢乐的，你都要一件件地去做。真醉会惹起旁人的讨厌，假醉对你却十分有用。你的狡猾的舌头要格格地吐着不清楚的声音，这样你所做的和你所说的如果有些大胆的地方，人们就可以原谅你。

当酒阑客散的时候，那些客人就给你接近你的美人的方法和机会。你夹在人群中，轻轻地靠近她，用你的手轻捏她的身子，用你的脚去碰她的脚。这便是交谈的时刻。乡下气的羞态，走远些！机会和维纳斯帮助大胆的人。像你那样会说话当然用不着来请教我们。只要想着开端，辩才便不待思索自然而然地来了。你应当扮着那个情郎的角色，而且在你的言语中，你需要做出受过爱情的伤的样子来，要用尽种种的方法使她坚信，要得到别人的相信并不是很难的：任何女人都自以为配得上被爱的；就是那最丑的女子也卖弄着风骚。况且有多少次那起初装作在恋爱的终究真正地恋爱起来了，从矫作而至于现实！年轻的美人们啊，请你们对那些装着爱情的外表给你们看的人们宽大些。这种爱情，起初是扮演的，以后却要变作诚恳的了。你更可以用那些巧妙的阿谀偷偷地得到她们的欢心，正如那水流不知不觉地蔽盖了那统治它的河岸一样。你要一点也不迟疑地去赞美她的姿容，她的头发，她的团团的指和纤纤的脚。那最贞淑的女子听了那对于她的美的谀词也会动心，容颜的美就是贞女也会注意的。朱诺和帕拉斯在弗里基阿树林中不是就为了这个缘故到如今还有意见吗？你且看这只朱诺的鸟，假如你赞美它的翎羽，它便开屏了；假如你默默地看着它，它便把它的宝物隐藏着。在赛车的时候，骏马是喜欢别人对它梳得很好的鬣毛和优美的项颈喝彩的。

你需要大胆地发誓，因为打动女人的是誓言，牵了一切的神祇来为你的诚恳作证。朱庇特在天上笑着男人们的假誓，又将这些假誓像玩具一样地叫埃俄罗斯的臣仆带去撤销了。朱庇特也常对着斯提克斯向朱诺立假誓的：他在今日当然加惠于那些学他那样的人们的。诸神祇的存在是有用的，而且，因为有用，我们且相信他们是存在的吧！在他们的祭坛前，我们应该浪费我们的香和酒。他们不是沉浸在

一个无知觉的，和睡眠相似的休息中的。你要过着一种纯洁的生活，神祇是看着你的。还了那寄存在你那儿的物品；依着那信心所吩咐你的条例；切莫作恶；使你的手要清洁而不染别着的血。假如你是聪明人，你要玩也只玩女人。你这样做可以无罪的，只要你是出于诚意。是大部分的女子都是不忠实的；她们安排着陷阱，让她们自己堕落下去吧！有人说埃及曾经一连大旱了九年，一滴润田的水都没有。于是德拉西乌斯前来找蒲西里斯，对他说他能够平息朱庇特的怒，只要在朱庇特的祭坛上浇上一个异乡人的血就好了。蒲西里斯回答他说："很好，你将做那供献给朱庇特的第一个牺牲，你将做那把雨水给埃及的异乡人。"法拉里斯也使人在铜牛中烧死残忍的培里鲁斯；那个不幸的发明者用自己的血浇着他亲手所做的功绩。公正的双料的例子！其实将那罪恶的制造者用他们自己所造的东西来处死是再公正也没有了，以伪誓报答伪誓是公平的法则，那欺诈的女人，应当像她所做过的一般受人的欺诈！

眼泪也是有用的，它会软化金刚石。你需要使你的情妇看见你泪珠儿断颊横腮。

可是假如你流不出眼泪来的时候，你便用你的手将你的眼眶儿弄湿了。哪一个有经验的男子不把接吻混到情语中去呢？你的美人拒绝，随她拒绝，做你的就是了。起初她也许会抵拒，会叫你"坏坯子"；可是就正当她在抵拒的时候，她实在心愿情愿。可是你须得不要用拙笨的接吻碰痛了她的娇嫩的唇儿，给她一个口实说你粗蛮。你得到一个亲吻而不去取得其余的，你便坐失了那她允许你的恩惠了。在一度接吻之后，你还等着什么来实现你的一切心愿呢？多么可怜啊！牵制住你的不是羞耻；却是一种愚。你会说，这不是对她施行强暴了吗？可是这种强暴正是妇人所喜欢的；她们喜欢给人的东西，她们也愿人们去夺取。被爱情的盗窃心中的所突然地以力取得的妇人反而享乐着这种盗窃；这种横蛮在她们是像送她们礼物一样地称心。当她们从一个别人可以袭得她的挣扎中无瑕地脱身出来的时候，她很可以在脸上装做快活，其实却是满肚子不高兴。福柏曾经受过强暴；她的妹妹也做了强暴的牺牲品；可是她们两个却并不恨那对她们施强暴的人。一个大家知道的故事，可是却很值得一讲，那就是斯凯洛斯的少女和海木尼阿的英雄的结合。在伊达山上，那个女神已经对她的敌人唱凯旋歌，已经报答了称她最美的人了；一个新媳妇已经从远地里来到泊里阿摩斯的家中了，而在伊里雍的城垣中已关进了一个希腊的妻子了。全希腊的王侯都发誓为受辱的丈夫报仇：因为一个人的耻辱已变为大家的侮辱了。那时阿喀琉斯把自己的男性隐藏在妇人的长衫子里。你做什么啊，埃阿科斯的孙子？纺羊毛不是你的本份。你应当从帕拉斯的另一种艺术中找出你的光芒来。这些女红篮子你管它干吗？你的手是注定拿盾的。为什么你拿梭子，难道要用这个扑倒赫克托尔吗？把这个纺锤丢得更远一些，你的手是应该举起贝利翁山的矛来的。有朝一日，在同一张床上睡着一个王族的女儿；她发现了她的伴侣是一个男子，于是她受到强暴了。她是屈服于武力的，可是她并不因为屈服于武力而发怒。当阿喀琉斯已经匆匆要出发的时候，她常常对他说："不要走，"因为那时阿喀琉斯已经放下了梭子去取兵器了。那个所谓"强暴"那时到哪里去了？得伊达弥亚，你为什么用一种抚爱的语气来留你的羞辱的施暴者呢？是的，羞耻心禁止女人首先爱抚男子，但是当男子开始先去爱抚她时，她是非常喜欢的。自然啦，少年人对于自己的体格的美有一种太自负的信心了，他等着女子先动手。应当是男子开始的，应当是男子来说一切的情诗的；他的爱情的祈祷便会被她很好地接受了。你要得到她吗？请求吧！她只希望着这种请求。向她解释你的爱情的原因和来历。朱庇特都恳求着走向传说中的女英雄们也去；随他如何伟大，没有一个女子会先来挑逗他的。可是你的恳求撞在一种轻蔑别人的骄傲的厌恶上呢，你便不要再固持了，退转身来。多少的女子希望着那些溜脱她们的人而厌恶那些专心侍奉着她们的人！不要太性急，那你便不会受女人厌恶了。在你的请求中不要常常泄露出达到最后目的的希望来；为要使你的爱情渗透到她的心里，你须得戴着友谊的假面具。我看见许多不驯的美人都受了这种驭制法的骗：她们的朋友不久就变成了她们的情人。

一张雪白的脸儿是和水手不配的：海水和日光准会早早地把他的脸儿弄成褐色了。它和农夫也是不配的，因为农夫老是在露天之下，用犁头或是重耙垦着泥土。而你也是一样的，你这在游艺中谋得橄榄冠的人，生着雪白的皮肤是你的耻辱。可是一切的多情人都应该是白皙的；因为白皙是爱情的病征，那才是和他相称的颜色。许多人以为这个并不是有用的。俄里翁是白皙的，当他为西黛所爱在树林里彷徨着的时候；惨白的达佛尼斯为一个无情的水仙所爱。你更要用你的消瘦显露出你的为心的苦痛来；还要不怕羞地用病人的包头布将你的光耀的头发裹住。那由一种剧烈的爱发出的不眠、烦虑、苦痛使一个青年人消瘦。为要达到你的心愿，你要使别人可怜你，要使人一看到你就脱口而出地说："你正在恋爱。"

如今我应该缄默呢？还是应该含愁地看着德行和罪恶相混淆呢？友谊、善意都只是空虚的字眼。啊！啊！你不能毫无羞耻地向你的友人夸耀你所爱着的人儿：假如他相信了你的颂词，他立刻会变成你的对手了。有人会要对我说："可是那阿克托尔的孙子并没有玷污了阿喀琉斯的床呀；淮德拉虽然不忠诚，庇里托俄斯却没有什么举动呀；比拉代斯爱着赫尔弥俄涅，他的爱情是和斐菩斯之对于帕拉斯，或是卡斯托耳和波吕丢刻斯之对于登达勒斯的女儿的爱情一样的纯洁。"在今天相信这种奇谈，奇怪的是希望西河柳结果子或是到江心去找蜜一样。罪犯有多少的香饵啊！各人都谋私自的欢乐，尝着别人的欢乐是格外来得有味儿的。多么可耻啊！一个有情人所要顾忌的倒不是他的仇敌。你要高枕无忧，你便该避开那些你以为对你忠实的朋友、亲戚、兄弟、挚友全不可信托：这些都是能给你以极大的恐惧的人。

我就要结束了；可是我要说，女子的脾气都不是一样的；对于这些不同的性格，你要用千种万种的方法去引诱。同一块土地不能生出一切的产品：有的宜于葡萄，有的宜于橄榄，有的是种起麦来才有好收成。人心不同，各如其心。伶俐的男子能屈就那各种不同的：像有时变作轻波，有时变作狮子，有时变作竖毛的野猪的普洛透斯一样的脾气。有的鱼是用鱼叉叉的，有的鱼是用钩子钩的，有的鱼是用网网的。老是一个方法是不会成功的，应当依照你的情妇的年龄而变通。一头老牝鹿能很远地发现别人为它设下的陷阱。假如你在一个初出道儿的女子前显露出太精专，或是在一个忸怩的女子前显露出太爱冒险，她就立刻不信任你，而小心防范着你了。所以，怕委身于一个规矩男人的女人，总是甘愿地坠入一个浪子的怀抱中。

我的一部分的工程已做完，只剩下另一部分要做了。现在我们且抛下了锚停下我们的船吧！

第 二 章

　　唱"伊奥·拜盎"呀，再唱一遍"伊奥·拜盎"呀！我所追求的猎物已投入我的罗网中了。欢乐的有情人，把一个绿色的月桂冠加在我头上，又将我举到阿斯克拉的老人和梅奥尼亚的盲人之上罢。正如那逃脱了尚武的阿米克莱城，一帆风顺地将东道主的妻子带走了的泊里阿摩斯的儿子一样；又正如，希波达弥亚啊，那把你装在胜利的车上，将你带到异国去的人一样。青年人你为什么如此地性急啊？你的船还在大海的中央，离我所引你去的港口还很远啊！我的诗还不够做到把你所爱的人儿放在你的怀间的程度：我的艺术使你取得她，我的艺术也应当使你弃她。得到胜利和保持胜利是同样地需要才能的：其一还有点机会，其一却完全是靠我的艺术的。

　　现在，库带拉的女神和你的儿子，请你们帮我吧！现在，你，埃拉托也请你帮我吧，因为你的名字是从爱情中来的。我计划着一个大企业，我将说用哪一种艺术人们可以固定阿谟尔—那个不停地在宇宙中飞翔着的浮躁的孩子。他是轻飘的，他有一双能使他脱逃的翅膀；要不使他飞是很困难的。弥诺斯为了防止他的客人逃走，在一切有可能的路上都设了防；可是这客人却敢用翼翅来开辟一条新路。当代达罗斯把那个犯罪的母亲的爱情的果子一半人半牛的怪物关起来以后，便对弥诺斯说："弥诺斯啊，你是凡人中最公正的，请你赐我回去吧；把我的骨灰葬在我的故土中罢！做了不公正的命运的牺牲者，我不能生活在我的故乡；至少准许我死在那儿。假如那老人不能得到你的宽容，那么请准许我的儿子回去罢；假如你不肯赦免孩子，那么请你赦免老人罢。"他的话是如此；可是尽管他说了千遍万遍，弥诺斯总不许他回去。知道恳求是无济于事的，他暗道："代达罗斯，一个使展出你身手的机会来了。弥诺斯是陆上的主人，水上的主人；陆和水都不准我们脱逃，只剩下天空这一条路了，我是应当从那里开我的路了。统治诸天的朱庇特啊，请宽赦我的企图。我并不敢升到你的天宫上去；可是要脱逃我的暴君，除了你的领域是没有第二条路的啊！假如斯提克斯可以给我们一条路，我们早穿过斯提克斯的水域了。然而既然是没路可走，我便不得不变换我的本能了。"才能常常是被不幸所唤醒的。谁会相信人可以在空中旅行呢？可是代达罗斯却用翎羽来造成翼翅，用麻线缚住了；又用熔蜡胶固了底部。于是那个新的机械的工

作已经完成了。那个孩子欢乐地用手转着羽毛和蜡，不知道这个家伙是为他预备的。他的父亲对他说："这便是送我们回去的唯一的船，这是我们脱逃弥诺斯的唯一办法。他既然断了我们一切的归路，他总不能断了我们封锁的路，我们还有空间啊！用我的发明冲破那空间。可是你不可看阿尔卡狄亚的处女和鲍沃代斯的伴侣，把着剑的奥里雍，跟着我飞，我将飞在你前面，由我带领着，你就可平安无事了。假如在飞行的时候我们升得太高，靠近了太阳，蜡是吃不住热的；假如降得太低，靠近了大海，我们的翅便着了湿不能活动了。要飞在两者之间，而且还应当留心着风。我的儿子，你须得顺着它的方向飞去。"他一边教导，一边把翼翅缚在的儿子身上，又教他如何拍动，像老鸟教小鸟一样。随后把自己的翼翅缚在肩上，谨慎地地飘荡在他所新开辟的路上。正在要飞行之前，他吻 他的儿子吻了许多次，而那忍不住的眼泪便在他的颊上横流着了。在那里不远有一座山冈，虽然比大山低，却统治着平原。他们便在那里开始他们冒险的逃脱。代达罗斯一边拍着翼翅，一边回头看他儿子的翼翅，可是却一点也不耽搁他的空间行程。他们的路程的新奇已经迷惑住他们了；不久伊卡洛斯什么恐慌也没有了，他是越飞越上劲了。一个在用细弱的芦秆钓鱼的渔夫看见了他们，把钓得的鱼也丢下了。他们已在左边超过了刹摩斯。在他们的右边已超过了莱班托斯和荫着森林的加木奈和环着多鱼的水的阿斯底巴拉艾了。忽然那个大胆的青年人很高兴地向天升上去，离开了他的父亲。他的翼翅的连接松了，蜡在飞近太阳时熔了，他徒劳地摇动着他的手臂，他总不能在稀薄的空中把持住身子。他在天上恐怖地望着大海；那使他战栗的恐怖黑暗把他的眼睛蒙住了。蜡已熔化完了。他拍动着他的空空的两臂；他震颤着又毫无依托，便坠了下来。在他坠下去的时候，他高喊着："我的爸爸啊，我的爸爸啊，我被拖下来了！"当他说这话的时候，绿波已把他的口掩住了。这时可怜的父亲喊道："伊卡洛斯！伊卡洛斯！你在哪儿，你飞在天的哪一部分？"当他已看见羽毛漂浮在海水上时，还喊着"伊卡洛斯"。大地已接受了伊卡洛斯的遗骸，大海保存着他的名字。

弥诺斯不能禁止一个凡人靠着翼翅逃走，而我却要缚住一个飞翔的神祇！想借海木尼阿的法术或是用那从小马头上割下来的东西的人实在是大大地错了。为要使爱情长久，美狄亚的草是没有用的，马尔西人的毒药和魔术也全没有用的。假如魔法能维持爱情，那生在法茜丝河岸旁的公主早可以挽留埃宋的儿子，喀耳刻也早可以留住奥德修斯了。所以给少女喝媚药是没有用的：媚药乱了理性而发生疯狂。

不要用这种有罪的方法罢！你应当是可爱的，别人自然爱你了。单只有面貌或是身材的美是不够的，即使你是老荷马所赞赏的尼勒斯或是那邪恶的拿牙黛丝所偷去的许拉斯。假如你要保你的情妇有无一旦被弃之虞，你应当在身体的长处上再加上智慧。

美是容易消逝的东西：它跟着岁月一年一年地消逝下去；它不停地一年一年地破坏下去。紫罗兰和百合不是永远开着花的；而蔷薇一朝凋谢后，它的空枝上只剩下刺了。你也是这样的，美丽的青年人，你的头发不久也会发白，你的脸上不久也会起皱纹。现在且培养你的智慧，它是经久的，而且可以做你的美的依托：它是伴你到坟头的唯一的瑰宝。勤勉地去考究美术和两种语言啊！奥德修斯并不美丽，但他是一个善辞令的人；这已足够使两位海上的女神为他而受相思苦了。卡吕普索多少次看见他忙着要动身而悲啼，坚决地对他说海浪不容他开船的！她不停地要求他讲特洛伊没落的故事，那故事他换了说法不知讲过好多次了。有一天，他们在海滩上止了步。在那里，在那美丽的卡吕普索要听那奥特里赛人的首领流血的结果。他便用那枝他偶然拿在手中的轻轻地小杖为她在沙上绘起画来。他一边画着城墙，一边说："这就是特洛伊城，这是西莫依斯。譬如说我的营是在那儿。过去是一片平原，那就是我们被杀死那在夜里面想盗海木尼阿的英雄的马的多隆的地方。那边搭着西笃尼于斯人瑞索斯的营帐；我是从那儿在夜里盗了他的马回来的。"他正要画其他的东西的时候，忽然打过一片波浪来，把特洛伊、瑞索斯的营帐和本人都带走了。于是那位女神便对他说："你还敢信托这在你眼前抹去了如此伟名的海水取道回去吗？"因此，随便你怎样，总不要信托那欺人的美貌，要在身体的长处上再加上别的长处。

最得人心的是那熟练的殷勤。狡猾和刁刻的话只能生人的憎恨。我们憎厌那以斗为生的鹰隼和那扑弱羊的狼。可是我们是绝对不张网捕那向的燕子的；而在塔上，我们让那卡奥尼阿的鸟儿自由地居住着。把那些口角和伤人的话放开得远些：爱情的食料是温柔的话。妻子离开丈夫，丈夫离开妻子都是为了口角：他们以为这样做是理应正当的；妻子的妆奁，那就是口角。至于情妇呢，她是应该常常听见她所愿意听的话的。你们同睡在一张床上并不是法律规定的；那属于你的法律，就是爱情。你要带了温存的抚爱和多情的言语去近你的密友，使她一见你去就觉得快活。我不是为有钱的人而教爱术的；那出钱的人是用不到我的经验的。他们是用不到什么智慧的，当他们要的时候，他们只要说"收了这个罢"就够了。对于这种人我是只好让步的：他们惹人欢心的方法比我强得多。我这首诗是为穷人们制的，因为我自己是穷人的时候，我曾恋爱过。当我不能送礼物的时候，我便把美丽的语言送给我的情妇。穷人在爱情中应当具有爱心；他应当避免一些不适当的话；他应当忍受一个有钱情人所忍受不下的许许多多的事情。我记得有一次在发怒的时候，我把我的情妇的头发弄乱了：那次的发怒损失了我多少的幸福的日子啊！我不相信我撕碎了她的衫子，而且我也没有看见过；可是她却坚决地那样说，于是我不得不花钱赔了她一件。可是你们，假如你们是聪明的，就避免你们的老师的过失吧，而且也像我一样地担心着受苦痛吧！和巴尔底人去打仗；对于你的密友呢，和平、诙谐和一切能激动爱情。

假如你的情妇难服侍对你又不仁慈，你须耐着性子忍受着：她不久就会柔和下去的。假如你小心地拗一根树枝，它便弯了；假如你拿起来用力一拗，它便断了。小心地顺着水流，人们便游过一条河；可是假如你逆了水性，你就总不会达到目的。人们用忍耐力伏了纳米第阿的老虎和狮子；在田里的雄牛也是渐渐地屈服于犁轭的。可有比那诺那克里阿人阿塔兰忒更厉害的女子吗？可是随便她如何骄傲，她终究要受一个男子的柔情的调理。别人说，希波墨涅斯时常在树下哭着自己的命运和那少女的严厉，他时常受了她的命令把捕禽兽的网背在肩上，时常用她的长矛去刺那可怕的野猪。他甚至中了希拉葛斯的箭；可是别人的枝箭他也是受过的啊！我并不命令你手里拿着兵器到梅拿鲁斯山的森林中去，也不命令你把沉重的网背在肩上；我更不命令你去袒露受箭。聪明人，我的课程将给你最容易学会的命令。

假如你的情人不依你，那么你便让步，让步后才会得到胜利。不论她叫你去做什么事，你总须为她做好。她所骂的，你也骂；她所称赞的，你也称赞，她要说的，你也说；她所否认的，你也否认着。她假如笑，你陪着她笑，她假如哭，你也少不得流泪。一言以蔽之，你要照着她的脸色来定自己的脸色。她喜欢博弈，她的手掷着象牙骰子，你呢，要故意掷得不好，然后把骰子递给她。假如玩小骨牌游戏，为不使她因为失败而悲伤，你总应当要让她赢；假如棋盘是你们的战场，你的玻璃棋子也应当被你的敌手打败的。你须得为她打着遮阳伞；假如她挤在人群中，你便为她开路；你要匆匆地走到踏脚板边去扶她上异床；将鞋儿脱下或者穿上她的双足。而且往往即使你自己也很冷，你也得把你的情妇的冻冷的手暖在你怀里。用你的手，自由人的手，去为她拿着镜子，这虽然有点不好意思，但绝对不要害羞。那个使母亲倦于把怪物放在他路上的神祇，那注定进那他起初背过的天堂的神祇，据说曾经在伊奥尼阿的处女们间拿过女红篮又纺过羊毛。谛伦斯的英雄都服从他的密友的命令。你现在不要踌躇，快去忍受那他所忍受过的罢！假如她约你到市场去约会，你须得常常在约定时间前老早等在那里，而回来却越晚越好。她对你说："你到某处来。"你便将一切事情都放弃跑去，不要使群众延迟了你的步履。当在晚间，她从华筵里出来，叫一个奴隶领路回去的时候，你立刻上去。她在乡间写信给你说："请即惠临。"阿谟尔是憎恨迟慢的：没有车儿，你便立刻拔起脚来上路。什么都不能阻挡你，天气不好也不管，炙热的大暑也不管，大雪铺了满街也不管。

爱情是一种军中的服役。怯懦的人们，退后吧！懦夫是不配保护这些旗帜的。幽夜，寒冬，远路，辛楚，烦劳，这全是在这快乐的战场上所须忍受的。你须得时常忍受那云片注在你身上的雨水，你又须得时常忍受着寒冷，着地而睡。别人说，肯丢斯

的神祇放牧阿德墨托斯国王的牛的时候，他只有一间小茅屋作为栖身处。斐菩斯都不认为害羞的事谁会当做可耻？丢掉一切的骄傲吧，假如你要恋爱长久，假如你没有一条安全又容易的路去会你的情妇，假如门关得紧紧的，不能使你进去，好，你便爬上屋顶去，由这条险路到你情人那里去；或者从高窗上溜进去也可以。她知道了你的冒险的原因一定会非常高兴：这就是你的爱情的确实的保证。利安得啊，你可以不必常常去看你的情人；你破浪游过海水，向她证明你的情感。

不应当以和侍女、女佣或奴隶结交为可耻。向他们一个个地致敬，这是于你无损的。你要去握他们的卑贱的手。而且，在福耳图那的日子，你还得送些小礼给那些向你讨礼物的奴隶，这在你是破费有限的。而在那迦里阿人受了罗马的侍女们的衣饰所骗而丧生的日子，也送点礼物给侍女。相信我，把这些小人物都搜罗在你自己的利益中；不要忘了那守门人和看守卧房的门的奴隶。

我也并不叫你拿精美的礼物去送给你的情妇：送她些不值什么钱的东西，只要是精选而送得适宜就是了。在田野铺陈着它的富庶的时候，当果树垂实累累的时候，差一个奴隶送一满篮的乡村礼物给她。虽然果子不过是从乡路上买来的，你却可以对她说是从乡间采来的。送她些葡萄或是那阿马里力斯所爱吃的栗子；可是今日的阿马里力斯是不很爱吃栗子的了。你甚至还可以送她一只画眉鸟或是一个花鬘，表示你是在思念她。我知道别人也有买这些东西去送没有儿女的老人，希望在他死后得到他的遗产。啊！拿这些礼物来做那种不怀好意的用途的人简直该死！我要劝你赠她几首情诗吗？啊啊！诗词并不是体面的。她们赞美诗词，但是她们想要的是重大的礼物：只要有钱，即使是一个粗人也会得到人欢心的。我们的时代是真正黄金时代：用黄金，我们得到最大的荣誉；用黄金，我们使恋爱顺利。是的，荷马啊，即使你伴着九位缪斯回来，假如你双手空空，一无所有，荷马啊，别人准会把你赶出门去。虽然有学识的女子并不是没有，可是总在少数；旁的女子却是什么也不懂的，却要冒充渊博。可是你做起诗来，却需二者都得称颂的。而你的诗，不管好不好，总要说得中听，使人觉得有价值。不论她们是有学问的或没学问的，那首费了一夜而为她们所做的诗，对她们总抵得上一点小礼物的效果。尤其是当你决定去做一些你自以为是有用的事的时候，你总要想法引你对情妇来请你去做。假如你要把自由给予你的奴隶，你应当使她来请求你给予他；假如你要饶赦一个应受刑罚的奴隶，也要使她请求你去做。你尽收着实利，面子却尽让给她：你一点也没有损失的，而她却自以为她对你很有权威了。

可是假如你存心要保持你的情妇的爱情，你须做出那使她相信你是在惊赏她的美的样子。她披带一袭蒂路斯的绛色的大氅，你便夸称那袭蒂路斯的绛色大氅，她穿着一件高斯的织物，你便说高斯的织物她穿起来最配，她闪耀着金饰，你便对她说在你看来黄金还不及她的骄容灿烂，假如她御着重裘，你便称赞那件裘衣；假如她穿着一件单衫，你便高呼起来："你使我眼睛都看花了！"一面低微地请求她当心，不要冻坏了身子；假如她的发丝是艺术地分开在额前，你便称赞这种梳法；假如她的头发是用热铁卷过的，你便应该说："好美丽的鬈发"。在她跳舞的时候，赞叹她的声音；而且当她停息了的时候，你便自怨自艾地说结束得太快了。待她允许你和她同睡之后，你便可以崇拜那使你幸福的东西了，你便可以用一种快乐得战栗的声音表示出你的狂欢来。是的，即使她比可怕的美杜沙还凶，她也会为她的情郎变成温柔而容易侍候的。你尤其应当善于矫饰，使她不能察觉，而你的脸上千万不能露出你的言语来。艺术隐藏着是有用的；显露出来便成为羞耻，而且永远失去了别人的信任了。

通常，在快到秋天的时候，正是一年间最好的时节。那时，葡萄累累地垂着；那时，我们感到一阵透骨的新寒，有时感到一阵炙人的炎热，这种天气的不正常是容易使我们疲倦的。愿你的情妇在那时很健康！可是有些微会把她牵制在床上，假如她受天气不好的影响而生病，那便是你显示出你的爱情和你忠诚的时候了；那便是应当播种以得一个丰富的收获的时候了。你要不怕烦琐地去侍候她的病，你的手需要去做一切她所委任的事；要使她看见你哭泣；不要不和她去亲嘴，要使她枯干的嘴唇饮着你的眼泪！为她的健康许愿，应答尤其是要高声些；而且要时常预备着些吉兆的梦去对她讲。叫一个老妇拿着硫磺和赎罪的蛋去清净她的床。在她的心里，这些慰劳会永远地留着一个温柔的回忆。多少人用这种方法在遗嘱上得到一个地位啊！可是当心着，太讨好是要惹起病人的讨厌的：你的多情的慰劳须得要有一个限制。禁止她吃闲食和请她吃苦药等事情你是不应当去做的！这些事让你的敌人去做。

可是那当你离开港口的时候的风，不就是当你航行在大海中的时候和你合宜的风吗！爱情在初生的时候是脆弱的；它将由习惯而坚强起来。你须得好好地养育它，它便慢慢地坚强了。这头你现在畏惧的雄牛，在它小的时候你曾抚摩过；这株你在它荫下高卧的大树，起初不过是一根小小的枝儿；江河是涓滴而成的。设法使你的美人和你熟稔：因为唯有习惯最有力量。要得到她的心，切莫在任何敌人前面退却。要使她不断地看见你；要使她不断地听见你的声音。日间、夜间，你须得常常在她眼前。可是当你坚决地相信她能念念不忘你的时候，你便离开她，要使你的离别给予她一些牵挂，给她一些休息：一片休息过的田耕种起来是愈加丰盛的，一片干燥的土吮吸起雨水来是愈加猛烈的。菲丽丝当岱莫冯在她身边的时候，她的爱情是并不十分热烈的，一等他航海去后，她的情焰却高涨起来了。珀涅罗珀因为聪明的奥德修斯的离别而痛苦；而你的眼泪，拉俄弥亚达啊，将那菲拉古斯的孙子喊回来。可是，为谨慎起见，你的离别总应该以短一些为是：时间会减弱牵挂之心。长久看不见的情郎是容易被遗

忘的：别人将取而代之了。墨涅拉俄斯不在家的时候，海伦忍不住孤眠的滋味，便去到她家的宾客的怀中去温存了。墨涅拉俄斯，你是多么傻啊！你独自个走了，把你的妻子和你的宾客放在一个屋子里。傻子！这简直是把温柔的鸽子放在老鹰的爪子里，把柔羊托付给饥饿的血口！不，海伦是一点也没有罪，她的情夫也一点没有罪。他做了你自己或是随便哪一个人可以做的事。那是你强迫他们私合的，供给了他们时间和地点。这可不仿佛是你自己叫你的年青的妻子这样做的吗？她做什么呢？她的丈夫是不在家；在她旁边是一个并不粗蠢的宾客，而且她又是生怕孤眠的。请阿特拉斯的儿子想一想他要怎样罢：我是宽恕海伦的，她不过利用一个多情的丈夫的殷勤而已。可是，那被猎人放出猎犬去追的时候的狂怒的野猪；那正在哺乳给小狮子吃的牝狮；那旅人不小心踏着的蝮蛇；都没有一个在丈夫的床上捉住情敌的女子那样地可怕。她的狂怒活画在她的脸上：铁器，火，在她一切都是好的；她忘记了一切的节制，她跑着，像被阿沃尼亚的神祇的角所触动的跳神舞女一样。丈夫的罪恶，结发夫妻的背誓，一个生在法茜斯河畔的野蛮的妻子在她儿子身上报复了。另一个变了本性的母亲呢，那就是这只你所看见的燕子。你看着它，它胸头还染着鲜血。那最适当的配偶，最坚固的关系便是这样破裂的：一个聪明的男子不应当去煽起这种妒忌的暴怒。严刻的批评者啊，我并不判断你只准有一个情妇。天保佑我！一个已结婚的女子是很难守着这种约束的。娱乐吧，可是须得谨慎；你的多情的窃食须要暗藏着，不应该炫耀出来。不要拿一件别一个女子可以认得出来的礼物送给另一个女子；改变你们的幽会的地点和时间，莫使别一个女子知道了你的秘密来揭穿你。当你写信的时候，在未寄之前须细细地重看一遍：许多妇人都能看得出弦外之音来。被冒犯了的维纳斯拿起了武器，来一箭，还一箭，使那放箭的人也受到苦痛。当阿特柔斯的儿子满意他的妻子是她是贞洁的；她的丈夫的薄幸使她犯了罪。她知道了那个手里拿着月桂冠，额上缠着圣带的克律塞斯不能收回自己的女儿了。她知道了，利尔奈索斯的女子，那引起你的痛苦又经过可耻的迟延而延长战争的掠劫。那些她不过是耳闻罢了，可是那泊里阿摩斯的女儿，她是亲眼看见的，因为，真可羞，那个胜利者反倒做了他的俘虏的俘虏了。从此那廷达瑞俄斯的女儿便让堤厄斯忒斯的儿子隐到她心中，投到她床上了，她用一种罪恶去报复她丈夫的罪恶。

假如你的行为，虽然隐藏得很好，一朝忽然暴露了出来，或者竟是被发觉出来，你须得要否认到底。不要比平常更卑屈、更谄媚些，因为这就是贼胆心虚的表达。你须要用尽平生的力，用那对于情战的完全的精力。和平只有这样才换得到：应当用眠床来证明你以前没有偷尝过维纳斯的幽欢。

可是多才的爱拉陀啊，你为什么使我迷失在这些邪术中？回到我的车子所不能越

出的正途吧！刚才我劝你隐藏你的薄幸，现在我却劝你换一条路走，表现出你的薄幸来。不要骂我自相矛盾！船并不是每阵风都适宜的；它航行在波上，有时被从脱拉喀阿来的北风推动着，有时被东南风推动着；温暖的西风和南风轮流地送着它的帆。你看那架车人罢：有时他放松了缰绳，有时他勒住了那狂奔的马。有些女子是不喜欢怯懦的顺从的，没有一个情敌，她们的爱情是要冷淡下去的。幸福时常使我们沉醉，但是人们却持久享着它。火没有了燃料便渐渐地熄灭下去，消隐在白白的灰底；可是一撒上硫磺，那好象是沉睡了过去的火便重新燃烧而放出一道崭新的光芒来。因此，假如一颗心憔悴在一种无知觉的麻痹中，你便应用嫉妒的针去刺醒它。你须要使你的情妇为你而不安生；唤醒她冷去的心的热焰；使她知道你的薄幸而脸儿发青。哦，哪有一个自觉受了欺凌而啜泣的情妇的人，是一百倍、一千倍的幸福啊！那她还愿意怀疑的他的犯罪的消息一传到她耳边，她就晕过去了；不幸的女子啊！她脸儿和声儿同时都变了。我是多么愿意做那被她在暴怒中拨着头发的人啊！我是多么愿意做那被她用指甲抓破脸儿又使她看了落泪的人啊！她怒看着这个人，没有了他，她是不能活的，但是她是愿意活的！可是你要问我了，我应当让她失望到什么时候呢？我将回答你：时间不可长，否则她的怒气就要有力。赶快用你的手臂缠住她的玉颈，将她涕泪淋漓的脸儿紧贴在你的胸口。给她的眼泪以蜜吻，给她的眼泪以维纳斯的幽欢，这样便相安无事了。这是息怒的唯一的方法。可是当她怒不可遏时，当她对你不肯罢休时，你便请求她在床上签订和平公约；她便柔和下去了。要不用武力而安处在和议厅中正是这样的，相信我，宽恕是从那个地方产生的。那些刚才相争过的鸽子亲起嘴来格外有情，而它们的鸣声是一种爱情的语言。宇宙起初不过是一团混沌，其中也不分天、地和水。不久天升到地面上，而海又环绕着陆地，而空虚的混沌便变成各种的原型了。树林做了野兽的居所，空间成了飞鸟的家乡，游鱼则潜藏在水底。那时人类孤寂地漂泊在田野间，他们只是有力而无智，只是个粗蛮的个体。他们以树林为屋，以野草为食，以树叶为床；他们长久地互不相识。别人说，那柔化了他们的蛮性的是使男子和女子合在一张床上的温柔的快乐。他们要做的事情，他们单独地学会了，也用不着请教先生：维纳斯也不用艺术帮忙，竟完成了她的温柔的公干。鸟儿有它所爱的牝鸟；鱼儿在水中找到一个伴儿来分享它的欢乐。雌鹿跟随着雄鹿；蛇和蛇合在一起；雄狗和雌狗配对；母羊和母牛沉醉在公羊和雄牛的抚爱中；那雄山羊，随它如何不洁，也不会使放荡的雌山羊扫兴。在爱情的狂热中的牝马，甚至会越过河流到远处去找雄马。勇敢啊！用这些强有力的药去平息你的情妇的怒；这种药能使她的深切的苦痛睡去；这是比马卡翁一切的液汁都灵验；假如你有过失的话，只有它能够使你得到宽恕。

　　我的歌的主题是这样，忽然阿波罗现身在我面前；他用手指弹拨着他的金琴。一

425

枝月桂在他手中；一个月桂冠戴在他头上。他用一种先知的态度和口气向我说："放纵的爱情大师，快把你的弟子们领到我的殿中来罢。他们在那儿可以念那全世界闻名的铭文：'凡人，认识你自己。'只有那认识自己的人在他的爱情中才会聪明，只有他才会量力而行。假如老天赐与他一副俏脸儿，他应该要知道如何去利用它；假如他有一身好皮肤，他须得时常袒肩而卧；假如他话说得很漂亮，便不可默默地一声也不响。他假如善唱；就应该唱，善饮，就应该饮。可是烦琐的演说家和怪癖的诗人啊，千万不要朗诵你们的散文或诗来打断谈话。"斐菩斯的教言是如此。有情的人们啊，服从斐菩斯的高论罢！你们可以完全信赖这从神明的口中发出来的言语。可是我的题旨在呼唤我了。凡是谨慎地爱着又听从我的艺术的教条的人，总一定会胜利而达到他的目的。

田不常有好收成，风也不常帮助渡舟人。欢乐很少而悲痛却很多，这就是多情的男子们的命运。愿他准备着那灵魂去受千万的折磨罢。阿笃斯山上的兔子，希勃拉山上的蜜蜂，荫密的菲拉丝树上的珠果，海滩上的贝壳，这些比起恋爱的痛苦来真是轻极了。我们所中的箭上是满蘸着苦胆的。正当你看见你的情妇是在家的时候，他们却会对你说她已经出去了。有什么要紧，算她已出去，你的眼睛看错了就是了。她许诺你在夜间见你，而到了夜间她的门却关得紧紧的。忍受着，睡在肮脏的地上。或者有个撒谎的侍女前来粗蛮地向你说："你为什么拦在我们门前？"那时你便当恳求这忍心的侍女，甚至那闭着的门，又把那在你头上的蔷薇放在门槛上。假如你的情妇愿意见你，你便跑进去；假如她拒绝你，你便应当跑开了。一个有教养的人是不应该做引人憎厌的事的。你难道要你的情妇说"简直没有方法避免这个可厌的人"吗？美人儿总是喜怒无常的。不要怕羞去受她的辱骂，挨她的打，或是去吻她的纤手。

可是，我为什么要说到这样琐细的地方去呢？我们且注意于重要的题目吧！我要唱重大的事项了。老百姓，请当心着啊！我的企图是冒险的；可是没有冒险，哪里会有成功？我的功课所要求的是一件繁难的工作。耐心地忍受着一个情敌，你的凯旋才靠得住，你才可以得胜进大朱庇特的神殿。相信我，这并不是凡夫的俗见，却是希腊的橡树的神示。这是我所授的艺术的无上的信条。假如你的情妇向你的情敌做眉眼、打手势，你要忍受着。她写信给他，你切莫去碰一碰她的信，听她自由地来来去去。多少的丈夫以这种殷勤对他们的发妻，尤其是当一觉好梦来帮助瞒过他们的时候！至于我，我承认我是不能达到完善的地步。怎么办呢？我还够不到我的艺术。什么！在我眼前，假如有人向我的美人眉眼传情起来，我便痛苦得不得了，我忍不住要生气了！我记得有一天有人和她接了一个吻；我便攻击这一吻；我们的爱情充满了无理的要求！而这个毛病在女人身旁伤害我不知多少次。最老练的人是允许别人到他情妇那儿去。最好是装聋作哑，什么也不知道，让她掩藏着她的不忠，不然，久之她脸也不会红一红了。年青的多情人啊，千万不要去揭穿你们的情妇。让她们欺骗你们，让她们在欺骗你们的时候以为你们是受她们好话的骗的。揭穿一双情人，那一双情人的爱情反而愈深了；等到她们两个利害相关的时候，他们便坚持到底以偿他们的损失了。有一个故事是全奥林匹斯都知道的：就是那伏尔甘用奸计当场拿获玛斯和维纳斯的故事。那玛斯神狂爱着维纳斯。这凶猛的战士便变成一个柔顺的情人了。维纳斯对他也不生疏，也不残忍，她的心比任何女神都温柔。别人说，那个热恋着的女子多少次嘲笑着她的丈夫的跛行，和他的被火或是被工作所弄硬的手！同时，她在玛斯的面前学起伏尔甘的样子来：这样在他看来是娇媚极了，而她的讽刺的风姿更使她的美加高千倍。他们起初还只是偷偷摸摸地爱着，他们的热情是掩藏着而且是害羞的。可是"太阳"却向伏尔甘揭露出他的妻子的行为来。你给了一个多么不如意的例子啊，"太阳"！你不如去向维纳斯去请赏吧！对于你的保守沉默，她总会给你些东西做代价的。伏尔甘在床的四周和上边布着些穿不透的网；这是眼睛所不能看见的；然后他假装动身到兰诺斯去。这一双情人便来幽会了；于是双双地，赤条条地被捕在网中了。伏尔甘召请诸神，将这一双捉住的情人给他们看。别人说，维纳斯是几乎连眼泪也忍不住了。这两个情人既不能遮他们的脸，又不能用手蔽住那不可见人的地方。那时有一个神祇笑着说了："诸神中最勇敢的玛斯，假如铁链弄得你不舒服，把它们让给我罢。"后来奈泊都诺斯请求伏尔甘，他才放了这两个囚犯。玛斯避到脱拉喀阿去，维纳斯避到巴福斯去。伏尔甘，依你说这于你有什么好处呢？不久之前他们还掩藏着他们的爱情，现在却公开出来了，因为他们已打破一切的羞耻了。你常常承认你的行为是愚笨而鲁莽的，而且别人说你正忏悔着你自己的谋划。我不许你设计陷害人，那被丈夫当场拿获的狄俄涅也禁止你设那种她曾受过苦的陷阱。不要布罗网去害你的情敌，不要去盗取秘密的情书。就是要做，也得让她的正式丈夫去做。至于我，我重新申说一遍，我这儿所唱的只是法律所不禁的幽欢。我们不能把任何贵妇混到我们的游戏中来。

谁敢将刻瑞斯的圣祭和在刹摩脱拉凯独创的庄严的教义揭露给教外人看呢？守密是一件微小的功德。反之，说出一件不应当说的事来却是一个大大的罪过。不谨慎的坦塔罗斯不愿取得那悬在他头上的果子，又在水中渴得要死，那简直是活该。岂带雷阿尤其禁止别人揭穿她的秘密，我警告你，任何多言的人都不准走近她的祭坛去。维纳斯的供养并不是藏在柜中的，献祭的时候钟也不是连连地敲着的，我们大家都可以参与，这有一个条件，就是大家都须守秘密。就是维纳斯自己，当她卸了衣裳的时候，她也用手把她的秘密的销魂处遮住。牲畜的交尾是到处可以看到的，人人可以看到的；可是少女们即使已经看见了，总避而不看。我们的幽会所不可少的是一间闭得很紧的房间，而且把我们的不可示人的东西用布遮住。假如我们不要幽暗，至少也要半晦或

是比白昼暗一些。在那还没有瓦来遮蔽太阳和雨的时代，在那以橡树来做荫蔽作食料的时代，多情的人们不是在光天化日之下，而是在山洞里和林底里偷尝爱情的滋味。那种野蛮的时代已经重视羞耻了！可是现在我们却标榜着我们夜间的功绩，我们以高价换得的是什么呢？讲它出来是唯一的快乐；而且在到处细说着一切女子的娇爱。要碰到一个人就说："这个女子我也曾结识过。"要时常有一个女子可以指点给别人看，要使一切你想染指的女子都成了轻佻的谈话的对象。这还不算数，有些人造出些故事来，听他们的话，他们是能得到了一切女子的恩眷的。假如他们不能接触她们的身体，他们能够坏她们的名声；身体虽然贞洁，而名声却坏了。可憎的守卒，现在请你滚开吧，把你的情妇关起来，门上加着重重的闩锁。对于这些自欺地夸耀着说已得到了她其实不能到手的幸福的人，这些防范又有什么用呢？至于我们呢，我们只含蓄地讲着我们的真实的功绩；我们的偷香窃玉是受一种不可穿透的缄默的神秘所保护着的。

你尤其不可以对一个女子指出她的坏处：多少的情人都是装聋作哑地过去！安德洛墨达的脸的颜色，那每只脚上有一双翼翅的人是从来不批评的。安德洛玛刻的身材是大众认为过高的，只有一个人认为修长合度，他就是赫克托尔。你所不爱看的应该去习惯，你便很容易受得下去了；习惯成为自然，而初生的爱情却是什么也注意不到的。这开始在绿色的树皮中滋育着的嫩枝，假如微风一吹，它就要折断了，可是不久随着时间牢固起来，它甚至能和风抵抗，而且结出果子来了。时间消灭一切，即使是那体形的丑陋，而那我们觉得不完美的，久而久之也成为完善的了。在没有习惯的时候，我们的鼻子是受不住牛皮的气味的，久而久之鼻子闻惯了，便不觉得厌恶了。而且还有许多字眼可以用来掩饰那些坏处。那皮肤比伊里力亚的松脂还要黑的女子，你可以说她是浅棕色。她的眼睛是斜的呢？你可以把她比作维纳斯。她的眼睛是黄色的呢？你说这是密涅瓦的颜色。那瘦得似乎只有奄奄一息的，你就说是体态轻盈。矮小的就说是娇小玲珑，肥大的就说是盛态丰肌。总而言之，用最相近的品质来掩饰那些坏处。

不要向她问年龄，更不要打听她的出身。让督察官去施行他的责任吧，尤其当她是已不在青春的芳年中了，良时已过，而她已在拔她的灰白的头发的时候。青年人啊，这个年龄，或者甚至是更老一点的年龄，并不是没有用的。是啊，这片别人所轻视的田却有收成；是啊，这片田是宜于播种的。努力啊，当你的力气和青春可以对付的时候；不久那使你伛偻的衰老就要悄悄来临了。用你的桨劈开海水，或是用你的犁分开泥土，或是用你的孔武有力的手拿着杀人的武器，或是用你的男子的精力和殷勤去供奉妇人。这最后的一种也是一种军队服役；这最后一种也能得到收益的。加之这些妇人对于爱情的工作都十分渊博，而且她们都是有经验的，因为只有经验才会造就艺术家。她们用化装盖去了时间的侵害，又小心地不露出老妇人的样子来；她会体贴你的心情，做出许多姿态来，随便哪一集秘戏图都没有比她多变化。在她身上，幽欢不是由人工的激动而生出来的；那真正温柔的幽欢是应当是男子和女子都有份的。我恨那些不是两方同样热烈的拥抱。我恨那些"应该"委身过来而委身过来的女子，她一点也感觉不到什么，还在想着她的纺锤。那种因为是本份而允许我的欢乐，在我是不成为欢乐的。我不要一个女子对我有什么本份。我愿意听见她那泄露出她所感受到的欢乐的声音，和恳求我延长她的幸福的声音。我爱看她沉醉着快乐，懒洋洋地凝看着我；或是憔悴着爱情，长久地不愿人去碰她一碰。可是这种利益，老天是不赐予青年人的，要到中年才能遇到。性急的人去喝新酒吧；我呢，你倒那一直从前任执政官时代就盛在一个双杯中的我们祖先所酿的陈酒给我们喝吧！槲树要经过许多岁月才能抵抗福波斯的光，而那新割过的草地却伤了我们的脚。什么！在赫耳弥俄涅和海伦之间你宁愿要赫耳弥俄涅吗？而高尔葛又胜过她的母亲吗？总之，你要尝成熟的爱情的果子，如果你不固执，你总会如愿以偿的。

现在那个从犯——床——已接受了我们的一双有情人了：缪斯啊，在他们的闭着的卧室的门前止步吧！没有你，他们也会找出许多的话来的，而且在床上他们的手是不会有空闲的。他们的手指也会在阿诺尔欢喜把他的箭射过去的神秘的地方去找事情做的。从前那最英武的赫克托尔是如此对付安德洛玛刻的，赫克托耳所擅长的并不只是打仗。那伟大的阿喀琉斯也是如此地对付他的利尔奈索斯的女俘虏的，当他战乏了，睡在一张柔软的床上的时候。勃丽赛伊丝啊，你一点也不畏惧地受着那双沾染着特洛伊人的血的手的抚爱。陶醉的美人啊，那时你所最爱的，可不正是感到那胜利者的手紧搂着你那回事吗？相信我，不要太急于达到那陶醉的境地；你须得要经过许多次的拖延，不知不觉地达到那境地。当你已找到了一个女子所最受抚爱的地方，你须得不怕羞去抚爱。于是你会看见你的情人的眼睛里闪着一道颤动的光，像水波所反映出来的太阳光一样。随后是一阵夹着甜蜜的低语的怨语声，醉人的呻吟，和那兴奋起爱情的蜜语。可是你不要把帆张得太满而把你的情人落在后面，也不要让她走在你前面。目的是要同时达到的。当男子和女子两个都同时战败了，一点没有力气地瘫着，那正是无尚的欢乐啊！当你悠闲自在的时候和没有恐怖来催你匆匆了事的时候，这就是你应该遵照的规则，可是当延迟会发生危险的时候，那时你便弯身在桨上竭力地划着，而且用刺马轮刺着你的骏马。

我的大著快要结束了。感恩的青年人啊，给我棕榈，而且在我的熏香的发上给我戴一个石榴花冠吧！犹如包达里虑斯在希腊人中以医术出名，埃阿科斯的孙子以武勇出名，涅斯托耳以机警出名，犹如卡尔卡斯之于占卜，忒拉蒙的儿子之于统兵，奥托

429

墨冬之于驾车。我呢，我的精于爱术亦如此。多情的男子，歌颂你们的诗人啊；使我的姓氏为全世界所颂扬。我把武器供给你们，胡尔迦奴思把武器供给阿喀琉斯；愿我的礼品给你们胜利，正如阿喀琉斯的得到胜利一样。而且我希望凡是用我所赠的剑的人们战胜了一个阿马逊人之后，在他们的战利品上这样写："奥维德是我的老师。"

可是现在那些多情的少女们前来向我讨教了。青年的美人儿，为了你们，我才留下后面的诗章。

第 三 章

　　我刚才武装起希腊人来战阿马逊人。班黛西莱亚啊，现在我要拿武器给你和你的骁勇的军队了。用相等的武器去上阵吧；胜利是属于那第奥奈和张着翼翅飞行全宇宙的孩子所宠幸的人。让你们一无防御地受着那武装得很好的敌人的攻击是不应该的：而在你呢，男子，这样战胜了也是可耻的。

　　可是或许有一个人要说了："你为什么还要拿新的毒液给蝮蛇啊？你为什么要把羊棚打开让凶猛的雌狼进来啊？"请你们不要把几个女人的罪加到一切女人的身上去，我们应该照她们各人的行为来各自做判断。阿特柔斯的幼子和长子可以提出一个严厉的责备，一个是对于海伦的，一个是对于海伦的姊姊的；达拉奥思的女儿厄里费勒的罪，活活地将骑着活马的奥伊克葛斯的儿子赶到司底克斯河岸上去。但是珀涅罗珀当她的丈夫十年征战、十年漂泊的时间内守着贞节。请想想那费拉古斯的孙子和那在如花的年纪追陪他到黄泉中的人罢。巴加沙的女子用了自己的生命把她的丈夫——斐端斯的儿子的生命重买回来。"接受我呀，卡帕纽斯，我们的骨灰至少要合在一起的，"伊菲亚斯说着，便纵身跳到焚尸场中去了。

　　德行是以女子为衣，以女子为名的，她受它的恩宠难道是可诧异的吗？然而我的艺术却不是教这些伟大的灵魂的，我的船只只要较小一点的帆就够了。我只教授轻飘的爱情。我将教女人如何会惹人怜爱。女人不懂得抵抗阿谟尔的火和利箭；我觉得他的箭穿入女子的心比穿入男子的心会更深。男子们是欺人的，纤弱的女人们欺人的却不多。你且把女性来研究一下吧，你就会发现负心的是很少的。那已做了母亲的生在法茜丝岸上的女子，受了伊阿宋的欺骗和抛弃，那埃宋的儿子在怀间接受了另一个新娘。忒修斯啊，阿里阿德涅独自个被抛弃在她所不认识的地方，几乎做了海鸟的食料。你去考查一下为什么有一条路叫"九条路"，回答是：树林哭泣着菲丽丝把它们的叶子落在她的坟上。你的宾客是虔信人的名誉的；然而，艾丽莎啊，你从他那儿接受了一把剑和失望，便自杀了。不幸的人们啊，我将告诉你们这个惨遇的原因：你们不懂得恋爱。你们缺少艺术，而那使爱情持久的正是艺术。就是到今日她们仍旧不懂得，可是那库带拉的女神命我把我的课程去教予女子。她现身在我面前对我说："那不幸的女

子有什么得罪了你吗？你将她们那些没有抵抗力的队伍投到武装得很好的男子们那儿去。那些男子，你已为他们著了两卷书，已把他们的爱术教得精通了；女性自然也轮到受你的功课了。那起初贬骂那生在忒拉泊奈的妻子的人，随后在一篇更幸福的诗中歌颂她了。假如我认识曾经爱过女人的你，请你不要叫她们吃亏吧！这个服务的报偿，你一生之中都可以要求的。"当她站在我面前的时候这样说着，又从那戴在她头上的石榴冠上，摘下了一片叶子和几粒石榴给我。当我接受的时候，我感到一个神明的感召：空气是格外光辉而清净，而工作的疲倦又绝对不压在我心上了。当维纳斯对我感兴趣的时候，女子啊！到这里来求学罢！贞节和法律都准许你；你的利益也在邀请你。从今以后请你想一想那不久将来到的衰老罢：这样你便不会把流光虚掷了。当你还能玩的时候，当你还在生命的春日的时候，娱乐啊！年华如逝水一样地流去了，逝波是永不会回到源头的；时光一朝过去，也一样地去而不返。不要辜负了好时光：它如此快地逝去了，今日是总不如昨日好的。在这些荆棘丛生的地方，我曾经看见紫罗兰漫开过；这枝生刺的荆棘从前曾经供给过我很好的花冠。你现在年纪还轻，推开了你的情郎，可是当有一个时刻来到了，衰老又孤单，你夜间将在孤冷的床上颤栗着了。你的门不会被情敌们的夜间的争执所打破，而且在早晨，你更不会看见在门槛上铺满了蔷薇。啊啊！我们的皮肤是那样快地起皱了！我们的灿烂的容颜是那样快地改变了！那你发誓说你做少女时就有的白发就要满头了。蛇蜕了皮就蜕掉了它的衰老，鹿换了角便又变作年轻了；可是时间从我们那儿夺去的长处是什么都不能弥补的：花开堪折直须折，莫待无花空折枝啊多生孩子是格外能使人衰老得，收获的次数太多会把良田弄枯。"月"啊，恩底弥翁在拉特摩山上没有使你害羞愧，而凯发路斯之被蔷薇手指的女神所抢得是没有什么可羞的，而阿多斯更是不用多说了，维纳斯到现在还哭着他；她的女儿埃涅阿斯和哈耳摩尼亚是从哪儿来的呢？凡女啊，你们须学着神仙的榜样，不要拒绝你们的情郎所渴望的，你们可以给他们那些欢乐。假设他们欺骗了你们，你们会损失些什么呢？你们所有的一切，你们仍旧保留着。一千个人可以得到你们的恩宠，可是他们不能损失你万一。功夫久了，铁石都会磨穿；可是我所说的那件东西却能抗拒一切，你也用不着怕有丝毫损失。一支蜡烛在借一个火给别一支蜡烛的时候会失去光亮吗？小小的一勺会枯了沧海吗？可是，或许有一个女子回答男子说："没有办法。"什么？你会损失什么？不过是你拿来洗浴的水吧！我并不是劝你委身于一切过路人的。不过请求你不要怀疑有什么损失吧：在你赐予的时候，你是一无损失的。不久我是要一阵更有力的风了；现在我还在港口，一阵轻风已足够送我向前了！

我先从冶容之术开始。栽培得好好的葡萄能获得多量的酒；耕耘得好好的田收获就丰富。美貌是天赐的礼物；可是能以美貌来骄傲的有几个！你们之中有许多人都没有接受到这种馈赠。冶容之术会给你一张俊俏的脸儿。一张脸儿假使不事修饰，即使它是像伊达良的女神的脸儿一样，也会失去它的光彩。假如从前的女子们不关心冶容，那么她们的丈夫也就不会关心她们了。假如那披在安德洛玛刻身上的衫子是粗布做的，值得诧异吗？她的丈夫不过是一个粗鲁的兵。有人可看见阿瑞斯的妻子装束得很华美地去见她的以七张牛皮做盾的丈夫吗？从前一种乡村的纯朴统治着；现在的罗马却璀璨着黄金又拥有它所征服的全世界的浩漫的财富。你且看看现在的加比都良和从前的加比都良罢；人们会说这是供奉另一个朱庇特的了。元老院现在很配那庄严的集会。在达丢斯王治国的时候，它不过是一处简单的茅舍而已。这巴拉丁山，在那里有阿波罗和我们的领袖们保护之下的灿烂的大厦，在那时是什么呢？一片耕牛的牧场而已。让别人去夸耀以前吧；我呢，我是自庆生在今世的。现在这世纪是合我的脾胃的。这可是因为在今日人们从地下采取黄金，从各处海岸上采取珠贝，看见山因采取大理石而消灭下去，和我们的大坝把青色的波涛打退了吗？不是的。是因为现在人们讲究冶容之术，而长久留在我们祖先时候的鄙野，到我们这时候已不存在了。可是你们却也不要把那些黑色的印度人在绿水里采来的高价的宝石挂在耳上，也不要披着那妨碍你们的轻盈的、坠着黄金的锦衣。这种场面，你们本来是想用来引诱我们的，结果却反将我们吓跑了。

素雅的装束才会使你惹人怜爱。不要把你们的头发弄乱。梳头妈妈的手能够增加美丽或是减少美丽。梳头有许许多多的式样；每人选择一个适合自己的式样，第一要紧的就是要照一照镜子。脸儿长的须得将头发分梳在额上，不用什么装饰，这就是拉俄达弥亚的梳法。把头发梳起来，在额前梳成一个小髻，让耳朵露出来，这种梳法适合圆脸的女子。有的少妇让长发披拂在肩头，和谐的福玻斯啊，正像你一样，当你在调琴时。有的却应该梳起辫子，像那老是穿着短短的衫子在林中追逐猛兽时的狄安娜一样。有的飘着卷曲的头发使我们着迷；有的把头发梳得平平的，贴在鬓边，使我们销魂；有的应该簪着玳瑁的梳子做装饰；有的应该把头发卷着波纹。浓密的橡树的橡实，希勃拉山的蜜蜂，阿尔贝山的野兽都可以计算得出，而每日出来的梳头的新花样却数也数不清。随便的梳妆有许多人是相配的，这种梳妆别人以为是前一日梳了现在重新整理一下的。艺术应该模仿偶然。在破城后，伊俄勒现身于赫拉克勒斯之前的时候也是这个模样的；赫拉克勒斯一见她就说："我所爱的正是这个人。"而你，被弃的格诺梭斯地方的女儿，当你在萨堤罗斯们的"葛荷艾"呼声中被巴克斯举到他的车上的时候，你也是这个模样的。女人啊，老天对于你们的爱娇是多么地肯尽力帮忙，你们有千种的方法来补救时间的损害；至于我们男子呢，我们简直没有方法去掩盖时间的损害；我们的被年岁带去的头发，像被北风所吹落的树叶一样地凋落。女人呢，用

433

格尔马奈的草汁来染她们的白发；技术赠予与她们一种假借的颜色，比天然的颜色更好看。女人呢，戴着她刚买来的茸厚的头发走向前来，而且，只要花几个钱，别人的发就变成她们的了。而且她们是公然在赫拉克勒斯和缪斯们面前买假发也不害羞的。

关于衣饰我说些什么呢？那种华丽的镶边和用帝路司红染过的毛织物和我有什么关系呢？价值便宜些的颜色多着呢！为什么要把你全部的财产全背在身上呢？你看这天蓝，正像被南风吹散了雨云的晴天一样；你看这金黄，这正是从伊诺的毒计中救出佛里克索斯和赫勒来的公羊的颜色，这绿色模仿着海水，由海水而得到它的名称。我很愿意相信这是水上仙子的衫子。这个颜色像郁金草，就是那沾着露水驾着光耀的骏马的女神的郁金草衫子的颜色。那里你可以找到巴福斯的番石榴的色彩，这里有紫红宝石色、苍白的蔷薇色或是脱拉岂阿的鹤羽色。我们还有阿马里力斯啊，你所爱吃的栗子的颜色，杏仁的颜色和从蜜蜡得到名称的布的颜色。毛织物所染的颜色，是和那春天的温息使葡萄抽芽又驱逐了那闲懒的冬天的时候地上所发的花枝的颜色一样多，也许还会更多些。在这许多颜色之间，你随意选择罢！因为一切颜色不是都适合于一切女人的。黑色是配合皮肤皎白的女子的，黑色是适合于勃丽赛伊斯的，当她被掠的时候，她正穿着黑色的衣裳。白色是适合于棕色的女子的，刻甫斯的女儿啊，一件白色的衫子使你变成格外娇媚，这就是你降落到赛里福司岛时所穿的衣裳的颜色。我正要告诉你不要使你腋下有狐臭，不要使你的腿上蓄起粗毛。可是我的功课并不是教授那些住在高加索山岩下的和喝着米西亚的加伊古司河水的女子的。叫你们不要疏忽把牙齿弄干净或每天早晨在梳妆台上洗净脸有什么用呢？你们会用铅粉来涂白你们的脸儿，皮肤天生不娇红的人可以用人工使它红的。你们的艺术还能补救眉毛离得太开的毛病，又能用"颜妆"贴住你们年龄留下痕迹。你们更不要害羞去用细灰或是生在澄清的启特诺斯河岸上的郁金草染在眼圈上来增添你们眼睛的光彩。关于那些使你美丽的方法，我已著有专论，虽然是短短的，却很精致重要。不被老天所宠幸的青年女子，你们亦可以到那儿去讨救兵：我的艺术是毫不吝啬以有益的话来教你们的。

可是不要使你的情郎瞥见你摊满了小盒子坐在桌旁，要让艺术使你美丽而不给别人看见。看见那酒滓儿满涂在你们的脸上，因重而垂下来流到你胸头，谁会不厌恶呢？那以脂质液来做原料的粉的气味是哪样的一种气味啊！虽然这液体是从没有洗过的羊毛中取出、从雅典运来的。我更不劝你在别人面前用鹿髓，或是在别人的面前净牙齿。这些我很知道是能使你格外娇媚，可是那种光景却是不很体面的；多少事情在做的时候是何等的难看，而当做好之后却使我们看了何等的喜欢！今天你们看看这些雕像，勤苦的米罗的杰作，在从前不过是一块顽石，一块不成形的金属。要做一个金戒指是先要锤金的；你现在所穿的衣裳从前只是一些不干净的羊毛。这大理石像，从前只是一块不成东西的石头，而现在已成为著名的雕像，这是在绞去头发上的水的裸体的维纳斯。同样，当你们在的美上用功夫的时候，你们让我们以为还睡着吧：待你们妆成后出来，好处就多了。为什么要我知道你们的脸儿皎白的原因呢？把你们卧室的门关起来吧！为什么要把那不完全的工程显露出来呢？有许许多多事情男子是应该朦胧的。假使内幕被我们看穿了，差不多什么外表都会受我们讨厌的。戏场上金色的饰物，你仔细去看看，那不过是一块木头上包了一层薄薄的金叶子罢了！戏不演完是不准看客走近去看的。因此你们应当在男子们不在旁边的时候扮装，这是同样的理由。然而我却并不禁止你们在我们面前叫人梳理头发：我爱看你们的发丝披拂在你们的肩头。可是你应当没有丝毫坏脾气，又不可叫人几次三番地拆了又梳，梳了又拆。不要使你们的梳头妈妈对于你们有所恐惧。我恨那些用指甲抓破梳头妈妈的脸和用发针刺她的手臂的女人。她咀骂着她的女主人的头——那她还捧在手上的头，同时，她流着血把她的泪滴到那可恶的头发上。一切不能夸耀自己的头发的女子应得在门旁放一个步哨，或者老是在善良女神庙里去梳头。有一天，他们向一个女子通报我的突然的光临：在匆忙之中，她把假发都装倒了。愿这样大的侮辱加在我们的仇敌的身上去吧！愿这种耻辱备给巴尔底的女子吧！一只牛没有角、一片地没有草、一株树没有叶和一个头没有发都是极丑的东西。塞墨勒或是勒达啊，我的课程并不是教你们的，被一头假牛所载到海外的西同的女子啊，我的课程也不是教你的，更不是教海伦的。这海伦，墨涅拉俄斯啊，你索取她理应正当的，而你，抢她的特洛伊人啊，你不放她亦是有理由的。我的女弟子群中美的丑的都有，而丑的尤其占大多数！美的女子不必一定需要我的功课的帮助和教训，他们有那属于她们自己的美，并不需要艺术来施行它的权威。当大海平静的时候，舵工是可以平安地休息的；起了风浪的时候，他便不离开舵了。可是一张没有缺点的脸儿是很少的！藏过这些缺点，而且，尽力地减少你身体上的不完善。假如你较矮的，你便坐着，因为怕你站着的时候使人还以为你是坐着；假如你是矮子，你便应当躺在床上。这样躺着，别人便打量不出你的身材了。更用一件衫子把你的脚遮住。太瘦小，你便穿厚布的衣服，再用一件很大的大氅披在肩上。惨白的脸便须搽上胭脂，棕色的脸便得向法鲁斯的鱼去讨救兵。畸形的脚须得藏在精细的白皮鞋里；干瘦的腿切莫不裹皮带露出来被人看见。薄薄的小垫子补救了肩头的高低不齐；假如胸脯扁平的，便得遮一块胸垫。假如你的手指太粗或是你的指甲太粗糙，说话的时候千万不可做手势；口气太重的女子，在肚子饿的时候切不可说话，而且对男子说话的时候也应得站得远远的。假如你的牙齿太黑、太长、太不整齐，那么你一笑就大糟而特糟了。

　　谁会相信呢？女子甚至还学习如何笑，这艺术能使她们格外娇美。口不要开得太

大；要使你小小的酒窝窝儿，使下唇盖住上面的牙尖。笑的时候不要太长久，笑的次数不要太多，这样你的笑声就温柔、细腻，人人爱听了。有的女子扭曲了她们的嘴大笑，做出怪难看的样子；有的女子大声地笑着，我们听起来却像是在哭着。还是一些女子拿那粗蠢而不愉快的声音来扰乱我们的耳朵，正像那牵磨的老母驴子鸣叫一样。艺术哪一处不伸张到啊？女子甚至还学习哭得好看呢！她们流着眼泪，在她们要哭或者好像要哭的时候。那些吃去了重要的字母和勉强使她的舌头格格不吐的女人我又怎样说呢？这种读音的毛病在她们是一种娇美：她们学习着说得更好些。这是琐细的事，可是既然是有用的，你便得当心研究。你们须学着和女子适合的步法。在步履中有一种不可忽视的美，它能够吸引或是推开一个你所不认识的男子。这一个，臀部摆动得合法，使她的长衫随风摇曳，尊贵地一步步地向前走去。那一个，像一个翁勃利的村夫的黄面婆一样，跨着大步走着。关于这一点，正如和其他事件一样，应当有个度。这一个太乡下气了，那一个太柔软太小心了。而且，你须得让肩头和左臂的上部露出来。这事对于皮肤雪白的女人尤其适合。被这种光景所激动，我会渴望去吻着我从那肩头所见的一切。

西兰们是海上的妖精，她们用那悦耳的歌声把飞驶的船割停了。西绪福斯的儿子听了她们的歌声，几乎要把那缚他的绳子弄断，而他的同伴们，幸亏那封住耳朵的蜡，才没有被诱惑。悦耳的歌声是一种迷人的东西。女子啊，学着唱歌吧（有许多面貌不美丽的女子是用声音来做诱惑的方法的）。你们应当有时背诵着那你们从云石的剧场里听来的曲子，有时唱着那带着特有的节奏的尼罗河的美歌。那些要向我来求教的女子们不应该不懂得用右手握胡弓、左手拿箜篌的艺术。洛道迫山的歌人俄耳甫斯能用他的琴韵去感动岩石、猛兽、鞑靼的湖和三头犬。你这个很正当的替母亲去复仇的人啊，听了你的歌声，那些顽石很听话地前来搭成一座新的城墙了。鱼虽然是哑的，却会感受琴韵，假如你相信那大众熟知的阿利翁的故事的话更学着用两手挥弹古琴吧：这个欢快的乐器是有利于爱情的。

你们还须得知道加利马古斯、高斯的诗人和戴奥斯的老人——酒的朋友的诗歌。你们也得认识了萨福和那个写一个被那欺诈的葛达所骗的父亲的诗人。你也可以念念那多情的普洛帕提乌斯、几章加鲁斯的或是我们那可爱的谛蒲路斯的诗，或是瓦鲁所制的咏那使佛里克索斯的妹妹和那如此不幸的金毛公羊的诗。你们尤其应当念念那咏流亡的埃耐依斯——崇高的罗马的建设者的旅行的诗人的诗，这是拉丁族的最优秀的作品。或许鄙人的贱名也可以附骥于他们的鸿名之下；或许拙作会不被莱带河的水所淹没。是的，或许有一个人会说："假如你真是一个有学问的女子，你念念那我们的老师开导男女两性问题的诗章；或者在他所做的题名为《爱情》的三卷诗章中，选几节你将用温柔又清脆的声音来念的诗吧；或者，用一种轻盈的声调来念他的《名人书简》中的一篇吧，这种体裁在他以前是没有人知道的，他是发明者。"福玻斯，强有力的长角的巴克斯，还有你们，贞洁的姊妹们，诗人的保护者神祇，请垂听我的心愿啊！

我愿意——这个别人是无可怀疑的——女子能够跳舞。这样，当别人请求她跳舞的时候，她可以走过筵席来，优美地摆动着她的手臂。好的舞蹈家使剧场中看客皆大欢喜。这种优美的艺术在我们是多么地有诱惑力啊！我很惭愧说得这样琐细；可是我希望我的门徒能精于掷骰子，而且一掷下去就会算出点数来。她应该有时掷出三点，有时恰巧掷出那可以赢的所需要的点子来。我也希望我的门徒下起棋来不要吃败仗。一个"卒"是打不过两个敌人的；"王"是须得和"后"分离着打仗的，一拼命，敌人就逃了。火气把我们的性格暴露出来，而我们的心情也被人赤裸裸地看穿了。生气、赢钱心理占领了我们，因此便发生吵嘴、打架和苦痛的遗憾。我们互相埋怨了；口角声空气布满了；每个人宣着神号相骂了。在赌博中，信用是没有的，为要赢钱，人们是什么心愿也许下了！我甚至时常看见那些满脸流着眼泪的人。想求爱的女子们，愿朱庇特神为你们免了这些可耻的短处吧！

女子啊，这些就是你们优雅的天性所允许的玩意儿。在男子们呢，他们的范围更大了。他们的玩意儿有网球、标枪、铁饼、武器和练马。体育场是不合你们的口味的，处女泉的冰冷的水也和你们不适宜，都斯古斯的平静的河水中，你们也不会去的。那你们可以的，而且在你们是有用的，就是在"太阳"的骏马跑进"处女宫"的时候，到庞贝马斯门下去散散步。到巴拉丁山上的戴月桂冠的福玻斯的神殿里去巡视一番——那在海底把巴莱多尼恩人的兵船弄沉的就是他，——或者到那"大帝"的妹妹和皇后，和他的戴海军王冠的女婿所建筑的纪念物边去走走也好，那为曼非斯的牝牛献着香烛的神坛下也要去，那可以出风头的三个戏院尤其不可不去，那新血还热着的竞技场和转着飞奔的马车的赛车场也得常去跑跑。隐掩者终不为人所知；不为人所知者就不为人所欲。一张美丽的脸儿，假如不给别人看，那还有什么用呢？你唱，你便可以超过达米拉斯和阿默勒斯；你的琴韵，假如不为别人所听到，如何能得到大名呢？假如那高斯的画家阿帕莱斯不把他的"维纳斯画"出展，这位女神恐怕到现在还沉没在大海里吧！除了"不朽"，那些诗人的野心是什么呢？这是我们的工作所等待的最后的目的。在从前，诗人是为神祇和国王所宠爱的；在古代他们的歌是能够得到无数报偿的；诗人的名字是神圣而受人尊敬的，而且人们往往给他们无数的财富。伟大的思岂比奥啊，那生在加拉勃里阿半岛的山间的安钮斯是被人认为陪葬在你旁边的。可是现在是斯文扫地了；对于缪斯们的勤劳也得到了一个"游手好闲"的名称罢了。可是无论如何我们总是喜欢刻苦求名的。谁会认识荷马呢，假如那部不朽的杰作《伊里亚

特》到如今还不为人所知？谁会认识达那厄呢，假如她老是深居在她的塔中？她一定无人知晓，而变成一个老太婆了。年青的美人们啊，轧热闹是有用的。你们须得时常跑到外边去。雌狼是到大群绵羊里去寻觅食料的；朱庇特的鸟是在许多小鸟的田间翱翔着的。美丽的女子也应该在群众间露脸。在大群的人中，她或许可以找到一个可以诱惑的男子。她须得到处搔首弄姿，还须得注意能给人美好印象增添的一切。机会是到处都有的，老是把持着你们的钩钓吧，在那你以为没有什么鱼的水里会有鱼的。猎狗在多树木的山上到处搜寻而一无所得是常事，而人们并不打猎，麋鹿却会自己投到罗网中来。那被绑在岩石上的安德洛墨达所能希望的最后的事，可不就是看见自己的眼泪诱惑什么人吗？在自己丈夫埋葬的时候找到另一个男子是常有的事。披头散发地走着，又让自己眼泪流着，这在女人是再好看也没有的了。

可是对那些炫弄服饰的漂亮的，每根头发都有自己的一定位置的男子们，你们是应该置之不理的。他们所对你们说的话，他们是早已向千千万万的女子说过了的，他们的爱情是绝对靠不住的。一个女子，对于一个比自己还靠不住，比自己还多情的男子，有什么办法呢？这事你是不会相信的，可是你应该服从我。普里阿摩斯的女儿啊，假如听了你的话，特洛伊城恐怕到现在也不会被攻破呢。有些男人戴着爱情的假面具向女子来钻营，他们只想从这条路去找些不要脸的酬劳。不要被他们用松脂油涂得光亮的头发，或是紧束着腰带的华服，或是那些满戴在手指上的戒指所诱惑了去。或许那穿着得最漂亮的竟会是一个贼，想偷你的华丽的衣饰。"把我们的东西还我啊！"这就是被骗的女子们时常喊回答的。整个公堂都震响着这种呼声："把我的东西还我啊！"维纳斯啊，你的邻女们阿比阿斯啊，你们一点也不感动地从你们的金碧辉煌的庙上临看着这些纠葛。除了那些窃贼以外，还有那些著名的淫棍，上了他们的当的女人，便不免分担他们的恶名。前车可鉴，你们的门永不应该让一个诱惑者进来。凯克洛泊斯的女儿们啊，不要相信忒修斯的誓言；他凭神祇发誓这不是第一次啊！而你，岱莫冯，忒修斯底薄幸的继承者，在欺骗过菲丽斯以后，已没有人相信你了。假如你们的情人满口说得很好听，你们也像他们一样地满口说得很好听就是了。假如他们拿东西送你们，你们也用相当的情谊回报他们，一个女子是能够熄灭维斯太的永远的火、掠取伊纳古斯的女儿的神祠里的圣物、献毒酒给丈夫喝的，假如收了情夫的礼物而不把爱的欢悦给他。

可是我不愈说愈远了。缪斯，勒住你的骏马吧，不要越出范围。一个束帖前来探测了。

一个伶俐的侍女收下它了，当心地念着它，信上所用的语气是足够使你辨得出那些所表白的心愿是否真诚的，是否出于迷恋着的心的。不要立刻就复信。等待，只要

是不太长久，是能够把爱情弄得格外亲热的。对于一个年轻的情郎的请求，你须得要摆些架子，可是也不要一口回绝。要弄得他心惊胆跳，同时也要给他些希望，减少他的恐惧。女子们所用的词句应当简洁而亲切：平常谈话的口气是再可爱也没有的了。多少次啊，一封信燃起了一颗心的游移的情焰！多少次啊，一句不通的词句毁坏了美的幻影！可是，既然不带那贞洁的假面具，要欺骗你们的丈夫而不使他们起疑，你们便须得要有一个谨慎的侍女或是奴隶来为你们传书递简。年轻而没有经验的奴仆是万万靠不住的。无疑地，那个保守着这种把柄的人是没有良心的，可是他所有的兵器是比艾特纳山的雷霆还厉害啊！我看见过无数的女子，为了这种的不谨慎，害怕到脸儿发青，吃尽了一辈子的大亏。在我想来，我们可以用欺骗回答欺骗，而法律也允许以兵器进攻兵器的；你们须得要有一只手写出几种笔迹来的本领。不先把字迹擦去而复信的人真是傻子，简帖儿上是留着两个人的手迹了。当你们作书给你们的情郎的时候，你们须得用那写给女友的口气；在你们的信上，该称"他"的地方都须得称"她"。

可是我们且把这些琐事按下不提而说那更重要事情。为要保持你们的颜面好看，你们须得把你们的脾气忍住。心平气和是合于人类的，正如暴怒是合于猛兽的一样。一发怒，脸儿便板起了，黑血把脉络也涨粗了，而在眼睛里，戈耳工的一切的火焰都燃起来了。"走开，你这可恶的笛子；我不值得为你牺牲我的美。"帕拉斯在水里看见了自己的影子便这样说。你们也如此。在你们盛怒的时候，假如你们去照一照镜子，恐怕没有一个人会认得出那是你们的脸儿来。骄傲也会破坏你们的美丽，要勾起爱情，是要媚眼儿的。相信我的经验吧：太骄傲的神气我们是憎厌的。往往说一句话也不说，脸上也带着恨的根苗的。有人注视你，你也注视他；有人向你温柔地微笑，你也向他温柔地微笑；假如有人向你点头，你也向他打个招呼。阿谟尔也是先用钝箭尝试，然后从箭囊里拔出利箭来的。我们亦憎厌悲哀。让黛克梅莎去被阿约斯所爱吧，像我们这种快乐的民族，一个快乐的女子才能勾动起我们的春心。不，绝对不是安德洛玛刻，绝对不是黛克梅莎，你们两人中，我一个也不想你们来做我的情妇。我甚至还不太相信，虽则你们的子孙使我不得不相信，你们曾和你们的丈夫同床过。一个沉浸在悲哀中的女人，怎样会对埃阿斯说"我的生命啊"和一切在男子们听了要全身舒润的话呢？

请你们允许我对于我的不足重轻的艺术来引用几个伟大的艺术的例子，而且请你们允许我把这艺术和总兵的大元帅的企图相比拟。一位精明的大元帅把一百个步兵的统带权托付给一个将官，把一队骑兵托付给另一个将官，把旗卫兵托付给又一个将官。你们也是如此，你们须得审察一下，我们中某些人做某些事是相配的，对于你们是有用的。要有钱的人送礼物；要法学家出主意；要律师打官司；我们这些作诗的人呢，要我们作诗送给你们。我们的一群比什么人都多懂些恋爱；我们会使那叫我们迷恋的美人名闻遐迩。奈梅西斯是出名了；卿蒂阿也出名了。自西至东，丽高里斯的名字谁都知道了，而且人们也时常问起那我所讴歌的高丽娜是谁。我还要说，那些诗人，神圣的人物，是有一颗不知道"负心"的心的，而我们的艺术又用它的意象把我们改造过了。我们是既不为野心，又不为金钱所动摇的；我们厌恶名利，只要阴暗和一张卧榻就满足了。我们是容易认识的，我们是烧着一堆长久而热烈的情火的，我们是知道用真心真意爱着的。无疑地，我们的性格已经受我们的和平的艺术陶冶过了，而我们的习惯也是被我们的努力同化了。年青的美人啊，对于诗人们，鲍艾沃阿的神祇的弟子，你们是应当迁就些的。灵风使他们有利，缪斯们宠爱他们，我们身上附着神明，而我们又和天有交往，我们的灵感是从天降下来的。博学的诗人掩等待金钱是一种罪恶。啊啊！这一种什么女子都怕做的罪恶。女人啊，你们至少要会掩饰，不要一下子就把你们的贪心暴露出来。一看见是陷阱，一个新的情郎就要吓跑了。

一个老练的马夫的用箸，对于新马和对于旧马是不同的。同一的理由，为要引诱一颗有经验的心和一个青春的少年，你们是不应该采取同样的方法的。那个你准许进你的卧房里去的，第一次进情场的新手，新的猎品，只知道你，是应该使他老是在你的旁边，这是应该四旁围着篱笆的植物。你需要担心情敌：只要你伴着他不放松，你就一定胜利了；维纳斯的权，正如国王的权一样，是一离开就糟的。至于那另一个，那个老兵，是会神不知鬼不觉地，乖乖地爱着的；他能忍下许多新兵所忍受不下的事情。他不会打破你们的门或是烧你们的门；他不会用他的指甲抓破了他的情妇的嫩脸；他不会撕破她的长衣或是一个女子的衫子。而且，在他，马被劫去了也不会流眼泪的。那激情是一个在青春期和恋爱期中的少年所仅有的。而另一个呢，他会耐心地忍受着那些最厉害的痛苦。他所燃烧着的情火是不旺的，啊啊！正如燃烧着湿草，或是新从山上砍下来的干柴一样。这种的爱情是靠得住的；而那种激动的爱情虽是热烈，但是不能经久。快些去采那只一现的昙花吧！

我就要把一切献给敌人了，而对于我的叛逆，我也是存着至诚之心。太容易垂青是难长久养育爱情的，在温柔的欢乐中应该夹入些拒绝感。让你们的情郎留在门口；要使他叫着"忍心的门"，要使他不停地哀求和恐吓。清淡的东西我们是不喜欢的：一种苦的饮料倒能打开我们的胃口。一只船被顺风翻没了是常有的事。下面是阻碍一个丈夫爱自己的妻子的理由：无论什么时候，高兴要看她就可以看见她。把你们的门关起来吧，叫你的守门人对我说："不许进来"。一被关在门外，爱情便热烈起来了！现在把钝兵器抛下来拿锋利的兵器吧！我相信就要看见那我发给你们的箭反要向我射来了。当一个新的情郎坠入你的情网的时候，你要使他起初自庆着能独尝禁果，不久你便得给他一个你另有所钟、而你的恩眷并非他所独得的恐惧。假如没有这种战略，爱情便老去了。一匹骏马只有在对手超过它的时候或是要赶上它的时候才拼命地跑。假如我们的情焰熄灭了，要用妒忌来使它重燃。在我呢，我承认假如别人不伤触了我，我是不会爱的。可是不要使你的情郎很明白地知道他的苦痛的原因，让他提心吊胆着，不知到底是怎么一回事。你需要假说有一个奴隶在暗地里留心你们的一举一动，和一个很厉害的男人在想法当场拿获，这样是能使爱情兴奋的。没有危险，欢乐也就没劲儿了。即使你是比达伊斯都自由、自在，你也得疑神疑鬼地害怕着。当你可以很容易地叫你的情郎从门里进来的时候，偏要叫他从窗口爬进来，而且你的脸儿也须装出害怕的表情。须要有一个狡猾的侍女急急忙忙地跑进来，喊着：我们糟了！于是，你便把你的那个害怕得发抖的少年情郎随便在哪里藏一藏。可是，在这恐惧之后，你须得叫他安安逸逸地尝一尝维纳斯的欢乐的异味，不要叫他太吃亏。

如何去瞒过一个狡猾的男人或是一个尽职的看守人等方法，我差一点险些忘记讲了。我希望一个妻子怕她的丈夫，我希望她是被看守得好好的，这是在礼仪上所推崇，在法律上、正义上、贞操上所必需的。可是你，刚被裁判官用小棒触着而解放了的女奴，谁能对你以同样的监守呢？你到我的学校里来听关于欺骗的课程吧！那些监视的人，即使他们有和阿耳戈斯一样多的眼睛，只要你有决心，你一定能把他们一个个地都瞒过了。当你一个人在洗澡的时候，一个监守人如何能来妨碍你写信呢？假使你叫你的同谋的侍女把情书放在她胸脯旁边或鞋底里，监守人如何能妨碍她送出去呢？可是假如那看守人看穿了这个把戏，那么你便得叫你的同谋人露出她的背来，把情书写在他的皮肤上。阿克里修斯很留心地管着他的女儿，可是他终究犯了错，请他做外祖父了。当在罗马有那样多的戏园子的时候；当她有时去看赛车，有时去看赛会的时候；当她去到那些她的监守人不能进去的地方的时候；当那可怜的监守人在那大胆藏着情郎的浴池外看守着女子的衣裳的时候；一个监守人如何能管住女子呢？当在必要时，她难道不能寻到一个口里喊着生病的女友？那个名叫"私情女"的复制的钥匙可不是已为我们指出应该怎么样办吗？而且要到情妇房里去，我们难道非从门里进去不可吗？为要免去一个监守人的监视，我们还可以用黎阿葛士的液体，就是西班牙山上出产的也可以。还有一种能叫人深深地睡去的药，它能使一个莱带河的夜压在别人的眼睛上。还有一种幸福的战略，就是叫你的同谋的侍女用欢乐的香饵迷住那个可恶的监守人，叫她用千般的温柔留住他长长久久。可是假如只要一点小小的报效已够贿赂了那个监守人，我们又何必来转许多弯，细微曲折地去想办法呢？用礼物，你们相信我啊，不论是人或神都会受诱惑的，就是朱庇特大神也会上贡献祀物的当。所以不论是聪明人或是笨人，礼物是没有人不喜欢的。甚至是丈夫，当他收到了礼物的时候，也会装聋作哑的。可是你只要每年给他买一次就够了。他伸过一次手，自然也会时常伸手的。

　　我曾引为遗憾，我记起了，朋友是不可信赖的。这个遗憾不仅是对男子们而发的。假如你太信赖他人，别的女子就要来分尝你爱情的快乐滋味了，而那你可以获得的兔子，也要被别人弄去了。即使是那个肯把自己的房间和床借给你的忠心的朋友，听我的话吧，她也和我有过好多次性关系。不要用太漂亮的女仆，她会常常在我这儿取得她女主人的地位。

　　我要把自己弄成怎样啊，我这傻子，为什么袒着胸去临敌呢？为什么自己卖自己呢？鸟是不把捕捉自己的方法告诉捕鸟人的；鹿是不会把自己逃走的路指给那要扑到它身上去的猎犬看的。我自己有什么好处呢？可是不去管它，我大方地继续着我的企图，把那可以将我处死的兵器给予兰诺斯的女子们。你们必得要使我们自以为是被爱着：热情是很容易坚信它所希望着的一切的。女子只要向年青的男子瞟一瞟情眼，深深地叹息，或者问他为什么来得这样迟就够了。你们还须得加上眼泪，一种矫作的妒忌的怒，又用你们的指甲抓破了他的脸。他就立刻坚信不疑了；他便对你一往情深了；他将说："她发狂地爱着我。"尤其是那些漂亮的，常常临镜的，自以为能打动女神的心的花花公子。可是无论如何，假如受了一次冒犯，你们切不可把不高兴表现得太露骨，知道了你的情郎另外有一个情妇，你切不可气得发晕！

　　而且不要轻易地相信！太轻易地相信是多么危险啊！泊洛克丽斯已给了你们一个证明的例子了。在那繁花披丽的含笑的希买多斯山旁，有一口圣泉。一片绿茵遮住了土地，矮矮的密树造成了一个林子，杨梅树荫着碧草，迷迭香、月桂、郁翠的番石榴熏香着空气；在那面还有许多枝叶丛密的黄杨树，袅娜的西河柳、金雀花和苍松。在和风的轻息中，一切的树叶和草都微微地颤动着。凯发路斯是爱安息的：离开了权役和犬，这个疲倦了的青年人常常到那个地方去闲坐。他老是这样唱："无恒的凉风啊，到我胸头来平息我的怒火吧！"有人听到了这几句话，记住了，轻忽地去告诉他的提心吊胆的妻子。当泊洛克丽斯知道了这个她以为是情敌的"凉风"的名字后，她便昏过去了，苦痛得连话也说不出来。她的脸色变得惨白，正如那被初冬的寒风所侵袭的，采去了葡萄的葡萄叶，或是那累累垂挂在枝头的，已经熟了的启道奈阿的果实，或是那还没有熟透的羊桃一样的惨白。当她清醒过来的时候，她把自己胸前的轻衫撕破，又用指甲把自己的脸儿抓破——这张脸儿是当不起这种待遇的。随后突然地披散着头发，狂怒着，在路上奔跑，好象被巴克斯的松球杖所激怒了一样。到了那所说的地方时，她把她的女伴留在谷中；她亲自急忙掩掩藏藏地蹑足走进树林去。泊洛克丽斯，这样鬼鬼祟祟的，你的计划是什么啊？是什么燃起了你的迷塞的心啊？你无疑是想着那个"凉风"，那个你所不认识的"凉风"就要来了，而你又将亲眼看见奸情了。有时你懊悔前来，因为你不愿意惊散他们；有时你祝福着，你的爱情不知道如何决定，使你的心不停地怦动。你有地点、人名、告密人和那多情的男子容易和人发生恋爱的可能性来做你的自信的辩解。在被压倒的草上一看见有一个生物的足迹，她的心便立刻狂跳起来了。时候已到了中午，太阳已把影子缩短了，它悬在天的正中。这时那个岜莱耐山的神祇的后裔凯发路斯回到树林里来了；他用泉水浇着自己的晒热了的脸。泊洛克丽斯，你担心地躲着，而他却躺在那块常躺的草地上，嘴里说着："和风，你来啊，而你，凉风，你也来啊！"那个不幸的泊洛克丽斯快乐地发现那个由于一句两可之词而起的错误了，她安心了，她的脸色也恢复平常了。她站了起来；那女子想要冲到她的丈夫的怀里去，因此她便翻动了那挡在路上的树叶。凯发路斯以为是一头野兽来了；他便用一个少年人的敏捷拿起了他的弓；箭已经握在他的右手中了。不幸的人，你要做什么啊？这不是野兽，留住你的箭吧！箭已射中了你的妻子了。"哎哟，"她喊着，"你射穿了一颗爱你的心了。这颗老是被凯发路斯所伤的心。我是在不该死的时候死了，可是我却没有情敌。大地啊，当你遮蔽着我时，在我是格外觉得轻巧了。那个引起我的误会的'凉风'已把我的生命带去了。我死了。哦！用你的亲爱的手把我的眼皮合下吧！"他呢，吞着悲哀，将那占有他的心的人儿的垂死的娇躯枕在臂上；他的泪水洒在那个残酷的伤痕上。可是完了，那轻信的泊洛克丽斯的灵魂已渐渐地从她的胸口离去，而凯洛路斯，把她的嘴唇贴在她的嘴唇上，肖取了她最后的呼吸。

话休烦絮，言归正传。我应该不拐弯抹角地说下去。要使我的航倦了的船快快地进港了。你不耐烦地等着我领你到宴会上去，而且还想我教你关于赴宴会的门径。你应该去得很迟，而且你的姿态也不该在灯未亮之前就显露出来。等待是能够增加你的身价的。除了等待之外没有别的更好的撮合人了。假如你是丑的，那喝醉了的人的眼睛看起来就是美丽的了，而且夜也足够掩饰住你的缺陷了。用你的指头撮取茶酘吃得美也是一种艺术。不要用没有拭干净的手去抹你的脸。在赴宴以前不要在家里先吃，可是在筵席上，却不要吃得太饱，要留一点胃口。假如普里阿摩斯的儿子看见海伦拼命地大喝大嚼，他准会说："我得到了一个多么傻的胜利啊！"稍稍喝些酒对女子是适宜的；维纳斯的儿子和巴克斯混在一起是很和谐的。可是你也应该叫你的胃担当得起那酒，不要使你的聪敏和行动被弄昏，不要使你的眼睛看花了。一个女子喝得酩酊大醉躺在地上，那是一个多么难看的怪现象啊！来一个人就可以把她取而得之的。在席上一瞌睡就要有危险：瞌睡是冒犯贞操的好机会。

我很害羞讲下去，可是那好狄俄涅对我说："那你所害羞的正是我们的事业。"每个女子需要认识自己，依照你的体格，你便选择各样的姿势；同样的姿态不是适合于一切的女子的。那脸儿特别漂亮的女子应当躺卧着。那些满意自己的臀部的，须得把

自己的臀部显露出来。卢喀那可曾遗留些皱纹在你的肚子上吗？那么，你也像那巴尔底人一样，反转了背脊交欢着。米拉尼洪把阿达朗达的腿放在自己的肩上，假如你的腿很美丽，你便得照样地放上去。矮小的女子应当取骑士的姿势；那身子很长的底比斯女子，赫克托尔的妻子，从不跨在她的丈夫的身上，像跨在一匹马上一样。那身体修长的女子须得跪在床上，头稍向后弯。假如你的腿没有青春的娇美，而你的胸膛也是完美的，那你便斜斜地躺在床上，取这种姿势的时候，不要怕羞。你需要把你的头发披散了，象跳神舞女一样，而且转着头飘散着你的头发。要尝维纳斯的欢乐有千方百态；那最简单而最不费力的方法就是半身侧卧在右面。可是那福玻斯的三脚椅和生牛头的亚扪都不能比我的缪斯给你更靠得住的启发。假如我的话有几句是值得相信的，你们便受我的教诲罢，这是一个长久的经验的结果；我的诗是不欺你们的。女子啊，我愿维纳斯的欢乐一直诱进你的骨髓里，又愿你和你的情郎分受着那种享乐！情话和琐话永远不要间断，而在你们的肉搏中，有些话是应该夹进去的。即使像你这种老天吝于赋给爱情的幽欢感觉的人，你也得假装着，用温柔的谎言，说你是感觉到那种幽欢的。那种生着麻木不仁的哪能给男女以快感的器官的女子，是多么地可怜啊！可是这种矫饰切不要被发现出来；要使你的动作和你的眼睛的表情来欺骗我们！放荡、软语和喘息是会给人一种幻觉的。我讲下去有点害羞了：这个器官也有它自己的秘密的表情。在那维纳斯的幽欢之后去向情郎要求赠物，那是用不到什么重要的恳求的。我忘记说了：在卧房里不要让光线从窗里透进来；你的身体的许多部分是不能在日光下被人看见的。

我的废话已讲完：现在已是走下那天鹅驾着的车子的时候了。正如从前男子们一样，现在女子们，我的女弟子，在她们的战利品上这样写："奥维德是我们的老师。"